Lazarus Lindt ist ein Genie der Physik: Autodidakt, Einzelgänger, Wunderkind. Seine Ziehmutter Marusja liebt er auf eine Weise, die mit der Liebe zwischen Mutter und Sohn nicht viel gemein hat. Erst nach Marusjas Tod verliebt er sich ein zweites Mal. In Galina, eine junge Frau, die seinen Körper ebenso verabscheut wie den Sohn, den er ihr schenkt. Und doch wird sie es sein, die nach dem frühen Tod ihres Sohnes ihre Enkelin Lidotschka großzieht. Lidotschka lernt durch den Verlust ihrer Eltern und die hämische Gleichgültigkeit ihrer Großmutter früh, Schmerz zu ertragen. Doch es dauert, bis sie begreift, dass man manchmal bis zur äußersten Rand der Erde vordringen oder sogar sterben muss, um seine Liebe und sein Zuhause zu finden.

MARINA STEPNOWA wurde 1971 in Jeffremov, einer kleinen Stadt in der Region Tula, geboren. Sie wuchs in Moskau auf, wo sie heute noch lebt, und studierte dort am Gorki-Literaturinstitut sowie am Institut für Weltliteratur, außerdem arbeitet sie als Chefredakteurin und als Übersetzerin. Aus dem Rumänischen übersetzte sie das Drama „Der Stern ohne Namen“ von Mihail Sebastian, das in Russland an einer Reihe von Theatern aufgeführt wurde. Marina Stepnowa schreibt Romane und Erzählungen. Für »Die Frauen des Lazarus« erhielt sie den Preis »Das große Buch« 2012 und war im selben Jahr in der engeren Wahl für den »Nationalen Bestsellerpreis« und den russischen »Booker-Preis«.

Marina Stepnowa

Die Frauen des Lazarus

Roman

Aus dem Russischen
von Kerstin Monschein

btb

Die Arbeit der Übersetzerin am vorliegenden Text wurde vom Deutschen Übersetzerfonds mit Annelore Nitschke als Mentorin sowie vom österreichischen Bundesministerium für Unterricht, Kunst und Kultur gefördert.

ИНСТИТУТ ПЕРЕВОДА

AD VERBUM

Published with the support of the Institute for Literary Translations, Russia.

FSC
www.fsc.org
MIX
Papier aus verantwortungsvollen Quellen
FSC® C014496

Verlagsgruppe Random House FSC® N001967

1. Auflage
Genehmigte Taschenbuchausgabe Februar 2017
btb in der Verlagsgruppe Random House GmbH,
Neumarkter Straße 28, 81673 München

Umschlaggestaltung: semper smile, München
Covermotiv: © Illustration: Janet Carlson /Aquamarinstudio
Druck und Einband: GGP Media GmbH, Pößneck
SK · Herstellung: sc
Printed in Germany
ISBN 978-3-442-71461-2

www.btb-verlag.de
www.facebook.com/btbverlag
Besuchen Sie auch unseren LiteraturBlog www.transatlantik.de

ERSTES KAPITEL
BARBARISKA

Im Jahr 1985 geschah zweierlei: Lidotschka wurde fünf Jahre alt und ihr Leben ging zu Bruch. Sie, Lidotschka und ihr Leben, sollten danach kein einziges Mal mehr zusammenfinden, und gerade deshalb prägten sich die beiden alle glatten, salzigen und feuchten Einzelheiten ihres letzten glücklichen Sommers so fest ein, dass es im Kopf dröhnte.

Das Schwarze Meer (schwarz, weil es sich nie die Hände wäscht, nicht wahr?), das Ferienheim – lauter verstreute Streichholzschachteln –, der Strand, übersät mit aufgeweichten Eispappbechern (Papa nannte das Preiselbeereis immer Preis-viel-mehr-Eis) und riesigen glühenden Körpern. Der morgendliche Weg zum auserwählten Platz, das höfliche Ausweichen der Füße, um ja nichts von dem fremden, üppigen, urlaubenden Fleisch zu berühren.

Lidotschka verlor schnell die Geduld: Mamotschka brauchte sich nur für eine Sekunde der Tischnachbarin im Speisesaal oder dem Strandverkäufer mit der verbotenen Zuckerwatte zuzuwenden, da riss sich Lidotschka auch schon von der strengen visuellen Leine los und lief, die runden, dicken Fersen durcheinanderwirbelnd, mit markerschütterndem Kreischen zum Meer.

Die Badegäste, aufgeschreckt wie Seelöwen, erhoben sich, schüttelten den Morgensand, grob wie Graupen, aus feuchten Ritzen und synthetischen Falten, lächelten als Antwort auf die entschuldigenden elterlichen Klagen – macht nichts, soll die Kleine doch ihren Spaß haben! Ach, was für ein Wildfang! Wissen Sie, wir sind mit ihr das erste Mal am Meer ... Und woher kommen Sie? Aus Ensk. Oh, eine weite Reise. Wir sind aus Kriworoschje, haben von der Fabrik einen Ferienscheck bekommen, nicht wahr, Manja? Manja nickte eifrig mit ihrem gütigen Mund voller Gold und schob ihren Kram auf einen Haufen beiseite, damit Papa bequemer sein Handtuch ausbreiten konnte. Wohnen Sie im Sonnenheim? Ja, ja. Mamotschka schälte sich hastig aus dem Trägerkleid, die Funken und Kunstseidenähte knisterten. Und wir wohnen im Roten Banner. Sehr erfreut.

Die aufkeimende langjährige Freundschaft, mit Ansichtskarten zu den Feiertagen und gegenseitigen Besuchen quer durchs Land, wurde ausgebremst von der Hitze und von der goldblonden, ohrenbetäubenden, glatthäutigen, aus der Volksbrandung hervorstrahlenden Lidotschka. Mamotschka durfte den Blick nicht von ihr abwenden – weder für die schwitzende Melone, die wie Zucker unter dem reißenden Taschenmesser des friedlichen Kriworoschje-Proletariers knirschte, noch für das ewige Strandkartenspiel »Durak« (Entschuldigen Sie, was ist Trumpf? Nein, Herz war's das letzte Mal!), auch nicht für die endlos verworrenen Monologe über ein verlockendes unbekanntes Leben. Und dann hat Petrowitsch, mein Bruder, gesagt, Lariska, sagte er, nimm das Kind und zieh zu mir, Platz ist genug da, und er hatte wirklich gerade erst von der Verwaltung ein Zimmer bekommen – zwölf Quadratmeter, darin kannst du leicht Hochzeit feiern oder sogar Moped fahren! Das flüchtig skizzierte romantische Schicksal des allen unbekannten Petrowitsch drohte sich in ein detailreiches Gemälde menschlichen Glücks zu verwandeln, aber Mamotschka lächelte bloß zerstreut.

Ein andermal hätte sie mit Vergnügen das fremde, unmögliche Schicksal anprobiert – nur um sich davon zu überzeugen, wie gut und maßgeschneidert ihr eigenes war. Doch die Geschichte nahm kaum die nächste inhaltliche Wendung, erfüllt vom Elend der Gemeinschaftswohnungen und in Sünde geborenen Säuglinge (aus irgendeinem Grund provozierte die kärgliche sowjetische Lebensweise immer unvergleichliche, geradezu byronische Leidenschaften), als Lidotschka lachend vor einer kitzelnden Welle davonsprang und Mamotschka der Faden der Geschichte rettungslos entglitt. Der verschwimmende, von der zunehmenden Hitze wabernde Horizont blendete sie, Mamotschka blinzelte erschrocken, als sie zwischen den spärlich behaarten Schultern, den titanischen Hinterteilen und den Juchzern den vertrauten Schlapphut der Tochter nicht mehr fand. Gott sei Dank, da war er! Lidotschka winkte ihr zu und ging, ohne den rot-blauen Schwimmreifen abzulegen, in die Hocke, um mit ihren kleinen, heißen Händen ein appetitliches kuchenförmiges Häuschen mit termitenhügelartigen Kuppeln zu formen.

Der weiße gehäkelte Hut warf einen lebendigen, löchrigen Schatten auf Lidotschkas gebräunte Wangen, doch der Schatten ihrer Wimpern war noch durchsichtiger und länger – ach, eine gut gewachsene Tochter haben Sie da, klopf auf Holz, dass ich's nicht verschreie. Mamotschka nahm das Lob dankbar und mit offenen Armen entgegen, aber insgeheim fühlte, nein, wusste sie mit frohlockender Überzeugung, dass Lidotschka nicht nur gut gewachsen, sondern ganz und gar einmalig war. Einzigartig. Das wunderbarste Kind auf der ganzen Welt – mit dem wunderbarsten, makellos glücklichsten Schicksal. Mamotschka sah ihre Tochter mit einem leisen, staunenden Lächeln an und blickte dann auf ihren eigenen Bauch – jung, straff und überhaupt nicht verunstaltet von der frühen Schwangerschaft, und sie konnte selbst nicht glauben, dass Lidotschka – mit ihren runden Welpenaugen, mit ihren seidigen, heißen Schulterblättern und den federleichten, gar nicht kindlichen Locken auf dem braunen, pummeligen Hals – irgendwann ganz da hineingepasst und vorher überhaupt nicht existiert hatte. Damit hatten Mamotschkas Gedanken den Rand des Fassbaren erreicht und begannen, gefährlich abzurutschen, wie ein Lastwagen, der über einem Abgrund hängt: Der überanstrengte Motor heult wie in Agonie, zwei Räder mit abgefahrenen Reifen drehen sich vergeblich in der Luft, die beiden anderen schleudern kleine Mengen feinen Schotters explosionsartig von sich. Nur noch eine Sekunde bis zum Absturz, noch eine Sekunde, noch eine, vor den Augen hüpft das durchsichtige Plastikteufelchen auf und ab, das Wowka aus einem Infusionsbeutel gebastelt hat, drei Rubel schuldet er mir, der Lump, jetzt gibt er sie mir bestimmt nicht mehr zurück, so ist das also, so fühlt es sich an, wenn man stirbt, davon werde ich niemandem mehr erzählen können … Aber warum ängstigt mich die Nichtexistenz vor der Geburt mehr als die Leere nach dem Tod? Warum ist das Sterben so gar nicht schrecklich, Herr-erbarme-dich-unser?

»Du bist etwas blass, Ninuscha«, meinte Papa beunruhigt und küsste Mamotschka auf die Schulter. Die Haut unter den Lippen und der Zunge war heiß und spröde, wie mit Wäschestärke behandelt. »Ist es dir nicht zu heiß?«

Mamotschka lächelte schuldbewusst. Die Benommenheit wich und ihre Seele lenkte, sich hastig bekreuzigend, wieder auf die Fahrbahn zurück – nassgeschwitzt vor Entsetzen, gerettet, ermattet, aber ein klein bisschen ärgerlich, dass sie nicht erfahren hatte, was dann kam – nach der letzten Sekunde, nach dem sich überschlagenden Flug mit den lautlosen Eisentrümmern um die Wette und dem Knacken zerreißender Muskeln und … und … und … Mamotschka versuchte verstört sich vorzustellen, was im Grunde unvorstellbar war, rieb ihre Stirn am rettenden starken Männerarm mit den ansehnlichen Sommersprossen und dem heimeligen roten Flaum. Ja, etwas heiß ist mir schon, Liebling. Und schwindlig.

Lidotschka, mit ihren fünf Jahren noch ganz ein junges, wildes Tier, witterte argwöhnisch den jenseitigen Windhauch und lief sofort zur Mutter – erhitzt und flink, in ihrem wundervollen importierten Wochentagshöschen. Jeden Tag eine neue Farbe, jeden Tag ein neues lustiges Bild. Das rosa Höschen mit der Erdbeere war der Montag. Das blaue mit dem sich aufplusternden Häschen der Dienstag. Das gelbe mit der Sonnenblume der Mittwoch. Ma, was ist los? Mamotschkas Lippen berührten zärtlich die Augenlider der Tochter – erst das eine Auge, dann das andere –, alles in Ordnung, Barbariska, bekommst du mir auch keinen Sonnenbrand? Nein, Lidotschka entwand sich beruhigt den liebkosenden Armen, stürzte zurück zum Meer, die neuen Strandbekanntschaften grinsten freundlich. Lida, Lidotschka, Barbariska, mein Schokobärchen – die zärtlichen familiären Kosenamen, die gurrenden Ausdrücke der elterlichen Liebe. Niemand sollte sie jemals mehr so sehr lieben. Niemand und niemals.

»Nicht ausbüchsen, Partisanin.« Papa schnappte Lidotschka und hob sie verkehrt herum an den Beinen hoch, sodass Lidotschka vor Lachen fast verging: Himmel und Meer tauschten die Plätze, Schiffe zogen über die Wolken am Horizont, schnappende Fische, Seepferdchen, alles schwamm, zerrann, ohrenbetäubend kreischende Möwen hingen an unsichtbaren Fäden, Lidotschka selbst segelte zwischen Himmel und Meer dahin.

Das war das Glück – die vertrauten warmen Hände, die einen niemals losließen, niemals fallen ließen, selbst wenn sich die ganze Welt auf den Kopf stellen sollte. Erst später sollte sie das verstehen. Sehr viel später.

»Bleib hier bei Tante Manja und Onkel Kolja«, befahl Papa und setzte Lidotschka auf den Sand. Das Meer war wieder unten und der Himmel oben. Wie gewohnt. »Machst du das? Mamotschka und ich gehen schwimmen, sonst wird sie noch ganz durchgebraten.«

»Geht nur, geht ruhig«, brummte Tante Manja behäbig, »ich habe meine beiden groß bekommen und später noch als dritte meine Enkelin – ich werde eure Schöne nicht aus den Augen lassen. Badet nach Herzenslust.«

»Wir sind nicht lange aus«, versprach Mamotschka schuldbewusst und drückte ihre weiche, glühend heiße Wange an Lidotschka. »Hör auf Tante Manja. Ich hab dich sehr, sehr lieb.«

Lidotschka nickte abgelenkt – Tanta Manja kramte mit verschwörerischem Blick energisch in ihrer Tasche herum und es war klar, dass sie etwas äußerst Interessantes daraus hervorholen würde. Onkel Kolja sah ebenfalls neugierig drein – man konnte sehen, dass das Leben mit seiner Frau immer noch voller jugendlicher, aufregender Überraschungen war. Tataa!, rief Tante Manja wie im Zirkus und beschenkte Lidotschka mit einem riesigen Pfirsich – zart-pelzig, heiß, rosa-marmoriert vom gleißend hellen Licht. Eine Welle berührte Mamotschkas Bauch mit kühler Pfote und jagte ihr eine Gänsehaut über den Rücken und die Schultern. Lidotschka kniff die Augen zusammen und schnupperte an dem kitzelnden Pfirsich. Los, wer ist schneller an der Boje, Ninusch? Mamotschka schüttelte den Kopf und lächelte arglos. Iss, Kind, murmelte Tante Manja, Onkel Kolja klopfte bereits ein hart gekochtes Ei auf seinem Knie auf, das er aus derselben Tasche erbeutet hatte. Auf der Zeitung erschienen nacheinander, wie durch Zauberhand, hässliche Ochsenherztomaten, aus dem Speisesaal entwendete Brotscheiben, Wurst, durch und durch goldene Weintrauben vom Markt. Auf achtzig Kopeken heruntergehandelt, prahlte Tante Manja und streichelte mit derselben gedankenlosen Zärtlichkeit zuerst Lidotschkas von der Sonne erwärmtes Köpfchen und dann den geschorenen missgestalteten Hinterkopf ihres Mannes – ach, mein Goldstück, meine Beste, Maruska, ich könnte mich selbst beneiden, ehrlich …

Lidotschka hatte fast den halben Pfirsich aufgegessen, atmete durch und stöhnte vor Wohlbehagen, der klebrige Saft lief ihr über das Kinn und den pummeligen braungebrannten Bauch – verschmier nicht alles, Kind, ich werde dich nachher abwaschen, du wirst so sauber wie ein Apfel sein, wo arbeitet denn deine Mama? Stell dir vor – und der Papa zeichnet auch Pläne? Und wie viele Zimmer habt ihr? Hörst du, Kolja, ich hab's doch gesagt, dass Ingenieure im Norden sofort Dreizimmerwohnungen kriegen, aber du meintest, was soll Genka auf dem Technikum, ab in die Fabrik mit ihm! So, und jetzt geht er ein mit seiner Familie im Wohnheim. Und verdienen Mama und Papa viel Geld? Das weißt du nicht? Iss, Kind, iss, Gott soll dir Gesundheit schenken und deiner Mama und deinem Papa auch …

Plötzlich ertönte ein gellender, schauriger Schrei – AAAAAH! Lidotschka verschluckte sich, ließ den Pfirsich fallen, an dessen köstlichem Fruchtfleisch sofort der grobe Sand haften blieb, das kann man nicht mehr abwaschen, zum Wegschmeißen, schade drum, und der Schrei kam immer näher, erklomm solch jenseitige Höhen, dass das Strandbild, als wäre es auf dickes, halbdurchsichtiges Glas gemalt, sich sogleich trübte und sich mit einem Spinnennetz erschrockener Sprünge überzog. Die Urlauber erhoben sich so langsam wie Schlafwandler von den Handtüchern und Liegen, jemand lief bereits zum Wasser und drängte sich vor die anderen.

AAAAAAAH! HIL-FE! HIL-FE!

Tante Manja bekreuzigte sich erschrocken, großer Gott, Kolja, schau nach, was passiert ist, heul doch nicht, Kind, da hat jemand zu viel Sonne erwischt, gehen wir schauen. Lidotschka drehte sich immer wieder nach dem hoffnungslos verlorenen Pfirsich im Sand um. Sie dachte gar nicht daran zu heulen. Im Gegenteil – es war schrecklich interessant.

Papa kniete am Saum des Wassers und wie ein kleines Kind zog ihn ein hochgewachsener nasser Bursche an der Hand hoch, einer aus der Truppe der muskelbepackten Rettungskaryatiden, die gewöhnlich ganze Tage auf ihren Holztürmen zubringen, immerzu Eis essen und mit den Urlauberinnen flirten, sich aber natürlich die meiste Zeit zu Tode langweilen.

»Alles in Ordnung, Genosse?«, erkundigte sich der Bursche bei Papa und streckte dabei teilnahmsvoll seinen Hintern in der grellen Badehose heraus. Aus der Menge der Schaulustigen antwortete jemand mit vorwurfsvoller Bassstimme:

»Was soll in Ordnung sein? Siehst du denn nicht? Da ist wer ertrunken!«

»Nicht irgendwer, sondern seine Alte«, wurde die Bassstimme berichtigt. Papa entriss schließlich dem Burschen seine Hand, ächzte plötzlich leise auf und fiel vornüber, als wäre er ein Spielzeug, das jemand mit dem Ellbogen versehentlich von seinem angestammten Platz gestoßen hatte.

Der Rettungsschwimmer richtete sich auf und schaute bestürzt um sich. Durch die Schar der Urlauber drängte sich bereits, weiß und flink wie ein Motorboot und laute Rufe ausstoßend, eine Ärztin, und genau so ein weißes und flinkes, diesmal aber echtes Motorboot umfuhr die Bojen in aufstiebenden Kreisen. Von ihm aus tauchten weitere Rettungsschwimmer lautlos in die glatten Wellen ein und riefen sich dabei etwas mit ihren fernen, glockenhellen jungen Stimmen zu.

»Ach Gott, die Frau ist ertrunken und er selbst ist heil geblieben«, sagte ein Mann, der in der nackten, verschwitzten, lärmenden Menge nicht auszumachen war, halb rügend, halb neiderfüllt. Als hätte er diese Worte gehört, erhob sich Papa im selben Moment – wie Lidotschkas halb gegessener Pfirsich war er am ganzen Körper mit dem schweren braunen Sand paniert.

Er warf plötzlich den Kopf zurück und drohte mit den Fäusten nach oben zum Himmel – mit einer Geste von solch archaischer und schrecklicher Kraft, dass sie gar nicht mehr menschlich war. Eine übermütige Welle beschloss, sich an ihn heranzuwagen, gelangte bis an die rosigen, kindlich wirkenden

Fersen, überlegte es sich jedoch plötzlich anders und eilte zurück ins Meer zu den ihren. Papa ließ seine blanken nassen Augen über die Urlauber schweifen.

»Nein«, sagte er plötzlich ganz ruhig. »Das ist alles nicht wahr. Es ist Zeit fürs Mittagessen. Wir gehen jetzt essen. Wo ist meine Tochter?«

Lidotschka riss ihre kleine, vom Pfirsichsaft klebrige Hand aus Tante Manjas Faust und stürzte los, sank im lockeren heißen Sand ein. Lockerer heißer Sand. Etwas platzte in ihrem Kopf, in vielen kleinen Explosionen – als würden darin winzige Sicherungen durchbrennen, die die Spannung nicht aushielten –, eine nach der anderen. Noch war nicht alles aus dem Gedächtnis gelöscht, was gelöscht werden musste.

(Erst dreizehn Jahre später, als Lidotschka auf BBC eine beschauliche Dokumentation über eine Orang-Utan-Familie ansah, stockte etwas in ihr, als ein Männchen, das gerade sein Junges einem Alligator entrissen hatte, ans Ufer sprang, sehr menschlich aufheulte und plötzlich das verstümmelte tote Kleine zum Himmel hob – halb zürnend, halb anklagend, bemüht zu verstehen. Lidotschka runzelte die Stirn, schmierige Schlieren trübten plötzlich ihren Blick, als sähe sie die Welt durch eine von fettigen Fingern betatschte Brille – eine fremde Brille mit den falschen Dioptrien, in der Eile von einem fremden Tisch mitgenommen. Nichts war zu erkennen. Gar nichts.

Dann legte das Männchen das Junge behutsam auf den Boden und alle Orang-Utans beschnupperten der Reihe nach den regungslosen misshandelten Körper wie zum Abschied und gingen im Gänsemarsch fort, von der Evolution gebeugt, unwissend, augenblicklich und glücklich alles wieder vergessend, denn vergessen bedeutete für sie leben. Bedauernswert, nicht wahr?, fragte Luschbin heftig blinzelnd – wie alle bewusst hartherzigen Menschen vergoss er gerne Tränen über Kleinigkeiten.

Lidotschka nickte zustimmend. Aus Mitleid zu weinen hatte man ihr schon mit neun Jahren in der Schule abgewöhnt. Möchtest du einen Pfirsich? Luschbin langte verlegen nach dem Obstteller, Mist, jetzt flenne ich wie ein Weib. Nein, sagte Lidotschka. Entschuldige. Ich bin allergisch gegen Pfirsiche.)

Kinder sind robust gebaut, sehr robust. Wie sehr sich die herangewachsene Lidotschka auch bemühte, sich an den Sommer des Jahres 1985 zu erinnern, die Zeit nach dem 24. Juli war wie ausgelöscht bis auf vereinzelte schmerzhafte und grelle Blitzbilder: die Bettdecke im Hotelzimmer, weiß-blau geblümt. Papa, der tagelang mit dem Gesicht zur Wand auf dem Bett neben ihr lag, im Nacken schimmerte seine rosige, schutzlose Haut durch den rötlichen Flaum. Im Flugzeug – Lidotschka flog zum ersten Mal in ihrem Leben mit dem Flugzeug! – reichte eine wunderhübsche Tante ganz in Blau »Flugbonbons« auf einem Tablett herum – die waren klitzeklein, nur halb so groß wie normale Bonbons und irgendwie komisch. Lidotschka nahm eines und bedankte sich leise, wie Mamotschka es ihr beigebracht hatte. Nimm' noch eines, Mädchen, erlaubte die Stewardess und durch das professionelle aufgesetzte Lächeln, durch die getönte Tagescreme »Ballett«, dick aufgeschmiert wie auf ein Butterbrot, traten ganz menschliche, warmherzige Falten hervor. Danke, flüsterte Lidotschka wieder und nahm noch ein Bonbon. Im Flugzeug war es interessant, aber stickig, und es roch nach künstlichem Tannenduft und einem Hauch von vor langer Zeit Erbrochenem. Die ganzen sechs Stunden hindurch, die der Flug nach Ensk dauerte, weinte Papa. Ohne Unterbrechung. Die ganzen sechs Stunden.

Wer dann all die unmöglichen Besorgungen auf sich nahm, die Dokumente holte, den Sarg beschaffte, ihn durch das ganze Land bringen half, das wusste Lidotschka nicht. Auf die Beerdigung nahm man sie nicht mit, sie blieb unter der Aufsicht der schweigenden und mit einer Stricknadel bewaffneten Nachbarin zu Hause und spielte ruhig mit ihren Puppen. Die Puppen kochten Suppe und machten Besuche, die DDR-Puppe Lelja mit den goldenen, quietschenden Haaren feierte sogar Hochzeit mit dem Hasen. Diese Lelja war nur wenig kleiner als Lidotschka selbst, also hatte Mamotschka ihr eines von ihren Kleidern angepasst – ein weißes, festliches, mit einem schrecklichen Brandfleck auf der Brust von einem unvorsichtigen Bügeleisen. Mamotschka hatte den Fleck unter einer großen Schleife versteckt und nun waren der weißseidenen Lelja ständige Ehebestrebungen einfach vorherbestimmt. Was bist du von Beruf, Lelja? Ich? Braut!

Als die Türklingel schellte, überlegte Lidotschka gerade, wer das Kind von Lelja und dem Hasen werden könnte – der glupschäugige Welpe oder die Hurvínek-Plastikpuppe mit den beweglichen Armen. Während die Nachbarin versuchte, nach vier Handgriffen (Brille abnehmen, Brille ablegen, das Knäuel fallen lassen, sich das Kreuz reiben) aus dem Sessel zu kommen, sauste Lidotschka bereits vor Freude hopsend ins Vorzimmer – Mamotschka, Mamotschka ist gekommen, das weiß ich! Schließlich befreite sich die Nachbarin aus dem Möbelgefängnis und bekreuzigte sich verstohlen. Vor der Tür stand eine Lidotschka völlig unbekannte Frau in einem Kleid von einer unwahrscheinlich aufregenden nächtlichen Farbe. Sie war außerordentlich hübsch, dagegen kam die Stewardess nicht an. Fast so hübsch wie Mamotschka. Nur die Lippen waren übermäßig rot. Die Frau schob Lidotschka achtlos zur Seite, als wäre sie ein kleiner und nicht sehr wertvoller Gegenstand, und trat ins Haus.

»Und wo ist meine Mama?«, fragte Lidotschka und verzog vorsorglich den Mund, um leichter losheulen zu können.

»Gestorben«, antwortete die Frau ganz ruhig, woraufhin sich die Nachbarin noch einmal bekreuzigte.

»Und Papa?« Was dieses »gestorben« hieß, das wusste Lidotschka nicht, aber das Heulen unterließ sie sicherheitshalber.

Die Lippen der Frau bewegten sich kaum merklich, als wollte sie die Luft küssen, hätte es sich dann aber anders überlegt.

»Dein Papa kommt bald zurück«, erklärte sie und blickte Lidotschka schließlich an.

Die Augen der Frau waren graublau, durchsichtig, glatt, mit einem dunkleren Verlauf im Hintergrund. Mamotschka hatte rotbraune Augen. Rotbraun und fröhlich waren sie, wie bei einem rotbraunen, fröhlichen Hund. Und später dann, ihr ganzes Leben lang, fürchtete Lidotschka am meisten auf der Welt, dies zu vergessen.

»Und wer sind Sie denn, wenn man fragen darf?«, kam die Nachbarin endlich zur Besinnung, die bisher nur argwöhnisch die doppelte Perlenschnur am Hals des geheimnisvollen Gastes beäugt hatte – die Perlen waren allesamt ziemlich groß und bestachen durch die Schlichtheit sehr teurer und sehr einfacher Dinge.

Sicher Kunstperlen, beruhigte sich die Nachbarin, eine professionelle Warenexpertin und begeisterte Neiderin im verdienten Ruhestand. Ihre Hoffnung war umsonst – die Perlen waren echt – graurosa Meeresperlen, geduldig herangewachsen in der lebendigen, zärtlichen Dunkelheit von Austern. Für Galina Petrowna Lindt gab es überhaupt nur Echtes, nur das Beste und Teuerste. Das galt allerdings nicht für ihr eigenes Leben, aber das wusste, Gott sei Dank, niemand.

»Wer ich bin?« Galina Petrowna zog mitleidig die Brauen hoch, als wäre die Nachbarin eine Wahnsinnige, die den derzeitigen Machthabenden nicht erkannte, dessen Porträt in jedem Haus in der schönen Ecke hing, aufgewellt von der hingebungsvollen Beweihräucherung durch das Volk und dem ständig dampfenden Samowar. »Wer ich bin? Meinen Sie das ernst?«

Die Nachbarin wurde im Nu ganz klein, wich zurück in ihr kümmerliches Leben, in die enge Einzimmerwohnung, wo eckige bäuerliche Schablonenmuster auf die weiß getünchten Wände gemalt waren.

»Gehen wir«, sagte Galina Petrowna und schubste Lidotschka zur Tür hinaus, die zu schließen noch niemandem in den Sinn gekommen war. Und Lidotschka schritt gehorsam über die Schwelle ihres eigenen Lebens.

Nach und nach wurde Lidotschka klar, dass die Großmutter sie geerbt hatte.

Die Großmutter wurde mit Galina Petrowna und Sie angesprochen. Lidotschka versuchte die Variante »Oma Galja«, die aber abgelehnt wurde: Erstens klingt das viel zu ländlich, zweitens könnte man glauben, dass du hundert Großmütter hast und nicht weißt, an welche du dich wenden sollst. Das stimmte, Lidotschka hatte keine hundert Großmütter und auch nicht so viele Großväter. Genauer gesagt, hatte sie einen Großvater und eine Großmutter – sie wohnten in Papas und Mamas Schlafzimmer, und Mamotschka nahm sie manchmal von der Wand und fuhr zärtlich mit dem Finger über den schwarz-weißen Mann in der Uniformjacke und über die Frau mit den Locken, die eine leichte, rundliche, dem Anschein nach fröhliche Hand auf die Kapitänsschulterklappe des Mannes gelegt hatte. Die Frau hatte eine lange Perlenkette und Grübchen auf den Wangen und der Mann trug einen Schnurrbart mit geraden, eng stehenden Borsten. Das hier, Barbariska, erklärte Mamotschka, sind meine Mama und mein Papa, das sind dein Großvater und deine Großmutter. Und wo sind sie?, fragte Lidotschka, obwohl sie wie bei einem Märchen die Antwort schon kannte und sich schon darauf freute, so wie sich alle Kinder jedes Mal freuen, wenn die Dinge ihren vorhersehbaren Lauf nehmen. Ganz weit weg von hier, in einem fantastischen und märchenhaften Land, erwiderte die Mutter traurig und dachte dabei vielleicht an das Paradies oder an den fernöstlichen Militärbezirk und die verschneite Brücke, von der der hinter dem Steuer eines Lastwagens einnickende einfältige Soldat mit den Segelohren gerutscht war und alle Insassen in seinen letzten wunderlichen Traum mitgenommen hatte – sowohl den im Laderaum frierenden Soldatenzug als auch den Kapitän, den sie beim Verlassen der Stadt Bikin per Autostopp mitgenommen hatten, und auch die Frau des Kapitäns im Fahrerhaus, die noch im Tod die im Militärgeschäft gekaufte Tischlampe mit dem sommerlichen, sonnengelben Lampenschirm an die Brust gedrückt hielt.

Und warum kommen Großmutter und Großvater uns nicht besuchen? Lidotschka zog Mamotschka ungeduldig an der Hand, als spürte sie, dass man nicht zu lange an das Eis denken durfte, das unter den Rädern zerbarst, und auch nicht an das stille, schwarze, eiskalte Wasser, das darunter herausschoss. Warum, sag, warum? Weil das sehr weit ist, Barbariska. Und fahren wir mal zu ihnen? Ganz bestimmt, versprach Mamotschka ernst, zuerst Papa und ich und dann du. Aber das dauert noch sehr lange. Tausend Millionen Jahre? Von dieser riesigen Zahl stockte Lidotschka der Atem. Sogar noch länger, versprach Mamotschka und stand vom Polsterhocker auf, der wie eine Erdbeere auf dicken Beinen aussah. Weißt du was, wir backen zusammen Krapfen! Lidotschka jauchzte voller Vorfreude auf das Hantieren mit Mehl und einem frisch geöffneten Konfitüreglas und die Großeltern verschwanden wieder an die Wand. Ehrlich gesagt, hatten sie sowieso wenig Ähnlichkeit mit Großeltern.

Aber Galina Petrowna – Galina Petrowna hatte überhaupt keine Ähnlichkeit mit irgendjemandem.

Erstens wohnte sie ganz allein in einer riesigen Wohnung, die an das Bild eines Schlosses im großen, raschelnden Märchenbuch von Charles Perrault erinnerte.

Zweitens durfte man in der Wohnung weder laufen noch springen noch schreien. Das alles durfte man ohnehin nicht tun, aber in der Wohnung erst recht nicht.

Drittens kam jeden Morgen eine bestimmte Frau, Marwanna, die sich eine Schürze umband und in allen Zimmern mit der mechanischen und schweigsamen Routine einer Maschine sauber machte. Wenn Mamotschka sauber machte, sang sie entweder oder ärgerte sich. Außerdem bereitete Marwanna das Essen zu – jeden Tag gab es etwas frisch Gekochtes, die Reste vom Vortag aber füllte sie in ein Spezialgeschirr, das sie Henkelmann nannte. Den Henkelmann nahm Marwanna mit nach Hause. Mit Lidotschka sprach sie nie, als gäbe es sie gar nicht.

»Wozu braucht Marwanna das Essen?« Lidotschka hielt es nicht aus und fragte Galina Petrowna, obwohl sie das Sprichwort von den neugierigen Katzen und den verbrannten Tatzen nur zu gut kannte. Mamotschka und Papa hatten ihr nicht erlaubt, fremde Erwachsene auszufragen. Aber wenn diese Erwachsenen endlich weg waren, konnte man natürlich fragen.

»Welches Essen?«, wunderte sich Galina Petrowna und sah zerstreut vom Fernseher auf. »Aaah ... Das Essen. Was weiß ich, wahrscheinlich bringt sie's ihren Enkeln.«

Lidotschka schwieg und überlegte.

»Ist Marwanna unsere Gemeinschaftsoma?«

Galina Petrowna verabschiedete sich nun endgültig vom Spielfilm *Brasselett 2*, in dem es um irgendein dämliches Pferd ging. Kinofilme waren auch nicht mehr das, was sie einmal gewesen waren.

»Wie kommst du darauf, dass Marja Iwanowna unsere Oma ist? Und zupf nicht so an dem Sessel herum. Du machst ihn kaputt.«

Gehorsam hörte Lidotschka auf, den Samtbezug zu streicheln. Marwanna kam jeden Tag und kochte, putzte, machte die Betten und wusch die Wäsche. Sie kümmerte sich wie eine Großmutter um Lidotschka und Galina Petrowna. Außerdem hatte sich gerade herausgestellt, dass sie Enkel hatte, denen sie das brachte, was Lidotschka und Galina Petrowna nicht aufaßen.

Also mussten sie, Galina Petrowna und Lidotschka, ebenfalls ihre Enkel sein, sogar die Lieblingsenkel. Lidotschka konnte in der logischen Kette ihrer Schlussfolgerungen keine einzige Lücke erkennen. Es stimmte alles. Oder etwa nicht?

Galina Petrowna zog gereizt die Schultern hoch.

»Dein Kopf ist voller Unsinn! Marja Iwanowna ist meine Haushaltshilfe. Geh besser lesen oder malen. Lesen wirst du doch können, oder?«

Lidotschka kletterte beleidigt vom Sessel. Natürlich konnte sie lesen. Schon sehr lange. Sogar ohne laut mitzureden!

Was viel seltsamer war: Früher hatte Lidotschka nicht die leiseste Ahnung von Galina Petrownas Existenz gehabt. Das verstand sie nicht. Denn – entweder hatte man eine Großmutter, wenn auch nur als Bild an der Wand, oder nicht. Natürlich hätte sie Papa um eine Erklärung bitten können, doch obwohl Galina Petrowna beteuerte, dass er bald kommen werde, kehrte er einfach nicht zurück. Lidotschka erinnerte sich dunkel daran, dass Papa in der ersten Nacht, die sie bei Galina Petrowna verbracht hatte (sie hatte auf einem Ledersofa geschlafen, das sich wie die Haut eines lebendigen Elefanten anfühlte), da gewesen war. Er hatte zitternd neben dem Sofa gekniet und wie ein Welpe gewinselt. Lidotschka hatte sogar im Tiefschlaf seinen vertrauten warmen Geruch wahrgenommen – eine wunderbare Mischung aus Tabak und Rasierwasser. Mama sagte immer, dass er wie das Lorbeerblatt aus der Suppe roch, und nannte Papa sogar manchmal Lorbeerchen.

»Lorbeerchen«, murmelte Lidotschka, während sie sich auf dem ungewohnten Kissen herumwälzte. Es war zu weich. Mamotschka sagte immer, dass es schädlich sei, auf einem zu weichen Kissen zu schlafen. Papa verstummte erschrocken. »Schlaf, mein Töchterchen, schlaf, mein Häschen«, flüsterte er und versuchte, Lidotschka im Dunkeln mit blinden Händen zwischen den Erhebungen des Sofas zu ertasten. »Niemand hat deine

Zöpfe vor dem Schlafen gelöst. Deine Großmutter hat nicht daran gedacht, sei nicht böse auf sie, sie wird es noch lernen, du wirst sehen …«

Lidotschka versuchte, die schweren Wimpern auseinanderzubekommen, was ihr aber nicht gelang. Und wo ist Mama?, fragte sie unzufrieden mit vom Schlaf ganz rauer Stimme, ruf die Mama … Papa schwieg, als müsste er seine Kräfte sammeln, und presste dann plötzlich sein riesiges, glühendes Gesicht an Lidotschka, sodass sie sogar durch den dünnen Stoff des Schlafanzugs fühlte, wie seine Zähne klapperten.

»Reiß dich zusammen, Boris«, befahl ihm plötzlich Galina Petrowna, die im Türrahmen aufgetaucht war. Wie ein Gespenst im weißen Nachthemd, darüber ein mit wilden Drachen bestickter Morgenrock. »Du führst dich auf wie ein Weib.«

Papa hob den Kopf, Lidotschkas Schlafanzug war auf der Seite von seinen Tränen durchnässt.

»Du hast sie immer gehasst«, sagte Papa leise. »Immer.«

Galina Petrowna zuckte die Achseln und verschwand, daraufhin verschwand auch Papa, löste sich in der langsamen Nachtluft auf, als Lidotschka sich auf die andere Seite drehte und nicht mehr gegen den Schlaf ankämpfen konnte, der sie liebevoll von allen Seiten umfing …

Am nächsten Morgen war Papa nirgends zu finden, Lidotschka durchstreifte lange die unbekannte Wohnung, tapste bloßfüßig herum, bis sie auf Galina Petrowna stieß, die in einem Heiligenschein aus Rauch am Fenster stand – Mamotschka hatte nie geraucht. Papa schon, aber Mamotschka nicht.

»Wo ist mein Papa?«, fragte Lidotschka mürrisch.

Galina Petrowna drehte sich um. Sie hielt eine seltsame Zigarette zwischen ihren Fingern. Eine ganz lange.

»Weg«, sagte sie.

»Und Mama?«

»Mama ist gestorben.«

Lidotschka schwieg und probierte dieses unmögliche Schicksal an.

»Ich möchte nach Hause«, sagte sie dann.

»Dein Zuhause ist jetzt hier.«

Das stimmte nicht und beide, sowohl Lidotschka als auch Galina Petrowna, wussten das nur zu gut. Aber sie hatten keine Wahl. Und so begannen Lidotschka und Galina Petrowna zusammenzuleben.

Als Erstes brachte Galina Petrowna Lidotschka zum Arzt. In einem langen weißen Auto mit dem klingenden Namen »Wolga«. Dabei saß Galina Petrowna selbst hinter dem Steuer. Das war neu für Lidotschka, denn in ihrem früheren Leben wurden Autos nur von freundlichen Onkeln mit riesigen schwieligen Händen gelenkt – von Taxifahrern. Mamotschka rümpfte über ihre Nägel immer empört die Nase, um Lidotschka darauf aufmerksam zu machen, was passierte, wenn man sich vor dem Essen nicht die Hände wusch. Die Nägel waren schwarz, eingerissen und ungepflegt. Und die Autobusse fuhren praktisch von selbst. Dafür konnte man in den Autobussen heimlich die Nase in den stickigen Schafspelz eines Fahrgasts stecken oder den knisternden bunten Saum eines fremden eleganten Rocks anfassen. Lidotschka liebte Autobusse.

Galina Petrowna setzte Lidotschka, die sie wie eine Puppe herausgeputzt hatte, auf den Vordersitz und schnallte sie fest an, ganz so als würde sie ein Band um einen Blumenstrauß binden. Zapple nicht herum, befahl sie. Die Straße eilte ihnen wie ein ungestümer junger Hund entgegen – leicht, eben, voll langer Schatten und blendender, sonnengrüner Flecken. Von der schnellen, ratternden Abfolge der Masten, Baumstämme und spiegelnden Fenster wurde Lidotschka gleich ganz komisch zumute. Außerdem roch es im Wolga stark und süßlich nach Benzin und Galina Petrownas Parfüm – unerträglich stickig, wie eine Johannisbeerkonfitüre, die in der Hitze den Glasdeckel gesprengt hatte und frech herausquoll. Das war *Poison* von Dior, ein Duft, der kurz vor einem legendären Erfolg stand, eine Neuheit, sogar für Paris ungewöhnlich, 1985 auf den Markt gekommen, genau in dem Jahr, in dem nun der Wolga durch die Straßen von Ensk gondelte und in dem Lidotschka in den Sitz gedrückt die Beine baumeln ließ und versuchte, mit den Sandalen den zitternden Boden zu erreichen. Vergebens. Mast, Baum, Fenster, Kurve. Baum, Fenster, Kurve, Mast.

Galina Petrowna hatte für das *Poison* dreihundert Rubel bezahlt – dreihundert! –, das war mehr, viel mehr als das Monatseinkommen vieler Bürger in der riesigen Sowjetunion. Doch je mehr man ausgibt, desto mehr Geld bleibt einem. Das ist eine sehr einfache und verständliche Regel. Und wer kann schon sagen, wie viel eine Unze Glück kostet, in welchen Geldeinheiten das Geräusch zu messen ist, mit dem das durchsichtige Zellophan aufreißt und von der malachitgrünen Schachtel gleitet? Das blauviolette Flakon, rund und glatt wie der Busen einer jungen Frau. Das glasklare Prisma des fein geschliffenen Stöpsels. Galina Petrowna strich mit dem kühlen, feuchten Flakonhals über den eigenen heißen, pulsierenden Hals. Honig von Orangenbäumen, Himbeere, Ambra, Opoponax und Koriander. Um das Harz des Opoponax zu gewinnen, wird der Pflanze Ferula Opoponax eine tödliche Wunde zugefügt. Die Tränen und das Blut dieses Krauts riechen wie reinstes würziges Gift. Ich glaube nicht, dass sonst noch jemand im Sowjetland so ein Parfüm besitzt, brummte die treue Norotschka, die heimliche Lieferantin der Ensker Elite, ein kleiner Fisch im großen diplomatischen Schwarzmarktgeschäft. Galina Petrownas dreihundert Rubel stopfte sie in die Öffnung ihrer rosafarbenen schicken Tasche. Sie tat dies mit der flinken und geschickten Bewegung einer Diebin, so als würde sie das Geld in ihren Büstenhalter stecken. Das passte weder zu Norotschkas gut geschnittener ausländischer Kleidung (an der jede Passe, jeder Abnäher perfekt saß) noch zu ihrem unbeteiligten, gleichgültigen Verhalten einer an alles gewöhnten reichen Dame.

Das Auto sprang über einen heimtückisch offen stehenden Kanalschacht, woraufhin Lidotschka nur mit Müh und Not ein großes pelziges Klümpchen Erbrochenes zurückhalten konnte. Es riecht hier drin, murmelte sie vor sich hin. Sie beschwerte sich ohne große Hoffnung, einfach nur so. Galina Petrowna beugte sich über sie, streckte ihre große Hand aus (der *Poison*-Benzin-Gestank wurde so greifbar, als tunkte man Lidotschkas Kopf in tintenschwarzen Rotz) und die vorbeiziehende Straßenluft steckte gewandt wie eine Katze ihre feste kühle Pfote durch das Autofenster und schlug Lidotschka leicht auf die Lippen und die gewölbte schwitzende Stirn. Das Atmen fiel ihr gleich leichter. Dafür schwoll plötzlich der gefährliche, monotone Abzählreim – Mast, Baum, Fenster, Kurve – zu einem schrecklichen, grollenden Gebrüll an. Alle Geräusche der vorbeirauschenden Stadt prallten hektisch aufeinander im Versuch, gleichzeitig durch den Fensterspalt einzudringen. Dabei blieben sie unweigerlich stecken, was sie in einem überaus zornigen, unerträglichen Ton aufheulen ließ.

Um sich etwas abzulenken, schielte Lidotschka nach Galina Petrowna, aber auch die befand sich zu allem Unglück in einer ununterbrochenen Bewegung, wie eine Maschine. Unter dem Rock von der Farbe zarter, frischer Sauermilch bewegten sich flink die kräftigen Knie, als würde Galina Petrowna auf etwas Störrisches, Widerspenstiges und Boshaftes eintreten. Die rechte Hand (auf dem Finger ein großer, üppiger Rubin im Cabochonschliff) senkte sich immer wieder auf den direkt aus dem Boden aufragenden Schalthebel, was diesen heftig knacksen ließ, als würde ein verborgener, aber wichtiger Knochen brechen. Als Antwort heulte das Auto klagend auf und Galina Petrownas Hand legte sich wieder aufs Lenkrad, um damit eine fließende

Drehbewegung zu vollführen. Das ähnelte einem merkwürdigen mechanischen Tanz, der weder für die Zuschauer noch für den Tänzer auszuhalten war. Besonders quälend war Galina Petrownas Kopfbewegung, wenn sie der Reihe nach in die drei Spiegel blickte, oben, links, rechts, und jedes Mal hüpfte eine kupferbraune modellierte Locke über ihrer Stirn, da sie für eine Hundertstelsekunde aus dem vorgegebenen Takt geriet.

Irgendwann kam es zu einem Einklang zwischen diesem komplizierten Rhythmus und der ununterbrochen vor dem Fenster vorbeihuschenden Szenerie, der Geruch im Auto wurde stärker, wurde beinahe zu einem feierlichen, ohrenbetäubend lauten Choral. Obwohl sie bereits wusste, dass es zu spät war, versuchte Lidotschka dennoch, ihre Arme aus dem Gurt zu befreien oder zumindest die Augen fest zuzudrücken. Zapple nicht, hab ich gesagt, wiederholte Galina Petrowna verärgert, ließ die Bremsen quietschen und – voilà – Lidotschka übergab sich.

Das Kleid (hellblau und nagelneu, mit Atlasband und fein gerafftem Volant am Saum) hatte fast gar nicht gelitten, doch die weißen Söckchen mit den Bommeln mussten von der schluchzenden Lidotschka unter Galina Petrownas Aufsicht in der Toilette der Poliklinik ausgewaschen werden. Allmächtiger, was für ein Kind! Gründlich ausspülen! Jetzt ordentlich auswringen. Du hältst sie nicht richtig. So nicht! Galina Petrowna riss Lidotschka die besudelten Socken aus der Hand und wrang sie – ruckzuck! – über dem Waschbecken aus. Der Cabochon an ihrem Finger reflektierte den gewundenen Wasserstrahl und brannte mit einem feuchten, purpurroten Feuer. Über die Fliesenwände der Toilette huschten helle rosafarbene Lichtreflexe – und erloschen dann plötzlich. Spül dir den Mund aus, befahl Galina Petrowna und Lidotschka nahm gehorsam etwas kühles, nach Chlor riechendes Wasser in den Mund und spuckte es wieder aus. Von ihrem Kinn hing ein bitterer glitschiger Speichelfaden. Ihr war nicht mehr übel, ihr Magen regte sich nur ein ganz kleines bisschen. Aber das kam eher davon, dass sie sich schämte. Galina Petrowna rollte die gewaschenen Socken zu einem festen feuchten Ball zusammen und warf sie in die Tasche. Gehen wir, ordnete sie an. Also gingen sie.

Die Ärztin sah aus wie ein süßes Windgebäck – rund, weiß und wie aus zwei zuckrigen, knisternden, federleichten Hälften zusammengeklebt. Was haben wir denn da für ein Püppchen? Die Stimme der erfahrenen Kinderärztin war ebenso süß wie ein Windgebäck, als sie vor Lidotschka in die Hocke ging. In der Erwartung schrecklicher Geräte wie eines Spatels oder einer Spritze wich Lidotschka vorsichtshalber ein paar Schritte zurück – es war klar, dass von einem Menschen mit so einer Stimme nichts Gutes zu erhoffen war. Doch die Ärztin tastete Lidotschka geschickt mit ihren glatten Fingern ab, ohne ihr wehzutun. Und jetzt sag Aaah, gut gemacht, heb die Arme, sehr schön, jetzt werden wir dich noch abhören. Die Metallscheibe des Stethoskops war so eisig, dass sie sich fast heiß anfühlte, und kitzlige, kribbelige Schauer liefen Lidotschka über den Rücken. Sie zog die Schulterblätter, auf denen sich Gänsehaut gebildet hatte, zusammen und kicherte. Die Luft anhalten, befahl die Ärztin streng, und jetzt einatmen. Lidotschka kicherte noch einmal, woraufhin Galina Petrowna ihr mit dem Finger drohte.

»Ein vollkommen gesundes Mädchen«, lautete schließlich das Urteil der süßlichen Ärztin, während sie Lidotschka ins Kleid half. »Und so eine Schönheit, sie ist Ihnen wie aus dem Gesicht geschnitten, Galina Petrowna. Haben Sie etwas Konkretes auf dem Herzen? Isst oder schläft Lida vielleicht schlecht? Das ist ganz normal nach dieser Belastung. Wie fühlen Sie sich denn selbst?« Die Ärztin senkte vertraulich die Stimme, um Galina Petrowna zu einer herrlichen Tratschrunde einzuladen. Wie so viele Institutsärzte verbrachte sie den Großteil ihrer Tage mit unerträglichem, aber gut bezahltem Heucheln von Begeisterung für ihre hochrangigen Patienten und bewahrte ihren Verstand nur mit Klatsch und Tratsch vor dem Verblöden.

Galina Petrowna zuckte verärgert die Schultern. Sie hatte nicht vor zu tratschen, schon gar nicht über sich selbst.

»Mit mir ist alles in bester Ordnung«, antwortete sie abweisend, »machen Sie sich keine Sorgen. Untersuchen Sie lieber das Kind gründlich. Vielleicht hat es Würmer?«

»Aber woher denn, was denn für Würmer, Galina Petrowna?« Die Ärztin war sogar etwas gekränkt für Lidotschka, die gleich daneben auf einem Stuhl saß und die Sandalen baumeln ließ. Auf dem Volant des hellblauen Kleides prangte ein verräterischer Fleck vom herausgewaschenen Erbrochenen und die linke Ferse brannte ein wenig. »Das Mädchen ist, Gott sei Dank, vollkommen gesund. Wenn Sie es wünschen, können wir natürlich einen Test durchführen, aber ...«

Als hätte sie das Wort »Test« zum Leben erweckt, trat eine nicht mehr ganz junge Krankenschwester mit starrem Gesichtsausdruck hinter einem Wandschirm hervor.

»Olga Walerewna, schreiben Sie eine Überweisung. Untersuchung des Stuhls auf Wurmeier. Lidia Borissowna Lindt. Lidotschka, dein Papa heißt doch Borja, nicht wahr?« Noch ehe Lidotschka nicken konnte, hatte sich Galina Petrowna erhoben, ihre Hand genommen und grußlos das Zimmer verlassen.

»So ein Schwachsinn«, sagte die Krankenschwester überraschend zornig zur geschlossenen Tür hin. »Würmer. Als hätte sie sich ein Kätzchen von einer Müllhalde ins Haus geholt.«

Der angekotzte Wolga, den Galina Petrowna am Wachhäuschen abgestellt hatte, erwartete sie aufgeheizt von der Sonne, innen jedoch gründlich gereinigt. Das war dem Wachmann zu verdanken, einem lustigen dicken Onkel, dessen Aufgabe es war, die Institutspoliklinik vor Durchschnittsbürgern mit ihren gewöhnlichen Geschwüren und Entzündungen zu schützen. Ach herrje, da ist dir ganz schön übel geworden, mein Käferchen, bemitleidete der Onkel Lidotschka und steckte ihr ein Barbariska-Bonbon in die schlaffe Hand, das von der langen Aufbewahrung in der Uniformtasche fast gänzlich seine ursprüngliche Form verloren hatte. Lidotschka, die ganz verwirrt und eingeschüchtert war von der erneuten Begegnung mit dem Wolga und dem rätselhaften Gespräch über Würmer, bedankte sich artig – wie es ihr auf ewig von der Mama eingetrichtert worden war.

»Ist das Lazar Jossitschs Enkelin?«, fragte der Wachmann munter und versuchte, Lidotschka über den erhitzten Scheitel zu streicheln, doch Galina Petrowna entzog Lidotschka gewandt der liebkosenden Hand und steckte dem Onkel stattdessen den verdienten Dreirubelschein zu – damit er den Mund hielt und keinen zu vertraulichen Ton anschlug.

Die erste Tür wurde zugeschlagen, dann die zweite und wieder fand sich Lidotschka in dem unerträglichen Wageninneren, umhüllt vom bereits bekannten Gestank, der sich mit dem scharfen Geruch nach heißem Kunststoff, Chlor und frischem Erbrochenem mischte.

»Wer ist denn Lazar Jossitsch?«, fragte sie, während sie versuchte, durch den Mund zu atmen und sich nicht zu bewegen, um das Klümpchen, das sich in ihrem Inneren schon wieder gebildet hatte, nicht zu reizen.

Galina Petrowna zog kaum merklich die Brauen hoch und blickte Lidotschka mit unerwartetem Respekt an – wie einen sehr erwachsenen oder sehr mutigen Menschen.

»Lazar Jossifowitsch Lindt war Mitglied der Akademie der Wissenschaften«, sagte sie mit langsamem, seltsamem, ja fast singendem Tonfall, und das war natürlich keine passende Erklärung für ein fünfjähriges Mädchen, eigentlich überhaupt keine Erklärung, eher eine Gedenkformel oder Dämonenbeschwörung. Lidotschka öffnete verständnislos den Mund. »Er war dein Großvater.«

ZWEITES KAPITEL
MARUSJA

An einem vor Kälte klirrenden Novembermorgen im Jahre 1918 tauchte er in Moskau aus dem Nichts auf, als hätte ihn Gott direkt auf der Schwelle der Zweiten Moskauer Staatlichen Universität, der MGU, nach seinem Ebenbild erschaffen. Die eifrige Fantasie hat wahrscheinlich vor Ihrem Auge bereits einige düstere Daguerreotypien aufgefächert: Kälte, Hunger, Zerfall, menschenvernichtende Gräuel, Entsetzen, Brudermord, Typhus.

In Wirklichkeit standen die Dinge in Moskau jedoch nicht so schlecht. Im März des Jahres 1918 war die Stadt wieder zur Hauptstadt ernannt worden – zugegeben, es war nicht ganz klar, von welchem Staat, aber dafür verhinderte die hastige Übersiedlung der Regierung aus Petrograd, dass auf der Straße die Aasgeier weiter von den Leichen schmausten. Das Publikum, das zu Aristophanes' *Lysistrata* ins Komissarschewskaja-Theater strömte, war jedenfalls durchaus nicht vom Hunger geplagt, die Fußballmannschaft »SKS« gewann die Stadtmeisterschaft und auf den Tennisplätzen brillierte Wsewolod Werbitzki, Schauspieler am Moskauer Künstlertheater, ein Liebling der Massen, ein Schönling, der in eben diesem Jahr 1918 den ersten Platz der ersten Tennismeisterschaft des revolutionären Moskaus errang. In Mode waren – nach Swerdlows Vorbild – herrlich knarrende Lederjacken für beide Geschlechter, unter der Hand konnte man sich alles verschaffen und Brünette mit hohen Wangenknochen setzten weiterhin kokett Augen und Knie ein, wie in früheren, friedlicheren und wohl auch langweiligeren Zeiten. Die Lebensmittelknappheit, die Nähe der Deutschen und die Trupps von mehr oder weniger betrunkenen Soldaten schienen nicht die untrüglichen Vorboten der Apokalypse zu sein. Sie waren eher die unausweichlichen Begleiterscheinungen eines großen Umbruchs, die ebenso fest wie bedauerlicherweise zusammengehörten wie ein reizender Abend auf der Datscha und Stechmücken, Verliebtheit und Heirat, die Butterwoche und deftiges, unter dem Brustbein vertraut gärendes Sodbrennen.

Im Übrigen fanden sich in Moskau auch zertrümmerte Schicksale und menschlicher Abschaum im Überfluss: Die frisch vollendete Revolution wälzte nicht nur ganze Stände um, sondern auch ganze Völker. Es gab besonders viele Juden – sie waren es, denen die Sowjetmacht anfangs und im Eifer einfach alles gab. Die ewig Verstoßenen, die keine Sesshaftigkeit kannten, waren wie von Sinnen. Es zog sie mit Macht in die Hauptstadt, teils auf der Suche nach ihrem unwahrscheinlichen jüdischen Glück, teils um sich selbst davon zu überzeugen, dass ihr Leid ein Ende hatte. Nun ganz gewiss. Die gerissensten und findigsten begannen sich gleich einzugewöhnen, anzupassen und sich einzuleben, der eine widmete sich dem Handel, der andere dem rapide an Wert verlierenden Geld, wieder ein anderer erfand sich ein früher unbekanntes Amt. Das alles geschah ganz sachte, ganz langsam. Auf leisen Sohlen, wie der glühende Antisemit und nebenher große russische Schriftsteller zu sagen pflegte.

Einige hatten das Anpassen überhaupt nicht nötig, da die besten Söhne des jüdischen Volkes selbst Beteiligte und Anstifter der russischen Revolte waren, ja sogar kopflose Beteiligte und erbarmungslose Anstifter. Nebenbei bemerkt wurden gerade sie später auch die ersten Opfer der befreiten Dämonen, als das gigantische imperiale Schwein sich nach einigen Jahren der Auf- und Umbrüche mit einem Grunzen aus der jahrhundertealten

Pfütze erhob und sich gleichgültig daranmachte, die eigenen Ferkel zu fressen, ob sie nun koscher waren oder nicht. Aber in den ersten sowjetischen Jahren, ach, was bildeten sie doch für ein heiliges und leidenschaftliches Heer, diese jungen Kommissare, diese Ururenkel Abrahams! Unbestechlich, fanatisch, unbarmherzig, herrlich in ihrem idiotischen Heroismus verliehen sie der russischen Revolution jenen deutlichen jüdischen Beigeschmack, der die Juden selbst noch Jahrzehnte später wutentbrannt ausspucken ließ – einige spuckten Gift und Galle, andere das eigene Blut. Das hing, wie das Akademiemitglied Lindt meinte, vom Blinkwinkel ab.

Übrigens gehörte Lindt weder dem Händler- noch dem Kommissarsstand an, und überhaupt musste man sich eingestehen, dass er in seinem Judentum sehr wenig Sinn und Nutzen sah. Die Juden hielt er für ein scheues und friedliches Völkchen mit einem äußerst unglücklichen historischen Schicksal. Nun, überlegen Sie selbst – jahrhundertelanger Kleinhandel und Erniedrigung, abgeschottete Stadtviertel, in denen man sich nachts zitternd zusammendrängte, immer das Wissen vor Augen, dass man, sosehr man sich auch bemühte, bei der kleinsten Unstimmigkeit sofort mit Sack und Pack vor die Tür gesetzt würde. Und dazu gab's noch eins auf die Rübe. Einfach so, damit man nicht im Weg war und es nicht so penetrant nach Knoblauch stank.

»Weißt du, Lazar, ein jüdischer Antisemit, das ist noch widerlicher als eine Klosterhure!«, empörte sich Tschaldonow, einer der Begründer der modernen Hydro- und Aerodynamik, Akademiemitglied, strahlender Eckpfeiler der sowjetischen Wissenschaft und ein so waschechter Russe, dass ein Blick in den Pass gar nicht nötig war. Man musste sich nur seine teigige Nase anschauen, die farblosen Brauen und die Holzschnitthaftigkeit seiner gutmütigen Physiognomie und sogleich sah man wie im Schnelldurchlauf die ganze bescheidene Geschichte der russischen Ackerbauern mit ihren Rufen und Pfiffen, ihrer Zwangsarbeit und der gewissermaßen unfreiwilligen Zwangsfröhlichkeit.

»Ach, hören Sie schon auf, Sergej Alexandrowitsch. Ich und Antisemit?« Lindt zeigte grinsend seine großen, beeindruckenden Zähne. »Ich bin doch nur für Gerechtigkeit. Wie kann man ein Volk groß und von Gott auserwählt nennen, das so saublöd war, alles auf der Welt zu verlieren, einschließlich des eigenen Tempels, um dann tausend Jahre lang von rührseligen Erinnerungen zu zehren? Nicht einmal ein vernünftiges kulturelles Erbe hat es geschaffen!«

»Du lieber Himmel, Lazar! Und die Bibel?«, erschrak Tschaldonow. Er war zwar 1869 geboren, aber das Geschenk der Aufklärung und die harten Fäuste des Geistlichen, der dem stumpfsinnigen ländlichen Kirchenvolk Glauben und Gottesliebe einbläute, hatten für ihn auch im Jahr 1934 nichts an pädagogischer Überzeugungskraft verloren. »Was ist mit der Bibel?«

»Welche Bibel, Sergej Alexandrowitsch, ich bitte Sie!« Lindt lachte nun offen heraus. »Ja, wer hat denn keinen solchen Text, was ist mit den Upanischaden oder der Thora? Ich spreche von kulturellem Erbe und nicht von religiösen Fabeleien. Wo gibt's bei Ihren Juden denn Hochliteratur? Oder Malerei? Wo Architektur?«

Tschaldonow bekreuzigte sich in Gedanken und murmelte ebenfalls in Gedanken »Unser täglich Brot gib uns heute« vor sich hin – vertraute, beruhigende Worte, die fast frei von Sinn waren, jedoch die verkrusteten seelischen Leiden und Wunden salbten. Und im Einklang mit ihm beteten – wenn auch in einer anderen Sprache, jedoch zu demselben Gott – unhörbar und unsichtbar ganze Generationen von Lindts Vorfahren, stille Herumirrende, verzweifelte ewige Juden, die tatsächlich keine raffinierten Paläste, keine großformatigen Gemälde, keine Skulpturen mit ausladenden Hinterteilen geschaffen hatten –

nichts, dessen Zurücklassen man bei der nächsten Vertreibung bedauern könnte. Aber genau diese unablässigen, gramerfüllten Gebete durchwirkten die gesamte Weltkultur so sehr, dass aus jeder Ecke entweder wehmütige jüdische Augen oder nicht weniger wehmütige jüdische Nasen hervorlugten. Die Juden, das heißt, ach, du lieber Gott, ihr Juden, natürlich, seid für alle Vernunftbegabten und Zivilisierten der göttliche Grundstein und die geistige Quelle. Alles klar, Lazar?

Lindt zuckte mit den Schultern. Mit Widerlichkeiten, noch dazu religiöser Natur, wollte er seit jeher nichts zu tun haben.

Manchmal kam es Tschaldonow so vor, als hätte der Schöpfer Lindts geniales Wesen hastig in den erstbesten irdischen Körper gestopft, als wäre selbst Er nicht imstande gewesen, dieses Geschöpf länger festzuhalten. Wie eine heiße Kartoffel, glühend, angekohlt, an einer Seite aufgeplatzt und verkrustet, die man erst zur Abkühlung beherzt von einer in die andere Hand wirft, dann aber doch auf das dunkle, nächtliche Gras fallen lässt, verflixt, viel zu heiß, na wenigstens nicht in einen Kuhfladen, danke schön.

Der zufällige Körper war erniedrigend klein, schmächtig und hager, sodass der frierende Soldat mit den großen Ohren, der den Eingang zur Zweiten MGU im November 1918 bewacht hatte, Lindt zunächst für ein Straßenkind gehalten hatte. Die Lumpen, die er am Leib trug, waren mustergültig wie aus dem Kleinen Kaiserlichen Theater. Der kommt sicher betteln, folgerte der Rotarmist und befahl beinahe freundlich:

»Scher dich zum Teufel, Judenbengel, hier gibt's nichts zu klauen. Nur gelehrte Herrschaften hier. Die haben selbst nichts zu fressen.«

»Ich möchte zu Tschaldonow Sergej Alexandrowitsch«, erklärte der Judenbengel höflich wie ein Erwachsener.

Und forderte bestimmt:

»Melden Sie mich, bitte.«

Der Sekretär der Fakultät für Physik und Mathematik (mit den Abteilungen Naturwissenschaften, Mathematik und Chemie-Pharmazie) führte Lindt zu Tschaldonow. In Wirklichkeit existierten die Fakultät und der Sekretär praktisch gar nicht, da sich die gesamte Fakultät mit all ihren Abteilungen noch in der Zukunft befand. Um nicht durchzudrehen, lebte der Sekretär hartnäckig in seiner gemütlichen Vergangenheit als Privatdozent der Universität, mit sicherem Einkommen und der seinem Titel angemessenen Beschäftigung mit hochgeistigen und ethischen Fragen. Doch Lindt, der die Umstände nicht kannte, spürte in dieser Pattsituation nichts Irrsinniges oder Hoffmanneskes. Im Übrigen waren ihm nutzlose Grübeleien über die Sinnlosigkeit des Seins und hysterisch-esoterische Spinnereien fremd. In dieser Hinsicht war er kein wahrer Russe und schon gar kein Intelligenzler. Nur ein mit beiden Beinen fest auf der Erde stehendes Genie. Ein Genie im reinsten biologischen Sinne des Wortes. Eine klassische Pathologie des Großhirns. Echt. Wahrscheinlich eine seltene Mutation. Ich kann auch nichts dafür, dass es eben so ist.

Als er hinter der Tür das Scharren und die überaus hündischen Laute hörte, die das Erscheinen des schwermütigen Fakultätssekretärs für gewöhnlich ankündigten, ächzte Sergej Alexandrowitsch Tschaldonow unwillig.

Sergej Alexandrowitsch Tschaldonow hatte keine Zeit.

Im Grunde hatte er bereits seit fast dreizehn Jahren keine Zeit, ungefähr seit 1905, als er – übrigens ein herausragender Mathematiker – sich das Amt des Direktors der Höheren Kurse für Frauen hatte aufbürden lassen. Und schon ging's los: Brennholz, Kuratoren, Erweiterungen, Berichte, von Hormonen gebeutelte Kursantinnen – heiraten, ihr Dummchen, schleunigst heiraten! Aber jetzt kam Tschaldonow die damalige Hektik wie ein angenehmes Mittagsschläfchen vor. Denn es war eine Sache, Direktor der Höheren Kurse für Frauen unter Väterchen Zar zu sein, aber versuch einmal, diese Höheren Kurse in einem Monat in die Zweite MGU umzuwandeln, und das unter der neuen Revolutionsregierung, die aus Unerfahrenheit selbst nicht wusste, was sie wollte, aber dafür nach Herzenslust forderte. Mit vorgehaltenem Revolver.

Der Sekretär kratzte diskret an der Tür und steckte seinen Glatzkopf ins Zimmer. Tschaldonow legte verdrossen das Protokoll № 77/113 der Gremiumssitzung des Volkskommissariats für Bildungswesen beiseite. Das Protokoll ordnete die »Umwandlung der Höheren Kurse für Frauen in eine Zweite Moskauer Staatliche Universität als gemischte Bildungseinrichtung« an, »ohne dass dies als Neugründung einer höheren Bildungseinrichtung zu verstehen« sei.

Einfach alles an diesem Dokument war abstoßend: die gelbliche Farbe, die Rauheit des Papiers, der für einen angestammten Bauern unerträglich bürokratische, ignorante Ton (»Bewilligung eines Vorschusses auf die Kurskosten in Höhe von 1/12 des unterbreiteten Kostenanschlags«). Aber am schlimmsten war die Liste der Gremiumsmitglieder, die Tschaldonow samt und sonders völlig unbekannt waren. D.N. Artemew, W.I. Kalinin, M.N. Pokrowski, W.M. Posner und D.B. Kalinin, die waren gerade noch auszuhalten. Aber der Name Lengnik, der gleichzeitig nach Zahnschmerzen und den unaussprechlichen Houyhnhnms von Swift klang, löste bei Sergej Alexandrowitsch physische Qualen aus. Glücklicherweise bewahrte ein fürsorglicher Schutzengel den unter chronischem Schlafmangel leidenden Tschaldonow vor den unerträglichen Einzelheiten: Lengniks Vor- und Vatersnamen (Friedrich Wilhelmowitsch) und seine Parteidecknamen (Kurz und Kohl). Sonst läge das zukünftige preisgekrönte Akademiemitglied schon mit eigenhändig durchschossener Birne auf dem Parkett des ungeheizten Direktorzimmers. Was drücken Sie sich so an der Tür herum, Pawel Nikolajewitsch? Kommen Sie herein. Was gibt's? Die nächste Verordnung?

»Nein, Sergej Alexandrowitsch. Keine Verordnung. Sie haben Besuch«, meldete der Sekretär, immer noch zwischen dem Korridor (mit dem Körper) und dem Direktorzimmer (mit dem Kopf) verharrend. Man könnte sagen, dass ihm diese Position zwischen Vergangenheit und Zukunft vertraut war.

»Und wer zum Teufel ist das?«, sagte Tschaldonow unbeherrscht, da er den zwischen zwei Welten hängenden Sekretär menschlich zwar bemitleidete, aber in der Arbeit, gnädiger Herr, muss man trotzdem arbeiten. Ja, arbeiten! Trotz allem!

Der Sekretär zögerte, konnte sich nicht zu einer Beschreibung des zerlumpten Halbwüchsigen entschließen, der trotz seines Gestanks und seiner Ungewaschenheit mit der bemerkenswert zuversichtlichen Gelassenheit eines reich und frei geborenen Mannes auftrat.

»Sagen Sie Sergej Alexandrowitsch, dass ich Fragen zur Dynamik des nicht holonomen Systems habe«, flüsterte Lindt ihm zu. Seine zerschlissenen Schuhe stachen so ins Auge, dass man an die Füße selbst besser gar nicht erst dachte.

»Äh, äh«, stotterte der Sekretär und entschied damit endgültig das Schicksal der sowjetischen Wissenschaft, da daraufhin der gelangweilte Lindt den Privatdozentenhintern, der ihm den Weg in eine vielversprechende Zukunft versperrte, behände beiseiteschob und unangemeldet in Tschaldonows riesiges Zimmer trat.

Am ehesten war dies einer Verschwörung gleichzusetzen. Oder dem Spiel von Kindern, dessen Regeln sich laufend ändern und neu erfunden werden, sodass lediglich die Erinnerung an ein launenhaftes Glücksgefühl bleibt, wie es nur in der frühen und ihrer selbst nicht bewussten Kindheit aufkommen kann.

Lindt und Tschaldonow saßen am Sitzungstisch und schoben sich fingerfertig wie zwei Kartenspieler gegenseitig ein Heft zu, das Lindt aus seinen Lumpen hervorgezogen hatte und das so fettig war, dass man es praktisch essen konnte. Tschaldonow schrieb flink einige für einen normalen Menschen unverständliche Buchstaben, Zahlen und Wörter auf eine leere Seite und Lindt ergänzte im zurückgepassten Heft über diesen Buchstaben und Zahlen seine eigenen. Beide Spieler grunzten manchmal sogar vor fast körperlichem Vergnügen, als würden sie in Wirklichkeit Volleyball spielen und dabei hechelnd ihre prallen, robusten, perfekten Muskeln anspannen und einander den ebenso prallen, robusten, perfekten Ball zupassen.

Dann blieb Lindt endlich einige Minuten an einer unerhörten Formel hängen, die eher einem komplexen Insekt glich, das Dutzende von Pedipalpen und Chelizeren spreizte. Tschaldonow trommelte ungeduldig auf den Tisch.

»Nun?«

»Ich weiß es nicht«, gab Lindt zu und bedeckte die Formel mit der Hand, als fürchtete er, sie könnte durch seine vor Hunger geschwollenen Finger schlüpfen und mit einem leisen, trockenen Rascheln ins dämmrige Jenseits entschwinden.

»Sieh mal einer an, Herr Kollege!«, kommentierte Tschaldonow zufrieden und plötzlich lachten beide vor Freude, als wäre dies kein vor eisigem Schmutz klirrender Novembertag im Jahr 1918, sondern ein Junitag im friedlichen und sonnigen Jahr 1903, als läge kein Heft vor ihnen, sondern ein rosiger, vergnügt mit seinen dicken Beinchen strampelnder Säugling ohne Windel, den sie gerade eben gemeinsam vor einem unabwendbaren Unglück gerettet hatten. Vielleicht sogar vor dem Tod.

»Nehmen Sie mich als Student auf, Sergej Alexandrowitsch?«, fragte Lindt leise und es wurde sogleich klar, dass die Furchen und Spuren in seinem abgezehrten Kindergesicht nicht von Schmutz oder Hunger herstammten, auch nicht von der Müdigkeit Tausender Kilometer, denn, wissen Sie, den größten Teil hatte er zu Fuß zurücklegen müssen … Sie reflektierten das Zwielicht des Schicksals, das Halbdunkel einer großen, sehr großen und schrecklich fernen Gabe, in deren Schatten Lindt bereits achtzehn Jahre seines bedeutenden und ehrwürdigen Lebens verbracht hatte und mindestens noch dreiundsechzig weitere würde verbringen müssen.

»Als Student?«, fragte Tschaldonow drohend. »So ein Unsinn! Student möchte er werden, nun sieh sich mal einer diesen Narren an! Arbeiten werden Sie bei mir und wie!«

Tschaldonow stand mit Mühe vom Stuhl auf, stieß die Zimmertür auf und brüllte ohrenbetäubend in die Tiefe, in die Ferne, in eine unbestimmte Zukunft:

»Pawel Nikolajewitsch, Pawel Nikolajewitsch, stellen Sie unverzüglich diesen neuen Mitarbeiter ein! Wie heißen Sie, Kollege?« Tschaldonow hielt inne und wandte sich zu dem wundersamen Findelkind um.

Lazar. Lazar Jossifowitsch Lindt.

Tschaldonow nickte teils zum Gruß, teils um sich den Namen einzuprägen. Ohne die Antwort aus der Zukunft abzuwarten, machte er sich dann auf die Suche nach dem verschollenen Privatdozenten. Als er nach einer Stunde vollbeladen mit Kärtchen, Bescheinigungen und Fragebögen zurückkehrte, schlief Lazar Jossifowitsch Lindt tief und fest. Sein verlauster, ungekämmter Kopf lag auf dem offenen Heft und auf seinem Gesicht spiegelten sich – endlich – nicht mehr die Schatten von Dämonenflügeln wider, sondern es huschten kurze und anscheinend vollkommen kindliche Träume darüber.

Am Abend nahm Tschaldonow Lindt mit zu sich nach Hause in die Ostoschenka-Straße, in die große dämmrige, knarrende Professorenwohnung, die verlockend nach Büchern in edlen Einbänden und genussvoll zelebrierten Familienessen roch – für fünf Gäste und mit vier Gängen. Vor der Tür zögerte Tschaldonow für einen Moment, woraufhin Lindt ihn leicht am Ärmel berührte.

»Sind Sie sicher, dass es Ihnen keine Umstände macht, Sergej Alexandrowitsch? Ich habe doch eine Übernachtungsmöglichkeit.«

»Ach, was sind denn das für dumme Förmlichkeiten, Kollege?«, brummte Tschaldonow überrumpelt, als er an der Türklingel zog, was zum Teufel, kann der Gedanken lesen oder wie, mit diesen Fähigkeiten, und wenn man die elektromagnetische Natur der Strahlung annimmt … Na, Marusja wird mir was erzählen, Herr-erbarme-dich-unser. Und wie sie das tun wird, das ist so sicher wie das Amen in der Kirche!

Die Eingangstür sprang weit auf (ohne dass nachgefragt oder ein Riegel zurückgeschoben worden war, was völlig entschuldbar gewesen wäre in einer Stadt, in der kürzlich die große sozialistische Oktoberrevolution stattgefunden hatte) und auf der Schwelle erschien eine Frau und mit ihr ein so helles, eindringliches Licht, dass Lazar Lindt für eine Sekunde die Augen zusammenkniff. Das Licht war zu lebendig und stark, als dass es von der einfachen Petroleumlampe, die Maria Nikititschna Tschaldonowa (für Freunde: Marusja) in der Hand hielt, hätte ausgehen können, und so verband Lindt noch lange Zeit später, noch Jahre danach, Tschaldonows Frau und ihre ganze Familie mit eben diesem Licht.

Maria Nikititschna hatte ein angenehmes, ungewöhnlich lebendiges Gesicht vom herberen, ländlich-einfacheren Typ, der im zweiten Jahrzehnt des 20. Jahrhunderts bereits aus der Mode gekommen war und den man heute ausschließlich auf vorrevolutionären Lichtbildern findet. In ihrer Jugend war sie zweifellos wunderschön gewesen auf heute ganz vergessene Art und Weise, als sich weibliche Schönheit mit zurückhaltender Anmut verband und es sich für ein Mädchen aus guter Familie gehörte, viele Tränen über Nichtigkeiten zu vergießen, einen Teint, schimmernd wie kühle, frische Milch, zu besitzen und während der Menstruation ganze Tage in speziell dafür vorgesehenen Röcken im Bett zu verbringen. Bei Tschaldonows Frau traten all diese sanften Forderungen und Konventionen in den Hintergrund, zurückgedrängt vom Licht, das sie wie von selbst ausstrahlte, fast wie gegen ihren eigenen Willen. Sein ganzes weiteres Leben suchte Lindt ein ähnliches Leuchten auf den Gesichtern vieler Frauen, sehr vieler Frauen. Aber er begriff einfach nicht, dass eine Frau für sich selbst überhaupt nicht existiert. Sie besteht aus einem Körper und aus reflektiertem Licht. Nun hast du mein Licht absorbiert und mich verlassen. Und mit dir fort ist mein ganzes Licht. Zitat. 1938. Nabokow hätte zugestimmt, dass ein aufmerksamer Leser selbst die Anführungszeichen setzen kann.

»Schau, Marusja, wen ich gefunden habe«, sagte Tschaldonow lebhaft und etwas ängstlich, als wäre er ein kleiner Junge und Lindt ein zitternder, von Flöhen geplagter, aber bereits heftig geliebter Welpe, und die Entscheidung, ob sie bei ihnen zu Hause leben durften oder beide zurück auf die Müllhalde geschickt wurden, lag nur bei Mama, die wohl kaum einfach so das gestrige »Ungenügend« in der Verhaltensnote vergessen hatte. Maria Nikititschna blickte ihren Mann fragend an. »Das ist Lazar Jossifowitsch Lindt. Mein neuer Kollege«, versuchte Tschaldonow, den Gast anzupreisen. Sein Einfall, das Findelkind mit nach Hause zu nehmen, kam ihm mit jeder Sekunde weniger glücklich vor. Wie alle wohlerzogenen Menschen hatte Marusja ihr Temperament bestens unter Kontrolle und konnte deshalb mit bemerkenswerter Schnelle in die Luft gehen. Tschaldonow wusste darüber nur zu gut Bescheid. Besser als jeder andere. Als Lindt sich höflich verneigen wollte, drehten sich plötzlich die Treppe, Tür und Lampe leicht und schnell um eine schwindelerregende Achse. Das kam vom unerträglichen Hunger. Marusja schwieg noch eine endlose Sekunde lang.

»Läuse?«, fragte sie Lindt sachlich, als würde sie sich auf dem Markt nach seinem Preis erkundigen. Lindt nickte ergeben. Außer dem Heft und den Läusen besaß er nichts. »Dann gedulden Sie sich, bis ich Sie in Ordnung gebracht habe. Und erst hinterher essen wir zu Abend. Einverstanden?«

Nach einer guten Stunde saßen bereits alle im Esszimmer am Tisch, der auf altmodische Art gedeckt war. Die Servietten knisterten, das Silber klirrte schwer, aus dem weiten, an ein Eisloch erinnernden Kragen eines Hemdes von Tschaldonow ragte der glatt rasierte Lindt hervor und versprühte fröhliche Lichtreflexe (Tschaldonow hatte ihm ein erlesenes Rasiermesser aus dem gewerblichen Handelshause Aaron Biber, Warschau, geopfert, ein vorrevolutionärer Luxus, wie gemacht für Ihre undurchdringlichen Stoppeln, Kollege), in den Tassen aus Kusnezow-Porzellan schimmerte echter Karottentee mit echtem Süßstoff und Maria Nikititschna legte dem Gast noch eine dritte Kartoffel (mit geschmolzener Butter!) auf den Teller und sagte fürsorglich: »Essen Sie, Lazarik, man kann Sie ja kaum anschauen, nur ein Kopf auf Beinen und sonst nichts.«

»Ja, Marusja, nur ein Kopf, aber was für einer!«, rühmte der zufriedene Tschaldonow und hob dabei Messer und Gabel zum Himmel. »Dieser Jüngling ist ein Genie, das kannst du mir glauben. Und mit solchen Worten werfe ich nicht leichtfertig um mich, wie du weißt!«

»Ein Genie vielleicht, aber ein sehr unterernährtes«, lachte Marusja.

Verlegen und satt blinzelte Lindt, er wehrte sich mit aller Kraft gegen den Schlaf. Genie – das hatte er schon mehr als einmal gehört. Aber Lazarik hatte ihn noch niemand genannt – weder in der Vergangenheit noch in der Zukunft. Niemals.

Die vierte Kartoffel lehnte er heldenhaft ab: Sobald ich die Lebensmittelkarten habe, Maria Nikititschna, gebe ich Ihnen alles zurück. Beide Tschaldonows winkten protestierend ab. Der reinste Lottogewinn. Unverdient und unerwartet. Es war einmal einer, der ging über die Straße, hob einen goldenen Schlüssel auf und ließ das eingesperrte Schicksal frei. Lindt wusste selbst, dass es so etwas nicht gab. Und doch passierte es ihm jetzt! Die Augen begannen ihm zuzufallen, alles flimmerte und verschwamm im feuchten Glanz einfachen menschlichen Glücks. Maria Nikititschna stand auf, um das Geschirr vom Tisch zu räumen, und sogleich sprang Tschaldonow auf, obwohl er natürlich zum Umfallen müde war: »Marusja, um Himmels willen, setz dich doch, ich mache das selbst, ich mache das schon.« An der Art, wie er vergötternd seine Frau anblickte und wie sie ihm beiläufig die unschönen fahlen Locken über der Stirn streichelte, konnte man erkennen, dass für Gott sogar dreißig Jahre Ehe zu irgendetwas nütze sind, besonders wenn man wirklich an Ihn glaubt. Lindt schluckte einen aus dem Nichts aufgetauchten bitteren Klumpen hinunter. Ich werde das auch einmal haben, schwor er sich innerlich. Genau so und nicht anders. Genau so eine Liebe, genau so eine Marusja, genau so eine Familie.

Maria Nikititschna Tschaldonowa war Tschaldonows größtes Glück und der Umstand, dass beide das nur zu gut wussten, verlieh dem ganzen Familienleben den unverzichtbaren Beigeschmack herrlichen Abenteuers, ohne den die Ehe schnell zu einem langweiligen und schwer verdaulichen Gericht wird – wie dreimal aufgewärmte Bratkartoffeln. Marusja war klüger, stärker und Tschaldonow moralisch überlegen, aber das Wichtigste – sie gehörte einem völlig anderen, besseren Menschenschlag an. Außerdem war ihre ganze Familie wunderbar, eine alte geistliche Familie, deren Wurzeln bis in solch frühchristliche, erstapostolische Zeiten zurückreichten, dass gleich klar wurde, warum sich in ihrem Haus alle Menschen so wohlfühlten, Erwachsene ebenso wie Kinder, Katzen, der Kanarienvogel im Käfig und alle zufällig umherziehenden bettelarmen, verrückten, pilgernden Leute, ohne die weder das russische Leben noch der Dienst am russischen Gott vorstellbar war.

Im Übrigen hatte Marusjas Familie eine ganz eigene Beziehung zu Gott. Auch der wunderbare, wohlklingende, seminaristische Familienname war vollkommen göttlich – Pitowranow. Tschaldonow erinnerte sich noch jetzt mit neunundvierzig Jahren daran, mit welch ernstem Blick die junge Marusja ihm, dem zwanzigjährigen Lümmel, erklärt hatte, dass der Name Pitowranow den Propheten Elia ehrte und »von Raben versorgt« bedeute. Verstehen Sie? Tschaldonow hatte mit seiner weißblonden Zottelmähne genickt, aber nur das Grübchen auf Marusjas Wange im Kopf gehabt und die grauen Pünktchen auf ihrem engen, raffinierten Kattunkleid, an das auch nur zu denken unerträglich beschämend war, nicht daran zu denken aber ebenfalls völlig unmöglich.

»Und der Herr sagte:«, fuhr Marusja bedeutsam fort, »›Gehe weg von hinnen und wende dich gegen Morgen und verbirg dich am Bach Krith, der gegen den Jordan fließt; und du sollst vom Bach trinken; und ich habe den Raben geboten, daß sie dich daselbst sollen versorgen.‹ Erinnern Sie sich etwa nicht daran?«

»Ich erinnere mich sogar sehr gut«, erwiderte Tschaldonow heftig, heftiger als angebracht, da er sich wie ein Dorftrottel vorkam. Und der Umstand, dass er in einem Jahr die Fakultät für Physik und Mathematik der Moskauer Universität in Angewandter Mathematik abschließen würde, verstärkte nur das qualvolle Reiben des verschwitzten Hemdes unter den Achseln und das allgemeine körperliche Unbehagen, das Tschaldonow allein die Anwesenheit dieses Mädchens bereitete, dessen Scheitel kaum an das Knopfloch in seinem Rockaufschlag heranreichte.

»Wenn Sie sich erinnern, wie geht es dann weiter?«, fragte Marusja, aber als Antwort kam von Tschaldonow nur ein stummes und flehentliches Fingerspreizen. Er begriff, dass er die wichtigste Prüfung seines Lebens vermasselt hatte, mit Schimpf und Schande, ohne Recht auf Wiederholung, für immer.

»Dabei hat Papa gesagt, dass Sie ein Mann von außergewöhnlichem Verstand seien«, sagte Marusja enttäuscht und beendete das Zitat wie ein einfaches Gedicht, ohne in den typischen kirchlichen Singsang zu verfallen: »Er aber ging hin und tat nach dem Wort des HERRN und ging weg und setzte sich am Bach Krith, der gegen den Jordan fließt. Und die Raben brachten ihm das Brot und Fleisch des Morgens und des Abends, und er trank vom Bach.«

Tschaldonow nickte noch einmal und folgte Marusja gehorsam ins Nebenzimmer, wo sich der Großteil der Familie Pitowranow bereits an den Esstisch gesetzt hatte, mit den Stühlen rückte und sich fröhlich gegenseitig neckte – Aljoschka schleicht sich schon wieder an die Piroggen heran, Papa, sag doch endlich mal was zu diesem unersättlichen Gierschlund! Das Oberhaupt der Pitowranows, Professor für Theologie an der Moskauer Geistlichen Akademie, strich sich nur spöttisch über seinen gepflegten, vollkommen weltlichen, parfümierten Bart. Entgegen allen Vorurteilen über die Begrenztheit der geistlichen Bildung beherrschte dieser Kinder- und Frauenliebhaber, Genießer, geistreiche Witzbold und kluge Kopf neun Sprachen (von denen übrigens fünf hoffnungslos tot waren), hatte eine herausragende Dissertation über heidnische Kulte verfasst (über die er sich mit seinem ewigen Feind und Kollegen Wwedenski erbittert stritt) und schaffte es trotzdem, ein aufrichtig und naiv gläubiger Mensch zu bleiben. Ja, und wie konnte man auch nicht glauben, wenn jeden Tag, jede Stunde Gott selbst im Klappern des Bestecks, im Weinen der Säuglinge, im Knarren der Holzdielen, in jedem Ton des vielstimmigen Pitowranow-Hauses lebte und atmete, der einfache, vertraute, einzig denkbare, hoffnungslos menschenähnliche Herrgott mit kräftigen Bauernfüßen und lockigem Bart, der Ihm wie eine bauschige Wolke das Sofa, den Sessel und das Fundament der Welt ersetzte.

Die Familie war riesig, laut und einträchtig, aber selbst einem gelegentlichen Gast war klar, dass diese Eintracht nicht auf der bedeutungslosen, zufälligen Blutsverwandtschaft gründete, sondern auf bewusster, willentlicher menschlicher Zuneigung, sodass jedes neugeborene Kind der Pitowranows, jedes zugelaufene Kätzchen und jeder zum Essen eingeladene Gast sich anstrengen musste, um die Liebe und die Zuneigung der anderen zu erringen. Dafür erhielt jeder, der sich in diese friedliche und vielstimmige Symphonie unermesslichen menschlichen Glücks einfand, so viel himmlische und körperliche Behaglichkeit und Wärme, dass es leicht für das irdische und auch noch das jenseitige Leben reichte.

Tschaldonow wurde vom Oberhaupt der Pitowranows ins Haus gebracht. Als begieriger und wählerischer Jäger und Sammler menschlicher Seelen durchschaute er den schlaksigen, zugegebenermaßen völlig ungelenken und unbeholfenen Studenten rasch und sah in ihm nicht das zukünftige Akademiemitglied und den Stern der Fundamentalwissenschaften, sondern einen Menschen mit einer so hohen und seltenen Auffassung von Moral, wie sie sehr lange und verbissen der Graf Lew Tolstoi in den Menschen gesucht hatte, der jedoch nach dem Willen des Herrn selbst frei von diesem feinen, namenlosen Organ war, diesem eigentümlichen Gleichgewichtsorgan der Seele, das sogar kleine Kinder oder Hunde sicher zwischen Gut und Böse unterscheiden lässt sowie zwischen Sünde und gerechtem Denken und gerechten Taten. Einen solch überzeugenden und echten Beweis des Tertullian'schen Axioms (dass jede Seele in ihrer Natur christlich sei) sah Pitowranow zum ersten Mal, dabei war Tschaldonow auf seinem religiösen Lebensweg kaum über das Glaubensbekenntnis und das Vaterunser hinausgekommen. Allerdings konnte der kluge Pitowranow im Gegensatz zu vielen anderen Theologen durchaus zwischen Kirche und Gott unterscheiden, deshalb lud er den aufgeweckten Studenten nach zwei langen Gesprächen in sein Haus in der Pjatnizkaja-Straße 46 zum Essen ein. Erweisen Sie mir die Güte, mein lieber Sergej Alexandrowitsch, ich dulde keinen Widerspruch. Lernen Sie meine Kinder und Hausgenossen kennen und genießen Sie mit uns ein gutes Essen im Kreise meiner Familie. Bei uns schmeckt es immer köstlich, das ist eine unverrückbare Regel, und Sie sind es sicher leid, in Gasthäusern zu speisen.

Und Tschaldonow, den alles auf der Welt verlegen machte außer seiner Mathematik, willigte völlig unerwartet nicht nur ein, sondern kam sogar festlich gekleidet, das Haar pomadisiert, und steif vor Aufregung. Er brachte kandierte Kirschen aus der modischen Konditorei Einem mit. Das schmucke, mit Seide ausgepolsterte Kirschenkörbchen wurde noch am selben Abend geleert und übersiedelte ins Zimmer der Pitowranow-Mädchen, wo es von nun an Knöpfe, Seidenbänder, Glasperlen und andere einzelne Dinge beherbergte, die zwar entbehrlich waren, aber jedes Mädchenherz unendlich entzückten.

Die Pitowranows hatten sechs Kinder, aber Tschaldonow konnte sich wahrscheinlich nicht alle Namen merken, da er gleich, nachdem er die enge Diele betreten hatte, Marusja erblickte, die eine riesige rauchfarbene Angorakatze am flauschigen Nackenfell festhielt.

»Lassen Sie die Galoschen an«, befahl Marusja Tschaldonow aufgebracht, »Sarah Bernhardt, diese räudige Katze, hat schon wieder hingemacht!«

Marusja schüttelte die Übeltäterin, die ihre frechen blauen Augen zusammenkniff, um sich den Anschein einer reuigen Sünderin zu geben. Sie war offen gestanden nicht besonders überzeugend darin und Marusja schüttelte die schlaffe Katze zur Warnung noch einmal.

»Aber erlauben Sie«, murmelte Tschaldonow verwirrt, lief rot an und wusste nicht, wohin mit den Kirschen. »Ich kann doch nicht mit den Galoschen ins Haus. Das geht doch nicht.«

»Das stimmt«, pflichtete Marusja bei, »Mama ist sicher nicht einverstanden. Ziehen Sie die Schuhe aus. Sarah setze ich am besten vor die Tür. Sie sind Tschaldonow, nicht wahr? Sergej Alexandrowitsch?«

Sie streckte Tschaldonow die Hand mit der Katze entgegen. Tschaldonow wiederum hielt ihr unbeholfen das Kirschenkörbchen hin.

»Stets zu Diensten«, murmelte er und verfluchte sich sogleich für diesen unterwürfigen Ausdruck. Stets zu Diensten, wie ein Diener, ein Untergebener! Du lieber Gott, was für eine Schande! Tot umfallen möchte ich, tot umfallen!

»Und ich bin Marusja, das heißt natürlich, Maria Nikititschna.« Marusja lächelte sanft und fröhlich. Über der Oberlippe hatte sie ein kleines braunes Muttermal.

Die Katze nutzte die allgemeine Verwirrung, plumpste schwer wie ein Teigklumpen auf den Boden und machte sich vorsorglich aus dem Staub.

»Jetzt ist sie schon wieder entwischt!«, ereiferte sich Marusja. »Bestimmt zerfetzt sie jetzt auch noch die Gardinen. Nur keine Scheu, treten Sie ein, es warten schon alle. Papa spricht nur von Ihnen, wir denken schon alle, dass er sich absolut in Sie verliebt hat.«

Absolut war Marusjas Lieblingswort. Sie gab Tschaldonow noch einmal ihre kleine, heiße, nun freie Hand und er hielt sie vorsichtig in seiner verschwitzten Faust.

Es war der 28. November 1888 und am 9. April 1889, zu Ostern, machte der zum Umfallen blasse und um Worte ringende Sergej Alexandrowitsch Marusja einen Antrag. Die sichtlich feuchten, prallen und festlichen Hyazinthen beherrschten mit ihrem berauschenden Duft das ganze Zimmer.

»Sind Sie einverstanden, Maria Nikititschna?«, fragte Tschaldonow, der sich für den Fall einer Ablehnung fest vorgenommen hatte, sich zu erschießen oder zumindest alles hinzuwerfen und sich auf das Land, in die Einsiedelei oder in die Trunksucht zu flüchten.

Marusja trat dicht an ihn heran, blickte ihm von unten herauf in die Augen und ihr sehr einfacher, heimeliger, etwas an Äpfel erinnernder Geruch verdrängte die Hyazinthen und erfüllte die ganze Welt.

»Natürlich bin ich einverstanden!«, sagte sie fröhlich. »Obwohl ich wegen Ihnen einen ganzen Rubel an Papa verloren habe! Er meinte, Sie würden bestimmt in der Osterwoche um meine Hand anhalten. Ich aber sagte, dass Sie es auf keinen Fall vor Pfingsten schaffen würden. Haben Sie einen Rubel?« Tschaldonow prallte zurück und klammerte sich mit seinen weißen Fingern am Tischrand fest – das Glück traf ihn mit solcher Wucht, dass sich vor seinen Augen alles drehte und alles verschwamm, langsam an Fahrt zunahm und in den Fugen ächzte. »Aber warum sind Sie denn so blass? Haben Sie Hunger?« Tschaldonow schüttelte den Kopf wie ein alter Gaul. Sprechen konnte er immer noch nicht. Er konnte es noch gar nicht glauben. »Ja, freuen Sie sich denn nicht?«, drängte Marusja weiter. »Wollen Sie mich denn überhaupt nicht küssen? Jetzt darf man das doch bestimmt.«

Sie stellte sich auf die Zehenspitzen und schürzte einfach die glatten Lippen, als hätte sie das schon tausende Male gemacht. Tschaldonow schloss gerade die nutzlosen Augen, als plötzlich Grischa, Marusjas kleiner Bruder, mit einer Geschwindigkeit hereinplatzte, dass er Furchen im Fußabtreter hinterließ.

»Habt ihr den Ostergruß noch gar nicht getauscht?«, fragte er schadenfroh. »Und drüben machen sich diese Heuschrecken«, er wies mit dem Kopf zur Tür, hinter der die Pitowranow-Familie lärmend und vom langen Fasten ausgehungert ins Esszimmer stürmte, »einstweilen ohne euch über das Spanferkel her!«

»Husch, fort mit dir!«, lachte Marusja, nahm Tschaldonow an der Hand und sie gingen gemeinsam zu Tisch – sicher, im

Gleichschritt, stolz, wie man sein ganzes Leben weitergehen könnte, und vor ihnen lief mit jauchzenden Rufen, »Sie haben sich geküsst, ich hab's selbst gesehen, sie haben sich geküsst!«, der von den ersten Hormonen gebeutelte Grischa her und im Esszimmer saßen bereits alle um den festlich und umsichtig gedeckten Tisch, in dessen Mitte tatsächlich ein Spanferkel auf einer Platte lag, ganz klein und sehr kindlich, die geschwollenen Lider ängstlich zusammengekniffen wie bei einem Neugeborenen – und Marusja durchfuhr für eine Sekunde eine schlimme Vorahnung, aber nur eine einzige Sekunde lang. Denn das Jahr war ein großes, gesegnetes für den gesamten Planeten – das Entdeckungsjahr des nicht von Menschenhand gemachten Turiner Grabtuchs, über das bei Pitowranows viel und hitzig gestritten wurde, und in so einem Jahr konnte natürlich nichts Schlimmes passieren. Konnte nicht und passierte auch nicht. Denn zum Frühlingsende schloss Tschaldonow die Moskauer Universität mit Auszeichnung ab und verblieb auf Vorschlag seines Lehrers, des großen Schukowski, am Institut zur Vorbereitung auf den Professortitel.

Und zu Sommerbeginn heirateten Marusja und er.

Gleich nach der Trauung begaben sich die beiden auf Hochzeitsreise auf der Wolga – das war Marusjas Einfall, was sich später, wie alle ihre Einfälle, als die einzig mögliche und glücklichste Variante herausstellte, besser hätte man es sich nicht wünschen können. Der Hochzeitstrubel und die Bahnfahrt nach Nischni Nowgorod schoben die Hauptsache, die Tschaldonow so sehr fürchtete wie auch naiv und ungestüm begehrte, einige Tage lang hinaus. Das ganze Ausmaß seines unverdienten, unmöglichen Glücks begriff er erst in der ächzenden Kajüte des Dampfschiffs – am allerersten Abend, an dem er und Marusja endlich alleine waren. Es roch nach weichem Flusswasser, über die Decke glitten lange, fließende, sich wiegende Schatten, und in denselben fließenden, sich wiegenden Rhythmus stimmte die ganze Umgebung ein: das schwankende Licht der Lampe, das zarte, schwache Schimmern der Wolga, Marusjas erwidernde Bewegungen, die Tschaldonows verliebtes Herz stocken und sich dann wieder umso mehr anstrengen ließen …

Von allen möglichen Flitterwochen waren dies die besten – lang und ohne Hast, wie ihr Dampfer »Thronfolger Nikolai«, von der Gesellschaft »Kaukasus und Merkur« eigens adaptiert. Trotz des Umbaus zum Doppeldecker und der Ausstattung mit einer neuartigen amerikanischen Compound-Dampfmaschine verlor der »Thronfolger« nicht seine provinzielle Behäbigkeit. Es war üblich, an Deck unter einem Sonnenzelt aus Leinen zu frühstücken – mit grauem Kaviar, den man mit einem speziellen Knochenlöffel auf die noch heißen, mürben Kalatsch-Weißbrote aufzustreichen pflegte, und mit endlosem Teetrinken aus einem kleinen, dickbäuchigen Samowar, über den Marusja gleich am allerersten Morgen sagte, dass er mit seinem wichtigtuerischen Schnauben an einen Bischof erinnere. Mit unfreiwillig tränennassen Augen blickte Tschaldonow auf das schnelle, sonnenbeschienene Wasser hinter dem Heck, auf die kreischenden Möwen, denen das ehrbare Publikum großzügig bemessene, noch warme Brotstückchen zuwarf, auf Marusjas merklich geschwollene Lippen und auf den zarten, kaum wahrnehmbaren Knutschfleck auf ihrem von der Sonne ganz leicht gebräunten jungen Hals. Hast du etwas gesagt, Liebste? Entschuldige, ich hab dich nicht verstanden. Ich habe gesagt, du bist wie ein Bernhardiner. Genauso zottelig und sentimental. Ich wusste gar nicht, dass ich eine Heulsuse geheiratet habe.

Marusja stand vom Tisch auf, richtete geschickt ihr erstes echtes Damenkleid (mit unbequemer Turnüre, an die sie sich überhaupt nicht gewöhnen konnte), und nachdem sie Tschaldonow rasch die Zunge gezeigt hatte, begann sie, über das Deck zu flanieren. Tschaldonow aber beobachtete durch den Regenbogen, der immer noch an seinen Wimpern hing, wie sie über die blitzblank geschrubbten Planken ging mit raschen Schritten, lächelnd, ganz aus fließenden Linien und seidenen Schatten bestehend, und fürchtete nur eines – dass er vor Glück sterben und den nächsten Abend nicht mehr erleben würde.

Während der langen Aufenthalte verkauften herausgeputzte Bäuerinnen marktschreierisch lose Fliederbüsche und frühe Erdbeeren – und Marusja, die vom Schiffsdeck aus das Gedränge auf dem hölzernen Pier und die vielschichtige Tracht der Provinzdamen betrachtete, erklärte Tschaldonow fröhlich, warum die Peredwischniki, die Wandermaler, keine Kunst machten, sondern nur eine bedauernswerte Nachahmung dessen, was nachzuahmen eine Sünde war. Verstanden? Eine Sünde, jawohl! Dort, schau dort, dieses Weib mit den Piroggen, einfach eine Pracht, nicht wahr? Die strotzt nur so vor Gesundheit. Und die Augen, was für Augen! Ein Wunder! Kann man denn solche Farben wiedergeben, wenn auch nur mit Worten? Marusja versank für einen Augenblick in Gedanken. Oder mit Musik? Als Fuge vielleicht? Ich finde, eine Fuge ist noch zu wenig für sie. Und Marusja, die musikalisch wie alle Pitowranows war, begann leise etwas Schweres und Titanisches vor sich hin zu summen, das tatsächlich an die Verkäuferin auf dem Pier erinnerte, die ohne Anstrengung einen riesigen Korb mit brennheißen, in Tüchern eingeschlagenen frischen Piroggen in der Luft hielt. Die Piroggen waren dick und deftig, mit Leber, Zwiebeln und Buchweizengrütze gefüllt – schrecklich!, lachte Marusja, hockte sich hin und versorgte die schwachbrüstige Promenadenmischung, die um ihre Beine herumscharwenzelte, mit Leckerbissen. Da, Mütterchen, lass dir's schmecken. Hast viele Hündchen, hm? Gib's zu!

Gierig schnappte die Hündin nach dem würzigen Teig und vergaß dabei nicht, der frischgebackenen Frau Tschaldonowa ihre inbrünstige Zuneigung mit dem ganzen Hinterteil zu bezeugen. Die Hündin hatte sieben Welpen zur Welt gebracht, die aber alle vor ein paar Stunden vom Kaufmann in einer Senkgrube ertränkt worden waren. Er war kein böser Mensch und auch nicht habgierig, sondern einfach klug und besonnen, wie es sich für einen echten Samariter gehörte. Er hätte ohne Probleme die Hündin und ihren Wurf ernähren können, aber für acht Hunde hatte er einfach keine Verwendung. Die Hündin wusste noch nichts davon. Aber jetzt, jetzt war noch alles herrlich: die Sonne, die mit Zwiebeln gebratene Füllung und auch die zärtliche Hand im weißen Handschuh, die sie einmal hinter dem Ohr, einmal im Nacken kraulte. Jeder Atemzug lobpreiste den Herrn und es schien, als wäre Ihm dies nicht gleichgültig.

Marusja zerzauste der vor Glück fast vergehenden Hündin ein letztes Mal das Fell und machte dann mit ihrem Mann einen Spaziergang entlang eines puppenhaften Flussarms, klein und entzückend wie eine Perle, die jemandem aus dem Knopfloch in die Wiese gefallen war – eine etwas matte Perle, nicht ganz ebenmäßig, aber doch echt. Bei den Marktständen wurde geschrien, jemand quetschte die Ziehharmonika, den Schaulustigen wurden Kringel, duftende Stoffe und das bekannte hiesige Garn unter die Nase gehalten – und beide, sowohl Tschaldonow als auch Marusja, wussten, dass sie keinen Fehler gemacht hatten, sondern dies nur der Anfang einer wunderbaren langen Reise war – es würde wohl alles tatsächlich so kommen wie versprochen und ein friedliches langes Leben erwartete sie, Liebe füreinander in Eintracht, und ihnen würde vom Tau des Himmels und vom Dünger der Erde gegeben werden, und ihr Haus würde sich mit Weizen, Wein und Salböl und jedwedem Guten füllen – sodass sie ihren Überfluss mit den Notleidenden würden teilen können. Sie brauchten den Tag ihres Todes nicht zu fürchten. Und alles Versprochene erfüllte sich Punkt für Punkt. Bis auf eines.

Nach einem Jahr glücklichsten Ehelebens tat Marusja die Fragen der Verwandten, die sich nichts sehnlicher wünschten, als einen Enkel auf den Knien zu schaukeln, noch mit einem Scherz ab, nach einem weiteren Jahr war sie selbst schon sehr besorgt. Einige Jahre, zweifellos die schlimmsten im Leben der Tschaldonows, waren einem verzweifelten, für niemanden sichtbaren Kampf gewidmet. Besonders schwer ertrug Marusja, die ungewöhnlich sinnlich und aus diesem Grund besonders schamhaft war, die Ärzte. Treten Sie hinter den Schirm und ziehen Sie sich bitte aus – sichere Männerhände, Folterinstrumente, in den Fäusten zerknüllte, verschwitzte Taschentücher, die keinen Laut von sich gaben, Erniedrigung, Entsetzen, demütigende Hoffnung, ein ums andere Mal, ein ums andere Mal, immer lief es gleich. Es wurden eindeutig alle Kreise der Hölle durchschritten – Kurreisen und Moorbäder, akademisch diplomierte Koryphäen, teure Privatärzte, unbekannte Heiler, die »an Anna Nikejewna einfach ein Wunder vollbracht haben«, wobei Anna Nikejewna, eine Bekannte von Bekannten irgendeines Bekannten, schon so gestaltlos und anonym wie ein Geldschein war, nur dass man im Gegensatz zum Geldschein mit ihrer Hilfe nicht einmal ein Quäntchen Glück kaufen konnte. Mit von der Partie waren sogar die rasch in Mode kommenden Homöopathen und vor dem Gang zu den Gesundbeterinnen, Quacksalbern und Hexen rettete Marusja nur eine angeborene seelische Abscheu. Dabei ging es gar nicht um die Sünde, sondern darum, dass die verschrobenen metaphysischen Vertreter (von denen viele übrigens für eine Untersuchung so viel verlangten, dass es sogar dem habgierigsten Äskulapjünger peinlich wäre) versprachen, mit ihren hastigen Beschwörungen, über Kreuz genähten Tüchern und abgebrochenen Kerzen Gottes Willen zu brechen, und Marusja fühlte mit ihrem Innersten wie niemand anderer, dass es eben Sein Wille war – ihr und Serjoscha keine Kinder zu schenken. Sich diesem Willen zu widersetzen war sinnlos, man konnte nur wünschen, so wie man sich von den Eltern eine Puppe der Marke Simon & Halbig zum Namenstag wünscht, doch statt einer aus Wachs modellierten Schönheit im modischen Seidengewand immer Gefahr läuft, irgendein Groschenheftchen über Bären und dazu noch eine väterliche Ohrfeige zu bekommen. Aber Marusja hatte sich noch nie vor Ohrfeigen gefürchtet, sie wollte immer nur wissen, warum und wofür sie bestraft wurde. Warum und wofür gerade sie?

Die Arztbesuche, auf denen Tschaldonow bestand, waren für sie wie Eisenketten für einen Gottesnarren – eine weitere Prüfung, die den Leib heftig misshandelte, aber gleichzeitig den Geist stärkte. Aber die Hauptsache war etwas anderes: die Ikone der Gottesmutter »Aufsuchung der Verlorenen«, die Ikone der Eltern der Gottesgebärerin, des gerechten Joachims und der gerechten Anna, die Ikone der gerechten Elisabeth, der Mutter von Johannes dem Täufer, die Reliquie des heiligen kindlichen Märtyrers Johannes im Kiewer Höhlenkloster, die wundertätige Ikone im Kloster von Tolga, neben ihr auf einer Stange die Ikone der Gottesmutter des Zeichens, unter der man dreimal durchkriechen und mit Tränen zur Allerheiligsten Gottesgebärerin beten musste. Marusja weinte dabei so sehr, dass man sie beim Verlassen der Kirche stützen musste.

Dann gab es noch das Mariä-Empfängnis-Kloster, die wundertätige Erbarmerin-Ikone und die Reliquie der Ehrwürdigen Sofia von Susdal. Marusjas Seelsorger, Vater Wladimir, ein hagerer, grauhaariger alter Mann mit pfiffigem Bart, der die ganze Nachkommenschaft der Pitowranows getauft und betreut hatte, riet ihr, an das Athos-Kloster Hilandar zu schreiben. Nach drei von niemandem bemerkten Monaten des Wartens erhielt Marusja von den Athos-Mönchen ein Päckchen mit einem Stück von der Rebe des heiligen myronspendenden Simeon, die bereits seit tausend Jahren Früchte trug. Neben dem vertrockneten Zweiglein enthielt das Päckchen noch eine Ikone des heiligen Simeon und drei Rosinen. Die sollte das fruchtlose Ehepaar essen, zwei die Frau, eine der Mann, nachdem sie vorbereitend vierzig Tage lang streng gefastet hatten, also kein Wein, keine Konfitüre, kein Salböl. In der Praxis hieß das Brot, Wasser und rohes Gemüse. Vater Wladimir sagte, dass die Rebe des Simeon die verlässlichste aller Methoden sei. Tschaldonow hielt das Fasten nicht durch, er scheiterte nach einer Woche, als er wie ein ausgehungerter Köter dem Duft von Kohlsuppe folgte und erst im Gasthaus mitten unter übel riechenden Postkutschern und liederlichem Volk zur Besinnung kam. Die Schüssel vor ihm war leer geputzt, der Ober, der elegant eine Hand hinter den Rücken hielt, brachte bereits ein Tablett mit gekochtem Rindfleisch, zu Tränen reizendem Meerrettich und Salzgurken. Tschaldonow schämte sich in Grund und Boden, warf dann aber ganz das Handtuch und bestellte gleich noch Wodka zum Rindfleisch, um das Ausmaß seines Sündenfalls noch zu steigern.

Marusja aber gab nicht nach, sie blieb standhaft. Sie konnte nur aus Schwäche fast gar nicht mehr unter die Leute gehen und aus Sehnsucht nach seiner Tochter schaute das Oberhaupt der Pitowranows höchstpersönlich bei den Tschaldonows vorbei – das junge Paar wohnte damals zur Miete in einer Haushälfte auf der Powarskaja-Straße. Sergej Alexandrowitsch hatte einen guten Stand und wenn man auch noch die Privatstunden berücksichtigte, verdiente er überhaupt nicht schlecht. Pitowranow betrachtete schweigend Marusjas von Pein und Hunger abgezehrtes Gesicht und zog Tschaldonow am Ärmel vor die Tür.

»Ich habe Ihnen meine Tochter nicht anvertraut, Sergej Alexandrowitsch, damit sie zugrunde geht«, sagte er leise, aber so furchteinflößend, dass Tschaldonow wie ein ungezogener Junge die plötzlich schweißnassen Hände hinter dem Rücken versteckte. Er liebte seinen Schwiegervater und ihre Freundschaft war nach der Hochzeit noch enger geworden, frei von Bedingungen und Verpflichtungen. Anders konnten sich die beiden eine Freundschaft auch gar nicht vorstellen.

»Ich habe versucht, es ihr auszureden, Nikita Spiridonowitsch. Aber Vater Wladimir hat seinen Segen für das Fasten gegeben, er sagte, nur in der Enthaltsamkeit und im fortwährenden Gebet liegt die Kraft.«

Pitowranow ließ seinen prächtigen Bart durch die Faust gleiten und zog dann daran, als wollte er ihn ausreißen.

»Vater Wladimir, dem alten Dummkopf, werde ich noch eine aufs Maul geben«, kündigte er an. »Aber du, Serjoscha, du bist doch Mathematiker, ein gebildeter Mensch, wie kannst du nur einen solch unsinnigen vorsintflutlichen Aberglauben in deinem Haus dulden?«

Tschaldonow schwieg betreten. So etwas von einem Professor der Theologie zu hören war unglaublich, sogar unheimlich. Aber noch viel unheimlicher war Marusja, die nach außen hin unverändert fröhlich und gelassen war, im Inneren aber ganz verkümmert und entstellt.

Am selben Abend noch kam der beunruhigte Vater Wladimir zu ihnen, um den zu weit vom rechten Weg abgekommenen Zögling zur Vernunft zu bringen. Tschaldonow bewirtete den alten Geistlichen mit Tee und Konfitüre und suchte unwillkürlich nach Prügelspuren auf dessen Gesicht, das von lebenslanger Anteilnahme voller Falten war. Trotz seiner bischöflichen Gelehrtheit besaß der alte Pitowranow Fäuste, die jeden Kaufmann vor Neid erblassen ließen. Doch Marusja hörte auf niemanden und setzte ihr einsames, völlig unnötiges Fasten fort, und Tschaldonow, der seine Frau auf Knien und unter Tränen angefleht hatte, sich selbst, sie beide nicht ins Verderben zu stürzen, begriff, dass alles umsonst war, dass die Tränen und das Flehen nichts bewirkten. Marusja besaß eine Hartnäckigkeit, die vererbt und in ihr selbst veranlagt war, jedoch ohne alles Bornierte, Wilde oder Krankhafte. Sie wollte einfach nur Bescheid wissen. Sie wollte einfach nur wissen, wofür und warum.

Nach vierzig Tagen wurden die Rosinen aus Athos gegessen –

mit Andacht, mit Ehrfurcht, mit unglaublich greifbarer Hoffnung. Alles umsonst. Die Tür öffnete sich nicht. Es kam nicht einmal der Pförtner heraus, um mitzuteilen, dass es keine Antwort geben würde. Marusja wartete noch ein wenig und fand dann endlich wieder zu sich zurück.

Zu Tschaldonows vorsichtiger Freude wurde alles wie früher, Schluss war mit den Seelsorgern und Ärzten, mit dem endlosen Anbeten von Ikonen, bis die Kniescheiben schmerzten. Die Tschaldonows saßen am sonntäglichen Tisch, es war wieder Sommer und Morgen, die weißen Gardinen im Esszimmer hoben und senkten sich im Wind und mit ihnen wehten das Grün und Gold dahinter. Marusjas Batistkleid war außen kühl und innen heiß und glatt.

»Agascha wird gleich hereinkommen und dann wird's peinlich«, rügte Marusja Tschaldonow und klopfte ihm liebevoll mit dem ebenfalls heißen und glatten Teelöffel auf die Stirn.

»Aber nein«, murmelte Tschaldonow, der mit den winzigen, rutschigen Knöpfen und seidenglatten Bändern kämpfte, »ich habe sie den Samowar holen geschickt, jetzt sehen wir sie zwei Stunden lang nicht mehr.«

Marusja wehrte immer noch sanft seine Hände ab, aber er hörte, spürte ihren Atem schneller werden und wusste, dass gleich alles anders sein würde – der Geschmack, die Glut, der Duft, sie war erstaunlich, unerhört willig, von so einer Geliebten konnte man nur träumen, wenn Tschaldonow von so etwas zu träumen gewagt hätte …

»Warte, Serjoscha«, sagte Marusja. Ihre Oberlippe schwoll vom Küssen immer gleich an, das war ihr persönlicher besonderer Reiz, der Tschaldonows Händezittern und den Schwindel in seinem Kopf noch verstärkte. »Ich muss nach Kostroma fahren zur Gottesmutter von Feodor.«

Tschaldonow prallte erschüttert zurück und verstand nicht, wie sie, die sonst so feinfühlig war, plötzlich alles verderben konnte – diesen Morgen, die Sonnenflecken vor dem Fenster, die durchsichtigen Honigtropfen auf dem Messer, den Geschmack ihrer eigenen Lippen.

»Das ist das letzte Mal, Serjoscha.« Marusja streichelte ihrem Mann sanft über die Wange. »Wirklich das letzte Mal. Versprochen.«

Nach Kostroma fuhren sie gemeinsam, und obwohl beide mit aller Kraft versuchten, sich ganz normal zu verhalten, erwies sich dies als düsterer Schatten auf ihrer wundervollen Ehereise. Die wundertätige Gottesmutter-Ikone von Feodor, vom Evangelisten Lukas selbst geschaffen, befand sich im Ipatios-Kloster der Heiligen Dreifaltigkeit, das mit seinen weißen Steinmauern auffallend prunkvoll war und einer hart gewordenen Cremetorte glich. Tschaldonow betrat die Dreifaltigkeitskathedrale nicht, sondern blieb draußen, aus einer heiklen, bäuerlichen Furcht heraus, dass er mit seiner unbeholfenen Anwesenheit irgendetwas stören oder verderben könnte. Marusja, die immer noch sehr abgemagert war, blickte sich mit ihrem eng gebundenen, einfachen, grau gemusterten Kopftuch auf der Schwelle nach ihrem Mann um, als fürchte sie sich davor oder könne sich nicht entschließen, den letzten, wirklich allerletzten Schritt zu tun. Ihre Lippen bewegten sich ununterbrochen und lautlos und Tschaldonow wusste, dass Marusja zu Anna, der Mutter der Gottesgebärerin, betete: »Das Geschenk einer Leibesfrucht erbitte ich von dir, hebe die Finsternis der Unfruchtbarkeit, die kinderlosen Frauen danken dir und verehren dich und lobpreisen den menschgewordenen Gott – deinen Enkel und Schöpfer und Herrn.« Erstaunlich war eine Welt, in der sogar Gott eine Großmutter hatte, bei der man sich nicht nur über seine aufgeschürften Knie ausweinen konnte, sondern auch über sein aufgeschürftes Herz.

Tschaldonow stieß einen Seufzer aus und setzte sich auf eine einsame Bank, tief in einem Gestrüpp versteckt. Das Kloster war gepflegt, grün und angesehen, es huldigte der Dynastie der Romanows. Und obwohl die Besuche der Zarenfamilie längst nichts Besonderes mehr waren, stellte man die eigene Wichtigkeit unverändert zur Schau. Die klösterlichen Gärten und die militärische Sauberkeit des Klosters konnte man nur beneiden. Tschaldonow setzte sich und klopfte aus Gewohnheit seine Taschen ab – es verlangte ihn stark nach einer Papirossa, aber er ließ es lieber bleiben. Es roch nach sonniger, kürzlich noch von Laub bedeckter, fetter, reichhaltiger Schwarzerde, und ein Vogel zwitscherte ohrenbetäubend im Gewirr der Zweige – er beschimpfte Tschaldonow, weil dieser sein Nest bedrohte.

Das Kloster war voller Wallfahrer, die von schwarzen, mageren Mönchen wie Schafe zu den richtigen Orten gescheucht wurden, festlich gekleidete Laien schritten bedächtig zum Gebet, größtenteils tummelten sich hier jedoch hässliche, vom Leben gezeichnete, gedemütigte Menschen, die hier eine letzte Zuflucht suchten, eine Hoffnung, die sie nicht einmal mehr in sich selbst trugen. Tschaldonow runzelte die Stirn – die Waidwunden, die die russisch-orthodoxe Kirche ewig um sich versammelte, verachtete er im Geheimen und ihn schmerzte der Gedanke, dass sich unter den Verzweifelten, Verwahrlosten und Armseligen, die hier zum Eingang ins verheißene Himmelreich herankrochen, auch seine lebendige, wunderbare, durch und durch wahrhaftige Marusja befand. Er achtete jeden Glauben und Marusjas ganz besonders, aber erlauben Sie, wozu brauchte man dafür die Institution der Kirche, diese Missgestalt, die schwerfällig wie ein Großreich war und sogar das beste menschliche Ausgangsmaterial verderben konnte?

Wie als Antwort auf Tschaldonows Gedanken erschien auf dem Platz vor der Dreifaltigkeitskathedrale ein Ordensbruder, kein Rauschgold-Mönch wie von Nesterow gemalt, sondern ein echter Mann Gottes, ein Hund des Herrn, nur in der orthodoxen Variante. Groß, breitschultrig und fast beängstigend schön – fremd, übermenschlich und schwer fassbar – schritt er, die schwarzen Flügel weit ausgebreitet, und blickte mit so grimmiger Verachtung über die Menschenköpfe hinweg, als fürchte er, sich zu beschmutzen. Die kniende und sich bekreuzigende Menschenmenge wich fassungslos vor dem Mönch zurück. »Ach, was für eine Augenweide«, staunte hingerissen irgendein Weibsbild, selbst wohlgeformt wie eine geschälte Zwiebel, und das Gesicht des Mönchs verzerrte sich plötzlich vor Hass, der aus seinem Inneren als loderndes, schwarzes Feuer aufflammte, um gleich darauf wieder die angewiderte Grimasse zu zeigen.

Tschaldonow wurde ganz anders zumute, als würde er in großer Höhe stolpern und sich gerade noch im letzten Moment an einem wackeligen Geländer festhalten. Gott waren die Menschen völlig gleich – das war klar. Er füllte wahllos die dargereichten Gefäße, ohne ihre Tränen zu bemerken und ohne ihre Gebete zu erhören. Warum verströmte dieser Eigenbau-Satan aus Kostroma so viel körperliche Schönheit und Macht? Warum kniete Marusja schon wieder vor der nächsten Ikone, in der Dunkelheit, in Angst, in Verzweiflung, und sah nichts außer den öligen ockergelben Lichtspiegelungen auf dem alten Brett? Warum ließ der Herr sie beide nicht ihre eigenen Enkelkinder sehen, war das etwa gerecht?

Der Vogel, der es aufgegeben hatte, Tschaldonow mit seinem Gezwitscher zu erschrecken, änderte die Taktik, sprang vom Zweig und hüpfte im Gras herum, ließ den Flügel schleifen und zog naiv einmal den einen, dann den anderen Fuß hinter sich her, als wäre er verletzt und wehrlos. Er beschützte seine Kinder.

»Keine Angst, Dummchen«, murmelte Tschaldonow und rieb sich die nassen Augen, »Marusja hat recht, ich bin wirklich eine Heulsuse und ein Jammerlappen. Ich rühre deine Brut nicht an.« Der Vogel blieb stehen und sah ihn mit seinem runden, undurchdringlichen Auge an. Tschaldonow liebte Stare, sie waren klug, lustig und keine Müßiggänger, bei ihnen im Dorf gab es viele davon. »Ich geh schon weg, hörst du? Ich gehe schon. Herrgott noch mal! Wie lange noch! Wie lange sollen wir noch so weitermachen? Wie lange werden uns noch diese Qualen auferlegt bleiben? Bis zu unserem Tode, ach Gott! Bis zu unserem Tode …«

Er hatte so darauf gewartet, Marusja endlich herauskommen zu sehen, dass er es natürlich nicht bemerkte, als sich die riesige Kirchentür öffnete. Plötzlich war die Luft um ihn herum anders, und es zeigte sich, dass Marusja bereits mit tief gesenktem Kopf langsam über den Hof ging, als hätte sich anstelle einer tröstenden Hand noch ein weiteres Kreuz auf ihre Schulter gelegt. Dieses Mal war es untragbar. Aus und vorbei, begriff Tschaldonow, es ist alles zu Ende, nichts hat geholfen. Auch der letzte Versuch nicht. Man hat sie zerbrochen. Verstümmelt. Zerschlagen. Meine Marusja. Er wollte schreien, sogar kreischen: Als würde vor seinen Augen ein Kind oder ein Kätzchen gefoltert und er hätte absolut keine Möglichkeit, diese sinnlose und lange Qual eines völlig unschuldigen, nichts begreifenden Wesens zu verhindern. Marusja ging wie im Traum gegen schweres Wasser ankämpfend, und mit jedem ihrer Schritte hasste Tschaldonow Gott immer mehr. Dieser Hass wuchs in ihm – im leeren, dunklen Brustkorb –, schwoll immer weiter an, sodass er zuerst nicht mehr atmen konnte, dann nicht mehr glauben und schließlich nicht mehr leben.

Marusja war nun bei ihm und legte ihm sanft die warme Hand auf den Ärmel.

»Was ist mit dir, Liebste? Wie geht es dir?« Tschaldonow küsste hastig Marusjas Schläfe, zog sein Sakko zurecht, fuhr sich durch die Haare, als versuchte er mit diesem seltsamen Getue, Gott von seinem eigenen Nest abzulenken. Er spürte keinen Hass mehr, nur noch Angst, dass die unvermeidliche Feuersäule nun auch auf Marusjas Kopf niedergehen würde. Wieder hatte er alles verdorben, allem geschadet. So ein Tölpel. Dummkopf.

Dämlicher Trottel. Er wollte seiner Frau in die Augen sehen, wagte es aber nicht. Marusja war sehr stark, doch auch sie konnte man zermalmen. Zermalmen konnte man überhaupt alles, besonders als Gott.

»Lass uns fahren, Serjoscha«, bat Marusja leise. »Fahren wir endlich nach Hause.«

»Aber was ist …« Tschaldonow hielt inne, da er nicht recht wusste, was er sagen sollte. Was ist mit dem Glauben? Mit den Kindern? Wie wird es weitergehen? Was ist die nächste Station – das Irrenhaus? Die kirchliche Scheidung? Eine Schlinge, die hektisch um den Kronleuchter gebunden wird?

»Fahren wir nach Hause, Serjoscha«, wiederholte Marusja sanft. »Ich habe einen Pakt geschlossen.«

Tschaldonow traute sich endlich, ihr ins Gesicht zu blicken. Marusjas Augen hatten genau denselben Farbton wie das Kopftuch – hell, gesprenkelt und sehr ruhig. In ihnen war kein Schmerz, kein Zorn, keine Hoffnung. Gar nichts. Völlige Ruhe.

Sie hatte tatsächlich einen Pakt geschlossen.

Weder sie noch Gott sagten Tschaldonow, worum es in diesem Pakt ging, aber beide standen treu zu ihrem Wort. Tschaldonow war so glücklich in der Ehe, wie es ein sterblicher Mann mit einer sterblichen Frau nur sein konnte. Über Kinder wurde nie mehr gesprochen, als gäbe es sie überhaupt nicht. Es schien, als kümmerte dies Marusja gar nicht mehr.

Bereitwillig, ja fast freudig widmete sie sich den Angelegenheiten ihres Mannes – seiner rasant sich entwickelnden Karriere, seiner wissenschaftlichen Arbeit und seinen akademischen Streitereien. Tschaldonows Stern war im Aufgehen, dabei konnte er dank einer Mischung aus bäuerlicher Beharrlichkeit und großer mathematischer Begabung Tätigkeitsgebiete miteinander vereinen, die sich normalerweise nur sehr schwer vereinen ließen. Außerdem war Tschaldonow ein brillanter Gelehrter und ein verständiger Verwalter zugleich. Er wurde geschätzt, befördert und eingeladen – mit einem Wort, alles nahm seinen ordnungsgemäßen glücklichen Lauf. Abends kniete Marusja auf dem vor Anstrengung knarrenden Stuhl und schrieb die Dissertation ihres Mannes mit eifrig herausgestreckter Zunge ins Reine, ohne auch nur irgendetwas davon zu verstehen. »... kann die Lösung des entsprechenden Gasströmungsproblems mithilfe derselben Reihe dargestellt werden, zu deren Gliedern einige Korrekturkoeffizienten der Gauß'schen hypergeometrischen Reihen gehören ...«, schrieb sie in ihrer gestochen scharfen Handschrift ab, die eine starke und ungewöhnliche Neigung nach links aufwies, was laut Aussagen von Grafologen von völliger Kontrolle des Verstandes über das Gefühl zeugte. Tschaldonow trat von hinten an sie heran und blies Marusja sachte auf den Hals, direkt in die wuscheligen, kitzelnden Locken.

»Hör auf, mich anzupusten«, ärgerte sich Marusja, »du siehst ja, dass ich arbeite. Du hast selbst gesagt, dass es bald fertig sein muss!«

Tschaldonow trat ergeben zur Seite. Ohne sich umzudrehen, befahl Marusja streng – plünder ja nicht die Anrichte, es gibt bald Abendessen! Aber nein, wo denkst du hin, erwiderte Tschaldonow, bemüht, die Tür der Anrichte nicht verräterisch quietschen zu lassen.

»Gauß'sche hypergeometrische Reihen ...«, wiederholte Marusja betont, »das klingt wunderschön. Wenn auch unverständlich. Bedeutet das überhaupt etwas?«

Tschaldonow murmelte gehorsam eine Erklärung vor sich hin, wobei er versuchte, das gerade stibitzte Fleischstückchen hinunterzuschlucken.

»Ja, schämst du dich denn gar nicht?«, empörte sich Marusja. »In einer Stunde setzen wir uns zu Tisch und du isst Kalbfleisch! Noch dazu kaltes! Und alles hat er aufgegessen, ohne mir auch nur ein Stückchen übrig zu lassen!«

Als die kugelrunde Köchin hereinkam, um den Tisch zu decken, ertappte sie die Eheleute dabei, wie sie einträchtig Konfitüre direkt aus dem Glas aßen, während Tschaldonow Marusja begeistert die Grundlagen der Gasdynamik erklärte und nicht bemerkte, dass seine junge Frau ihn schamlos beim Löffeln der Konfitüre überging. Die Arbeit »Über Gasströmungen«, die er als Dissertation an der Fakultät für Physik und Mathematik der Moskauer Universität einreichte, verteidigte er brillant im Februar 1894. Im selben Jahr feierten die Tschaldonows ihren fünften Hochzeitstag.

Entgegen der Logik glücklicher Ehen wurde Marusja nicht zum begeisterten Schatten ihres Gatten. Vielleicht deswegen, weil Tschaldonow nur zu gut wusste, dass das Bewirtschaften des Hauses, das sich mitunter stur und launenhaft wie ein lebendiges Wesen gab, auch eine Arbeit und eine Leistung war, die der Welt nicht weniger nützte als seine wissenschaftlichen Forschungen oder gar das Schnurren einer Katze, die ihre schläfrigen satten Kätzchen sauberleckte. Damit nicht genug, Tschaldonow war überzeugt davon, dass mehr Sinn in Marusjas Alltagstätigkeiten lag als in seinen eigenen. Ob sie nun das Schnittmuster für ein neues Kleid auf dem großen Tisch ausbreitete, ob sie dem Dienstmädchen zu ihrem persönlichen Glück verhalf (die Bediensteten der Tschaldonows waren besonders anfällig für romantische Leidenschaften und Marusja brachte immer wieder mal ein verheultes Mädchen unter die Haube), sogar die Art, wie sich Marusja mit einem Bleistift am zarten Hals kratzte, während sie über das Mittagessen für den nächsten Tag nachdachte, um ein Stück Rindfleisch für einen Braten, eine Kohlsuppe und noch für die Füllung von Blätterteigpasteten zu verplanen, all das hatte eine wunderbare, rührende, leicht verständliche Logik kleiner Ereignisse, die zusammengenommen das große Glück formen. Nachts schliefen die Tschaldonows in inniger Umarmung und beide drehten sich, ohne aufzuwachen, auf die andere Seite. Was machte es da schon, dass der Arm einschlief, ganz taub wurde und brannte und prickelte.

Die Pitowranows, die ihnen mit der Zeit immer ungestümer und freundschaftlicher begegneten, waren oft bei den Tschaldonows zu Gast. Die Nichten und Neffen, die jedes Jahr in beängstigender, fast geometrischer Folge auf die Welt kamen, vergötterten ihre Tante Marusja, die die angeborene weibliche Fähigkeit besaß, Kinder zu wiegen, zu wickeln, sie mit wässrigem Brei zu füttern, sie wegen eines zerbrochenen Tellers zu schelten (und die Scherben vor den anderen Erwachsenen geschickt zu verstecken), sie mit Gruselgeschichten zu erschrecken und ihnen Geografie zu erklären. Und alles auf eine Art, die sogar das eigensinnigste Kind keine Sekunde lang merken ließ, dass es dazu gebracht wurde, etwas zu tun, das es selbst nicht machen wollte oder konnte. Tschaldonow war sogar etwas eifersüchtig auf diese kleine Rasselbande, die ständig an Marusjas Rockzipfel hing, dabei verhätschelte sie die Kinder nicht und konnte auch schon mal einen deutlichen, brennenden Handabdruck auf einem ungezogenen Popo hinterlassen.

Irgendwann sprachen die Eltern mit ihr darüber, dass man ein Waisenkind aus dem Kinderheim aufnehmen könnte, aber Marusja zog nur erstaunt die Augenbrauen hoch.

»Wozu?«, sagte sie nur. »Ich werde ein Kind haben. Ich weiß es. Ich glaube ganz fest daran, versteht ihr?«

Die Mutter hielt es nicht aus und weinte los, sie selbst hatte vierzehnmal entbunden, sechs Kinder großgezogen, die anderen acht hatte der Allmächtige zu sich genommen, damit jemand zu den Füßen seines Throns herumtollen konnte.

»Was redest du denn da, Marusja? Wenn der Herr es nicht zulässt, wie kann man da widersprechen?«

»Aber ich widerspreche doch nicht, Mama«, erwiderte Marusja hartnäckig. »Ich weiß es einfach.«

Man schrieb das Jahr 1899, der Beginn eines neuen Jahrhunderts, einer neuen Ära, Russland versank jeden Abend in halb unterdrückten blutigen Untergängen, über die alle, die schreiben konnten, schrieben, und die sogar denjenigen Sorgen bereiteten, die nichts zu befürchten hatten. Marusja wurde dreißig und das machte sich auch bemerkbar, die Brust wurde etwas weicher, die Backenknochen traten deutlicher hervor, morgens reagierte sie nicht mehr ganz so begeistert, obwohl sie wusste, dass ihr Mann diese Momente am meisten liebte, wenn sie halbwach, warm und leicht gebremst vom langen, seligen, kein bisschen schrecklichen Nichts war. Das Leben ging durch sie durch und an ihr vorbei, aber Marusja wusste trotzdem, dass Gott sein Versprechen einlösen werde, so wie sie ihm gegenüber ihr Wort hielt. Und Gott erwies sich als gerecht.

Marusja bekam ihr Kind, als sie neunundvierzig Jahre alt war.

Und es machte nichts, dass es ein schmächtiger Jude mit, trotz seiner Volkszugehörigkeit, feurigen und fröhlichen Augen war. Es machte nichts, dass er achtzehn Jahre alt war und außer Läusen eine bösartige Krätze ins Haus brachte. Er war Marusjas eigenes Kind. Ihr einziger Junge. Ihr Goldstück. Ihr Lazarik.

Das wusste sie sofort, als sie die Tür öffnete.

DRITTES KAPITEL
LAZAR

Lazar Lindt hatte ein sehr bequemes Geburtsjahr: 1900, das würde später eventuellen Friedhofsgaffern die Mühen lästigen Rechnens erleichtern. Fast schienen die anderen Verstorbenen sich und den Schaulustigen eine gewisse Chance zu bieten, als würden komplizierte Ziffern auf dem Grabstein ein besonders langes und unberechenbar interessantes Leben verheißen oder sogar Unsterblichkeit, was übrigens nur so lange andauerte, wie der Passant für das Abziehen einer vierstelligen Zahl von einer anderen brauchte. Aber hier gab es keine geistige Anstrengung, kein stummes Bewegen der Lippen: Das ganze Schicksal fügt sich glatt und geschmeidig in eine elementare Rechenoperation ein – einfach die ersten beiden Ziffern weglassen. Gehen wir weiter, was hält dich an diesem Grab? Jaja, meine Liebe, natürlich, gleich.

Lindt selbst waren solche Unsinnigkeiten wie der eigene Tod völlig egal, er war ein kompromissloser Atheist, ein überzeugter Anhänger von Turgenjews nihilistischem Basarow. Und seltsamerweise verlieh ihm gerade das Gefühl der unausweichlichen Sterblichkeit, des Endes der irdischen Existenz, dieselbe gelassene und fröhliche Furchtlosigkeit, die in den urchristlichen Märtyrern loderte, wenn sie in den Arenen von Comiclöwen verschlungen wurden. Im Übrigen begann Lindts Atheismus im Alter leicht auszurauchen und schal zu werden, als wären irgendwelche Gummidichtungen am Verschluss spröde geworden wie bei einem Fläschchen mit starkem Jod. Es war nicht so, dass Lindt zu glauben begann, eher war er des Zweifelns überdrüssig. Er hatte ein unwahrscheinlich langes und in jeder Hinsicht sehr erfolgreiches Leben: Fehlschläge, Verhaftungen, Erschießungen, ideologische Widersacher und allgemeine Neider – das alles widerfuhr allen möglichen Menschen, nur nicht ihm. Seine Freunde vergötterten ihn, seine Gegner respektierten und fürchteten ihn, die Frauen beteten ihn an. Alle Frauen, außer einer. Das war nicht einmal ein richtiger Fehler, sondern viel weniger. Nur eine Abweichung an der dritten Stelle nach dem Komma.

»Mit dir, Lazar, ist es so, als würdest du gar nicht in der heutigen Zeit leben, dich holt weder der Teufel noch die Sowjetmacht«, brummte Tschaldonow, während er eine prickelnde Validol-Tablette unter der ausgetrockneten Zunge zergehen ließ.

»Na, weil es sie nicht gibt, Sergej Alexandrowitsch. Deshalb holen sie mich nicht.«

»Wen gibt es nicht, Lazar? Was faselst du da?«

»Na, niemanden. Weder den Teufel noch die Sowjetmacht, Sergej Alexandrowitsch. Die Menschen sind immer gleich. Seit der Erschaffung Adams. Ich kann mich eben mit ihnen einigen.«

Nachdem es sich Lindt unter Mühen mit seinem dürren, spöttischen Hinterteil im Sessel gemütlich gemacht hatte, blickte er sich genüsslich um. Er liebte Tschaldonows privates Arbeitszimmer – die Bücherschränke, der riesige Tisch, die verlockenden Stapel von klugem Papierabfall, das Halbdunkel. Eine ganze Ewigkeit könnte man hier verbringen, wirklich wahr.

Tschaldonow schüttelte den Kopf. Einigen hin oder her, in diesen Zeiten ging es äußerst menschenverachtend zu. Es war das Jahr 1937, auf der Physikfakultät der MGU wüteten übermütig die Trotzkisten, und obwohl den gelehrten Köpfen kein schlimmes Unglück geschah, machten sie doch viel Lärm und Aufhebens. Die Demontagen waren jedoch ausschließlich intern – das Vaterland, das musste man ihm lassen, vergriff sich nicht allzu sehr an den Physikern, es wusste anscheinend, was Sache war, wem die Frauen noch Kinder gebären würden und wen man besser nicht anfasste, um nicht am Ende draufzuzahlen. Dann warte man hundertfünfzig Jahre bis zur gewünschten Genkombination und stehle nach und nach veraltete Technologien von den Nachbarn. Tschaldonow aber, ein durch und durch anständiger, ehrlicher Mensch, nahm jedes Wortgefecht in der Senatssitzung der Universität als echten Kampf wahr, ganz im Geiste Dostojewskis: Hier ringen Gott und Teufel, und der Kampfplatz ist des Menschen Herz.

Lindt setzte sich auf diesen Hexensabbaten demonstrativ in die Nähe des Redners und begann rasch etwas in seinem Heft zu notieren. Entweder schrieb er Protokoll oder er arbeitete – kaum einer konnte seine klobige, verworrene, krakelige Handschrift entziffern. Im Übrigen verstand auch den Inhalt seiner Aufzeichnungen fast niemand, nur ein paar Dutzend Wissenschaftler auf dem ganzen Planeten verdrehten allein bei der Erwähnung seines Namens – Lazar Lindt – ehrfurchtsvoll die Augen. Das klang banal, war aber deshalb nicht weniger bedeutend. Lindt arbeitete im Grenzbereich von Physik, Chemie und Mathematik – auf so einem unglaublichen Niveau, dass die letzten menschlichen Zweifel verschwanden und der wahre Leib des einzigen Gottes durch den ausgedünnten Stoff der hohen Wissenschaft durchzustrahlen begann. Lindt war einfach ein Genie – und das begriffen sogar diejenigen, die sonst überhaupt nichts begriffen. Besonders in der Wissenschaft.

Aber trotz der offensichtlichen Genialität galt Lindt mit seinen siebenunddreißig Jahren immer noch als Wunderkind – eine dumme und enge Bezeichnung, wie kurze Kinderhosen an einem ausgewachsenen Burschen –, aber wie konnte man ihn sonst nennen in einer Welt, in der man durchschnittlich erst mit siebzig Anerkennung fand? Der jüngste Professor, der jüngste

Autor der meistdiskutierten Monografie, der produktivste Forscher, um den sich ein sehr kleiner Kreis der kühnsten Köpfe des wissenschaftlichen Nachwuchses scharte. Natürlich brachte er viele gegen sich auf. Sehr viele. Der Logik nach hätte Lindt längst eine ganze Abteilung leiten müssen und dem Verstand nach sogar sein eigenes Institut, da er nicht in der Lage war, alle Ideen, die ihm oft im Vorübergehen zwischendurch kamen, selbst zu verwirklichen oder sich auch nur richtig zu merken. Wie jeder menschliche Emporkömmling, dem von Gott zufällig und grundlos viel mitgegeben worden ist, beschäftigte sich Lazar lieber nur mit den Dingen, die ihn persönlich interessierten – wobei dieses »interessieren« nicht nur die Wissenschaft einschloss, sondern zum Beispiel auch das schöne Geschlecht, da Lindt – charmant wie alle hässlichen Männer – ein großer Feinschmecker und Schürzenjäger war. Außerdem liebte er noch gute Bücher, wobei es ihm nicht nur auf den Autor und den Inhalt ankam, sondern auch auf das Erscheinungsjahr. Druckwerke, die nach 1917 herausgegeben worden waren, erkannte Lindt prinzipiell nicht an, und die Moskauer Antiquare liebten ihn für diesen herrlichen Snobismus, für seinen Sinn für Humor, für seine Großzügigkeit und auch für sein erstaunliches Gespür, aber am allermeisten für die Zärtlichkeit, mit der er jeden abgegriffenen Band in die Hand nahm. Als würde er das Knie einer halb entblößten, vor Ungeduld bebenden schönen Frau berühren. Er war ein hervorragender Liebhaber und natürlich Leser – großmütig, bewandert, dankbar, kühn. Keine Frau und kein Buch verließen ihn je gekränkt, da ihn eine angenehme und lohnende Freundschaft mit ihnen verband. Lindt verspottete und verhöhnte nur Männer, mit denen nichts zu tun zu haben angenehm und lohnend war. Leider gelang ihm das fast nie.

Selbstverständlich setzte das Vaterland Lindt sehr schnell für den Krieg ein, so wie es alles einsetzte, was es nur halbwegs nützlich fand. Lindt protestierte nicht, da es für ihn keinen Unterschied machte, ob seine Erkenntnisse zur Verstärkung der Verteidigung genutzt wurden oder zur Erhöhung der Milchproduktion. Das war keine Prinzipienlosigkeit, keine geistige Schwerhörigkeit, sondern kalte und bewusste Berechnung. Erstens kannte Lindt gar keine unlogischen menschlichen Sentimentalitäten, zweitens interessierte ihn der Lösungsprozess einer wissenschaftlichen Frage sehr viel mehr als das Endresultat, drittens war er ein erwachsener und hochgescheiter Mensch – im Unterschied zu vielen seiner Nachfolger, die erst leidenschaftlich die Wasserstoffbombe erfanden und es später genauso leidenschaftlich bereuten. Lindt war der Meinung, dass die Physik die unpassendste Beschäftigung für Hosenscheißer war. Entweder war man ein Physiker durch und durch oder ein feiger, verlogener Ignorant. Pharisäer konnte Lindt nicht ausstehen.

Es war schwer zu sagen, warum man Lindt nicht an die Wand stellte oder wenigstens einbuchtete. Vielleicht weil er so unglaublich, fast lachhaft unpraktisch veranlagt und überhaupt nicht ruhmsüchtig war und weil bei allen stalinistischen Angelegenheiten bei der leisesten Berührung banale menschliche Begierden zum Vorschein kamen – Geld, Ehre, Ruhm –, die niemals für alle Anwärter reichten. Vielleicht lag es an seinem Sinn für Humor – schließlich war es schwierig, mit einem Menschen zu kämpfen, der die ganze Zeit lachte, nicht nur töricht, sondern auch erniedrigend für den Angreifer. Vielleicht lag das Geheimnis auch in seiner berüchtigten Genialität – Lindt sah aus wie alle anderen, aber es gab kaum erkennbare Anzeichen, unauffällige, doch starke Verschiebungen bei allen üblichen Fugen, die ihn nicht nur von seiner biologischen Gattung unterschieden, sondern wahrscheinlich auch ganz allgemein von allen eiweißbasierten Lebensformen. Die Schnelligkeit seiner Gedanken. Das klare, ein wenig mechanische Lachen. Die herrliche Missachtung jeglicher Normen der bedächtigen menschlichen Moral. Die Art, sich schnell nach Affenart an den vorgewölbten

Genitalien zu kratzen. Das Chaos, das er erzeugte – ein schauerliches, urzeitliches, greifbares Chaos. Lindt war offensichtlich anders, fremdartig beschaffen, höchstwahrscheinlich sogar auf zellularer, biochemischer Ebene. Das war glasklar – und sehr unheimlich. Wirklich unheimlich. Jedenfalls für die, die das begreifen konnten.

Große Bedeutung hatte natürlich auch die Protektion von Tschaldonow, der Lindt mit eiserner Sturheit wie eine Lokomotive hinter sich herzog und ihn dabei mit seiner atemlosen, glühend heißen Flanke vor dem kleinsten unsanften Hauch von außen schützte. Lindt hätte es zweifellos auch selbst geschafft. Vielleicht ein Jahrzehnt später, vielleicht zu einem anderen Preis, aber geschafft hätte er es. Aber die Tschaldonows …

Fast drei Monate lang lebte Lindt 1918 bei ihnen – etwa doppelt so lange, wie nötig gewesen wäre, denn auf Tschaldonows Bemühungen hin, natürlich, war fast alles (Ausweise, Rationskarten, Scheine, die Wohnung) sofort bereit, ebenso verschwanden die Läuse fast sofort und es begannen fast sofort die Streitereien. Lindt und Tschaldonow schrien sich gegenseitig an, dass ihre Halsadern anschwollen, und stritten besonders leidenschaftlich über die Theorie der Bewegung von Körpern mit nicht integrierbaren Beziehungen.

»Bürschchen«, schrie Sergej Alexandrowitsch, »du Ignorant, du Rotznase, für diese Erkenntnisse habe ich immerhin die goldene Medaille der Akademie der Wissenschaften bekommen!«

»Der zaristischen Akademie der Wissenschaften«, grinste Lindt hämisch. »Und das, werden Sie mir zustimmen, ändert die Sache aus heutiger Sicht völlig. Wenn sich die Akademie tatsächlich für die Wissenschaft interessiert hätte, hätte sie Sie auf diesen bezaubernden Fehler in Ihrer Logik aufmerksam gemacht …«

Lindt begann etwas direkt auf dem Umschlag eines Dekrets oder einer Anordnung zu notieren – die Obrigkeit versorgte Sergej Alexandrowitsch zuverlässig mit unzähligen Enzykliken und Rundschreiben und ohne diese Freigebigkeit an Drucksachen hätte er wahrscheinlich mit dem Rauchen aufhören müssen.

»Mögt ihr Tee, Jungs?«, fragte Marusja und guckte Lindt neugierig über die Schulter. Hinter der anderen Schulter stand Tschaldonow, der drohend schnaubte und unverständlich, aber eindeutig vulgär vor sich hinfluchte. Lindt brach mitten im Wort ab und fuhr auf.

»Natürlich, gerne, Maria Nikititschna. Ich helfe Ihnen.«

»Er hat gar nicht fertig geschrieben! Weil es nichts mehr zum Schreiben gibt, weil da nämlich gar kein Logikfehler ist!«, schrie Tschaldonow, der insgeheim äußerst zufrieden war mit den leidenschaftlichen Auseinandersetzungen (ganz so wie früher mit Schukowski) und Lindts heiterer Dreistigkeit, ja, sogar mit dem rohen, bitteren, eindeutig pelzigen Geruch, den er ins Haus brachte. Als hätten er und seine Frau ein junges Wiesel gezähmt, das sich sonst von niemandem anfassen ließ.

»Brüll nicht herum, Serjoscha«, rügte Marusja. »Lazarik, hören Sie nicht auf ihn, diese Goldmedaille hat nicht er bekommen, sondern ich – für meine hervorragende Handschrift. Wie oft habe ich deine Theorie der Bewegung von nichtsnutzigen Körpern abgeschrieben? Ganze sechs Mal! Übrigens, Lazarik, Sie werden es nicht glauben, ich habe heute sechs Silberlöffel für zehn Eier eingetauscht! Wenn man bedenkt, dass diese Löffel 1914 zehn Rubel gekostet haben und zehn Eier fünfundzwanzig Kopeken!«

»Du hast sie ohnehin nicht ausstehen können, Marusja«, tröstete sie Tschaldonow.

»Die Löffel?«, lachte Maria Nikititschna. »Oder die Eier? Kommt, begießen wir besser dieses grandiose Geschäft – außer den Eiern konnte ich noch etwas Mehl ergattern und ich habe ganz vorrevolutionäre Kringel gebacken, zwar ohne Zucker und Fett, aber sie sehen absolut köstlich aus. Apropos, für drei Pfund

Machorka bekommt man ein Pud Roggenmehl – stellen Sie sich das einmal vor! Ein ganzes Pud!«

Lindt und Tschaldonow drückten einmütig ihre Empörung aus – wie konnte Marusja auch nur daran denken, selbst ein ganzes Pud Mehl von der Chitrowka heimzuschleppen! Wenn es doch gleich zwei starke und belastbare Männer im Haus gab! Die stärksten und standhaftesten, stimmte Marusja fröhlich zu, während sie flink den Tisch deckte und mit dem Ellbogen den Kuchenteller vor den Übergriffen ihres Mannes schützte. Überlegt doch selbst, woher ich drei Pfund Machorka nehmen soll, wenn gewisse Leute ihre Selbstgedrehten nie aus dem Mund geben! Rauchen Sie bloß nie, Lazarik! Eine widerwärtige Angewohnheit! Sie fangen doch nicht damit an? Versprechen Sie es!

Lindt nickte mit einem Ernst, den niemand bemerkte und niemand bewertete. Mit dem Rauchen hörte er noch am selben Abend auf – er ging in den eisigen Moskauer Hof hinaus und schüttelte etwas aus der Tasche, was nicht einmal Machorka war, sondern nur Brösel, Tabakabfall, den er zu weiß Gott was für einem Preis, weiß Gott wo erbeutet hatte und der so stank, dass Lindt, der seit gut zehn Jahren hingebungsvoll qualmte, es im Haus der Tschaldonows kein einziges Mal wagte, sich einen Glimmstängel zu drehen. Keinen einzigen Zug machte er mehr in seinem Leben und wenn Marusja ihm aus seinem Laster einen Strick hätte drehen wollen, dann wäre daraus ein Seil geworden, das leicht für ganz Russland gereicht hätte, wenn nicht gar für die ganze bewohnte und unbewohnte Welt. Aber das wollte sie nicht. Sie wollte ihren Jungen nicht quälen. Die Einfühlsame sah und bemerkte nichts. Lindt sog mit einem Stöhnen die stechend eisige Luft ein und ging zurück ins Haus. In die Wärme. Pfeif auf die Machorka. Man konnte auf alles Mögliche verzichten – wenn man wusste, wohin man gehen konnte.

Sogar als er aus dem Zimmer ausgezogen war und seine eigene Wohnung hatte (Lindts Wohlergehen wuchs direkt proportional zur Gunst der Obrigkeiten und indirekt proportional zu seinen eigenen Bedürfnissen), hörte er nicht auf, die Tschaldonows zu besuchen. Zuerst fast täglich, dann wöchentlich – eine qualvolle Zeit unnötiger Zurückhaltung, die Marusja, als sie begriff, was los war, sehr rasch unterband –, dann wieder täglich, sodass er bei den Tschaldonows bald eine eigene Tasse hatte, seinen Lieblingsplatz am Tisch und ein Sofa, auf dem er übernachten konnte, wenn es einmal spät wurde, ein Privileg, das er tatsächlich in Ausnahmefällen nutzte. Als Marusja 1923 fast an Typhus gestorben wäre. Ich mag gar nicht daran denken. Nein, es ist zu schrecklich. Oder 1929, als die Tschaldonows ihren vierzigsten Hochzeitstag feierten und diesmal Sergej Alexandrowitsch fast gestorben wäre, als er vor Freude dem Rykowka-Wodka im Übermaß zugesprochen hatte – dem dreißigprozentigen widerlichen Gesöff, das allerdings schnell die Kassen des jungen Sowjetstaats füllte.

Man muss wirklich zugeben, dass von allen Handlungen des Rates der Volkskommissare das Dekret über die Erlaubnis zum Verkauf von Wodka, das Ende 1924 erlassen wurde, das erfolgreichste und bedeutendste war. Die Einnahmen aus Getränkeverkäufen vervielfachten sich – von 15,6 Millionen Rubel in den Jahren 1922 bis 1923 auf sage und schreibe 130 Millionen in den Jahren 1924 bis 1925. Nicht schlecht, wenn man bedenkt, dass eine Flasche fünfundsiebzig Rubel kostete. Das undankbare Volk versuchte übrigens, den Wodka als »Halb-Rykowka« zu verunglimpfen, und behauptete neidisch, dass der echte, sechzigprozentige Rykowka von dem Vorsitzenden des Volkskommissariats, dem Genossen Rykow, selbst getrunken würde. Wahrscheinlich ganz allein, ohne ihn zu teilen. Dass er nur nicht platzt, dieser Mistkerl!

Im Übrigen reichte dem wenig trinkenden und vom Liebesjubiläum bewegten Sergej Alexandrowitsch auch der »Halb-Rykowka«, den er ohne Maß und Ziel trank, sodass die schimpfende und lachende Marusja Lindt bat zu bleiben – weil ich alleine, Lazarik, schaffe das nicht, nachher ist ihm die ganze Zeit übel. Nein, nein, machen Sie es nicht weg! Auf keinen Fall! Soll er ruhig am Morgen aufwachen und sehen, was er angerichtet hat! Tschaldonow, den sie mit vereinten Kräften beruhigt und ins Bett bugsiert hatten, schlief den Schlaf der Gerechten mit einem auf dem Kissen ausgebreiteten Heiligenschein aus vornehmen und leicht angekotzten grauen Haaren. Lindt, der sich bei den Tschaldonows völlig heimisch fühlte, bemerkte plötzlich, dass er das erste Mal im Schlafzimmer des Ehepaars war – klein war es, durchzogen von nächtlichen Schatten, und es erinnerte an eine verbotene Schatulle, die man von innen zugeklappt hatte. Die Atmosphäre war beinahe unerträglich beklemmend – vom Geruch nach Erbrochenem, von den purpurfarbenen Gardinen, von der dicken roten Decke, die aus irgendeinem Grund trotz der Sommerzeit noch nicht weggeräumt war, vom Rot auf Tschaldonows gut durchbluteten Wangen. Sogar der frühsommerliche Pappelflaum, der sich in den halbdunklen Ecken schwerelos und kaum merklich bewegte, schien beklemmend und unheimlich wie aus einem Albtraum. Nur Marusja war kühl, in einem kühlen Kleid, und die glatten Perlmuttknöpfe auf ihrem Rücken waren ebenfalls kühl und blank wie Rückenwirbel.

Elf Jahre fast täglicher Begegnungen. Nicht ein unvorsichtiges Wort. Einunddreißig Jahre Altersunterschied. Im Geburtsjahr von Lindt hatte sie zum ersten Mal neben den Augen deutliche Krähenfüße bemerkt, die nicht mehr verschwanden, wie sehr Marusja auch die Lampe drehte, um das hämische Abbild zu täuschen. Sie kränkte sich unerwartet stark für eine Frau, die sich selbst für vernünftig hielt und bei der Auswahl von Schuhen stets gesunder Zweckmäßigkeit den Vorzug vor widersinniger Mode gab. Als Tschaldonow seine Frau in Tränen aufgelöst und Unverständliches jammernd antraf, eilte er in die Apotheke und brachte ihr in seinem verliebten Schnabel eine Tüte, deren

Inhalt seiner naiven Vorstellung nach Marusja auf magische Art in eine Märchenprinzessin verwandeln würde, die sie zweifellos ohnehin schon war, aber – wein doch nicht, Marusenka, warum weinst du denn, schau doch nur, was ich dir gekauft habe!

Als Marusja auf dem Nachttisch eine Seife gegen Kopfschuppen des Pharmazeuten A.M. Ostroumow (30 Kopeken das Stück, überall erhältlich, 50 Kopeken für die doppelte Menge; der weitsichtige Tschaldonow hatte natürlich billiger und auf Vorrat die doppelte Menge gekauft, damit es lange reichte) und ein Enthaarungspulver von Dr. Thomson (das beste und hautschonendste Mittel zur Haarentfernung an unerwünschten Stellen, Preis pro Dose: 1 Rubel 50 Kopeken) entdeckte, hörte sie tatsächlich augenblicklich auf zu weinen und hielt Tschaldonow eine herrlich erfrischende, jugendliche Standpauke, nach der sie zuerst die Scheidung einreichen wollte und danach bis zur Erschöpfung lachte, während sie sich die ungeschickten Erklärungen ihres zu Tode erschrockenen Mannes anhörte, dass er doch das Beste genommen hatte, dass man ihm in der Apotheke versichert hatte, dies seien die besten patentierten Mittel und außerdem absolut hautschonend.

Das absolut hautschonende Enthaarungsmittel und die Kopfschuppenseife wurden am nächsten Festtag feierlich dem Hausdiener überreicht, einem nichtsnutzigen Stutzer und Herzensbrecher, der, seinem zufriedenen Anblick nach zu urteilen, die patentierten und besten Mittel zweifellos zu seinem eigenen Nutzen verwendete, jedoch ohne für die Außenwelt sichtbare Ergebnisse. Marusja ging mit Tschaldonow übermütig eine Wette ein, dass der Hausdiener seinen prächtigen Schnurrbart verlieren würde, die sie allerdings verlor und wonach sie als Wetteinsatz einen Spaziergang durch den Neskutschni-Garten und vier Küsse einlösen musste. Danach machte sie sich nie wieder Sorgen über so einfache und klare Dinge wie das Leben, das Älterwerden, den Tod.

Von alldem wusste Lindt natürlich nichts, ja, er konnte gar nichts davon wissen. Der größte Teil von Marusjas Leben ging nicht einfach nur an ihm vorbei, sondern passierte vor und außerhalb seines eigenen Lebens. In seiner Erinnerung wurde sie einfach älter – leicht, fröhlich, selbstlos, ohne Qual. Ihr Alter stand ihr gut zu Gesicht, wie auch ihr betagter, in alle Ewigkeit verliebter Mann und dieses beklemmende Dämmerlicht, durchzogen von Erbrochenem, Milch und Honig. Die Lampe, die fürsorglich mit einem Schal bedeckt war, leuchtete gedämpft wie ein verglühender Feuervogel und ihr Licht – sanft, kupferfarben, mit Seidenfransen – spielte mit Marusjas lebendigem Gesicht, überdeckte das Grau ihrer Haare und glättete zärtlich ihre Falten.

Animula vagula blandula ... Meine unverhoffte Freude.

Los, du Jammerlappen, gib dir einen Ruck. Jetzt oder nie.

»Ich liebe Sie, Maria Nikititschna«, sagte Lindt leise und blickte dabei zur Seite in eine lautlos seufzende Ecke, in eine andere, echte Welt.

»Ich liebe Sie auch sehr, Lazarik«, erwiderte Marusja leichthin und unaufmerksam, während sie ihrem Mann das Kissen bequemer zurechtrückte. »Und Sergej Alexandrowitsch liebt Sie auch. Wissen Sie, der Herr hat uns keine Kinder geschenkt, aber ...«

Lindt hustete plötzlich bellend wie ein Hund und verließ schnell, fast im Laufschritt das Zimmer.

»Lazarik, haben Sie sich verschluckt?« Marusja hastete erschrocken hinter ihm her. »Sie brauchen Wasser, Sie müssen schnell etwas Wasser trinken.« Aber da schnarchte Tschaldonow laut, mit geradezu herrischem Getöse, auf und bewegte sich im Bett. Marusja schwankte einen Augenblick lang und entschied sich dann für ihren Mann. Sie entschied sich für ihren Mann.

»Sch-sch-sch, Liebling, ich bin ja da. Leg dich bequemer hin. Genau so.«

Als sie nach einer Minute eilig in die Küche kam, war alles in bester Ordnung. Lindt war wieder zu Atem gekommen und spülte ein Glas unter einem gewundenen Wasserstrahl. Es war nicht das Glas, aus dem er getrunken hatte, sondern ein fremdes, mit einem fetten grellen Lippenstiftabdruck am Rand. Das Geschirr der Gäste türmte sich in babylonischen Ausmaßen.

»Alles in Ordnung mit Ihnen, Lazarik?«, fragte Marusja besorgt.

»Alles bestens, Maria Nikititschna«, antwortete Lindt höflich. »Ich habe etwas in die falsche Röhre bekommen. Entschuldigen Sie.« Seine Augen waren rot und feucht, aber bereits vollkommen ruhig. »Gehen Sie zu Sergej Alexandrowitsch, ich räume inzwischen hier auf.«

»Ich danken Ihnen, mein Lieber«, sagte Marusja herzlich und Lindt befreite geschickt und unauffällig seinen Nacken aus ihren liebkosenden Fingern. Er hatte umsonst gehofft, umsonst davon geträumt, sich das zu nehmen, was ihm nicht gehörte und nicht gehören konnte. Es reichte völlig, dass es sie einfach gab. Dass sie einfach existierte – andere hatten nicht einmal das. Wie heißt es so schön, Lazar, weniger ist mehr. Anscheinend war jetzt die Zeit gekommen, das zu beherzigen. Lindt nahm sich den nächsten schmutzigen Teller und schüttete aus einer Kartonschachtel etwas Soda heraus, das unter den Fingern knirschte und zischte.

Ja, er war neunundzwanzig Jahre alt und verliebt in eine sechzigjährige Frau. Nein, nicht verliebt, er liebte eine sechzigjährige Frau und hatte sie bereits geliebt, als sie neunundvierzig war. Und neunundfünfzig. Und er würde sie auch noch lieben, wenn sie achtzig wäre. Oder er selbst, das stand außer Frage. Wer dieses Gefühl für abnormal hielt, sollte doch den ersten Stein werfen – dafür würde Lindt diesem Mistkerl genüsslich den Adamsapfel ausreißen. Weil es nämlich auf der Welt nichts Normaleres, Klareres und Einfacheres als seine Liebe gab, und diese Liebe war das Licht, die Reinheit und der Wunsch, sie zu schützen und für sie zu sorgen. Einfach in ihrer Nähe zu sein. Sich an ihr zu erfreuen. Ihr zuzuhören. Ihr mit entzückten Augen zu folgen. Sich über sie zu ärgern. Sich mit ihr zu streiten. Sie anzubeten. Sie beim Einschlafen mit aller Kraft an sich zu drücken. Gemeinsam aufzuwachen. Sie niemals und für niemanden fortzulassen. Warum war das Tschaldonow vergönnt, aber nicht Lindt? Was spielte hier das Alter für eine Rolle? Was hatten diese lächerlichen dreißig Jahre für eine Bedeutung?

Ja, Lazar Lindt hatte unzählige Frauen und Nebenfrauen, da konnte König Salomon nicht mithalten, ihn zogen die Frauen an und die Frauen fühlten sich von ihm angezogen, aber lieben konnte er nur Marusja. Die anderen waren nur leere, dunkle, hohle Gefäße, in denen er versuchte, sich zu verstecken, da er Marusja liebte, sie ihn aber nicht. Er wechselte die Geliebten leichtfertig, fast ohne sie voneinander zu unterscheiden, ohne sich an ihren Geruch, an ihre Worte, an ihre Gesten zu erinnern. In seinem Fall hätte Enthaltsamkeit nicht den geringsten Sinn gehabt – das Zölibat hätte nichts geändert, wozu also das Fleisch umsonst quälen, sie, die Ärmste, trug jedenfalls überhaupt keine Schuld. Die Frauen bereiteten ihm viel lebendige, animalische, heiße Lust und er ihnen noch viel mehr – aber Marusja. Marusja … Maria Nikititschna, ich liebe Sie. Idiot. Jämmerlicher Nichtsnutz. Wenn diese dreißig Jahre schon für alle so unüberwindbar sind, dann lass mich bitte, Herr, ein halbes Jahrhundert früher geboren sein, von mir aus als Schwachsinniger, als Dummkopf, als abgerissener Habenichts, der nicht lesen und rechnen kann. Ich fände eine Möglichkeit, sie zu finden. Sie würde mich trotzdem lieben. Mach bitte, Herr, dass es dich gibt …

Der Teller quietschte noch einmal traurig unter Lindts Fingern und zersprang in scharfe unregelmäßige Stücke. Ein hervorragendes Zeichen, Herr. Ich habe auch gar nicht daran gezweifelt, dass es dir völlig gleich ist, dass du nicht existierst.

Kommt mir nicht mit Freud, lasst mich in Ruhe mit diesen lachhaften Sexualtheorien von diesem sich einen runterholenden Juden, diesem verzweifelten Raucher, Bewohner einer großbürgerlichen Wohnung im Zentrum des geruhsamen, respektablen Wiens. Beruhige dich, meine Mutter tut hier nichts zur Sache, sie war im Großen und Ganzen eine fruchtbare Närrin, eine stumme Maschine, die unnütze Judenbabys herauspresste, möglicherweise war sie ja eine Heilige, aber mein Papachen hatte jedenfalls sicher keine Ähnlichkeit mit dem Zimmermann. Wenigstens da hatte ich Glück. Im Schlafzimmer der Tschaldonows war es still, offenbar war Marusja eingeschlafen, schlummerte neben ihrem großartigen Mann. Wenn er nicht mein Lehrer und ihr Ehemann wäre, würde ich ihn umbringen. Nein, das stimmt nicht ganz. Ich würde ihn auf jeden Fall umbringen, wenn es irgendetwas ändern würde.

Lindt ließ seinen Blick über die Bastion von abgewaschenem Geschirr wandern. Aus dem Abwascheimer stank es heiß nach gärenden Essensresten. Die von Marusja zubereitete Gans war über alles Lob erhaben gewesen. Das Moskau des Jahres 1929 war satt und schläfrig und nur in der Morgendämmerung, die die Fenster mit einer zähen, blassroten Geleeschicht überzog, war eine unklare zukünftige Besorgnis zu spüren. Es kamen abermals neue Zeiten und wieder schreckliche. Lindt trat auf die Diele hinaus, nahm seine Jacke vom Haken und zog leise die Tür hinter sich zu. Am Ende der leeren Straße ging die riesige gleichgültige Sonne auf. Vor ihm lag ein langes Leben. Ein sehr langes.

Und Lazar Lindt ging ehrlich und gerecht in Richtung letzter Seite los.

Er stammte aus irgendeinem verträumten, unbedeutenden Schtetl irgendwo im Süden des Gouvernements Cherson – anfangs hatte sich niemand die Mühe gemacht, das genau herauszufinden, es wurde weder Lindt befragt noch auf die Karte geschaut, und dann, als die Zeit der peniblen und gnadenlosen Formulare kam, wurde Lindt bereits gebraucht, ach, und wie sehr. Also musste man sich mit dem schwer auszusprechenden Toponym Malaja Sejdemenucha und einer sehr flüchtigen Überprüfung begnügen. Sie sagen, Ihre Angehörigen seien alle im Bürgerkrieg umgekommen, Lazar Jossifowitsch? Von Weißgardisten erschossen? Ein Telegramm eines Genossen aus Malaja Sejdemenucha bestätigte knapp, dass die Familie Lindt tatsächlich in dem Jahr erschossen worden war. In Wirklichkeit hatten in diesem Jahr in dem unglückseligen Schtetl sowohl rote als auch weiße, grüne und weiß Gott was noch für bestialische Truppenführer gewütet, die überhaupt nicht mehr auf irgendeiner parteilichen oder politischen Linie gewesen waren, sich aber trotzdem bestens aufs Anzünden, Aufhängen, Vergewaltigen und Umbringen verstanden hatten. Sicherheitshalber verzichtete man darauf, genau festzustellen, wer denn nun Lindts Angehörige wirklich vom Antlitz der Erde getilgt hatte – es hätte eine ernstzunehmende und völlig unnötige Blamage dabei herauskommen können. Lindt selbst erzählte nie jemandem von seiner Kindheit und Jugendzeit. Er verheimlichte eigentlich nichts direkt, sondern ging einfach mit einem Scherz über Fragen hinweg, wand sich geschickt heraus und lenkte das Thema in eine für den Gesprächspartner unerreichbare Tiefe, als wäre dort in der Vergangenheit ein offenes Geschwür zurückgeblieben, das so schrecklich und aufgequollen war, dass man nicht einmal in Gedanken daran rühren durfte.

Aus Neugier stöberte Tschaldonow in vorrevolutionären Statistiken, die für Lindt äußerst unerfreulich waren, und fand heraus, dass das Schtetl Malaja Sejdemenucha 1897, also drei Jahre vor Lindts Geburt, 520 Einwohner gehabt hatte, davon 96,5 % Juden. Der Großteil fristete ein Bauerndasein, auf jede Familie entfielen durchschnittlich gut elf Desjatinen Land, anderthalb Kühe und achtunddreißig Hühner. Um sich nicht zu Tode zu schuften, gingen viele einem Handwerk nach, davon besonders viele der Glaserei. Dieses Handwerk erfreute sich überhaupt größter Beliebtheit unter den Juden im Allgemeinen. Abgesehen von diesem Ungleichgewicht gab es im Schtetl noch ein Bethaus (für eine eigene Synagoge war das Dorf erst Anfang des 20. Jahrhunderts reif), eine Chederschule und die private Grundschule von Abram-Traitel Lejbowitsch Schaikin – einem verrückten jüdischen Heiligen, der in Malaja Sejdemenucha eifrig Vernünftiges, Gutes und Ewiges verbreitete – was sie auch hatten, vom Ewigen hatten die Juden jedenfalls immer mehr als genug.

Schaikin, der aus einer bettelarmen Familie stammte, hatte mit dreißig Jahren nicht nur das Lesen und Schreiben erlernt, sondern konnte außerdem beim russischen Bildungsministerium (das stumpfsinnig und stur wie jedes Ministerium war) ein Volkslehrer-Diplom herausschlagen, bereits eine ansehnliche Ruhmestat, aber Schaikin war das Heiligsein noch zu wenig, er bestand auf Märtyrertum. Ach, Dornenkrone meine! Nachdem er endlich Lehrer geworden war, eröffnete er im Haus seines eigenen Vaters eine Schule – Achtung! Privat und weltlich! – und diese Schule besuchten täglich in drei Schichten vierzig bis fünfzig rotznäsige und großäugige Bauernkinder – wunderbare kleine Judenbälger. Dabei unterrichtete sie Schaikin (übrigens Vater von sieben eigenen, ewig hungrigen Sprösslingen) in Arithmetik und Geografie und anderen Weisheiten, die überaus notwendig an diesem rückständigen und steinigen Arsch der Welt waren. Natürlich hielt ganz Malaja Sejdemenucha Schaikin einhellig für einen hoffnungslosen Idioten und natürlich konnten trotz seiner titanenhaften Anstrengungen gerade siebzig Prozent so recht und schlecht lesen und schreiben. Die Harmonie der Welt war nicht so leicht zu erschüttern, sogar wenn man nicht nur ein Jude, sondern noch dazu ein Heiliger war. Besonders, wenn man ein Jude war. Und noch dazu ein Heiliger.

»Lazarik, sind Sie auch bei Schaikin in die Schule gegangen?«

»Ich bin überhaupt nicht in die Schule gegangen, Maria Nikitischna«, antwortete Lindt ganz ernst. »Dafür war keine Zeit.«

»Aber Eltern werden Sie doch gehabt haben? Warum erzählen Sie uns nie etwas über Ihre Mama oder Ihren Papa?«, bohrte Marusja neugierig weiter, ohne auf die flehenden Grimassen von Tschaldonow zu achten, dessen Taktgefühl sich bei jeder Einmischung in ein fremdes und daher besonders wertvolles Leben regte.

»Natürlich hatte ich Eltern. Obwohl ich es vorgezogen hätte, wenn man mich im Kohl gefunden hätte, am liebsten in einem Ihrer Kohlgerichte.« Lindt lächelte und zog einen Teller mit prallen heißen Piroggen zu sich heran und machte damit klar, dass das Gespräch beendet war. In die Kohlfüllung gab Marusja immer ein hartgekochtes Ei, schwarzen gemahlenen Pfeffer und Pilze. »Das sind doch Steinpilze, nicht wahr, Maria Nikitischna? Äußerst schmackhaft.«

Nach jenem denkwürdigen Geständnis in der Morgendämmerung sprach Lindt mit Marusja einige Monate lang mit der abwägenden, ausweichenden Vorsicht eines Komplizen oder Seiltänzers, als würde von jedem einzelnen Wort oder jeder einzelnen Geste etwas abhängen, als hätte Marusja ihn wirklich erhört oder verstanden. Dann wurde er auch dieses Spiels überdrüssig, der nächste bemitleidenswerte Selbstbetrug – mit lebendigen, wunden Fußsohlen über ein erfundenes Seil (welch Ironie) über den Rummelplatz zu laufen und den zahlreichen Schaulustigen darunter völlig gleichgültig zu sein, da es sie schlicht und einfach nicht gab.

Als Denksport für das Gehirn war dies nicht schlecht, aber für das Leben taugte es wenig. Und Lindt fand sich langfristig mit dem gegebenen Stand der Dinge ab, wie man sich auch über kurz oder lang mit der Schwerkraft abfindet, die es einem nicht erlaubt zu fliegen, obwohl man sich kaum etwas Natürlicheres für den menschlichen Körper vorstellen kann.

Alles war wieder wie früher – vielleicht sogar besser. Schließlich hatte er noch seine Arbeit, die er sehr schätzte. Kein Dienst, der täglich von neun bis sieben ein Stück vom Leben herausriss, sodass für die Freude an der freien Existenz nur wenige Stunden verblieben, von denen man den Großteil gezwungenermaßen schlafend oder essend verbringen musste, sondern wirkliche Arbeit, die dazu noch in jeder Hinsicht perfekt organisiert war. Gerechterweise muss man sagen, dass Lindt diese Arbeit – wie eigentlich auch fast alles andere – Tschaldonow zu verdanken hatte.

Um die Wahrheit zu sagen, quälte sich Tschaldonow nicht lange mit dem Aufbau der MGU – bereits Ende 1918 hatte er die Nase gestrichen voll von der jungen bolschewistischen Bürokratie und machte deshalb einen Bittgang zu Schukowski, jaja, zu eben jenem Schukowski, seinem Universitätslehrer, seinem Protektor, praktisch seinem Vater.

Als Schukowski irgendwann der scharfsinnige Bauernbursche unter seinen Studenten aufgefallen war, hatte er ihn nicht nur in die hohe Wissenschaft eingeführt, sondern auch viel dazu beigetragen, dass die hohe Wissenschaft sich Tschaldonow geneigt zeigte. Die Ehe seines Zöglings mit Marusja billigte er sehr und er erfüllte auf der Hochzeit tapfer alle beschwerlichen Verpflichtungen eines Trauzeugen. So hielt er (auf Zehenspitzen) den Kranz über den riesenhaften Tschaldonow und hörte endlos lange und eintönige Glückwunschreden an, in denen sich der Reihe nach alle Universitätskollegen des Bräutigams ergingen, der sein Glück gar nicht fassen konnte. Bei Marusja hinterließ Schukowski einen bleibenden Eindruck, als er in seiner schrecklichen, unmöglichen Zerstreutheit einen alten Freund der Pitowranows, Mönch Serafim, für eine Dame hielt, wobei ihn dessen mächtiger roter Bart durchaus nicht störte. Im Übrigen hätten Vater Serafims festlicher weißblauer Talar und sein rundlicher Hintern auch jeden anderen täuschen können. Marusja bog sich vor Lachen und konnte die Ordensperson gerade noch retten, als Schukowski sie um jeden Preis zum Paso doble auffordern wollte, ohne allerdings eine genaue Vorstellung davon zu haben, was das genau war und wie man dazu eigentlich tanzte.

Im Jahr 1910, nach vielen Jahren außergewöhnlicher Freundschaft, überwarfen sich Schukowski und Tschaldonow plötzlich sehr heftig wegen einer höchst unwissenschaftlichen Lappalie. Das Schlimmste aber war, dass sich diese Lappalie fast augenblicklich aus dem Gedächtnis der beiden verflüchtigte, wie Schießpulver, nachdem es aufgeflammt war und das Geschoss auf seinen todbringenden Weg geschickt hatte. Trotzdem erwiesen sich alle Anstrengungen von Marusja und Schukowskis Tochter zur Versöhnung der beiden Dickköpfe als vergebens. Schukowski und Tschaldonow hörten nicht nur auf, sich zu treffen, sondern redeten auch nicht mehr miteinander, und das dauerte – warten Sie, warten Sie … Herr im Himmel! Gut acht Jahre!

Und da stand nun Tschaldonow, nicht nur mit roten Ohren, sondern interessanterweise auch mit roter Nase, wieder vor seinem alten Lehrer – alt nun im direkten, methusalemischen Sinn des Wortes. Natürlich bekamen beide ganz nach vorrevolutionärer Art feuchte Augen und umarmten sich fest. Tschaldonow zog aus seiner Brusttasche einen von Marusja vorsorglich besorgten Wodka hervor – in einer mikroskopisch kleinen dunklen Flasche, die das Lehrerherz endgültig erweichte und dahinschmelzen ließ. Nachdem sie sowohl die neue Obrigkeit als auch alte Bekannte anlässlich der skandalösen Preise und der Ignoranz gemeinsamer wissenschaftlicher Opponenten nach Herzenslust durchgekaut hatten, fanden Tschaldonow und Schukowski erneut ihr geistiges Gleichgewicht und einander. Beide konnten sich ohnehin nicht mehr erinnern, weswegen sie sich plötzlich so gekränkt hatten, und fanden darin eine wahre Gogol'sche Komik, die sich, wenn sie sich jetzt nicht versöhnt hätten, in eine ganz Hoffmann'sche Wehmut hätte verwandeln können. Denken Sie nur, Serjoscha, ich alter Mann hätte sterben können, ohne Ihnen zu sagen, wie teuer Sie mir sind!

All das wäre unerträglich banal gewesen, hätte es nicht das Zittern von Schukowskis Kopf und die klaffenden Wunden auf seinen Bücherregalen gegeben. Zum Heizen gab es nichts, zum Handeltreiben auch nicht, und der langjährig verwitwete Schukowski hatte keine pfiffige Marusja, die ein Paar fabelhafte Holzscheite für ein Paar nicht weniger fabelhafte Goldohrringe eintauschen konnte, ohne sich später je darüber zu beklagen. Meine Tochter lebt auch noch bei mir, Serjoscha, das Dummchen ist für nichts zu gebrauchen … Noch dazu versteht sie überhaupt nichts von Mathematik. Ich habe keine Ahnung, wie man da leben soll. Ja, wozu auch? Vielleicht hat das bei uns ja auch überhaupt keinen Sinn?

Tschaldonow machte eine empörte Geste. »Aber nicht doch, Nikolai Jegorowitsch, was reden Sie denn da, hören Sie besser zu, was ich mir überlegt habe und warum ich mir eigentlich erlaubt habe, zu Ihnen zu kommen. Erinnern Sie sich, wie wir beide über den Wellenwiderstand von Artilleriegeschossen gesprochen haben?« Schukowski, dessen Kopf immer noch zitterte, lächelte. Er erinnerte sich, wie könnte er es auch vergessen haben?

»Also«, fuhr Tschaldonow fort, »stellen Sie sich vor, nicht nur darüber zu sprechen, sondern alles auf eine äußerst wissenschaftliche und sogar industrielle Basis zu stellen, sozusagen einen eigenen Bereich dafür zu erhalten mit eigener Finanzierung, aber das ist nicht das Wichtigste. Das Wichtigste ist, wieder an etwas zu arbeiten und nicht …« Tschaldonow zuckte zusammen, als er an seine quälend langweiligen Aufgaben an der MGU dachte.

»Aber warum machen Sie das nicht selbst, Serjoscha?«, wunderte sich Schukowski.

»Mich lässt man nicht, Nikolai Jegorowitsch«, antwortete Tschaldonow freimütig. »Meine Autorität reicht nicht. Mich um die Unwissenden kümmern darf ich ihrer Ansicht nach gerade noch, aber jetzt vor dem Krieg vielleicht auch nicht mehr. Sie müssten es tun, Ihnen vertraut man bestimmt, Sie sind der einzige Experte, der ...« Tschaldonow verstummte und Schukowski beendete mit harter Stimme den Satz für ihn:

»Der noch nicht gestorben ist und sich nicht ins Ausland abgesetzt hat.«

Beide schwiegen düster und spielten in Gedanken alle genannten Varianten durch. Es war kein einfacher Winter, und auch die Entscheidung war nicht einfach. In der eisigen Luft sah Schukowskis Atem wie feine graue Hieroglyphen aus, die schneller schmolzen, als man sie lesen konnte. Er war alt, ganz alt, er konnte einem schmerzlich leidtun. Aber Tschaldonow musste an Marusja und Lindt denken. Und er hatte nicht vor aufzugeben.

Am nächsten Morgen begleitete Tschaldonow Schukowski höchstpersönlich zum Kreml. Der Alte erreichte sein Ziel unter Mühen – er war winzig, geschrumpft, ganz verloren in seinem riesigen, mit Reif überzogenen Mantel, rutschte immer wieder aus, und Tschaldonow konnte den leichten, fast jenseitigen Körper kaum auffangen. Die Audienz dauerte lange und Sergej Alexandrowitsch, der in der Nähe des Borowizki-Tores spazieren ging, war schon ganz durchgefroren. Das waren Höhen, zu denen Tschaldonow bisher noch nicht vorgelassen wurde, trotz seiner bedingungslosen Akzeptanz der Revolution. Wenn sie nur wüssten, dass diese bedingungslose Akzeptanz im Grunde nur auf Marusjas Dickköpfigkeit beruhte, die die elterlichen Gräber und die Salzgurken mit den dicken Warzen und den krachenden weißen Enden nicht zurücklassen wollte.

»Wohin willst du denn? Nach England? Wo soll ich deiner Meinung nach in England Meerrettich hernehmen? Und Johannisbeerblätter? Und Eichenrinde, ganz zu schweigen von Eichenfässern? Nein, nein und noch mal nein!« Marusja blätterte verärgert durch das Buch *Geschenk für die junge Hausfrau oder Mittel zur Verringerung der Wirtschaftsausgaben* (22., verbesserte und erweiterte Auflage, St. Petersburg, 1901, Druckerei N.N. Klobukowa, Prjaschka Nr. 3) und zeigte ihrem Mann die entsprechende Seite. »Hier, siehst du, gesalzene Gurken auf fünfte Art bereitet man ausschließlich mit Eichenrinde zu.«

Tschaldonow versuchte einzuwenden, dass man sich, wenn es in der Natur noch mindestens vier Zubereitungsarten für Salzgurken gab, vermutlich nicht unbedingt auf die fünfte Art versteifen müsste und dass es in England höchstwahrscheinlich Meerrettich ohne Ende gebe und möglicherweise auch Johannisbeeren und dass diese Helene Molochowetz ganz sicher eine schlechte Ratgeberin in Fragen von Leben und Tod sei.

»Was hat Molochowetz damit zu tun«, entrüstete sich Marusja. »Für mich sind Salzgurken eine Frage von Leben und Tod!«

Und natürlich reisten sie nicht aus.

Zwei Stunden später hatte sich Tschaldonow bereits damit abgefunden, dass man Schukowski wahrscheinlich verhaftet oder gleich dort im Kreml erschossen hatte – über die Erschießungen erzählte man sich schreckliche Dinge, ganz wie in einem Schauermärchen aus Afanasjews Sammlung. Nur waren die Zuhörer keine fünf Jahre alt und jegliche Versuche, die Augen zuzukneifen oder aufzuwachen, änderten überhaupt nichts. Aber nach einer weiteren Viertelstunde erschien Schukowski plötzlich in Begleitung eines jungen, zuvorkommenden Soldaten – höchst lebendig, unversehrt, schrecklich zufrieden und sogar sein zweigeteilter Bart glänzte silbrig wie ein echter Biberpelzkragen, der vor langer, langer Zeit abgerissen und für Butter eingetauscht worden war, die sich dann aber als ranzig herausgestellt hatte.

Bereits wenige Monate später, Anfang 1919, wurde speziell für Schukowski ein Institut gegründet, das statt eines Namens die zackige Abkürzung ZAGI erhielt. Es war ein sehr kleines Institutchen, dafür mit ganz außergewöhnlichen Befugnissen. Die Gesellschaft, die dort unter Schukowskis Leitung zusammenkam, fand mit der Zeit zur Gänze Aufnahme in den Enzyklopädien und Nachschlagewerken nicht nur der Sowjetunion, sondern der ganzen Welt. Man konnte sagen, geistige Größen von Weltrang versammelten sich dort und, ach Gott, das hieß, dass auch die Ergebnisse von Weltrang sein mussten. Tschaldonow saß rechts von seinem Lehrer in der Eigenschaft des Stellvertreters und Ideengebers. Den Lehrstuhl an der MGU hatte er sich vorsorglich gesichert, aber alle grundlegenden Befugnisse hatte er natürlich Schukowski überlassen, in dem sich trotz der vermeintlichen Gebrechlichkeit ein unglaublicher, fast unnatürlicher Kräftevorrat fand. Unter seiner Leitung glänzte das Institut wie ein polierter Teekessel, baute sich aktiv auf, brachte brillante Ideen hervor, erfüllte Aufträge der Regierung, missachtete sie, entdeckte neue strahlende Höhen und wälzte wie besessen um.

Im Februar 1920 bekam Schukowski eine Lungenentzündung – das hätte bereits vollkommen gereicht, um ihn auf den Friedhof zu bringen, aber Schukowski rappelte sich wieder auf, dafür erlag seine Tochter, während er mit Fieber darniederlag, der Schwindsucht, wagen Sie es ja nicht, mich zu bemitleiden, fuhr er alle an, und niemand wagte es – ja, und ehrlich gesagt, hätte Mitleid auch gar nichts geholfen. Im Juni erlitt Schukowski einen Schlaganfall, den er ebenfalls überstand. Es war, als hätte er bei jener geheimnisvollen Audienz im Kreml in Wirklichkeit seine Seele dem proletarischen Teufel verkauft, anders ließ es sich nicht erklären, dass ein bereits teilweise gelähmter alter Mann einen Lehrgang über theoretische Mechanik einer Schar flinker, nichts verstehender Stenotypistinnen diktieren konnte. Er verfasste seine eigene Autobiografie, die so trocken, bescheiden und kurz wie er selbst war, und vermachte in seinem

Testament die Überreste seiner einst prächtigen Bibliothek der jungen Sowjetrepublik. Danach erkrankte er langsam an Typhus und bekam einen zweiten Schlaganfall, der ihn wieder nicht umbrachte, obschon er ihn daran hinderte, das fünfzigjährige Jubiläum seiner wissenschaftlichen und pädagogischen Tätigkeit allzu stürmisch zu feiern. Da konnte ihn freilich auch der Teufel nicht mehr herausbekommen. Schukowskis Uhrwerk blieb erst im nasskalten März 1921 stehen. Er wurde im Donskoi-Kloster begraben und Tschaldonow erbte das ZAGI. Selbstverständlich arbeitete vom Tag der Institutseröffnung an auch Lazar Lindt dort mit.

Übrigens hatte Schukowski Lindt ganz und gar nicht gemocht.

»Ich verstehe, Serjoscha, er ist ein talentierter Autodidakt, ein Naturtalent, und das ist immer auf teuflische Weise unwiderstehlich …«

»Ein Genie, Nikolai Jegorowitsch«, präzisierte Tschaldonow leise, »kein Naturtalent, sondern ein Genie.«

Schukowski, der es wie jeder Pädagoge überhaupt nicht mochte, wenn man ihm ins Wort fiel, auch wenn es zum Thema war, trommelte mit den Fingern auf dem Esstisch. Sein Arbeitszimmer im ZAGI war noch riesiger und kälter als Tschaldonows an der MGU, weshalb Schukowski es vorzog, zu Hause zu arbeiten. Wände hatten eben auch ihren Nutzen.

»Schön, meinetwegen ist er ein Genie, obwohl man darüber streiten kann. Aber, erlauben Sie, er ist doch völlig herzlos. Ganz zerbrochen, stachelig, umgestülpt – nur nicht von innen nach außen, sondern umgekehrt. Nicht der leiseste Respekt, vor niemandem, keinerlei Achtung, bis hin zur Grobheit.«

»Nikolai Jegorowitsch«, wagte Tschaldonow wieder zu unterbrechen. »Der Junge ist gerade erst neunzehn geworden. Er ist von weiß Gott woher zu Fuß hierhergekommen, aus irgendeiner schaurigen Ortschaft, all seine Verwandten wurden erschossen, er selbst nur durch ein Wunder gerettet. Haben Sie von den jüdischen Siedlern gehört? Sie lebten bereits in früheren, milderen Zeiten in Hunger und steinzeitlichen Zuständen. Aber was dort jetzt vor sich geht, können Sie sich das überhaupt vorstellen? Allen Gesetzen der Wahrscheinlichkeit und Statistik nach müsste Lazar völlig ungebildet sein, stattdessen vermag er mit seinem Wissen nicht nur mich, sondern auch Sie in den Schatten zu stellen. Und Sie wissen selbst, dass Respekt in der Wissenschaft nur zu Stillstand und kriecherischer Unterwürfigkeit führt …«

»Ich weiß nicht, ich weiß nicht, Serjoscha. Ich erinnere mich an Sie mit neunzehn Jahren – Sie kamen auch nicht gerade aus einem Palast zu uns, haben aber einen völlig anderen Eindruck hinterlassen, also auf das Alter und das soziale Milieu braucht man es nicht schieben. Nein, wirklich nicht.«

»Ich war auch nie ein Genie, Nikolai Jegorowitsch«, bekannte Tschaldonow leise und schwieg, um Schukowski die Gelegenheit zu geben, diese Feststellung auch auf sich selbst umzulegen. Sie passte wie angegossen, das war die reine und traurige Wahrheit. »Deshalb bitte ich Sie alleruntertänigst, als Ihr ergebenster Diener …«

»Unterlassen Sie diese dummen Förmlichkeiten, Serjoscha!«, brauste Schukowski schließlich verärgert auf, was bei ihm immer ein Zeichen endgültiger Kapitulation war. »Wenn Sie Ihren dahergelaufenen Juden betüteln wollen, bitte sehr. Was wollen Sie dann von mir? Dass ich ihn zum Akademiemitglied ernenne?«

»Nur eine einzige Unterschrift«, bat Tschaldonow erfreut. »Ein Akademiemitglied wird Lazar ganz von selbst, Sie werden sehen, aber für den Anfang benötigt er nur ein Dokument über seine Schulbildung. Er hat doch überhaupt nichts, nur seine Geburtsurkunde, ja, und die ist anscheinend gefälscht. Wenn er jetzt seinen eigenen Bereich im Institut bekommt, hat er bei allen offiziellen Paragrafen nichts vorzuweisen. Aber mit Ihrer

Unterschrift kann man ihm ein anständiges Hochschuldiplom ausstellen lassen.«

»Na schön«, brummte Schukowski, »bringen Sie Ihr Wunderkind nächste Woche her. Aber ich warne Sie gleich – es wird keinerlei Nachsicht geben!«

Nachsicht gab es tatsächlich keine. Lazar Lindt trug einen alten Gehrock von Tschaldonow, den Marusja ihm geschickt angepasst hatte (schauen Sie, was für ein herrlicher Kamelott, Lazarik, Angora und Seide, ich hab doch gewusst, dass er sich gut hält!). Er spürte Schukowskis Abneigung und übte sich in bemerkenswerter Bescheidenheit, die ihm sehr gut stand. Seit den ersten Hygienemaßnahmen waren ihm schon wieder Haare nachgewachsen, er ließ die Lockenpracht aber nicht mehr so wild wuchern, nun schmückten fast glatte Persianerkringel seinen großen Kopf und er sah überhaupt nicht mehr wie ein verwahrloster Vagabund aus. Auf die, offen gestanden, schwierigen Fragen seines ehrwürdigen Prüfers antwortete er schnell, richtig und erstaunlich langweilig, sodass Tschaldonow einige Male Schukowskis höhnischen Blick auf sich gerichtet fand. Ein schönes Genie, da kann man nichts sagen. Lernt drei Lehrbücher auswendig und prahlt dann damit.

Tschaldonow war betreten, er fühlte sich wie ein erfolgloser Zirkusdirektor, der einem vollen Zirkuszelt einen gelehrten Hund, der die vier Grundrechenarten beherrscht, vorführen möchte, jedoch plötzlich erkennt, dass in der Arena ein sehr lieber, klug dreinschauender, aber leider völlig begriffsstutziger Straßenköter sitzt.

»Wollen Sie nicht über die Maxwell-Gleichungen zu elektromagnetischen Feldern sprechen, Lazar Jossifowitsch?«, sagte er im Versuch, seine Lage wenigstens ein bisschen zu retten. »Wir haben kürzlich sehr anregend darüber diskutiert.«

»Nein«, lehnte Lazar höflich, aber entschieden ab, »das will ich nicht.«

»Haben Sie denn keine eigene Meinung dazu, Herr Kollege?«, fragte Schukowski hämisch nach. Er war sehr zufrieden mit der gescheiterten Darstellung.

»Die habe ich, Nikolai Jegorowitsch«, antwortete Lindt. »Aber meine Meinung wird Ihnen wahrscheinlich nicht zusagen.«

»Warum denn das?« Schukowski bemerkte die Provokation nicht.

»Weil sich kein einziges Magnetfeld-Problem, und schon gar kein Problem zur Lichtgeschwindigkeit, mit den von Ihnen erwähnten Maxwell-Gleichungen oder der klassischen Mechanik lösen lässt. Sie behaupten aber das Gegenteil. Warum sollte ich mit einem inkompetenten Opponenten darüber streiten?«

Tschaldonow ächzte und kniff die Augen zusammen, als hätte eine Straßenbahn direkt vor ihm eine unbekümmerte und vollblütige Provinzlerin überfahren. Schukowski stand wortlos der Mund offen, was ihn plötzlich wie Väterchen Frost aus einem Bilderbuch aussehen ließ, allerdings einen sehr kleinlauten, weil man ihn gerade entlarvt hatte. Lindt verneigte sich leicht vor den beiden, was man sowohl als Entschuldigung als auch als Hohn auffassen konnte.

»Aber, erlauben Sie, Verehrtester«, murmelte Schukowski, als er wieder zu sich kam. »Sie wollen also sagen, dass ... Natürlich würde kein vernünftiger Mensch bestreiten, dass die Größe β mit zunehmender Geschwindigkeit und mit ihrer Annäherung an die Lichtgeschwindigkeit gegen null geht und dass folglich die Masse des Körpers ins Unendliche wächst. Das ist alles recht interessant für die Radiologie, aber wozu in die Einstein'sche Metaphysik eintauchen, wenn man mit der gewöhnlichen Mechanik bestens auskommt. Max Abraham hat längst Gleichungen zur Bewegung von Elektronen auf der Grundlage der Maxwell-Gleichungen aufgestellt ...«

»Ihr Max Abraham ist ein Ignorant!«, fiel ihm Lindt ins Wort, und da konnte Tschaldonow nicht mehr an sich halten und begann, schallend und keuchend zu lachen. Schukowski blickte ihn eine Zeit lang erstaunt an und lachte dann plötzlich selbst ein zartes, wundervolles Altherrengelächter, das heimelig und trocken wie bröselige Dörrkringel war.

»Was für ein Hosenscheißer!«, quiekte er begeistert und zeigte mit seiner gelblichen Hand, die sehr einer Hühnerkralle ähnelte, auf Lindt. »Ein herrlicher Hosenscheißer! Auf welcher Müllhalde haben Sie, Serjoscha, ihn denn gefunden? Kann kaum über den Tisch schauen und zeigt schon seine Zähne!«

Sie stritten noch ganze drei Stunden leidenschaftlich, bis sie sich schließlich endgültig gegenseitig ermüdet hatten. Schukowski zog den leidigen Antrag zu sich her und zückte die spitze, metallisch schimmernde Feder.

»Aber erlauben Sie«, sagte er plötzlich unzufrieden. »Neben Physik und Mathematik gibt es auf dem Diplom auch noch andere Fächer. Geografie, zum Beispiel. Oder diese, na, wie heißt es denn gleich … Literatur!«

»Das überlassen Sie nur Marusja, Nikolai Jegorowitsch«, lieferte Tschaldonow eine offenbar vorbereitete Antwort.

»Wieso Marusja? Wird sie etwa die Prüfung für Ihr Genie ablegen?«

»Aber nein, woher denn, behüte! Marusja hat selbst mit dem Jungen gelernt, das können Sie mir glauben …«

»Ich zweifle gar nicht daran, dass sie gelernt haben«, brummte Schukowski. »Sicher hat sie diesem Nichtsnutz laut Märchen vorgelesen. Afanassi Nikitin. *Die Reise hinter die drei Meere*. Sie waren sicher ganz aus dem Häuschen vor lauter Vergnügen.«

Er unterzeichnete schnell an der nötigen Stelle mit seiner eleganten Altpädagogen-Unterschrift – dem Aussehen nach trügerisch einfach und rund, aber mit so einem kompliziert geschwungenen Schnörkel versehen, dass sie über jeden Fälschungsversuch erhaben war.

»Werden Sie nur nicht hochnäsig, Hosenscheißer!«, belehrte

er Lindt. »Ich habe aus Hochachtung vor Sergej Alexandrowitsch unterschrieben und mit Vorschusslorbeeren für Sie. An Ihre Bildungslücken kommen nur die Lücken in Ihrer Erziehung heran. Sie müssen noch viel lernen. Sehr viel. Zum Beispiel Fremdsprachen. Ich bin überzeugt, dass Sie weder Englisch noch Deutsch können. Dabei geht es ohne Deutsch nicht! Es ist die Sprache der hohen Wissenschaft!«

Lindt nickte. Deutsch war wirklich ein brauchbares Werkzeug. Und sei es nur deshalb, weil nicht weit von Malaja Sejdemenucha deutsche Siedler ihr Leben fristeten – sie hatten es ebenso schwer wie die Juden, aber im Unterschied zu Letzteren waren die Deutschen nicht nur mit dem Kopf befreundet, sondern auch mit den Händen. Wenn es um das gemeinsame Bezwingen der schroffen Chersoner Erde ging, dann waren sich das Jiddische und das Deutsche besonders ähnlich. Blut und Schweiß verschiedener Völker unterscheiden sich nicht im Geschmack. Und Tränen wohl auch nicht. Nein, auch Tränen nicht. Deshalb begann Lindt keinen Streit über die deutsche Sprache. Als er in den ersten Augusttagen des Jahres 1941 in der endlosen Warteschlange des Wehrkreiskommandos stand, rezitierte er in Gedanken dröhnend seine liebste Stelle aus Goethes *Faust*:

Ja, was man so erkennen heißt!
Wer darf das Kind beim Namen nennen?
Die wenigen, die was davon erkannt,
Die töricht g'nug ihr volles Herz nicht wahrten,
Dem Pöbel ihr Gefühl, ihr Schauen offenbarten,
Hat man von je gekreuzigt und verbrannt …

Laut wäre das natürlich unmöglich gewesen, für deutsches Sprechen konnte man jetzt eins auf die Schnauze kriegen, aber im Wehrkreiskommando würde man wahrscheinlich seine Aussprache beurteilen. Dort saßen schließlich keine Dummköpfe.

Und wenn es doch Dummköpfe waren – die Kenntnis der Feindessprache galt nach den Gesetzen aller Kriegszeiten als Vorteil. Man musste ihn einfach nehmen. Schließlich war er erst einundvierzig!

Lindt sah sich um – es gab hier nicht allzu viele wirklich junge Männer. Der dort drüben, zum Beispiel, im karierten Hemd mit dem schmalen, abgehärmten Gesicht – der war auf keinen Fall jünger als fünfundvierzig. Der Mann spürte den Blick auf sich ruhen, wandte sich um und sah Lindt mit wehmütigen, in der Dunkelheit eingefallenen Augen an. Vor welchem Schicksal fliehst du an die Front, du armes Schwein? Woher weißt du, dass du diesmal Glück haben wirst? Der Mann wurde von einem kräftigen, grobschlächtigen Mann gestoßen, der ihm mit seinem vollgestopften Rucksack ins Gesicht fuhr und ihn, ohne es überhaupt zu bemerken, zur Seite drängte.

Die Schlange bewegte sich unruhig, schlängelte sich dahin, streckte sich einmal zu einer gespannten Saite, staute sich dann wieder und versperrte unordentlich einen Teil der Straße. Hin und wieder jaulte da oder dort ein Akkordeon auf und jemand begann tollkühn dazu zu tanzen, als wollte er seine Angst in das Kopfsteinpflaster einstampfen. Als Antwort auf das Akkordeon heulte plötzlich ein Weib auf, beklagte und beweinte ihren Wowka oder Kolka, alle-alle, die jetzt noch unversehrt und kräftig waren und noch schwitzten, von einem Fuß auf den anderen traten und Radau machten. Ihre Angehörigen. Das Weib wurde sogleich zum Schweigen gebracht. Es sank schluchzend an die Schulter des Mannes oder Sohnes und versuchte verzweifelt, den vertrauten Geruch einzusaugen, dass es für den ganzen Krieg reichte. Ich lass dich nirgends hingehen, nirgends sage ich, für wen verlässt du mich denn, Schaaaaatz! Kusch jetzt, Dummchen! Blamier mich doch nicht vor den Jungs, hörst du!

Lindt war allein, wie es sich gehörte, wie es immer war. Es hätte ihn auch niemand in dieser Schlange vermuten können, und das machte ihn so heiter und froh, wie vor … Lindt hielt inne. Er erinnerte sich nicht, wann und aus welchem Grund er das letzte Mal froh gewesen war. Vielleicht, wenn sie in der Kindheit bei sich daheim irgendetwas gefeiert und eine Tanne geschmückt hätten, wenn vor der Tür ein Sack mit Geschenken geraschelt hätte. Er schmunzelte. Sagen wir, er war heiter und froh, wie es sich vor einem Krieg gehörte.

Lindt sog tief den warmen, zimtigen, fast lebkuchenartigen Duft des Moskauer Straßenpflasters ein. Im Herbst würde diese Stadt sich an ihre ländliche Herkunft erinnern und beginnen, nach Äpfeln, Brötchen, nach knisterndem neuartigem Kattun und kräftigem, langsam abkühlendem Laub zu riechen. Es gab nichts Herrlicheres als Moskau im September und gleichzeitig nicht die kleinste Hoffnung, dass der Krieg bis November enden würde, obwohl in der Schlange alle nur darüber sprachen. Lindt wusste, dass es im November erst richtig anfangen würde, für diese Schlussfolgerung reichte auch ein dreimal geringeres Gehirn als seines, aber er mischte sich nicht in das allgemeine, hysterisch aufgekratzte Geplapper ein. Sollen sie doch. Sind doch auch nur Menschen. Arme Menschen. Eine beispielhafte Tautologie. Hauptsache, man schickt ihn im Wehrkreiskommando nicht weg.

Um eine Ecke bog ein flinkes, glotzäugiges Automobil, bremste vor dem Trottoir und blendete die zukünftigen Soldaten mit seinem blitzenden Lack. »Ach du meine Güte, das ist ein Horch 853, Jahrgang 1935«, seufzte ein Bürschchen hinter Lindt auf, als hätte er, nachdem er auf zehn Kisten geklettert war und mit Mühe das Gleichgewicht halten konnte, endlich den ersehnten Spalt in der Mauer erreicht und würde ein nacktes Mädchen sehen. Ein echtes nacktes Mädchen. Samtweich im trüben Mondlicht, kaum erkennbar im Halbdunkel des Dampfbades.

Aus dem Horch stieg ein unerhörter Grünschnabel, der die

schwarz-weiße Tür gekonnt zuschlug. Er war hochgewachsen, rundköpfig, lächelte und trug einen ausländischen Tweedanzug. Die erstarrte Menschenmenge, die ihren Augen nicht traute, betrachtete den kleinen eleganten Koffer aus Naturleder, die kurzen Hosen, die die knackigen Waden apart umschlossen und die – nein, das gibt's doch einfach nicht! – in dicken Wadenstrümpfen steckten. Verflucht soll ich sein, ein echter reicher Spießer!, rief jemand begeistert hinter Lindt. Und was für einer! Spießiger geht's nicht mehr! Damit du's weißt, wurde er unwillig berichtigt, das ist kein Spießer, sondern ein Ausländer. Ein ausländischer Korrespondent. Er wird einen Zeitungsartikel über uns schreiben.

Inzwischen hatte der ausländische Korrespondent seinen außergewöhnlichen Wagen unbefangen zurückgelassen und ging auf die Mitte der Schlange zu – das Ganze tat er mit dem fröhlichen und dümmlichen Lächeln eines sehr jungen und sehr gesunden Menschen, der jeden Morgen Weißbrot mit Rahmbutter und rosigem, feucht glänzendem Schinken aß und dazu natürlich warme Milch trank. In einem feinen, bläulichen, ovalen Glas. Der ist satt wie ein Mastschwein!, wurde er in der Schlange aus tiefstem Herzen beneidet.

Der Grünschnabel zögerte eine Sekunde unentschieden und trat dann, nachdem er mit erstaunlicher Sicherheit in der Menge einen Ebenbürtigen herausgesucht hatte, an Lindt heran. »Guten Tag«, sagte er freundlich in reinstem, wunderschönstem, kräftigem Russisch. »Ich möchte mich gerne zur Front melden, aber ich weiß nicht, wie und wo …« Lindt wollte antworten, schaffte es aber nicht, da der merkwürdige Junge sogleich von der Liebe des Volkes überrollt wurde. Er ging buchstäblich von Hand zu Hand – man klopfte ihm auf die runden Tweedschultern, fluchte anerkennend, drückte ihn, tätschelte ihn wie einen süßen Welpen und schrie im Chor, um den Grund für dieses absurde Wunder zu erfahren. Heißt das etwa, dass du, heilige

Scheiße, dass du einer von uns bist? Wo kommst du denn her? Ganz sicher ein Generalssöhnchen! Ich sag's euch, Burschen, wir gewinnen ganz sicher. Um so eine Fresse auf dem Panzer kommt man nicht herum! Genau, er muss zu den Panzerfahrern! Nein, besser zu den Piloten. Bombardieren werden wir sie, kein einziger Fritz wird übrig bleiben. Alle werden sich vor Angst anscheißen. Schreit doch nicht so, wie heißt du, Bürschchen? Und wo hast du deine Hosen gelassen? Er hat sie nirgends gelassen, er ist aus ihnen rausgewachsen! Und Mama hat kein Geld für lange Hosen!!!

Es war wie ein Ausbruch, ein Ausbruch allgemeiner Erleichterung. Einige Stunden lang war die Menge wie ein Furunkel gewesen – blaurot, wie abgestorben vor Angst, schmerzlich gespannt. Das Erscheinen dieses lustigen Bürschchens, der wie der böse Junge Maltschisch-Plochisch aus dem Märchen von Gaidar angezogen war, sonst aber ganz dem braven Maltschisch-Kibaltschisch entsprach, erlöste die Menschen aus ihrer quälenden, aufgestauten Anspannung: Eiter, Angst, klebriges Wundsekret – alles strömte mit einer hysterischen Ausgelassenheit heraus. Nicht einmal 1918 hatte es so viel Angst gegeben. Lindt erinnerte sich genau. Im Jahr 1918 war es auf eine eigene Art lustig gewesen.

Nachdem der Grünschnabel einen Namen bekommen hatte, »Saschka heiße ich, Saschka Berenson!«, antwortete er im Nu mit einem Gesicht, das wie ein blanker roter Hintern bei Frost leuchtete, auf alle Fragen und öffnete gleichzeitig sein stutzerhaftes Köfferchen. Darin befanden sich ein ausländisches Rasierzeug der Marke »Solingen« und zwei Schachteln Krokantpralinen. Bedienen Sie sich! Das sind meine Lieblingspralinen! Solche bekommt man nicht einmal in Berlin! Woher ich das weiß? Ich habe fünf Jahre in Berlin gelebt!

So wurde das Geheimnis des Horchs, der Wadenstrümpfe und der kurzen Hosen gelüftet.

Saschka, genauer gesagt Alexander Dawidowitsch Berenson, war immerhin der Sohn eines Diplomaten, ein junger, netter Schwachkopf voll naivstem Patriotismus. Während sein Papa im Krieg zurückberufen und mit Regierungsangelegenheiten im Kreml betraut worden war, hatte Saschka beschlossen, als Freiwilliger an die Front zu gehen, was er auch unverzüglich in die Tat umsetzte. Die Männer hörten seinen Erzählungen über die Berliner Straßen und Kaffeehäuser mit offenem Mund zu, wobei sich Saschka in seiner Jugendlichkeit mehr auf Eiscreme konzentrierte, während seine einfach gestrickten Zuhörer Geschichten über die Frauen von Berlin bevorzugt hätten. Stimmt es, dass sie dort keine Unterhöschen, dafür aber durchscheinende Kleider tragen?

»Von Unterhöschen weiß ich nichts«, gestand Saschka peinlich berührt. Die Leute brummten enttäuscht. »Aber! Aber! Aber dafür habe ich Hitler gesehen!«, rief Saschka im Versuch, sein wackelndes Ansehen zu retten. Alle verstummten. Hitler, das war ernst.

»Und wie ist er so?«, fragte ernst ein untersetzter Mann von ungefähr fünfunddreißig Jahren, dem Aussehen nach ein Handwerker von echtem Schrot und Korn.

»Nichts Besonderes!«, antwortete Saschka. »Ein Schwächling mit Schnauzbart unter der Nase! Ich könnte ihn mit links besiegen.«

»Ein Schwächling, sagst du?«, erwiderte der Mann. »Mit links? Genau dieser Schwächling verjagt uns gerade wie Hunde von der Grenze …«

»Ein Aufhetzer!«, kreischte sofort irgendein Weibsstück. »Genossen! Unter uns ist ein Aufhetzer! Lasst den Feind nicht unseren Kampfgeist zerstören!«

Die Menge vergaß Saschka und umzingelte den Handwerker, alle schrien, um einander und vor allem sich selbst zu beweisen, dass wir die Faschisten mit links in die Pfanne hauen!

Wieder war diese alles durchdringende Angst da.

Saschka hielt fassunglos immer noch die Schachtel mit den restlichen Krokantpralinen in seiner ausgestreckten Hand, aber niemand beachtete ihn mehr.

»Was denken Sie«, fragte er Lindt schüchtern, »wird man mich nehmen? Sie glauben gar nicht, wie stark ich bin! Ich betreibe jeden Tag Frühsport!«

Lindt zuckte unbestimmt mit den Schultern, wenn es nach ihm gegangen wäre, hätte er dieser gutmütigen Rotznase nicht einmal eine Spielzeugwaffe in die Hand gegeben.

Zwei Stunden später verließen beide das Gebäude des Wehrkreiskommandos. Der vor Erniedrigung ganz blasse Lindt wusste nicht, wohin er schauen sollte. Böse und schmalklingig wie eine mit Alkohol sterilisierte Lanzette hatte ihn das Wehrkreiskommando mit leisen, angeödet gezischten Flüchen abserviert. Wollten sich wohl die Zeit ein wenig vertreiben, Genosse Wissenschaftler? Etwas leiden? Für die Heimat kämpfen? Du weißt doch wohl selbst, was für eine Panzerung du hast, Professor! Wie beim KB-2! Du gehörst nicht an die Front, sondern selbst bewacht! Wolltest mich wohl vors Kriegsgericht bringen, wie, du heldenhaftes Arschloch? Da du schon selbst auf dein Leben scheißt, wolltest du wohl noch jemanden mit reinziehen. Nun hör auf mein Kommando: Abteilung kehrt und scher dich fort von hier, im Gleichschritt marsch! Na, wird's bald?

Sascha, der eine Einweisung zum Unteroffizierslehrgang erhalten hatte, jubelte und plapperte wie ein Feuerwerkskörper. Lindt schüttelte ihm kräftig die Hand. Er fühlte sich zum ersten Mal im Leben alt und völlig nutzlos. Weder Marusja noch das Vaterland brauchten sein freiwilliges Opfer. Niemand. Um ihn herum lärmten, drängelten, fuchtelten und grölten die Freiwilligen. Neunzig Prozent von ihnen würden in den ersten Tagen und Monaten an der Front fallen. Saschka – Alexander Dawidowitsch Berenson – würde überleben.

(Professor Dr. jur. habil., Inhaber des Lehrstuhls für Strafrecht am internationalen juristischen Institut, Frauenheld, Feinschmecker und Genießer, erst letztes Jahr verstorben. Und sogar mit achtundachtzig Jahren sah er immer noch wie ein hochgewachsener, pausbäckiger, verwöhnter Junker aus.

Das glauben Sie nicht? Fragen Sie bei Yandex oder Google nach.)

Vom Wehrkreiskommando ging der bedrückte, mit einem Schlag ganz abgezehrte Lindt zu den Tschaldonows. Die Füße trugen ihn wie von selbst zu Marusja, genauso wie seine Hände wie von selbst Geld auf die Theke des Delikatessengeschäfts Jelissejew legten. Ich hätte gerne Bouchées, Baisers, Tarteletten – von jedem zwei, bitte. Nein, besser fünf. Die hübsche rotwangige Verkäuferin, die selbst wie ein heißer, saftiger, mit Rum getränkter Kuchen aussah, verpackte die Törtchen gekonnt mit vornehm abgespreiztem kleinem Finger in einem großen Karton. »Wünschen Sie vielleicht auch noch eine Marzipankartoffel? Wir haben bestreute und glasierte«, säuselte sie mit sanftem, verschwörerischem Tonfall, als würde sie Lindt weiß Gott was für pikante und verbotene Dienste anbieten. Der Kunde war interessant, blass, klein, nervös. Ein Jude natürlich, aber offensichtlich gut situiert und mit Geld. Gut angezogen. Zwar nicht ganz jung, aber sie wollte ihm ja auch nichts beibringen müssen. Mit mechanischem Wohlgefallen betrachtete Lindt abschätzend die rührenden Grübchen auf den Ellbogen der Verkäuferin und auch die dralle, weiche Art, wie sie ihren weißen, gut gestärkten Kittel ausfüllte. Wahrscheinlich tollpatschig, aber begierig und leidenschaftlich für zehn. Nicht jetzt, meine Liebe, tut mir leid. Nein, nein, keine Schillerlocken, danke. Marusja konnte Schillerlocken nicht ausstehen.

Bei den Tschaldonows herrschte zum ersten Mal, soweit Lindt sich erinnerte, ein Durcheinander wie nach einem Sturm. Marusja, die gleichzeitig drei Koffer packte, schlug beim Anblick der Jelissejew-Schachtel die Hände über dem Kopf zusammen und ließ dabei Tschaldonows Strickweste fallen, die sie erfolglos versucht hatte, zwischen ihre eigenen Schuhe und die Akten ihres Mannes hineinzuquetschen. Sie haben den Verstand verloren, Lazarik! Kuchen! In diesen Zeiten! Lindt hob die Weste auf und drehte sie geschickt zu einer festen Rolle zusammen. So passt sie hinein. Was für Zeiten, Maria Nikititschna? Hungern werden wir erst im Winter, weshalb sollten wir uns jetzt schon einschränken? Sie haben vor auszuziehen? Oder sind Sie nur nervös geworden?

Marusja blickte Lindt argwöhnisch in die Augen, er war ein Meister im Scherzen, Aufziehen und Verspotten. Paradoxe Mentalität, paradoxer Sinn für Humor, völlige Furchtlosigkeit. An der Grenze zur Idiotie. Sowohl im ZAGI als auch an der MGU waren Legenden über Lindts Späße im Umlauf, die er ohne Rücksicht auf Ranglisten und Dienstgrade machte. Als fünfundzwanzigjähriges Bürschchen hätte er die Sekretärin des Senats, Lidia Borissowna Iljenko, fast bis zum Schlaganfall getrieben. Sie war eine Dame, die für ihre Monumentalität in allen Bereichen berühmt war, einschließlich menschlicher Dummheit. Man sagte, sie würde über Dissertanten, wissenschaftliche Koryphäen und sogar Kometen gebieten. Das Zittern ihres Doppelkinns wäre ein bedeutendes Zeichen. Sie würde mit jemandem aus so hohen Parteikreisen schlafen, dass dies bereits eine gewisse automatische, sozusagen professionelle Geschlechtslosigkeit voraussetzte. Im Übrigen glaubte kaum jemand, dass sich bis in die höchsten Kreise ein Verehrer von Iljenkos herbem Liebreiz fände – dabei waren doch wahre Kommunisten bekanntlich zu allen Heldentaten fähig.

Auch wenn man die Legenden beiseiteließ, brachte Iljenko die Akademiemitglieder wirklich zum Zittern wie Reisigbesen, sodass selbst die achtbarsten und grauhaarigsten wissenschaftlichen Würdenträger vor ihr herumscharwenzelten wie unterwürfige Hunde. Alle außer Lindt, der es vorzog, Lidia Borissowna einfach nicht zu bemerken. Eines Tages hielt sie ihn an der Schwelle eines Hörsaals auf, in dem der nächste wissenschaftliche Hexensabbat auf dem Plan stand.

»Und wo wollen Sie eigentlich hin, junger Mann?«, sagte sie in einem Ton, der nichts Gutes verhieß. »Sie sind doch gar kein Mitglied des Senats.«

»Vollkommen richtig, Lidia Borissowna«, stimmte Lindt ihr liebenswürdig zu. »Ich bin das Gehirn des Senats, mit dem Glied habe ich nichts zu tun.«

Und was denken Sie? Mit Lindt geschah überhaupt nichts Schreckliches, abgesehen natürlich davon, dass sich die mit Baldrian abgefüllte und komplett demoralisierte Iljenko bis in alle Ewigkeit seinen Vor- und Vatersnamen einprägte. Bis in alle Ewigkeit.

Aber nein, diesmal scherzte Lindt wirklich nicht, jeder andere hätte das nicht mit Gewissheit sagen können, aber Marusja konnte es. Wissen Sie etwa wirklich nicht, dass man uns alle evakuiert? Im Institut hängt seit heute Morgen ein Erlass aus. Sergej Alexandrowitsch hat angerufen und angeordnet, dass ich gleich alles vorbereite. Hat man Sie heute nicht ins Institut bestellt? Warum schweigen Sie denn immerzu, Lazarik? Wo haben Sie den halben Tag vertrödelt? Lindt zuckte unbestimmt die Achseln und legte die krümelnden, knusprigen Baisers auf einen Teller. Wenn Marusja nun schon nicht ihn an die Front verabschieden musste, dann konnte sie ruhig die Sachen ihres Mannes packen.

»Lazarik, geben Sie's zu, haben Sie wieder eine Liebschaft?«, riet Marusja, die Lindts Schweigen auf ihre Weise deutete. »Ist es dieses Mal vielleicht sogar ernst?«

Lindt schwieg noch immer und Marusja, die augenblicklich die Evakuierung und sogar den Krieg vergessen hatte, betrat hastig den mit gelben Ziegelsteinen gepflasterten Zauberweg und eilte einem fremden, verlockenden Glück entgegen. Wie jede kinderlose Frau liebte sie es zu verkuppeln, ihren Segen zu geben, gut zuzureden, zum Altar zu begleiten und quäkende, schwere Säuglinge behutsam auf den Arm zu nehmen – mit einem Wort, all ihre eigenen unerfüllten Träume den unsympathischen Bedingungen des realen Lebens unterzuordnen. Das war eine der wenigen Möglichkeiten, abgeschabtesten Kattun in festlichen Brokat zu verwandeln, und Marusja verstand sich wirklich ausgezeichnet auf erlesene Stoffe.

»Und Sie haben sie nicht einmal zum Tee eingeladen! Ja, schämen Sie sich gar nicht? Schließlich haben Sergej Alexandrowitsch und ich doch ein gewisses Recht darauf!«, warf sie Lindt vor, nahm ihm dabei schnell die leere Schachtel ab und wischte einige unsichtbare Krümel vom Tisch, die sich in unmittelbarer und unwürdiger Nähe zu den Tassen aus allergewöhnlichstem sowjetischem Porzellan befanden, das in ihren Händen wie kostbares chinesisches Knochenporzellan aussah …

Marusja bewegte sich sanft, leicht, seidenweich in den Gelenken, anmutig, ja, genau – anmutig, und die Zeit konnte weder dieser Anmut noch diesen zarten Lippen etwas anhaben und auch nicht dem grauen Haar, das mit den Spitzenmanschetten auf ihrem Kleid und den hellblauen Perlen in ihren Ohrläppchen so gut harmonierte. Er hatte ihr diese Ohrringe selbst geschenkt – von seinem ersten ernst zu nehmenden Honorar für seine erste ernst zu nehmende Monografie. Wie hieß es in Goethes *Faust*?

Ihn treibt die Gärung in die Ferne,
Er ist sich seiner Tollheit halb bewußt;
Vom Himmel fordert er die schönsten Sterne
Und von der Erde jede höchste Lust,
Und alle Näh und alle Ferne
Befriedigt nicht die tiefbewegte Brust.

»Aber Sie hören mir ja gar nicht zu, Lazarik!«, empörte sich Marusja. »Ich träume mittlerweile von Enkelkindern. Wann gedenken Sie, endlich zu heiraten? Ich möchte nicht sterben, ohne Ihre Kinder gesehen zu haben.«

»Aber Sie sterben doch nicht, Maria Nikititschna«, sagte Lindt ruhig. »Sie doch nicht. Das verspreche ich.«

Sanft nahm er ihre kleine, heiße Hand und drückte sie an seine Lippen – wie immer überwältigte ihn ihr Duft: Sie roch nach Mittagszeit, voll von sonnenbeschienenem Stroh und reifen Äpfeln, nach einem verträumten, stickig heißen Dachboden, nach verstohlenen, reifen Küssen. Alles würde gut werden. Und zwar noch in diesem Leben, weil es gar kein anderes Leben gab.

Tschaldonow, der zwei Stunden später ganz verschwitzt von den endlosen Anschissen seiner Vorgesetzten nach Hause kam, fand seine Frau und Lindt beim einträchtigen Teetrinken vor. In der Ecke waren die gepackten Kisten und Koffer ordentlich aufgereiht und Marusja hatte Lindt davon überzeugt, dass ihre eigenen Bouchées denen von Jelissejew um nichts nachstanden und sie in vielerlei Hinsicht sogar übertrafen. Lindt widersprach fröhlich und auf dem Teller, den sie vorsorglich an den entferntesten Tischrand geschoben hatten, vertrockneten die Kuchen, die sie Tschaldonow fairerweise übrig gelassen hatten. Bouchées waren darunter keine mehr, da Marusja unter einem Vorwand alle fünf Stück aufgegessen hatte.

Ende August des Jahres 1941 fuhr das ZAGI praktisch mit voller Belegschaft in die Evakuierung nach Ensk. Und nicht einmal Lindt, der im Zugabteil durchgeschaukelt wurde, vor sich hindöste, die Schläfe an das pulsierende Waggonfenster drückte und mechanisch die endlosen russischen Werst mitzählte, erriet, dass dies ein Abschied für immer war.

Sie brauchten fast einen Monat, um ihr Reiseziel zu erreichen – eine unerhörte Geschwindigkeit in jenen Zeiten, in denen sich in jedem Hauptbahnhof Dutzende Züge aufstauten und man Stunden, wenn nicht Tage warten musste. Auf Abstellgleisen dämmerten Hunderte beheizbare Güterwagen dahin, schlugen Wurzeln und ließen sich Wäscheleinen wachsen, was sie immer mehr Häusern ähnlich machte. Über die Bahnsteige irrten Evakuierte, es brüllten Säuglinge, stritten sich entnervte Weiber, spielten etwas größere Bengel übermütig Krieg, rauchten des Wartens überdrüssige Männer und spuckten ihren bitteren Speichel auf den Kies. Hin und wieder liefen fluchend schweißbedeckte, grimmige Eisenbahner vorbei, die schon lange nicht mehr an Urlaub, Schlaf, Familie oder Piroggen gedacht hatten. Sie mit Fragen oder Klagen zu belästigen war sinnlos – als Zöglinge von Lazar Moissejewitsch Kaganowitsch, dem Volkskommissar für Eisenbahnwesen, kannten sie seinen schroffen Charakter nur zu gut. Der eiserne Volkskommissar beliebte nicht zu scherzen und wiederholte des Öfteren, dass jeder Unfall einen Vor-, Vaters- und Nachnamen hatte. So war es bereits vor dem Krieg gewesen und nun brauchte man erst recht nicht auf Gutmütigkeit zu zählen. Alle wussten, dass man für Schlamperei niemanden mehr einsperrte, sondern einen gleich dort beim Bahndamm in der ungemähten Böschung erschoss. Direkt hinter dem Militärzug, der nicht pünktlich an die Front abgefahren war.

Für den Evakuierungszug des ZAGI wurden im Übrigen alle möglichen Ausnahmen gemacht – in Ensk war zur Versorgung der Armee die Errichtung einer Militärindustrieanlage geplant, und in jener Zeit setzte die Sowjetmacht den Plan gerade unerbittlich in die Tat um. Auf dem engen Provinzbahnhöfchen (Ensk war erst im siebenunddreißiger Jahr Gebietshauptstadt geworden – im Widerspruch zu den heutigen Geschichtsbüchern fanden in diesem Jahr auch festliche Ereignisse statt) wurde der Zug voller erlesenster, kluger Köpfe aus der Hauptstadt von einer großen und sehr geschäftigen Delegation empfangen. Die verständnislosen Wissenschaftler wurden hastig auf mehrere Lastwagen aufgeteilt und an ihre neue Heimatadresse verfrachtet, Tschaldonow aber und andere leitende Wissenschaftler fuhr man für ein Gespräch ins Stadtkomitee. Tschaldonow brachte im letzten Moment auch noch Lindt dazu, indem er dem leitenden Parteimitglied etwas ins Ohr flüsterte, das den armen Dickwanst sogleich in Schweiß ausbrechen ließ. Von Respekt übermannt musste er sich hinsetzen. Lindt bockte wie ein Kind, das genau dann schlafen gehen soll, wenn sich alle Gäste um den Tisch versammelt haben, aber es war umsonst – man bugsierte ihn liebenswürdig in den »GAZ-M1«-Wagen. Vom ovalen Heck-Seitenfenster aus war Marusja zu sehen, die auf dem Bahnsteig inmitten einer Menge bestürzter Frauen, kreischender Kinder und wirrer Pakete zurückgeblieben war. Die Angehörigen kamen wie immer an allerletzter Stelle.

»Zappeln Sie doch nicht so herum, um Gottes willen, Lazar«, bat der erschöpfte Tschaldonow mit klappernden Zähnen – im M1 wurden sie unbarmherzig durchgeschüttelt, die Straßen in Ensk waren in äußerst schlechtem Zustand. »Erstens bin ich überzeugt davon, dass wir nicht lange weg sein werden. Zweitens kommt Marusja auch alleine bestens zurecht, glauben Sie mir.«

»Haben Sie keine Sorge«, mischte sich der Partei-Dickwanst vom Vordersitz aus ein, »alle werden innerhalb von vierundzwanzig Stunden untergebracht und versorgt sein. In völliger Übereinstimmung mit allen Vorgaben. Auf Anordnung des Volkskommissars!«

Und so war es auch – die ZAGI-Frauen kamen nicht einmal dazu, sich anständig Sorgen zu machen, als auch schon ein ganzer Fliegertrupp über sie hereinbrach. Die fröhlichen Soldaten, die überschwänglich von der Front träumten, aber gezwungen waren, Scheiße noch mal, wer weiß was in dieser verfluchten Einöde zu machen, bildeten flott Zweiergruppen und begannen, die Hauptstadtpuppen (unter denen sich durchaus auch Schönheiten befanden) auf die Wagen aufzuteilen. Marusja geriet an einen ebenso rund- wie rotgesichtigen Offizier, der mit einem Gürtel wie ein festlicher Blumenstrauß abgebunden war. Während ein einfacher Soldat den Hausrat der Tschaldonows in einem eigenen Lastwagen verstaute (Akademiemitglieder genießen bei uns überall hohes Ansehen!) und den geschätzten Gast zum neuen Wohnort fuhr, schaffte es der redselige Leutnant, Marusja zweimal seine einfache, aber ruhmreiche Lebensgeschichte zu erzählen. Trotz der Einheit der Zeit, des Ortes und der Zuhörerin unterschieden sich die Versionen auffallend voneinander, doch in beiden überwand der Held alle Hindernisse und erlangte das halbe Zarenreich (ein Einzelzimmer mit acht Quadratmetern), die wunderschöne Prinzessin (meine Natalja, die müssten Sie sehen – erste Sahne! Die stemmt mich mit einer Hand!) und weiß Gott was noch für märchenhafte Gewinne.

Die faszinierte Marusja verpasste im Endeffekt die ganze vorüberziehende Stadt Ensk und kam erst wieder zu sich, als der Lastwagen vor einem riesigen dreigeschossigen Haus stehen blieb. Der Offizier, der mit einem Säckchen gezuckerter Plätzchen belohnt wurde (die bring ich meiner Natalja mit, die wird sich freuen, sie ist mein kleines Naschkätzchen!), half ihr abzusteigen. Hier werden Sie also wohnen. Trag alles in den ersten Stock hinauf, Lichonin. Schleif es doch nicht so hinter dir her, so geht es kaputt! Marusja stieg die Marmortreppe hinauf, die früher sicher in all ihrer protzigen Herrlichkeit gestrahlt hatte, und betrat neugierig die Wohnung.

Ein langer, halbdunkler Korridor. Ein Zimmer links, zwei rechts, dort musste die Küche sein. Ja, genau!

»Eine fürstliche Unterkunft hat man Ihnen zugewiesen, Maria Nikititschna!«, meldete sich der Offizier, der nacheinander alle Türen aufstieß und offenbar stolz auf die Ensker Gastfreundschaft war. »Die Hütte bietet alle Annehmlichkeiten, hinter der Ecke gibt's sogar eine Rumpelkammer, wenn Sie gedenken, eine Haushaltshilfe einzustellen ... Vorsicht, nicht stolpern, hier liegen Kinderstiefel, wir wollten erst alles fortschaffen, dachten dann aber, wer weiß, vielleicht hat der Genosse Tschaldonow Enkelkinder, ja, und überhaupt – die Sachen sind noch gut, warum sollte man sie wegschmeißen, schließlich hätten Sie aus Moskau fast mit leeren Händen ankommen können. Wozu sich mit Alltagskram aufhalten, besser, alles steht gleich bereit, damit man mit ganzer Kraft an die Arbeit gehen kann. Für die Front und für den Sieg! Ist es nicht so?«

Marusja, die merkwürdig still geworden war, nickte, während sie ihren Blick über das fremde, offensichtlich geliebte Heim schweifen ließ, das hastig unter schrecklichen Umständen verlassen worden war, nach denen man, das war klar, nicht fragen durfte. Es wäre auch sinnlos gewesen. Dann hätte man sich nämlich eingestehen müssen, dass dieser nette, helläugige Bursche mit den Leutnant-Schulterstücken auch schuld daran war, dass diese von einer flinken, liebevollen Hand genähten Gardinen verwaist waren wie auch diese für immer erschrockenen Schränke, voll von einsamem, leidendem Geschirr, und diese ... Wozu alles aufzählen? Sie selbst, Marusja, war auch schuld daran. Natürlich. Und wer noch?

Marusja ging zum Tisch, auf dem ein besticktes Tischtuch lag, und fuhr wie eine Blinde mit dem Finger darüber. Die hervorstehenden Röschen wechselten sich mit großäugigen Kamillen ab – Plattstich, Kettenstich, am Rand ein Hohlsaum, ein ganzer Winter voll gewissenhafter, gemütlicher abendlicher Arbeit, sie stickte selbst sehr gut, das leise Rascheln des durchlöcherten Stoffs, die deutliche Bewegung des Fadens, die Hornhaut auf dem strapazierten Zeigefinger, Fingerhüte waren für Faulpelze, die Hausfrau hier war offensichtlich nicht faul gewesen. Wie alt war sie? Wo war sie jetzt? Wo waren ihre Kinder? Würden sie überleben? Oder wenigstens verzeihen?

»Geht es Ihnen nicht gut, Maria Nikititschna? Soll ich einen Arzt holen? Das geht ganz schnell!«, fragte der Offizier teilnahmsvoll. Marusja, deren Gesicht alle Farbe verloren hatte, sodass es bläulichgrau war, schüttelte verneinend den Kopf.

»Gehen Sie nur, Kolja. Es ist alles in Ordnung. Danke. Gehen Sie ruhig, Sie haben sicher viel zu tun, ich komme selbst gut zurecht. Richten Sie Ihrer Natalja unbedingt Grüße von mir aus.«

Leutnant Kolja salutierte gehorsam.

»Ich richte es aus. Geht es Ihnen sicher gut?«

Marusja lächelte mit letzter Kraft.

»Dann ist es gut«, beeilte sich der Offizier erleichtert zu sagen. »Richten Sie sich bequem ein und wenn irgendetwas nicht in Ordnung ist, bitten wir um Entschuldigung. Lichonin, abtreten!«

Lichonin stellte sein lautloses, ameisenhaftes Kofferschleppen ein und trabte hinter seinem Kommandanten zum Ausgang hinaus. Die Tür knallte zu. Gleich darauf auch die Haustür unten. Marusja sah sich noch einmal in der ganzen Wohnung um, genau, dort das Regal in der Ikonenecke, jetzt von einem schweigenden Lautsprecher besetzt, aber trotzdem unverkennbar. Der runde Radioapparat konnte vielleicht jemand anderen täuschen, aber nicht Marusja, sie erkannte gleich das abgeräumte Ikonenregal, das war eine Leiter für die Engel, eine lauschige Bank, auf die sich der Herr, wenn er die Häuser besuchte, setzen konnte, um Atem zu schöpfen und sich umzusehen. Es musste noch von den allerersten Besitzern herstammen, Kaufleute, die sicher auch in aller Eile fortgebracht worden waren, in der Dunkelheit vor Tagesanbruch, unter Tränen, mit wilden Flüchen und Verwünschungen, und die Hausfrau, die allererste, drehte sich immer wieder heulend um und ihr tat es wahrscheinlich leid um irgendetwas Unwichtiges – etwa ein unvollendetes Kissen oder silberne Glashalter, die sie für Gäste aufgehoben und deshalb nie verwendet hatte, die also ihr ganzes Leben im Glasschrank gestanden und umsonst auf ihre feierliche Stunde gewartet hatten … Marusja stellte sich bildlich vor, wie sie selbst unfrisiert und zu Tode erschrocken in der Nacht von ihrem Mann weggerissen wurde – sie sah sogar, wie er versuchte, zum Abschied zu lächeln, und wie sein schlecht rasiertes graues Kinn dabei greisenhaft zitterte.

Wann hat das alles ein Ende, Herr? Wann wird diese schauerliche Kette unterbrochen?

Der Herr schwieg, versteckte sich gleichsam hinter dem verstaubten Radioapparat (im Gerät hätte nicht einmal Er Platz gehabt – die Stimme des Radiosprechers Lewitan war bereits zu gewaltig, zu schrecklich die Berichte des sowjetischen Informationsbüros), und da ließ sich Marusja mit Mühe auf die Knie nieder und begann, zu dem ausgeschalteten Lautsprecher zu beten – heftig und inbrünstig, wie sie noch niemals und zu niemandem je zuvor gebetet hatte.

Als das trübe Ensk vor dem Fenster dunkel zu werden begann (es dämmerte nicht so früh wie in Moskau, es war auch nicht so kalt, obwohl es doch schon Ende September war), spürte Marusja, wie ihre Knie aufjammerten, wie sich ein brennender Schmerz durch das von der gebückten Haltung geplagte Kreuz zog. Es war Zeit, aufzustehen und etwas für das Abendessen zuzubereiten. Sie musste im Gepäck nach den Graupen suchen, die sie als Einziges auf dem Bahnhof hatte auftreiben können, ihr ganzes Leben hatte sie ihren Mann nicht hungern lassen, nicht einmal im Bürgerkrieg, und er würde auch jetzt nicht hungern müssen, also verzeih, Herr, dass ich jetzt aufhöre, du beachtest mich ohnehin schon seit langer Zeit nicht.

Nun verzeih, mein Lieber, dass ich zu meckern begonnen habe.

Verzeih, hörst du mich?

Verzeih.

Marusja stand auf und ging fröstelnd in die Küche und betätigte dabei die Schalter, an denen sie vorbeikam – in Ensk gab es im Gegensatz zu Moskau keine Verdunkelungsmaßnahmen. Beim Verlassen der Hauptstadt hatte sich Marusja ständig umgedreht, ehe der Wagen um die Ecke bog, um noch einmal die vertrauten Fenster zu erblicken, die sie doch eigenhändig mit gekreuzten Papierstücken ausgelöscht hatte. Sie hatte Abschied genommen.

In der Küche war es leer, leise und schrecklich. Und auf die gleiche Weise, auf die Marusja sich vor all diesen fremden Sachen fürchtete, fürchteten auch sie sich vor ihren unbekannten Händen, erschauerten, wichen zurück, als wären sie lebendig, versuchten, sich in die letzte Ecke zu drücken, in den rettenden Schatten. Jeder Tasse musste man gut zureden, ihr über die zitternde Flanke streichen wie einem schrecklich leidenden ausgesetzten Welpen, musste sie zähmen, und Marusja nahm sie vor sich hinmurmelnd in die Hand, stellte sie um, wickelte ein Handtuch um sie und bedeckte sie vorsichtig mit einem Deckel. Das war kein Beten mehr, sondern reinste Hexerei, die jede Frau kannte und deren Wurzeln bis in unbekannte Vorzeiten zurückreichten, als es noch nicht Gott und noch nicht das Wort gab, sondern nur die reine, ungetrübte Liebe. Und Marusja hexte mit ganzer Kraft, während sie lauschte, ob im Flur nicht die Tür geöffnet wurde, sie glaubte, dass nur die Heimkehr ihres Mannes allem einen Sinn verleihen und die Ordnung wiederherstellen konnte, die Angst vertreiben und die dichte, fast feste Dunkelheit bändigen. Die Wohnung brauchte einen Herrn und sei es auch nur so einen unbeholfenen wie ihren Serjoscha, aber er kam und kam nicht und letzten Endes musste Marusja aufgeben, sie schaltete den Herd aus und verharrte die ganze Nacht neben dem undurchdringlichen Fenster in der ewigen weiblichen Wartehaltung – die immer dieselbe blieb, über alle Jahrhunderte hinweg.

Die Wohnung verhielt sich ebenfalls ganz still und seufzte nur manchmal leise, als würde sie sich auf Marusja einstellen, ja, und hin und wieder setzte sich draußen etwas auf das Fensterbrett und kratzte mit scharfen Krallen ohrenbetäubend über das dunkle Blech, und Marusja redete sich ein, das seien Tauben, ganz gewöhnliche Tauben, aber das waren natürlich keine Tauben, und als im Hausflur der leise Schatten einer großen, nicht existenten Katze vorbeihuschte, hielt es Marusja nicht länger aus und begann zu weinen.

Weil sie ganz einfach keine Kraft mehr hatte.

Weder Tschaldonow, der erst im Morgengrauen unrasiert, fast berauscht vor Müdigkeit heimkehrte, noch Lindt bemerkten etwas. Manchmal kam es Marusja so vor, als würden sie vollkommen versunken in ihr wissenschaftliches Spiel nicht einmal den Krieg bemerken, sodass die vier Jahre der Furcht, der Berichterstattungen und endlosen Schlangen ausschließlich auf ihren Schultern lasteten. Lindt erhielt ein eigenes Zimmer in der Nähe, aber sosehr Marusja ihm auch zuredete, zu ihnen zu ziehen, er willigte nicht ein, blieb stur, und Marusja dachte mit Wehmut, dass nun Lazarik ganz erwachsen geworden war und sie nicht mehr brauchte, dabei wäre es mit ihm so einfach; na schön, nicht einfach, aber doch viel einfacher, er würde die Geister bezähmen, er würde auf sie pfeifen, er glaubte an nichts, ihr Lazarik, und dieser fröhliche, furchtlose Unglaube, der Marusja sonst so betrübte, käme nun sehr gelegen.

Im Übrigen übernachtete Lindt doch manchmal bei ihnen – und dann war alles fast wie früher, vergnügliche Abende am vergnüglichen Tisch, Marusja sah keine Katzen und die Wohnung schien ihr warm, friedlich und lichtdurchflutet zu sein – ganz wie sie viele außer ihr sahen. Viele, nur sie nicht. Aber am Morgen verließ Lindt sie, küsste eilig Marusjas Hand und stritt im Gehen über irgendetwas mit Tschaldonow. Auf ihrem Gewissen lasteten hundertzwanzig Millionen Granaten und Minen, fünfzehntausendsiebenhundertsiebenundneunzig Flugzeuge, eine Unmenge von Toden, während Marusjas Gewissen rein war, sie aber hasteten kichernd wie Lausbuben die Treppe hinab und Marusja stand an der Schwelle, schaute ihnen nach und hinter ihrem Rücken schwieg besorgt der endlos lange, schreckliche, einsame Tag, den man unmöglich mit Haushaltsbesorgungen ausfüllen konnte.

In der Zwischenzeit schwoll Ensk bedrohlich an, nahm eine Evakuierungswelle nach der anderen auf, Militärtransporte, Betriebe, ganze Industriezweige. Allein von Juli bis November 1941 wurden fünfzig große Unternehmen nach Ensk verlegt – im ganzen Land wurden insgesamt ungefähr neun Millionen Menschen evakuiert. Stellen Sie sich das einmal vor – neun Millionen! In der Stadt wurde es eng von den Zigtausenden Neuankömmlingen, die ängstlich und entwurzelt waren, ganz irr vor Erschöpfung und von jener wilden, unnützen, tollkühnen Freiheit, die der Krieg mit sich gebracht hatte. Es fehlte katastrophal an Unterkünften, alles war vollgestopft, wo früher vier wohnten, fand sich nun problemlos Platz für weitere zehn.

Marusja eilte ins Stadtkomitee, »Vier Zimmer für zwei, Genosse Erster Sekretär, finden Sie nicht, dass das etwas ungerecht ist?«. Er ließ sie nicht einmal ausreden, sondern winkte nur mit seiner einzigen Hand ab, die zweite war im Bürgerkrieg irgendwo bei Werchneudinsk abgefault, ja, nicht nur das, es waren praktisch nur die weißen Knochen übrig geblieben. Gehen Sie zum Teufel mit Ihren seltsamen Anwandlungen, meine Werteste, es herrscht Krieg und Sie wissen selbst nicht, was Sie wollen. Die Zimmer sind ihr zu viele, na so was. Ihnen sind sie vielleicht zu viele, aber für ein Akademiemitglied sind sie genau richtig. Im Übrigen werde ich den Genossen Tschaldonow nicht belästigen und Ihnen rate ich das auch nicht. Und ich pfeif drauf, dass Sie seine Frau sind, zu meiner Zeit hätte man solche Frauen …

Das Ende des Satzes prallte gegen die bereits geschlossene Tür. Was hab ich mir nur gedacht, murmelte Marusja, als sie auf die Vortreppe des Stadtkomitees hinaustrat, die anstelle von Säulen von zwei mit Reif überzogenen Wachposten gesäumt war, was ist bloß los mit mir, mein ganzes Leben habe ich niemanden um Rat oder Erlaubnis gefragt und hier – da sieht man's, da hab ich wirklich so etwas gesagt wie, ach, edler Herr, gestattet mir, etwas Gutes zu tun und Euch noch die werte Hand zu küssen. War sie etwa alt geworden? Von wegen!

Marusja wickelte sich ganz wie früher schnell und geschickt in ihren Schal, der so zartgrau war, dass man nicht genau sagen konnte, wo der Flausch aufhörte und der Himmel anfing. So ging sie eilig und leichtfüßig die Straße entlang und ihre abgelaufenen Absätze hinterließen auf dem Bürgersteig sternförmige Abdrücke. Na wartet nur, ich werde es euch schon zeigen …, dachte sie hitzig, wusste aber selbst nicht genau, wen das anging und was sie machen sollte. Was, Herr, was?

Marusja bog ab, dann noch einmal und bemerkte plötzlich, dass sie keine Ahnung hatte, wo sie war. Dieser Teil von Ensk war ihr noch nicht vertraut. Irgendeine lange, vollkommen leere, erstarrte Straße, durch die langsam die blutroten, fast zähflüssigen Sonnenstrahlen krochen. Kein Nebel, kein Geräusch, keine Bewegung … Einen Moment lang schien es Marusja, als wären bereits alle tot und sie wäre ganz allein zurückgeblieben und müsste nun bis in alle Ewigkeit durch diese lautlose, blutleere Stadt irren ohne die geringste Hoffnung auf Hilfe oder Rettung.

Es war unerträglich kalt und still, nur der saubere, gänzlich unbefleckte Schnee knirschte unter den Füßen, sodass Marusja nicht gleich auffiel, dass dieses Geräusch nicht genau im Takt mit ihren Schritten war, wie ein Kind, das weiterweint, obwohl man es bereits in Ruhe lässt, obwohl es gar nicht mehr wehtut … Sie blieb stehen und der Schnee verstummte im selben Moment, die Kinderstimme jedoch wurde deutlicher. Übergeschnappt, dachte Marusja mit einer gewissen fröhlichen Erleichterung. Sie zog einen Handschuh aus und kniff sich mit aller Kraft ins Handgelenk an der empfindlichen Stelle, unter der das zarte, geschmeidige Perlenkügelchen des Pulses wohnte.

Das Weinen verschwand nicht, wand sich immer noch irgendwo bei den Beinen, ganz schwächlich, klebrig, ekelerregend wie von einem ausgelaugten zugelaufenen Tier, das man nicht abweisen kann, aber zu abstoßend findet, um es auf den Arm zu nehmen. Es gab überhaupt keinen Zweifel – hier weinte ein Kind, ein lebendiges Kind, was auch immer es auf dieser vom Frost erstarrten Ensker Straße im Februar 1942 machte. Marusja blickte sich noch einmal um und eilte zu dem leisen Fiepen hin, das sich duckte, als würde es schnüffeln, und bemerkte gar nicht, dass sie ihren Handschuh im Schnee verlor – einen kleinen roten Handschuh, der an eine halb aufgeblühte Blume oder an einen toten Gimpel erinnerte.

Man sagt, Soldaten und Verliebte werden nicht krank – und das ist ganz und gar gelogen. Mindestens den halben Februar des '42er Jahres litt Lazar Lindt nämlich an einer entwürdigenden, lästigen Erkältung, die weder von der Liebe noch vom Krieg abgemildert wurde. Wenn er denn gemeinsam mit den Mädchen und Frauen an den Maschinen gestanden hätte – in den frisch errichteten Werkhallen begann man erst '43 zu heizen und man musste stundenlang in der enormen, widerhallenden, übermenschlichen, nein, sogar überweltlichen Kälte arbeiten, sodass es einem am Ende der Schicht vorkam, als gäbe es überhaupt nichts mehr – weder Leben noch Erschöpfung, ja, nicht einmal die Luft selbst. Nur den vollkommen leeren, eisigen Raum – vor dem ersten Schöpfungstag, vor dem Urknall, möglicherweise vor Gott selbst. Und außerdem gab es großen Hunger. Sehr großen. Die ganze Front musste verköstigt werden, da man mit hungrigen Soldaten an einen Sieg nicht einmal zu denken brauchte.

Aber Lindt fror nicht, außer wenn er vom Hauseingang zum Auto ging, und er aß – zugegeben keine Delikatessen, aber doch zum Sattwerden –, sie hatten eine vorzügliche Ration, fast schon wie an der Front, an ihnen wurde keinen Augenblick gespart – zum Glück gab es genügend Menschen, denen man etwas wegnehmen konnte, um die besten Wissenschaftler gebührend zu verpflegen. Das Land verhielt sich überhaupt streng und erstaunlich vernünftig wie ein riesiger sterbender Organismus, der sich den biologischen Gesetzen unterwarf und nacheinander die Systeme ausschaltete, ohne die man auskommen und noch eine Zeit lang überleben konnte, um das Wichtigste zu retten: Herz und Gehirn. Das Gehirn stand übrigens nur an zweiter Stelle und musste ebenfalls geopfert werden, um das Herz zu retten. Das war natürlich überraschend. Überraschend, schrecklich, aber auch sehr stimmig. Vor allem wenn man bedachte, dass sich sehr, sehr viele zum Herzen zählten.

Schade, dass der Schnupfen sich nicht einmal von solch philosophischen Schlussfolgerungen beeindrucken ließ – der Schnupfen fühlte sich einfach wohl in Lindts geräumiger Nase, die voller lauschiger Winkel und widerhallender Höhlen war, so wohl, dass Lindt vor Erniedrigung ächzend erst alle verfügbaren Taschentücher aufbrauchte, um dann, als er das ganze Ausmaß des Elends erkannt hatte, einem ganzen Bettlaken den Garaus zu machen, von dem er mit kühlem Ratschen Streifen um Streifen abriss. Und wie es aussah, würde er bald ein zweites hernehmen müssen. Der Kopf schmerzte, dass es nicht mehr schön war, aber es half weder Tee noch Aspirin, sodass die für Lindts Heilung zuständige Ärztin, in panischer Angst vor einer Lungenentzündung, sogar hastig äußerst schwer zu beschaffende Bakteriophagen zu besorgen versuchte, um die hochgepriesene geistige Leuchte nicht erlöschen zu lassen. Lindt konnte die Ärztin, wenn auch mit Mühe, wieder runterbringen und verbot ihr sogar, öfter als einmal am Tag vorbeizukommen, denn ich verstehe Sie ja, Nina Sergejewna, Sie haben den Wunsch, am Lager eines Sterbenden zu wachen, aber verzeihen Sie, ich beabsichtige, noch ein Weilchen weiterzuleben.

Die Ärztin schnatterte etwas, fügte sich dann aber. Trotzdem versuchte sie, morgens und abends nach Lindt zu sehen. Sie war übrigens bildhübsch – schlank, mit einem kecken Näschen und zarten, leicht geschwollenen Augenringen. Eine Petersburgerin. Sie gefiel Lindt, vor allem ihre erstaunlich großen, fast männlichen Hände, die sich im Gegensatz zur Ärztin selbst nie genierten. Lassen Sie mich Sie noch einmal untersuchen, Lazar Jossifowitsch. Lindt schob gehorsam das Unterhemd hoch und entblößte seinen eingefallenen Bauch mit dem schwarzen, gelockten Pfad zu den Lenden hin – unter den verständigen, forschenden Fingern dieser Frau fühlte er sich besonders warm und lebendig. Zu schade, dass diese verfluchte Grippe ihm völlig den Geruchssinn genommen hatte, denn die Ärztin duftete sicherlich herrlich. Besonders in der Kälte. Wahrscheinlich nach etwas Kühlem, Rosarotem und Glattem. Wie Marusjas Lippen.

Deshalb wurde er nicht gesund. Weil Marusja nicht da war. Sie war kein einziges Mal zu ihm gekommen. Die ganzen zwei Wochen Kranksein. Kein einziges Mal.

Das war so seltsam, dass es nicht einmal einen Sinn hatte, nach einer Erklärung zu suchen – zumindest nach einer logischen, und unlogische existierten für Lindt gar nicht erst. Früher hatte jedes Leiden von Lindt – und wenn man ganz ehrlich war, nicht nur von ihm – bei Marusja wahre Wellen von Zärtlichkeit und Mitgefühl hervorgerufen. Nein, sie machte sich nicht fertig, bemitleidete ihn nicht, rang nicht die Hände, ja, saß nicht einmal stundenlang am Bett, das von der Fieberhitze dahinschmolz. Sie kam einfach schnell auf Zehenspitzen ins Zimmer, riss den knirschenden oberen Fensterflügel auf und – was muss ich da hören, Lazarik? Was liegen Sie hier so herum, setzen Sie sich auf, wir werden jetzt eine Bouillon trinken und dabei tratschen, denn, das können Sie sich gar nicht vorstellen, Kurnakow hat sich eine neue Flamme angelacht, und was für eine! Eine feenhafte Blondine mit einem Busen – da könnte man einen Tisch für zweiundzwanzig Personen darauf decken.

»Eine Aspirantin?«, fragte Lindt, der merklich auflebte.

»Viel besser – eine Kellnerin!«, freute sich Marusja, während sie großzügig, als wäre es Zucker, schwarzen gemahlenen Pfeffer in die mitgebrachte Bouillon streute und dabei energisch mit dem Löffel klapperte. »Landau könnte vor Neid seine eigene Krawatte fressen.«

»Dau trägt doch gar keine Krawatten, Maria Nikititschna.«

»Dann eben seine Sandalen«, gab Marusja gutmütig nach. »Seine schaurigen abgelaufenen Sandalen. Was denkt er sich nur dabei, Lazarik? Sie sind doch auch ein Genie, tragen aber trotzdem immer sorgfältig geputzte Schuhe. Und schauen Sie mich nicht mit den Augen eines waidwunden Rehkitzes an. Trinken Sie lieber, bevor es kalt wird.«

Lindt lächelte, schluckte die vom Pfeffer feurige, vom Glycerin fette Bouillon und fühlte körperlich, wie das Quecksilber im Fieberthermometer in deutlichen Sprüngen wieder auf Normaltemperatur herabsank. In Marusjas Nähe könnte er alles Mögliche aushalten – eine Amputation, Folter, den Tod. Aber dieses Mal, da es ihm seit langer Zeit wirklich einmal schlecht ging, kam sie nicht. Ein einziges Mal hatte sie in zwei – zwei! – Wochen angerufen, obwohl sie genau wusste, dass er erkältet war. Sie hatte ihn ein wenig bedauert und gefragt, ob er nicht etwas bräuchte, aber so in Eile und mit einer so beiläufigen fröhlichen Stimme, als wäre Lindt ein lästiger Verehrer, den man so schnell wie möglich loswerden wollte, um zu den Gästen zu eilen – zur Musik, zum lebhaften Geplauder und zum Mandarinenduft einer Weihnachtsfeier.

Lindt rief Tschaldonow in der Arbeit an, aber der brummte

nur etwas Unverständliches durch das Knacken und Rauschen der unbeständigen Kriegsleitung.

Wie sollte man unter solchen Umständen bloß gesund werden?

Das war ganz und gar unmöglich!

Aber in den ersten Märztagen – in Ensk war dies der Höhepunkt einer heftigen Kältewelle – riss Lindt sich trotzdem zusammen und sein Zustand besserte sich. Genauer gesagt, hatte er es satt, sich launisch und hypochondrisch zu verhalten und die hübsche Ärztin mit Symptomen zu erschrecken, die er aufs Geratewohl aus einer bei Gelegenheit im hiesigen Antiquariat gekauften Broschüre heraussuchte: »Krankheits- und Behandlungslehre der Nasen-, Mund- und Rachenhöhle sowie des Kehlkopfes und der Luftröhre« (Dr. Maximilian Bresgen, Sankt Petersburg, eine Beilage der Zeitschrift *Angewandte Medizin*, Kasanskaja 44, 1897. Mit zahlreichen Illustrationen im Text). Seine Passion für alte Bücher hatte er trotz des Krieges nicht aufgegeben, so wenig wie seine Liebe zu Marusja.

Lindt hatte vor langer Zeit mit Wehmut eingesehen, dass es in seinem Leben nur eine wahre Liebe geben würde.

Er konnte jedoch nicht mehr länger auf dem Sofa herumlümmeln und sich bis zu den Brauen mit Tee abfüllen – schließlich verfügte Lindt über eine ausgezeichnete Gesundheit, noch in der Kindheit hatte er die Feuerprobe der echten, natürlichen Auslese bestanden: In Malaja Sejdemenucha wurde die Statistik geachtet, da im besten Fall nur jedes zweite Kind den ersten Geburtstag erlebte. Und Arbeit gab es auch genug. Lindt beendete seine Grippe mit reiner Willenskraft. Allem Anschein nach bekam Marusja gar nichts davon mit.

Aus Prinzip wartete er noch eine Woche, was ihm allerdings schwerfiel. Sehr schwer. Dann ging er selbst zu den Tschaldonows.

Es wurde weder auf sein Läuten noch auf sein Klopfen reagiert – und Lindt, der dachte, dass er Marusja verpasst hatte, bedauerte augenblicklich und sehr kindisch, dass alles umsonst war – der frische Haarschnitt, die messerscharf gebügelte Hose und die unter dem Mantel verborgene Überraschung: frische Blumen im Winter 1942. So etwas war im winterlichen Ensk auch in Friedenszeiten unmöglich zu bekommen, aber eine Laborantin hatte auf dem Fensterbrett einen Topf Geranien stehen, von denen er einen mikroskopisch kleinen farbenprächtigen Strauß abgepflückt hatte, klein wie ein Ansteckstäußchen, aber es waren Blumen. Echte, frische Blumen. Jetzt würden sie schmählich sterben.

Er klopfte noch einmal und hoffte auf das Gesetz der Unwahrscheinlichkeit, worauf die Tür plötzlich fügsam aufgestoßen und der Gast vom Lärm und Gestank einer Gemeinschaftswohnung empfangen wurde. Das war für Marusjas Heim so unmöglich, dass Lindt glaubte, sich entweder in der Wohnung oder im Geschoss geirrt zu haben.

Auf der Schwelle stand ein schmächtiger, abstoßender Junge von ungefähr neun Jahren, offenbar aus hygienischen Gründen kahlgeschoren, was jedoch völlig zwecklos war, da der Junge trotzdem schmutzig oder eher hoffnungslos dreckverschmiert war, und sogar die Damenjacke, die er trug, hatte speckige Ellbogen und ein dreckiges Vorderteil, dabei war das doch Marusjas Jacke – eine blassblaue aus feinem, geschmeidigem Jersey, Lindt erkannte sie sofort –, im Gegensatz zu Millionen von Männern kannte er sich bestens mit Frauenkleidung aus und mit Marusjas umso mehr. Er hätte mit Leichtigkeit alles aufzählen können, was sie seit dem Tag ihrer ersten Begegnung getragen hatte – noch damals im Jahr 1918. Das war Marusjas Jäckchen und sie hatte nichts zu suchen an diesem segelohrigen Drecksbürschchen, der den Gast mit den frechen klaren Augen eines berüchtigten Halunken musterte. Im Süden nannte man solche Lümmel Bastarde und vermöbelte sie jeden Samstag –

nur vorbeugend, obwohl es ihnen auch montags nicht geschadet hätte.

»Was wollen Sie?«, fragte der Junge mit einer trägen und verächtlichen Grimasse, die eine so genaue Kopie eines bedrohlichen, bösartigen Erwachsenen war, dass Lindt sich einen unbändigen Augenblick lang das Allerschlimmste vorstellte – Verhaftung, Verbannung, Marusja, die sich in Häftlingsüberschuhen über eine aufgeweichte Straße schleppte, das Geräusch von Riegeln, die zugeschoben wurden, herumspringende, vor ausgelassener Rage dampfende Schäferhunde, freche, ungehobelte Einheimische, die in Marusjas liebevoll gestaltetes, wunderbares Heim einzogen.

Lindt fühlte, wie sich vor Wut erst sein Hodensack zusammenzog und dann auch die Haut über den Wangenknochen und den Schläfen, nahm sich dann aber selbst kräftig am Schlafittchen. Dummes Zeug. Weibische Fantastereien. Das müsste ich wissen – das hätte man mir sofort mitgeteilt und wer würde es überhaupt wagen? Marusja anzugreifen. IHN persönlich anzugreifen! Das war vollkommen unmöglich. Natürlich gab es da oben viele Trottel, ganz genauso viele wie unten. Um ehrlich zu sein, begegnete Lindt fast nie klugen Menschen, und solche, mit denen man einfach reden konnte, ohne sich zu verstellen, sich anzupassen, die auf Augenhöhe waren – solche konnte man überhaupt an den Fingern abzählen. Aber man hatte ihn nie gestört. Niemand hatte es jemals gewagt, ihn zu stören – das war für Lindt so logisch wie der Unterschied zwischen ihm selbst und einem ausgemachten Idioten.

Das begriffen alle.

Lindt war allein.

Talentierte gab es zur Genüge, Fähige, Aufgeweckte, Gescheite. Die Hoffnung gaben, eine Entwicklung verhießen. Aber keine Genies. Nein.

Genies gab es keine sonst.

Überhaupt keine.

Lindt, der damit von frühester Kindheit an gelebt hatte, fühlte plötzlich den gewaltigen, düsteren Schatten seiner Gabe wie etwas Eigenständiges, ungeheuer Schweres, Unbelebtes. Anscheinend hatte er sich nicht daran gewöhnt, nein. Er hatte einfach keine Wahl gehabt.

»Wo ist Maria Nikititschna Tschaldonowa?«, fragte er den Jungen barsch wie einen Erwachsenen. Der wich gleich eingeschüchtert zurück und schrie mit weit aufgerissenem Mund mit starkem ukrainischem Akzent durch die ganze Wohnung:

»Oma Musja! Oma Musja! Da ist so ein Onkel für dich!«

Und aus der Tiefe der Wohnung ertönte eine fröhliche jugendliche Stimme. Marusjas.

»Lazarik, sind Sie das? Ich weiß, dass Sie es sind. Herrgott noch mal, Pawluscha, führ Lazar Jossifowitsch in die Küche und mach die Tür zu, es zieht!«

Lindt ließ unverzüglich von seinem sich stumm windenden Opfer ab und folgte wie in einem Zauberbann Marusjas Ruf, stolperte dabei über einige Bündel und Holzstücke, was zum Teufel ging hier eigentlich vor?

In der Küche stand Marusja, rosig, zerzaust, feucht, das Haar vom bläulichen, fast greifbaren Dampf gelockt, und wusch in einer großen Zinkwanne einen schweigsamen Säugling, dessen Geschlecht Lindt nicht erkennen konnte. Ein weiteres Kind, das etwas älter aussah, saß in der Ecke auf einem Emailtopf, hielt sich verkrampft an den Griffen fest und starrte mit so einer beharrlichen Konzentration vor sich hin, dass sogar Lindt verstand, dass der Vorgang kompliziert war und die ungeteilte Aufmerksamkeit erforderte.

»Guten Tag, Lazarik!«, sagte Marusja erfreut. »Wie bin ich froh, dass es Ihnen wieder besser geht! Nein, nein, treten Sie nicht näher, Sie kommen aus der Kälte und Katjuscha hat schwache Lungen.«

Lindt, den nichts auf der Welt dazu gebracht hätte, sich dieser lebhaften, nackten und noch dazu menschlichen Made zu nähern, blieb auf der Schwelle stehen, betrachtete das Wäscherei- oder eher Badehauschaos und fragte:

»Haben Sie einen Kindergarten ausgeraubt, Maria Nikititschna?«

In diesem Augenblick begann sich das Gesicht des auf dem Topf thronenden Kleinkinds bedrohlich zu verdüstern, es strengte sich an und brüllte plötzlich triumphierend auf. Marusja drückte dem gleichgültigen und einem kleinen Buddha ähnelnden Mädchen in der Wanne den Waschlappen in die Hand und stürzte sich mit einem Lindt unbekannten Gegackere auf den Hosenscheißer. Sie hob dessen üppigen Hintern an, überzeugte sich mit einer strahlenden Freude, die Lindt übrigens vorher ebenfalls nicht gekannt hatte, davon, dass alles in Ordnung war (eine dampfende Duftwolke stieg in Lindts Nase und er rümpfte sie angewidert), und machte sich mit Zeitungspapier und gutem Zureden ans Saubermachen. Aber warum weinst du denn, Koljuschka, schau, wie gut du das gemacht hast, so, jetzt werden wir alles abwischen, Katjuscha fertig baden und dann waschen wir dir den Popo. Und dann wird dein Popo ganz rosig und sauber sein, gut riechen und er wird atmen und fröhlich sein …

Koljuschka, der anscheinend ganz gespannt auf die bevorstehende Verwandlung seines Popos war, verstummte gehorsam, dafür schrie nun die vergessene Katjuscha. Sie schrie nicht einfach nur, sondern warf den nassen Waschlappen von sich, schlug in der Wanne wie bei einem Anfall herum und spritzte alle mit weißen, brennenden Seifenwassertropfen voll.

Marusja richtete sich auf, klatschte überwältigt in die Hände, da sie sich nicht in zwei Hälften teilen konnte, obwohl sie sich das verzweifelt gewünscht hätte.

»Lazarik, könnten Sie Katjuscha herausnehmen? Ein Handtuch liegt dort auf dem Stuhl.«

»Kommt gar nicht infrage«, antwortete Lindt schroff. »Ich nehme sie sicher nicht und Ihnen würde ich das auch nicht raten. Sie ist offensichtlich wahnsinnig und wahrscheinlich ansteckend. Ich verstehe überhaupt nicht, was hier vorgeht. Haben irgendwelche Idioten entschieden, zusätzliche Menschen in dieser Wohnung unterzubringen? Wie konnte Sergej Alexandrowitsch das nur erlauben? Ich rufe sogleich im …«

»Aber nichts dergleichen«, fiel ihm Marusja ins Wort. »Ich habe sie hier aufgenommen. Die Menschen leben in Bunkern, gerade dass die Kinder nicht auf der Straße zur Welt kommen, und wir hier … Und Sie dort …« Sie sah Lindt mit prüfendem und grimmigem Blick an. »Von Ihnen hätte ich so etwas nicht erwartet. Und überhaupt ist Katjuscha nicht ansteckend, Sie allerdings wahrscheinlich sehr. Also verschwinden Sie und dass Sie sich hier nicht mehr blicken lassen. Kommen Sie wieder, wenn Sie gelernt haben, sich zu benehmen.«

Um Lindts Mundwinkel spielte ein aufgesetztes Lächeln.

»Ich fürchte, da müssen Sie lange warten, Maria Nikititschna. Aber wie Sie belieben. Ich hoffe, Sie sind nun endlich glücklich. Nur schade, dass die Heiligkeit das Einzige ist, das Ihnen so gar nicht zu Gesicht steht.«

Er verließ die Wohnung vor Wut und Erniedrigung bebend und trat beim Hinausgehen nach einer lautlosen, schnellen, struppigen Katze. Wie abscheulich, sogar eine Katze haben sie sich zugelegt! Marusja, jugendlich, unordentlich, rotgefleckt, begann energisch die brüllende Katjuscha einzuseifen, die eigentlich bereits ganz sauber war und begehrliche Blicke auf den Brei warf, der auf dem Herd in Zeitungen und eine flauschige Decke eingeschlagen vor sich hindampfte.

»So ein Blödian«, murmelte Marusja und schluckte die eigenen und auch die seifigen Tränen hinunter, »man denke sich nur, was für ein Blödian, nicht wahr, Katja! Nein, so was, uns beide anstecken zu nennen … Der sollte sich einmal selbst anschauen!«

Den fast verwelkten Geranienstrauß fand Marusja erst ein paar Stunden später im Korridor, und sie belebte ihn lange wieder, bis er zu sich kam und in einem Glas auf ein Regal gestellt werden konnte. Hoch oben, damit die Kinder ihn nicht erreichten. Am dritten Tag kam der besiegte und reuige Lindt und bat um Verzeihung.

Das war in der Tat ihr erster und ganz bestimmt einziger Streit.

Den Grund für die Vorherrschaft der Kinder verschiedenen Alters und verschiedener Stufen von Räudigkeit erfuhr Lindt, noch bevor er sich mit Marusja versöhnte. Tschaldonow, der selbst aufs Heftigste von seiner neuen familiären Lage erschüttert war, wurde als Geisel genommen und gestand Lindt prompt, dass Marusja zuerst eine Evakuierte mit zwei Kindern buchstäblich von der Straße nach Hause geschleppt hatte, dann noch eine – und Sie werden es nicht glauben, wieder mit zwei Sprösslingen, und schließlich richtete sie so etwas wie eine Kindertagesstätte bei uns zu Hause ein. Und nun sammelt sie jeden Tag einen Haufen Kinder auf der Straße ein und kümmert sich um sie, während die Mamas die Front mit allem Nötigen versorgen. Und da die Fabriken sich unermüdlich in drei Schichten abrackern, nahm die Zahl der Kinder in der Wohnung der Tschaldonows nie ab, und das ist einfach ein Irrenhaus, Lazar. Ein Affenzirkus, Sodom und Gomorrha. Windeln, Geschrei, Dreck, und das den ganzen Tag. Aber wer kommt schon gegen Marusja an?

Lindt nickte und fühlte zum ersten Mal im Leben so etwas wie Mitgefühl mit Tschaldonow – nun saßen sie schließlich im selben Boot, nun wurden sie schließlich beide vernachlässigt und waren gleichzeitig eifersüchtig, und das verströmte ein seltsames, Lindt fast unbekanntes Gefühl familiärer Wärme. Kratzig, stickig, kaum merklich nach Ziege riechend, war es doch Wärme. Lindt strich Tschaldonow sogar beiläufig über das leicht abgetragene Vorkriegssakko und bereute es gleich wieder. Das Akademiemitglied, das unverdient und unerwartet ohne seine Frau, ohne Ruhe und ohne frische Hemden dastand, schluchzte auf und Lindt musste sich die jammernden und altherrenmäßigen Klagen ein zweites Mal anhören.

»Tu bloß niemandem etwas Gutes, Lazar, sonst ergeht's dir auch so.«

Marusja aber war tatsächlich glücklich. Das hieß, sie war immer, ihr ganzes Leben lang, sogar in den verzweifeltsten Zeiten, glücklich gewesen, weil ihr das einfach angeboren war. Glücklich zu sein hieß für sie immer zu lieben, aber erst jetzt mit dreiundsiebzig Jahren in der Evakuierung und im Krieg begriff sie endlich, dass Lieben nicht bedeutete, jemanden zu seinem Eigentum zu machen. Lieben konnte man auch Fremde, das hieß, man musste die Fremden nur lieben, dann wurden sie zu Vertrauten.

Alles hatte auf jener unbekannten, verschneiten Ensker Straße begonnen, und später sagte Marusja oft lachend, man müsse sich, um das zu finden, was man sein ganzes Leben gesucht hat, einfach nur verlaufen. Sie konnte sich gar nicht erinnern, was sie gedacht hatte, als sie an den leblosen Häusern vorbeieilte und gebückt dem Fädchen von gebrochenem Kinderweinen folgte. Wen hoffte sie zu finden? Ein Findelkind? Ein im Sterben liegendes Menschenjunges? Ihr nächstes nicht selbst geborenes Kind – schließlich war Lazarik schon lange erwachsen, Gott, wie schnell alles vorbeiraste, das ganze Leben – und man konnte die interessantesten Einzelheiten nicht genau erkennen und auch nicht zurückholen.

Marusja hatte den endgültigen Sinn ihres Lebens erst in der fünften Quergasse in Folge gefunden. Es stimmte, es waren gleich drei Findelkinder, zwei schwiegen einfach – anscheinend hatten sie keine Lust und auch keine Kraft mehr, um sich zu beklagen und um Hilfe zu bitten. Ums Leben kämpfte nur ein

Lumpenbündel, eine nicht sichtbare Puppe, die eindeutig nicht sterben wollte. Sie lag auf dem Schoß einer Frau, die sehr gerade, wie versteinert auf der Treppe vor einem vernagelten, ausgekühlten Speicher saß. Neben der Frau stand genauso gerade und ungebeugt, eingehüllt in einen verschlissenen Schal, ein Kind. Marusja erkannte gleich, dass es ein Junge war – an den Augen und daran, wie fest er die vor Kälte rote und angeschwollene Hand der Mutter hielt – nicht Schutz suchend, nein. Schutz gebend.

»Was machen Sie hier?«, fragte Marusja und wunderte sich selbst über die Dummheit ihrer Frage, denn in diesem Krieg versuchten alle nur zu überleben oder kamen um, niemand machte etwas anderes, und diese beiden hatten offensichtlich vor umzukommen, trotz aller Proteste des dritten, allerdings war dieses dritte Wesen, bis über die Ohren in Lumpen gehüllt, zweifellos das klügste, weil es leben wollte. Und weil es sofort, als es Marusja wahrgenommen hatte, verstummte, als habe es seine Rettungsmission erfüllt und endlich seinen Willen durchgebracht.

Marusja erinnerte sich selbst nicht, wie sie die drei nach Hause geschleppt hatte, sie erinnerte sich nur, dass sie den ganzen Weg schrecklich, aus vollem Halse geheult hatte, wie nie zuvor in ihrem Leben, nicht einmal auf dem Begräbnis ihrer Eltern, nicht einmal als sie begriff, dass sie niemals Kinder kriegen konnte, nicht einmal, als sie in der Kindheit die glatte Glaskugel verloren hatte, die so grellrot war, dass ihr Inneres flüssig wirkte, und alle, alle Kinder hatten Glaskugeln, nur sie nicht, weil Mama sagte: Wenn du nicht darauf aufpassen kannst, dann bist du selbst schuld.

Wahrscheinlich erinnerte sich Anele an alle Einzelheiten dieses Wegs, aber sie sprach kaum Russisch und war von Natur aus eher schweigsam bis hin zur Teilnahmslosigkeit. Vielleicht auch nicht von Natur aus, sondern durch ihr Schicksal, denn nicht einmal Marusja wusste, ob die stumme Anele von ihrem alttestamentarischen Gott geprüft wurde oder ob er sich bloß über die kleine bessarabische Jüdin lustig machte wie ein Kind, das aus Langeweile eine lebende, leidende und warmblütige Katze quält.

Anele hatte tausend Mal Pech gehabt. Vielleicht sogar noch öfter. Sie war in einem jüdischen, moldauischen Schtetl mit der lächerlichen Bezeichnung Faleschti in Bessarabien zur Welt gekommen, das sich nacheinander jeder, der dazu Lust hatte, einverleibte, und es hatten praktisch alle Lust. Zugegeben, Aneles Eltern waren ruhige, gutsituierte und nicht zu religiöse Menschen gewesen, sodass sie ihre aufgeweckte Tochter ins Gymnasium der Stadt schickten – Rumänisch sprach Anele wunderbar und zu Hause wechselte sie problemlos ins Jiddische. Das war eine kurze Zeit, in der sie im Prinzip sprach, sogar plauderte und lachte, aber Gott begriff schnell, dass das nicht gut war, und Aneles Eltern starben schnell hintereinander – zuerst wurde der Vater für irgendwelche unbekannten Sünden von Moldauern umgebracht, dann starb die Mutter, entweder durch eine Krankheit oder weil sie ihren Mann wirklich liebte, sodass sie keinen Sinn darin sah, sich durch irgendeine Grenze von ihm trennen zu lassen.

Anele wurde von ihrem Onkel in seine Familie aufgenommen, die Juden lassen ihre Angehörigen nicht im Stich, weder im Glück noch im Unglück, dafür mag man sie auch nicht, obwohl ehrlich gesagt die Liste der Sachen, für die man sie nicht mag, so lang ist, dass Soll und Haben sich nie ausgleichen können, da die Rechnungen mit so einer Geschwindigkeit ausgestellt werden, dass das Bezahlen gar keinen Sinn hat. Man würde sie in jedem Fall verjagen, verbrennen oder erschießen. Der Onkel war Gastwirt, er führte ein Gasthaus mit Zimmern, machte die örtliche Bevölkerung betrunken, der Jude, also steckte er bis zum Hals in Arbeit, und Anele musste das Gymnasium verlassen, da der Pogrom arbeitende Hände forderte – jemand musste ja auskehren, Geschirr abwaschen, die gackernden Hühner und Truthähne füttern, aber trotz allem handelte es sich um eine gute Familie und noch dazu um Verwandtschaft, sodass Anele nie hungrig zu Bett ging. Gott sei Dank war jedes Kind in diesem Haus satt und angezogen, und es ging ihnen so gut, dass alte Kleider nicht getragen wurden, bis sie vom Leib fielen, sondern dem Altwarenhändler gegeben werden konnten, um ein paar extra Bani zu erwirtschaften, die sie in der Synagoge opferten.

Es ist schwer zu sagen, wie sie es schafften zusammenzufinden – der Altwarenhändler Jankel und Anele, Nichte des Gastwirts und ehemalige Gymnasiastin, aber sie fanden zusammen, fanden eine gemeinsame Basis, und ohne auch nur zehn Worte gewechselt zu haben, begriffen sie, dass sie einander liebten, dass die Zeit gekommen war, den Brautwerber loszuschicken, denn so befiehlt es die Thora und so steht es geschrieben: »HERR, du Gott meines Herrn Abraham, begegne mir heute und tue Barmherzigkeit an meinem Herrn Abraham! Siehe, ich stehe hier bei dem Wasserbrunnen, und der Leute Töchter in dieser Stadt werden herauskommen, Wasser zu schöpfen. Wenn nun eine Dirne kommt, zu der ich spreche: Neige deinen Krug, und laß mich trinken, und sie sprechen wird: Trinke, ich will deine Kamele auch tränken: das sei die, die du deinem Diener Isaak beschert hast, und daran werde ich erkennen, daß du Barmherzigkeit an meinem Herrn getan habest.«

Aber Abrahams Gott fand wieder Einwände – man konnte Ihn schließlich auch verstehen, dies war reinstes Theater, Romeo und Julia aus dem Schtetl, nur ohne verfeindete Familien, da es für die Familie des angesehensten Wirts in Faleschti keinen Sinn hatte, gegen einen familienlosen Altwarenhändler zu kämpfen, sie stammten aus sich nicht berührenden Universen, aus verschiedenen Kasten, ganz genau, die Juden haben auch ihre Kasten, ihre Unberührbaren, bei ihnen ist alles wie bei den normalen Menschen, denn die Juden – Sie werden es nicht glauben – sind auch Menschen.

Anele und Jankel wurde es verboten, sich zu treffen, obwohl sie sich nie getroffen hatten – außer mit den Augen, wie es sich für anständige jüdische Jugendliche gehörte, denn nicht jüdische Jugendliche hätten sich längst daran erinnert, dass sie eigentlich im 20. Jahrhundert lebten, hätten auf die idiotischen Vorurteile und die hinterwäldlerische Verwandtschaft gepfiffen und wären abgehauen, irgendwohin, weit weg. Vielleicht ins ausgelassene Odessa oder schlimmstenfalls ins zuckerweiße, gemütliche Kischinau. Aber Anele und Jankel blieben. Jeden Tag zu Mittag ging sie in den Hof hinaus, die bleischweren Krüge ausspülen, und zur selben Zeit kam er ans Tor und schaute zu, schaute einfach nur zu mit seinen riesigen, dummen, hilflosen, herrlichen Augen. Und so ging es zehn Jahre lang, jeden einzelnen Tag, ohne Feiertage und Wochenenden – es war eine Revolte, die kann schließlich sehr unterschiedlich ausfallen. Nach zehn Jahren hatten Gott und der Gastwirt schließlich diesen Stummfilm satt, denn Anele wurde fünfundzwanzig Jahre alt und niemand wollte diese magere, dickköpfige Närrin zur Frau nehmen – niemand außer Jankel.

Und sie durften heiraten.

Sie waren arm, schrecklich arm, aber sie waren genauso glücklich, denn Jankel war nicht nur ein Altwarenhändler, sondern auch ein Tollpatsch, und Anele empfing sofort und brachte nach der üblichen Zeit ihren Erstgeborenen Isaak auf die Welt, mein Bubele, mein Kapele, ich werde dich ewig an meinem Busen nähren. Sie lachte wieder, Anele, und sprach wieder, und das war natürlich ganz und gar nicht in Ordnung.

Deshalb wurde Bessarabien am 28. Juni 1940 nach der friedlichen Lösung eines sowjetisch-rumänischen Konflikts wieder an die UdSSR zurückgegeben und bereits am 2. August wurde auf der siebten Sitzung des Obersten Sowjets das Gesetz zur Bildung der Moldauischen SSR verabschiedet. Das war eigentlich nicht schlimm, kam nur zu einer sehr ungelegenen Zeit, sehen Sie sich selbst die Daten an, die Arithmetik ist eine exakte Wissenschaft, sie kennt keine Sentimentalitäten. Anele konnte sich gar nicht gebührend darüber freuen, dass sie, die Habenichtse, nun respektable Leute waren, und zwar gerade deshalb, weil sie Habenichtse waren (Aneles Welt war schon immer voller Paradoxe gewesen), da brach schon der 22. Juni 1941 an. Und es vergingen keine zwei Tage, als Bessarabien bereits bombardiert und Jankel an die Front beordert wurde. Anele hing in Tränen aufgelöst an seinem Hals und versuchte, so fest wie möglich ihren riesigen Bauch an ihn zu drücken, denn sie trug ihr zweites Kind unter dem Herzen und wollte, dass das Ungeborene seinen Vater ebenfalls zum Abschied umarmen konnte, küss du den Papa auch, Isaak, küss ihn ganz fest.

An einer Hand ihren Sohn, die andere Hand an den Bauch gedrückt, bestieg Anele schon drei Tage später gemeinsam mit anderen Evakuierten einen Güterzug. Die Sowjetmacht erledigte alles schnell, bestrafte schnell und begnadigte auch schnell. Die unzähligen Angehörigen – im Schtetl waren alle auf die eine oder andere Weise miteinander verwandt – winkten den Abfahrenden vom Bahnsteig aus zu, ach, diese dumme Anele, das ist ein schöner Schlamassel, und ihr Mann ist nicht besser, aber ihn hat man gezwungen, in den Krieg zu gehen, während sie sich freiwillig nach Sibirien verfrachten lässt!

Anele winkte teilnahmslos zurück, der Waggon ruckelte und ratterte auf den Gleisen los, in ihrem Bauch ruckelte und ratterte das Kind, und sie weinte nicht einmal, so schrecklich war ihr zumute. Am 26. Juli desselben Jahres wurde Bessarabien von rumänischen Truppen besetzt, denen sich um der alten Zeiten willen niemand auch nur versuchte zu widersetzen, im Gegenteil, es freuten sich alle, da die Rumänen nach und nach, Ortschaft für Ortschaft, die von den Sowjets besudelte Erde säuberten. Alle in Faleschti verbliebenen Juden wurden in die Stadt Belz getrieben und dort ebenfalls gesäubert, das heißt, in einer Schlucht erschossen – nachlässig, hastig, ohne Groll. Sowohl Aneles Onkel als auch Jankels Eltern, die krumme Riwka mit ihren Kindern und auch der dicke, schwachsinnige Schmulik. Dreihundertelf Menschen. Alle, alle. Sodass kein Einziger überlebte.

Währenddessen gebar Anele unterwegs irgendwo bei Tscheljabinsk ein winziges, zorniges Mädchen und hörte wieder auf zu sprechen, sodass der siebenjährige Isaak, der einzige erwachsene Mann der Familie, selbst seiner Schwester den Namen Klara gab und sich um sie und die Mutter kümmerte, da beide völlig hilflos waren und vergessen konnten, dass man essen musste, genauer gesagt, konnte das nur Mama vergessen, denn wenn Klara hungrig war, schrie sie ordentlich. Und laut. Isaak wäre auch in Ensk auf keinen Fall verloren gewesen, nur hatte Mama erst vergessen, wohin sie mussten, und hatte sich dann vollkommen verirrt. Gut, Mama Mascha, dass Sie uns gefunden haben. So nannte er Marusja – Mama Mascha. Und sie nannte ihn Isotschka oder Isa. Er war ein kluger Junge, begriff alles im Nu, nur war er sehr ernst. Und Anele sprach einfach nicht. Ja, und worüber, wenn man ehrlich war, hätte sie auch sprechen sollen?

Walja war ein paar Tage nach Anele bei den Tschaldonows aufgetaucht. Isaak hatte sie hergebracht, der, kaum dass er sich bei ihnen eingewöhnt hatte, freiwillig eine Menge Aufgaben im Haus übernahm, vielleicht war dies für ihn eine Frage des Überlebens, vielleicht brauchte er auch einfach eine Beschäftigung, das Nützlichsein, sonst wäre nicht nur der Anreiz, sondern auch der Sinn des Lebens verschwunden. Klarotschka musste essen, aber die schweigsame, ausgehungerte Anele hatte nur wenig Milch, die dünn, bläulich und dem Anschein nach bitter war. Die empörte Klara brüllte und die verzweifelte Marusja schickte Isaak auf den Markt, zuvor hatte sie noch die Ärmel von Tschaldonows Pelzmantel abgeschnitten und dem neuen Sohn ein Paar hervorragende Überschuhe daraus geschneidert. Das hält und ist warm, lobte sie sich selbst und steckte Isaak etwas Geld tief in die Fäustlinge. Es waren ihre Fäustlinge und natürlich auch ihr Geld, das verstand Isaak, er verstand überhaupt weit mehr von Geld als so mancher Erwachsene, weit mehr als Marusja selbst, die Armen sind überhaupt die besten Finanzexperten der Welt, da sie die ganze Zeit rechnen müssen und oft mit negativen Zahlen.

Isaak kehrte nach einer Stunde zurück, legte vorsichtig zwei gefrorene Scheiben auf den Tisch (so wurde die Milch in Ensk verkauft), streifte die Fäustlinge ab, zog die rotzige Nase hoch und reichte Marusja ein Bündel Geldscheine – das Wechselgeld, obwohl das Geld genau abgezählt gewesen war. Genau für einen Liter Milch. »Ich habe nicht gestohlen, sondern gehandelt«, sagte er mit leiser, aber fester Stimme, obwohl Marusja nicht in den Sinn gekommen wäre, ihn zu verdächtigen oder auch nur zu fragen. Sie hätte selbst gestohlen, wenn es notwendig gewesen wäre, ach Gott, sie hätte wahrscheinlich sogar jemanden umgebracht, ohne nachzudenken, wenn sie in ihrem Leben so geprüft worden wäre. Aber sie wurde in ihrem Leben auf ganz andere Art geprüft.

Deshalb nahm sie einfach von Isaak das Geld entgegen und legte es in ein Kästchen, das zuvor auf dem obersten Regalbrett der Anrichte gestanden hatte, und nun, siehst du, stelle ich es hierher, denn du kommst ja nicht an das oberste Regal heran, wenn du also beim nächsten Mal auf den Markt gehst, dann nimmst du dir einfach so viel du brauchst heraus. Schlepp nur nichts zu Schweres heim, in Ordnung? Warum?, fragte Isaak. Und Marusja erklärte es ernsthaft – sonst hebst du dir einen Bruch und ich kann deinen Bauch nicht wieder zusammenkleben.

Sie lachten beide los. Von nun an lag die Nahrungsbeschaffung ein für alle Mal auf Isaaks Schultern und er ließ sie nicht hängen: Er wusste nicht nur bestens über die Geschäftslage Bescheid, sondern kannte auch alle Händler beim Namen und feilschte so hitzig und leidenschaftlich, dass sogar die stursten Bauern kapitulierten und seinen Preis akzeptierten, denn schauen Sie selbst, Tante Olja, wenn die Milch zweihundertsiebzig pro Liter kostet und ich anderthalb Liter brauche, dann muss man zweihundertsiebzig durch zwei teilen und noch einmal zweihundertsiebzig dazugeben, aber ich nehme auch noch Kartoffeln, aber wie kommen Sie auf hundertfünfzig für das Kilo, wo doch Agascha dort drüben für hundertfünfzig noch was draufgibt, aber ihre Milch schmeckt nicht gut, die Milch von Ihnen ist die allerbeste, nein, nein, ich habe doch gesagt, dass ich anderthalb Liter brauche. Das sind zweieinhalb Scheiben. Und sie geben mir drei.

Russisch konnte er übrigens ausgezeichnet sprechen, ganz ohne komischen Akzent – sie waren sehr lange gefahren und Kinder haben überhaupt ein Talent für Sprachen. Lazarik, wollen Sie nicht ein wenig lernen mit dem Kind? Er ist offensichtlich begabt, er ist im Kopfrechnen schneller als ich mit Stift und Papier, und ich bin sicher, er ist auch schneller als Sie. Aber Lindt wollte nicht, nein, und mit Anele Jiddisch sprechen wollte er auch nicht. Wie kommen Sie überhaupt darauf, dass ich diese barbarische Sprache kann? Was soll das heißen, wie ich als Kind gesprochen habe? Als Kind habe ich gar nicht gesprochen, wenn Sie es genau wissen wollen, worüber und mit wem hätte ich denn sprechen sollen? Sie brauchen mir Ihren Isotschka gar nicht anzupreisen, Teufel noch mal, er hat überhaupt kein Talent, das kann auch gar nicht anders sein, wenn er groß ist, wird er Kaufmann, wie es ihm von Geburt an vorherbestimmt ist, so ist das nämlich.

(Aber Lindt irrte sich. Isotschka wuchs heran und wurde Major der sowjetischen Armee, ein ausgezeichneter Leitoffizier, da es ihm von Geburt an schon so oft vorherbestimmt war zu sterben, dass Gott selbst nicht mehr weiterwusste und Isotschkas Leben seinen Lauf nehmen ließ, und das tat es besonders gut und zuverlässig.)

So hatte Isaak also am vierten Tag, den er bei den Tschaldonows lebte, Walja vom Markt mit heimgebracht. Genauer gesagt, ging Walja ganz von selbst hinter ihrer Tochter her, die Isaak fest an der Hand hielt, sehr ernsthaft, sehr verantwortungsbewusst, sehr erwachsen.

»Mama Mascha«, sagte er, als Marusja die Tür öffnete, »das ist Elja Tuljajewa, sie glaubt mir nicht, dass Sie ein Klavier haben. Sie sagt, dass das nicht sein kann und dass ich lüge. Aber ich lüge doch nicht. Darf ich es ihr zeigen?«

Marusja musterte mit prüfendem Blick das sechsjährige Mädchen in dem gut gearbeiteten Mantel mit den großen, ganz erwachsenen Knöpfen. Das Gesicht des Mädchens war puppenhaft, reizend, rund und sehr launisch. Es verhieß Isaak nichts Gutes.

Hinter den Kindern stand eine abgehärmte Frau – ihr Alter war schwer zu schätzen, in diesem Krieg sahen sie alle wie vierzigjährige alte Weiber aus.

»Verzeihen Sie, bitte«, sagte sie zu Marusja. »In Gottes Namen, verzeihen Sie, aber würden Sie dem Jungen erlauben, es ihr zu zeigen, sonst gibt sie«, die Frau wies mit dem Kopf auf das Mädchen, »nie nach. Sie ist so stur, schlimmer geht's nicht. Ich hätte ihr ja eine Tracht Prügel verabreicht, aber ich weiß, dass es zwecklos ist.«

»Aber warum denn Prügel?«, wunderte sich Marusja. »Da ist es wirklich viel einfacher, ihr das Klavier zu zeigen. Kommen Sie doch herein.« Sie trat beiseite und ließ sie in die Wohnung eintreten. »Und ich möchte nichts hören von ›nur für eine Minute‹ oder ›ich warte auf der Treppe‹. Auf der Treppe ist es kalt und in der Küche gibt es heißen Tee. Ein Klavier kann man nicht in einer Minute herzeigen. Das ist immer eine längere Geschichte. Darf ich also bitten?«

Die Frau lächelte dankbar und sah plötzlich sehr jung aus, dreiundzwanzig, wenn es hoch kam. Ihre Nasenspitze war etwas knubbelig und zwischen den Vorderzähnen hatte sie eine lustige Lücke, sehr niedlich.

»Ich heiße Walja«, sagte sie verlegen. »Walentina Tuljajewa. Und das ist meine Tochter Elvira. Wir wurden aus Woronesch evakuiert. Dort hinter dem Fluss sind wir einquartiert.«

Marusja nickte und beobachtete, wie Isaak seinem kleinen Gast kniend die Schuhe ausziehen half. Der kristallene und ungewohnte Name Elvira passte äußerst gut zu ihr – es war der richtige Name, er harmonierte mit den roten, vollen Lippen, mit den hellen, feinen Brauen und besonders mit der fröhlichen Gleichgültigkeit, mit der das Mädchen Isaak erlaubte, ihr den Hof zu machen. Wer hatte ihm eigentlich beigebracht, sich so wohlerzogen, feinfühlig und erwachsen zu verhalten? Niemand. Tschaldonow schaffte es heute noch nicht, einer Dame in den Mantel zu helfen, aber dieser Junge aus dem Schtetl hatte seine sechsjährige Puppe schon ausgezogen, wie man einen Blumenstrauß auswickelt, geschickt, behutsam, zärtlich, ohne auch nur einem Blütenblatt Schaden zuzufügen. Woher hatte er das bloß? Unbegreiflich …

Walja folgte Marusjas Blick und strich ihrer Tochter das Wollkleidchen glatt, das wie der Mantel erstaunlich erwachsen war mit Taschen, Gürtel und anscheinend sogar mit Passe.

»Ich habe es selbst genäht«, erklärte sie. »Eigentlich habe ich vor dem Krieg eine Forstwirtschaftsschule absolviert, Kleider nähe ich nur so für mich und für die Kinder. Ich habe noch einen Sohn – Slawik. Und für den Verkauf nähe ich natürlich auch, ich muss, sonst ist es mit den Lebensmitteln, wie Sie sicher selbst wissen, äußerst schwierig. Kann ich vielleicht für Sie auch etwas nähen? Ich verlange nicht viel.«

»Vielleicht etwas für Isotschka«, sagte Marusja nachdenklich. »Ich überlege es mir, in Ordnung?«

Isaak nahm Elja wieder an der Hand und führte sie zum Klavier, das stumm in einem der Zimmer seiner früheren Besitzer wartete. Marusja wusste noch nicht, ob sie mit ihrer neuen Bekannten darüber sprechen konnte oder nicht. Es würde sich zeigen.

Und es zeigte sich schon nach einigen Tagen, als klar wurde, dass Eletschka die Tschaldonows nur zum Schlafen verließ und dass Walja zum Abholen auf den unheimlichen nächtlichen Straßen einen ordentlichen Umweg machen musste. Das Ausschlaggebende waren jedoch Isaaks Augen, wenn Eletschka fortgeführt wurde …

Als Tschaldonow von der Arbeit nach Hause kam, entdeckte er, dass das Leben ihm noch nicht all seine Tricks gezeigt hatte, und nun hatte er, Gott sei Dank, kein Arbeitszimmer mehr, aber dafür außer Anele, Isaak und Klara noch drei Findelkinder – Walja, Eletschka und den einjährigen Slawik. Tagsüber waren es noch fünf oder sechs Kinderchen mehr, ja, viele blieben gleich über Nacht, wenn ihre Mütter die zweite oder dritte Schicht übernahmen …

Man konnte also sagen, dass das ein sehr gelungenes Leben war. Ja, sehr gelungen.

Seltsamerweise kam es den Bewohnern des Tschaldonow-Heims schon nach einigen Tagen so vor, als würden sie seit ewigen Zeiten zusammenleben – es war, als würde das allgemeine Unglück, dieser verfluchte Krieg, wann würde er endlich zu Ende gehen, ihr Schicksal zusammenzementieren, zu einem sofort aushärtenden und extrem haltbaren Mörtel vermischen. Eletschka und Isaak spielten im vollgerümpelten Korridor fast immer Tschurbatschki, bei dem man sorgsam aufgeschichtete Holztürme aus einer Entfernung treffen musste. Beim Aufbauen steckten sie die Köpfe zusammen – einer wie aus Kattunstoff, hell und seidig-glatt, der andere wie aus Filz, dunkel und gewellt wie ein Schaffell.

»Na, was machst du denn, siehst du nicht, dass alles gleich umfällt?«, ärgerte sich Eletschka. Sie war geschickt, flink und ganz und gar keine boshafte Zicke, wie Marusja anfangs geglaubt hatte, sie war nur sehr eigensinnig. Charakterstark – sonst nichts. Eletschkas Ingenieursgespür erwies sich als richtig – der Tschurbatschki-Turm fiel tatsächlich um, Isaak seufzte schuldbewusst und machte sich mit seinen in Eletschkas Anwesenheit tollpatschigen Händen an die Neuerrichtung der babylonischen Konstruktion. Seine Geduld hätte auch für eine Million Jahre gereicht, solange neben ihm auf dem Boden nur dieses Mädchen mit den verärgerten farblosen Brauen und dem dünnen Zöpfchen saß, in das anstelle eines Bandes ein blau eingefärbter Verbandstreifen eingeflochten war. (Sie reichte auch für eine Million Jahre, seine Geduld, denn Eletschka und Isaak, meine Mama und mein Papa, sind noch immer zusammen und noch immer hält er ihre Hand, wenn sie heimkommen, und noch immer ist sie nicht zufrieden mit seiner Haushaltsführung …)

Und es schien, als zankte sich die unzufriedene Walja ständig mit Anele, genauer gesagt, lag Anele ständig in ihrem Zimmer, hinter der Wand, abgezehrt, körperlos, versunken in einen alles ausblendenden, lautlosen, nur für Gott bestimmten und nur von ihm hörbaren Monolog, während Walja in der Küche wütend mit dem Feuerholz polterte und murmelte, zwei Kinder hat sie wohl gebären können, dann sollte sie ihnen auch den Hintern abwischen können, ich habe auch zwei, warum zum Teufel muss ich mich dann noch um fremde Scheiße kümmern? Elja, bring mir die Kleinen her, Klarka schreit sich die Lunge aus dem Hals, sie möchte was futtern, und für Slawik ist es auch schon an der Zeit.

Isaak und Eletschka erschienen in der Tür: Er mit ihrem Bruder auf dem Arm, sie mit seiner Schwester, sie unterschieden nicht zwischen Eigenem und Fremdem, Walja eigentlich auch nicht, es war schließlich Krieg, und während Walja sich lautstark beschwerte, zog Anele es vor, still zu leiden.

Marusja beobachtete aufmerksam, wie Walja den Kindern die erwärmte Milch einschenkte – und es gab keinen Zweifel daran, dass ihr eigener Sohn keinen einzigen Tropfen mehr erhielt als das schreiende Mädchen, jede Kartoffel für Eletschka und Isotschka schnitt sie in zwei Hälften und jeder erhielt genau so viel wie der andere, Waljas Gott war die Gerechtigkeit, die große Gerechtigkeit, und als Erzengel dieser Gerechtigkeit dienten die Wut, die Kraft und der Zorn. Sie ist nicht krank, Maria Nikititschna, Ihre Anele, das wissen Sie selber, sie will nur nicht arbeiten! Was soll's? Leg dich nur hin. Mein Mann sagt immer, dass sich zum Arbeiten immer Idioten finden …

Für einen Moment wurde Walja betrübt und suchte in Gedanken unter all den Frontsoldaten den ihrigen, hatte sich aber gleich wieder in der Hand – Marusja hatte ihr ganzes Leben noch keinen Menschen getroffen, der so kompromisslos, so frei von auch nur der geringsten Vorstellung von Glauben war. Dennoch, wenn das Gute auch Fäuste haben sollte, dann waren es Waljas rote, aufgeschürfte Fäuste, ihre flinken Hände, die alles auf der Welt besser konnten als andere – sei es aus Soldatenfußlappen ein Festtagskleid nähen, sei es runde, dicke Kringel aus Eicheln backen, sei es einem vor sich hinträumenden Kind einen Schlag auf den Hinterkopf geben. Leider erwartete Walja dasselbe Geschick und dieselbe Ehrlichkeit unerbittlich auch von allen anderen, die aber, eindeutig hoffnungslose Tölpel, nicht mitkamen, alles fallen ließen, hinter sich nichts sahen und vor sich, ehrlich gesagt, auch die Hälfte dessen nicht bemerkten, was sie aus Waljas Sicht auf jeden Fall hätten bemerken müssen. Bemerken und die richtigen Schlüsse ziehen.

Dafür schaffte sie, Walja, alles für alle – in der Fabrik arbeiten, kochen, nähen, wunderbare Spitzenmotive für den Verkauf häkeln – für die feinen Unterhemden, die die ohne ihre Männer ausgehungerten jungen Frauen weiterhin dickköpfig unter ihren Lumpen anzogen, die gemeinsam mit ihnen gealtert waren. Zu Marusjas Entsetzen zahlte Walja anständig für ihr Zimmer oder, wie sie selbst sagte, »fürs Quartier«, doch da Walja wusste, dass dieses Geld wieder für sie und ihre Kinder ausgegeben wurde, kleidete sie den ganzen Tschaldonow-Haushalt neu ein und wusch auch für ihn, einschließlich der neu erworbenen Familienmitglieder, sodass Marusja auf ihre alten Tage fast nichts mehr zu tun hatte, denn Isaak übernahm die Versorgung und Nahrungsmittelbeschaffung, Eletschka kümmerte sich um die Kleinen, Tschaldonow erfand Bomben und brachte Rationskarten nach Hause und die stille Anele betete still oder litt stumm für sie alle.

Aber dafür saßen an den Abenden mindestens sieben Menschen am Tisch, ohne die kleine Klara mitzuzählen, die friedlich im selben Zimmer im Körbchen schlummerte, alle berichteten, wie ihr Tag gewesen war, Walja passte genau auf, dass die Kinder gleich viel Essen bekamen, doch Marusja sah mit vor Rührung nassen Augen, wie Isotschka heimlich Elja die leckersten Bissen von seinem Teller zusteckte, über dem Teekessel dampfte es freundlich und Tschaldonow streichelte beim Zeitunglesen automatisch dem satten, rundum zufriedenen, schläfrigen Slawik über den Kopf … Das war das Glück, das Glück, von dem niemand träumen mag, da niemand glaubt, dass es so einfach und häuslich ist.

Manchmal kam Lazarik auf Besuch, dann war das Glück vollkommen, fast sphärisch, und alle hörten nur ihm zu, sogar die kleine Klara weinte nicht in seiner Anwesenheit, er war so ein guter Schauspieler, ihr Ältester, das war so gut, dass sich alle zusammenfanden, schade, dass er so selten kam, schade, dass er nur sie ansah, immer nur sie.

Tschaldonow stand vom Tisch auf, reichte den schweren, in sich zusammengesunkenen Slawik an Marusja weiter und lud Lindt förmlich in den »Rauchsalon« ein – geht bitte auf das Treppenhaus hinaus, denn rauchen in einem Haus voller Kinder … Marusja sprach gar nicht weiter, ihre Brauen zeigten deutlich, dass jeder, der mit diesem Postulat nicht einverstanden war, wie eine unfolgsame Katze hinausgeschmissen werden würde, deshalb versuchte Tschaldonow gar nicht zu widersprechen, ganz im Gegenteil – auf rührende Art versuchte er, an seiner neuen Lage etwas Positives zu finden. Nein, Lazar, jetzt sehe ich, dass so ein Harem einige Vorteile hat, urteile selbst – ich habe eine Unzahl reizender Frauen zu Hause, also brauche ich mich um nichts zu kümmern, nicht ums Geschirrabwaschen, nicht ums Brennholz, die Mädchen machen alles selbst, und wie geschickt außerdem!

In Wirklichkeit vermisste er es schrecklich, der arme Alte, besonders das Brennholz, das er herbeischaffen musste, damit Marusjas Hände nicht litten, und auch das Geschirr, das er gerne abtrocknete, während er neben seiner Frau stand – das war so herrlich, dass sogar die sauberen Teller in seinen Händen zufrieden aufseufzten. Würden er und Marusja gar keinen Abend mehr zu zweit verbringen, leise, mit behaglichen Unterhaltungen, mit Erinnerungen, die nur ihnen beiden vertraut und bekannt waren? »Von ein Uhr bis zur dritten Stunde stickst du ein wenig, lese ich, wir liegen nicht mehr Mund an Munde, wenn Morgendämmerung anbricht«, dachte Lindt im Takt mit Tschaldonow und ließ die Worte gleich wieder frei, da das Gedicht »Herbst« erst im '49er Jahr geschrieben werden würde, denn erst '49 würde alles geschehen, woran er, seit er achtzehn war, nicht zu denken versuchte, seit dem Jahr 1918, und woran er doch täglich denken musste, wenn er die Augen schloss und in den Schlaf hinüberglitt, nein, nein, das wird nie sein, niemals, sicher nie … Marusja stirbt nicht, alles bleibt beim Alten, jetzt und immerdar und von Ewigkeit zu Ewigkeit – für immer.

Doch zuerst kam der Juni '44. Der Sommer war in Ensk außerordentlich heiß, überreif, beerig, und fast täglich fuhren Hunderte Evakuierte zurück nach Hause, Gott sei Dank, nach Hause, und durch die belebten und aufgeputzten Straßen streiften abends die Zurückgebliebenen wie betrunken von der ungewöhnlichen Wärme, vom Geruch nach Staub und nach dem nahen Sieg, davon, dass es nun besser und besser mit dem täglichen Brot wurde, und aus jedem offenen Fenster berichtete eine von innen samtige und legendäre Baritonstimme, dass am 3. Juli infolge einer siegreichen Offensive der Truppen an der Dritten und Ersten Weißrussischen Front die Stadt Minsk vollständig befreit worden war und am 13. Juli die Stadt Vilnius. Das amtliche Nachhallen wurde übertönt von »Rita Rio, Rio Rita, wie ist die Nacht schön, ach, könnte nur dieser Foxtrott nie zu Ende gehn!«. Unter der Leitung von Marek Weber schmachteten im berühmten, einen Foxtrott vortäuschenden Paso doble die Tanzpaare dahin – natürlich waren die Damen unter sich, aber wenn man die Augen zusammenkniff, konnte man sich leicht vorstellen, dass man nicht mit der Freundin, sondern mit dem Einzigen, Vertrauten, Liebsten, Heißersehnten tanzte. Und so drehten sie sich immer weiter, die Gealterten, Abgehärmten, Glücklichen, ohne die Augen zu öffnen.

Anstelle der Todesnachrichten kamen immer mehr Briefe und Telegramme an, ankomme vierten, liebe und küsse dich, stop. Eigentlich waren die Todesnachrichten nicht weniger geworden, nur gab es früher überhaupt keine guten Nachrichten, jetzt aber schon, und zu den Glücklichen kamen in Scharen die anderen, um sie zu betrachten und zu betasten, wie zu wundertätigen, myronspendenden Ikonen. Aber das Wichtigste war Anele, ihr brachte man ebenfalls so ein Papier, in dem Jankel versprach, sie und die Kinder Ende Juli holen zu kommen, zwar schwer verletzt und als Invalide entlassen, aber ganz, du lieber Gott. Mit Armen und Beinen. Am Leben.

Marusja, Walja und die aus der stummen Nichtexistenz erwachte, aufgetauchte Anele heulten zuerst lange über dem herbeigesehnten Brief und machten sich dann ebenso einhellig und einträchtig daran, alles voller Elan für den großen Tag vorzubereiten, der einem kaiserlichen Triumph um nichts nachstehen würde. Alle im Hause, einschließlich der Kinder, scheuerten und schrubbten, Marusja erdachte aus fünf Brotlaiben und zwei Fischen ein außerordentliches Menü, während Walja aus ihrem geheimen Vorrat an Stoffresten einen hellblauen Pannesamt aus der Vorkriegszeit hervorholte und Anele umgehend ein neues, tailliertes Kleid mit Passe nähte, zapple doch nicht so, hörst du, sagte sie undeutlich, den Mund voller Stecknadeln. Jetzt machen wir noch ein paar Falten über der Brust. Wir müssen hier etwas Volumen vortäuschen, sonst sagt deiner noch, dass wir dich haben hungern lassen. Walja schluchzte leise auf und Anele, an der auf einmal riesige graublaue, ganz pannesamtige Augen zum Vorschein kamen, streichelte ihr sanft über die Schulter, woraufhin beide Frauen sich plötzlich umarmten und wieder losheulten und sich in Gedanken alles verziehen, woran beide keine Schuld hatten.

Es waren gute Tränen – die letzten guten Tränen für viele kommende Tage.

Der kleine Slawik starb am 20. Juli. Jankel wurde am 27. erwartet, Marusja hatte Beerenkonfitüre und als logische Folge davon Piroggen geplant, deshalb waren Eletschka und Isaak an den Waldesrand geschickt worden, wo ein undurchdringliches, sich rasch ausbreitendes Himbeergestrüpp wucherte. Den dreijährigen Slawik drückte man ihnen im allerletzten Moment noch aufs Auge, damit er den Erwachsenen nicht im Weg war, und dass ihr ihn ja nicht außer Acht lasst, und das taten Eletschka und Isaak auch nicht, ehrlich, denn Slawik schaffte es nur, eine einzige Beere von einem Strauch abzureißen und in den Mund zu stecken. Nur eine einzige. Aber das war schon genug.

Am Morgen begann er zu fiebern und Walja schimpfte ihren quengelnden, launischen Sohn ordentlich dafür, dass bei dir, du Tölpel, alles immer anders und zum unpassendsten Zeitpunkt sein muss, was sie sich bis zum Tod nicht verzieh. Gegen Abend stand es um Slawik schon ganz schlecht, und nach fünf Tagen kniete Marusja am Krankenbett und zog mit mechanischen, schaurigen Bewegungen die Bettdecke über dem langsam erstarrenden plastilinartigen Körper zurecht. Walja saß in der Ecke, schaukelte wie ein Derwisch vor und zurück und gab mit jedem Ausatmen einen schrillen möwenartigen Schrei von sich – nicht weiblich und schon gar nicht menschlich, aber sie weinte, Gott, wie sie weinte. So war ihr leichter.

Von irgendwoher tauchte eine Krankenschwester auf. Sie war nicht mehr ganz jung, abgeklärt, hatte schon viel gesehen, ach-ach-ach, es reicht wohl nicht, dass die Männer umgebracht werden, jetzt muss man auch noch die Kinder begraben. Die Schwester legte ihren Arm um Marusjas Schultern – gehen wir zum Arzt, meine Liebe, es müssen Papiere unterschrieben werden, ach, lass das doch, dem kleinen Liebling ist nicht mehr kalt, er wurde von seinen Leiden erlöst, ach, ausgemergelt wie von der Ruhr, ganz ausgetrocknet, der Arme. Das Wort »Ruhr« sprach die Krankenschwester mit der selbstgefälligen Nachlässigkeit eines ungebildeten Menschen aus, der so viele Jahre unter klugen, gebildeten Menschen gelebt hatte, dass er ihr unverbindliches Gehabe nachahmte.

Gehen wir, sage ich. Soll sich seine Mama von ihm verabschieden.

Marusja stand folgsam auf, ohne zu merken, dass sie immer noch die Finger auf- und zumachte im Versuch, Slawik zu schützen, seinen Körper nur noch ein wenig zu bewahren. Gott, er war so klein, so lustig, mit Grübchen in den Wangen, so lebendig. Sogar durch das blutige Erbrochene und den Durchfall hindurch hatte er nach frischem Brot gerochen, nach rosiger gedämpfter Milch und ein ganz klein wenig nach den Blumen, den sehr bekannten, so winzig kleinen, leicht lilafarbigen, die am Wegesrand standen, aber Marusja fiel ihr Name nicht ein, es wollte ihr einfach nicht einfallen, nicht und nicht.

»Baruch Ata Adonai Eloheinu Melech Ha-Olam Dayan Ha-Emet«, gepriesen seist Du, Herr unser Gott, König der Welt, gerechter Richter, ertönte im Zimmer eine schöne tiefe Stimme mit jenseitiger Aspiration, von der eine Ahnung von antiken Reichen und heißem Sand ausging. Marusja blickte sich um – Anele, die die ganzen fünf Tage seit Slawiks Erkrankung in der Zimmerecke gesessen und wie im Delirium vor sich hingestarrt hatte, richtete sich plötzlich auf, erhob sich und zerriss sich über der Brust das neue Pannesamtkleid, in dem sie sich sorglos vor dem Spiegel hin- und hergedreht hatte, als sie die schreckliche Neuigkeit erfuhr. »Baruch Ata Adonai Eloheinu Melech Ha-Olam Dayan Ha-Emet«, wiederholte sie fest, sodass sowohl Walja, die mit dem Schreien aufgehört hatte, als auch Marusja und sogar die Krankenschwester begriffen, dass Anele mit Gott sprach.

Da faßte David seine Kleider
Und zerriß sie
Und niemand hatte davon irgendeinen Nutzen.

Jankel, der von allen unbemerkt zurückgekehrt war, führte seine Familie in den ersten Augusttagen fort. Anele, die immer noch das über der Brust zerrissene, mit einem Schlag gealterte Kleid trug, das man erst dreißig Tage nach der Beerdigung schief und hässlich würde zunähen dürfen, umarmte Marusja und Walja fest und drückte der heulenden Eletschka die Lippen auf die Stirn. Der vor Kummer erstarrte Isaak presste das von Lindt geschenkte Reißzeug an die Brust – ein königliches Geschenk, dessen ganze Pracht er erst in der Militärschule würde richtig schätzen können, viele, viele Jahre später.

»Schreib uns ja, Anele, und du auch, Isotschka, dass du uns in Gottes Namen schreibst«, bat Marusja, die den quälenden Tränen freien Lauf ließ – und Anele schrieb bis zu ihrem Tod im Jahre 1975 lange, ausführliche Briefe voller absurder Grammatikfehler, die der Briefträger bis neunundvierzig gewissenhaft einmal im Monat ins Haus der Tschaldonows brachte und danach zu Lindt, der wiederum trug sie ebenso gewissenhaft auf den Friedhof und legte sie ungeöffnet vor Marusjas graues Steinkreuz, in dessen geflügeltem Schatten es sich Tschaldonows unbeholfene und ihm gar nicht ähnliche Büste bequem gemacht hatte und auch die Grabplatte des kleinen Slawik.

Die Briefe rührte niemand an, nicht einmal die Friedhofsbettler, die arglos von fremden Gräbern den Verstorbenen hinterlassene Lebkuchen und Pralinen nahmen, die übrigens hervorragend zum Wodka schmeckten – das war bestimmt keine Sünde, es war ja zum Gedenken an die Toten –, deshalb vergilbten Aneles Nachrichten allmählich, sogen sich voll mit dem Ensker Regen und Schnee, quollen auf, tauten auf, verwandelten sich in Erde, in Staub, wurden wieder zu Staub und durch diesen Staub wuchs dann Gras, auf das neue Briefe gelegt wurden, und das Gespräch endete immer noch nicht, eine leise, unhörbare Unterhaltung zwischen zwei Frauen, von denen eine fast ihr ganzes Leben lang geschwiegen hatte und die andere vor langer, langer Zeit gestorben war.

Eine Woche nachdem Jankel seine Familie fortgebracht hatte, erhielt Walja eine Benachrichtigung von der Front, nicht vom Tod ihres Mannes, sondern es hieß, im Zuge der heroischen Befreiung von … in … wurde Ihr Michail Tuljajew als vermisst gemeldet. Walja überflog die Nachricht mit den Augen, es blieb aber nichts hängen, sie verstand nichts und reichte das Blatt an Marusja weiter. Die ächzte und presste erschrocken die Hand auf den Mund.

»Was ist denn das, Walja? Was bedeutet das? Lass dich nicht gleich entmutigen, vielleicht haben sie sich geirrt? Und ›wurde als vermisst gemeldet‹ – das gibt doch noch Hoffnung, oder nicht?«

»Warum sollte ich mich entmutigen lassen, Maria Nikitischna?«, antwortete Walja, die in diesen Tagen für alle Zeit innerlich so hart geworden war, dass sie nie mehr etwas erweichen konnte, es halfen weder ihre Enkelkinder noch ihr neuer Sohn, den sie mit einem anderen Mann bekommen sollte, noch der neue Ehemann selbst (dabei liebte er sie schrecklich, kann man sagen, nur dass er genauso schrecklich soff, aber das kam schließlich in vielen Familien vor). Schicksal. Wozu entmutigen, wenn man bereits völlig mutlos war? Ich muss packen und losfahren – Woronesch wurde vor einem Jahr befreit, in der Zeitung steht, dass sie die Volkswirtschaft wieder aufbauen. Und außerdem sind Mischas Alte dort zurückgeblieben, sie sind nicht evakuiert worden. Vielleicht leben sie noch? Ich könnte ihnen ein wenig helfen, dann haben sie es leichter.

Und Marusja begriff gleich alles, sie versuchte nicht, ihr etwas auszureden, lud sie nicht zum Bleiben ein. Sie sagte nur am Bahnsteig zu ihr:

»Fahr nur, hab keine Angst, ich passe auf Slawik auf.«

Als würde er gleich dort spielen, klein, warm, echt, ganz bedeckt vom durchsichtigen Bahnhofsstaub. Und sie hatte nicht gelogen – zu Tschaldonows Entsetzen ging sie fast täglich zum Friedhof, ohne Bedrücktheit, ohne Tränen, ohne Spielzeug, das so unsinnig auf Kindergräbern ist. Sie war einfach nur so oft wie möglich da, damit Slawik keine Angst haben musste.

Tschaldonow, der den Charakter seiner Frau kannte, nahm dies teilnahmsvoll hin und verfluchte sich selbst aufs Heftigste für seine geheime, unverschämte Freude – der Krieg ging rapide dem Ende zu, der Kindergarten in ihrem Heim hatte sich von selbst aufgelöst und er war wieder mit Marusja zusammen, wieder unzertrennlich und wieder allein. Doch als die erlesene Bruderschaft der Wissenschaftler langsam nach Moskau zurückzukehren begann, weigerte sich Marusja strikt zu packen. »Ich fahre nirgends hin, da brauchst du dir keine Hoffnungen zu machen«, teilte sie ihm mit demselben südlichen Temperament mit, mit dem sie sich schon geweigert hatte, nach England auszureisen. »Wenn du willst, fahr ruhig. Aber ich bleibe hier.«

Und Tschaldonow blieb natürlich auch, machte vor Erniedrigung ächzend einen Bittgang zum Akademiemitglied Skotschinski, der die neugeborene westsibirische Filiale der Akademie der Wissenschaften der UdSSR leitete, und erhielt nach der Audienz alles, was einem ehrbaren Wissenschaftler seines Rangs zustand, der auf seine alten Tage nicht mehr ganz richtig im Kopf war und sich freiwillig dazu entschloss, den Rest seines Lebens am Arsch der Welt, am äußersten Rand der Geografie, zu verbringen. »Meckere nicht«, drohte Marusja, »denk nicht mal dran. Wir werden es hier sehr schön haben. Du wirst sehen.«

Sie kauften sich ein altes Haus am fast ländlichen Stadtrand von Ensk. Es war groß und schwerfällig mit ständig qualmenden Öfen, dafür aber ohne Gespenster und bittere Erinnerungen – eigene und fremde. Wieder einmal baute Marusja ein Nest, abends kam Lazar Lindt auf Besuch, der selbstverständlich ebenfalls in Ensk geblieben war – in Moskau ächzte man zwar, aber zu widersprechen wagte niemand, da die beiden sich mit einer viel zu ernsten Angelegenheit beschäftigten. Genauer gesagt, beschäftigte sich Lindt damit, aber die hohe Wissenschaft hatte ihre eigenen Regeln, dort ging es nur mit den Füßen voraus in die Pension und der Name des Lehrers stand ungeachtet der Logik, des Alphabets und des üblichen menschlichen Gewissens immer neben dem Namen des Schülers, worauf Lindt mit Sicherheit voll und ganz pfiff. Er kannte seinen eigenen Wert und den von Tschaldonow und der hohen Wissenschaft. Und es war ganz klar, wer schlussendlich mehr galt.

Der Krieg endete fast unmerklich – Marusja bereitete nicht einmal ein Festessen zu, sie tauschte nur die Tischdecke aus und stellte Wodkagläser auf den Tisch. Die drei Gläser stießen mit leisem, etwas traurigem Klang über den Tellern zusammen,

Marusja wischte sich verstohlen über die Augen, die Männer griffen sich seufzend ein Stück Brot und alles war zu Ende – vier Jahre Leid, man denke nur – vier Jahre! Und noch einmal so viele lagen vor ihnen.

Nach dem Krieg floss alles ruhig und gemächlich dahin. Marusja kochte, Tschaldonow schrieb ein dickes und völlig unnötiges Buch zu Ende, von dem er wehmütig wusste, dass es seine eigenen uralten, zahnlosen Gedanken wiederkäute, und Lindt erwärmte sich unerwarteterweise für die praktische Umsetzung seines theoretischen Weltbilds. Er begeisterte sich nun für Feldtests, lange Dienstreisen, Papiere mit Stempeln, Genehmigungen, verschwiegene Befehlsempfänger. Es stellte sich heraus, dass seine makellosen Schlussfolgerungen auf dem Papier in der Praxis von einer fröhlichen, bunten, förmlich festlichen Materialität umgeben wurden: die braune Steppe, sich diensteifrig verschanzende Soldaten, der enge Gefechtsstand mit dem speziellen Kasernengeruch – eine köstliche Mischung aus Chypre-Duft, heißem Schweiß und abgetragenem Koppelleder, das ganz allein alle Komponenten des Soldatenlebens in seinem Aroma vereinte – Tabak, Schießpulver und diesen besonderen idiotischen Lebensmut, der alle erfüllte, die bereit waren, ihr einziges und konkretes Leben für so etwas Abstraktes und Nebulöses wie das Vaterland hinzugeben.

An den Tests gefiel Lindt alles – sowohl der Brei mit Büchsenfleisch, der so brennheiß war, dass er nach gar nichts mehr schmeckte und daher außerordentlich sättigte, als auch der Schnaps aus Halbliterkrügen (und dazu eine Offizierszitrone – eine frisch geschälte Zwiebel mit Stärkeablagerungen an der Schnittfläche) und selbst die Offiziere – die Arbeitstiere des Krieges, widerstandsfähig, freundlich, lebensfroh, alle durchweg, wie handverlesen, rothalsige Sanguiniker. Ob es ums Töten oder Saufen ging, alles geschah leicht, lustig und mit einem Lächeln auf den Lippen. Lindt liebten sie, so wie überhaupt alle »Gewerblichen« auf dem Testgelände, also die Hersteller, die persönlich anreisten, um zu überprüfen, wie das eigene Erzeugnis einschlug, weil diese den Soldaten zusätzlichen Wodka ausgaben, der auch gleich von allen am Test Beteiligten mit unverfälschtem Überschwang weggekippt wurde, und erst danach machte man sich an den eigentlichen Test.

Mit einem Wort – kleine Jungs. Kleine Jungs und Dummköpfe.

Im Übrigen gab es verschiedene »Gewerbliche« – einer machte sich wichtig, ein anderer mied das Bretterklosett unter freiem Himmel, ein Dritter kotzte von hundert Gramm Wodka wie eine Erstsemestrige oder berief sich auf ein Geschwür, um sich so aus dem gemeinsamen Feiern herauszuschwindeln. Lindt aber machte sich nicht wichtig und trug auch nicht seinen Doktortitel zur Schau, sondern lachte fröhlich am gemeinsamen Tisch und vergaß niemals, einige seltene und teure Flaschen für alle mitzubringen – entweder armenischen Kognak oder einen ganz und gar erlesenen Schnaps.

Das allgemeine, vom Alkohol verstärkte Wohlwollen war so groß, dass man dem Leutnant, als dieser einmal Lazar Lindt völlig gerechtfertigt und ohne den geringsten Wunsch, jemanden zu beleidigen, als »Itzig« bezeichnete, ordentlich eins überzog. Damit er in Zukunft weiß, wie man mit Menschen umzugehen hat, der Trottel. Lazar Lindt erfuhr gar nichts von dem Vorfall, was schade war, denn er liebte komische Situationen, er liebte es, sich zum wiederholten Male davon zu überzeugen, dass die Unterscheidung zwischen »Eigenen« und »Fremden« nicht nach Volkszugehörigkeiten und Konfessionen erfolgte. Er hatte immer wieder festgestellt, dass der Sinn für Humor, die persönlichen Moralvorstellungen, die Trinkgewohnheiten oder auch der angeborene Geruch eine viel grundlegendere Bedeutung hatten als eine gemeinsame Staatsbürgerschaft oder sogar ein gemeinsamer Chromosomensatz. Das war logisch und richtig.

Gerecht. Und aufgrund dieser Logik und dieser Gerechtigkeit gab es keine einsamen Menschen auf der Welt, ja, es konnte sie gar nicht geben. Es gab nur solche, die die Ihren nicht erkannten und sich daher mit Fremden abgeben mussten.

Diese Erkenntnis wärmte Lindt das Herz.

Er fand immer mehr Gefallen am Krieg, das war merkwürdig, besonders wenn man bedachte, dass er gerade erst vorbeigegangen war, aber es schadet nie, sich für den nächsten anständig vorzubereiten, nicht wahr? Außerdem war etwas Wahrhaftiges daran, dass er sich endlich mit etwas Echtem beschäftigte und sich unter echten Menschen befand. Lindt kehrte immer seltener und unwilliger zurück, hörte auf, mit dem früheren grüblerischen Vergnügen (in Gedanken Marusjas Meinung berücksichtigend) morgens seine Hemden auszuwählen und seine Schuhe zu putzen. Er legte sich sogar ein ansehnliches Arsenal von Flüchen zu, mit denen sich auf dem Testgelände jedes Kommando und jeder Satz würzen ließen, wie eine fürsorgliche Mutter eine unangenehme Medizin versüßte, um ihr quengelndes, trotziges Kind zu überreden, sie zu nehmen. Einen Löffel, mein Liebes. Nur einen einzigen.

»Jetzt riechst du sogar schon wie ein Wachtmeister, Lazar«, wunderte sich Lara, eine seiner vielen ungezwungenen Liebschaften.

»Wie riecht das?«, fragte der magere Lindt träge, die Lenden auf biblische Art mit dem zerknüllten Laken bedeckt, das besonders weiß vor seiner fast olivenfarbigen Bräune leuchtete, die mitunter sogar in einen feierlichen Bronzeton überging.

»Du weißt, wie. Nach Riemen und Schwanz.« Lara erhob sich vom Bett und suchte mit ihrer runden, rosa Hand nach dem in hastiger Wollust abgeworfenen, ebenfalls rosa Hemdchen.

Lindt lachte auf. Gott allein wusste, wie einsam er sich fühlte. Warum erkannten ihn nie diejenigen als den Ihrigen an, die er selbst zu den Seinigen zählte?

Die zweite Julihälfte und den ganzen August '49 verbrachte Lindt auf einer kurzweiligen Dienstreise in Semipalatinsk – mit der ersten sowjetischen Atombombe hatten sie alle Hände voll zu tun. Tschaldonow, der aufgrund seines Alters und anderer hinreichend bekannter Gründe in Ensk geblieben war, war so aufgeregt und neidisch, dass er es nicht einmal zu verbergen versuchte.

»Was regst du dich so auf?«, hielt ihm Marusja sanft vor. »Man hätte dich ohnehin nicht mitgenommen. Du hättest höchstens Kalk vor die Bombe streuen können. Na, den Kalk, der bei dir schon aus der Hose rieselt. Du brauchst gar nicht zu schmollen, und es gilt auch kein ›ach, wär ich doch zwanzig Jahre jünger‹. Vor zwanzig Jahren hattest du auch schon bemerkenswerte Hämorrhoiden, mit denen du bestimmt nichts in den Schützengräben zu suchen gehabt hättest. Und leg sofort die Papirossa wieder weg, du hast erst vor einer Minute geraucht! Die Bolschewiken werden bestimmt ohne dich auskommen! Gehen wir besser, hilf mir lieber, den Eisenhut anzubinden.«

Tschaldonow drückte ergeben die starke, kaum begonnene Kippe im Aschenbecher aus und trottete hinter seiner Frau her nach draußen in den Vorgarten, Teufel noch mal, die hier nennt man also Eisenhüte? Ich dachte, das seien, wie heißen die noch mal, Lilien! Marusja lachte – Lilien in Ensk, Serjoscha? Ist dir schon mal aufgefallen, dass wir in Sibirien sind? Und für alle Fälle sage ich dir auch noch den Planeten: die Erde. In was für einer Fantasiewelt lebst du denn? Tschaldonow schüttelte skeptisch den Kopf. Bei der Erde war er sich fast sicher, aber beim Eisenhut ... Sind das bestimmt keine Lilien? Marusja lachte noch lauter, sie hätte wahrscheinlich hier auch Lilien durchgebracht, bei ihr blühte alles, drückte mit seinem saftigen, üppigen Volumen auf den Zaun, sodass die Passanten sich die Hälse verrenkten und die Nachbarn sie neidisch baten – nur ein paar Stängel, Maria Nikititschna, nur könnten Sie sie bitte selbst einpflanzen, sie haben so einen grünen Daumen. Und Marusja pflanzte, band hoch, lockerte mit den Fingern die karge Ensker Erde, murmelte leise etwas vor sich hin, als würde sie den welken Trieben zusätzliche Kräfte verleihen.

Alle liebten sie, absolut alle – sogar die Blumen.

Am 26. August wachte sie früh auf, als hätte sie ein plötzlicher und schmerzhafter Stoß geweckt. Neben ihr schlief Tschaldonow lautlos wie ein Kind und sein Gesichtsausdruck war so gekränkt und vertraut, dass sich Marusjas Herz vor Zärtlichkeit und Liebe zusammenkrampfte und stockte. Draußen vor dem Fenster war die feuchte, milchige Dämmerung zu sehen, es war so unwahrscheinlich leise, wie es nur morgens und nur außerhalb der Stadt sein konnte, sodass Marusja mühelos hörte, wie kleine bloße Füßchen weich über die Vortreppe tappten. Fünf Jahre sind es nun, seit Slawik nicht mehr ist, erinnerte sie sich. Fünf Jahre. Er ginge schon in die Schule. Das zarte kindliche Trappeln verstummte, als würde draußen jemand vor der Tür stehen und könnte sich nicht zum Anklopfen entschließen.

»Geh schon, mein Lieber, ich komme bald«, versprach Marusja in Gedanken. Die Füßchen gehorchten und gingen weg und im selben Moment begannen auf einmal die aufgewachten Vögel ihr energisches Gezwitscher, Tschaldonow fing an, sich in schläfriger Benommenheit zu rühren, und der Tag nahm an Geschwindigkeit, an Umdrehungen, an Geräuschen zu und machte sich ein für alle Mal auf seinen vorhergesehenen, wunderbaren Weg – Frühstück, Milch, das Kneten eines geschmeidigen, seufzenden Teiges, Friedhof, Garten, eine Tasse starken Tee, die wie von selbst neben dem Ellbogen ihres Mannes auftauchte, der über einem Manuskript saß. Danke, Liebling, ich hätte das doch selbst gemacht. Marusja drückte ihren zärtlichen Mund auf seinen alten, ganz kahlen Scheitel. Es ist eine Schande, wie viel Unglück mein ganzes Leben um mich war, doch ich war mein ganzes Leben lang glücklich. Danke, Herr. Für diesen Kelch, für diesen Mann, dafür, dass du mich nicht verlassen hast, dass du so viele Jahre wie eine Glucke deinen übermächtigen Flügel über mich gehalten hast.

Sie aßen zu zweit zu Abend auf der knarrenden Holzterrasse, die Tschaldonow den ganzen Sommer vorgehabt hatte, winterfest machen zu lassen, er traf den Handwerker aber einfach nie nüchtern an, sprich du doch selbst mit ihm, Marusja, auf dich hört er, es ist schon fast Herbst und jetzt wird es kälter, nein, davon will ich nichts hören, das brauchten wir gerade noch, dass du dich erkältest. Er brachte seiner Frau ein altes Daunentuch, das sie schon so lange hatten, dass es fast beseelt war, und Marusja hüllte sich dankbar ein, legte die Wange an die Schulter ihres Mannes, und so saßen sie noch lange Zeit und sprachen über dies und das, wie schade es war, dass Lazarik den ganzen Sommer nicht da war, dass die Piroggen dieses Mal viel besser als das letzte Mal aufgegangen waren, und nur deshalb, weil man sich nichts ausdenken sollte, wenn dort stand: zwei Eier, dann musste man auch zwei nehmen und nicht vier, dass man im September das Sauerkraut würde einlegen können – denk nur, dass sie in Moskau im September noch barfuß gehen, hier aber meint man, es sei schon Winter.

Vermisst du Moskau auch nicht?

Nein, wenn ich mit dir zusammen bin, vermisse ich nie etwas.

Angezogen vom verlockenden Licht des rosa Lampenschirms flogen pelzige, lautlose Falter auf die Terrasse und fielen leise wie Blätter auf das Tischtuch, versengt, glücklich, hatten den Verstand vor Schmerz und Liebe verloren, und das Gespräch ging immer weiter, ohne Pause, behaglich wie das Schnurren einer Katze, bis schließlich das heiße Wasser im kleinen Samowar zu Ende war und die lilafarbene, sommerliche Ensker Dämmerung sich zu einer undurchdringlichen, kühlen Dunkelheit voller ländlicher Geräusche verdichtete.

Um den kostbaren Zauber dieses Abends nicht mit dem Brimborium der Elektrizität zu stören, tasteten sie sich ins Schlafzimmer zurück und legten sich in inniger Umarmung schlafen, so wie sie es die ganzen sechzig Jahre ihrer Ehe getan hatten, und es gab keinen Tag, nicht einmal einen Augenblick, an dem Marusja es bereut hätte, dass sie genau mit diesem Mann zusammen war.

»Ich liebe dich«, murmelte Tschaldonow, glitt langsam in den Schlaf hinüber, öffnete irgendwelche widerspenstigen Türen und balancierte ungelenk auf der Schwelle zwischen Schlafen und Wachen, da er unmöglich einschlafen konnte ohne den zweiten Teil der Zauberformel gehört zu haben, die Antwort auf die Parole, und Marusja antwortete bereitwillig:

»Ich liebe dich.«

Genau das hörten sie voneinander jeden Abend und jeden Morgen die ganzen sechzig Jahre, von ihrer allerersten Flitterwochennacht auf dem Dampfschiff »Thronfolger Nikolai« an, und jede Nacht plätscherte das Wasser genauso leise und zogen die luftigen, lebendigen Schatten wie aus Spitze über die Zimmerdecke …

Tschaldonow wachte mitten in der Nacht auf, genau wie Marusja am Morgen wie von einem Stoß, und begriff augenblicklich, was passiert war. Es war stockdunkel, der unsichtbare Wecker mit seiner Metallmütze mit den großen Ohren tickte dröhnend auf dem Nachttisch, Tschaldonows Hand lag immer noch auf Marusjas Brust, immer noch fühlte er an der Wange ihr samtiges, duftendes Nachthemd, aber Marusja selbst war weg.

Ganz und gar weg.

Tschaldonow gab keinen Laut von sich, er konnte nicht. Bis zum Morgen, als es hell zu werden begann, lag er einfach nur da, traute sich keinen Mucks zu machen, um seine Frau nicht zu stören, die sich zu einem kleinen Knäuel zusammengerollt hatte, die immer noch warm war und es noch sehr lange blieb, da zum ersten Mal im Leben nun er sie mit seiner Wärme versorgte. Er und nicht sie. Und erst bei Tagesanbruch, als seine von der Anspannung eingeschlafene Hand unerträglich zu schmerzen begann, erlaubte es sich Tschaldonow, sich zu bewegen.

»Ich liebe dich«, sagte er leise. »Ich liebe dich, hörst du?«

Marusja schwieg. Tschaldonow drückte seine Stirn in ihren unbeweglichen Rücken und begann endlich zu weinen.

VIERTES KAPITEL
GALOTSCHKA

Bis zu ihrem siebzehnten Lebensjahr war Galina Petrowna herrlich, beschämend, berauschend glücklich. Rotwangige Feen mit dunkelroten Halstüchern um ihre zerkratzten Hälse legten ihr alle Attribute einer goldenen sowjetischen Kindheit in die Wiege – wie farbenprächtige, ein wenig grob gearbeitete Zelluloid-Spielsachen, die fürsorgliche Eltern in der lächerlichen Babybadewanne schwimmen lassen, um ihrem Kind die tränenerregenden Qualen des hygienischen Heranreifens zu erleichtern.

Galotschkas Papa (Batalow Pjotr Alexejewitsch) war als kleiner Parteifunktionär im Kreiskomitee tätig – ein komischer dickbäuchiger Mann mit rührendem Flaum auf dem kuscheligen feisten Nacken und langen gepflegten Strähnen, die eine spiegelnde Glatze von einem runden Ohr zum anderen überzogen. Er war viel zu dumm und gutmütig, um auch nur den allerkleinsten bürokratischen Erfolg zu erzielen und in das flammende Heer der wahrhaftigen kommunistischen Archistrategen vorzustoßen. Und deshalb versauerte er geduldig den ganzen Tag in seinem engen Arbeitszimmer, hortete einen Stoß sinnloser Dokumente auf einer Ecke seines Schreibtisches und setzte sich bereits um Punkt achtzehn Uhr fünfzehn zu Hause zum Abendessen hin – ganz hirnlos, rosig, frisch und unschuldig in seinem gebügelten Pyjamaoberteil.

Über dem Teller mit Borschtsch hing der Dampf von roten Rüben und Pjotr Alexejewitsch, der schon die Gabel mit einem dicken, saftigen Sardinenstück bereithielt, hob das matt glänzende Bleikristallglas an den weichen Mund. Der vor Kälte dickflüssige Wodka gluckerte bereits in seinem Adamsapfel und Galotschka forderte hellauf lachend: Noch einen, Papa, noch einen! Pjotr Alexejewitsch roch erst diskret an dem würzigen Sardinenstück und schüttete dann ebenso schnell und stürmisch den zweiten in sich hinein. Er zwinkerte seiner zufriedenen Tochter zu und senkte den Löffel in den heißen Borschtsch. Galotschkas Mama (Batalowa Jelisaweta Wassiljewna) schüttelte mit gespieltem Vorwurf den glatt frisierten Kopf und entfernte demonstrativ die runde Karaffe vom Tisch – einen dritten trank Pjotr Alexejewitsch nie. Und überhaupt hatten sie ein wunderbares Leben.

Das unbemerkte Schmarotzertum auf dem aufgeschwemmten Körper der großen (und einzigen) Partei brachte Pjotr Alexejewitsch weder Ehre noch Heldentum noch Ruhm – was übrigens in seinem Haushalt auch gar nicht gefragt war. Dafür bekam er eine sichere Befreiung von der Wehrpflicht, eine ansehnliche Verpflegung und eine anständige Wohnung in einem Ziegelhaus, groß genug, dass Galotschka in ihrem eigenen Zimmer ordentlich blühen und gedeihen konnte – mit einer verzweigten Aloe auf dem Fensterbrett, einem fragilen Etagenregal und dem braunen Plüschbären Mischka, der tagsüber geduldig mit weit geöffneten Armen auf dem Bett saß, während er sich nachts an Galotschkas heiße Wange kuschelte und ihr sachte in die wirren, feuchten Löckchen pustete: Er verjagte die stillen, rotlippigen, körperlosen Monster, die nach Mitternacht herumspukten und sich ans Kopfkissen setzten, um von Kinderträumen zu naschen wie von halbdurchsichtigen, lustigen, klebrigen 5-Kopeken-Lutschern, die streitsüchtige Zigeunerinnen mit vielschichtigen bunten Gewändern vor den Bäckereien verkauften.

Galotschka war ein kräftiges und aufgewecktes Mädchen, trieb keinen Unfug in den Pausen und brachte aus der Schule

Zeugnisse voller großer strahlender Einsen nach Hause. Das alles (plus einer Mama, die in der Nachbarschule als pädagogische Direktorin arbeitete) sicherte ihr einen soliden Status als erste Schönheit der Klasse – ein Titel, der bis zu einem bestimmten Alter nichts mit langen Beinen und reiner Haut zu tun hatte. Aber mit sechzehn Jahren hatte Galotschka den lächerlichen welpenhaften Speck abgeschüttelt und eine leichte, wohlgerundete Figur erlangt – wie auf einer Drehbank aus einer goldfarbenen, massiven, außergewöhnlichen Legierung gedrechselt. Ein rötlicher Zopf mit feinsten honigfarbenen Lichtpunkten (auf dessen Löwenschwanzspitze Galotschka ständig mit makellosen, gar nicht sowjetischen Schneidezähnen herumkaute), durchscheinende, graublaue, gewitterfarbene Augen, ein niedliches Stupsnäschen und Grübchen auf den gebräunten, von Sonne und Jugend fast rauen Wangen ... Vor dem Hauseingang der Batalows schwirrten verwirrte segelohrige Burschen herum, die nicht mehr nur davon träumten, von Galka möglichst geschickt in Mathematik abzuschreiben.

Zu alledem entwickelte sich bei Galotschka, die von klein auf mit ihrem Piepsestimmchen an Schulaufführungen teilgenommen hatte, gleichzeitig mit dem runden jugendlichen Busen eine neue Stimme – eine schwere, ergreifende, leidenschaftliche, die in den tiefsten Tönen edler, gefährlicher, rubinroter Wärme schillerte. Schnell machte man sie zur Solistin, und wenn sie auf den Konzerten der Abschlussfeiern im engen Baumwollrock, der ihre großartigen Hüften naiv umspannte, auf die Bühne hinaustrat, mit kindlichem Eifer den Hals streckte und begann, mit schmerzerfülltem, rauchigem Kontraalt idiotische Lieder über eine fliegende Dampflok und »Brüder, zur Sonne, zur Freiheit« zu singen, hob im politisch eingestellten Saal ein völlig unangebrachter, ja fast wirtshausartiger Beifallsjubel an.

Doch Galotschkas Glanzstück war »Feindliche Stürme«. Kaum erklangen die ersten Töne des revolutionären Rezitativs, auf dessen tiefstem Grund die rot glühenden Kugeln von Galotschkas resolutem »r-r-r« hin- und herrollten, wurden die Hosenschlitze der vorsitzenden Schulinspektoren augenblicklich eng, und die Genossen tauchten erst am Ende des Konzerts wieder aus dem sündigen, süßen Verlangen auf, nachdem sie sowohl die vorgetragenen Gedichte als auch den Seemannstanz und die Gymnastikübungen der mageren Pioniere, die im Kampf für die Sache Lenins ihre künftigen unzerstörbaren Muskeln anspannten, unbemerkt an ihren geblendeten, erregten Herzen hatten vorbeiziehen lassen.

Das Gerücht von dem vielversprechenden Mädchen drang bis ins Kreiskomitee des Komsomols vor und von dort rief prompt ein junger dienstbeflissener Trottel an, der nicht ganz uneigennützig seinen abgekämpften Vorgesetzten etwas Gutes tun wollte. Er rief direkt zu Hause an, der dämliche Idiot, mit einem Angebot, das man vernünftigerweise nicht ablehnen konnte. Zum Glück nahm Galotschkas Papa den Anruf entgegen, der es sich übrigens gerade krankheitsbedingt mit einer uralten, zerfledderten *Ogonjok*-Zeitschrift und einem starken Himbeertee gemütlich gemacht hatte. Nachdem Pjotr Alexejewitsch den angehenden Komsomolführer aufmerksam angehört hatte, tauschte er mit ihm ein paar Sätze aus, die für einen Außenstehenden völlig sinn- und harmlos klangen – eine Art Parole, ein unsichtbares verbales Zeichen, an dem ein inkognito agierender Geheimagent einen anderen, noch legendäreren erkennen konnte.

Als der Jungspund kapierte, dass er an einen der Seinen geraten war (noch dazu an einen aus dem Kreiskomitee der Partei und außerdem noch ein Ranghöherer!), stammelte er hastig etwas Unverständliches und warf unhöflich den verklebten Hörer auf die Gabel, aus dem ihm plötzlich so ein unheimlicher, lebendiger, animalischer Hass entgegengeschlagen war, als gäbe es auf der Welt keine Partei, kein Land der Räte, keinen Wodka für fünfundzwanzig zwanzig mehr. Als gäbe es nur den höllischen Himmel des fünften Schöpfungstages, die mit raschelnden Schachtelhalmen bedeckte Urerde und ein Säbelzahntigermännchen, das über seinem Nest mit nackten, glitschigen Neugeborenen gefährlich die Zähne bleckte.

Pjotr Alexejewitsch stellte das Telefon sorgfältig auf das wackelige dreibeinige Tischchen zurück und betrachtete einige Minuten mit wütendem Blick die an die Wand gepinnte »Unbekannte« von Kramskoi – er war noch nicht mit dem ganzen Arsenal an scheußlichen Foltermethoden für diesen schamlosen Halunken durch. Als die Kanaille – kastriert, verstümmelt, mit gebrochenen Extremitäten und zerrissenem, brüllendem Maul – sich vor Schmerzen krümmend das letzte Mal krepiert war, ging Pjotr Alexejewitsch in die Küche, trank den ausgekühlten, mit einem Ölfilm überzogenen Tee aus, saß dort zusammengesunken und trommelte mit den Fingern leise, aber hektisch auf das blitzsaubere Kattuntischtuch, bis durch den leicht geöffneten Fensterflügel die kühle Ensker Dämmerung hereinkroch und im Hausflur seine von der Arbeit heimkehrende Frau mit dem Schlüssel klirrte.

Galotschka, die abends aus ihrem Chor heimgerannt kam – ein dröhnendes Poltern der abgestreiften Überschuhe, der runde Schafspelz, in die Wohnung geschmuggelte Schwaden von vor Kälte rosiger frischer Luft, Mama, Papa, ich bin da! –, fand ihre Eltern immer noch in der Küche vor. Die beiden saßen nebeneinander am Tisch, still, ernst wie auf einer Totenfeier, wenn alle noch wussten, warum sie zusammengekommen waren, und die vor Gram verquollene Witwe zum ersten Mal trübe, aufwirbelnde Baldriantropfen in den Wodka gab. Aber am meisten erschrak Galotschka nicht wegen der Stille und des unbekannten Kummers auf den Gesichtern der Eltern, sondern wegen der Küchenluft, in der, trotzdem es Zeit fürs Abendessen war, nicht wie gewohnt die gütigen Feen des heimischen Herdes schwebten, eingehüllt in den heißen, stärkehältigen Dampf der kochenden Kartoffeln und im Aroma des im Kessel vor sich hin schmorenden Bratens. In der Küche war die Luft steril und leer wie in einem Operationssaal, versengt von einer summenden, keimabtötenden Lampe. Und auf dem Tisch stand nur schweigend ein Teller mit in Ensk sogar im Sommer unmöglich zu beschaffenden Äpfeln – leuchtend rot, unnatürlich glänzend, gewachsen in einer fernen Importwelt, wo es weder Raupen noch Schwarzfäule noch tiefsten Frost gab, der die Stämme der ausgelaugten, ächzenden Bäume sprengte.

»Ist etwas passiert?«, sagte Galotschka halb fragend, halb feststellend und fühlte, wie eine weiche, unbekannte Pfote nach ihrem Herzen griff, es quetschte und dann mit pelziger Faust hinunterzog zum Solarplexus, dorthin, wo sich in der rötlichen Finsternis die Seele verbarg, winzig klein, struppig und unscharf wie ein Atemhauch auf einem kalten Glas, aber doch lebendig.

»Galina«, begann Jelisaweta Wassiljewna wie gewohnt nach Lehrerart mit schriller Stimme. »Du bist nun schon ein erwachsenes Mädchen, eine Komsomolzin …«

Galotschka klimperte verständnislos mit ihren schweren Wimpern und Pjotr Alexejewitsch kniff unzufrieden die Augen zusammen.

»Aber Mutter, was redest du denn? Schau, Tochter …«

Er nahm einen Apfel vom Teller, biss mit laut knackenden Kiefern hinein und bespritzte dabei seine Frau und die Tochter mit dessen augenblicklich herausschießendem duftendem Fruchtsaft. Dann legte er den Apfel auf das Tischtuch – entstellt, angesabbert, das aufgerissene goldgrüne Innere entblößt – und gab einen zweiten dazu – unversehrt, wie lackiert, dunkelrot, mit artigem, rundem, rosa Widerschein auf dem Tisch.

»Welcher ist dir lieber, Tochter?«

Im Versuch, die richtige Wahl zu treffen, runzelte Galotschka leicht ihre glatte Stirn (nur eine Spur der zukünftigen erwachsenen Falten, eine Anspielung auf das kommende, irdische, unerfreuliche Leben), streckte die Hand automatisch nach dem unversehrten Apfel aus und begriff plötzlich. Sie stöhnte auf, begann unschön und lauthals zu weinen und stürzte in ihr Zimmer – zu Mischka, der zwar schon in die Jahre gekommen war und im Kampf gegen die Dämonen ein weiches Ohr verloren hatte, aber immer noch alles für Galotschka tun würde.

Etwa zwanzig Minuten später drang vorsichtig der leise Geruch von kochenden Pelmeni ins ehemalige Kinderzimmer, von kleinen, wohlgeformten, im Tiefkühlfach glashart gefrorenen Pelmeni, die nun langsam in siedenden Qualen ihre teigige, halbdurchsichtige gefüllte Form wiedererlangten. Dem Pelmenigeruch folgte Jelisaweta Wassiljewna ins winterblaue, fast schon nachtschwarze Zimmer, setzte sich zu Galotschka, die sich bäuchlings auf das Bett geworfen hatte, und streichelte den warmen Mädchenrücken, der immer noch vom tiefgehenden, tektonischen Schluchzen bebte. Gehen wir essen, Galjunja.

Galotschka, das Gesicht fest in Mischkas rettenden Bauch gepresst, schüttelte verneinend den Kopf und zog noch einmal – zur Untermalung – die Nase hoch. Gehen wir, Galjunja, Papa hat schon lange genug gewartet, wiederholte Jelisaweta Wassiljewna zärtlich. Und wie magnetisch angezogen von dieser Zärtlichkeit kletterte Galotschka von Mischkas nassem Bauch hinüber auf die Knie der Mutter und fing wieder an zu weinen, aber dieses Mal weinte sie leichte, kristallklare, mädchenhafte Tränen, von denen die Nase nicht rot wurde und die Augenlider nicht anschwollen, im Gegenteil – wie von Zauberhand verwandelte sich das ganze Gesicht, erstrahlte von innen mit jenem traurigen, gedämpften, erstaunlich weiblichen Licht, das der eigentliche Grund war, warum Männer auf der ganzen Welt überhaupt lebten, sklavisch ihren Verstand und Besitz verloren und hundertjährige Kriege entfesselten.

Jelisaweta Wassiljewna küsste Galotschka auf den runden, arglosen Scheitel, dessen natürliches Aroma weder vom Familienshampoo noch vom Ziegengeruch des Orenburger Schals, den Galotschka im Winter statt einer Mütze trug, zunichtegemacht werden konnte, und beide, Mutter und Tochter, gingen vollkommen mit der Welt und miteinander versöhnt in die Küche. Und sehr lange, fast bis Mitternacht, brannte in der Küche das Licht, pfiff der immer wieder aufkochende Teekessel durch seine Zähne und klirrten die bis zum Rand mit zuckersüßer Himbeerkonfitüre gefüllten Schälchen. Und die Batalows redeten und diskutierten immerfort, sprachen über alles und erfreuten sich an dem Kommenden, das in massigen, durchscheinenden Dunstschwaden direkt über dem Tisch hing und sich als kräftige häusliche Teedämpfe maskierte.

Nur Mischka lag ganz allein mit ausgebreiteten Tatzen im dunklen Kinderzimmer, lauschte dem unverständlichen Stimmengewirr aus der Küche und fühlte, wie ihn allmählich, Tropfen für Tropfen, Galotschkas Kindheit verließ. Die Tränen auf dem weichen Bauch waren langsam getrocknet und hatten auf dem alten glänzenden Plüsch kaum merkliche Salzspuren hinterlassen, aber als Galotschka fast zu Mitternacht glücklich, aufgewühlt (aber mit für die Nacht gründlich geputzten Zähnen – Ordnung und Hygiene über alles!) ins Zimmer kam und sich summend ans Ausziehen machte, war Mischka noch am Leben.

Er schaffte es fast bis zum Morgen – er sammelte seine letzten Kräfte und wartete darauf, dass die Dämonen angeflogen kämen. Er bereitete sich auf seinen letzten Kampf vor. Aber sie kamen nicht und Mischka lag lange Zeit auf dem Rücken und traute sich keinen Mucks zu tun, um nicht Galotschkas unerträglich schwere, brennheiße, auf der Unterseite etwas feuchte Hand zu beunruhigen. Die ihm so vertraut war. Dann begannen die zwei Rechtecke in seinen Glasaugen langsam aufzuleuchten, und als Galotschka sich umdrehte und dabei Mischka mit einem sorglosen Ellbogen auf den Boden stieß, schaffte er es noch, einen kurzen, merkwürdigen, fast schluchzenden und ganz menschlichen Laut von sich zu geben.

Um sieben Uhr früh, als der Wecker auf dem Nachttisch lauthals losschrie, war alles vorbei. »Galjunja, bist du schon auf?«, fragte Jelisaweta Wassiljewna vor der Tür. Galotschka schwang ihre jungen, glatten Beine aus dem Bett und stieß mit der Ferse auf den unbeweglichen, mit Sägespänen gefüllten Körper. »Ich bin schon auf!«, antwortete sie mit ihrer samtigen, schlaftrunkenen, fröhlichen Stimme, stieg über den toten Mischka hinweg und hüpfte ins Bad.

Nachdem der große Familienrat mit den Äpfeln und anschließendem Chorgesang (und anderem schulfestlichem Drumherum) einhellig beendet worden war, herrschte in der heiligen Familie wieder Frieden. Schließlich hatten sie auch ohne Abschlusskonzerte und feindliche Stürme schon genug Sorgen – stand doch Galotschka im Frühling das Abitur bevor und somit das Abstreifen des einengenden Chitinpanzers und die Verwandlung von einer Puppe in eine prächtige Abiturientin. Alle Hochschulen der Stadt Ensk wurden der Reihe nach auf eine unsichtbare Waage gelegt. Auf einer Waagschale ruhte eine strahlende Zukunft mit einer steilen, blank geputzten Karriereleiter, mit Vorschuss am Fünften und Zahltag am Zwanzigsten und – oh, Gipfel der Glückseligkeit – mit garantiertem Gewerkschafts-Ferienscheck für einen Sommeraufenthalt (im Sommer!) im begehrten Urlaubsdomizil Gagra. Auf der anderen Waagschale saß Galotschka selbst, baumelte mit ihren schlanken Beinen, die nicht einmal von den schlichten gerippten Baumwollstrümpfen verunstaltet werden konnten. Der spitze Waagenzeiger bohrte sich mitten ins Elternherz. Ach, was waren schon die Leiden von Gorkis Held Danko gegen die blutigen Qualen der Batalows im Bemühen, ihr einziges Kind seinem zukünftigen Glück entgegenzuführen?

Galotschka wollte etwas über eine altjüngferlich-pädagogische Hochschule losstammeln, aber Jelisaweta Wassiljewna schlug nur entrüstet mit ihren vom Lehralltag zerrauften, aber durchaus noch schwanenhaften Flügeln. Um dir die Nerven von fremden Idioten zermürben zu lassen? Das erlaube ich nicht! Pjotr Alexejewitsch beriet sich mit vorgesetzten Genossen über ernsthafte Perspektiven und es wurde entschieden, dass Galotschka ins Polytechnische Institut der Stadt gegeben würde, aber in keine kriegsrelevante Fachrichtung (sie würde ihr ganzes Leben im »Briefkasten« sitzen und nicht einmal nach Bulgarien reisen!), sondern in die friedliche »Wasserversorgung und Kanalisation«. Denn, Tochter, was auch immer kommen mag, Scheiße gibt es so viel in diesem Land, dass es für zwei Leben reicht. Du brauchst gar nicht die Stirn zu runzeln, die Arbeit ist wirklich ganz sauber, du wirst in einem weißen Arbeitskittel im Projektierungsinstitut sitzen oder vielleicht nimmt dich San Sanytsch drüben im Wasser- und Kanalisationswerk zu sich. Versprochen hat er es. Fang du nur das Studium an, mein Täubchen, alles andere ergibt sich von selbst.

Galotschka schloss verträumt die grau geflügelten Augenlider und sah durch die dichten Wimpernspitzen wie in einer Fata Morgana ein verschwommenes Zimmer mit gigantischem Fenster, das bis zum Horizont eine glänzende Wasserfläche zeigte, in dem ein einsames und ungewöhnlich hübsches Segel, das wie ein weißer Kittel aussah, als mikroskopisch kleiner heller Punkt dahinzog. Wunderbare ehrliche Männer mit hingebungsvoll glatten plakativen Stirnen beugten sich über Reißbretter, die in Galotschkas Fantasie ehrlich gesagt eher wie Malerstaffeleien aussahen, aber das war ganz und gar nicht wichtig, da plötzlich – ach! – der Wichtigste, der Gescheiteste, der Inspirierteste ins Zimmer stürzte. Der junge Schauspieler Strischenow mit den teuflisch geschwungenen Augenbrauen und dem federnden Schritt seiner ersten Rolle als feuriger und zum zweiten Mal erschossener Revolutionär Arthur Rivares mit dem Decknamen Ovod … Hier wechselten Galotschkas undeutliche Vorstellungen endgültig in die Kinematografie: Krjutschkow, Merkurew, Kadotschnikow – Galotschka ließ keine einzige Premiere aus, und die zärtliche Inbrunst, mit der sie jeden grauen Leinwandschatten verehrte, drohte sich in naher Zukunft in eine lebendige menschliche Liebe zu verwandeln.

Zugegeben, noch sah Galotschka diese Liebe in den abstrakten, fast kubistischen Symbolen einer jugendlichen Jungfrau und sowjetischen Komsomolzin: Geflüster, schüchternes Seufzen, leidenschaftliche Augenaufschläge, die gemeinsame schöpferische Arbeit und die geschlechtslose und daher besonders feierliche Verschmelzung zweier moralisch hochstehender Erbauer des Kommunismus. Doch tiefer in ihrem animalischen weiblichen Wesen war Galotschka schon völlig bereit für feuchte Gefechte auf einem ächzenden, federnden Bett wie auch für hitzige Streitereien um den Arbeitslohn und für die glücklichen Qualen der wiederholten Lebendgeburt – mit einem Wort für all das, was Frauen aus allen Epochen und sozialen Systemen tatsächlich unsterblich gemacht hat.

Auf dem Weg zu einem vollwertigen Teil der Gesellschaft und zu einer glücklichen Zukunft standen jedoch die Fächer Mathematik, Physik und Russisch in einer grimmigen Reihe da – aufgeplustert, missmutig, wie eine Bande in einem zugigen Torbogen, bereit, aus Langeweile ihr Messer sowohl einem ehrbaren Familienvater mit Persianermütze reinzustoßen als auch ihrem eigenen halbverwahrlosten Bruder, der sich zufällig aus einem feindlichen fremden Bezirk zu ihnen verirrt hatte. Und wenn es auch eine winzige Chance gab, mit Russisch und Mathematik ins Reine zu kommen, an ihr Mitleid zu appellieren und ungeschoren davonzukommen, im Notfall durchzuschlüpfen, auf einem Schleichweg weiterzukommen, den zitternden Rücken voller Spinnweben und weißer Farbe von der Hauswand, so war

Physik dagegen stumm, unerbittlich, unverständlich und deshalb besonders schrecklich.

Sobald die Batalows das ganze ungeheure Ausmaß von Galotschkas Unbelecktheit in den Bereichen Schwerkraft und Körperdrehung erfasst hatten, wurde unverzüglich ein Nachhilfelehrer angeheuert – ein Aspirant von der Ensker Universität, die bekannt und angesehen war und sich kühn und erfolgreich mit den besten Hochschulen aus der Hauptstadt maß. Von der Ensker Universität träumten die Batalows gar nicht erst, sie gaben sich zufrieden mit der liebevollen alten Weisheit aller beschränkten, vorsichtigen Menschen vom Spatz in der Hand, vor allem da Galotschka, die vom Abrackern für den Schulabschluss und das Abitur noch anmutiger wurde und dabei wirklich an einen Spatz erinnerte – durch ihre liebe, gedankenlose Geschäftigkeit und besonders durch die schnelle Bewegung, mit der sie das entzückende Köpfchen (mit seidigem Rotton) über die Lehrbücher beugte.

Der Aspirant, ein schlaksiger Bursche mit den tragischen Augen eines ausgehungerten jüdischen Dämons, kam zweimal die Woche zu den Batalows, montags und donnerstags, und (unter der unsichtbaren Aufsicht der in der Küche hantierenden Jelisaweta Wassiljewna) paukte mit der angehenden Ingenieurin für die bevorstehenden Kanalisations-Errungenschaften. Jelisaweta Wassiljewna fürchtete, dass zwischen dem Lehrer und der Schülerin eine unpassende und nicht vorgesehene Leidenschaft aufflammen könnte, und warf deshalb unter erfundenen und absurden Vorwänden hin und wieder einen Blick in Galotschkas Zimmer. Im Übrigen sorgte sich Jelisaweta Wassiljewna umsonst – der Aspirant verachtete die arme Galotschka so sehr, dass daran weder die zehn Rubel (von vor der Währungsreform) etwas ändern konnten, die ihm für jede Stunde ihrer gemeinsamen akademischen Qualen zustanden, noch der runde Busen, mit dem sich die Schülerin ergeben an den Rand des Schreibtisches lehnte, im Versuch, wenigstens mit dieser physischen Anstrengung das unfügsame Hooke'sche Gesetz von der Stelle zu bringen.

Zu allem Überfluss verwirrte die Anwesenheit des jungen, kaum bekannten Mannes Galotschka vollkommen, sie vergaß sogar das, was sie ernsthaft und laut vor sich hinmurmelnd für die Schule gebüffelt hatte. Der Aspirant fasste sich an den Kopf und durchmaß mit wütenden, kreisenden Schritten das Kinderzimmer, das Galotschka, deren Figur sich aufreizend verändert hatte, schon lange an den Armausschnitten und über der Brust spannte. Aber wie können Sie das nicht verstehen? Das ist doch ganz elementar! Der Wert der absoluten Deformation ist proportional zum Wert der deformierenden Kraft mit einem Proportionalitätskoeffizienten analog zur Festigkeit des zu deformierenden Materials! Galotschka schrieb hastig sinnlose, bedrohliche Wörter auf, während sie aus den Augenwinkeln verstohlen die kräftigen Arme ihres rasenden Pädagogen betrachtete, die aus dem primitiven, selbst gestrickten Pullover hervorragten. Der Pullover hatte zweifellos eine Wäsche sehr nötig, aber die schwellenden Adern auf den starken männlichen Unterarmen störten aus irgendeinem Grund Galotschka nicht nur beim Konzentrieren, sondern auch beim richtigen Atmen. Unruhig zerrte sie an der am Hals einengenden flauschigen Jacke und klimperte immer wieder mit flehenden, riesigen, vor Eifer nassen Wimpern zum Aspiranten hin. Der Aspirant griff sich an den Kopf, dem eine Wäsche auch nicht geschadet hätte, und zog knisternd an seiner »Belomor«-Papirossa – er rauchte verzweifelt wie ein Verurteilter und nahm die Kippe erst aus dem zusammengepressten Mund, wenn sich die Papierhülle durch und durch mit bitterem Speichel vollgesogen hatte. Seine Finger waren voller gelber Tabakflecken, und auch das erregte Galotschka außerordentlich.

Das Wunder endete im Handumdrehen. Jelisaweta Wassiljewna bedachte den jungen Lehrer wieder einmal mit einem säuerlichen Lächeln und einem Zehnrubelschein, schloss hinter ihm die Tür und hieß Galotschka, unverzüglich das Zimmer zu lüften, denn er lebt doch in der Sowjetzeit, hat eine Hochschulausbildung – warum zum Teufel stinkt er dann wie ein Wanderzoo. Galotschka zuckte angewidert zusammen, öffnete die widerspenstige Lüftungsklappe und sprang völlig geheilt vom Hocker. Der Aspirant hörte für sie gleichsam auf zu existieren – zunächst als Vertreter des aufregenden anderen Geschlechts und dann überhaupt als Mensch.

Nachdem der Aspirant sich davon überzeugt hatte, dass Galotschka wie ein Seminarist das Physiklehrbuch in- und auswendig gelernt hatte, kehrte er erleichtert in seine Universität zurück und erheiterte noch vierzig Jahre lang seine Kollegen mit Erzählungen über die feenhafte Dumpfbacke, die nicht einmal das Gewicht eines Körpers von seiner Masse unterscheiden konnte. Und Galotschka …

Und Galotschka vergaß schon nach nur einem Tag kaltherzig sowohl das M-V-Quadrat-durch-zwei als auch den schwierigen Namen ihres Nachhilfelehrers (Hermann Kirillowitsch) sowie die komplizierten vagen Gefühle, die sie ihm entgegengebracht hatte.

Sie war tatsächlich bereit, zwar nicht unbedingt für die Immatrikulation, jedoch ganz sicher für die Liebe.

Schwer zu sagen, was genau den Schöpfer an den Batalows verärgert hatte, aber auf ihr Klosett-Institut kam Galotschka jedenfalls nicht. Nichts half – rein gar nichts. Alles war umsonst: sowohl die jesuitischen, kriecherischen Anrufe von Batalow, der all seine unzähligen Kontakte abklapperte, als auch die moralischen Bemühungen von Jelisaweta Wassiljewna, die ganz krank vor Sorge das Pädagogische mit dem Mystischen verband und einerseits die verschlafene Tochter im Morgengrauen weckte, um noch einmal die Prüfungsfragen durchzugehen, andererseits stundenlang mitten in der Nacht im Badezimmer kniete und dem verstaubten Ventilationsgitter flehentliche stumme Gebete darbrachte. Es half nicht einmal der Umstand, dass Galotschka ziemlich gut vorbereitet war – der Aspirant, der sie einige Monate lang beinhart unterrichtet hatte, erzielte fast unglaubliche, auf jeden Fall zirkusreife Resultate. So löste die in Physik völlig ahnungslose Galotschka schnell, gewandt und völlig mechanisch jede beliebige vorgeschlagene Schulstoff-Aufgabe, ganz wie ein Hase im Durow-Tiertheater, der mit demselben automatischen Eifer die geforderten Rhythmen trommelte, ob auf einer Spielzeugtrommel, auf einem umgedrehten Eimer oder auf dem letzten Band von *Krieg und Frieden*.

Wie es schien, war an alles gedacht worden. Bei den Aufnahmeprüfungen trug Galotschka das schlichteste ihrer schlichten sowjetischen Kleidchen, das jegliche Anspielungen auf eine fleischliche Existenz unter buntem Kattun versteckte – die Verkörperung der strebsamen und fleißigen Unschuld selbst. Der im Nacken glatt zusammengerollte Zopf (am Tag vor der Prüfung nicht den Kopf waschen!), sogar die zarten Löckchen an den Schläfen und über der Stirn wurden unbarmherzig mit groben schwarzen Haarklammern gebändigt, die gesenkten Wimpern, die vor Angst verschwitzten Handflächen, unter der linken Ferse eine runde, gelbe und ebenfalls verschwitzte Fünf-Kopeken-Münze als Glücksbringer. Doch wie sich herausstellte, reichte das von diesem Fünfer erbetene Glück nicht aus.

Galotschka fiel in keinem einzigen Fach durch, sie bestand mit unauffälliger, aber sicherer Gangart alle Prüfungen, jedoch erreichte sie nicht die geforderte Punktezahl – es fehlte nur ein einziger Punkt! Als sie ihren Namen in der Liste der Aufgenommenen nicht entdeckte (vielleicht ein Druckfehler? Jetzt drängelt doch nicht so!), verspürte sie zum ersten Mal in ihrem Leben das komplizierte und erniedrigende Gefühl der eigenen Minderwertigkeit, das sonst nur professionelle Sportler kennen, die manchmal vom Rekord ein lumpiger Zentimeter trennt, der die endlosen, mühevollen Trainingsstunden zu Staub zerfallen lässt. Und noch schmerzhafter und kränkender als alles andere – es lag nicht am mangelnden Eifer, sondern daran, dass die Gliedmaßen des Gegners bedeutend länger waren als nur diesen einen unglückseligen Zentimeter, keineswegs sein Verdienst, sondern das war ihm einfach so, für nichts und wieder nichts, zugefallen. Ein Geschenk Gottes. Eine Gottesgabe. Die grausamste und ungerechteste Sache der Welt.

Die Batalows waren so verzweifelt, dass es in keinem Verhältnis zu dem Grund mehr stand – schließlich war Galotschka nicht krank, nicht gestorben und hatte auch kein lediges Kind bekommen. Sie war nicht einmal zum Militär berufen worden, also konnte das verlorene Jahr nicht einmal theoretisch als verloren angesehen werden. Trotzdem erlitt Pjotr Alexejewitsch einen sehr echten beklemmenden Herzanfall mit Arrhythmie, eiskaltem Schweiß und Todesangst, die unmittelbar mit den leichtesten Herzschmerzen einhergeht – als würde die Seele wirklich in der Nähe der Aorta wohnen. Die verweinte, verquollene Jelisaweta Wassiljewna begleitete die Notärzte zur Tür, während die schluchzende Galotschka am Bettrand saß und die Hand ihres Vaters hielt, der gerade erst eine Spritze bekommen hatte. Als wäre sie wieder fünf Jahre alt, nur war es diesmal viel schrecklicher, Papas Hand loszulassen. Aber, aber, Töchterchen, wein doch nicht, alles wird wieder gut, flüsterte Pjotr Alexejewitsch, der selbst am liebsten aus süßem, beruhigendem Selbstmitleid losgeheult hätte – Papa fällt schon was ein, du wirst sehen. Galotschka nickte und glaubte ihm, ihr Vater hatte sie noch nie betrogen. Es waren ihre letzten gemeinsamen Monate, in denen sie eine Familie waren.

Fünfzehn Jahre später starb der vom Mastdarmkrebs ausgezehrte Pensionär Batalow im riesigen und langweiligen Institut für Onkologie völlig allein – Jelisaweta Wassiljewna war schon ein Jahr früher gegangen. Vielleicht waren sie nicht das ideale Paar gewesen, aber plötzlich ohne einander auskommen konnten sie weder im irdischen Leben noch im jenseitigen. Vergeblich packte Pjotr Alexejewitsch das bedächtige und wie heidnische Götter gleichgültige sowjetische Krankenhauspersonal am Ärmel – rufen Sie bitte mein Töchterchen an, Schwester, ich flehe Sie an, meine Galotschka, ich möchte nur Abschied von ihr nehmen. Die Schwestern steckten Batalows armselige Rubelscheine in die Tasche, nickten zustimmend und wechselten dann seelenruhig dem lästigen Alten aus Zimmer Nummer drei zum x-ten Mal die Bettwäsche. Niemand verspürte Lust, das Töchterchen Galotschka anzurufen – den Oberarzt, einen respektablen, wohlgenährten Proktologen, hatte sie am Telefon mit so eisigen Flüchen belegt, dass man dem armen Professor zum Auftauen im Ordinationszimmer Tee mit Schnaps (zu gleichen Teilen) hatte einflößen müssen. Und merk dir: Ich habe keinen Vater und habe auch nie einen gehabt. Wenn du noch mal anrufst, dann mach ich dir das Leben zur Hölle, alter Wichser. Haben wir uns verstanden?

Der Proktologe hatte verstanden, alle hatten verstanden, deshalb starb Batalow in seinem Zimmer unter leisen und schrecklichen Qualen – und in leiser und schrecklicher Einsamkeit. Den Körper holte natürlich niemand ab, deshalb wurden die sterblichen Überreste des ehemaligen Ausbilders des Parteikreiskomitees in Stücke zerschnipselt und für Forschungszwecke zu den Präparaten gegeben – sehr zur Freude der jungen, wissbegierigen Studenten, medizinischen Embryonen, die davon träumten, den Krebs und den Infarkt zu besiegen und der Menschheit eine gesunde, agile, kommunistische Unsterblichkeit zu schenken.

Gott allein wusste, wo dabei Pjotr Alexejewitschs Seele geblieben war, möglicherweise fand sie heulend Unterschlupf in einer Ecke der riesigen Wohnung der Tochter, um dann und wann in der tiefsten Nacht an ihr Bett zu schleichen und in das geliebte friedliche Gesicht zu blicken. Sie, Galotschka, hatte immer gut ausgesehen, aber mit zweiunddreißig Jahren war sie zu einer wahren Schönheit geworden – etwas verträumt, ansehnlich, bildhübsch. Sie hatten sie, Galotschka, ihre einzige Tochter, erst spät bekommen, Pjotr Alexejewitsch war auch genau zweiunddreißig gewesen, als er aus der Entbindungsklinik seine Frau mit einem stramm eingewickelten kostbaren Bündel an der Brust abholte. Auch Jelisaweta Wassiljewna war zweiunddreißig gewesen, eine alte Erstgebärende, sie hatten sich schrecklich abgemüht mit ihr während der Geburt. Gott sei Dank war Galotschka nichts passiert. Schlaf, Töchterchen, schlaf, mein Liebes. Papa fällt schon was ein, du wirst sehen.

»In der Küche ist das Salz schon wieder wie von selbst umgefallen«, beklagte sich morgens die Haushaltshilfe, während sie lautlos den Besen schwang. »Ich sage Ihnen, Sie haben sicher einen Hausgeist. Man müsste alles mit Weihwasser besprengen.« »Was für ein Hausgeist, du dumme Kuh?«, erwiderte Galina Petrowna träge und nippte vorsichtig wie ein Kind am Kaffee, ob er auch nicht heiß war. »Und den Kusnezow-Teller hat auch der Hausgeist fallen gelassen diese Woche?« Die Haushaltshilfe verstummte gekränkt, Galina Petrowna war ein Biest, ja, ein Biest und ein Miststück, aber sie zahlte gut. Alle sagten, dass sie keine einzige Träne vergossen habe, als ihre Eltern starben. Nicht einmal aufs Begräbnis sei sie gegangen. An der Stelle des Herzens war bei ihr ein Stein. Galina Petrowna schob die Tasse von sich, runzelte die Stirn, ging ins Schlafzimmer, berührte mit warmen Fingern ihr hübsches Gesicht und klopfte mit leichten Bewegungen die feine, nährende Hautcreme ein. Sie war sich keiner Schuld bewusst und wollte davon auch gar nichts wissen. Niemand hätte an ihrer Stelle ihren Eltern verziehen. Niemand und niemals.

Zum Glück bekamen die Batalows den blamablen Misserfolg der Tochter recht schnell in den Griff. Als Pjotr Alexejewitsch das Krankenhaus verlassen hatte, rief er wieder alle wichtigen Kontakte an, machte und hörte eine Menge unnötige Worte – denk dir nur, um einen einzigen Punkt! – und erreichte, dass Galotschka trotzdem im Polytechnischen Institut aufgenommen wurde. Natürlich nicht als Studentin, sondern als Laborantin am Lehrstuhl für Chemie – noch dazu in der ersehnten Fachrichtung für Wasserversorgung und Kanalisation. Dort arbeitest du fleißig, Galjunja, gewöhnst dich ein, gehörst dazu und im nächsten Jahr wirst du sicher immatrikuliert. Pass nur auf, an wen du dich halten musst, vergeude nicht sinnlos deine Zeit ... Jelisaweta Wassiljewna richtete der Tochter den weißen, die ehemalige Schülerin verratenden Kragen. Beide waren nervös, der erste Arbeitstag, das war kein Kinderspiel, Galotschka konnte nicht einmal frühstücken, also blieben die am Rand ausgefransten, goldbraun gebackenen Pfannkuchen in einem auskühlenden Stapel auf dem Tisch liegen, die Mutter war umsonst eine Stunde früher aufgestanden und hatte am Herd mit gleich zwei gusseisernen Pfannen auf einmal jongliert. Aber trink doch wenigstens einen Tee, Galjunja. Ich kann nicht, Mama, ich komme zu spät. Galotschka gab Jelisaweta Wassiljewna schnell noch einen Schmatz auf die Wange und lief mit wehendem Plisseerock davon.

Es war ein für Ensk untypisch warmer August und bis Oktober fühlte Galotschka sich am Lehrstuhl schon so wohl, dass sie sich erlaubte, die Höhersemestrigen anzuschreien, die alle ebenmäßigen Vorzüge der neuen Laborantin schnell zu schätzen gelernt hatten. Dein Kino kannst du dir sonst wohin stecken, Swetlow, nach eurer Gruppe haben wieder drei Kolben gefehlt. Brauchst gar nicht deine Rübe zu schütteln, als wüsste ich nicht, dass ihr im Wohnheim Selbstgebrannten herstellt. Wirst schon sehen, ich verpfeif euch bei Nikolai Iwanowitsch! Der von der unverdienten Abfuhr (und der verdienten Verdächtigung) erniedrigte Swetlow trottete mit seinem angekratzten Ruf als erfahrener Herzensbrecher davon. Galotschka blickte ihm achtlos hinterher und ihre warmen, glatten, bonbonroten Lippen bewahrten immer noch die Form des wundervollen Namens. Nikolai Iwanowitsch. Nikolenka. Koljuschka. Koscha. Die Fülle ihres Glücks ließ Galotschka aufseufzen. Und durch die tristen Universitätsgänge wehte ein zartes Frühlingslüftchen.

Sie war nun endlich verliebt.

Endlich glücklich.

Und ihr großes Glück sollte genau vier Monate und drei Tage währen.

Nikolai Iwanowitsch Maschkow war alles in allem ein schlaksiger und schüchterner Assistent am Lehrstuhl für Chemie, was in der Rangordnung, ehrlich gesagt, nur wenig über Galotschka Batalowa selbst stand, der man nur das Vorbereiten der Reagenzien für die Stunde und das Abwaschen des schmutzigen Laborgeschirrs für die Studenten anvertraute. Aber für Galotschka war Maschkow ein Gott – unendlich erwachsen (seine fünfundzwanzig Jahre standen ihren siebzehn gegenüber) und unendlich klug –, Nikolai Iwanowitsch leitete praktische Übungen und vertrat manchmal sogar in den Vorlesungen seinen wissenschaftlichen Vorgesetzten, den fetten, an Atemnot leidenden Professor Leschtschinski, und die Studenten, diese Großmäuler, hörten Maschkow aufmerksam und interessiert zu. Galotschka wusste das ganz bestimmt, denn sie verfolgte alles eifersüchtig durch das Schlüsselloch. Und das war gar nicht peinlich, das durfte man sogar, wenn es dienstlich war. Genau!

Noch dazu war Nikolai Iwanowitsch außergewöhnlich schön, einfach unglaublich. Mit seinen leuchtenden Augen, goldenen Haaren und dem strahlenden Lächeln kam er Galotschka wie der feierliche Liebesgott Lel vor, wie die Verkörperung von gleich allen russischen Volksmärchen, zu denen sie in der Kindheit eingeschlafen war, umringt von einem schemenhaften Kreis von Waldgeistern, Drachen, emsigen Wassilissas und herrlichen Iwan Zarewitschen. Unbedingt Zarewitsche, nichts weniger.

Tatsächlich ähnelte Maschkow einem Zarewitsch in nichts – was die Augen der verliebten Galotschka als golden und azurblau wahrnahmen, war in Wirklichkeit ein banales russisches Durchschnittsblond, das mitunter sogar ganz mausgrau aussah. Nikolai Maschkow stammte aus einer langweiligen Arbeiterfamilie, trug billige, immer verdrückte Anzüge, Spuren von jugendlicher Akne auf den hohlen Wangen und versprach, in fünf Jahren eine beginnende Glatze zu bekommen und in zehn Jahren schließlich Dozent zu werden. Doch Galotschka nahm sogar den fettigen Glanz auf seiner Nase als göttliches Zeichen, als Symbol für die höhere und geheime Macht, die Maschkow so schnell und wunderbar über ihr unerfahrenes, ungewappnetes Herz gewonnen hatte. Galotschka lächelte verlegen, wickelte das Ende ihres Zopfes um den dünnen Finger und Maschkow lächelte zurück – er konnte wundervoll lächeln, wirklich wundervoll – breit, fröhlich, etwas spitzbübisch wie ein zehnjähriger Bursche, seine Zähne waren so weiß, ein Schneidezahn war etwas schief und diesen lustigen, fast kindlichen Zahn liebte Galotschka ganz besonders.

Sie hatten noch keine zwanzig privaten Sätze miteinander gesprochen, doch Maschkow liebte sie natürlich ebenfalls. Galotschka wusste das nicht einfach – sie spürte es, so wie man am Strand mit geschlossenen Augen die zärtliche, seidige Berührung der unsichtbaren Sonne spürte. Aber was war im Vergleich schon die Sonne. Wenn Galotschka ihr chemisches Inventar im Schrank ordnete, fühlte sie, ohne sich umzudrehen, dass Maschkow das Institut betrat: Es veränderte sich einfach mit einem Schlag die Luft – sie wurde zerbrechlich und bebte vor kristallklarer, strahlender Zärtlichkeit.

Anfangs lächelten sie einander nur zu – vorsichtig, aus der Ferne, kaum merklich. Eines Tages half Maschkow Galotschka dabei, die ihr heruntergefallenen Bücher wieder aufzuheben (sie hatte eine volle Stunde daheim geübt, mit einer zufälligen, versteckten Hüftbewegung den Stapel dicker, talmudartiger Wälzer auf den Boden zu stoßen), danach hielt er sich eine halbe Stunde länger als nötig nach dem Labordienst auf, genau die halbe Stunde, in der Galotschka die Tische und Retorten in Ordnung brachte. Und dann war es nur natürlich anzunehmen, dass er, dieser erwachsene und starke Mann, ihr, dieser jungen und schutzlosen Frau, anbieten würde, gemeinsam bis zur Bushaltestelle zu gehen – ganz egal zu welcher.

Das war das herrlichste aller Stelldicheins – das will ich meinen, schließlich flogen sich gleich zwei Schutzengel buchstäblich die Flügel wund beim Versuch, alles gut und richtig ablaufen zu lassen. Autobusse verschwanden auf wundersame Weise von den leeren und verschlafenen Ensker Straßen, der Herbstabend knisterte vom leichten Frost wie ein vierfach gefaltetes Blatt von glattem, bläulichem Velinpapier, Galotschka lächelte Maschkow durch die Wimpern, durch die nackten Zweige, durch den Laternenschein an. Aber nicht doch, erlauben Sie, ich trage Ihre Tasche für Sie, nein, nein – Mädchen sollten nicht so schwer tragen. Maschkow hatte rötliche, aufgeraute, spröde Finger. Nur eine Sekunde, eine Berührung, und die Tasche – wie eine Spielzeugtasche in seinen Händen – schwebte wieder über dem Asphalt dahin. Sogar die gefrorene Spucke auf dem Bürgersteig schien kostbar – ein mondfarbener Opal, ein grünlicher Onyx, ein tuberkulös-brauner Hämatit. Maschkow balzte den ganzen Weg so selbstvergessen, dass er sich selbst fast nicht mehr in dem wortreichen Monolog aus seinem wissenschaftlichen Leben zurechtfand, von dem Galotschka kaum die Hälfte verstand, aber … Aber wie einfühlsam sie schwieg, eine widerspenstige Strähne zurückstrich, welch rötliches, zartes Leuchten sie erfüllte!

Und hier ist schon mein Haus, Nikolai Iwanowitsch. Danke fürs Heimbringen. Maschkow hielt inne und prägte sich die drei Eingänge und fünf Etagen ein, die fortan das Zentrum seines Weltgebäudes werden sollten. So schnell! Das heißt, gern geschehen, murmelte er. Galotschka lächelte wieder und nahm Maschkow die Tasche ab. Im Hauseingang holte sie hastig den Spiegel heraus und überzeugte sich zufrieden davon, dass der Frost barmherzig gewesen war. Er hatte zwar ihren Wangen zugesetzt, jedoch ihre Nase verschont – sie war überhaupt nicht rot. Die Lippen waren zart, nicht spröde und den fiesen Pickel auf der Stirn verdeckte zum Glück die Baskenmütze. Galotschka steckte den Spiegel wieder ein, kicherte zufrieden und lief schnell die Treppe hinauf, hinauf, hinauf.

Am nächsten Tag begleitete Maschkow Galotschka wieder nach Hause und auch am übernächsten Tag und in der darauffolgenden Woche. Jedes Mal fanden sie, ohne sich abzusprechen, einen anderen Umweg, der sie noch umständlicher an ihr endgültiges Ziel brachte – als hätten sie ein Netz aus luftiger, unsichtbarer Spitze über der Karte von Ensk ausgeworfen. Fünfzehn Minuten gemächlichen Gehens verwandelten sich zunächst in eine halbe Stunde, später in eine ganze Stunde – die dünn gesäten Ensker Straßenlaternen begannen eine nach der anderen zu leuchten und markierten mit einer flackernden, punktierten Linie diese glückseligen allabendlichen Spaziergänge. Maschkow nahm von der ungewohnten körperlichen Anstrengung ab und wirkte manchmal im Unterricht wie ein kindischer, glücklicher Gockel. Und Galotschka ... Galotschka strahlte so unbedarft und stark wie die Mittagssonne, sodass man sie wie eine Frischvermählte fast nicht anzusehen wagte ...

Die allgegenwärtigen Tratschtanten am Lehrstuhl wollten schon von einer skandalösen Liebesaffäre und einem unangebrachten Verhältnis tuscheln, bissen sich aber schnell auf die missgünstigen, giftigen Zungen. Es war gar nichts Skandalöses oder Unangebrachtes daran, wie die beiden sich ansahen, und nicht nur das, es war vollkommen klar, dass das Ganze zur Hochzeit führen würde, zur gesetzlichen, sozusagen sozialistischen Ehe, und zu versuchen, die jungen, vor Liebe völlig Verrückten zu stören, wäre dasselbe, wie einem einfältigen Knirps zu erzählen, dass es kein Väterchen Frost gäbe und dass den Sack mit den Geschenken der sturzbetrunkene und daher besonders schwankende Nachbar Onkel Mischa brächte, ein zweitklassiger Installateur und unverbesserlicher Junggeselle. Die Tratschtanten meckerten noch ein bisschen, damit alles seine Ordnung hatte, erinnerten sich an ihre eigene, rasend schnell verflogene Jugend, wechselten jedoch dann das Thema und besprachen die muntere geschiedene Gewerkschaftsvorsitzende, die es wieder einmal auf einen verheirateten Mann abgesehen hatte. Maschkow und Galotschka, die nicht einmal bemerkten, dass sich um sie herum ein gesellschaftliches Gewitter zusammenzubrauen begonnen hatte, blieben wieder allein. Entgegen dem allgemeinen Gerede und den Befürchtungen war zwischen ihnen alles richtig und wahr, sie hatten sich bisher noch nicht einmal geküsst.

Das war ein hinreißendes Gefühl – tollpatschig und rührend wie ein zweiwöchiger Welpe mit dicken Pfoten und rosigem nacktem Bäuchlein. Weder Galotschka noch Maschkow wussten, was sie als Nächstes tun sollten. Galotschka wusste es wirklich nicht und Maschkow hatte es einfach nicht eilig. Er war erwachsen, grundanständig und, wie man sagt, mit ernsten Absichten und wollte deshalb nichts überstürzen, sondern ordnungsgemäß den Weg, der das verliebte Paar zum Standesamt führte, durchschreiten und nichts, gar nichts auslassen, keine Biegung, keinen Blick, kein lauschiges Plätzchen. Er hoffte, mit Galotschka ein langes und glückliches Leben zu verbringen, dieser naive Maschkow, und deshalb deckte er sich wie ein guter Wirtschafter beizeiten mit Erinnerungen und Ereignissen ein, die später dabei helfen sollten, der unentrinnbaren Langeweile des alltäglichen Daseins zu entkommen, und die unendliche Anlässe für Geschichten bieten würden, die man den Kindern und auch Enkelkindern erzählen konnte – hier haben Oma und ich uns zum ersten Mal geküsst, aus der Entbindungsklinik dort drüben haben wir dich geholt, oh und wie du geschrien hast in der ersten Woche, ich kann dir sagen – deine Mutter und ich wussten schon gar nicht mehr, was wir mit dir machen sollten! Wie sie damals geweint hat, die Arme … später ging es schon leichter und als Maschunja geboren wurde, konnte deine Mutter mit ihr schon wie mit einer Puppe umgehen, das reinste Vergnügen. Beim dritten Kind kann man natürlich schon alles …

Maschkow wollte, dass alles, einfach alles so war wie bei den anderen und sogar noch besser – die Hochzeit, der Brautschleier für Galotschka, das rauschende Fest, die Küsse, die das Brautpaar tauscht, wenn die Gäste »Gorko« rufen – verschämte Küsse, die nach Glück, Salaten und Sülze schmecken. Er wollte viele Kinder, so viele wie möglich, um für sie nachts aufzustehen, sie huckepack zu tragen und ihnen Lieder von Dampfloks vorzusingen. Er wollte mit Galotschka unter die Decke schlüpfen und morgens gemeinsam mit ihr frühstücken, gemeinsam Freunde bewirten, gemeinsam Borschtsch kochen – Maschkow war selbstlos bereit, das Schälen der Zwiebeln und Kartoffeln zu übernehmen, und den Müll würde Galotschka auch nie hinaustragen müssen und auch das Geschirrspülen würde seine Aufgabe sein, nach dem Wehrdienst war es ihm ganz egal, wie viele Teller er abwaschen musste – fünf oder fünfhundert. So sehr liebte er Galotschka, so sehr, dass er bereits angefangen hatte, ohne irgendjemandem etwas davon zu sagen, ohne etwas abzuklären, ohne die Eltern kennengelernt zu haben, leise und hartnäckig die Gewerkschaftsleitung mit Wohnungsfragen zu belagern. Zugleich begann er Empfehlungen zu sammeln, um in die KPdSU einzutreten. Er, Maschkow, war ein guter sowjetischer Mann und er glaubte aufrichtig daran, dass das Vaterland und die Partei ihm und Galotschka eine eigene Wohnung zugestehen würden. Natürlich nicht gleich, vielleicht in zehn Jahren, aber sie würden sie bekommen. In der Zwischenzeit würde sich etwas finden. Man konnte sich schließlich ein Eckchen mieten. Oder bei den Eltern leben. Hauptsache zusammen.

Natürlich begehrte Maschkow Galotschka maßlos – wie konnte man sie nicht begehren, dieses ranke, wohlgerundete, goldene, randvoll mit saftigem, sonnigem Leben gefüllte Mädchen? Aber genau deshalb überstürzte er nichts, erlaubte sich kein Vorkosten, saß höflich am gedeckten Festtisch, wie es wohlerzogene, intelligente Menschen taten. Außerdem diktierte die sowjetische Moral, die den Jungen von klein auf eingetrichtert wurde, eine ganz bestimmte Umgangsweise mit der geliebten Frau – streng und rein in ihrer fast ritterhaften Askese. Vor der Hochzeit durfte man die zukünftige Ehefrau nur verehren – das war ein Test, ein wichtiger Initiationsritus, und nur der Sieger, der allen Versuchungen widerstanden hatte, erhielt als Preis das Pferd, das halbe Zarenreich und das heilige Recht, der Zarentochter den schlichten, schrecklichen, baumwollenen und daher abnormal, beinahe krankhaft erotischen Büstenhalter zu öffnen.

Galotschka, die keine Ahnung von all den sexuellen Qualen dieses jungen sowjetischen Werthers hatte, spürte dennoch in ihrem Innersten, dass Maschkow an der Schwelle von etwas sehr Wichtigem stand, und teilte sogar ihre Zweifel mit erfahreneren Freundinnen, die allerdings genau solche bemerkenswert naiven Gänschen waren wie sie selbst. Ihnen zufolge träumten alle Kerle ohne Ausnahme davon, ein Mädchen in eine dunkle Ecke zu drücken, und dachten überhaupt nur an das eine, die Schweine. Galotschka zuckte die Achseln – ein weiterer unanfechtbarer Beweis dafür, dass ihr Nikolenka besser war als alle anderen.

Am selben Abend warf Jelisaweta Wassiljewna vor dem Schlafengehen einen Blick in ihr Zimmer. Galotschka stand nur im Nachthemd vor dem Spiegel und versuchte, sich den gehäkelten Polsterüberwurf wie einen Brautschleier umzulegen. Der Überwurf war widerspenstig, wollte sich nicht in die richtigen Falten legen lassen und Galotschka bearbeitete ihn mit geröteten Wangen, richtete ihn mal auf die eine, mal auf die andere Art aus. Jelisaweta Wassiljewna seufzte mütterlich, ging zu ihrer Tochter und half ihr, den schweren, zerzausten Zopf hochzuhalten. So, stecken wir ihn mit Haarnadeln fest und dann passt alles, sagte sie leise. Galotschka nickte verlegen und so standen sie zu zweit einige Sekunden vor dem Frisierspiegel, in dem sich die beiden gleichzeitig in drei Flügeln reflektierten, versechsfachten, vervielfältigten, irgendetwas zwischen einer optischen Illusion, Evolution oder einem optischen Schicksal. Spielte es denn eine Rolle? Der grobe weiße Häkelüberwurf verlieh Galotschkas Schönheit einen unmerklich spanischen, etwas tragischen Beigeschmack, der ganz exotisch war und Jelisaweta Wassiljewna sich wieder einmal wundern ließ: Woher hatte ihre Tochter diesen Liebreiz? Schließlich sah sie auch ihren Eltern ähnlich, hatte die Augenbrauen vom Vater, die Nase von der Oma, Gott hab sie selig, aber es war offensichtlich, dass sie alle genetischer Abfall, wertloses Zeug, Fließbandproduktion waren. Aber Galotschka, Galotschka war tatsächlich ein Einzelstück, Handarbeit. Man musste sie in seidiges Zigarettenpapier einwickeln, in einer kühlen Schachtel aufbewahren und nur an hohen Festtagen herausnehmen. Nur mit sauber gewaschenen Händen anfassen. Sie mit angehaltenem Atem bewundern. Begeistert anbeten.

»Ist er ein guter Mann, Galjunja?«, fragte Jelisaweta Wassiljewna leise. Galotschka biss sich auf die Lippen und nickte so heftig überzeugt, dass der improvisierte Schleier von ihrem Kopf flog und leise wie ein Engel auf dem Boden landete. »Gebe es Gott«, murmelte Jelisaweta Wassiljewna und kehrte in die Küche zurück zu ihrem Mann, der seinen abendlichen Tee schwarz mit der neuesten *Prawda* zu sich nahm. »Du, Petja«, sagte sie traurig, »wie viel haben wir auf dem Sparbuch? Reicht es für eine Hochzeit?«

»Was redest du denn da? Für welche Hochzeit?«, der verblüffte Pjotr Alexejewitsch fiel aus allen Wolken, aber Jelisaweta Wassiljewna winkte ab.

»Für eine ganz normale Hochzeit. Mit Akkordeon und Trauzeugen. Mit allem, was dazugehört. Unsere Tochter ist erwachsen geworden, Vater. Und wir haben es gar nicht bemerkt.«

Es wurde beschlossen, den zukünftigen Schwiegersohn in einer Woche kennenzulernen – das waren sieben Tage, die die Welt erschütterten. Jedenfalls mit Sicherheit die Welt der Batalows. Bis zur Stunde X schaffte es Jelisaweta Wassiljewna, die Möbel umzustellen und die Zimmerdecken in der ganzen Wohnung neu zu weißen, ein Essen für eine ganze motorisierte und völlig ausgehungerte Schützenkompanie vorzubereiten und sich noch dazu die Haare vom Friseur zu einem absurden Rundlabyrinth aufwickeln zu lassen, was in der Preisliste als »Dauerwelle« bezeichnet wurde. (Dafür musste sie ewig unter einer sperrigen Vorrichtung sitzen, während sie kaum den schweren, mit Lockenwicklern bedeckten Kopf auf den Schultern halten konnte – und jeder Lockenwickler besaß ein eigenes elektrisches Kabel!) Für Galotschka wurde ein neues Kleid bei der Schneiderin bestellt – kein umgearbeitetes, sondern ein ganz neues aus blau gepunktetem Crêpe de Chine, tailliert, mit einem Halbtellerrock und Puffärmeln. Die Schneiderin leistete einen feierlichen Schwur, dass das Kleid bis Samstag fertig sein würde, und nachdem sie Jelisaweta Wassiljewna in die Augen geblickt hatte, hielt sie sich auch vorsorglich daran.

Pjotr Alexejewitsch versuchte eine Zeit lang, sich der allgemeinen Hysterie zu widersetzen, scheiterte jedoch in der Wochenmitte und kam zum ersten Mal in seinem Leben nicht nur mit einer dreistündigen Verspätung, sondern dazu mit einem Rausch heim.

»Jetzt säufst du dir noch einen an und bringst Schande über deine einzige Tochter!«, polterte Jelisaweta Wassiljewna, während Batalow, der überhaupt nichts vertrug, sich dumpf ins Klo übergab.

»Das war doch für sie, Mutter«, rechtfertigte sich der ermattete Pjotr Alexejewitsch. »Ich bin zu Grigoritsch gegangen, verstehst du. Auskünfte einholen.«

Grigoritsch war ein alter Kumpel von Batalow, ein ehrenvoller Tschekist, aber gleichzeitig ein ehrloser, verbitterter Säufer und verdrießlicher Junggeselle. Jelisaweta Wassiljewna schaltete augenblicklich irgendeine Sendung als Hintergrundgeräusch ein und schleppte ihren erschöpften Mann zum Beichten in die Küche. Allerdings sorgte sie sich umsonst – den verlässlichen Informationen des KGBs zufolge (ehemals MGB, davor NKWD, OGPU, Tscheka und so weiter – mit allen Zwischenstationen seit den Opritschniki) war Galotschkas Auserwählter, Nikolai Iwanowitsch Maschkow, ein mustergültiges Beispiel der sowjetischen Menschengattung. In Bezug auf die Volkszugehörigkeit, die Abstammung und die KPdSU. Jelisaweta Wassiljewna weinte erleichtert und suchte in der Anrichte nach der Wodkakaraffe, woraufhin der krampfhaft aufhicksende Pjotr Alexejewitsch zurück zum Klo stürzte, um den reinigenden Vorgang zu Ende zu bringen. Jelisaweta Wassiljewna füllte sich mit zitternden Händen die belebende Flüssigkeit wie Baldriantropfen in ein Gläschen ein, trank es aus und steckte die Nase ins Küchenhandtuch.

Im Endeffekt ging der Samstag, um den sich alle so viele Sorgen gemacht hatten, erfolgreich über die Bühne. Und am Montag machte sich Galotschka als waschechte verlobte Braut auf den Weg in die Arbeit. Hurra, Genossen!

Und das war tatsächlich ein Hurra. Natürlich hatten die Batalows nicht vor, ihre minderjährige Tochter in die Ehe zu drängen, dafür gab es, Gott sei Dank, keine dringlichen, schändlichen

Gründe. Deshalb wurde beschlossen, die Hochzeit im nächsten Herbst zu feiern, vorher noch Galotschkas achtzehnten Geburtstag (im März) zu begehen und den Anfang des Sommers ... Pjotr Alexejewitsch hob den schützenden elterlichen Zeigefinger und Maschkow nickte heftig. Selbstverständlich würde sich Galotschka zuerst am Institut immatrikulieren. Selbstverständlich war ein Hochschulabschluss unbedingt nötig. Er werde dann persönlich mit den betreffenden Leuten sprechen und natürlich mit Galotschka lernen und sie hart rannehmen, obwohl nicht der geringste Zweifel daran bestehe, dass sie es schaffen werde. Beim Wort »rannehmen« presste Jelisaweta Wassiljewna die Lippen aufeinander und Galotschka errötete. Das flackernde Gespenst eines jüdischen Aspiranten war für einen Augenblick in der Ecke zu sehen und stürzte gleich wieder in seinen höllischen physischen Abgrund zurück. Im Übrigen hatte ihn gar niemand bemerkt – das war das Los aller Vorgänger, aller Ackermänner, ihr Schicksal, sie bereiteten nur das Feld für die zukünftige köstliche Ernte vor, daran laben durfte sich ein anderer.

Den ganzen Dezember gab es herrlichen milden Frost, ganz und gar untypisch für Ensk, und nachdem sie den Segen der Eltern erhalten hatten, schlenderten die Verliebten weiter durch die blauen, knirschenden Straßen und, ach Gott, wer wusste schon, wie sehr Maschkow sogar Galotschkas weiße Handschuhe verehrte, besonders den linken mit dem Loch, durch das der rosige, babyhafte kleine Finger hervorguckte, den man endlich nach Herzenslust küssen durfte. Aber weiter als bis zum kleinen Finger ging der dickköpfige Maschkow trotzdem nicht, als machte der Status der offiziellen Verlobten Galotschka noch reiner und unerreichbarer.

Nichts half – weder der Augenaufschlag noch der fliegende Atem oder der Gesang der Nachtigall. Galotschka stibitzte ihrer Mutter sogar das Parfüm »Rotes Moskau« in der naiven Hoffnung, dass der »Lieblingsduft der Imperatorin« aus dem Hause

Brocard, der diplomatisch vorgab, ein ehrliches sowjetisches Produkt zu sein, gewiss ihren Verlobten vom ausgetretenen Weg des Erbauers einer kommunistischen Zelle abbringen werde, aber umsonst. Vom schweren und wie ein Samtvorhang angestaubten Aroma nieste Maschkow nur dreimal und bat dreimal schuldbewusst um Verzeihung, dafür hielt Pjotr Alexejewitsch, als er an der Tochter unerträgliche Duftnoten von Nelken, Iris und Ylang-Ylang erschnupperte, der minderjährigen Übeltäterin eine ordentliche Strafpredigt – was ist dir denn da wieder eingefallen, du Rotznase! Es der eigenen Mutter aus der Tasche zu klauen! Es ist nicht deines, also lass die Finger davon. Wenn du erst verheiratet bist, dann soll dir dein Mann das »Rote Moskau« von seinem Verdienst kaufen, dann kannst du es dir von mir aus eimerweise drüberschütten. Galotschka brach nervös in Tränen aus und schlug die Tür hinter sich zu, hatte sich aber eine Stunde später mit dem Vater bereits wieder ausgesöhnt.

Im Grunde war sie unglaublich glücklich. In jenen Tagen waren sie alle glücklich.

Das neue Jahr 1959 brauste rasend schnell heran. Maschkow vergaß hin und wieder im Unterricht, wie er einen Satz begonnen hatte, und kam bei grundlegenden Erklärungen durcheinander, woraufhin sich die Studenten neiderfüllte und gutmütige Blicke zuwarfen. Alle wussten, dass Galotschka, das hübsche Fräulein Rührmichnichtan, ihm versprochen war. Die Batalows steckten abends glückselig die Köpfe zusammen und gingen die Mitgift durch – Geschirrtücher (für die Küche), Bettlaken (aus Leinen, säumen und besticken), Stoffbahnen (aus Wollstoff) und außerdem sollte ein neuer Übergangsmantel für Galotschka in Auftrag gegeben werden. Dies führte zu erbitterten Streitereien, da Galotschka darauf beharrte, dass der Mantel eine Kapuze haben und kariert sein solle, was Pjotr Alexejewitsch jedoch für antisowjetisch hielt, und Jelisaweta Wassiljewna zählte währenddessen im Kopf die Wein- und Wodkagläser zusammen, überlegte sich, wer von den Verwandten es verdiente, zur Hochzeit eingeladen zu werden, und wer bloß Aufruhr und Ärger bringen würde.

Mit einem Wort – alle waren versunken im zähen, warmen Brei der allerschlimmsten antisowjetischen Kleinbürgerlichkeiten und Anforderungen, ohne den geringsten Bezug zur Arbeit. Es standen lange Feiern, Gäste, Weihnachtsfeste, Tanzabende im Kulturpalast und das endlose Leben voller endloser, äußerst menschlicher Freuden bevor. Galotschka erheiterte sogar der Umstand, dass am 25. Dezember irgendein sehr bekanntes Akademiemitglied (Galotschka konnte sich dessen Namen einfach nicht merken) im Polytechnischen Institut eine offene Vorlesung halten sollte und dass Nikolenka behauptete, sie müssten beide unbedingt hingehen, weil das ein großer Geist, ein echtes Genie sei, und außerdem ist es erstaunlich, dass er unser Zeitgenosse ist. Würdest du nicht zu einer Vorlesung von Einstein gehen wollen?

»Wie? Ist er denn nicht schon gestorben?«, fragte Galotschka erschrocken. »Das hat man uns in der Schule zumindest erzählt … Oder ist das nicht Einstein?«

»Ach, du bist einfach ein Schatz.« Maschkow war tief gerührt und vergrub seine Lippen in Galotschkas Haaren. »Wenn du nur wüsstest, was für ein Schatz du für mich bist!«

»Pst!«, wies ihn Galotschka fröhlich zurecht. »Du Verrückter! Man sieht uns doch! Dann gehen wir eben zu deinem Einstein. Unbedingt gehen wir hin. Aber du musst dich neben mich setzen und alles übersetzen, was dein Akademiemitglied sagt. Sonst schlafe ich ein. Und du musst dich meinetwegen schämen.«

»Ich schäme mich nicht«, erwiderte Maschkow überzeugt.

»Und wenn ich zu schnarchen anfange?«

»Trotzdem nicht.«

»Dann geh jetzt!«, befahl Galotschka streng. »Sonst verspätest du dich und deine Studenten sind nicht mehr da.«

»Das gebe Gott«, erwiderte Maschkow. »Sollen sie nur weggehen. Dann gehen wir beide auch und verdrücken uns ins Kino. Möchtest du ins Kino?«

»Gern«, sagte Galotschka. »Mit dir gehe ich überall hin. Sogar in die Vorlesung von Einstein.«

Maschkow nickte, hielt mit Mühe die ausgelassene, glückliche, schwindelerregende Welt auf den Schultern und eilte zur Vorlesung. Galotschka blieb im Aufbewahrungsraum zurück, um die zerbrechlichen Chemieutensilien einzuordnen, die hin und wieder versuchten, ihren verträumten Fingern zu entgleiten, um mit himmlischem Klang in klirrende, schillernde Splitter zu zerspringen. Galotschka seufzte und fegte mit Schaufel und Besen flink das nächste kristallklare Gespenst eines dahingeschiedenen Kolbens zusammen. Wie viel Geschirr wurde in diesen Tagen zerschlagen. Und alles, um Glück zu bringen. Glück, Glück, Glück.

Aber am 25. Dezember 1958 geriet alles von der Früh weg in eine ungewohnte Schieflage. Erstens verschlief Galotschka und traf mit einer äußerst peinlichen Verspätung in der Arbeit ein. Zweitens wurde die Vorlesung des lang erwarteten Akademiemitglieds von ein Uhr auf halb drei verschoben, sodass Galotschka nicht hingehen konnte, da sie das Labor für die Abendvorlesungen vorbereiten musste – man fragte sich, wer Laborstunden an so einem Tag ansetzte! Und nun, statt in der Aula neben ihrem Bräutigam zu sitzen, seine Schulter, sein Knie, seinen Ellbogen zu fühlen – ob während der Vorlesung wohl das Licht gelöscht würde wie im Kino? Jedenfalls, statt neben ihm zu sitzen – übrigens hatte Nikolenka, der kluge Kopf, gute zwei Stunden für Karten angestanden und hervorragende Plätze für die Premiere von *Dass es dich gibt* … ergattert, in der letzten Reihe, und wenn er sich dieses Mal wieder nicht trauen würde, dann aber unbedingt sie selbst. Unbedingt. Gleich, wenn er ihre Hand nehmen würde, würde sie sich wie zufällig zu ihm hindrehen und irgendetwas fragen – vielleicht über den Film, ganz egal, wenn es dunkel war, Hauptsache, zu ihm hin …

Was war denn das! Schon wieder! Galotschka ächzte zerknirscht auf und hockte sich vor dem völlig unschuldigen Glas hin. An der Tür klopfte es leise, und ohne aufzuschauen sagte sie ärgerlich:

»Ich bin gerade in einem Versuch.«

»Und macht er klug?«, lachte Maschkow und hockte sich neben Galotschka. »Pass auf, dass du dich nicht in den Finger schneidest.«

Galotschka schüttelte den Kopf und eine lange Strähne, die schon ewig verrutscht war, kitzelte sie an der flaumigen gebräunten Wange. In der Hocke waren sie und Maschkow gleich groß, sodass Galotschka zum ersten Mal seine Lippen aus nächster Nähe sah. Sogleich setzte der Ton aus, deshalb versäumte sie die Lektion über die Sicherheitsmaßnahmen im Umgang mit Splittern. Aber nicht nur das, alle mutigen Eroberungspläne wichen auf einmal aus Galotschkas Kopf. Und außerdem wurde ihr sehr heiß.

»Hast du dich sicher nicht verletzt?«, fragte Maschkow besorgt und versuchte, Galotschkas Hand zu ergreifen, verlor jedoch das Gleichgewicht, fasste daneben und seine Hand landete ungeschickt mit allen fünf Fingern auf ihrer Brust.

Beide fuhren wortlos und ganz rot vor Verlegenheit hoch und stießen gleich noch heftig und ungelenk mit den Schultern zusammen, sodass Galotschka aufstöhnte und sich vor Aufregung in die volle, glatte Lippe biss, die ganz bonbonmäßig aussah und – wie sich eine Sekunde später herausstellte – auch so schmeckte. Und alles wirbelte heftig und ruckartig um sie herum, als hätte jemand die Welt weggerissen – fröhlich und grob, sodass Galotschka gleichzeitig den staubigen Plafond über ihrem Kopf sah und die Wand mit dem gerahmten Lavoisier, der, wie sie sich genau erinnerte, sich gerade noch hinter ihr gelangweilt hatte, sie sah auch einige Stoppeln auf Maschkows Wangen, die der Rasur entwischt waren, und erst dann fiel ihr ein, dass man beim Küssen die Augen schließen musste, denn mit offenen Augen küssten sich nur Menschen, die sich nicht liebten. Erschrocken kniff sie die Augen zu, aber die Welt zersprang weiterhin in Stücke, zuckte, pulsierte im Takt ihres Herzens, das aus irgendeinem Grund in der Tiefe ihres Bauches hämmerte, nein – nicht ganz im Takt, etwas schneller, noch schneller, stark und heftig, sodass Galotschka fühlte, dass sie jeden Moment die Besinnung verlieren werde, doch da spürte sie plötzlich unter sich etwas Hartes, stieß Maschkow abrupt von sich und öffnete die Augen. Der Raum beendete brav seine ungesetzlichen Drehbewegungen. Das Harte war der Tisch, auf dem sie saß (wie? wann? warum?), und Maschkow, ganz rot und fast unkenntlich, knöpfte mit zitternden Händen ihren Kittel zu. Auf der Tasche prangte ein Phenolphthalein-Fleck, wie von einer zerquetschten Beere – der ließ sich ganz sicher nicht mehr herauswaschen. Mama würde schimpfen.

»Galja«, sagte Maschkow schuldbewusst und sein Blick huschte unstet umher, als wäre er bei etwas Schrecklichem, wirklich Beschämendem ertappt worden. »Verzeih. Ich hätte das nicht tun sollen, aber …« Galotschka meinte, er werde jeden Moment zu weinen anfangen. »Ich wollte nur einen Moment hereinkommen, damit du nicht heimgehst, damit du nach der Vorlesung auf mich wartest …« Er streckte die Hände aus, um die Knöpfe über ihrer Brust zu schließen, zog die Hände aber gleich wieder zurück und errötete noch mehr.

Galotschka hüpfte vom Tisch. Schnell brachte sie ihren Kittel in Ordnung, drehte sich um und schaute Lavoisier an, der zum ersten Mal, seit sie sich erinnerte, etwas belebt aussah.

»Kommt dieses Akademiemitglied bald?«, fragte sie steif.

»In fünfzehn Minuten«, antwortete Maschkow. »Du bist gekränkt, nicht wahr? Ich wollte wirklich nicht, das heißt … Ich liebe dich, du kannst dir gar nicht vorstellen, wie sehr. Ich liebe dich so sehr. Ich weiß selbst, dass wir uns nicht zu beeilen brauchen …«

»Im Gegenteil«, sagte sie genauso steif wie vorhin, »wir müssen uns sogar sehr beeilen. Du hast doch selbst gesagt, dass wir nur fünfzehn Minuten haben.«

Sie hielt es nicht länger aus und brach in Gelächter aus, das sich teilte und auch den völlig verständnislosen Maschkow zum Lachen brachte – zunächst verunsichert, dann lauter, als wäre er über eine unsichtbare Steckdose mit Galotschka verbunden, und als sich beide endlich ausgelacht hatten, wurde alles klar und einfach und gut. Bis zum Glockenzeichen blieb noch massig Zeit zum Küssen. Diesmal behutsam mit allen vorsichtigen, komplizierten, zärtlichen Einzelheiten, die es nur beim ersten Kuss gab.

Und so küssten sie sich. Die ganzen fünfzehn Minuten. Und noch ein bisschen länger.

Als Maschkow schließlich wegging – beim dritten Anlauf, aber wer hätte sich gleich losreißen können? – und beteuerte, dass es nicht für lange war, geh ja nicht weg, zum Teufel mit dieser Vorlesung, aber ich kann sie nicht sausen lassen, ich habe mich dafür gemeldet, Lazar Jossifowitsch unten zu empfangen, wenn ich denn gewusst hätte, nie im Leben hätte ich …

»Jetzt geh schon«, lachte Galotschka, »geh! Ich bewege mich nicht fort von hier, versprochen.«

Die Tür schloss sich hinter Maschkow. Galotschka zupfte den zerzausten Zopf zurecht, griff wieder nach dem Handbesen, um endlich den zerbrochenen Kolben – oder war es eine Retorte? – zusammenzufegen. Ach, das war doch ganz egal. Der Besen entschlüpfte ihr wie etwas Lebendiges, aber Galotschka, die dem Gefühl nachspürte, wie die Abdrücke der Küsse langsam von den Lippen und vom Hals wichen, bemerkte es nicht einmal. Sie hörte nur von weit her, wie durch Watte, ein rundes, hölzernes

Klopfgeräusch. Und noch einmal. Und noch eines. Sie kapierte nicht gleich, dass der Besen längst unbeweglich auf dem Boden lag und dass es an der Tür klopfte.

»Wie lustig«, murmelte sie, »er ist schon wieder zurück, der Dummkopf.«

Und Galotschka rief fröhlich und mit ihrer vollen, edlen Stimme:

»Es ist offen, Liebling!«

FÜNFTES KAPITEL
GALINA PETROWNA

Die ganze Schwangerschaft über fühlte sich Galina Petrowna (die schon ewig keine Galotschka, kein Mädchen, keine Galjunja mehr war) matt und aufgequollen von den nahen Tränen, die ihr bis zu dem weichen Grübchen zwischen den Schlüsselbeinen standen. Höher stiegen die Tränen aus irgendeinem Grund nicht, als würden sie von einem unsichtbaren festen Häutchen zurückgehalten. Galina Petrowna versuchte manchmal vergeblich, sie herauszuhusten oder herauszuweinen, und erschreckte damit die Ärzte der Vierten Hauptverwaltung, die dafür zuständig waren, den wertvollen Samen des genialen Lindt beim Heranreifen zu beobachten und zu beschützen.

Im Übrigen erwiesen sich alle medizinischen Ängste als unbegründet: Die neunzehnjährige Galina Petrowna war außerordentlich gesund und konnte den Ärzten weder mit der quälenden Übelkeit des ersten Trimesters noch mit niedrigem Blutdruck noch mit unbändigen Gelüsten nach rohem Verputz oder dem gärenden Inhalt der Mülltonne dienen. Ihre Lunge war jungfräulich rein und den tadellos rosigen Kehlkopf, wie der Spitzbogen einer Kirche geformt, hätte man Studenten als mustergültiges Exemplar vorführen können. Deshalb beschlossen sie nach einer kurzen Besorgtheit, dem seltsamen Husten keine weitere Beachtung zu schenken, und verschrieben Galina Petrowna nur für alle Fälle gezuckerten Rettichsaft (dreimal am Tag einen Teelöffel).

Und niemand, niemand kam darauf, dass sie einfach nicht weinen konnte.

Im Übrigen kam nicht einmal Galina Petrowna selbst darauf, die mit resignierter Abscheu ihren angeschwollenen Bauch trug, der so unheimlich, seidenweich, goldbraun war. Lebendig. Galina Petrowna scheute sich davor, ihn zu berühren, und nicht nur das. Wenn sie sich umzog, kniff sie fest die Augen zusammen, damit ihr Blick nicht auf ihren aufgeblähten Leib fiel, der – Galina Petrowna zweifelte nicht daran – etwas noch Monströseres, Behaarteres und Vielgliedrigeres als Lindt selbst in sich barg.

Drei Wochen vor der Entbindung träumte Galina Petrowna sogar davon, dass aus ihrem Bauch ein unendliches Papierband (Lindt hätte es Möbiusband genannt) herauskam, vollgeschrieben mit Lindts unmöglichen Krakeln, und als diese Krakel leise zirpend vom Papier auf ihre nackten, entsetzlich weit gespreizten Beine zu kriechen begannen, erwachte Galina Petrowna mit solch einem Schrei, dass sie beinahe das ganze achtbare, privilegierte Haus in Aufruhr versetzt hätte. Lindt, der sogar schlaftrunken besser denken konnte als normale begriffsstutzige Sterbliche, kontrollierte flink das Bettlaken unter der schluchzenden und gleichzeitig hysterisch lachenden Galina Petrowna und tastete dann ihren schwangeren Bauch ab – schnell, behutsam und vorsichtig, als wäre es gar kein Bauch, sondern ein verletztes Tierjunges, das so erschrocken und verzweifelt war, dass es deshalb ordentlich zubeißen konnte.

Nirgends war es nass oder tat etwas weh und überhaupt – Galina Petrowna sah, wie sie auf dem Bett in einem Haufen von zerwühlten und verdrückten Kissen und Decken dasaß, sogar schluchzend, sogar verschlafen, sogar mit ihrem unvorstellbaren Achtmonatsbauch, unwahrscheinlich gut und verführerisch aus: die runde Brust im runden Ausschnitt des zerknitterten Nachthemds, die im Licht der Nachttischlampe aufblitzenden milchweißen jungen Knie, die schwellenden, von der Hitze und dem

Schrecken spröden Lippen. Sogar der riesige, kugelige Bauch fügte sich harmonisch in dieses Fest der Fruchtbarkeit ein, das großzügig nach frischem Schweiß, Äpfeln und zukünftiger Milch roch. Doch die Ärztin hatte bereits vor ein paar Monaten, als ihr Galina Petrowna von Lindts sexuellem Appetit erzählt hatte, jegliche geschlechtlichen Vergnügungen streng verboten, deshalb stöhnte Lindt nur auf, bremste seine Hände ein, die nicht mehr untersuchten, sondern schon zärtlich streichelten, und schleppte sich zum Telefon, um eben diese Ärztin anzurufen. »Ja, Olga Iwanna, verzeihen Sie bitte, dass ich so spät anrufe, nein, es ist noch nicht losgegangen, nur ... was sagen Sie? Ganz wie Sie wünschen, wie Sie wünschen, es ist Ihr Zuständigkeitsgebiet, tun Sie, was Sie für nötig halten.«

Olga Iwanna schnappte sich den nächsten Rettungswagen, langte eine halbe Stunde später an und nachdem sie durch die akademische Wohnung gewirbelt war – warum sind wir denn so traurig? und wo ist denn die Tasche für die Entbindungsklinik? wie ist denn unser Blutdruck heute? aha, unser Blutdruck ist wie der eines Testpiloten! –, nahm sie Galina Petrowna, die noch immer lachte und schluchzte, in den Schoß der Entbindungsklinik für Parteimitglieder und andere dem Vaterland nützliche Götter mit.

Lindt blieb zurück – klein, dürr, halb einem auf den Hinterbeinen stehenden ausgestopften, uralten Löwenjungen ähnelnd, halb einem auf jung getrimmten ägyptischen Gott – und quälte sich am eisigen nächtlichen Fenster, von wo aus er seiner Frau mit traurigen Augen folgte (sie hat sich nicht umgedreht, nein, wieder hat sie sich nicht umgedreht). Der Rettungswagen fuhr schließlich mit seinem dicken, rotäugigen Hintern wackelnd davon und Lindt, nachdem er automatisch den Abfolgealgorithmus der verschneiten Tannenwipfel und der mit gusseisernen Spitzen gekrönten Zaunpfähle ausgerechnet hatte, kehrte ins Schlafzimmer zurück, das außer dem Arbeitszimmer der einzige bewohnte Ort in der riesigen Wohnung war. Es war klar, dass es eigentlich keinen Grund zum Sorgen gab, aber im Herzen war er trotzdem beunruhigt, vielleicht deshalb, weil er es seit einem Jahr gewöhnt war, mit der Hand über der üppigen Brust seiner jungen Frau einzuschlafen, oder weil es Galina Petrowna bis zum Morgen immer schaffte, der aufgezwungenen Umarmung zu entschlüpfen und weit weg an den äußersten Rand des Bettes zu kriechen, sodass Lindt trotzdem allein aufwachte – mit vergeblich ausgestreckter, leerer Hand, wie ein Stadtbettler, ein wahnsinniger Alter, der versuchte, das Leben am unvermeidlich entwischenden Rockzipfel zu packen.

Das war schmerzhaft – jeden Morgen eine ganze Minute lang. Aber als erwachsener und ehrlicher Mensch verstand Lindt, dass dieser Schmerz angemessen und ebenfalls erwachsen und ehrlich war, denn wie hätte er sonst dieses extreme Glück beim täglichen Einschlafen vergelten sollen, wenn er und die begehrte Frau aneinandergeschmiegt dalagen wie zwei Schüsseln, die glatt und perfekt ineinanderpassten? Und so glich der morgendliche Schmerz die abendlichen Freuden aus und machte sie sogar noch aufregender, sodass die allgemeine Harmonie der Welt gewahrt blieb – das war eine alttestamentarische Mathematik, die göttlich klare Regel der Vergeltung und der Gerechtigkeit, die verständliche und rechtschaffene Abrechnung, und nur ein Hundertstelwert nach dem Schlusskomma rief bei Lindt manchmal einige Zweifel hervor. Nachdem Marusja gestorben war, hatte er das Wort »Liebe« nicht einmal mehr in Gedanken formuliert. Niemals. Nun war es ein Wort abseits der Schrifttafeln mit ungenauer Definition, was Lindt gar nicht gefiel.

Er vergrub sein Gesicht im zerwühlten Bett. Das Kissen roch köstlich und stark nach etwas Zärtlichem und Goldenem, Feuchtem und Rötlichem – nach Galina Petrownas Leib und ihrem Wesen, und das alles war während der mehr als ein Dutzend Monate zu seinem eigenen Geruch geworden, die Fortsetzung seines eigenen Wesens. Nein – sein eigenes Wesen, denn um deswillen wird ein Mensch verlassen Vater und Mutter und seinem Weibe anhangen, und werden die zwei ein Fleisch sein. Unter dem jugendlichen und vertrauten Aroma war ein banger, morastiger Geruch zu bemerken, der ganz modrig, schmutzig, fettig roch – die Folge von Galina Petrownas nächtlichem Albtraum, der Geruch von Adrenalin; für dessen Erforschung und die Entwicklung von Betablockern für die Adreno- und Histaminrezeptoren würde James Whyte Black den Nobelpreis bekommen und die Menschheit erleichtert ihre genetisch kodierte Angst vor Sümpfen verstehen – Sümpfe rochen einfach nach unserer konzentrierten Angst. Aber das sollte erst 1988 geschehen. Um einschlafen zu können, ging Lindt im Geist seine Arbeit des nächsten Tages durch – Bruchstücke von Formeln, Fragen, flüchtige Randbemerkungen –, und um die schreckliche, animalische Sehnsucht nach seiner Frau zu vertreiben.

Säugetiere sind es gewöhnt, im Rudel zu schlafen, das ist nur natürlich und biologisch erklärbar, sagte er sich selbst, während er vor sich hindöste und den Geist sachte freiließ, den unsterblichen, unruhigen, von ihm selbst nicht vollständig anerkannten Geist eines kämpferischen und ausgezeichnet gewappneten Halbagnostikers und Halbatheisten. Und der Geist eilte fort, sauste hin zu seinem schmerzlichen Anziehungspunkt, der weich, glatt und unsichtbar war, jedoch deutlich in der Dunkelheit leuchtete. Durch die Krankenhausgänge entlang fand er untrüglich das Zimmer, in dem sich Galina Petrowna befand, von harmlosem Herzgespannkraut und Baldrian betäubt, aber trotzdem so verschreckt, dass sie nicht einmal mehr schluchzen konnte, sondern nur auf dem Rücken dalag, mit riesigen, ausgetrockneten Augen an die Decke starrte und aus letzter Kraft die zirpenden Buchstaben abwehrte.

Lindts Geist nistete sich unverzüglich als heilendes Katzenknäuel direkt in Galina Petrownas Herzen ein und schnurrte unhörbar und beruhigend – die Verwirrung und die Ängste eilten fort und die Buchstaben flüchteten in die Ecken, wo sie kraftlos fauchten und die winzigen nadelspitzen Zähne bleckten. Das Krankenbett – hochmodern mit Hebeln und Kurbeln bestückt, die es im Nu in einen bequemen Sessel oder einen Operationstisch verwandeln konnten – wackelte sanft, die Decke, zuvor abweisend weiß und trocken, wurde feucht, drehte sich, kam näher, und Galina Petrowna begann, sich bedächtig in sie zu versenken – Schicht für Schicht, Schritt für Schritt – immer näher und näher zum friedvollen, einschläfernden Licht, das nichts als Friede und Liebe ausstrahlte, nichts als Friede und Liebe …

Eine warme Hand strich über ihre Stirn, streichelte die feuchten Haare mit einer mütterlichen, geschlechtslosen, unendlich mitleidigen Geste und als die völlig entkräftete Galina Petrowna schließlich leise traum- und angstlos einschlief, weinte am anderen Ende von Ensk Lazar Lindt lautlos im Schlaf, und er weinte bis zum Morgengrauen – bis Galina Petrownas ungeweinte Tränen endlich aufgebraucht waren.

Am Morgen brachte der schrillende Wecker alles wieder an seinen Platz zurück – Galina Petrowna, Lindt, seinen nach Krankenhaus riechenden und vor Erschöpfung und nächtlichem Wachen angeschlagenen Geist. Und alles nahm seinen gewohnten langweiligen Lauf, außer dass Lindts quer ausgestreckter Arm ihm zum ersten Mal nicht so unnütz vorkam. Der Kissenüberzug war durchnässt, sodass der verwirrte Lindt sich verbittert fragte, während er vor dem Spiegel die faltigen, bläulichen Wangen rasierte, ob er nicht etwa des Nachts altersbedingt zu sabbern begonnen hätte.

Anstatt wie allmorgendlich ins Institut fuhr er natürlich ins Krankenhaus und kaufte unterwegs den halben Zentralmarkt auf – Äpfel, hausgemachten Quark, pickelige, porige Zitronen, würdevollen, zähflüssigen Honig, der ein banales, klebriges Literglas in eine inwendig flackernde Palastleuchte verwandelte, und – das Wichtigste! – für Dezember ungeheuerlich frische Treibhausgurken.

»Aber Lazar Jossifowitsch, Sie kränken uns doch, als würden wir unsere Patienten hungern lassen«, beschwerte sich heftig die Oberärztin der Pathologie, die um den kleinen, zielstrebigen Lindt mal von der einen, dann von der anderen Seite herumlief. »Hier nach rechts, bitte sehr!«

Aber Lindt winkte ab, er kannte den Weg intuitiv selbst, eine Wendung, noch eine Wendung, das Herz stockte kurz und gleich links lag die heißersehnte Tür.

Galina Petrowna saß aufrecht im Bett – ausgeschlafen, strahlend, randvoll von einem friedlichen rosafarbenen Licht erfüllt.

»Hier ist ja unsere Schönheit!«, zwitscherte die Oberärztin bewegt, als hätte sie Lindt eigenhändig eine junge Frau aus zartester, frischester und allerbester Rahmbutter geformt. Lindt lud die Tüten auf dem Nachttisch ab und küsste Galina Petrowna in die weiche Grube zwischen Hals und Schulter – eigentlich wollte er sie auf den Mund küssen, aber was soll's, man nimmt, was man kriegt, das Wichtigste – wie geht es dir, meine Schöne, die Medikusse schwören im Chor, dass alles ganz und gar in Ordnung ist. Galina Petrowna nickte nicht einmal als Antwort, sondern starrte mit plötzlich stumpf gewordenen Augen vor sich in die Luft. Kaum hatte Lindt das Zimmer betreten, machte sie augenblicklich dicht – Lindt schien es sogar, als hätte er ein leises, aber deutliches Klicken gehört, mit dem ein unsichtbarer Deckel zugeklappt war, sodass es ihm wieder nicht gelang, im Inneren etwas zu erkennen außer grellbunten Stoffzipfeln und auseinanderspringenden losen Perlen.

Durch die Lüftungsklappe drang die kraftlose, zähflüssige, verstaubte, wenig lebendige Dezembersonne herein. Sie berührte mit träger Pfote Galina Petrownas Haare, glitt über die auf dem Nachttisch ausgestreuten Gurken, die unnatürlich lang und wie aus Plastik wirkten, aber köstlich und stark nach einem Frühling rochen, den es noch nirgends gab. Lindt blickte sich suchend nach medizinischer Hilfe und Unterstützung um, aber die Oberärztin hatte sich diskret verdrückt und den hochrangigen Besucher mit seiner neunzehnjährigen schwangeren Frau und seinen unlösbaren Alltagsproblemen allein gelassen.

»Geht es dir wirklich gut?«, fragte Lindt noch einmal – das Krankenhauskissen, die Sonne, das Leben, sich selbst. In der vielstimmigen Antwort fehlte nur Galina Petrownas Stimme. Lindt versuchte ungeschickt, ihre Haare zu streicheln: Die widerspenstige Locke über dem Ohr nannte man in seiner Jugend Lockvögelchen. In seiner Jugend, in ihrer Jugend. Fast ein halbes Jahrhundert Zeitunterschied. Wie hatte er das tun können? Worauf hatte er gehofft? Wem versuchte er etwas vorzumachen?

Galina Petrowna zuckte mit dem Kopf, als wollte sie eine lästige, hartnäckige Schmeißfliege verscheuchen.

Hoffnungslos. Und noch einmal – hoff-nungs-los.

»Aber machen Sie sich doch nicht solche Sorgen, Genosse Lindt, um Gottes willen«, bemitleidete ihn der Fahrer, ein junger, freundlicher Bursche, der gerade erst seine schwierige Laufbahn als persönlicher Chauffeur begonnen und sich deshalb die menschliche Rede noch nicht abgewöhnt hatte. »Wenn die Weiber schwanger sind, verlieren sie das letzte bisschen Verstand. Wenn Ihre Frau Ihnen erst ein Söhnchen geboren hat, dann wird alles wieder gut, Sie werden sehen.«

Lindt wackelte unsicher mit dem Kopf.

»Sie glauben, es wird ein Sohn?«

»Was denn sonst?«, staunte der Bursche so einfältig, dass Lindt eine halbe Stunde später, als er das Institut betrat, immer noch schnaubend lachte, sich die Augen rieb und murmelte:

»Was für ein Schlitzohr, ein wahres Schlitzohr, was sonst, ah, Michail Nikititsch, mein Lieber, guten Tag, aber warten Sie doch mit Ihren Unterschriften, ich muss Ihnen den neuesten Witz erzählen …«

Und in diesem Lachen, im gewohnten Institutstrubel, im Ozongeruch nach Geräten und Papier lag eine so unverhoffte Freude, als könnte die Geburt eines Sohnes (was denn sonst?) auf wundersame Weise auf einmal alles ändern, auf einmal alles richtigstellen, den richtigen Ton treffen, was ihm – Lindt wusste das sehr gut – zum ersten Mal im Leben nicht gelang. Die Frauen hatten ihn immer angebetet und verwöhnt, sogar Marusja – zwar nicht so wie erhofft, aber sie hatte ihn geliebt, sehr geliebt, und niemals musste er sich dafür besonders anstrengen, nur jetzt bei Galina Petrowna tat er es, jedoch umsonst. Vielleicht sollte er aufhören, ihr nachzulaufen, sich bei ihr einzuschmeicheln, vor ihr herumzuscharwenzeln. Vielleicht waren das wirklich nur schwangerschaftsbedingte hormonelle, innerliche und deshalb besonders widersinnige Launen. Vielleicht sah sie ihn nach der Geburt in neuem Licht mit Marusjas lustigen, fröhlichen Augen.

Aber er konnte sich selbst nicht lange etwas vormachen – höchstens für die Dauer einer Tasse Tee, und als auf dem Boden nur noch eine süße, zähe, völlig nutzlose Brühe übrig geblieben war (ein dumme Angewohnheit, fünf Löffel Zucker zu nehmen und nicht umzurühren), begriff Lindt bereits, dass alles vergeblich und er das zweite Mal in seinem Leben verliebt war – und das zweite Mal, wie zum Hohn, unglücklich. Nein, das Licht war dasselbe, da konnte sich Lindt nicht irren, er spürte Marusjas reinstes Licht, nur ohne Marusja selbst, deshalb war Galina Petrowna, und darin lag auch kein Irrtum, im Wesentlichen ein leeres, bedeutungsloses Geschöpf. Und das änderte, leider, ebenfalls nichts.

Die ganzen drei Wochen bis zur Entbindung verbrachte Galina Petrowna im Krankenhaus. Es wurde entschieden, sie auf der Pathologie zu belassen, obwohl es bei ihr natürlich nichts Pathologisches gab. Nur für alle Fälle. Morgens vor der Arbeit kam Lindt vorbei, beladen mit Delikatessen, Naschereien und kleinen, niedlichen, aber völlig unnötigen Sachen, eigentlich gar keine Sachen, sondern die bemitleidenswerten Klagelaute einer taubstummen menschlichen Zärtlichkeit. Das war die schwierigste Zeit. Aber Galina Petrowna wusste, dass sie diese für beide quälenden fünf bis zehn Minuten aushalten musste, und danach kam der Tag in Schwung, gewann an Kraft und hopste leichtfüßig zu den besonders wichtigen Orten: zur Visite, zum Mittagessen, zum Schwimmen im hellblauen, vor Chlor und Hitze dampfenden Becken und zur Krankengymnastik, bei der die komischen, wie aufgeblasene Bälle prallen schwangeren Damen die Arme wichtig und bedächtig zur Decke streckten und sich vorsichtig bückten, bis die vorturnende Schwester, eine schwungvolle und spitznasige Person, die wie der Hirtenhund einer Herde auseinanderstrebender Schafe vorstand, ihnen endlich erlaubte, in ihre Zimmer zurückzuwatscheln. Einige Schwangere kamen überhaupt nicht aus ihren Zimmern, sondern lagen einfach in zaghafter Bewegungslosigkeit da, um nicht, Gott bewahre, ihre launische, zimperliche Leibesfrucht zu beunruhigen.

Wegen ihrer Jugend war Galina Petrowna anfangs schüchtern und ging der ganzen Welt aus dem Weg. Mit derselben verlegenen, neugierigen Vorsicht begegneten ihr wiederum die anderen in der Entbindungsklinik – aus einer Vielzahl von Gründen, die Galina Petrowna nicht alle verstand. Erstens war sie die jüngste und hübscheste der Erstgebärenden und hatte dabei den ältesten Mann. Zweitens bewegte sich dieser Mann in solch unvorstellbaren hierarchischen Höhen und besaß so einen unglaublichen Einfluss, dass man Galina Petrowna nicht einmal beneidete, nein, sondern sich einfach nur boshaft fragte, warum die einen sich ihr ganzes Leben abrackerten und nichts hatten, während andere keinen Finger rührten und von nichts eine Ahnung hatten, aber einfach so ein Tischleindeckdich erhielten und eine Harfezupfdich dazu und weiß der Teufel was sonst noch mit Sahnehäubchen, dass man es nicht einmal auf Sonderbestellung bekommen konnte. Und Expertinnen für Sonderbestellungen waren in der Entbindungsklinik für Institutsbedienstete alle.

Natürlich waren hier die Reichen und Wichtigen unter sich: die Töchter, Ehefrauen und Schwägerinnen der Parteinomenklatura, bedeutender Wirtschaftsleute und ehrbarer Verwaltungsbonzen – die sowjetische Crème de la Crème, die frischeste, gelbrahmige, dampfende Sahneschicht, die so dick war, dass der Löffel drin stecken blieb. Aber sogar all diese Himmelsbewohner zusammengenommen reichten nicht einmal ansatzweise an die Beziehungen, Möglichkeiten und den Einfluss von Lazar Lindt heran. Denn gegen jeden beliebigen Parteiboss konnte man mit List intrigieren und ihn absetzen lassen, jedem beliebigen roten Direktor eine Veruntreuung anhängen und ihn einbuchten lassen, letztendlich konnte man sie alle in die Pension abschieben, von mir aus in die Ehrenpension, was aber in jedem Fall alle gewohnten Vergünstigungen verschlechterte. Aber gegen diesen Lindt konnte man überhaupt nichts machen – er war einzigartig und einmalig mit seinem leichtfüßigen Gang, seinem unangenehmen Grinsen, seinen jüdischen, schmuddeligen grauen Locken, seinem akademischen Titel und seinen drei Staatspreisen, ganz zu schweigen von den kleineren Preisen, den gängigeren und erfassbareren, die gar niemand mehr zählte, am wenigsten Lindt selbst.

Wissen Sie, raunten die vor Langweile und Völlerei ganz stumpfsinnig gewordenen kugelrunden Weiber auf den Gängen, er ist um einundvierzig Jahre älter, es heißt, dass er sie direkt nach der Schule zu sich genommen hat, der alte Lüstling, fast von der ersten Klasse an hatte er einen Blick auf sie geworfen und es kaum erwarten können, dass sie zur Frau wird. So war das! Was reden Sie denn da? Das ist doch alles von ihr ausgegangen, sie ist bei ihm zu Hause aufgekreuzt und hat ihren Rock gehoben und er, ein alter, alleinstehender Mann, konnte klarerweise nicht widerstehen. Gleich danach hat sie alles aufgeschrieben und an die richtigen Stellen weitergeleitet und ihn sogar bei der Polizei angezeigt, diese minderjährige Schlampe, also musste Lazar Jossitsch die Sünde vertuschen und sie heiraten, dabei sage ich Ihnen, diese, ich will's gar nicht aussprechen, die ist doch schon mit einem Braten in der Röhre zu ihm gekommen und niemand weiß, von wem, wozu auch, im Unterschied zu Ihnen weiß ich alles aus erster Hand, mein Mann arbeitet mit Lazar Jossitsch zusammen, er sagt, dass Lindt sich an seiner Schulter ausgeheult hat, als das alles passiert ist. Er hat im wahrsten Sinne des Wortes geheult!

Wenn Galina Petrowna aus dem Zimmer kam, etwas erschrocken und mit vor Aufregung und Jugend glühenden Wangen, zerstreuten sich die Schwangeren in alle Richtungen. Dabei tuschelten sie darüber, dass er zwar ein Akademiemitglied sei, aber seiner Frau keine eigene Kleidung habe mitgeben können, sodass sie jetzt im Krankenhausgewand herumlaufen musste. Die dumme Gans! Galina Petrowna schaute ihnen mit traurigen Augen nach und zog den vom Desinfektionsmittel ausgebleichten Krankenhausstoff enger über der schmerzhaft angeschwollenen Brust zusammen. Die Pakete mit Batist und Seide, die Lindt liebevoll eingepackt und mitgebracht hatte, türmten sich neben dem Nachttisch und wurden von niemandem geöffnet, die täglichen Leckereien aber nahmen die gewieften und – wie viel man ihnen auch gab – ständig hungrigen Pflegerinnen unter eifrigen Dankesbezeugungen an unseren Herrgott und an die vaterländische Akademie der Wissenschaften mit nach Hause. Galina Petrowna hätte auch ihre Zimmergenossinnen verköstigt, aber ihr standen ein eigenes Zimmer, ihre eigenen Qualen und ihr eigenes Schicksal zu.

Im Übrigen hatte man sich nach einer Woche an Galina Petrowna gewöhnt. Sie lebte sich ebenfalls in der Entbindungsklinik ein und begann sogar, vorsichtige, neugierige Ausflüge über die Grenzen der eigenen Abteilung hinaus zu machen. Am interessantesten war der Raucherbereich im Treppenhaus, der mit ein paar Spucknäpfen ausgestattet war, um die sich ständig lustige, aufgekratzte Frauen aus der Abtreibungsstation scharten – seit 1955 setzte man sich fünf- bis sechsmal pro Jahr mit der geläufigen Formulierung forsch für die Abschaffung der Verordnung des Zentralen Exekutivkomitees und des Rates der Volkskommissare der UdSSR (vom 27. Juni 1936) ein, laut der Abtreibungen verboten waren. Die Abtreiberinnen, die starke Worte und starke Zigaretten liebten, ließen Galina Petrowna im Nu an ihrem anspruchslosen Vergnügen teilhaben. Nach nur wenigen Tagen errötete sie nicht mehr heftig vom wirren und sinnlosen Fluchen, und nachdem sie den Husten und den Ekel überwunden hatte, lernte sie auch, den Rauch zwischen den Sorten »Moskwa«, »Troika« und – welch Wunder! – der speziellen Damensorte »Duchesse« mit Wattefilter zu unterscheiden.

»Mit so einem Bauch solltest du nicht qualmen, Töchterchen«, sagte eine der Frauen zu Galina Petrowna und erzählte der Gesellschaft der frierenden Seelen sogleich von einem Mädchen, das auch schwanger geraucht hatte, und führte eine Fülle unsinniger Einzelheiten und wilder Details an, von denen Galina Petrowna nur verstand, dass ein Kind durch Tabakrauch im Bauch ersticken konnte und dass man es dann mit Haken herausschaben musste. Von diesem Tag an rauchte sie stündlich, bewusst und diszipliniert, als nähme sie die einzige Medizin ein, die ihr das Leben retten konnte, das niemand mehr brauchte, für sie aber trotzdem kostbar war. Die Haken ängstigten sie nicht – sollte man nur machen. Wenn nur das Kind starb. Erstickte oder was auch immer, es sollte nur nicht auf die Welt kommen. Nicht das Kind von Lindt. Das war einfach zu ungerecht.

Ständig Zigaretten schnorren ging nicht, deshalb begann Galina Petrowna, Rauchwaren bei den Krankenschwestern zu kaufen, die für hundert Rubel von vor der Währungsreform bereit waren, ihre hochrangigen Patienten sowohl mit Zyankali als auch mit einem sorgfältig eingeseiften Seil auszustatten. Im Übrigen standen die im Hals kratzenden »Pamir«-Zigaretten, die treffend »Bettler in den Bergen« genannt wurden, der tödlichen Wirkung des Zyankalis nur wenig nach. Galina Petrowna liebte es besonders, sie nachts im hallenden leeren Treppenhaus zu rauchen, das voll eisiger Zugluft und stöhnender Krankenhausgespenster war. Sicherheitshalber ließ sie den Bademantel im Zimmer und schlüpfte im Raucherbereich auch gleich aus den Pantoffeln. So stand sie lange in der Luft, die durch alle Ritzen des Fensters zog, sog, so tief es ging, den stinkenden Rauch ein und fühlte mit bloßen Fußsohlen, wie die seelenlose Ensker Kälte langsam und unaufhaltsam höher und höher zum Kind hinaufstieg – und dieselbe seelenlose, tödliche Kälte herrschte unbeweglich in ihrem Herzen. Durch die angelehnte Lüftungsklappe heulte leise der verlorene Wind, schleuderte einmal Galina Petrowna eine Handvoll stechender Schneeflocken entgegen und versuchte dann wieder, das warme menschliche Wesen mitleidig zu liebkosen, aber Galina Petrowna bemerkte nichts davon. Wie ein verstümmelter Pawlow'scher Hund, dem man die Hinterhauptslappen des Gehirns herausoperiert hatte, der im Raum verloren war und dem man aus sadistischer Neugier sowohl den Seh- als auch den Gehörsinn genommen hatte, drehte sie sich hartnäckig in einem unsichtbaren Kreis und kehrte ein ums andere Mal zu jenem letzten Punkt zurück, dem Ende ihres glücklichen, normalen menschlichen Lebens.

Sie und Nikolenka wollten heiraten.

Nein.

An Nikolenka durfte man nicht denken.

Einfach nicht denken.

Überhaupt durfte man an vieles nicht denken – an den vergangenen Silvester (das war erst letztes Jahr!), daran, wie es in der trotz der bevorstehenden Feiertage überfüllten Universität gerochen hatte – nach Bohnerwachs, Staub und langsam auftauenden Filzstiefeln. Alle hatten damals wie verrückt gelärmt und die offene Vorlesung des Akademiemitglieds gestürmt, dessen Namen Galina Petrowna leichthin vergessen hatte – und um ihr Gedächtnis nun zu stärken, stand dieser Name für immer in ihrem Pass, das war doch eine ausgezeichnete Lektion für eine hübsche, hirnlose, dumme Gans, etwas Besseres konnte man sich nicht denken, oder? Zur Vorlesung war sie damals nicht gegangen, da sie im Labor aufräumen musste, anscheinend hatte sie einen Kolben zerbrochen. Oder eine Retorte? Sie hatte damals ständig institutseigenes Labormaterial zerdeppert und selbst geglaubt, das bringe Glück, ohne zu wissen, dass dieses Glück überhaupt nicht für sie bestimmt war.

Dann war Nikolenka hereingekommen und sie hatten sich das erste Mal gek…

Nein, nur nicht an Nikolenka denken, bitte, ich flehe dich an!

An die Eltern durfte sie auch nicht denken und an den für die Hochzeit bestimmten herrlichen weißen Chinakreppstoff, der so fest und seidig wie ein Seifenstück war. Man brauchte davon nur ein paar federleichte Meter abwickeln und sich an die Brust halten und schon erschien mitten im Zimmer der verzauberte Geist des zukünftigen Hochzeitskleides. Der Stoff musste noch immer irgendwo im Schrank der Eltern liegen und langsam und qualvoll sterben. Um nicht an ihn und an Tausende andere ebenso schmerzhafte und wie ein Ausschlag juckende Kleinigkeiten zu denken, schüttelte Galina Petrowna heftig den Kopf und rauchte die nächste Pamir. Eine Packung die Nacht. Sie hätte zwei geraucht, aber sie bekam bitteren, galligen Auswurf und das Kind dachte nicht daran zu ersticken, es strampelte lebensfroh in ihr und machte es sich gemütlich – Hände unter die Wange, Augen zu. Es fror anscheinend nicht einmal, obwohl Galina Petrowna erst in der Frühe den Raucherbereich mit bläulich verkühlten, gefühllosen Füßen verließ.

Und was geschah? Das Scheusal in ihr war zufriedener denn je und sie selbst erkältete sich nicht einmal.

Aber nicht einmal nachdem sie an der pflichtvergessen schnarchenden diensthabenden Schwester vorbeigehuscht war, beendeten Galina Petrownas Gedanken ihre ununterbrochene Kreisbewegung, sie prallten wieder und wieder gegen ein unsichtbares Hindernis und versuchten atemlos und wimmernd, es zu durchbrechen. Alles, was ihr geblieben war, waren im Grunde diese letzten paar Minuten ihres früheren Lebens, die sich so tief in ihr Gedächtnis eingebrannt hatten, als wäre sie damals gestorben: glücklich, zerzaust, mit vom ersten Kuss angeschwollenen Lippen, über den schillernden Splittern des Laborglases hockend. Damals hatte es an der Tür zum Aufbewahrungsraum geklopft und sie hatte gerufen: »Es ist offen, Liebling!« Sie hatte selbst gerufen. Und war selbst leichtfüßig aufgesprungen, hatte die Tür aufgerissen, überzeugt, Nikolenka werde die blöde Vorlesung schwänzen, um sich nie-nie mehr von ihr zu trennen. Um bis zum Tod mit ihr zusammen zu sein. Nein, sogar noch länger – auf ewig.

Lindt, der während dieser langen Überlegungen vor derselben Tür stand, nur auf der anderen Seite, dachte mit stiller Wehmut, dass die Materie zweifellos geistvoll, aber sehr ungerecht war, denn er hatte nicht das kleinste Zeichen an diesem Tag erhalten, nicht den geringsten Hinweis, nicht den leichtesten Ruck an der göttlichen Leine, um ihm zu sagen, bereite dich vor, du Tölpel, reiß dich zusammen, jetzt geschieht etwas Wichtiges – vielleicht das Wichtigste in deinem ganzen Leben. Vielleicht nicht nur in deinem. Aber nein – das Universum hatte geschwiegen und nicht nur das, bis zum Schluss hatte Lindt versucht, der langweiligen Vorlesung zu entgehen, indem er eine Unpässlichkeit vorschützte und andere Vorwände fand. Er hatte öffentliche Auftritte schon immer gehasst – obwohl er ausgezeichnet sprach und mühelos die Aufmerksamkeit jedes Publikums halten konnte, es war Teil seiner Genialität, mit der er auch einem fünfjährigen Kind alles erklären konnte. Aber warum zum Teufel muss ich meine Zeit an fünfjährige Kinder verschwenden? Sie kapieren sowieso einen Scheiß, da könnte ich ihnen die Vorlesung auch auf dem Akkordeon vorspielen. Und dazu noch tanzen. Aber Lazar Jossifowitsch, wir bitten Sie, wir flehen Sie an, es sind nur fünfundvierzig Minuten, und die Studenten werden es ihr Lebtag nicht vergessen. Ein schönes Leben steht Ihren Hosenscheißern bevor, wenn diese öde Vorlesung, von der sie einen Dreck verstehen, ihr aufregendstes Erlebnis ist. Na schön, ich mache es – aber bleiben Sie mir vom Leibe. Ich will kein »Lassen Sie uns danach gemeinsam im kleinen Kreise feiern« hören. Ich bin bis über die Ohren mit Arbeit eingedeckt, also plündern Sie nicht umsonst die Institutskasse. Und es braucht mich auch niemand abholen für den Auftritt, ich bitte Sie. Ich habe noch nicht den Verstand verloren und werde mich schon nicht verlaufen.

Aber was geschah? Er verlief sich.

Eigentlich war dem erlauchten Akademiemitglied Lindt trotz all seiner Einwände ein Bote entgegengeschickt worden, der dem großen Geist am Eingang auflauern und ihn in den betreffenden Hörsaal komplimentieren sollte. Doch Maschkow, der endlich Galotschkas Lippen erobert hatte, verlor verständlicherweise zugleich sein Zeitgefühl und den Verstand, sodass Lindt, der unbeholfen auf der leeren Treppe vor der Universität von einem Fuß auf den anderen trat, die Achseln zuckte und in das hallende, wie ein Mausoleum mit Marmor ausgekleidete Vestibül eintrat. Entschlossen bog er rechts ab, dann noch einmal rechts und fand sich in einem düsteren Wald wieder. Endlose

Gänge, zahllose Türen, eine unendliche Unlogik in der Nummerierung – neben dem Hörsaal Nummer fünfzehn befand sich ein unbeschriftetes Zimmer und gleich daneben ein Raum mit der rätselhaften Beschilderung »442-M«.

»Verdammte Schwachköpfe«, murmelte Lindt verärgert. »Kriegen nichts hin, können nicht einmal die Gänge ordentlich nummerieren.«

Und wie als Antwort polterte es hinter der namenlosen Tür – als hätte das Schicksal einen überwältigenden, harten Punkt hinter den Satz gesetzt. Lindt, erfreut über die Möglichkeit, jemanden in diesem universitären Labyrinth nach dem Weg zu fragen, klopfte höflich an die absplitternde Holzvertäfelung der Tür.

»Es ist offen, Liebling!«, antwortete eine samtige, vibrierende, erlesene Frauenstimme und die Tür wurde gleich aufgerissen, wie damals im Jahr 1918. Und wie in jenem Jahr verlor Lindt fast das Bewusstsein vor Erschöpfung, vor Glück, vor lauter Licht – demselben Licht, in dessen dichtem Kubus die lachende und sich mit beiden Händen das Haar richtende, junge, unsterbliche, freudestrahlende Marusja stand.

Da die weichherzige Galotschka bei ihren Chemiematerialien keinen Salmiak finden konnte, setzte sie den aschfahlen Alten einfach auf einen Stuhl und öffnete das Fenster sperrangelweit. Die Ensker Kälte schlug Lindt flach und fest ins Gesicht – wie ein Raufbold, der einen Kampf provozieren will, ja von Mord und Totschlag träumt. Die spitzen, vieleckigen Schneeflocken tanzten funkelnd durch die Luft, kühlten Galotschkas glühende Wangen und bedeckten mit einem unheimlichen Weiß Maschkows Haar, der kopflos vor der Universität herumirrte und das abhandengekommene Akademiemitglied suchte. Die eisglatte Straße, die sich hinterlistig unter dem Schnee versteckte, fuhr ihm geschickt unter die Füße, brachte ihn zu Fall, sodass sein Hinterteil laut auf dem harten Eis aufklatschte. Maschkow versuchte ungeschickt wie alle Hingefallenen aufzustehen und sah plötzlich, gleichsam vom Tag seines körperlich kaum auszuhaltenden Glücks an, alles auf einmal – den unbeweglichen teerschwarzen Himmel mit dem winzigen schiefen Mond; die Universität, die mit ihren länglichen beleuchteten Schießschartenfenstern wie eine Märchenburg aussah; die alte vom Raureif pelzige Straßenlaterne, in deren nächtlichem Strahl die Schneeflocken schwebten, so zärtlich und zum Dahinschmelzen wie Galotschkas Lippen. All dies fügte sich in nur einer Sekunde zu einem Bild beispielloser Deutlichkeit und Schönheit zusammen, das versprach, einige auserwählte und daher besonders nutzlose Geheimnisse zu lüften, doch plötzlich zerrann alles, erzitterte, füllte sich mit einer heißen, salzigen Flüssigkeit und Maschkow bemerkte peinlich berührt, dass er direkt auf dem eisigen Asphalt saß und weinte wie ein kleiner Junge, wie ein Dummkopf, dabei die laufende Nase hochzog und ein breites, dummes, ganz kindliches Lächeln aufgesetzt hatte.

»Vielleicht sollte ich doch die Rettung rufen?«, fragte Galotschka noch einmal besorgt. Der Alte war natürlich ganz und gar widerlich – dürr, faltig, wie zugewachsen mit schmuddeligen grauweißen Bartstoppeln, aber ein Sowjetmädchen musste auch solche und noch schlimmere Zeitgenossen respektieren. Den Alten gebührt bei uns überall Respekt.

»Nein, danke«, antwortete Lindt höflich, rückte sein Sakko zurecht, sodass die Ordensschnalle zu sehen war, und verachtete sich selbst verzweifelt und zähneknirschend dafür. »Sagen Sie mir bitte lieber, wo sich der Hörsaal Nummer zweihundertvier befindet!«

»Dann wollen Sie auch zur Vorlesung!«, lächelte Galotschka und Lindt wendete schnell die Augen ab, da er fürchtete, zu erblinden oder loszuheulen – diese liebreizenden Wangen, diese Lippen mit der säuglingshaften, prägnanten, milchigen, geschwungenen Form. Deine Lippen, meine Braut, sind wie triefender Honigseim; Honig und Milch ist unter deiner Zunge. Eine ganze Ewigkeit davon trinken, vor Genuss stöhnen, sein Glück nicht fassen können bis zum Tod. Nicht an den nächsten Vers denken, an: Meine Schwester, liebe Braut, du bist ein verschlossener Garten, eine verschlossene Quelle, ein versiegelter Born. Das für einen Menschen Verschlossene öffnet immer ein anderer. Wie ähnlich sie ihr ist, mein Gott! Nein, nicht ähnlich. Besser.

»Alle sind ganz aus dem Häuschen wegen dieses Akademiemitglieds«, fuhr Galotschka fort, die nichts bemerkte und sehr zufrieden war, dass ihr jemand bei den langweiligen Vorbereitungen für die Laborstunden Gesellschaft leistete. »Gerade, dass sie nicht Schlange gestanden haben. Als wäre das Moskauer Künstlertheater gekommen.«

Lindt nickte zustimmend – das meiste Aufheben um seinen Namen machten meist unglaublich ungebildete und dadurch besonders unangenehme Menschen.

»Dort bei dieser Vorlesung ist es sicher stickig, gehen Sie besser nicht hin«, sagte Galotschka voll eifriger Anteilnahme und schalt sich in Gedanken für die Abneigung, die sie aus unerfindlichen Gründen empfand, eine schöne Komsomolzin bin ich, kann er denn etwas dafür, dass er alt und hässlich ist?

»Ich fürchte, ohne mich werden sie nicht anfangen, also muss ich hingehen«, erwiderte Lindt mit Bedauern und stand auf. Galotschka, an der die elegante und schmetterlingsleichte Anspielung auf Andersen völlig vorübergegangen war, entschied, sie habe sich geirrt. Es war gut möglich, dass dieser Alte weder seinen Enkel hierher begleitete (erste Variante) noch sein dürftiges intellektuelles Wissen erweitern wollte (zweite Variante, die auf der festen Überzeugung des Sowjetmädchens beruhte, dass alle vor der Revolution Geborenen ungebildete, hirnlose Idioten waren, denen die Sowjetmacht Glasperlen, eine Iljitsch-Lampe und eine Lesefibel geschenkt hatte).

»Sie sind wahrscheinlich ein Assistent des Akademiemitglieds, oder?«, riet sie fröhlich. »Helfen Sie ihm bei seinen Versuchen?«

Sie sah vor sich eine Zirkusarena, einen fingerfertigen, fahrigen Magier in einem weiten, mit Sternen durchwirkten Mantel und den dürren, herumeilenden Lindt, der einen höllischen Zaubertrank in ein geheimnisvolles Gefäß goss, in dessen Innerem ein zwischen zwei Kristallkugeln gespannter Lichtbogen bedrohlich summte. Lindt stellte sich etwas Ähnliches vor und eine ganze Sekunde lang dachten beide – zum ersten und letzten Mal im Leben – dasselbe. Dann bleckte Lindt seine riesigen Zähne und gab ein Lachen von sich, das sich so anhörte, als hätte jemand schnell an einem knirschenden knöchernen Zahnrad gedreht, und Galotschka wurde wieder durch und durch unbehaglich zumute. Als befände sich im Zimmer ein gigantisches, widerwärtiges Insekt.

»Ich werde Sie begleiten«, sagte sie trocken und vor Lindts Augen schwebten anmutig der enge, junge Kittel, ein runder, lustiger Knopf auf dem Gürtel, in die Taschen gesteckte Fäuste, der raue, gebleichte Stoff und eine tiefe, bläuliche Falte, die sich einmal nach rechts, einmal nach links bewegte – dort, wo zwischen der schlanken, anmutigen Taille und der Hüfte eine deutliche Linie verlief, faszinierend deutlich, die Bewegung des Lebens selbst, und Lindt sah nichts als dieses Leben, weder die matten Ganglampen noch den aufgeregten, zum Bersten gefüllten Hörsaal noch die bebenden purpurroten Wangen des herumscharwenzelnden Rektors des Polytechnischen Instituts, der Lindt ständig am Ärmel zu einem trotz allem organisierten Bankett hinzog, wie ein kleiner Junge, der einen Erwachsenen überreden wollte, sich sein unnötiges, albernes Spielzeug anzusehen. Das ließ ihn nie mehr wieder los – dreiundzwanzig Jahre später sah der einundachtzigjährige, im Sterben liegende Lindt vor sich nicht seine Mutter, nicht Gott, nicht sein rückwärts ablaufendes langes Leben, nicht einmal Marusja – sondern diesen vor ihm durch den Gang schwebenden vollkommenen weißen Kittel, den rötlichen Zopf, der flüchtig im Nacken eingedreht war, und die schnelle Geste, mit der Galotschka den Saum zurechtrückte, wie um einen anhaftenden widerlichen Schmutz abzuschütteln – Lindts verliebten, gebannten Blick, sein Leben, ihn selbst.

Sie drehte sich kein einziges Mal um.

Er holte sie niemals, niemals ein.

Abends kam wie immer Nikolaitsch vorbei – und wie immer vorgeblich mit einem dienstlichen Anliegen, das er sich beizeiten vorsorglich aufgespart hatte, aber Gott bewahre, kein dringendes, um den großen Geist nicht zu beunruhigen, das heißt, um die Ruhe nicht zu stören, aus dem Verlag hat man einen Vertrag über eine Neuauflage geschickt, sie brauchen eine Unterschrift, ich habe bereits alles überprüft – Sie brauchen nur noch zu unterzeichnen. Dann stockte er, brach das vertraute Gemurmel ab – Lindt saß mit ans Kinn gezogenen Knien in einer Ecke des Sofas und ähnelte einer winzigen, faltigen Mumie, die mit verbitterten, unbeweglichen Augen vor sich hinstarrte. Zum ersten Mal sah Nikolaitsch seinen Vorgesetzten nicht am Arbeitstisch, nicht beschäftigt – ach Gott, früher hat er dieses verdammte Sofa kaum bemerkt!

»Ist etwas passiert, Lazar Jossitsch?« Nikolaitsch wunderte sich selbst darüber, dass ihm seine Stimme plötzlich nicht mehr recht gehorchen wollte – nun, die Arbeit hat er im Griff, dort ist sicher alles in Ordnung, das heißt also, er hat seine Gesundheit vernachlässigt, was bin ich doch für ein dämlicher Trottel – ich hätte ihn zur routinemäßigen Vorsorgeuntersuchung hinjagen müssen und nicht auf diesen Sturschädel hören, als er aus dem Stand auf den Schreibtisch sprang und von oben herunterlachte, dass das in Russland nur zwei Menschen könnten – er und der Hurensohn Puschkin. Na, willst du es mal versuchen, Nikolaitsch? Das schaffe ich natürlich nicht, ich müsste weniger Kartoffeln mit Butterschmalz fressen. Gott sei Dank bin ich nicht dafür eingestellt worden, um wie ein Affe von Tisch zu Tisch zu hüpfen. Ganz und gar nicht. Also soll er sich nur allein in seinen höheren Sphären vergnügen, während ich auf der Erde bleibe, da komm ich nicht ins Stolpern.

Lindt antwortete nicht, als hätte er die Frage nicht gehört oder nicht verstanden oder gar nicht bemerkt, dass Nikolaitsch gekommen war, dabei hatte er ihn von der ersten Minute an wie einen Freund aufgenommen, sich mit ihm an einen Tisch gesetzt und kein schlechtes Wort gesagt: War aufgestanden, hatte ihn begleitet, ihm an jedem Festtag etwas geschenkt, und wie viel Wodka sie gemeinsam vernichtet haben, wie viele Gespräche geführt – er hat nie auf ihn herabgesehen, trotzdem er Akademiemitglied war.

»Lazar Jossitsch, Verehrtester, was ist los? Das Herz?«

Dieses Lazar Jossitsch war seine eigene Erfindung – er hätte den Namen genauso gut richtig aussprechen können, aber er wollte nicht, so wie er auch nicht »Du« sagen wollte, obwohl es ihm Lindt schon hundertmal angeboten hatte, nein, er wollte etwas anderes, etwas wie die Anrede »Min Herz« von Peter dem Großen für Menschikow, nur für sie beide, und dass dies alle gleich verstanden – die große Nähe, die Wärme, den Respekt, dessen unfassbares Gewicht Nikolaitsch mitunter zu ersticken drohte. Er erfand dieses Lazar Jossitsch und sagte es das erste Mal kaum hörbar, murmelte es und erwartete einen Rüffel oder eine Züchtigung, aber Lindt lachte nur – wie liebte es Nikolaitsch, wenn er lachte, er strampelte sich ab, war bereit, auf dem Bauch zu kriechen, in der Hocke herumzuhüpfen – die Bezeichnung aber setzte sich wirklich durch, sprang wie ein wendiger, lebhafter Floh auf andere über und schon begann man das Akademiemitglied sowohl im Institut als auch in der Akademie der

Wissenschaften und unter den Angestellten Lazar Jossitsch zu nennen, aber natürlich nur hinter seinem Rücken. Ins Gesicht wagte es nur Nikolaitsch zu sagen und dieses Privileg behielt er sich mit der überaus heftigen Eifersucht des besten Freundes und angestammten Lakaien vor.

Nikolaitsch wollte wie bei einem kleinen Kind Lindts Stirn fühlen, entschied sich aber im letzten Moment dagegen und berührte ihn stattdessen mit seiner vor Zärtlichkeit ungelenken Hand an der Schulter und drückte sie sanft, wie um sicherzugehen, ob er noch heil war. Lindt tauchte aus seiner seltsamen Erstarrung auf und lächelte fast schuldbewusst:

»Ah, Nikolaitsch, grüß dich, alter Schluckspecht.« Das war auch eine übliche Anrede zwischen ihnen. Nur zwischen ihnen. Sie hatten viele solcher eigenen Ausdrücke. »Ich bin nicht am Sterben, keine Sorge. Alles in Ordnung. Obwohl du mit dem Herzen fast recht hattest.«

»Sticht es? Drückt es?«, versuchte Nikolaitsch sachlich, das Gefühl näher zu bestimmen, während er spürte, wie die Angst, die ihn bereits verlassen hatte, wieder sein ganzes Inneres zu einem jämmerlichen, eisigen Bündel zusammenpresste.

»Es sticht und drückt und greint, alter Schluckspecht. Und gibt keine Ruhe. Anscheinend bin ich verliebt, Nikolaitsch. Kannst du dir das vorstellen? Auf meine alten Tage!«

Nikolaitsch ging schweigend in die unbewohnte, riesige, herrschaftliche Küche, in der niemand kochte und wirtschaftete außer ihm selbst, und kehrte nach ein paar lautlosen Minuten mit einem bemalten Tablett aus Schostowo zurück, das Lindt von wer-weiß-wem geschenkt bekommen hatte und das unglaublich hässlich war wie jedes massenproduzierte Stück russischer Handwerkskunst. Eine Karaffe mit Wodka stand auf den üppigen gemalten Blumen, dazu mit nachlässiger Männerhand gewaschene Gläser und eine schlampig geöffnete Dose mit dunklen Sprotten, die Nikolaitsch selbst für den Fall besorgt hatte, dass Lindt beispielsweise nachts aufstand und etwas essen wollte. Nikolaitsch stellte das Tablett auf dem Sofa ab, setzte sich daneben, goss geschickt Wodka ein und drückte das Glas mit sanfter Gewalt in Lindts gleichgültige Finger.

»Und jetzt erzähl!«, sagte er fast im Befehlston und sprach seinen Herrn zum ersten Mal im Leben mit »Du« an. Jetzt war es möglich. Genau jetzt.

Am nächsten Tag kurz vor Feierabend, als Galotschka gerade ihre Chemieutensilien hastig in den Schrank einräumte (Nikolenka wartete sicher schon vor dem Eingang und verbarg seine großen roten Pranken in den Taschen seines ärmlichen Mantels, immer vergaß er seine Handschuhe, aber macht nichts, das werden wir in Ordnung bringen, und einen neuen Mantel besorgen wir ihm unbedingt und Fäustlinge auch!), trat mit lautlosem Schritt ein stämmiger Mann an sie heran – mit den fetten Hüften eines in die Stadt abgewanderten Bauern und dem unverwandten grimmigen Blick eines Straßenköters, dem man in der Kindheit ohne Grund mit Imitatlederstiefeln in die Rippen getreten hatte. Und er hatte es nicht vergessen.

»Galina Petrowna Batalowa?«, fragte der Mann leise und ergriff gewandt ihren Ellbogen im gestärkten Kittel. Galotschka nickte und fühlte, wie ihre Knie plötzlich weich wurden und unter den warmen Locken auf ihrer Stirn Schweißperlen hervortraten, groß wie Tautropfen und genauso klar. »Folgen Sie mir bitte.«

Und Galotschka Batalowas Leben war zu Ende.

Im schwarzen Wolga war es trotz des Frosts stickig wie in einem Grab und genauso überwältigend leise, aber Galina Petrowna, die so benommen war, dass sie nicht einmal weinen konnte, zerfloss plötzlich nicht mehr elend in ihrem entwürdigenden Schweiß, sondern begann, wie ein kleines Nagetier lautlos mit den Zähnen zu klappern. Es schüttelte sie buchstäblich vor Angst, vor jener körperlichen Todesangst, die jedes lebendige Wesen kennt, das am Rand seines eigenen Verderbens steht – verwirrter Verstand, Hitze, Schaudern, Schweiß, unwillkürliches Erschlaffen aller Schließmuskeln. Sogar mächtige Bären und ausgewachsene menschliche Männchen machen sich in solchen Situationen blitzartig und ungehemmt in die Hosen – aber nicht aus Feigheit, sondern weil der Organismus verzweifelt versucht, sich von allem zu befreien, was ihn beim Kampf auf Leben und Tod oder bei der panischen Flucht in Todesangst stören könnte. Galina Petrowna pinkelte sich nicht an – aber nur deswegen, weil sie mit dem letzten Zipfelchen ihres Verstandes verzweifelt daran glaubte, dass das alles nur ein Traum war, Unsinn, die Seite aus dem Kinderbuch, wo der schreckliche Menschenfresser den lieben, gelockten Däumling in seine Höhle zerrte. Früher einmal hatte sie sich so vor diesem Bild gefürchtet, dass sie es sich einfach nicht in all seinen schrecklichen Details ansehen konnte, sondern sich stattdessen kreischend gegen die rettenden Knie des Vaters drückte. Wie war das möglich? Papa hatte doch gesagt, die alten Zeiten würden nicht zurückkehren, also musste es sich um einen Fehler, ein Missverständnis handeln! Galina Petrowna war ein junges Gänschen vom Jahrgang 1941 und kannte diese alten Zeiten nur aus aufgeschnappten Gesprächsfetzen. Nach dem Krieg war alles nicht mehr ganz so schlimm gewesen, obwohl der Vater hie und da gebrummt hatte, dass man den Völkern unnötigerweise so viel Freiheit gegeben hatte, ach, ganz unnötig war das, aber dann war Stalin gestorben und alle hatten schrecklich geweint. Sogar Papa. Galina Petrowna versuchte, das alles zu sagen, zu erklären, herauszufinden, wohin man sie brachte, aber es kam nur ein sinnloses »wa-wa-wa« heraus. Der Mann, der neben ihr auf dem Rücksitz saß, warf einen schnellen, undurchdringlichen Blick auf Galina Petrowna und ordnete an: »Dreh die Heizung höher!« Ohne den

Ausdruck seines roten, faltigen Nackens zu verändern, knipste der schweigende Fahrer irgendeinen Schalter an und eine neue Welle künstlicher Hitze strömte ins Auto.

Sie hielten vor einem riesigen bleifarbenen Gebäude mit imposanten Kuppeln und Verzierungen und Galina Petrowna, schon auf alles gefasst, bemerkte verwundert, dass dies ein Wohnhaus war: Hinter schmiedeeisernen verschnörkelten Zaunspitzen führten Frauen ihre komischen rundlichen Kinder aus, die eifrig einen dicken Schneemann bauten, vom Frost heisere Kinderstimmen erschallten, langsam erfüllte ein friedliches mattes Licht die Straßenlaternen, die für Ensk ganz untypisch elegant waren, so wie alles an diesem Haus und in diesem Hof solide, liebevoll und ganz unsowjetisch prunkvoll gemacht war. Der Mann half Galina Petrowna ächzend aus dem Wolga und sie durchschritten in Begleitung des mit Einkaufsnetzen bepackten Fahrers den Hof. Dabei begrüßte der Mann alle so gewandt und freundlich, dass Galina Petrowna, die beschlossen hatte, bei passender Gelegenheit um Hilfe zu rufen und so schnell wie möglich loszulaufen, plötzlich vollkommen und ganz unpassend beruhigt war. Anscheinend war das wirklich ein Missverständnis. Oder hat man mich für Filmaufnahmen holen lassen? Es hieß, Sergej Gerassimow wolle nach Ensk kommen, um über seinen Film *Der stille Don* zu sprechen – vielleicht hat er mich auf der Straße gesehen oder auf der Uni. Oder auf irgendeinem Konzert. Galina Petrowna malte sich aus, wie sie dem großen Regisseur ihre Spezialität »Feindliche Stürme« vorsang und sah sich gleich darauf an einer Litfaßsäule mit aufreizend angemaltem verführerischem Mund. Sie musste sogar lächeln, wie einfach und harmlos sich alles aufklärte. Der Mann blickte sie noch einmal an und schnaubte verächtlich – offenbar hatte er sich ein für alle Mal eine Meinung über die geistigen Fähigkeiten der jungen Komsomolzin Batalowa gebildet. Galina Petrowna konnte sich gerade noch zurückhalten, ihm die

Zunge zu zeigen – und daran tat sie gut, denn als der gemütliche Lift sie quietschend in den dritten Stock gebracht hatte, begann das wirkliche Grauen.

Der Mann schloss die Eingangstür einer der Wohnungen auf, entließ den Fahrer, nachdem dieser sich seiner Last entledigt hatte, mit einem Nicken und führte Galina Petrowna in ein geräumiges, fast leeres Zimmer, offenbar das Esszimmer, aber es war mit einem Blick klar, dass an diesem riesigen Tisch für zwölf Personen noch nie jemand gegessen hatte und sich auch kaum jemand in diesem Zimmer aufhielt – außer um etwas auf dem unordentlichen Berg von Schachteln und Büchern in der Ecke abzuladen. Sogar die hohen schmalen Fenster waren nackt – ohne Gardinen, sodass durch sie bedächtig der schnell dichter und finsterer werdende Ensker Abend hereinschauen konnte. Galina Petrowna setzte sich demütig auf einen Stuhl, der schwer von der Stelle zu rücken war und mit den Beinen über das dunkle Parkett schrammte, und dieses kurze, mechanische, leblose Geräusch hatte sie noch lange in den Ohren, als wäre es von ihr selbst.

In der Zwischenzeit hatte der Mann eine gräuliche steife Decke über den Tisch gebreitet, holte verschiedene Sachen aus den Einkaufsnetzen und einer düsteren Anrichte und begann geschickt, aber ohne Hast, ein Abendessen für zwei Personen aufzudecken. Dabei sprach er die ganze Zeit – während er die Servietten faltete und auf den Tellern Leckereien auslegte, die Galina Petrowna noch nie gesehen hatte – ohne Pause und fast ohne Intonation, geduldig, sehr leise, als würde er einem begriffsstutzigen Kind eine schwierige Aufgabe erklären, und mit jedem seiner Worte wurde Galina Petrowna, die keinen Mucks von sich zu geben wagte, immer blasser, bis sie schließlich einen gleichmäßigen, sehr schönen, fast olivfarbenen Teint hatte. Als der Tisch fertig gedeckt war, der Sekt in einem beschlagenen Eimer steckte und das Obst auf einer Schale lag, war sie bereits völlig im Bilde darüber, was mit ihr selbst, mit ihren Eltern und – das Wichtigste – mit einem gewissen Bürger Nikolai Iwanowitsch Maschkow, jaja, genau der, mit Nikolenka passieren würde, wenn sie sich erlaubte, aufzumucken, aufzubegehren oder auch nur die geringste Respektlosigkeit zu zeigen, und probier ruhig, jemandem auch nur ein Wort von unserem Gespräch zu sagen, es wird dir niemand helfen – mach dir keine Hoffnungen, weder Gott noch der Teufel noch der Vorsitzende des Präsidiums des ZK der KPdSU, denn er gratuliert Lazar Jossifowitsch Lindt höchstpersönlich – hörst du? – HÖCHSTPERSÖNLICH jedes Jahr zum Geburtstag und er speist ihn nicht mit einem Telegramm ab, sondern ruft ihn an, mit seiner eigenen majestätischen Hand gibt er die Nummer in der Wählscheibe ein, um seine Glückwünsche zu bekunden.

»Hast du verstanden, du dahergelaufenes Miststück?«, fragte der Mann zuletzt und bedachte Galina Petrowna mit wüsten, schlimmen und so obszönen Flüchen, dass sie nicht einmal die Hälfte verstand, und wenn sie sie verstanden hätte, wäre es auch egal gewesen. Das Einzige, was sie nicht begreifen konnte: Wer war dieser Lazar Jossifowitsch Lindt? Aber fragen konnte sie nicht, das fühlte Galina Petrowna mit all ihrem animalischen, wieder zitternden Leib, in dem nichts Menschliches mehr war. Rein gar nichts.

»Sehr gut«, sagte der Mann unerwartet fröhlich, nahm sich eine große Orange von der Obstschale und steckte sie in die Tasche. »Iss deine Vitamine und sei schön brav«, riet er ihr fast zärtlich und verschwand mit einer lautlosen Geschwindigkeit, die an einen kleinen und daher fast verbrecherisch gefährlichen Geist erinnerte, und ließ Galina Petrowna allein im großen Esszimmer am festlich gedeckten Tisch zurück. Sie saß fast zwei Stunden da und wagte es nicht, sich zu bewegen oder ihren vor Anspannung steifen Rücken an die Stuhllehne zu lehnen, und die ganzen zwei Stunden lang, durch die Angst und das aufkommende Schwindelgefühl hindurch, träumte sie sehnsüchtig davon, von der riesigen Weintraube nur eine einzige durchscheinend rosa runde (wie die Brustwarze eines Mädchens) Beere zu pflücken. Aber sie traute sich einfach nicht. Obwohl sie noch niemals in ihrem Leben Weintrauben gegessen hatte. Noch nie. Niemals.

Als sie hörte, wie die Eingangstür geöffnet wurde, war es Galina Petrowna schon fast egal, wen sie zu sehen bekommen und wie es weitergehen würde. Das Einzige, wofür ihre Kräfte reichten, war, ihren Rücken noch gerader aufzurichten – und so sah Lindt sie zum zweiten Mal: erschrocken, blass, in unbequemer Haltung auf einem unbequemen Stuhl, kleine Filzstiefel mit ein wenig nach innen gedrehten Fußspitzen, ein altes Daunentuch wie bei Marusja, das ihr in den Nacken gerutscht war, der Mann hatte ihr nicht angeboten, sich auszuziehen, und so saß Galina Petrowna, ohne es zu bemerken, die ganze Zeit im Pelz da, zumindest die Knöpfe hatte sie geöffnet und der überraschte Lindt, der überhaupt nicht erwartet hatte, dass seine nächtlichen und nicht besonders anständigen Sehnsüchte wahr werden würden, bemerkte einige lange Sekunden nichts anderes als diesen aufgeknöpften Pelz und Galina Petrownas fest an die Brust gepressten Fäuste. Ach Gott, und dann leuchtete plötzlich ihr ganzes Gesicht mit solch zärtlicher, lebhafter Freude auf, als hätte sie dieses Treffen genauso sehnlichst erwartet wie er, als wäre Marusja tatsächlich zurückgekehrt, als würde endlich alles in Erfüllung gehen.

Lindt schritt ihr mit ausgebreiteten Armen entgegen und Galina Petrowna warf sich bereitwillig in diese ungläubige, ungeduldige Umarmung, drückte sich an ihn, vergrub ihre Nase an seiner Schulter – bebend vor Lachen und Tränen, sodass Lindt, der von ihrer duftenden, heißen Wucht fast die Besinnung verlor, sogar ins Wanken geriet. Sie murmelte etwas, was er nicht verstand, er hob nur ihr liebreizendes, verweintes Gesicht hoch, um endlich diese unglaublichen, halbdurchscheinenden, üppigen Lippen zu küssen, als er plötzlich begriff, was sie hastig, kurzatmig, nicht nur Silben, sondern ganze Wörter verschluckend stammelte: Bringen Sie mich fort von hier, retten Sie mich, ich flehe Sie an, bitte, helfen Sie mir, Gott, wie gut, dass Sie gekommen sind!

Nach Hause wurde Galina Petrowna erst eine Stunde später gefahren – sie war sehr still, sauber gewaschen, glattfrisiert mit Lindts Kamm, den er verschämt und hastig im Badezimmer gewaschen hatte –, Teufel noch mal, ich alter Esel, komplett voller Schuppen, ganz grindig, na, macht nichts, es findet sich alles, aber dieser Nikolaitsch, es will mir nicht in den Kopf, wie er sie dazu gebracht hat herzukommen, der alte Schluckspecht, man müsste ihm spaßeshalber einen Orden für seine Bemühungen geben.

Galina Petrowna hatte es kategorisch abgelehnt, zu essen und zu trinken, sodass der unberührte Festtisch inmitten des Zimmers stehen gelassen worden war und sich augenscheinlich der eigenen deplatzierten Pracht schämte. Lindt, der sich in Komplimenten und Entschuldigungen erging, versuchte, alles zu erklären – Galina Petrowna entschuldigte sich ebenfalls, ohne ihre langen, an den Spitzen verklebten Wimpern zu heben. Neinnein, niemand hat sie hierher verschleppt oder genötigt – im Gegenteil, sie freue sich selbst, dass … Galina Petrowna schwieg, warf sich in ihrer eigenen Schädelhöhle hin und her und tastete fieberhaft blind die eisigen, steinernen, fast schwitzenden Wände ab – nein, nein, das war kein Ausweg, hierhin darf man auf keinen Fall, JENER hatte gesagt, dass man Nikolenka einsperren, quälen und foltern würde, er hatte auf einem Teller Schicht für Schicht einen vor gelbem Fett triefenden Störfisch ausgebreitet und dabei genüsslich erzählt, *wie* genau es ablaufen würde.

Galina Petrowna schluckte und hob ihre unglaublich graublauen Augen zu Lindt:

»Ich habe nur gewartet und bin ein wenig eingedöst und als Sie plötzlich kamen, war ich noch ganz benommen, wissen Sie … Was man nicht alles träumt. Entschuldigen Sie bitte, dass ich Sie gestern missverstanden habe, es ist mir wirklich sehr peinlich. Deshalb bin ich auch hier – um mich zu entschuldigen. Sie haben sicher gedacht, ich bin eine dumme Gans, nicht wahr?«

Wie eine rotierende Windmühle ratterte Lindt mit all seinen Flügeln auf einmal und sprudelte einen wilden Redeschwall hervor, in dem er selbst unterging – aber was reden Sie denn, Galina Petrowna, wie können Sie nur denken und so weiter und so fort. Für den war sie also auch Galina Petrowna. Nikolenka hingegen redete sie wie ihre Mama mit Galjunja an und seine Lippen spitzten sich dabei so, als wolle er leise und sanft pfeifen oder sie genau so leise und sanft küssen. Mama! Galina Petrowna klammerte sich augenblicklich an diesen rettenden Gedanken – natürlich, Mama! Sie würde Rat wissen, sich etwas ausdenken, Mama würde sie retten! Eine vergebliche Hoffnung, aber haben Sie schon viele nicht vergebliche Hoffnungen gesehen?

Als statt des erwarteten Ungeheuers der Alte von gestern aus der Uni ins Esszimmer gekommen war, der Gehilfe des Magiers, hatte sich Galina Petrowna, die sich bereits gänzlich auf den Albtraum, in den sie geraten war, eingestellt hatte, so gefreut, dass sie fast die Besinnung verlor – dies war ein Bekannter, ein Mann, mit dem sie gesprochen hatte, wenn auch nur ein paar Minuten, aber er musste ihr helfen, sie erlösen, von Sowjetmensch zu Sowjetmensch, in Galina Petrownas früherem Leben war das Böse schließlich immer absolut anonym gewesen, und Menschen, die wenigstens einmal im Leben miteinander gesprochen hatten, verwandelten sich automatisch in Genossen, die für die Rettung des anderen ihr eigenes Leben hingeben würden. Und außerdem war der Alte ERWACHSEN, älter, er konnte ihr gar kein Leid zufügen – allen Naturgesetzen zufolge, sowohl den sowjetischen als auch den menschlichen und den biologischen, war er verpflichtet, sie aus diesem verwunschenen Schloss herauszuholen, die Polizei zu rufen, die Allgemeinheit aufzurütteln, die Sturmglocken zu läuten! Doch stattdessen begann der Alte, sie mit seinem riesigen, heißen, speichelnden Mund zu küssen, und als sie sich ihm schreiend entwinden wollte, murmelte er erschrocken etwas von einem Irrtum, ließ sie los und sprach wieder diese schreckliche Parole aus, die bereits jener Mann gesagt hatte – Lazar Jossifowitsch Lindt. Der Alte wiederholte es zweimal, ehe Galina Petrowna begriff, dass er sich einfach vorstellte.

Sie besann sich, schätzte die Lage ein und fand die einzig wahre Lösung nach wenigen Sekunden – mit einer Geschwindigkeit, die selbst Lindt alle Ehre gemacht hätte, der nun statt eines heulenden, verschreckten Mädchens plötzlich in seiner eigenen Wohnung eine etwas gehemmte, aber ungemein liebenswürdige Schönheit vorfand, die natürlich leicht verlegen, aber offenbar interessiert an der Fortsetzung ihrer Bekanntschaft war. Ein echtes Wunder. Die Angst um Nikolenka hatte Galina Petrownas Gehirn zum ersten Mal auf volle Leistung eingestellt, sodass es für viele Monate einschmeichelnden Verstellens und vorsichtiger Täuschung ganz nach Vogelart reichte, irgendwo hatten wir doch schon so einen Vogel, der vom Nest ablenken wollte, nur dass im Unterschied zum listigen Starenweibchen Galina Petrowna tatsächlich verletzt und tatsächlich zu allem bereit war, wenn nur Nikolenka, ihr Nikolenka, nicht leiden musste. Lieber Gott, wenn wenigstens ihm nichts passiert, wenigstens ihm, sie selbst war sich nun völlig egal.

Niemand erriet etwas, kein Mensch, nicht einmal Lindt, nicht einmal Mama. Die Eltern sagten sich gleich von ihr los, ließen sie hilflos, gebrochen untergehen, Galina Petrowna erkannte dies in der ersten Sekunde, als sie von Lindt zurückkehrte – an dem kleinlauten Gebaren, den verstohlenen Blicken, daran, dass sie keiner fragte, warum sie so spät kam und wo sie gewesen war, dabei hatte Galina Petrowna, als sie aus dem schwarzen Wolga stieg, genau gesehen, dass Mama schnell die Küchengardine anhob, die rot-weiß kariert und sehr fröhlich war, aber etwas schief, weil ihr die Mutter genau an dieser Gardine vor ein paar Jahren das Nähen mit der schrecklich schwer zu ergatternden Singer-Nähmaschine mit Fußpedal beigebracht hatte, und Galotschka konnte den komplizierten Bewegungsablauf einfach nicht begreifen, es ging einfach nicht in ihr kleines, hübsches Köpfchen, wie die Füße das Pedal bewegen sollten, während die Hände den Stoff, den die schnelle blitzende Nadel mit einem gierigen und gefährlichen Knistern durchlöcherte, in eine ganz andere Richtung schoben. Aber dann kam sie plötzlich in Fahrt, alles fand seinen Platz, sogar die glänzende runde Spule, und Mama sagte erfreut – gut gemacht, Töchterchen, wenn du erst heiratest, kannst du für die ganze Familie etwas nähen, warte nur, ich bringe dir noch das Häkeln bei, dann kannst du daheim Servietten häkeln, vielleicht auch eine Tischdecke, wenn deine Geduld reicht. Und Galotschka glaubte, dass sie reichen würde, denn Mama hatte sie noch nie angelogen. Erwachsene belogen überhaupt nie jemanden. Besonders nicht die eigenen Kinder. Und sie verrieten sie auch nie. Leider stellte sich das, genauso wie die gehäkelte Tischdecke, als Illusion heraus.

Galina Petrowna lief die Treppe hinauf, sperrte mit ihrem Schlüssel die Tür auf und spürte gleich, dass sie vergeblich gehofft und sich beeilt hatte. Der Mann war bereits hier gewesen – das erkannte sie daran, wie die Eltern die Augen abwandten, an dem deutlichen Geruch nach Baldriantropfen, die außerdem immer noch verschreckt in der Ecke standen, in der Küche, wo sie jemand – wahrscheinlich der Vater – die Lippen bewegend in ein Glas gezählt hatte: einunddreißig, zweiunddreißig, dreiunddreißig, hier, Mutter, trink das und heul nicht mehr. Es ist nichts Schlimmes passiert. Es ist immerhin ein respektabler, verdienstvoller Mann und wegen dem Alter, das ist schließlich keine Schande ... Galina Petrowna warf den Pelz ab und ging, ohne ein Wort zu sagen, in ihr Zimmer. Sie sprach nie mehr mit ihren Eltern. Niemals mehr.

Am nächsten Tag ging Galina Petrowna nicht zur Arbeit und überhaupt arbeitete sie niemals wieder, das war bereits das weiß Gott wievielte Niemals in ihrem neuen Leben. Abends kam Lindt, steif, festlich, duftend, mit einem Strauß Teerosen – fast so groß wie er – für die zukünftige Schwiegermutter und mit einer ganzen Ladung Alkoholika für den zukünftigen Schwiegervater, und der verlegene Pjotr Alexejewitsch Batalow probierte zum ersten Mal den sterilen, leblosen Geschmack von importierten hochprozentigen Getränken aus verschiedenen Tropffläschchen, von denen ihm am nächsten Morgen überhaupt nicht der Kopf brummte, obwohl einiges verkostet worden war, wie er zugeben musste: sowohl der ausgezeichnet gelagerte schottische Whisky, der sich in Geruch und Geschmack nicht von Pferdeurin unterschied, als auch der Likör in der kuriosen runden Flasche, der wie sowjetische Kondensmilch mit Schnaps schmeckte, nur nicht so schüchtern, Mutter, trink noch ein Gläschen, er ist doch so süß. Jelisaweta Wassiljewna, die vor Verlegenheit kicherte, kippte den Likör hinunter, wedelte dann mit der Hand hektisch vor dem brennenden Mund herum und huschte in die Küche, um nach den Piroggen zu sehen, die sie eilig zusammengerührt und in den Backofen gesteckt hatte.

Galina Petrowna saß mit gesenkten Augen am Tisch und lächelte nur manchmal leicht, kaum merklich, und niemand ahnte, dass dieses Lächeln das Ergebnis einer vollkommen mechanischen, fast unbewussten Muskelanspannung war, wie bei einem Frosch, der auf einem Labortisch gekreuzigt liegt und durch den immer wieder elektrische Entladungen zucken. Lindt überbrachte ihr ein samtenes Schächtelchen, aus dem ein prächtiger Goldring zum Vorschein kam, sehr einfach und sehr klein, mit einem einzigen Saphir – nicht besonders groß, aber dafür antik und lupenrein, sodass man gleich wusste, der Ring war ein Vermögen wert. Galina Petrowna probierte ihn auf dem Mittelfinger an, wo er ein wenig zwickte. Da flüsterte die Mutter ihr zu: auf den Ringfinger. Galina Petrowna schluchzte los und sprang vom Tisch auf. Lindt folgte ihr mit lüsternem, traurigem Blick, räusperte sich und redete über alles, was man mit den Eltern der zukünftigen Ehefrau so besprach: über die Hand, über das Herz und über das Glück ihrer Tochter.

Aufgrund des Alters und des Standes des Bräutigams wurde beschlossen, kein großes Brimborium zu machen, deshalb zog Galina Petrowna genau eine Woche später unter allgemeiner schweigender Zustimmung ganz einfach zu Lindt. Den kleinen Holzkoffer mit dem lächerlichen Mädchenkram trug Nikolaitsch hinter ihr her, der in ihrem Elternhaus umgehend genauso unersetzlich geworden war und dazugehörte wie in Lindts Haus.

Als Galina Petrowna am nächsten Morgen zerzaust und mit starren Augen aus dem Schlafzimmer kam, erblickte sie auf dem Tisch ihren Pass, knirschend neu und rot, mit leicht verschmiertem Stempel, der die gesetzliche Eheschließung attestierte, und mit neuem Familiennamen. Galina Petrowna Lindt, las sie auf der ersten Seite und lachte plötzlich auf. Man hatte ihr alles genommen. Den Namen, die Hochzeit, den Schleier, den Hochzeitssalat, die ersten Schritte ihres Erstgeborenen und den letzten Atemzug des Geliebten, den er gemeinsam mit ihrem eigenen letzten Atemzug tat. Alles. Ihr ganzes Leben. Galina Petrowna hatte nichts mehr.

Die ersten paar Wochen ihrer unerwarteten und unfreiwilligen Ehe verbrachte Galina Petrowna in einer seltsamen krankhaften Abgestumpftheit, und obwohl sich ihr ganzes weiteres Leben mit Lindt kaum von dieser Zeit unterschied – was die Anzahl der ehelichen Liebkosungen, seine Zärtlichkeit zu ihr und ihren Ekel ihm gegenüber anging –, stellten sich trotzdem die Flitterwochen selbst als am unerträglichsten heraus. Ungekämmt und im zerdrückten Nachthemd strich sie stundenlang durch die hallende und praktisch leere Wohnung (um die fünf unnötigen Zimmer bewohnbar zu machen, hatte Lindt einfach die Zeit gefehlt und ihr selbst auch), von Zeit zu Zeit starrte sie aus dem Fenster, auf den Bücherhaufen oder auf den Tisch wie ein aufgezogenes Spielzeug, dessen Laufwerk abgelaufen ist. Bei jedem Geräusch zuckte sie wie eine klinische Neurotikerin zusammen. Sie wartete.

Lindt, der seiner jungen Frau immer stärker verfiel, vernachlässigte für jedermann sichtbar seine Arbeit, seine wissenschaftlichen Forschungen, fuhr später ins Institut, schaute in der Mittagspause auf einen Sprung vorbei und kehrte so früh wie möglich nach Hause zurück, deshalb bestand die Hauptbeschäftigung von Galina Petrowna darin, auf die Eingangstür zu lauschen, ob nicht der Riegel des Sicherheitsschlosses zurückschnappte, nein, Gott sei Dank, es hatte nur so geklungen. Für dieses Mal Glück gehabt. Aber Lindt kam schließlich doch, wie sehr sie sich auch das Gegenteil wünschte, und war fröhlich, abscheulich, lebendig und überall gleichzeitig – breitete auf dem Tisch Köstlichkeiten aus, raschelte mit Tüten, streifte stöhnend im Vorzimmer die winzigen, schrecklichen Zwergenschuhe ab, fuhr ebenfalls stöhnend mit beiden Händen auf einmal unter ihr Nachthemd und berührte sie – zuerst langsam, andächtig, dann immer ungestümer. Galina Petrowna brach vor Ekel augenblicklich der Schweiß aus, dessen feuchter Duft ihn noch mehr erregte. Bis zum Schlafzimmer schaffte es Lindt nur selten, sodass die Wohnung ihr wie mit Flecken widerlichen Schleims besudelt schien, und selbst wenn sie für kurze Zeit alleine blieb, konnte Galina Petrowna keinen Platz für sich zwischen diesen unsichtbaren Spuren finden – hier ist es passiert und hier auch und da hat er mich auch. Und im Schlafzimmer natürlich. Im riesigen Bett. Jeden Tag. Morgens und abends. Manchmal sogar nachts, und das war am allerschlimmsten, denn da konnte sie sich nicht vorbereiten, sich wappnen, wenn sie in eine Serie von Albträumen geriet, in denen einer in den anderen überging, und sie konnte nicht nur nicht aufwachen, sondern nicht einmal schreien. Lindts liebevolle Berührungen ließen Galina Petrowna augenblicklich wie eine Raupe erstarren, woraufhin sie, wieder wie eine Raupe, ganz erschlaffte, aber statt zu sterben, wurde sie besonders nachgiebig, seidig, weich und Lindt, der das naiv als schamhafte Zustimmung verstand, bemühte sich daher noch mehr um sie. Für keine andere Frau hatte er sich jemals so angestrengt. Weder im Leben noch im Bett. Er dachte, das werde ausreichen, um sie beide glücklich zu machen. Schließlich sagte Galina Petrowna nie auch nur ein Wort, versuchte nie, ihn abzuweisen. Das war natürlich eine armselige Rechtfertigung. Als Lindt das verstand, war bereits nichts mehr zu ändern. Oder fast nichts.

Leider reichte seine Genialität nicht bis zu den simplen, kaum nennenswerten Gesetzen des alltäglichen menschlichen Lebens. Er hatte zu lange allein gelebt und zu lange ausschließlich hinter die Kulissen der im höchsten Maße glücklichen Ehe der Tschaldonows geschaut, um dasselbe Wunder in seinem eigenen Haus wiederholen zu können. Außerdem war es nicht so, dass sich Galina Petrowna einfach nur vor ihrem Mann fürchtete und ihn hasste. Sie ekelte sich vor Lindt in einem solchen Ausmaß, wie andere sich vor Schlangen ekeln oder vor Kakerlaken oder auch vor ganz und gar harmlosen Sachen wie nackten, durchsichtigen Küken, die ihre piepsenden, weit aufgesperrten Schnäbel aus dem Nest herausstrecken. Das war reinste Lindtophobie. Zähe Kopfschmerzen, Appetitverlust, Übelkeit, Schweißausbrüche, unwillkürliche Krämpfe, die der frohlockende Lindt als Zuckungen völlig anderer Art auffasste. Angst. Nein, besser so – ANGST.

Lindt bemerkte nichts. Mein Fejgele, murmelte er beim Einschlafen und wunderte sich selbst über das Jiddisch, das aus unbekannten Tiefen zum Vorschein kam – offenbar wurde der Vorrat an überbordender Zärtlichkeit wirklich schon in frühester Kindheit angelegt, und die Sprache dieser Zärtlichkeit war immer die der Mutter. Fejgele. Mein Vögelchen. Galina Petrowna stand lautlos vom Bett auf, tapste ins Badezimmer und wusch sich, wusch sich, wusch sich, bis die Haut an den Fingern fahl und schrumpelig wie bei einer Ertrunkenen wurde, das heiße Wasser wogte, um sie herum schwammen die rötlichen, gewellten Strähnen und bedeckten die drangsalierten, gepeinigten Brustwarzen und die vom akademischen Eifer schmerzhaft angeschwollene Scham. Ganz genau – Scham. Man hätte kein passenderes Wort dafür nehmen können.

Als der Ensker Winter in Bewegung kam, milder wurde, an den Rändern zerrann und es eine Vorahnung von Frühling gab, führte Lindt seine junge Frau an Marusjas Grab. Vor der Stadt war es bitterkalt, ein schneidender Wind pfiff wie ein Halunke durch die schlechten Vorderzähne, fuhr Galina Petrowna ins Gesicht, sie aber wickelte sich in ihren alten Mädchenpelz (den neuen von ihrem Mann zog sie nicht an, sie schaute nicht einmal in die Tüte). Sie beobachtete, wie Lindt sich an einem unter den Schneewehen nicht sichtbaren Hügelchen zu schaffen machte, den Schnee feststampfte und nicht bemerkte, dass er auf zwei andere Gräber trat – das eines verdrießlichen Alten und das eines Kindes, von dem nicht einmal ein Foto geblieben war, bloß ein grauer, mit Reif überzogener Stein, auf dem Galina Petrowna den Namen Slawik und zwei Daten lesen konnte, die das kleine Leben von zwei Seiten scharf beschnitten. Wahrscheinlich Verwandte, dachte Galina Petrowna gleichgültig und ihre Augen waren genauso grau und mit Reif überzogen. Lindt erwärmte mit den Händen Marusjas Porzellangesicht und murmelte beschämt und leise, sodass niemand es hören konnte: Hier, meine Liebste, bringe ich dir endlich meine Frau. Davon hast du doch immer geträumt, erinnerst du dich? Marusja lachte nur mit den Augen, ihre federleichten Brauen, ihr federleichtes Haar, das so einfach und hoch frisiert war, in ihren Ohren die winzigen Perlen. Seine Perlen. Tschaldonow hatte gesagt, dass sie in ihnen auch begraben worden war.

Lindt streichelte noch einmal das bereits abgetaute Oval auf dem Grab. Galina Petrowna zog die Nase hoch und sah sich nach dem in einiger Entfernung brummenden Wolga um, in dem der Fahrer von der Wärme eingelullt vor sich hindöste. Wie jeder erfahrene Privatchauffeur konnte er augenblicklich einschlafen, sobald sein Vorgesetzter aus dem Auto stieg, und sei es im Epizentrum einer nuklearen Explosion. Fahren wir, drängte Lindt, du bist schon ganz durchgefroren. Als er ihre Wange berühren wollte, zuckte Galina Petrowna unwillkürlich zurück und wandte sich hastig ab. Macht nichts, murmelte Lindt, als er hinter seiner Frau über den Friedhofsweg ging und versuchte, nicht in ihre kleinen, runden, zu Tränen rührenden Spuren zu treten. Macht nichts, es wird alles in Ordnung kommen, kommt Zeit, kommt Rat. Marusja hatte das immer gesagt. Aber nichts kam in Ordnung. Galina Petrownas Wange war unter seinen Fingern kälter gewesen als die Porzellanfotografie der toten Marusja.

Nach einigen Monaten war die Betäubung langsam abgeklungen und Galina Petrowna begann, sich ein wenig auf ihre Situation einzustellen, so wie sich Menschen sogar auf Konzentrationslager und Baracken einstellen, auf die tägliche Folter von acht bis elf, auf das Wecksignal, auf den läppischen Gehaltsvorschuss, auf das Alter, darauf, dass alles (überhaupt alles) damit endet, womit es enden muss – dem Tod. Natürlich war das kein Leben, sondern ein Dahinvegetieren. Aber schließlich lebten Menschen auch im Gefängnis. Und Galina Petrowna hatte zumindest Nahrung, Schuhe und Kleidung. Sie war immer noch größtenteils scheu, schweigsam und verließ niemals das Haus. Mit den Eltern sprach sie nicht einmal am Telefon, trat schweigend beiseite und hielt den Hörer dem erstaunten Lindt hin, der alle unkomplizierten Verpflichtungen eines Schwiegersohns aufrichtig erfüllte, ehe Galina Petrowna ihre volle Macht erreicht hatte und den Eltern auch diesen dünnen labenden Strahl abdrehte. Aber das war später, viel später. Vorerst lernte Galina Petrowna langsam und wie vom Typhus geschwächt die Dinge, die vorher einfach und ihr geläufig gewesen waren – sich frisieren, täglich die Zähne putzen, rechtzeitig essen, das Radio manchmal einschalten, um sich friedliche Meldungen über Milchmengen und Heuernte anzuhören. Einmal bügelte sie sogar eine Bluse und stellte erstaunt fest, dass sie die Knöpfe über der Brust kaum zubekam.

Draußen hüpften bereits ganz frühlingshafte blaue Tropfen und Spatzen herum, die über den Winter zwar abgemagert waren, aber ohrenbetäubend zwitscherten. Der Aprilhimmel passte kaum durch die offenstehende Lüftungsklappe, im Hof eilte ein unbeholfenes Kindermädchen einem wohlgenährten privilegierten Kind hinterher, das sich vorgenommen hatte, die nagelneue Pfütze zu durchmessen. Bums! Das Kindermädchen streckte sich zu seiner ganzen, nicht gerade geringen Länge aus und im selben Moment sprang das Kind schon schadenfroh lachend in seine Pfütze, wirbelte eisige Wellen auf wie ein kleiner, kurzer Lastkahn, der mit vielen Kilogramm Freude, frischen Stoffstücken vom Markt und warmer Milch beladen war. Es klopfte an der Tür und zum ersten Mal zuckte Galina Petrowna nicht zusammen, verkrampfte sich nicht, sondern drehte sich um, während sie noch fühlte, wie auf ihren Lippen ein ungewohntes, weiches, nach Sahne schmeckendes Lächeln dahinschmolz. Aber es war nicht Lindt. Viel schlimmer. Auf der

Schwelle stand Nikolaitsch mit einer an die Brust gedrückten Tüte. Als erfahrener Höfling hatte er es sich seit jenem fernen, denkwürdigen Treffen kein einziges Mal erlaubt, mit Galina Petrowna alleine zu sein. Sie hatten kein einziges Wort darüber gewechselt, worüber sie hätten reden können, jedoch nicht wollten.

Galina Petrowna hörte auf zu lächeln und verließ hastig das Zimmer. Nikolaitsch begleitete sie mit seinem mürrischen Blick. Ihm altem Junggesellen reichte eine Sekunde, um zu erkennen, was Galina Petrowna erst viele Wochen später begriff und Lindt überhaupt, wie es sich gehörte, als Allerletzter erfuhr. Dieses Strahlen und die frühere zarte, jetzt aber dichter werdende, fast honigartige Konsistenz. Diese dunklen, süßen Schatten unter den Augen und die etwas angehobenen Mundwinkel. Die einfache Bluse, die über der Brust spannte und gegen die von innen eine unsichtbare, doch deutliche Kraft drückte, vergleichbar mit der Kraft, die im Sommer sogar zentimeterdicken Asphalt sprengt, um eine seidenweiche, biegsame, runde Pilzkappe durchzulassen.

Galina Petrowna war schwanger.

Den ganzen Sommer des Jahres '49 hatte Lindt im Gebiet Semipalatinsk verbracht, in einem staubigen Kokon erhöhter Nervosität, Geheimhaltung und Hitze. Eine Unmenge von Leuten war versammelt – man erwartete Berija, Ihn selbst, das Ende der Welt, ägyptische Plagen, Erschießungen an Ort und Stelle. Niemand, nicht einmal Kurtschatow, glaubte, dass die vermaledeite RDS-1 explodieren werde – die Amerikaner hatten sich mit ihrer Atombombe nicht wenig abplagen müssen, deshalb bereitete man sich für alle Fälle auf das Schlimmste vor, obwohl aus Lindts Sicht das Schlimmste die nukleare Explosion selbst war. Er war übrigens überzeugt davon, dass sie explodierte, hundertprozentig – reinste Mathematik, Kollegen, daran gibt's nichts zu zweifeln. Die Physik steckt voller Überraschungen, doch in der

Mathematik ist alles sicher – die einzige Sache, auf die man sich ganz und gar verlassen kann.

Seit dem 27. August schlief niemand mehr, es ging einfach nicht. Es reiste zwar nicht Er selbst an, doch Berija kam. Er war ziemlich stämmig, legte dafür aber ein unerwartet leichtfüßiges, fast anmutiges Auftreten an den Tag, wie es einigen besonders erfolgreichen beleibten Personen eigen ist. Lindt gefiel er, was übrigens durchaus zu erwarten war – Berija hörte ausgezeichnet zu, war sachlich, klug und sympathisch, wie es sich für einen Vollstrecker gehörte. Er verhielt sich auch wie ein Vollstrecker, er schaute auf niemanden herab, meistens löste er Probleme, statt welche zu machen, und bemühte sich, den Anschein zu erwecken, dass er eine Nebenfigur war, das Wichtigste aber hier, sind Sie, Genossen Wissenschaftler.

»Das Wichtigste hier sind die Genossen Konstrukteure«, berichtigte Lindt, »auf dem Papier stimmt alles, wenn sie nicht Mist gebaut haben, ist alles perfekt.«

»Denken Sie, Lazar Jossifowitsch?«, fragte Berija höflich und rieb sich zum hundertsten Mal mit einem Taschentuch die Stirn und den Hals. Er litt einfach unter der kasachischen Hitze.

»Ich denke es nicht, ich weiß es, das ist ein wesentlicher Unterschied«, erwiderte Lindt. »Gehen wir besser ein wenig spazieren, was meinen Sie, Genosse Minister? Morgen gibt es das alles nicht mehr, schade drum.« Lindt nickte zum Testgelände hin, das riesig war, dreihundert Quadratkilometer groß, sorgfältig aufgebaut mit Eisenbahnbrücken, Häusern und Straßen. Die Stadt war nur gebaut worden, um vernichtet zu werden. Wie im Übrigen auch jede andere Stadt. Es dämmerte, die dem Tode geweihten Kamele brüllten und auch noch anderes unglückliches Vieh, das ohne jede Mathematik spürte, dass diese Nacht die letzte sein werde. In der Ferne übertönten einander Menschen, munter sangen marschierende Soldaten, ein köstlicher Fleischgeruch wehte von der Feldküche herüber.

»Warum haben Sie eigentlich die wissenschaftliche Leitung des Versuchs abgelehnt?«, fragte Berija plötzlich.

»Ohne mich, Lawrenti Pawlowitsch! Herumrennen, Dokumente unterschreiben, Kupferdraht aus dem Lager beschaffen. Solch öde Sachen. Sogar Kapiza, sonst ein Dummkopf, hat das abgelehnt. Soll das besser Kurtschatow machen, er ist jung und ehrgeizig.«

»Sie sind doch nur zwei Jahre älter, Lazar Jossifowitsch«, merkte Berija berechtigterweise an. Im Versuch, mit dem flinken Lindt Schritt zu halten, keuchte er verzweifelt. »Puh, rennen Sie doch nicht so, mein Herz springt gleich raus.«

»Es springt schon nicht raus«, versprach Lindt, verlangsamte seinen Schritt und passte sich dem Dicken an. Wie drollig er war. Warum zitterten eigentlich alle vor ihm? »Sagen Sie das nicht, zwei Jahre sind ein großer Unterschied. Ich habe bereits über Krajewitschs Lehrbuch geschwitzt, während er noch am Busen seiner Mama gehangen hat. Soll er es jetzt aufarbeiten.«

Beide lachten – etwas fröhlicher, als es sich für diese Situation, für diese Gesellschaft, für diesen Ort gehörte.

Am nächsten Morgen, dem 29. August 1949, um sieben Uhr wurde der erste Test der sowjetischen Atombombe erfolgreich durchgeführt. Marusja war bereits drei Tage tot, aber man sagte es Lindt einfach nicht. Man wollte nicht riskieren, ihn abzulenken. Deshalb hüpfte er gemeinsam mit allen anderen im Bunker, umarmte alle, freute sich, dass es so toll gekracht hatte. Offenbar schrie er sogar. Und er fühlte nichts – gar nichts. Nicht ein einziger Gedanke, nicht die geringste Vorahnung. Eine Rechenmaschine. Ein stumpfsinniger Zahlentrottel.

Lindt kehrte erst Ende September nach Ensk zurück – die Blumen auf Marusjas Grab waren bereits fast ganz zu matschiger Fäulnis, zu Staub geworden, ein eisiger Regen fiel, der hin und wieder in Schnee überging und die Wangen piesackte. Tschaldonow, mit einem Schlag um tausend Jahre gealtert, versuchte gebückt und mit zitterndem Kopf, die abrutschenden lehmigen Seiten des Grabes in Ordnung zu bringen, und seine Hände zitterten genauso fein, bemitleidenswert.

»Warten Sie, Sergej Alexandrowitsch«, hielt Lindt es nicht länger aus, »ich mache das.«

Der glitschige, fette Lehm erstickte nun auf ewig Marusjas herrlichen Mund.

»Und ich möchte gleich hier daneben liegen, Lazar«, brachte Tschaldonow mit Mühen heraus, hielt es nicht länger aus, heulte wieder los und zog schrecklich die grauen, stacheligen, alten Wangen auseinander. Er starb erst nach vier Jahren, 1952, und Lindt, der den langsam in die Demenz hinübergleitenden Alten bis zuletzt nicht im Stich ließ, gestand nie auch nur sich selbst ein, dass er ihn dafür verachtete und hasste. Tschaldonow hätte gleich nach ihr sterben müssen, gemeinsam mit ihr, an ihrer Stelle. Sie beide hätten das müssen.

Im Übrigen ergab sich für Lindt eine hervorragende, fast hundertprozentige Chance und weiß Gott, er wollte sie nicht ungenutzt verstreichen lassen. Es stellte sich heraus, dass das Gespräch mit Berija am Vortag der großen Explosion, das Lindt so unbedeutend vorgekommen war, kein gewöhnlicher, beiläufiger Plausch zwischen einem nervösen Würdenträger und einem kauzigen Wissenschaftler gewesen war. Das wurde mit dem ersten Anruf aus Moskau deutlich – im November, einige Monate nach Marusjas Tod. Am Telefon meldete sich irgendein Professor der Akademie der Wissenschaften, angeblich ein Bekannter, aber um so viele Ecken, dass Lindt seine blökende Stimme einfach mit keiner passenden Visage in Verbindung bringen konnte. Es war ein Kontroll- und Warnanruf, man hatte dem diensteifrigen Ochsen aufgetragen, Lindt mitzuteilen, dass man mit ihm unzufrieden war. Er war kein Idiot und wusste das längst. Unzufrieden war man nicht mit ihm selbst – wer hätte das auch gewagt, sondern damit, dass er sich stur weigerte, nach

Moskau zurückzukehren, obwohl nebenbei … Lindt legte kurzum unhöflich den Hörer auf.

Als Nächstes rief Joffe an. Lindt, der in seinem tiefsten Inneren ein mageres Straßenkind geblieben war und deshalb kaum jemanden in der Wissenschaft oder im Leben respektierte, machte für Joffe eine Ausnahme. Joffe war Lehrer und Meister – nicht im göttlichen, sondern im pädagogischen Sinn dieses Wortes, und das war der einzige Grund, warum Lindt ihm Respekt entgegenbrachte. Joffe war sich nicht zu schade, sich mit den Kleinen und Schwachen, den Verwaisten und Verarmten abzugeben, und das hatte etwas sehr Jüdisches. Und sehr Marusjahaftes. Außerdem war Joffe ein vorzüglicher Theoretiker und Lindt erinnerte sich deutlich an einige seiner glücklichsten Momente, die er noch im Jahr 1922 mit Joffes Arbeit über die tatsächliche Festigkeit von Kristallen verbracht hatte. Deshalb legte er nicht auf, im Gegenteil, er sprach lange und mit Vergnügen mit dem Alten, über dem sich bereits ebenfalls die Gewitterwolken des neuen Kampfes gegen den Kosmopolitismus zusammenzogen, die sich sehr bald in ein reales Schwefelfeuer verwandeln würden. Joffe wurde als Direktor des Physikalisch-Technologischen Instituts der Akademie der Wissenschaften der UdSSR abgesetzt, das er noch 1921 eigenhändig aus einer kleinen Abteilung hochgezogen hatte. Lindt wurde wieder nicht angerührt, so wie man ihn niemals anrührte. Anscheinend muss ich ein paar Mal ohne Hose im Senat erscheinen, wenn man mich gar nicht mehr kennt, spottete er und war offenbar sogar leicht beleidigt wegen des erneuten voreingenommenen Desinteresses der Obrigkeit.

Aber damals zu Winterbeginn im Jahr '49 rief Joffe nicht an, um sich zu beschweren – ganz im Gegenteil, Lazar Jossifowitsch, ich bitte Sie, ich bitte Sie nachdrücklich, nach Moskau zurückzukommen, und das nicht einfach so! Lindt hörte sich aufmerksam die verlautbarte Liste der Ämter und Bezüge an (völlig uninteressant) und die ausnehmend reizvolle Aufzählung der für die nächste Zeit geplanten wissenschaftlichen Aufgaben. Das ist alles sehr, sehr verlockend, Abram Fjodorowitsch, und ich fühle mich geschmeichelt, dass Sie sogar so weit gegangen sind zu lügen, Sie kämen ohne mich nicht zurecht. Aber, im Vertrauen gesagt, warum muss ich für all das nach Moskau kommen? Ich arbeite auch hier hervorragend – Gott sei Dank funktioniert die Post noch. Nicht wie unter dem Zar, natürlich, aber zumindest ausreichend. Und wenn es um etwas unwahrscheinlich Dringendes geht, kann man ja immer noch einen Boten losschicken.

Joffe ächzte, aber da er der Telefonleitung nicht vertraute, wagte er nicht, ihn vor der Gefahr zu warnen. Er bat ihn nur beim Abschied – passen Sie auf sich auf, Lazar Jossifowitsch, und Lindt hörte auf ihn. Den ganzen Abend packte er nachdenklich den alten Leinenrucksack: zwei Garnituren Unterwäsche, eine Tasse, einen Löffel, Wollsocken, Notizblöcke, eine Fotografie von Marusja. Das war seine gewohnte Ausstattung – mit genau diesem Krempel in genau diesem Rucksack trieb er sich gewöhnlich auf den Testgeländen herum. Lindt nahm eine abgetragene Hose aus dem Kleiderschrank heraus, wog sie auf dem Arm ab und begann plötzlich zu lachen. Ich scheiße auf euch! Ihr könnt es nicht erwarten. Er zog schnell seinen besten, extra für Sitzungen und Ehrungen angefertigten Anzug an, erfreute sich daran, wie gut und kühl das schneeweiße Hemd die Schultern umspannte, wie adrett der Knoten der eleganten Krawatte genau an der richtigen Stelle saß. Marusjas Bild steckte er in die Innentasche des Sakkos, gab noch seine Papiere dazu und trat den unnützen Rucksack unter das Bett.

Um drei Uhr nachts, als es an der Wohnungstür klingelte, öffnete er komplett angezogen die Tür und trug auch schon seinen feinen, ebenfalls maßgeschneiderten Mantel mit dem grauen Persianerfellkragen, der kaum von seinen eigenen glänzenden, ebenfalls etwas angegrauten Locken zu unterscheiden war. Der starke Duft des erbeuteten Eau de Cologne »Kölnisch Juchten« (ein geometrisch geformter Flakon aus grünem Glas mit rotem Verschluss und weißem Etikett) stand gemeinsam mit Lindt im Vorzimmer wie ein Adjutant seiner Exzellenz und die Aromen von feuchtem Wildleder, geräuchertem Fleisch, süßem Talk und noch etwas Undefinierbarem, Stutzerhaftem, Offiziershaftem harmonierten mit den Angekommenen, mit ihren quietschenden Schulterriemen, mit Lindts perfekt rasierten Wangen, mit seiner frischen Wäsche, mit der Situation selbst. Nicht umsonst schwärmten die Piloten der Luftwaffe für »Kölnisch Juchten«, nicht umsonst hütete Lindt diesen Flakon, der weiß Gott auf welch blutigen Wegen zu ihm gelangt war.

Beim Anblick dieses festlich gekleideten Herrn salutierte der missmutige Major mit dem Verstand und der Statur eines Holzklos, obwohl er eigentlich vorgehabt hatte, noch einmal anzuläuten und dann auf die Tür mit seinen Fäusten einzudreschen, die sowohl den Hammer als auch die Sichel gewohnt waren. Hinter ihm marterten sich die unausgeschlafenen Soldaten.

»Wollen Sie die Wohnung durchsuchen?«, lud Lindt die Gäste zuvorkommend ein und verneigte sich leicht.

»Ganz und gar nicht«, brummte der Major unzufrieden wie ein Kind, dem man plötzlich die Worte eines Märchens, das es auswendig kannte und daher besonders liebte, verdrehte. »Ich habe den Befehl, Sie mitzunehmen.«

»Na, dann nehmen Sie mich mit«, ordnete Lindt an, streifte sich die weichen Lederhandschuhe über, die ihm Sir James Chadwick, Nobelpreisträger für Physik, im Jahre 1935, noch vor dem Krieg, aus London geschickt hatte. Und Lindt lief als Erster beschwingt, fast hüpfend die Treppe hinab.

Die ganze lange Fahrt durch die Nacht über verlor Lindt kein Wort – wozu auch? Als der »schwarze Rabe«, nachdem er durch die Straßen gekurvt war, die Stadt verließ, war klar, dass es kein Verhör geben werde, und als vor ihnen die Lichter der

Kontrolltower am Militärflughafen aufleuchteten, entfiel auch die Möglichkeit einer Erschießung ohne Gerichtsverfahren und Konsequenzen, was Lindt nur deshalb nicht gefallen hätte, weil Anfang Dezember in Ensk kein von Faulbeerbäumen bedeckter Nabokow'scher Graben zu finden gewesen wäre, ohne den für einen Russen, und sei er dreimal ein Jude, eine Erschießung keine richtige Erschießung war. Im eiskalten, brüllenden und schwankenden Flugzeug gab es ebenfalls nichts zu bereden – mit wem auch? Wenn man schon flog, dann nach Moskau. Einfache Logik. Der Verstand macht einen Menschen furchtlos. Dafür bringen einen die Gefühle umso besser um.

Lindt dachte an Marusja, an die Bewegung, mit der sie ihre duftigen Haare im Nacken zusammengenommen und ihn nuschelnd und fröhlich durch die Haarnadeln zwischen ihren Zähnen für die Verspätung und die erneuten Geschenke gerügt hatte. Aber was ist denn das, Lazarik, schon wieder mit Paketen bepackt – Sie sind sicher ein Marodeur, ganz bestimmt! Irgendwie habe ich nicht mitgekriegt, dass nun Lachs auf Rationskarten zu bekommen ist. Wir haben schließlich das Jahr 1922! Lachs ist schon längst zu einem Relikt des zaristischen Regimes deklariert worden. Wo haben Sie ihn her? Gestohlen, Maria Nikititschna. Verleumden Sie sich doch nicht selbst, Lazarik, Sie sind ein guter Junge, das steht Ihnen auf die Stirn geschrieben. Lindt breitete verlegen die Arme aus – da ist nichts zu machen, ich habe ihn wirklich gestohlen.

In Wirklichkeit hatte er den Lachs bei dem Dummkopf von Privathändler, dem dicken, nervösen Krämer, eingetauscht und ihm dafür die Skizze eines Perpetuum mobile aufgeschwatzt, die er flüchtig auf ein Papier gekritzelt hatte. Das können Sie aus jedem Petroleumkocher zusammenbauen. Jedes Kind schafft das. Und es stellt Strom her, ohne dass man es auftanken muss? Ohne jemals stehen zu bleiben?, zweifelte der Händler, der eine dumpfe Ahnung hatte, dass er ordentlich über den Tisch gezogen wurde, aber nicht genau wusste, wie. Es bleibt bis zum Jüngsten Gericht nicht stehen. Danach geht alles nach Gottes Willen, versprach Lindt und steckte den fetten Fisch in eine Tüte. Der Händler, immer noch zweifelnd, begleitete den Lachs mit sehnsüchtigen Augen. Für den Fall, dass die Maschine kaputtgeht, habe ich meine Privatadresse hier hingeschrieben, dann kommen Sie zu mir und ich repariere sie, beteuerte Lindt zum Abschied. Er hatte wirklich die Privatadresse hinterlassen, allerdings nicht seine, sondern die von Tichon Iwanowitsch Judin, Professor für Psychiatrie im Moskauer Institut für geistig behinderte Kinder, übrigens ein ganz lieber Mensch, ein alter Freund der Tschaldonows, ein kluger Mann, ein Intelligenzler. Solche werden heute nicht mehr gemacht – wie schade.

Marusja bändigte mit einer Haarnadel die letzte Locke und lachte auf. »Kommen Sie, Lazarik, ich möchte Sie küssen«, sagte sie zärtlich und der neunundvierzigjährige, zweiundzwanzigjährige Lindt fühlte, wie ihm sein riesiges, nirgends Platz findendes Herz rasend bis zum Hals hinauf schlug. »Sie ist tot!«, sagte plötzlich Tschaldonow laut und vorwurfsvoll und Lindt fuhr hoch und erwachte. Das Flugzeug ging aufheulend in den Landeanflug, in der stockfinsteren Dunkelheit flimmerten am Horizont bereits verschwimmende und größer erscheinende Lichter. Lindt rieb sich mit seiner trockenen, leblosen Hand die Tränen aus den Augen. Das war Moskau.

Auf dem Flughafen wartete ein erbeuteter Mercedes auf sie – das neue Spielzeug des Fahrers aus dem Fuhrpark zur besonderen Verwendung. Der stumme Befehlsausführende übergab Lindt einem anderen, genauso schweigsamen Golem, die Tür wurde zugeschlagen, unbeleuchtete, menschenleere Straßen huschten vorbei. Es war gerade einmal vier Uhr morgens, obwohl sie in Ensk ebenfalls um vier Uhr losgeflogen waren und mindestens fünf Stunden in der Luft verbracht hatten – ein netter physikalischer Scherz, ein Resultat des Zeitunterschieds, verstärkt durch die bescheidene Geschwindigkeit der damaligen Fluggeräte. Lindt rieb sich kräftig die stoppeligen Wangen – alles zugewachsen, da kam man mit dem Rasieren nicht mehr nach, umsonst war der Zirkus mit der Verkleidung gewesen. Er war seit dem '41er Jahr nicht mehr in Moskau gewesen und begriff plötzlich, dass er es überhaupt nicht vermisst hatte. Ohne Marusja hatte alles seinen Sinn verloren.

Der Mercedes hielt in der Wspolni-Gasse vor einem eleganten Wohnhaus, das von einem offensichtlich nicht unbegabten Architekten geplant worden war. Lindt wühlte in seinem Gedächtnis und zerrte den irgendwoher auftauchenden Namen Erichson hervor – aber umsonst. Ein junger, strammer Mann in einem prächtigen Zivilanzug und mit prächtiger, fast ulanischer Körperhaltung führte ihn in ein Arbeitszimmer – Lampe, Tisch, Bücherschränke, ein Sofa, schwere Gardinen. Lindt setzte sich in einen Sessel und merkte erst jetzt, wie müde er war.

Die Tür wurde leise geöffnet und jemand trat ein.

»Guten Tag, Lawrenti Pawlowitsch«, sagte Lindt, ohne die Augen zu öffnen. »Wenn man all das Benzin, das Sie für mich verbraucht haben, und all diese …«, Lindt drehte die Hand in der Luft, während er nach einem Wort suchte, »… und all diese schweigsamen Scheißstunden unter Bewachung zusammennimmt, dann reichen tausend staatliche Rubel nicht. Übrigens hat Alexander Bell bereits 1876 ein Patent für die Erfindung des Telefons erhalten und die Idee selbst, die menschliche Stimme über eine Entfernung zu übertragen …«

»Viele haben mir gesagt, Lazar Jossifowitsch, dass Sie verrückt sind«, unterbrach ihn Berija. »Aber sogar Verrückte haben vor irgendetwas Angst. Glauben Sie mir, ich weiß, wovon ich spreche.«

Lindt öffnete ein Auge, dann das zweite und gähnte.

»Ich bin schrecklich müde«, beklagte er sich. Berija, der frisch und munter am Fenster stand, als wäre es nicht ein Morgengrauen im Dezember, sondern Mittag im Juli, und der ein gebügeltes weißes Hemd über der Hose trug, schaute ihn abwartend an. Lindt dachte missmutig daran, dass sein Hemd leider schon weit von so einer blendenden Vollkommenheit entfernt war. Und überhaupt hätte er eine Dusche begrüßt.

»Natürlich fürchte ich mich auch, Lawrenti Pawlowitsch«, gab er zu. »Und natürlich bin ich nicht verrückt.«

»Warum weigern Sie sich dann, nach Moskau zurückzukehren? Das ist schließlich einfach nur dumm. Wir sind bereit, alle Bedingungen zu erfüllen, hier ist schließlich die Hauptstadt – der führende Ort der Wissenschaft, sozusagen.«

Lindt zuckte die Achseln.

»Die Wissenschaft ist kein geografischer Begriff«, sagte er. »In ihr gibt es keine führenden Orte. Übrigens auch keine nicht führenden. Alles spielt sich innerhalb der Grenzen unseres Schädels ab.« Er tippte sich mit dem Finger auf die Stirn und musste selbst lächeln, wie hohl das geklungen hatte. Wie bei einem halbdebilen Sitzenbleiber.

»Und trotzdem – warum?«

»In Ensk ist die Frau, die ich liebe«, erklärte Lindt schlicht.

»Das ist eine Lüge!« Berija wurde vor Zorn ganz rot und hörte sofort auf, gemütlich zu sein. »Eine Lüge! Sie haben in Ensk einen Haufen hirnloser Weiber, von denen ich Ihnen die Hälfte untergeschoben habe!«

»Verbindlichsten Dank«, erwiderte Lindt. »Sie haben einen ausgezeichneten Geschmack, obwohl ich zugegeben nicht der wählerischste Konsument bin. Ich esse, was man mir gibt, und beklage mich nicht. Aber ich meine nicht die Weiber. Ich meine die Frau, die ich liebe. Sie ist in Ensk. Und von ihr gehe ich nicht fort.«

»Dann nehmen Sie sie eben mit nach Moskau, wo ist das Problem?« Berija beruhigte sich genauso schnell, wie er ausgerastet war.

»Das kann ich nicht«, antwortete Lindt ruhig.

»Verheiratet?«, präzisierte Berija sachlich. »Das kann man ändern.«

»Das kann man nicht ändern, Lawrenti Pawlowitsch«, sagte Lindt noch ruhiger. »Sie ist unveränderbar verheiratet, verstehen Sie? Und außerdem ist sie tot.«

Lindt stand auf und blickte gehetzt im Zimmer herum.

»Wo ist bei Ihnen die Toilette?«, fragte er abrupt, da er zu seinem Entsetzen bemerkte, dass er gleich losweinen, losheulen und winselnd mit den Fäusten auf den Teppich einhämmern würde, weil das ungerecht war, Teufel noch mal, ungerecht, er gab diesen Dreckskerlen sein ganzes Leben, presste aus seinem Gehirn noch den letzten Tropfen heraus, erfand ihnen eine verdammte Bombe, nicht nur eine – Millionen von Bomben, Granaten, Raketen, hatte verdammt viele Menschen ins Grab gebracht für ihren unglückseligen Kommunismus. Und sie konnten Marusja nicht wieder lebendig machen. Sie konnten es einfach nicht, die Schweine. Wenn sie es einfach nicht gewollt hätten, dann hätte er sie dazu gezwungen. Aber sie konnten es nicht. Niemand konnte es. Überhaupt niemand. Warum bin ich nicht Arzt geworden? Biologe? Mir wäre wahrscheinlich etwas eingefallen. Wenn schließlich die Apoptose der Zellen biologisch programmiert ist, müsste es einen Weg geben, den Prozess wieder in Gang zu setzen oder …

»Durch den Gang und dann links«, sagte Berija schnell. »Und regen Sie sich nicht so auf, Lazar Jossifowitsch. Sie werden sehen, uns fällt etwas ein.«

Ihnen fiel natürlich nichts ein, dafür frühstückten sie ausgezeichnet mit gutem Kaffee und heißen Brötchen, auf die Berija mit offensichtlichem Bedauern verzichtete, nachdem er sich auf den beachtlichen Bauch geklopft hatte.

»Die Ärzte haben es mir verboten«, sagte er unzufrieden. »Da haben wir die tatsächlichen Schädlinge und Folterknechte in unserem Land!«

Lindt lachte, ohne zu vermuten, dass das kein Scherz war – ganz und gar kein Scherz.

Am Abend kehrte er mit demselben Flugzeug nach Ensk zurück, wo man ihn überhaupt noch nicht vermisst hatte. Danach wurde Lindt nicht mehr behelligt – weder mit Anrufen noch mit Überredungsversuchen, im Gegenteil – zum ersten Mal verspürte er im vollen Ausmaß, wie leicht und angenehm es sich im bequemen Waggon fuhr, den eine zwar seelenlose, bornierte, aber so herrlich mächtige Maschine wie der Staat vorwärts zog. Ihm wurde ein ganzes Institut zugeteilt, die freche Bemerkung, dass sich mit den administrativen Tätigkeiten ruhig Idioten beschäftigen sollten, wurde geschluckt und es wurde auch gleich ein Idiot zur Verfügung gestellt, ein professioneller sowjetischer Direktor, der pathologisch, fast fieberhaft diebisch veranlagt war, aber dafür hervorragend, wie aus dem Nichts, jede beliebige Sache für das Institut besorgen konnte – sei es Klopapier oder ein kompliziertes, gerade erst irgendwo in New York oder München hergestelltes Gerät. Obwohl es mit dem Klopapier natürlich unvergleichlich schwieriger war.

Das Leben wendete sich zum Guten, wurde unerwarteterweise mehr wie das eines Bourgeois, als würde er nicht in der UdSSR wohnen, sondern in der Nähe von Stockholm, in einem ruhigen Häuschen als persönlicher Freund des Königs. Veröffentlichungen, Neuauflagen, neue Studien, Preise – Lindt erhielt einen der letzten Stalinpreise, ihm wurde beinahe gewaltsam eine Fünf-Zimmer-Wohnung zugewiesen, obwohl er darum gebeten hatte, das Häuschen der Tschaldonows zu bekommen, wozu brauche ich diese Luxuswohnung, wenn ich ohnehin zweimal am Tag zu dem Alten rauspilgere? Bei der Obrigkeit wurden die Hacken zusammengeschlagen und augenblicklich hatte Tschaldonow eine 24-Stunden-Pflegerin, die aussah wie ein Gorillaweibchen, und die ihre mildtätigen Aufgaben mit dem Geschick und der Herzlichkeit eines ans Stromnetz angeschlossenen Automaten ausführte. Tschaldonow, der in seinen leisen, ganz entrückten Kummer versunken war, war alles egal und Lindt atmete fast offen auf – ohne Marusja war ihm der hilflose, sabbernde, schmuddelige Tschaldonow vollkommen unerträglich.

Die neue hochrangige Stellung brachte auch ihre eigenen Überraschungen mit sich. Zusammen mit der riesigen Wohnung, die Lindt wirklich lästig war, erschien Nikolaitsch wie ein Hausgeist, nein, er entstand wie Leeuwenhoek'sche Mäuse aus alten Lumpen. Lindt entdeckte einfach eines schönen Tages, als er aus seinem Institut zurückkam, dass alle Decken in der Wohnung ausgeweißt worden waren und dass sich in dem frischen, feuchten Kalkgeruch ein Mann zu schaffen machte und bekleckerte Zeitungen vom Boden aufhob, ein untersetzter Bursche in einer alten baumwollenen Soldatenuniform – bloßfüßig, mit rundem Kopf und sehr stramm.

»Machen Sie sich keine Gedanken«, empfing er Lindt, statt Guten Tag zu sagen, »ich habe alles mit einem Foto von Jossif Wissarionytsch darauf bereits vorher beiseitegelegt, um die Sachen nicht zu beschmutzen, sodass keine Exzesse zu erwarten sind.« Das Wort »Exzess« sprach er mit dem Eifer eines Kleinkindes aus, das erst kürzlich ein sehr langes und schwieriges Gedicht gelernt hatte. Lindt schmunzelte.

»Hätte es denn Exzesse geben können?«, fragte er interessiert.

»Menschen sind schon für weniger erschossen worden, Genosse Lindt«, gestand der Bursche ehrlich, sodass gleich klar war, dass er an diesen Ungeheuerlichkeiten selbst unmittelbar hatte teilnehmen müssen, aber was sollte man machen? Dienst ist Dienst! Er wischte sich die Hände an seinem kräftigen Hintern ab, stand stramm, schlug die nackten, rauen Fersen zusammen, rapportierte – Garde-Sergeant Samochow Wassili Nikolajewitsch. Die Augen des Burschen waren fest wie Marusjas Salzgurken und hatten eine genauso appetitliche flaschengrüne Farbe. Er gefiel Lindt sofort.

Tatsächlich war an Wassili Nikolajewitsch Samochow nur wenig Gardemäßiges – lediglich die Keckheit und Starrköpfigkeit, ohne die keine einzige, nicht einmal die geringste militärische Ruhmestat zu erreichen ist. Außerdem hatte Nikolaitsch nicht in der Kaderarmee gedient und nicht einmal richtig gekämpft, wenn man das Jahr nicht zählte, in dem er sich im Spionageabwehrdienst SMERSCH abgerackert hatte – im SMERSCH von Berija natürlich, nicht in dem von Abakumow, die beiden wurden von vielen verwechselt, dabei gab es außerdem noch den SMERSCH von Kusnezow, den Spionageabwehrdienst des Volkskommissariats der Kriegsmarine, aber zur Marine wäre Nikolaitsch nie im Leben gegangen. Man hätte ihn weder mit den breiten Schlaghosen dazu verleiten können noch mit den Dolchen und auch nicht mit der bis zum Platzen sättigenden Ration. Denn der Sergeant Samochow fürchtete sich vor Wasser, und zwar so sehr, dass seine Eier zu schwitzen begannen. Und mehr noch als vor Wasser fürchtete er sich davor, sich nicht hocharbeiten zu können.

Nikolaitsch stammte aus dem Dorf Jelban – und alles, was man sich unter einem verkommenen Nest mit diesem Namen vorstellte, verblasste vor der Wirklichkeit, in die unser Held geboren wurde, ohne Verstand, ohne Talent, ohne Gewissen, ohne Scham, sogar ohne Mama, die, nachdem sie Nikolaitsch das für ihn völlig unnötige Leben geschenkt hatte, starb, ohne ihm wenigstens eine Erinnerung an sie zu hinterlassen. Nicht an einer Krankheit, nein – am Suff. In Jelban tranken alle, wer aber nicht konnte, verbarg sich in den Hinterhöfen – das Dorf war klein und grausam mit bösartigen Weibern, bösartigen Hunden und bösartigen Winden, die das ganze Jahr heulend die Straßen durchstrichen und dabei zermürbend langsame Fußgänger beiseitestießen und Staubteilchen in den Himmel wirbelten. Aber die Familie Samochow, die groß und unterbelichtet war, galt sogar in Jelban als eine Bande von Säufern und Taugenichtsen und

Nikolaitsch soff die ersten fünfzehn Jahre seines Lebens so viel, dass es Dickens und Dostojewski für mehrere Romanserien mit brutalen Visagen auf den billigen, dünnen Umschlägen gereicht hätte.

Früher einmal – vielleicht vor dem Tod der Mutter oder sogar noch früher – hatten die Samochows vermutlich bessere Zeiten gekannt, aus denen nur eine solide gebaute Hütte übrig war, deren Erbauer man nicht kannte. Wahrscheinlich hatte sich einer der Vorfahren angestrengt, aber eine Familienchronik führten die Samochows schon lange nicht mehr, sie waren sich in ihrem Dusel vom Selbstgebrannten ja kaum der Gegenwart bewusst oder ihrer selbst. Nikolaitschs Vater trank viele Jahre hindurch, praktisch ohne das Bewusstsein wiederzuerlangen, und hätte mit seiner Leber sicher jeden Arzt ordentlich verblüfft, aber in Jelban gab es schlicht niemanden, der sich hätte verblüffen lassen, geschweige denn Ärzte. Von den zwölf Kindern, die die Eltern zustande brachten (alle vom selben Schlag – durchwegs Jungen), überlebten das Kindesalter nur sieben, und die älteren waren ihrem Papa bereits würdige Rivalen und Saufkumpanen. Nikolaitsch war der jüngste. Der allerjüngste. Geboren im Jahr 1926.

Er wuchs im Elend auf – nicht in der ehrlichen protestantischen Armut, bei der sich alle nach Leibeskräften für die verdienten Kopeken abrackern und trotzdem noch den Elan und die Zeit finden, den Küchenboden blitzsauber zu schrubben und mit Ziegelsplittern die Kaffeekanne aus Kupfer zu polieren, sondern in wirklichem Elend – in grausigem, dreckigem, schmierigem, hoffnungslosem russischem Elend, das es so liebt, sich jämmerlich über Gott zu beklagen, und genauso jämmerlich auf ihn vertraut und dabei die lädierten Ellbogen zur Schau stellt und die genauso lädierte nichtsnutzige Seele. Um die Bratkartoffeln oder ein Paar Handschuhe musste man mit den Brüdern bis aufs Blut kämpfen, ganz nach Darwin und mit darwinistischem Erfolg. Aber Nikolaitsch, der alle Dreckskrankheiten durchgemacht hatte, die sich ein Kind in der Hölle nur einfangen konnte, und der skrofulös und dürr war und dem immer der Rotz bis auf die Oberlippe hing, erwies sich als Mutant von so erstaunlicher Stärke, dass er überlebte. Und dann half natürlich auch die Sowjetmacht nicht wenig. Nikolaitsch verehrte die Sowjetmacht – und dafür hatte er jeden Grund. Die Lehrerin von Jelban, die sich zwar schon lange jegliches Mitleid und Wundern abgewöhnt hatte, aber trotzdem mechanisch ihre bürgerliche Pflicht erfüllte, meldete ihn in der Schule an und brachte ihn auch hin – dort war es warm und es gab gratis zu fressen. Und wenn man Holz hackte oder die Böden mit einem rötlichen, übelriechenden Lappen wischte, konnte man dort sogar mit Erlaubnis des Wächters übernachten, der zwar vom selbst gebrauten Bier aufgedunsen, dafür aber friedlich war, ganz im Gegensatz zum Vater, der die Kinder in seinen nüchternen Momenten mit der ungebändigten Wut einer Naturgewalt verprügelte.

Außerdem gab es in der Schule eine Fotografie des Genossen Stalin, und während Waska Samochow den dichten Schnurrbart, die klare Stirn und die freundlichen Augen mit den lustigen Lichtpunkten betrachtete, fühlte der magere Junge dasselbe wie ein erschöpfter Pilger, wenn er endlich am ersehnten Heiligtum ankommt. Genosse Stalin gab das Licht, die Kraft, die Güte und die Liebe, die Nikolaitsch nie zuvor in seinem Leben gekannt hatte, und seine Liebe versiegte nie, und Nikolaitsch, als wäre er eine Kompassnadel mit einer vagen Ahnung vom Magnetpol, zog es zu dieser Liebe und er glaubte an sie und er lebte faktisch nur durch sie. Genosse Stalin wusste alles – Nikolaitsch zweifelte nicht daran, und von ihm, dem kleinen jelbanischen Hosenscheißer, wusste er auch, und Nikolaitsch lag ihm sehr am Herzen, sodass er diese Fürsorge tausend Kilometer weit spürte und sich sogar manchmal schämte, dass Jossif Wissarionytsch wieder nicht schlief und an ihn dachte, aber nicht anrufen konnte – denn wen sollte man in Jelban anrufen, wo es doch gar keine Leitung gab und nicht einmal Telegramme gebracht wurden, ja, und wem hätte man auch telegrafieren sollen? Wer dachte an sie? Wer außer dem Genossen Stalin brauchte sie denn?

Dem Genossen Stalin zuliebe kam Nikolaitsch kein Tropfen Alkohol mehr über die Lippen, ihm zuliebe übergoss er sich morgens ächzend mit Brunnenwasser, ihm zuliebe strengte er in der Schule sein schwaches, vergessliches Hirn als Sohn und Enkel von Dorfsäufern an, ihm zuliebe schuftete er schon als Zehnjähriger in der Kolchose – sammelte Arbeitseinheiten, verdiente Kopeken in der Hoffnung, dass er eines Tages aus dem verfluchten Jelban entkommen und nach Moskau fahren werde, damit Genosse Stalin sah, dass sein riesiges, gutes Herz nicht umsonst für ihn schlug und dass sich bei Waska Samochow alles richtig fügte. Er würde eine Hose, Überschuhe, ein Sakko und das Reifezeugnis in der Tasche haben.

Das war natürlich Liebe in ihrer höchsten und reinsten Form – die Liebe eines Sohnes zu seinem Vater, nein, sogar die Liebe des Gottessohnes zu Gottvater und die Liebe eines Menschen zu Gott, die selbst Gott, Licht und Hoffnung ist. Wäre Nikolaitsch fünfhundert Jahre früher geboren worden, hätte die Welt einen großen Mann des Gebets erhalten, vielleicht sogar einen Märtyrer oder einen Heiligen, aber niemand fragt einen Menschen, welches Kreuz zu tragen er sich zumuten mag. Deshalb lebte der jüngste Samochow bis zu seinem fünfzehnten Lebensjahr in Jelban ohne Pass, ohne Rechte, minderjährig, bitterarm, einsam und von niemandem geliebt außer vom Genossen Stalin.

Doch dann wurden seine verzweifelten, stummen Gebete schließlich erhört und der Krieg begann.

Es war klar, dass Nikolaitsch nicht als Freiwilliger genommen wurde – man hielt ihn für minderjährigen menschlichen Abschaum, der nicht einmal dazu taugte, für das Vaterland und für Stalin zu sterben, und er gab das gewissenhaft, ohne Groll und Kränkung, in seine Spardose der erlittenen Erniedrigungen, um sie irgendwann später genüsslich und ohne Hast zu zerschlagen – und es allen, allen, allen in voller Höhe heimzuzahlen. Geschickt und an primitives Überleben gewöhnt, schaffte er es, sich erst bis zu einem der geheizten Soldatenwaggons durchzuschlagen, dann zu einem Viehwaggon voll warmer Kühe, um nach einigen Monaten endloser Zwischenstationen, Verzögerungen und Umstiegen (er musste gegen den Strom schwimmen – gegen einen zigmillionen Menschen starken Flüchtlingsstrom) auf dem Bahnsteig des Kasaner Bahnhofs in Moskau auszusteigen – er war verlaust, herangereift und hatte gelernt, sich hervorragend durchzubetteln und noch besser durchzustehlen, in ihm loderte aber immer noch dasselbe unlöschbare, bedingungslose Feuer. Er war gekommen, um den Genossen Stalin zu beschützen, das erzählte er auch gleich der ersten Wachpatrouille, der er begegnete. Die Patrouille tauschte Blicke aus und brachte den passlosen Burschen mit den wilden Augen direkt zum NKWD.

Das war der erste große Glücksfall in Nikolaitschs Leben.

Das zweite Mal hatte er Glück, als er das Akademiemitglied Lindt fand.

In der Bezirksstelle des NKWD hatte man offen gestanden keine große Freude an dem Besucher aus Jelban. Der Leiter der Bezirksstelle, Genosse Kowaltschuk, ein schöner, hochgewachsener Ukrainer mit wohlgerundeten Schultern und wohlgerundetem Hintern wie bei der Statue eines griechischen Jünglings, die interessanterweise in eine blaue NKWD-Stiefelhose und eine maßgeschneiderte Covercoat-Uniformjacke gekleidet war, wusste auch ohne Nikolaitsch und dessen hohe Bestrebungen nicht, wo ihm der Kopf stand. Im NKWD herrschte ein schwer zu beschreibendes Durcheinander, das keineswegs mit dem Krieg zu tun hatte, sondern mit den jüngsten Verwaltungskapriolen. Laut Erlass des Präsidiums des Obersten Sowjets der UdSSR waren am 20. Juli 1941 der NKWD und NKGB zu einem einzigen Organ, dem NKWD der UdSSR, zusammengelegt worden – dabei hatte dasselbe Präsidium desselben Obersten Sowjets am 3. Februar desselben Jahres einen Erlass von derselben stählernen, betonharten Stärke über die Trennung des NKWD der UdSSR in einen NKWD der UdSSR und einen NKGB der UdSSR beschlossen. Berija, der damals die Hälfte seines Zarenreichs an Merkulow hatte abtreten müssen, war nun wieder der Hauptleiter geworden – und aus diesem Grund wurden in der ganzen Behörde paranoide Umstrukturierungen durchgeführt, noch verschärft durch die Berichte von der Front und all die vielen neuen Enzykliken der gereizten Führung.

Erlass über die Verantwortung für die Verbreitung von falschen Gerüchten in Kriegszeiten, die die Bevölkerung in Aufregung versetzen. Verordnung über den Aufbau einer örtlichen Luftabwehr in den Städten und Ortschaften der RSFSR. Erlass über die Organisation des Kampfes im Rücken der deutschen Truppen – und so weiter und so fort. Das war der höllische, bürokratische Amtsschimmel – höllisch im direkten Sinn des Wortes, und Genosse Kowaltschuk drehte sich nur so im Kreis, um es allen Vorgesetzten gleichzeitig recht zu machen. Sie hätten mich besser an die Front schicken sollen, die Hurensöhne, als mir hier die Nerven einzeln zu ziehen. Aber an die Front ließ man Kowaltschuk natürlich nicht.

Nikolaitsch hatte er in vierzig Sekunden durchschaut – offensichtlich war an dem nichts Gefährliches oder Böses. Bloß ein sonderbarer Dorfjunge, der am Ende der Welt gelitten hatte, vielleicht war er sogar schwachsinnig, aber wahrscheinlich einfach nur sehr hungrig. In die Armee konnte man ihn unmöglich geben, obwohl er immer wieder beteuerte, er sei schon achtzehn (natürlich eine verzweifelte Lüge), und die Verordnung des Rates der Volkskommissare der UdSSR »Über die Unterbringung von elternlosen Kindern« irrte noch irgendwo durch das Innerste des Apparats und wartete auf ihr Inkrafttreten am 23. Januar 1942.

Das Einfachste wäre natürlich gewesen, sich auf eine andere Anordnung zu berufen, eine ganz frische vom 17. November 1941, derzufolge der Sonderrat des NKWD der UdSSR die Lizenz zum Töten Nummer eins ausgestellt bekommen hatte – das Recht auf Bestrafungsmaßnahmen bei konterrevolutionären und besonders gefährlichen Verbrechen gegen die Tätigkeit der Organe der UdSSR. Selbstverständlich bis hin zur Erschießung. Genosse Kowaltschuk legte in Gedanken den dürren, fast klappigen Nikolaitsch auf die Waage der Nemesis und holte ächzend ein in Zeitungspapier eingewickeltes Päckchen aus dem Tisch. Hier, Söhnchen, iss, flötete er mit seiner samtigen Tenorstimme, der weder Moskau noch der verteufelte Dienst die singende ukrainische Anmut hatte austreiben können. Nikolaitsch schlug knurrend die Zähne in die Kruste des Roggenbrots, das mit einer fingerdicken Scheibe hausgemachten Specks belegt war. Der ist aus Schytomyr, den hat meine Mama eingepökelt, erklärte Kowaltschuk. Hast du eine Mama? Ohne sich vom Essen loszureißen, schüttelte Nikolaitsch den Kopf – Mama hatte er keine, nur eine zerrissene Pluderhose und den Schatten langer, mädchenhafter Wimpern auf den abgezehrten, ausgehungerten Wangenknochen. Kowaltschuk seufzte ganz damenhaft – genau solche Wimpern hatte sein Söhnchen gehabt, sein winziges, lustiges Bengelchen, das im Jahr '36 in nur einer Woche vom Scharlach dahingerafft worden war. Seine Frau fuhr gleich nach dem Begräbnis zu ihren Eltern in die Ukraine zurück. Sie sagte, ich kann weder dich, Petro, noch dein verfluchtes Moskau mehr sehen. Als hätte ihn jemand gefragt, ob ihm Moskau gefiel oder nicht. Als hätte er überhaupt eine Wahl gehabt.

Nikolaitsch schluckte das letzte Speckstückchen hinunter,

leckte sich die Finger und sah sich wie ein Tierjunges gehetzt um.

»Lassen Sie mich die Böden für Sie wischen«, bat er. »Und die Fenster putzen.« Eine andere Art sich zu bedanken kannte Nikolaitsch nicht. Hatte er nicht gelernt. Genosse Kowaltschuk schaute auf den verschmutzten Boden voller Fußspuren, und sein Gesicht leuchtete auf.

»Tu das!«, stimmte er fröhlich zu. »Putz nur! Ich bin mal im Lager. Pass nur auf, Bürschchen, wenn du verduftest, erschieß ich dich.«

Nikolaitsch verduftete nicht. Er wurde von der Bezirksstelle des NKWD in Moskau praktisch adoptiert. Bei voller Verpflegung und freier Einkleidung. Den Tag des Sieges beging er bereits als ganzer Mensch – im Rang eines Sergeanten in der Haupttruppenverwaltung zum Schutz des Hinterlandes der Roten Armee, dem GUWW der NKWD. Mit der Bildung war es bei Samochow immer noch nicht weit her, aber Dummkopf war er auch keiner, deshalb strebte er nicht mehr danach, den Genossen Stalin zu lieben und zu beschützen. Die göttliche Liebe zum Vater aller Völker hatte er gemeinsam mit den jugendlichen Pickeln und der ausgehungerten Magerkeit hinter sich gelassen. Nikolaitsch wurde reifer und dicker, erhielt eine ausgezeichnete Entlohnung und lernte alle gefährlichen, raffinierten und geheimen Spielchen, ohne die man in keinem einzigen hierarchischen System bestehen kann. Obwohl er erst neunzehn war, galt er als hervorragender operativer Mitarbeiter – er war durchtrieben, hartnäckig, ohne auch nur einen Anflug von Gefühlen. Den Genossen Kowaltschuk, der schließlich einem der Erlasse doch nicht hatte entgehen können, hatte man bereits drei Jahre zuvor erschossen.

Nikolaitsch erinnerte sich kaum noch an ihn.

Lindt verstand natürlich, dass Samochow Wassili Nikolajewitsch ihm nicht als Offiziersbursche zugeteilt worden war, aber um Gottes willen, warum nicht? Ein schlauer und gewandter Aufpasser war hundertmal besser als irgendein unbeholfener, aber hingebungsvoller Kampfgenosse. Der Haushalt des Akademiemitglieds lief in Nikolaitschs geschickten Händen ohne Holpern und Quietschen dahin, wie das gut instand gehaltene und liebevoll geölte Fuhrwerk eines tüchtigen Bauern. Außerdem war Nikolaitsch witzig und sogar auf seine eigene Art rührend. Lindt fühlte ihm gegenüber eine seltsame und ihm selbst unklare Affinität, die sich vielleicht durch die äußere Ähnlichkeit ihrer Schicksale, die sie einander gar nicht erzählt hatten, erklären ließ, vielleicht aber auch durch irgendeine biochemische Kleinigkeit – eine besondere Zusammensetzung der Pheromone oder ein übereinstimmender Oxytocinspiegel. Schließlich sind alle Gefühle, die wir füreinander empfinden – wenn man es sich genau überlegt –, im Großen und Ganzen nur Aktivierungen von Guanin-Nukleotid-bindenden Proteinen, eine Art chemische Anziehung zwischen signalisierenden Molekülen. Sonst nichts.

Das Einzige, was Lindt leicht verärgerte, war Nikolaitschs Einstellung zu Galina Petrowna. Was hast du denn, Nikolaitsch, was hat sie dir denn getan?, redete er ihm zu, ohne zu bemerken, dass er in einem Ton mit ihm sprach, mit dem er einen großen störrischen Hund ermahnt hätte, und Nikolaitsch senkte ebenfalls ganz hündisch die bekümmerte Schnauze und gab keine Antwort. Er war eifersüchtig. Verzieh nicht das Gesicht, alter Schluckspecht, sag mir lieber, was Sache ist. Hast du das Kinderbettchen bekommen? Lindt zupfte sich mit der linken Hand den behaarten Nacken und Nikolaitsch nickte ergeben – natürlich. Das allerbeste aus Lärchenholz, da könnte man zehn Kinder drin großziehen und es wäre immer noch wie neu.

Was soll ich mit zehn, ich weiß schon mit diesem nichts anzufangen! Du glaubst doch auch, dass es ein Sohn wird, oder, alter Schluckspecht? Es wird ein Sohn, antwortete Nikolaitsch überzeugt. Der Bauch sitzt bei ihr so hoch, als hätte sie einen Globus verschluckt, und sie hat reine Haut. Nur die Mädels nehmen ihrer Mutter die Schönheit, von den Burschen sehen die Weiber immer besser aus. Lindt, der kaum ein schiefes, wölfisches Grinsen unterdrücken konnte, dachte an die heiße, etwas salzige Haut auf dem Schwangerschaftsbauch seiner Frau, daran, wie sie die Augen schloss, sich seinem Druck beugte, an die lebendige, heftige, feuchte Hitze in ihrem Inneren und an die wie zum Kontrast immer kühlen Brustwarzen, die so blassrosa, dünnhäutig und zart waren, dass man sie mit einer leichten Berührung der Lippen pflücken wollte wie frühe, zarte Himbeeren, die jederzeit auseinanderfallen können.

Nikolaitsch, der alles verstand, seufzte. Sie ist bald wieder zu Hause, haben Sie Geduld. Die Ärzte sagen, dass das Kind genau Ende Januar kommen wird.

Und so war es auch – am 31. Januar 1959 entband man Galina Petrowna. Die Geburt war wider alle Befürchtungen katzenartig leicht – von der ersten Wehe bis zum Moment, als die Hebamme den pflaumenblauen Säugling geschickt unter dem runzeligen, flachen Gesäß hielt und mit lauter Stimme verkündete: »Ein So-o-ohn!«, vergingen dreißig Minuten, von denen Galina Petrowna zehn für das Zurückwatscheln vom Raucherbereich gebraucht hatte. Das Kind fand sie furchtbar, aber Gott sei Dank nicht ganz so widerwärtig wie ihren Ehemann. Allerdings legte Galina Petrowna, als man ihr einen Tag später den Jungen zum ersten Stillen brachte, dem medizinischen Personal einen vollwertigen hysterischen Anfall hin – der geringste Versuch ihres Sohnes, an der Brust zu saugen, rief bei ihr echte Krämpfe hervor. Die Ärzte überschlugen sich im Bemühen, die scheinbar aus dem Nichts auftretende Epilepsie in den Griff zu bekommen, dabei war Galina Petrowna in Wirklichkeit einfach nur angewidert. Genauso plötzlich, wie sie sich aufgeregt hatte, beruhigte sie sich auch wieder, lehnte es aber kategorisch ab, das Kind zu stillen, und warf sogar ein Glas ungewöhnlich appetitlicher eingedickter Sahne nach einer Schwester. Das war ein Vorzeichen der zukünftigen Feengewitter, über die man sich später in Ensk schreckliche und ebenso farbenfrohe Legenden erzählen würde, wie die Märchen von Baschow. Dem Abpumpen stimmte Galina Petrowna übrigens gnädigerweise zu und so beschloss man nach einer Beratung, das Neugeborene mit der Flasche zu ernähren. Sie hatte so viel Milch, dass es für zwei weitere hungrige Mäuler reichte – für den Enkel des Direktors eines riesigen Unternehmens in der Verteidigungsindustrie (die Tochter des Direktors erwies sich als weinerliche Gans mit zu wenig Milch) und für das späte, kostbare, kränkliche Kind irgendeines Parteimitglieds aus höheren Sphären, der jahrzehntelang bei seinen Göttern um Verzeihung dafür gebeten hatte, dass er – auf deren Befehl – Kerkerhäftlinge erschossen hatte, bis sich endlich der gewünschte Nachwuchs einstellte – eine winzige, mondgesichtige Tochter mit chinesischen Augen und einer riesigen Zunge, die keinen Platz in ihrem Mund fand. In der Entbindungsklinik bedauerten alle das mongoloide Mädchen sehr und es wurde sogar davon gesprochen, es als mangelhaft an den Staat abzuschieben, aber die Mutter, eine nicht mehr ganz junge, nicht besonders hübsche Frau, die unbarmherzigerweise nicht nur keine Zukunft, sondern auch keinen einzigen Tropfen Milch hatte, wiegte ihr geistig zurückgebliebenes Kleines stundenlang mit solch heftiger Zärtlichkeit, dass klar war, dass sie es mit Zähnen und Klauen verteidigen würde, bis auf den Tod. Aber sie würde es nicht verlassen.

Nach Lindts Sohn sah niemand außer den flinken Krankenschwestern. Den Namen erhielt er erst von Nikolaitsch, nachdem der vor Ungeduld brennende Lindt (kein Riss, keine Naht! Man darf wieder! Man darf wieder!) Galina Petrowna nach Hause gebracht und fast einen ganzen Tag nicht aus dem Schlafzimmer gelassen hatte – lediglich zum Wassertrinken und

Abpumpen. Dann nennen wir ihn eben Borik, was soll's, entschied Nikolaitsch, während er den schreienden, gewichtigen Säugling ungeschickt wiegte und sich dunkel daran erinnerte, dass bei ihnen in Jelban die edelsten und reinrassigsten Ziegenböcke Borka geheißen hatten.

So wurde der Sohn von Galina Petrowna und Lasar Lindt ein Borik.

Man kann sich nur schwer ein Kind vorstellen, das dermaßen ungewollt war.

Lindt kümmerte seine Vaterschaft lächerlich wenig. Seit Abraham, der Isaak gezeugt hatte, der Jakob gezeugt hatte, der Juda gezeugt hatte (und so weiter mit allen eintönigen Stationen über alle unzählbaren Familien der dreizehn Stämme Israels hinweg), bis zu ihm war das Gen der jüdischen Kinderliebe anscheinend so verwässert worden, dass in Lindts Blut nur noch eine Ahnung davon herumspukte wie von alten nutzlosen Geistern. Vielleicht richtete sich seine ganze Leidenschaft auch einfach auf Galina Petrowna, schließlich war sie, aus der Höhe seiner sechzig Jahre betrachtet, mit ihren neunzehn noch genauso ein Kind – nur bedeutend zerbrechlicher und verletzlicher als der neugeborene Pausback, der hundertmal am Tag in die Windeln machte und mit so angestrengtem, lilafarbenem Gebrüll zu fressen verlangte, dass klar war – den Hosenscheißer konnte keine Macht der Welt ruhigstellen. Man brauchte es gar nicht erst zu versuchen.

Galina Petrowna liebte ihren Sohn nicht – das war vollkommen verständlich und sogar entschuldbar, aber er war lebendig und hilflos und man musste sich um ihn kümmern, wie sie sich sogar um widerliche Ratten im Sozialraum gekümmert hätte. Einfach weil sie Sowjetbürgerin war und das hieß: ein moralischer Mensch und nicht irgendein verfluchter Faschist oder Amerikaner. Und Galina Petrowna nahm Borik brav hoch, wickelte ihn, rieb ihm den Rücken, damit er aufstoßen konnte, aber sie fühlte dabei nichts außer stumpfe, müde Verwunderung. Unerfahren wie jede junge Erstgebärende kam sie außerdem überhaupt nicht mit den alltäglichen Anforderungen ihrer neuen Situation zurecht: Die Fläschchen mussten ausgekocht werden, die Milch abgepumpt, die Stoffwindeln, die in einer Schüssel vor sich hin stanken, und die Spuckwindeln mussten gewaschen, gespült und von beiden Seiten gebügelt werden. Galina Petrowna verlor an Gewicht, magerte ab, wurde unansehnlich. Nachts lief sie ins Kinderzimmer und saß dort stundenlang, um angespannt Boriks leisem Schnaufen zu lauschen – wie jede normale Mutter, nur träumte sie nicht davon, dass der Kleine länger schlief, sondern davon, dass er überhaupt nicht mehr aufwachte. Lindt betrat das Zimmer als lautloses, winziges Gespenst, bläulich in der Dunkelheit vor Tagesanbruch, trügerisch unwirklich. So kann es nicht weitergehen, du quälst dich noch zu Tode. Lass uns endlich ein Kindermädchen einstellen. Nikolaitsch hat es schon hundertmal vorgeschlagen, er sagt, er hat schon eine im Auge. Warum zierst du dich so? Galina Petrowna schüttelte stur den Kopf – Nikolaitschs spionierende Weiber brauchte sie nicht, es reichte, dass er hundertmal am Tag zu ihnen kam, leise, furchteinflößend, wie ein Vampir, der geschäftig schaltete und waltete, sich abhetzte und dann und wann Galina Petrownas Blick auffing, ihr kaum merklich mit dem äußersten Mundwinkel zulächelte – erinnerst du dich an unsere Absprache, Schlampe? Galina Petrowna erinnerte sich.

Ist schon gut, gräm dich nicht, Fejgele. Lindt trat näher und ließ seine Finger erst über ihren Hals und dann über ihre Wange gleiten, als hätte er auf unergründbare Weise gehört, wie schwere Tränen in seiner Frau aufstiegen. Es wird bald leichter sein, du wirst sehen. Gehen wir lieber heia, bevor dieser Nimmersatt wieder losbrüllt. Galina Petrowna nickte, rührte sich aber nicht vom Fleck, da sie fühlte, wie die Finger ihres Mannes, die das

Schlüsselbein gestreichelt hatten, tiefer und tiefer wanderten – zu den Brüsten, die so schwer und randvoll gefüllt wie Milchkannen waren. Er ließ es nie nur bei Trost bewenden. Oder doch nicht heia, hm? Wenn wir zwei schon nicht schlafen und eine Minute übrig haben? Lindt murmelte immer heftiger und abgehackter, immer heftiger und abgehackter forschten seine Hände, da ächzte, wie um den Vater zu reizen, der schlafende Borik, und Galina Petrowna, die fühlte, wie sich eine offenbar von ihr selbst fallen gelassene Rassel genüsslich in ihre Hüfte bohrte, sah, wie die langsam heller werdende Zimmerdecke stoßartig ruckte, und dachte, dass sie wahrscheinlich nicht dem Kind und dem Mann den Tod wünschen sollte, nicht dem Kind und dem Mann, nicht dem Kind und dem Mann, diesen beiden fremden und ihr unangenehmen Lebewesen, nicht das Kind und der Mann mussten aus dem Leben verschwinden, damit endlich alles gut wurde. Sondern sie selbst.

Vor dem Selbstmord (der sehr greifbar war, denn Galina Petrowna erwog ihn mit der Kaltblütigkeit einer Hausfrau, die überlegte, wie sie am besten den Kopf des Suppenhuhns abschlagen sollte) rettete sie die Patronatsschwester Sojetschka, die jede Woche auf Anordnung des Gesundheitsministeriums die Frucht der Lindt'schen Leidenschaft besuchte und zugleich auch die Mutter dieser Frucht. Sojetschka war stupsnasig, dick, lustig, ganz einfältig und dazu noch außergewöhnlich energisch. Ihre dünnen weißblonden Zöpfe hatte sie als Kranz um ihren Kopf voller abergläubischem Unsinn gewunden und sie mischte sich entschieden in alles ein, besonders in Angelegenheiten, die sie nichts angingen. Auf ihre Arbeit verstand sich Sojetschka übrigens ausgezeichnet und sogar die verhätscheltsten Säuglinge schrien während ihrer Untersuchung nicht, sondern strampelten nur mit ihren dicken Beinchen voller Speckröllchen und krähten allerliebst. Mit Borik Lindts körperlicher Verfassung war Sojetschka zufrieden – er nahm an Gewicht und Größe gemäß den Vorgaben des Gesundheitsministeriums zu, versuchte nicht, vorzeitig die Fontanelle zu verschließen, und schied sogar das Kindspech mit vorbildlichem Geruch und der richtigen Konsistenz aus, aber um Genossin Lindt machte sich Sojetschka Sorgen.

Immer häufiger schwieg Galina Petrowna, blickte mit leeren, hellen Augen auf den Boden und bewegte sich mit einer langsamen Verzögerung, als würde sie der ganzen restlichen Welt um zehn Sekunden hinterherhinken, wie ein Taucher im schweren, fest verschraubten Anzug, der auf dem Grund eines Teiches mit zähem Torfboden dahinschreitet. Sicherlich hätte man von einer Wochenbettpsychose ausgehen müssen, doch das war nicht einmal halb so interessant wie der böse Blick oder der Jungfernkranz, die sich in Sojetschkas Kopf ausgezeichnet mit den Symptomen der Neugeborenengelbsucht und grundlegenden Entwicklungsdefekten vertrugen. Deshalb führte sie Galina Petrowna in einem günstigen Augenblick in die Küche und machte sich energisch daran, die neunzehnjährige Frau des Akademiemitglieds davon zu überzeugen, dass ihr Stammbaum zur Auszehrung verflucht worden war. Offenbar hat man Sie verhext, sagte Sojetschka eindringlich, riss dabei weit ihre runden, blauen, porzellankugelartigen Augen auf und berührte Galina Petrowna abwechselnd an Schulter und Hand. Die Menschen sind neidisch, sie verzeihen einem nichts – weder Schönheit noch Reichtum, sie können eine Kerze *verkehrt herum* aufstellen oder sogar um *das Seelenheil beten*. Für Lebende!

Sojetschka hob so ausdrucksvoll die Brauen, dass sie fast bis zum Hinterkopf gerutscht wären, doch Galina Petrowna war immer noch genauso apathisch wie ein großer erstarrter Fisch, der aus dem Wasser gezogen worden war. Sojetschka ärgerte sich sogar ein wenig – auf die verkehrt herum aufgestellte Kerze reagierten sogar die abgebrühtesten Kommunisten. Ebenso gleichgültig blieb Galina Petrowna nach Sojetschkas Aufforderung, die Kissen auf der Suche nach Verwünschungen durchzuschütteln, sowie nach den zwielichtigen Geschichten über Spiegelscherben, die, wenn sie unter die Sachen von gutgläubigen Bürgern gelegt wurden, in deren ungeschütztem Leben unheimliche energetische Kataklysmen verursachten. Den Säugling taufen lassen, damit er nicht endlos schrie und besser schlief, wollte sie auch nicht.

Da zog die verstimmte Sojetschka den größten Trumpf aus dem Ärmel, der die zuvor Teilnahmslose sogar aufspringen und geräuschvoll den Hocker über den Boden schrammen ließ. Galina Petrownas Lippen bebten und wurden rosiger wie bei einer Herzkranken, die endlich den belebenden Atemzug aus dem braunen gummierten Sauerstoffkissen tut, das mit feinstem stinkendem Talk eingestäubt ist.

»Sagen Sie die Wahrheit?«, fragte sie und klammerte sich mit beiden Händen an Sojetschka fest.

»Warum sollte ich lügen?«, entrüstete sich Sojetschka, die aus ihrem unsinnigen Tun tatsächlich keinen anderen Gewinn als moralische Genugtuung schlug.

»Geben Sie mir Ihr großes Lenin-Ehrenwort«, verlangte Galina Petrowna den schrecklichsten ihr bekannten Schwur, ein verschwörerischer, kindischer, schauerlicher Schwur aus brunnenschachtartigen Schulhöfen, komplizierten Spielen und Pioniersprechchören.

»Großes Lenin-Ehrenwort«, schwor Sojetschka und bekreuzigte sich zur Sicherheit.

Galina Petrowna nickte langsam. Im Kinderzimmer begann Borik angestrengt zu brüllen, da er nicht alleine sein wollte, und sogleich summte über ihm wie eine Hummel Nikolaitsch, ein wahrer Anhänger des herrschaftlichen Vermögens, der Lindts Kind für so etwas wie einen neuen Besitz hielt, der zerbrechlich und lästig, dem Herrn jedoch offensichtlich teuer war. Galina Petrowna lauschte diesem Summen und lächelte zum ersten

Mal, seit Sojetschka sich erinnern konnte – ein kindliches, klares, sehr argloses Lächeln.

»Ich muss nur sicher sein, dass niemand davon erfährt. Kann man das einrichten?«

Sojetschka wackelte verständnisvoll mit dem Kopf – das ist ganz einfach, beugen Sie sich her zu mir … Galina Petrowna wandte Sojetschka fügsam das Ohr zu und lauschte ihrem kitzelnden Flüstern, das hektische Speichelbläschen versprühte.

»Niemand wird etwas erfahren, keine Angst«, kam Sojetschka zum Schluss. Sie war sehr zufrieden, dass ihr mystischer Ruf nicht gelitten hatte.

Und es erfuhr niemand etwas. Das kombinierte Manöver wurde mit einer Genauigkeit ausgeführt, die jedem Tschekisten Ehre gemacht hätte. Nach einer Woche brachte der Fahrer Galina Petrowna mit Borik in die Poliklinik zur geplanten Untersuchung durch den Neuropathologen, und er döste wie gewohnt vor dem Eingang im Auto, da die Herrin gesagt hatte, sie werde mindestens eine Stunde aus sein. Galina Petrowna betrat schnell die Eingangshalle, überreichte ihren schweren Sohn Sojetschka, die sich wie eine Agentin argwöhnisch umblickte, durchquerte die Poliklinik und verließ sie durch die Hintertür, vor der ein Taxi auf sie wartete, das Sojetschka bereits zuvor gerufen hatte. Nach genau einer Stunde kehrte Galina Petrowna mit demselben Taxi zurück, holte ihr gründlich untersuchtes Kind ab und klopfte mit den Fingerknöcheln auf die Windschutzscheibe von Lindts persönlichem Wolga. Der Fahrer, der darin geschnarcht hatte, klappte das Maul zu und rieb sich die schlafverklebten Augen. Nach Hause, ordnete Galina Petrowna mit so einem ungeduldigen, herrischen Ton an, dass der Fahrer endgültig erwachte und die junge Herrin den ganzen Weg über immer wieder im Rückspiegel anblickte. Schaut nicht schlecht aus, die Frau, da kann man nichts sagen. Ein strammer Hintern wie bei einer Stute. Das ist kein Trottel, dieses Akademiemitglied, obwohl er ein Jude ist. Sie aber schon. Verschwendet ihr ganzes Leben an diesen Alten, da hilft auch der Zaster nicht. Galina Petrowna runzelte die Stirn, als könnte sie diese Gedanken spüren – klebrig wie ein verdrecktes, verlassenes Spinnennetz. Schauen Sie lieber auf den Weg, befahl sie trocken und der Fahrer wandte gehorsam die Augen ab. Er ahnte unbewusst, dass auf dem Rücksitz ein neuer, ihm völlig unbekannter Mensch saß.

Und so war es auch. Im April 1959 hörte Galotschka Batalowa endgültig auf zu existieren. Ihren Platz nahm Galina Petrowna Lindt ein.

Jahre später lachte Galina Petrowna nur, wenn sie daran dachte, mit welchem Schrecken sie das erste Jahr ihrer Ehe durchlebt hatte, wie sie sich damals gefürchtet hatte, wie erstarrt sie gewesen war aus Angst vor Bespitzelung, wie sie an Nikolaitschs Allmacht geglaubt hatte, der ihr wie ihr persönlicher Dämon vorgekommen war, nahezu die weltliche Verkörperung Satans. Man denke nur, dass sie es viele Monate nicht einmal gewagt hatte, in seiner Anwesenheit an etwas Wichtiges zu denken, da sie ernstlich annahm, dieser dienstbeflissene und ungebildete Lakai könnte irgendwie ihre Gedanken durchdringen.

Und im Taxi war sie kurz davor gewesen, in Ohnmacht zu fallen vor Angst, überzeugt, der Betrug werde auffliegen, man werde Sojetschka und Borik ergreifen und alles ans Tageslicht bringen, dann kämen auch schon die schwarzen Raben um die Kurve gefahren, die man ihr nachgesandt hatte. Außerdem hatte sich Sojetschka offenbar in der Adresse geirrt, denn der ältere, behäbige Taxifahrer kreiste so lange am Stadtrand von Ensk herum und knurrte, verflucht noch mal, zwanzig Jahre bin ich Taxifahrer, habe aber noch nie im Leben von so einem Scheißort gehört, dass Galina Petrowna ihn bereits bitten wollte umzukehren. Doch da war plötzlich die Stadt zu Ende. Ganz und gar. Der Wagen holperte über einen Feldweg, dann kam eine Kurve, noch eine und der Taxifahrer bremste vor einem kleinen Haus. Anscheinend sind wir da, sagte er unsicher. Erkennst du es nicht?

Das Haus war alt und irgendwie fremdartig: Einstöckig mit einer geräumigen verglasten Terrasse versteckte es sich in der Tiefe eines gefrorenen, kahlen Gartens, der sich seiner Schutzlosigkeit zu schämen schien. Kein hoher Zaun, kein kläffender Kettenhund, kein Gemüsegarten – nur ein Weg aus runden, feuchten Kieselsteinen, nackte, leidenschaftlich ineinander verschlungene Zweige und die Skelette der vorjährigen Goldbälle, die dem Hausherrn eine Umzäunung ersetzten. Das Haus stand ganz allein da – Ensk zog sich hastig in den Osten zurück und riss dabei die halb verfallenen umliegenden Dörfer mit sich, im Westen aber rückte unaufhaltsam ein Kiefernwald näher, der jetzt im April besonders mächtig und durchscheinend wirkte, wie mit Tusche auf den feuchten, stramm gespannten, zarten Himmel gemalt.

Der Taxifahrer stellte den Motor ab, kletterte aus dem Wagen und begann zu rauchen. »Geh nur, Töchterchen, keine Angst, ich warte auf dich«, versprach er. »Von hier kommst du nicht einmal mit Rentieren mehr zurück. Wenn ich es schon fast nicht schaffe!« Galina Petrowna schritt eilig über das knirschende Eis des Weges zum feuchten, dunklen Windfang und klopfte, da sie die rosettenförmige Porzellanklingel nicht bemerkt hatte. Ihr Herz pochte wie vor einer Prüfung, wie in einem früheren Leben. Wenn das auch nicht hilft, dann erhänge ich mich, dachte sie entschlossen.

»Wie dumm«, sagte jemand spöttisch und die Tür sprang auf.

Auf der Schwelle stand eine große Frau in einem unglaublichen Morgenrock aus schwerer Seide, bestickt mit sich windenden Drachen, die wie eigentümliche Blumen aussahen. Die Drachen waren feuerrot mit kupferfarbener Schattierung und derselbe Kupferton loderte im dichten Haar der Frau, das in einer glatten Rolle im Nacken zusammengenommen war.

»Was?«, fragte Galina Petrowna erschrocken.

»Ich sagte, dass du dumm bist, meine Werteste, so dumm, wie man es nur selten findet«, wiederholte die Frau überdeutlich und lachte. Sie hatte runde, weiße, glatte Zähne wie eine Schauspielerin auf einer Ansichtskarte und einen genauso runden, weißen, glatten Hals, an dem sich eine Goldkette mit schwerem Anhänger wie ein Rinnsal herabwand und in den weiten Ausschnitt zum straffen, reifen, knackigen Busen tauchte. Ebenso schwere traubenförmige Goldohrringe zogen die zarten Ohrläppchen ein wenig nach unten. Die Frau duftete köstlich nach etwas Süßem, fast Essbarem, und sie ähnelte in ihrer Gesamtheit – elegant, leicht schillernd, groß – einer festlich geschmückten Neujahrstanne.

Galina Petrowna sah sich plötzlich selbst von außen – in einem unpassenden, offen stehenden alten Mantel, auf der Bluse prangten verräterische Flecken getrockneter Milch, der wirre Zopf war flüchtig mit einem schwarzen Haushaltsgummi zusammengebunden – und sie wollte augenblicklich auch so einen schönen Morgenrock und genau solche traubenförmige Ohrringe und so hohe, perfekt gewölbte Augenbrauen über spöttischen Augen.

»Jetzt denkst du ganz richtig«, lobte die Frau. »Los, komm rein, bevor meine Oleander Kälte leiden müssen.«

Galina Petrowna trat in den geräumigen Gang, dunkel, würdevoll, mit weichen Sitzhockern und schweren Kleiderbügeln, erblickte den koketten Polarfuchspelz, den enormen Silberfuchskragen auf einem langen roten Kleid und wurde endgültig verlegen.

»Entschuldigen Sie, ich habe mich wahrscheinlich in der Adresse geirrt«, murmelte sie. »Ich wollte zur weisen Frau.«

»Ich bin die weise Frau«, antwortete die Frau ruhig und lachte wieder – klingend, jugendlich, klar und schrecklich, als würde jemand mit einem Hämmerchen über die Metallplättchen eines Glockenspiels schrammen.

Seltsam, doch Lindt war der Einzige, der Galina Petrownas Veränderung nicht bemerkte. Weder die Hysterien seiner jungen Frau noch die Launen noch die rücksichtslose Trägheit, die mit der Geschwindigkeit eines Krebsgeschwürs wuchs, vermochten seine Anbetung abzuschwächen, und die Meinung anderer interessierte einfach niemanden. Mit zwanzig Jahren war Galina Petrowna eine echte Madame geworden – mit all der herrlichen Pracht dieses alten, an den Knickfalten abgewetzten samtigen Wortes. Sie legte sich einen vollwertigen Hofstaat zu, der sie gleichzeitig hasste und verehrte bis hin zu primitiver Kriecherei, zu gedanklichen Küssen auf die zierliche Schulter und einer fast fetischistischen Verneigung vor der herrschaftlichen Lebensform und ihrem Tand. Dieser Hofstaat beschränkte sich nicht auf die gewohnte nomenklatorische Haushaltshilfe und den persönlichen Chauffeur – von Galina Petrownas Laune, ihren Träumen und ihrem Menstruationszyklus hingen Dutzende von Menschen ab: Kürschner, Köche, Juweliere, Maßschneider, Ärzte, Aspiranten, Professoren – erwachsene, verheiratete Menschen mit Kindern, die in ihrem eigenen Zeitalter gelebt hatten, bevor sie in den Dienst der blutjungen Göre gerieten.

Im Übrigen war Galina Petrowna keine Göre mehr – jeder Versuch, an das Akademiemitglied Lindt, an sein Telefon, sein Archiv oder seine Seele heranzukommen, lief von nun an nur über sie. Nach ihrem Geheiß oder Willen wurden neue Artikel veröffentlicht, Präsidien und Konferenzen ausgewählt, sie legte Audienzen fest oder sagte sie ab, verschwendete Nerven und Geld – ach Gott, wie viel Geld! Lindts Goldbestand, der früher eine tote, unbewegliche Masse gewesen war, erwachte, regte sich, begann, wie ein schmelzender Gletscher zu fließen und mit den runden, schnellen Nullen zu blinken. Nur für die Renovierung und Einrichtung der riesigen Wohnung gab Galina Petrowna fast den gesamten Stalinpreis des Akademiemitglieds aus, doch Lindt, der all diesen antiquarischen Zierrat aus Mooreiche und karelischer Birke kaum bemerkte, erhielt umgehend den Leninpreis, und wie auf ein Zeichen des Teufels hin verdoppelte sich das Kapital wieder.

Alles war genau so, wie es die weise Frau versprochen hatte. Je mehr Galina Petrowna ausgab, desto mehr Geld hatte sie, je mehr sie sich mit sich selbst beschäftigte, desto erträglicher wurden die Mühen des täglichen Lebens. Ein vorbildlich ehrliches Geschäft. Die Patronatskrankenschwester Sojetschka hatte nicht gelogen – deshalb probierte Galina Petrowna die Bedingungen des Übereinkommens als Erstes an ihr aus. Als Sojetschka eine Woche nach der bedeutenden Fahrt in die Poliklinik die Lindts im Rahmen der nächsten Routineuntersuchung besuchte (mit einer Million aufgeregter Fragen im Gepäck), öffnete ihr anstelle von Galina Petrowna eine ältere, bärtige Kinderfrau mit Borik auf dem Arm – die erste einer endlosen Reihe von Leibeigenen, die Galina Petrowna mit derselben gedankenlosen Routine einzustellen und zu entlassen lernte, mit der Bauern Kartoffeln aussortieren und dabei die faulen oder einfach nur klein geratenen gedankenlos beiseitewerfen. Sojetschka wanderte ebenfalls auf den Wegwerfhaufen – es genügte ein Anruf, um die Arme aus dem renommierten Paradies der Vierten Hauptverwaltung zu verjagen und für immer in eine Bezirkspoliklinik zu verbannen, wo sie die schreiende proletarische Brut gegen tödliche Seuchen impfen sollte. Das Vergnügen, das dieses im Grunde unbedeutende Ereignis Galina Petrowna bereitete, überraschte sie selbst auf angenehme Weise. Es war eine Lüge, dass Rache ein Gericht ist, das am besten kalt serviert wird. Glühend heiß und frisch stillt es den Hunger wesentlich besser. Noch köstlicher ist es, sich einfach so zu rächen, ohne Sinn und sogar ohne Groll, nur zum Spaß. Als sei man Gott.

Die weise Frau hatte das auch gesagt.

Galina Petrowna lebte auf großem Fuß, und das zeigte sich schnell in ihrem Heim: Sie zeigte einen unerwarteten Hang zu schönen Dingen, möglicherweise als Gegengewicht zu ihrer Gleichgültigkeit gegenüber den Menschen, aber beim Dekor kam es bekanntlich nicht auf die Ursache und nicht einmal auf die Wirkung an, sondern auf das Ergebnis. Sogar offensichtlicher Tand vom Trödelmarkt bekam in Galina Petrownas Händen einen neuen Sinn, erwies sich als seltene Antiquität, darüber hinaus scheute sie sich nicht, Rat einzuholen und nachzufragen – eine Eigenschaft, die kostbar und eher unwahrscheinlich für eine junge Frau ist, die nicht weiß, was sie noch alles haben will. Alte, verrückte Sammler, die an Dostojewskis Romanfiguren erinnerten und bei denen sich Nikolaitsch förmlich an den Kopf greifen musste, wurden häufige Gäste, und Galina Petrowna liebte es, stundenlang auf dem Sofa zu faulenzen, voluminöse Kataloge und Bildbände über Kunst durchzublättern und dabei die rosigen, runden, tadellos gepflegten Fersen baumeln zu lassen. Lindt kamen fast die Tränen vor Rührung, wenn er die glatten Fußsohlen und die sattrot lackierten klitzekleinen Zehennägel küsste – ich sag's dir, wie kleine Beeren. Maniküre einmal die Woche, zweimal die Woche zur Kosmetikerin, jeden Morgen der Friseur, Hauspantoffeln mit leichtem Absatz, ein Morgenrock aus Seide mit Drachen bestickt. Sieben solcher Morgenröcke – für jeden Tag der Woche einen.

Die Haushaltshilfe, ein plumpes Landei, das folgsam auf den Namen Nikititschna hörte (genau genommen hieß sie Nikolajewna, noch genauer Natalja Nikolajewna wie Puschkins Frau, ein so leichter, verwirrender Fingerzeig, der kaum etwas versprach – wie ein flaumiger Puschkin'scher Zweig vor dem halb zugeklebten Klofenster), sortierte mit zitternden Händen

Galina Petrownas Wäsche: Teils sortierte sie, teils las sie die Zukunft aus ihr, teils erhob sie ein Lobgebet auf ihre mordwinischen Waldgeister, die damals herbeigeeilt waren und ihr geholfen hatten, und nun stand sie, Duplischtschewa Nataschka, einst ein rotznasiges, rachitisches Kind mit nacktem Bauch, eine hinterwäldlerische Idiotin, hier im geräumigen Schlafzimmer ihrer Herrschaften und steckte bis zum Ellbogen in etwas Verbotenem, Sinnlichem, Zartem aus Spitze.

Oh, diese rutschige Seidenunterwäsche – eiskalt von außen, elektrisierend heiß von innen, dort, wo die Seide sich an die Hüften schmiegte und die lang gezogene glatte Lendengegend mit den Wirbeln wie ein Weg aus kleinen Steinchen liebkoste. Diese halbdurchsichtigen unanständigen Höschen – sogar getragen, sogar mit gelblichen Flecken und weißlichem Ausfluss im Schritt, sogar durchtränkt vom alten Sperma des Akademiemitglieds rochen sie nach dem feinen und geheimen Leben eines jungen, verwöhnten Körpers, und dieses blumige, unstete Aroma vermischte sich mit dem geradlinigen Geruch der ausländischen Rosenseife, die auf Galina Petrownas Anordnung in allen Wäscheschubladen ihrer unzähligen Kleiderschränke ausgelegt war. Und die Büstenhalter? Aus Spitze, mit dünnen Trägern, in denen der Busen wie in einem offenen Korb dalag, knackig, straff – man konnte die Stirn runzeln, ihn kneifen oder eine Stecknadel mit einem grellroten Köpfchen wie ein Blutstropfen mit voller Wucht in die goldene, pralle Haut stechen.

Nikititschna-Nikolajewna schüttelte den Kopf, um die finsteren Hirngespinste zu vertreiben, wendete immer neue Wäschestücke, faltete sie und wusch sie mit viel zischendem Schaum den ganzen Tag, den ganzen Tag – im Schlafzimmer ein Kapronstrumpf, der andere im Zimmer auf dem Nachttisch, ein abgesprungener Perlmuttknopf, das Geschirr, ganz in glänzenden Schlieren von ausgekühltem Fett, Staub von Büchern, Staub von Kleidern, Staub auf dem Boden, Staub unter dem

Sofa … Und trotzdem war dies keine Arbeit, sondern ein fieberhaftes Fest, das den Unterleib aufwühlte, denn aus jedem schlampig hingeworfenen Kleid, aus dem Berg zerknitterter Bettwäsche (jeden Tag wechseln, von beiden Seiten bügeln, stärken, auf keinen Fall bleichen – haben Sie verstanden? wiederholen Sie es!) trat Galina Petrowna selbst hervor, unbegreiflich für den schwerfälligen Verstand des Pöbels und deshalb besonders begehrenswert.

Es verging ein Jahr, noch eines – glatt, reich, unbekümmert, leer. Lindt erhielt den nächsten Orden, Borik legte unbemerkt seine Windeln ab und verwandelte sich in einen dicken, fügsamen Jungen, über dessen ersten Zahn und erste Schritte sich niemand außer dem Kindermädchen freute, die übrigens bald entlassen und durch eine andere ersetzt wurde und immer weiter so – nach der launischen Liste der ewig unzufriedenen Hausherrin. Galina Petrownas Empfänge kamen in Mode, sie lernte alle wichtigen Menschen der Stadt kennen (die anderen waren entweder unwichtig oder keine Menschen), liebte zunächst Brillanten, später Smaragde, kehrte aber wieder zu den Brillanten zurück – sie passten, wie man sagte, »zu allem«, aber wähle einmal zu Smaragden die passende Stimmung oder das passende Kleid.

Doch 1964 verfiel Galina Petrowna plötzlich wieder dem Trübsinn – dreiundzwanzig Jahre alt, fünf Jahre verheiratet, ein vierundsechzigjähriger Mann, keine Veränderung, die Zeit stand still, sie wurde nicht einmal älter, denn die tiefe Kluft zwischen ihr und Lindt verringerte sich nicht, ja konnte es gar nicht. Er würde immer um einundvierzig Jahre älter sein als sie. Bis zum Tod. Die weise Frau hatte gesagt – gedulde dich, sobald dein Akademiemitglied stirbt, wird mit einem Schlag alles anders, aber sich in Geduld zu üben war unerträglich und sie konnte nichts tun (ja, und wie hätte sie es tun sollen? ihn nachts mit dem Kissen ersticken?), und Lindt wollte nicht sterben, er hatte scheinbar sogar aufgehört zu altern; klein und abscheulich war er, randvoll gesogen mit ihrem jungen Blut.

Deshalb betrat Galina Petrowna eines dämmrigen Frühlingsmorgens das Arbeitszimmer des Akademiemitglieds, zog den Gürtel ihres Seidenmorgenrocks stramm um die runde Taille und erklärte, dass sie studieren wolle. Ausgezeichnet, lebte Lindt auf. Eine ausgezeichnete Idee. Das hast du dir gut ausgedacht, Fejgele, studieren. Ich bin voll und ganz dafür. Immerhin gibt es bei uns die Gleichberechtigung der Geschlechter, es wäre also eine Sünde, das nicht auszunutzen, wenn auch nur aus Interesse. Galina Petrowna lächelte nicht einmal und der Scherz hing in der Luft, wurde zusehends platt. Also, was möchtest du denn studieren, Liebes? Heldenhaft überging Lindt die peinliche Pause – das Familienleben war schließlich keine einfache Sache, Marusja hatte Tschaldonow manchmal auch aufs Grausamste auflaufen lassen. Das war natürlich eine traurige Rechtfertigung, doch eine andere kannte er nicht. Ich habe vor, ans Polytechnische Institut zu gehen, sagte Galina Petrowna beleidigt. Ah, nickte Lindt zufrieden, Physik und Mathematik also, die besten Freundinnen der Fünferkandidaten. Denen werden wir's gleich zeigen!

Lindt zog ein Heft hervor, legte es auf den Tisch und kniete sich wie ein kleiner Junge auf den Stuhl. Schnell schrieb er etwas auf eine leere Seite und warf dann Galina Petrowna das Heft mit der geschickten Bewegung eines Kartenkünstlers zu – strahlend und mit irgendetwas sehr zufrieden. Scheusal. Galina Petrowna überflog die Zeilen und versank in Gedanken – sie konnte Lindts Gekrakel mittlerweile problemlos entziffern, aber unglücklicherweise hatte sie alles vergessen, was der jüdische Aspirant ihr eingebläut hatte. Komm schon, Liebes, drängte Lindt sie zärtlich, wie man ein Kind in ein Arztzimmer schiebt. Die Aufgabe ist ganz einfach.

Die Aufgabe war wirklich ganz einfach und nicht nur für Lindt, an dem die Aufgaben für die nagelneue unionsweite Schulolympiade in Physik ausgetestet wurden, die man gerade erst 1962 ins Leben gerufen hatte. Wenn Lindt länger als eine Minute über eine Aufgabe nachdenken musste, die die geniale sowjetische Jugend zum Tüfteln bringen sollte, dann wurde sie einfach als unlösbar von der Liste gestrichen. Aber solche fanden sich selten – es war nicht leicht, das Akademiemitglied über schulische Physik zum Grübeln zu bringen. Aus den Augenwinkeln behielt Lindt den Zeiger der Wanduhr aus düsterem schwarzem Holz im Auge. Dreieinhalb Minuten für so eine Kleinigkeit. Ach! Anscheinend würde es nicht annähernd so werden wie 1918, als Tschaldonow und er sich das Heft gegenseitig fast aus der Hand gerissen und Aufgaben um die Wette gelöst hatten – und das war gleichzeitig eine Bekanntschaft, eine Freude, ein Schwur und das Versprechen von allem gewesen. Lindt lachte traurig auf – na ja, praktisch alle Versprechen waren tatsächlich erfüllt worden, eine andere Frage war, auf welche Art. Als Galina Petrowna den Lacher hörte, errötete sie tief und kritzelte plötzlich so zornig über Lindts Buchstaben und Zeichen hinweg, dass das Papier zerriss.

»Wozu soll das gut sein?«, fragte sie mit brodelnder Wut in der Kehle, die jedem ihrer Untergebenen bestens bekannt war. »Ich habe gesagt, dass ich studieren will und nicht mich mit diesem blödsinnigen Kinderkram abgeben.«

Lindt kletterte kleinlaut vom Stuhl und versuchte, die Hand seiner Frau zu fassen. Galina Petrowna riss sich los, verließ das Zimmer und knallte die Tür hinter sich zu – kräftig, fest, klatschend wie eine Ohrfeige.

Ein Hochschuldiplom (das ihr den Titel Entwurfsingenieurin in der Fachrichtung »Wasserversorgung und Kanalisation« verlieh) konnte Lindt erst im Herbst beschaffen – er stand danach tief in der Schuld vieler Menschen, dafür wurde in blauer Hülle (nur kein rotes Diplom mit Auszeichnung, ich flehe Sie an!) bestätigt, dass Lindt, Galina Petrowna, geboren 1941, am Ensker Polytechnischen Institut genau die fünf Jahre ihrer Ehe studiert hatte, was ein Auszug bescheinigte – eine Reihe originaler, in alle Verzeichnisse eingetragener Ziffern und Buchstaben. Das Ding war bombenfest, daran gab's nichts zu rütteln.

»Sie verhätscheln Ihre Frau zu sehr, Lazar Jossifowitsch«, wurde Lindt vom Leiter des KGB für das Gebiet Ensk, einem General Sedlow, getadelt, ohne dessen Absegnung nicht einmal Lindt es wagte, den Diplomschwindel durchzuziehen. Von Zeit zu Zeit konnte und musste man sogar die Hand, die einen fütterte, beißen, aber auf sie spucken … Dafür war Lindt zu klug.

»Aber sie hat nicht darum gebeten, ich wollte es«, versuchte er sich zu rechtfertigen, es klang aber wenig überzeugend.

»Umso schlimmer!«, brummte der hochgewachsene General, der wie ein Opernsänger aussah, ein Schönling mit vorrevolutionärem gepflegtem Schnurrbart, der ihm ein leichtsinniges und sogar etwas komisches Aussehen verlieh. Völlig umsonst. Sedlow war nicht dumm (für einen General war er fast ein Genie) und alles andere als harmlos. »Den Weibern darf man nicht ihren Willen lassen – sie kommen damit nicht zurecht«, belehrte er Lindt, entschied, dass das genügte, und wechselte das Thema. »Man sagt, Ihre Frau sei eine außerordentliche Schönheit …«

Feinfühlig nahm Lindt die kaum merkliche Pause wahr, und der General erhielt unverzüglich eine liebenswürdige Einladung zum nächsten Empfang, nein-nein, es gibt keinen Anlass, nur ein freundschaftliches Beisammensein unter Vertrauten.

Zum Beisammensein kam Sedlow mit einer Kiste »Nairi« an, einem zwanzigjährigen armenischen Kognak, und er verhielt sich wie ein echter Husar und Kavalier, das heißt, er trank ungeheuer viel, jedoch ohne dass seine Montur den geringsten Schaden genommen hätte, trug passend zu seinem Äußeren sehr gefühlvoll klassische Lieder vor und machte der Reihe nach allen Damen den Hof, einschließlich der Haushaltshilfe, die zwischen Küche und Angel überrascht wurde und unverzüglich die heftig klirrende Schüssel mit dem Lammrücken zu Boden fallen ließ. Sedlow verhielt sich einwandfrei und wurde tatsächlich bald ein Vertrauter in Lindts Heim – sogar in solchem Ausmaß, dass es Galina Petrowna nach sieben Jahren, 1971, einfach nicht mehr aushielt und beschloss, ihn nach dem Schicksal des Bürgers Maschkow Nikolai Iwanowitsch zu fragen.

Es wäre dumm anzunehmen, dass sie Nikolenka vergessen hatte – als könnte man so etwas überhaupt vergessen! Eingeschüchtert von Nikolaitsch hatte es Galina Petrowna anfangs nicht gewagt, Maschkow anzurufen (nicht einmal im Institut) – oder auch nur mit einem Wort zu erwähnen, dass es in ihrem Leben jemals so einen Menschen gegeben hatte. Um nicht loszuheulen, hatte sich Galina Petrowna in ihre zitternde Faust gebissen, geschluckt, noch einmal geschluckt – vielleicht haben ihm die Eltern alles erzählt? Aber nein, das hätten sie sich nicht getraut. Man musste sich nur richtig verhalten, dann würde Nikolenko nicht angerührt – kindliche Ängste, kindliche Beteuerungen, kindliche Träume davon, das Bettlaken, die eigenen Haare zu einem Seil zu winden und aus dem verwunschenen Schloss zu fliehen. Alles war aus, als sie schwanger wurde – nun konnte man nirgendwohin fliehen, geschändet, dickbäuchig und breitbeinig war sie ihres Märchenprinzen nicht mehr würdig.

Die weise Frau hatte es gesagt – vergiss es, schwelge nicht in Vergangenem, dort kannst du nichts ändern, dort gibt es nur Leichen. Offensichtlich war sie eine Anhängerin der systemischen Psychotherapie.

Aber gerade die Leichen sind bisweilen am schwierigsten zu vergessen.

Nikolai Iwanowitsch Maschkow, sagst du, Häschen? General Sedlow blickte zum Himmel und versuchte sich zu erinnern –

wie viele Geheimdienstler war er seit langer Zeit etwas paranoid und vertraute weder dem Papier noch den Menschen noch sich selbst. Berufskrankheit. Wie Krampfadern bei Friseuren und Kellnern. Wir finden ihn, keine Frage. Wir können ihn auch herbeischaffen, wenn's sein muss. Brauchst du ihn tot oder lebendig? Galina Petrowna lachte auf und schlug dem General sanft auf die Lippen, dabei klirrten ihre Armreifen eine kleine, feine Melodie. Sie war dreißig Jahre alt – auf dem Gipfel ihrer Gesundheit, Jugend und Schönheit, die hochrangige Ehe brachte ihr so viele Annehmlichkeiten, wie sie andere nicht in einem ganzen Jahrhundert hatten, und lehrte sie solch eine Raffinesse, dass sie eine Zier für jeden Geheimdienst gewesen wäre. Zumindest dachte sie das. Du brauchst niemanden herbeizuschaffen, mein Lieber. Ich bin einfach nur neugierig.

Der General küsste schmatzend die Hand, die ihn malträtiert hatte – Finger für Finger, Knöchel für Knöchel – Januar, Februar, März, April. Nachdem Galina Petrowna ihn ganz am Anfang ihrer Bekanntschaft zu verführen versucht hatte, übrigens völlig erfolglos, waren sie enge Freunde geworden, so enge, dass der General hin und wieder sogar bedauerte, dass er sich so korrekt verhielt wie der alttestamentarische Josef. Verrrfluchter Dienst.

»Sie sind eine bildhübsche Frau, Galina Petrowna, aber bitte bedecken Sie sich«, hatte er damals so bestimmt gesagt, dass Galina Petrowna mit einem Schlag nüchtern wurde.

Es war ein kalter Oktoberabend, aber im Wolga des Generals war es warm, sogar stickig, er lenkte den Wagen selbst, wie immer – er vertraute niemandem, jedes zusätzliche Paar Ohren war zu viel, schweig, der Feind hört mit. Die alte Schule. Von Galina Petrownas aromatischem Kognakhauch beschlugen die Scheiben leicht, als würden sie tränen, blass und vergebens schimmerten im dämmrigen Inneren des Wagens ihre Brüste, die großen, runden, schweren Brüste einer jungen Frau, die ein Kind geboren und genährt hatte. Und wenn man die anderen aus der Klinik mitzählte, sogar mehr als eines. Wenn auch nicht persönlich, aber satt geworden waren sie. Von den rosigen, zarten Brustwarzen führten unter der dünnen Haut bläuliche, klägliche Adern weg.

»Warum?«, fragte sie verstimmt und knöpfte langsam ihr Kleid zu.

»Weil Sie, Galina Petrowna, verheiratet sind.«

»Es sind doch alle verheiratet, zum Teufel, und alle haben einen Liebhaber! Warum also nicht ich?«

Galina Petrowna biss sich auf die Lippen, um nicht loszuweinen – das Gefühl der Erniedrigung erwies sich als unerwartet heftig.

»Weil nicht alle mit dem Akademiemitglied Lindt verheiratet sind.«

Der General zündete zwei Zigaretten an und reichte eine Galina Petrowna – trotz der Ausbildung zitterte seine Hand verräterisch und in der Hose schmerzte eine riesige, peinvoll angeschwollene Beule. Galina Petrowna zog so stark an der Zigarette, dass von ihr knisternde, weihnachtliche Funken ausstieben.

»Sowohl du, mein Häschen«, der General ging plötzlich auf das »Du« über, »als auch ich sind der letzte Dreck im Vergleich zu Lindt. Das kränkt dich vielleicht, ist aber die Wahrheit. Dein Mann löst Fragen für die Regierung, die wir nicht einmal begreifen können, deshalb lasse ich es nicht zu, dass du ihm Kummer bereitest. Verlang gar nicht danach. Du wirst keinen Liebhaber haben, dafür werde ich sorgen, da kannst du beruhigt sein. Und überhaupt – denk daran, man hat auch schon früher auf dich aufgepasst, aber allem Anschein nach beschissen. Jetzt wird besser auf dich geschaut. Jetzt mache ich das.«

Galina Petrowna nahm noch einen Zug und drückte die heiße Zigarette langsam und genüsslich in den Bezug des Wolga.

Das Lederimitat begann, zu stinken und zu versengen, und eine scheußliche unregelmäßige Wunde tat sich darin auf. Der General lachte und öffnete das Fenster.

»Und ein Hitzkopf bist du, Häschen!«, sagte er vergnügt. »Ich zeig dir lieber, wie man Auto fährt, was meinst du? Das ist eine solche Freiheit, das glaubst du nicht! Bei hundertzwanzig kann man richtig Dampf ablassen, du wirst sehen.«

Galina Petrowna blinzelte die Tränen weg und lachte ebenfalls.

»Na schön, zeig es mir«, sagte sie, verwendete nun ebenfalls das Du und fügte spöttisch hinzu: »Mein Häschen.«

Sedlow brachte die versprochene Auskunft eine Woche später, obwohl er alles Nötige in einer Stunde in Erfahrung gebracht hatte – dieser Nikolai Iwanowitsch Maschkow erwies sich als kein großer Fisch. Galina Petrowna nahm die dünne Aktenmappe an sich und lächelte, wie ihr schien, gänzlich unbekümmert.

»Einen Kaffee?«, bot sie an. »Ich koche ihn selbst.«

»Dann auf keinen Fall«, lachte der General. »Quäl dich nicht, lies ruhig, dort steht nichts Verbrecherisches.«

Galina Petrowna lächelte noch einmal, da sie das erste Lächeln vergessen hatte, sodass es nun eher wie ein gequältes Grinsen ausfiel. Auf diesen Halbtrottel muss man jedenfalls auch aufpassen, entschied Sedlow, der jugendlich schnell einen Treppenabsatz nach dem anderen bewältigte und gedanklich mit den Sporen klirrte. Alte Verbindungen sind wie alte Verletzungen. Hundert Jahre bleiben sie stumm und dann befördern sie einen plötzlich ins Jenseits.

Der General hatte noch nicht das Haus verlassen, als Galina Petrowna schon wusste, dass Nikolenka weder verlorengegangen noch verurteilt oder verbannt worden, ja, nicht einmal selbst irgendwohin gefahren war. Diese ganzen Jahre hatte er seelenruhig in der Stadt Ensk in einer Zweizimmerwohnung (Zweite-

Trudowoi-Gasse 14/1, Wohnung 12) gewohnt, die er vom Staat erhalten hatte ... Galina Petrowna stand auf, lief im Zimmer auf und ab und setzte sich wieder. Genau im Jahr 1959. Als sie Lindt geheiratet ... Nein, als man sie an Lindt verheiratet hatte. Im selben Jahr 1959 hatte Nikolai Iwanowitsch Maschkow ungewöhnlich schnell und erfolgreich (kein einziger schwarzer Fleck) die Kandidatur-Dissertation verteidigt und die entsprechende Zulage zum Einkommen sowie die Position als stellvertretender Leiter des Instituts für Chemie und Naturstoffe erhalten, aber nicht im Polytechnischen Institut, sondern an der Universität, was noch einmal ein kolossaler Sprung nach oben war, faktisch ein Wechsel der sozialen Schicht. Gegenwärtig wohnten an der angeführten Adresse zusammen mit dem Bürger Maschkow noch seine Frau, die Bürgerin Maschkowa Natalja Iwanowna, Bibliothekarin, sowie ihre zwei Töchter, Anna, acht Jahre, und Jekaterina, vier Jahre.

Also hatte er sich damals genauso von ihr loskaufen lassen wie ihre Eltern – einfach so. Galina Petrowna schloss die Mappe und versuchte, sich Nikolenkas Frau, sein Haus, seine Töchter vorzustellen, aber sie sah nichts als ihr eigenes undeutliches Spiegelbild im Glas der Anrichte. Achatbecher in Silberfassung, Russland, 18. Jahrhundert. Silber, Onyx, Blattgold, Schnitzereien. Erst vor Kurzem hatte sie begonnen, Geschirr aus der petrinischen Epoche zu sammeln, und der Platz reichte bereits hinten und vorne nicht. Ich muss noch einen Glasschrank für das Geschirr suchen, am besten einen mit Holzschnitzerei, dachte Galina Petrowna und war selbst erstaunt darüber, dass sie überhaupt nichts empfand.

Lindt warf einen Blick ins Esszimmer. Bist du beschäftigt, Fejgele? Man bietet mir hier Karten für das Gastspiel des Bolschoi-Theaters an. *Schwanensee* ist natürlich kein Meisterwerk, aber es heißt, dass die Plissezkaja selbst tanzt. Willst du ins Ballett? Galina Petrowna nickte und lächelte unerwartet, fast zärtlich. Ballett, das ist wunderbar, sagte sie. Ballett hatte sie immer gehasst. Natürlich will ich. Und danach ins Zentralni, ja? Dort trinken wir bis zum Abwinken!

Lindt strahlte über das ganze Gesicht, gab seiner Frau einen schnellen, vogelartigen Kuss und verschwand sogleich wie ein Teufelchen. Galina Petrowna begleitete ihren Mann mit den Augen und rieb unbewusst ihre Wange an der Schulter, um die feuchte Spur wegzuwischen.

Alles, was ihr nun übrig blieb, war zu warten, bis er starb.

Aber nun würde sie beim Warten wenigstens ihren Spaß haben.

Und so war es auch – die neun Jahre von 1971 bis 1979 waren für Galina Petrowna, wenn schon nicht die glücklichsten, aber auf jeden Fall die sorglosesten ihres ganzen Lebens. Die Sowjetunion – zumindest Galina Petrownas Sowjetunion – war reich, selbstbewusst und prächtig wie nie zuvor, als wäre sie ein unbekümmerter, angeheiterter feiner Herr, der noch nichts davon ahnte, dass ein paar Torbögen weiter eine Diebesbande ihm seinen herrlichen Iltispelzmantel abknöpfen und ihn johlend durch die Kälte jagen werde, nur mit Unterhosen bekleidet, jämmerlich, erniedrigt, besudelt mit tiefrotem Blut aus seiner gebrochenen Nase. Aber solch einen Ausgang konnte nicht einmal der allwissende Lindt vermuten.

Immer öfter fuhr er nicht mehr in sein Institut, sondern blieb zum Arbeiten daheim, und immer öfter ärgerte sich Galina Petrowna nicht darüber, die, nachdem sie die materielle Leidenschaft für Geschirr, Möbel und Schmuck aus dem Antiquitätenladen hinter sich gelassen hatte, letztendlich bei den Büchern angelangt war, und da gab es in Ensk keinen besseren Ratgeber als Lindt. Sie führten sogar so etwas wie ein mittägliches Ritual ein: Galina Petrowna kam ins Arbeitszimmer ihres Mannes und brachte Tee in einem schweren silbernen Glashalter von Chlebnikow (nicht dem Wahnsinnigen, der sich selbst zum Vorsitzenden der Erdkugel ernannt hatte, sondern von dem ehrlichen Moskauer Kaufmann der ersten Innung, Iwan Petrowitsch Chlebnikow, in ganz Russland für seine Juwelierwerkstatt auf dem Hügel Schwiwaja Gorka nahe der Taganka bekannt), und Lindt schob mit Genuss die Unterlagen, die ihn unendlich anödeten, beiseite und widmete sich dem späten Frühstück mit Gesprächen, bei dem Galina Petrowna das ganze Gebäck, das sie ihrem Mann gebracht hatte, unmerklich aufaß.

Iss nur, iss, Liebes. Ich freue mich, dass es dir schmeckt. Den Golubinski musst du natürlich nehmen – die *Geschichte der russischen Kirche* war vor der Revolution kaum zu bekommen, na und jetzt erst, noch dazu in vier Bänden! Ist der Zustand gut? Ach, stockfleckig – das ist eine Kleinigkeit, das kann man beheben. Weißt du, er war Professor an der Moskauer Geistlichen Akademie, dieser Golubinski, ein sehr feiner alter Herr mit sehr unglücklichem Schicksal. Bekriegte sich sein ganzes Leben lang mit Pobedonoszew. Außerdem erblindete er im hohen Alter. Aber er war ein guter und ganz außergewöhnlicher Mensch. Lindt verstummte, da er sich an Marusjas Stimme erinnerte – warm klingende Glocken, keine seelenlosen silbernen, sondern die von Glockenblumen, am dünnen Faden des Halmes hängend, innen wie aus Wildleder, violett und rosig angehaucht. Ihre Geschichten über Golubinski, der im Haus der Pitowranows in ihrer Mädchenzeit verkehrt hatte, noch bevor sie Tschaldonow kennenlernte.

Ach Gott, wenn man bedenkt, dass ich damals selbst noch nicht auf der Welt gewesen bin!

Galina Petrowna wartete geduldig ab, bis Lindt seine gedanklichen lyrischen Anfälle überwunden hatte – das Schicksal von Golubinski ließ sie völlig kalt, eine andere Sache war der Zustand der Bucheinbände. Lindt bekam sich wieder in den Griff, kehrte zum ursprünglichen Thema zurück, und so verbrachten sie plaudernd eine Stunde oder auch mehr, bis Galina Petrowna schließlich einfiel, dass man sie beim Friseur oder Schneider erwartete. Mitunter gab sie ihrem Mann sogar selbst einen Schmatz zum Abschied. Das hatte so viel Ähnlichkeit mit einer normalen Familie, dass man sich leicht hätte täuschen lassen können.

Galina Petrowna war viel ruhiger als früher geworden: Sie tyrannisierte ihre Untergebenen weniger, bekam seltener hysterische Anfälle – schreckliche, langweilige, trockene, wie ein Gewitter mit Schreien und Zerschmettern von Geschirr – das wertvolle zerdepperte sie übrigens nie. Sie war fast glücklich und bemerkte dieses »fast« praktisch selbst nicht mehr. Das Leben passte ihr im Großen und Ganzen, und mit Einzelheiten konnte man fertigwerden oder sich abfinden – wie mit einem Ohrring, der in den Abfluss gerutscht war, oder mit Boriks übereilter Heirat.

Borik, den die Eltern nicht öfter als irgendeinen Einrichtungsgegenstand bemerkten – Gott im Himmel, woher haben wir bloß diese dämliche Vase? Ach ja, das war ein Geschenk von den Lysikows –, wuchs entgegen allen pädagogischen und menschlichen Gesetzen zu einem netten Burschen heran, etwas antriebslos, aber ohne im Geringsten interessant für einen Psychotherapeuten zu sein. Noch ein Beispiel dafür, dass der Wohlstand weit weniger an der kindlichen Seele anrichtet als die ausweglose marginale Armut. Borik waren seine Eltern ebenso gleichgültig wie er ihnen, aber das war die fröhliche, höfliche Gleichgültigkeit eines gut erzogenen jungen Menschen, der sein Blut mit ihm kaum bekannten und seit seiner frühesten Kindheit lästigen Leuten teilen muss. Lachlustig, mit rötlichem Haar und dickem Hintern, hatte er weder Lindts Fähigkeiten noch Galina Petrownas Schönheit geerbt, dafür hatte er – woher auch immer – geschickte Hände und verbrachte den größten Teil seiner Zeit in seinem Zimmer, wo er Modelle von Segelschiffen zusammenklebte, die so herrlich und zerbrechlich wie getrocknete Schmetterlinge waren.

Manchmal besuchten Freunde Borik, die wie er waren, gute, faule, reiche und verwöhnte Jungen. Sie stritten viel und leidenschaftlich über die Zukunft der Welt und den kalten Krieg, hörten amerikanische Schallplatten und tauschten unleserliche Kopien von Dissidententexten aus, die größtenteils so übel geschrieben waren, dass man sie nicht nur verbieten, sondern auch hätte verbrennen müssen. Das waren süße Bubenstreiche, halbwüchsige Injektionen von Freidenkertum, ohne die das spätere nicht beneidenswerte Schicksal als sowjetischer Handelsvertreter oder Attaché nur schwer zu ertragen gewesen wäre.

Die Schule schloss Borik mittelmäßig ab – vielleicht deshalb, weil Galina Petrowna ständig vergaß, welche Klasse er besuchte. Das bescheidene Abschlusszeugnis reichte jedoch völlig, um sich an der Universität im Fachbereich Maschinenbau zu immatrikulieren: Boriks Nachname und sein Vatersname wirkten belebend auf jede beliebige Ensker Aufnahmeprüfungskommission. Lindt musste nicht einmal jemanden anrufen – das hatte er allerdings, zugebenermaßen, auch gar nicht vorgehabt.

Gegen Ende des zweiten Studienjahres brachte Borik ein schmales, verlegenes Mädchen nach Hause und teilte den Eltern mit, dass er unverzüglich zu heiraten gedenke. Galina Petrowna blickte das Mädchen prüfend an – billiges Kleidchen, Plastikohrclips, Wimpern auf den Boden gerichtet, dunkler Zopf mit Scheitel.

»Schwanger?«, fragte sie geradeheraus.

Das Mädchen hob endlich die Augen – sie waren hellbraun wie die eines Straßenköters.

»Nein«, antwortete sie. Und fügte merkwürdigerweise hinzu: »Entschuldigen Sie.«

»Wozu dann heiraten?«, bemerkte Galina Petrowna trocken und spürte mit Vergnügen, dass ihre ganze Person, beginnend mit den leicht hochgezogenen perfekten Brauen bis zu den glänzenden Strümpfen auf den schlanken Waden, hundert Mal besser und hochwertiger war als diese graue Maus, die nicht einmal ihre eigene Jugend sinnvoll nutzte. Die Nägel waren abgekaut, auf der Nasenwurzel schuppte sich die Haut. Wertlos.

»Das Wort ›Liebe‹, darf man annehmen, sagt dir wohl nichts, Mama?« Borik blickte finster unter den Brauen hervor und Galina Petrowna wurde sich zum ersten Mal bewusst, dass sie einem Mann das Leben geschenkt hatte – einem echten, erwachsenen Mann, mit kratzigen Bartstoppeln am Morgen, mit dicken Adern auf den Unterarmen und allem Anschein nach mit allem, was dazu gehörte, hinter dem Hosenschlitz. Und dieser Gedanke war irgendwie unangenehm.

»Red keinen Unsinn«, wies sie ihren Sohn zurecht. »Zu dir kommen wir später. Bräutigam.« Borik zuckte zusammen, als hätte er eine Ohrfeige bekommen, aber Galina Petrowna wandte sich schon wieder dem Mädchen zu. »Und euer Familiennest wollt ihr natürlich hier einrichten? Oder habt ihr ein eigenes Anwesen? Denn bei uns gibt es, wie ihr seht, wenig Platz.«

Das Mädchen blickte sich im Wohnzimmer um und errötete.

»Ich wohne im Studentenheim«, sagte sie leise. »Mit lauter Mädchen zusammen. Aber Verheiratete bekommen ein eigenes Zimmer.« Das Mädchen errötete noch tiefer und berichtigte sich: »Man kann eines bekommen. Uns hat man eines versprochen, Borja hat im Dekanat gefragt.«

»Unser Borja ist ein geschäftstüchtiger Bursche«, stimmte Galina Petrowna gehässig zu. »Ein exzellenter Ernährer. Sie haben Glück gehabt, da kann man nichts sagen.«

Schließlich hielt es Borik nicht mehr aus, stand auf und zog sein Gänschen vom Stuhl, wie man einen Mantel vom Kleiderbügel nimmt.

»Los, gehen wir«, sagte er. »Hier haben wir nichts verloren. Sie ist übergeschnappt von all dem Krempel hier. Und mein Vater ist sowieso verrückt. Ich hab's dir doch gesagt.«

Das Mädchen ging folgsam mit zum Ausgang – ohne zu fragen, ohne zu widersprechen. Borik hielt sie wie ein Kind an der Hand, und daran, wie fest und vertrauensvoll ihre Finger verflochten waren, daran, wie sie ohne Absprache im Gleichschritt gingen, war klar, dass es Liebe war, einfach Liebe, ohne jeden Eigennutz, ohne Anlass, sogar ohne Sinn. Selbst Galina Petrowna begriff das.

»Und glaub ja nicht, dass ich deine Schnepfe in der Wohnung anmelde!«, schrie sie hinterher, aber die Eingangstür war bereits zugeschlagen worden. Viel Glück und auf Nimmerwiedersehen!

Lindt bemerkte die Abwesenheit seines Sohnes erst am dritten Tag.

»Ist Borik etwa weggefahren?«, fragte er beim Mittagessen, als er einen Teller Hühnerbrühe mit Nudeln entgegennahm.

»Nein, er hat geheiratet«, antwortete Galina Petrowna mürrisch.

»Na, wie schön«, bemerkte Lindt gleichgültig, während er in seiner Brühe rührte. »Es ist nicht auszuhalten, wie heiß das ist! Essen sollte dieselbe Temperatur wie der menschliche Körper haben, also genau sechsunddreißig Komma sechs Grad Celsius! Dann kann es der Organismus ordentlich aufnehmen.«

Galina Petrowna lächelte oberflächlich und schaltete sogleich das Gehirn aus. Die Vorträge ihres Mannes konnte sie nicht ertragen.

Borik kam tatsächlich nicht wieder – weder nach einer Woche noch nach zwei, aber Galina Petrowna beunruhigte das, offen gestanden, nicht besonders. Der treue General Sedlow berichtete von Zeit zu Zeit über die Lage auf dem Schlachtfeld – sie haben geheiratet, ein Zimmer im Wohnheim erhalten, für die Hochzeit hat ihr ganzer Jahrgang zusammengelegt, aber warum warst du eigentlich so dagegen, Häschen? Sie ist wirklich kein schlechtes Mädchen, kein Flittchen. Eine Waise, die Eltern sind gestorben, sie hat gute Noten, trägt ihre gesellschaftliche Bürde. Versöhn dich mit ihnen, dann ist dir leichter. Ich habe nicht vor, mich wegen dieser Scheiße aufzuregen, ereiferte sich Galina Petrowna. Es reicht, ich will von dieser Schlampe nichts mehr hören. Der General zuckte die Achseln – verstehe einer diese Frauen. Du zerbrichst dir den Kopf, bevor du kapierst, was sie denken.

Die Flitterwochen, die sich über den ganzen Sommer erstreckten, verbrachten Borik und seine junge Frau bei der studentischen Baubrigade. Im September kehrten sie zurück, abgemagert, braungebrannt, glücklich, und hatten bei der Errichtung von Kuhställen die sagenhafte Summe von zweitausend Rubel verdient. Beide zusammen. Borik fuhr zu seinem Vater ins Institut und kehrte mit noch fünfhundert in der Tasche zurück. Ich zahle es dir zurück, Papa, hatte Borik versprochen. Sobald ich es verdient habe, zahle ich es zurück. Sag nur Mama nichts davon. Lindt schüttelte den Kopf, halb zustimmend, halb widersprechend. Er kam Borik vollkommen alt und irgendwie gedämpft vor.

Das Geld war für die Einlage bei einer Genossenschaft. Die zweieinhalbtausend Rubel reichten genau für eine Wohnung, klein, aber drei Zimmer. Die Zuweisung erhielten sie ausgerechnet zu Silvester, sodass die Feier doppelt laut und fröhlich ausfiel. Wie es sich gehörte, trug der glückliche Student im dritten Studienjahr Boris Lazarewitsch Lindt seine junge Frau über die Schwelle der neuen Wohnung, die zwar vollkommen leer war, aber dafür ihnen gehörte. Die Gäste machten Radau, schossen sowjetische Sektkorken an die Decke – es waren ebenfalls Studenten, Aspiranten, junge, ausgelassene, sowjetische Spinner, die Kinder des großen Landes, das ohne Hast und feierlich im Begriff war, seine große Agonie zu beginnen. »Gutes neues Jahr 1980!«, sagte herzlich der Fernseher, den sie nur für die Festnacht gemietet hatten. Borik sorgte aufmerksam dafür, dass der Gemüsesalat und das gekochte Huhn für alle reichten. Sie hatten eigentlich Oliviersalat machen wollen, aber keine grünen Erbsen bekommen. Zum Teufel damit, sie waren auch so unglaublich, magisch, bemerkenswert glücklich.

»Und was macht ihr aus dem kleinen Zimmer, ihr Spießer? Ein Arbeitszimmer?«, interessierte sich einer der angeheiterten Gäste, der versuchte, die Asche in der Teetasse abzustreifen, aber jedes Mal seine eigene Hose traf. Borik fing den Blick seiner Frau auf, verlegen, fröhlich, hellbraun. Sie lächelte und nickte – los, jetzt können wir es sagen.

»Das kleine Zimmer wird unser Kinderzimmer«, sagte Borik fest und alle schrien und hüpften noch lauter – mit neuer Kraft, im neuen Jahr, mit neuem Glück. Sogleich wurde eine armselige Studentenmütze im Kreis herumgeschickt und der nüchternste Bote damit zu den Taxifahrern um warmen Wodka geschickt, sodass das Fest, das wie ein Ball einen unerwarteten neuen Drall bekommen hatte, weiterlief, mit neuer morgendlicher Kraft. Sie sangen Lieder von Makarewitsch und Wyssozki, küssten sich, tanzten kopfwackelnd, herumhampelnd, lachend zum Kassettenrecorder und gingen erst um sechs Uhr früh auseinander, es dämmerte schon fast.

Borik schloss hinter dem letzten Gast die Tür und blickte in das Zimmer, das sie zu ihrem Schlafzimmer erkoren hatten. Auf dem Klappbett schlief ruhig seine Frau, die Arme schützend an den noch nicht sichtbaren Bauch gedrückt, sein Mädchen, sein Sonnenschein, sein Glück. Borik deckte ihre Beine mit dem verrutschten Mantel zu, zwinkerte die Tränen weg, zwinkerte noch einmal und ging in die Küche, um das Geschirr abzuwaschen. Das Wasser war kalt und rostig – die Installateure waren auch nur Menschen, sie feierten auch Neujahr. Wenn es ein Junge wird, nennen wir ihn … Nein, gar nicht nennen wir ihn. Kein Junge. Borik hob fordernd den Kopf zur Decke, als würde er instinktiv spüren, dass Gott genau dort war. Ich will eine Tochter, bat er. Bitte. Ein Mädchen. Ein Mädchen namens Lidotschka. Der Wasserhahn fauchte und spuckte einen Strahl kochendes Wasser aus. Borik lächelte und nickte dankbar, als hätte er tatsächlich eine Antwort erhalten.

Und im Juni 1980 wurde Lidotschka Lindt geboren.

SECHSTES KAPITEL
LIDOTSCHKA

Würmer hatte Lidotschka natürlich keine und Galina Petrowna verlor jegliches Interesse an dem Mädchen. Außerdem stellte sich bald heraus, dass ein fünfjähriges Kind nicht nur ein schweres Kreuz zu tragen war, sondern auch ein erstaunlich unpraktisches. Lidotschka konnte man nicht in Seidenpapier einschlagen und irgendwo weit hinten im Schrank verstauen, und das Theater mit ungelegen auftretenden Laufmaschen in Strumpfhosen und noch ungelegeneren Fragen passte überhaupt nicht in Galina Petrownas Pläne. Und dieses zucker- und honigsüße Gutschi-Gutschi, mit dem Lidotschka von allen Seiten bedacht wurde. Ach, was für ein Püppchen Ihr Enkelchen doch ist, ach, sie hat ganz Ihre Augen, Galinotschka Petrowna!

Erstens konnte Galina Petrowna überhaupt kein Enkelchen gebrauchen, schließlich war sie erst vierundvierzig Jahre alt und sah aus wie kaum fünfunddreißig. Zweitens, und das war die Hauptsache, die Augen, das Verhalten, diese schnelle Kopfdrehung und, großer Gott, sogar die Art, wie Lidotschka den Teller zu sich zog ... Galina Petrowna, die nach vier Jahren als Witwe beinahe den animalischen, lebendigen Ekel vergessen hatte, den ihr Mann in ihr hervorgerufen hatte, verfolgte voller Abscheu, wie aus dem pummeligen, fröhlichen Körper des agilen, hübschen Mädchens wie in einem Albtraum Lazar Lindt hervortrat. Sein mürrischer Blick, sein Lächeln, seine Hände, die Glieder seiner Finger, sein eckiger Knöchel am Handgelenk, seine Art, sie schnell und verstohlen an der Hüfte zu berühren, sodass es Galina Petrowna körperlich schauderte – wie wenn man sich an einem bestimmten Punkt des Ellbogens stößt, an seinem lebendigsten, schutzlosesten, elektrischsten Punkt.

Nimm bloß die Finger von mir, du zerdrückst mir das Kleid!

Lidotschka, die unbeholfen versucht hatte sich anzuschmiegen, sank erschrocken in sich zusammen, zog den Kopf zwischen die Schultern und blickte aus ihren dunklen, bemitleidenswerten Augen genau so wie seinerzeit Lindt. Herr im Himmel, natürlich war das Kind an nichts schuld, aber Galina Petrowna selbst, woran war sie denn schuld?

Borik großzuziehen war viel leichter gewesen – aber alles ist leichter, wenn man knapp über neunzehn ist. Außerdem begnügte sich Borik bestens mit sich selbst, während Lidotschka, die noch nicht entwöhnt war von der elterlichen Liebe, die Borik nie gekannt hatte, ganz instinktiv an Galina Petrowna klebte, wie ein Tierjunges, das am einfachsten nicht durch Worte, sondern durch eine warme Flanke, einen vertrauten Geruch, einen wärmenden Hauch zu beruhigen war – durch all das, was es bei Galina Petrowna nicht gab und was man unmöglich für Geld bekommen konnte. Die Kindermädchen, noch genauso dreist, hirnlos und unbeholfen wie in Boriks Kindheit, waren bereit, gegen eine bestimmte Entlohnung Lidotschkas Popo abzuwischen und aufzupassen, dass sie mit geschlossenem Mund kaute, aber lieben wollten sie sie überhaupt nicht. Eigentlich liebte sie gar niemand mehr und Lidotschka erkannte das allmählich, von Tag zu Tag deutlicher.

Genauer gesagt, erkannte sie das natürlich nicht – was verstand sie schon mit ihren fünf Jahren? Sie gewöhnte sich einfach daran, wie sich eine Blume umgewöhnt, die man von einem Fensterbrett nimmt, wo es Sonne, einen gemäßigten Luftzug und eine blaue Gießkanne mit süßem, abgestandenem Wasser gibt, und sie in eine entfernte Ecke stellt, die nicht dunkel genug zum Sterben ist, doch qualvoll und unerträglich im Vergleich mit dem früheren Paradies. Und das Unbarmherzigste war, dass die Erinnerung an dieses Paradies nicht verdorrte wie alles andere, im Gegenteil – sie wuchs und gedieh mit solch praller, peinigender Kraft, dass Lidotschka oft grundlos zu schluchzen oder sogar zu heulen begann und dabei fast den unerträglich hohen Klang einer Kreissäge erreichte. Völlig umsonst. Das Kindermädchen, das kindliche Hysterien gewohnt war, verließ einfach das Zimmer, in der gerechten Annahme, die eigenen Nerven seien wichtiger und schließlich habe sich noch niemand einen Bruch herbeigeschrien. Als Galina Petrowna jedoch Lidotschka einmal am Höhepunkt eines Schreianfalls vorfand, verpasste sie ihr eine ordentliche und gleichgültige Ohrfeige. Lidotschkas Zähne schlugen aufeinander und sie verstummte. Früher hatte sie niemand geschlagen. Niemand und niemals.

Am schwersten war es, dass niemand mit ihr sprach – natürlich abgesehen von der elementarsten Kommunikation: Komm her, gib her, leg das hin, geh schlafen. Hör auf. Lass mich in Ruhe. Fass das nicht an. Mamotschka hatte viel Interessantes erzählt. Papa auch. Lidotschka erinnerte sich daran, wie gemütlich es gewesen war, zwischen den Eltern auf dem Sofa zu sitzen, Mamotschkas zärtliche Hand, kühl wie Milch, an der Wange zu spüren und einen äußerst interessanten bunten Faden aus Papas Pullover herauszuziehen. Glaubst du, sie geben uns die Ferienschecks? – fragte Mamotschka besorgt. Ja, wem denn sonst, sagte Papa fröhlich, und wenn wir keine bekommen, dann nehme ich die Gewerkschaftsleitung als Geiseln. Was sind denn Geiseln? – lebte Lidotschka augenblicklich auf und stürzte sich auf das neue Wort wie ein Kätzchen auf einen raschelnden Zeitungsstreifen. Die, die sich regelmäßig einen hinter die Binde gießen. Wen gießen sie? Lidotschka erstarrte verblüfft, riss den Mund auf und vergaß den Faden. Nicht wen, sondern was. Allerlei Wodka und andere alkoholische Getränke. Das gießen sie sich hinter die Binde. Das bedeutet, dass sie viel und ohne Anlass trinken. Mit einem Wort: Alkoholiker. Also sind in der Gewerkschaftsleitung alle Alkoholiker?, fragte Lidotschka, woraufhin Mamotschka sich lachend sanft ins Sofa zurücksinken ließ. Siehst du, sogar ein Kind begreift schon alles! Wir werden keine Ferienschecks bekommen!

Doch, wir bekommen sie! Du wirst sehen! Papa stand sogar auf, fiel aber gleich wie ein Käfer zurück auf das Sofa, da er von Lidotschka am Faden festgehalten wurde, und begann mit ebenso käferartigem Gebrumm, sich mit seiner strampelnden Tochter zu balgen. Ach, schlimme Barbariska! Warum trennst du meinen Pullover auf? Wolltest wohl den eigenen Vater nackt herumlaufen lassen? Lidotschka strampelte quiekend und schlug mit ihren dicken Beinchen aus. Wühl sie doch nicht so auf, dann schläft sie nachher nicht, mischte sich Mamotschka ein und bedauerte ebenfalls den Pullover. Schau, was du angerichtet hast! Wie viel du rausgezogen hast! Wozu brauchst du diesen Faden überhaupt? Er ist schön, erklärte Lidotschka, während sie verschnaufte und sich kein bisschen fürchtete. Er ist wirklich schön, stimmte Mamotschka zu. Siehst du, wie bunt er ist? Das nennt man Melange. Und das war noch ein Wort und noch eine Geschichte und sie hörten einfach nicht auf, bis die Geiseln aus der Gewerkschaftsleitung Papa endlich die Ferienschecks gaben. Und dann fuhren sie ans Schwarze Meer.

Die tagträumende Lidotschka, die noch schlecht zwischen Erinnerungen und Realität unterscheiden konnte, zuckte zusammen von dem leisen Knall, mit dem ihr Buch auf dem Boden aufgeprallt war, und Mamotschka verschwand sogleich, als hätte es sie nie gegeben. Lidotschka seufzte auf, kletterte vom Sofa zum Buch hinunter, machte es sich mit ihm gleich auf dem Boden gemütlich und versuchte, nicht mit den Seiten zu rascheln. Lärm durfte man bei Galina Petrowna auf keinen Fall machen. Außerdem durfte man nicht laufen, springen oder unter dem

Tisch ein Haus bauen und die Tischdecke so herabziehen, dass eine geheime, dämmrige Höhle entstand, die außerordentlich behaglich und ganz von einzelnen goldenen Sonnenstrahlen durchzogen war, in denen genauso goldene Staubkörnchen wie kleine Mücken schwebten. Lidotschka zählte in Gedanken an den Fingern ab: Ball spielen. Hüpfen. Am Bezug oder an der Tapete herumzupfen. Alles mit Filzstiften anmalen. Um Gebäck betteln, bevor es Zeit zum Mittagessen war. Das durfte man auch nicht. Das war schwer. Sehr schwer.

Im Grunde lebte Lidotschka wie ein reinrassiger Schoßhund. Viermal am Tag servierte man ihr auf halbdurchsichtigem Sammlerporzellan das richtige Essen, nach dem Frühstück (Tee, Haferbrei mit Konfitüre, warme Brötchen, gelbe Butter, harter Käse) und vor dem Nachmittagsimbiss (Milch, knuspriges Gebäck, ein paar Äpfel oder Bananen) führte man sie zu einem Spaziergang auf den Hof hinaus, der privilegiert, ruhig und von der realen Welt durch einen schmiedeeisernen Zaun mit gusseisernen Verzierungen und stacheligen Spitzen abgeschirmt war. Auf dem Spaziergang durfte man ein wenig laufen oder sich auf den quietschenden Metallschaukeln in die Luft schwingen – unter Aufsicht, versteht sich, allerdings nicht nur von einem Kindermädchen, sondern einem ganzen Dutzend, wobei jede eifersüchtig das ihr anvertraute Kind beobachtete: damit es ja dicker, aufgeweckter und ansehnlicher als die anderen wurde. Die Kindermädchen spuckten Sonnenblumenkerne aus, prahlten mit dem Reichtum ihrer Dienstherren und mit den Streichen und Launen der Kinder – und meiner, das sag ich dir, wie der mir den Eimer über den Kopf gezogen hat! Der betreffende »Meine«, rundlich, wichtigtuerisch, ganz in importierter Kleidung, war ebenfalls anwesend und versuchte schnaufend, einen herbstlich verschämten, braunen Hagedornstrauch zu roden. Den Kindern war nichts verboten – zumindest nichts Schlimmes. Gutes wurde einfach übersehen, offenbar weil es wenig davon gab. Nachdem die Kindermädchen die herrschaftlichen Schränke durchhatten, gingen sie unweigerlich zu den Kühlschränken über: Übereifrig berichteten sie, was und wann sie genascht, was sie stibitzt und was sie nicht gemocht hatten. Sie verachteten die Köchinnen und Haushaltshilfen – niederes Volk, Diener, Bodenwischer. Selbst hätten sie sich niemals zum Putzen herabgelassen. Angespornt durch die eigenen Erzählungen über Fressalien, zogen sie aus ihren Einkaufsnetzen Päckchen hervor, riefen mit greinender Stimme ihr jeweiliges Kind herbei und stopften Brötchen mit Kaviar, Feingebäck, aromatische Schinkenscheiben in die verschmierten, kükenartig aufgerissenen Münder. Die Überbleibsel verschlangen sie hastig selbst. Niemals boten sie einander etwas an. Und auch den Kindern erlaubten sie es nicht. Sonst noch was! Als hätten die anderen selbst nichts zum Fressen daheim! Die gemästeten, privilegierten Sprösslinge waren übrigens auch nicht darauf erpicht, Gutes zu tun – im Haus gab es entweder freche, verwöhnte, großmäulige Junker oder wortkarge, schwächliche Degenerierte, armselige, kränkliche Sprösslinge mächtiger Familien, die noch verwöhnter waren als die Junker, ihnen hatte die Natur jedoch nicht einmal die elementarsten Instinkte und Fertigkeiten zum Überleben mitgegeben.

Spazierengehen mochte Lidotschka nicht.

Daheimsitzen auch nicht.

Es blieben ihr nur die Bücher – sie forderten nichts, verboten nichts und mit ihnen konnte man sich unterhalten. So viel man wollte. Wenn auch nur in Gedanken. Nachdem sich Galina Petrowna davon überzeugt hatte, dass Lidotschka alle unbedeutenden Kindermeilensteine bewältigt hatte, vom einfachen *Dr. Aibolit* bis hin zum liebreizenden, schelmischen *Ruslan und Ljudmila*, beschloss sie nach reiflicher Überlegung, dass sie der eigenen Ruhe zuliebe eine ihrer Regeln aufheben konnte. Sie führte Lidotschka zu einem der fest verschlossenen Bücherschränke, drehte den knirschenden Schlüssel herum und steckte ihn in ihre Tasche. Hier kannst du dich nach Herzenslust vergraben, gestattete sie gnädig und zeigte auf das unterste Regal. Denk nicht mal dran, an die höheren Regale zu gehen. Lidotschka war ganz ergriffen von dem zerfledderten Schatz, der sich vor ihr auftat, und nickte kaum merklich.

So erbte sie die Bücher ihres Großvaters.

Natürlich waren das nicht alle Bücher von Lazar Lindts riesiger, kostbarer Bibliothek, sondern nur der unbedeutendste antiquarische Müll, den Galina Petrowna nicht einschätzen konnte, aber wegwerfen wollte sie ihn auch nicht – natürlich nicht aus Pietät für ihren verstorbenen Gatten, sondern weil sie einfach fürchtete, dass sie dabei einen finanziellen Verlust erleiden könnte. Die Mode für Bücher änderte sich fast so unberechenbar und oft wie die für Rocklängen und Reversbreiten, und alle, die bisher den schlichten Produkten des Verlegers Iwan Dmitrijewitsch Sytin nachgejagt hatten, begannen plötzlich, Erstausgaben von Futuristen zu sammeln, und blätterten für absurde Heftchen, die aus kaum besserem Material als Tapetenpapier genäht waren, genauso viel hin, wie normale Sowjetbürger nur für eine heiß begehrte rumänische Wohnwand auszugeben bereit waren. Deshalb nahm Galina Petrowna all diese *Niwa*-Zeitschriften, die noch im 19. Jahrhundert jahresweise zu Päckchen geschnürt worden waren, all diese zerfallenden Arithmetiklehrbücher sowie die schlichten Büchlein *Damenlektüre für Herz und Verstand* und verbannte sie in eines der Regale, wobei sie sich in Gedanken wunderte, wozu der heikle Lindt diesen wertlosen bibliothekarischen Unsinn überhaupt gebraucht hatte.

Lidotschka setzte sich vor dem Bücherschrank auf den Parkettboden. Die nackten Beine, die nach einem Jahr des Zusammenlebens mit Galina Petrowna für immer ihre lebendige, süße, kindliche Rundlichkeit verloren hatten, streckte sie von sich. Sie war sechs Jahre alt – vollkommen erwachsen, wenn man alle Umstände der Zeit und des Ortes berücksichtigte. Darf ich wirklich?, fragte sie nach, bevor sie die Hand ausstreckte. Galina Petrowna konnte jederzeit ihre Meinung ändern und man bekam für etwas, das gestern noch erlaubt gewesen war, morgen vielleicht ordentlich Haue. Lidotschka wusste das. Sie wusste überhaupt viel mehr, als es für eine Person ihres Alters üblich war. Ach Gott, ja doch, antwortete Galina Petrowna. Zerreiß nur nichts und schmier nichts mit Filzstiften an. Lidotschka nickte noch einmal und zog aus der dicht bestückten, ein wenig zerfransten Bücherreihe unfehlbar den zerfleddertsten Band, der ihr sogar etwas warm vorkam. Das *Geschenk für die junge Hausfrau oder Mittel zur Verringerung der Wirtschaftsausgaben* von Helene Molochowetz.

Lidotschka setzte sich bequemer hin und das Buch öffnete sich ihr bereitwillig wie von selbst an einer vielgeliebten, abgelesenen und sogar etwas fleckigen Stelle. »Sahneeis wird auf folgende Art zubereitet«, las Lidotschka, als handle es sich um ein Zaubermärchen, und sie folgte gespannt der anheimelnden lautlosen Stimme, in der ein verschmitzter Ton mitschwang: Man nehme frischeste Sahne, nicht zu dick, also auch nicht zu fett; wenn keine Sahne vorhanden ist, tut es auch Vollmilch; die Dotter werden mit feinem, gesiebtem Zucker weiß gerührt und mit der Sahne vermengt, die Masse wird im Topf auf dem Feuer gerührt, bis sie eindickt, aber nicht aufkocht. »Aber nicht aufkocht«, wiederholte Lidotschka, die bisher nicht einmal geahnt hatte, dass man Eis überhaupt zubereiten konnte, und noch dazu auf so erstaunliche – folgende Art. Sie hatte geglaubt, dass Eis einfach so in der Welt entstehen würde, entweder in einem mit Reif überzogenen Papier oder zur Not in einer Eistüte, die schnell aufweichte und deshalb besonders köstlich war.

»Mit einem Teigspatel probieren«, mahnte die Stimme und Lidotschka war sogleich wieder bei der Sache. Wenn es vom Spatel nicht mehr sauber abrinnt, sondern wie flüssiger Sauerrahm darauf zurückbleibt, ist die richtige Konsistenz erreicht, Masse vom Feuer nehmen und unter ständigem Rühren abkühlen lassen, in eine gut abgetrocknete Form abseihen, mit Papier und einem Deckel abdecken und auf Eis stellen, immer wieder drehen. Lidotschka, die alles um sich vergessen hatte, stellte sich vor, wie sich das Sahneeis auf dem Eis drehte – wie die Eiskunstläuferin Natalja Bestemjanowa, kräftig, mit festen Beinen und einer duftigen Mütze von Haaren, die so federten, als wären sie ebenfalls trainiert. Die Stimme erklärte alles – auf heimelige, unwahrscheinlich vertraute Weise –, wie man den Deckel der Formen abwischte, wie man die fertige Masse mit dem Spatel herausklopfte, bis sich das Eis in eine dichte süße Masse in der Art von Tschuchonski-Butter verwandelte. Das Wort »Tschuchonski« klang so märchenhaft, dass eine Erklärung gar nicht nötig war, und Lidotschka dachte – zum ersten Mal seit vielen-vielen Monaten – nicht an Mamotschka und war zum ersten Mal wieder richtig glücklich.

»Je öfter das Eis mit dem Schneebesen durchgerührt wird, desto besser gelingt es, darin liegt auch das ganze Geheimnis von gutem Eis«, kam schließlich Marusja zum Schluss und lachte leise. Das war ihr Regal mit ihren Büchern, die Lindt zu sich genommen hatte, als es keinen Tschaldonow mehr gab, als es gar nichts mehr gab außer der Erinnerung, außer der Stimme, außer dem Lachen, das gar nicht sterben konnte, außer diesem Buch. Das allerliebste – vielleicht sogar auf der ganzen Welt. Jetzt war es auch Lidotschkas liebstes Buch. Helene Molochowetz.

Das nächste halbe Jahr gab Lidotschka das *Geschenk für die junge Hausfrau* nur aus der Hand, wenn sie badete oder schlief, und sogar dann war es dabei, lag nicht weit weg auf dem Nachttisch, denn unter dem Kissen erlaubte Galina Petrowna es nicht. Das war ein sehr friedliches Halbjahr – zumindest für Galina Petrowna, da Lidotschka ganze Tage mit dem zerfledderten Band auf dem Schoß im Sessel verbrachte und weder zu sehen noch zu hören war. Galina Petrowna vergaß manchmal ganz, dass ein Kind im Haus wohnte – ja, sogar der alte, zickige Gummibaum, der träge in einer Ecke des Wohnzimmers den Wintergarten darstellen sollte, sogar der forderte mehr Aufmerksamkeit und Pflege.

Die Idylle endete, wie sollte es anders sein, am Blutsonntag, der im wahrsten Sinne des Wortes blutig war. Es war ein herrlicher Tag, klingend und frostig, am Abend plante Galina Petrowna, einen sehr angenehmen Besuch zu machen, deshalb erledigte sie hastig all ihre mondänen Tagestätigkeiten. »Los, wasch dir schnell die Hände und komm zum Mittagessen«, befahl sie Lidotschka, die, wie üblich, halb im Sessel versunken war. Lidotschka hob das blasse Gesicht, nickte gehorsam und da platschte auf die gelbliche Seite, direkt auf das Rezept für Sahneoblaten (als Röllchen backen, zum Tee oder Kaffee reichen), ein schwerer, zäher, fast schwarzer Tropfen. Lidotschka verwischte ihn erschrocken mit dem Finger, rutschte vom Sessel und fiel nach einigen unsicheren Schritten in Ohnmacht. Dabei beschmutzte das Blut aus ihrer Nase den Teppich, das eigene Oberteil, Galina Petrownas Pullover – schneeweiß, neu, aus reinstem Kaschmir, den Fleck bekommt man nie mehr raus, und den Besuch und den angenehmen Abend wird es jetzt natürlich auch nicht geben, wie dieses Gör nur alles verderben kann! Einfach unglaublich!

Der Rettungswagen kam nach zehn Minuten, doch obwohl Lidotschka schon wieder zu sich gekommen und sogar gewaschen war, wurde sie trotzdem ins Krankenhaus gebracht. Als die Ärztin von der Ohnmacht erfuhr, wollte sie nichts mehr hören – wir nehmen sie mit, da gibt es keine Diskussion, bei einem Kind gehen wir lieber auf Nummer sicher! Galina Petrowna lief durch die Wohnung, um Lidotschkas Sachen zu packen, und stellte mit Entsetzen fest, dass sie nicht wusste, wo was lag, verfluchtes Kindermädchen, morgen entlasse ich sie, so ein Saustall, faules Miststück! Wo sind deine Strumpfhosen?, fragte sie Lidotschka. Die Ärztin blickte erstaunt drein, ach, pfeif drauf, das geht sie einen Dreck an, was für eine arrogante Kuh, die braucht sich nicht einzubilden, mich kritisieren zu können. Galina Petrowna ließ die Tasche fallen, hob sie wieder auf und ließ sie wieder fallen. Und bemerkte erst jetzt, wie erschrocken sie war.

Weil es Sonntag war, gab es in der Kinderneurologie nur einen Bereitschaftsarzt, einen dünnen, eckigen Burschen mit scharfkantigen Wangenknochen, der nach vierundzwanzig Stunden bis zum völligen Verlust der Höflichkeit erschöpft war – ein unerhörter Zustand für die Vierte Hauptverwaltung, sich bei den Patienten einzuschmeicheln war hier das Wichtigste, wichtiger noch als die Behandlungsergebnisse, eigentlich war die Heilung nicht so wichtig, viel wichtiger war es zufriedenzustellen. Aber der Bereitschaftsarzt war für dreißig belegte Betten und einen Quarantäneraum verantwortlich, in dem ein zehnjähriger Junge langsam in einer Enzephalitishölle dahinschied, vollkommen hoffnungslos, und der Arzt hatte die ganze Nacht neben seinem Bett gesessen, von Zeit zu Zeit kraftlos den bereits unnötigen Tropf kontrolliert und nur von einem geträumt: dass endlich die Agonie beginnen und man den Jungen wegholen werde – auf die Intensivstation, ins Paradies, wohin auch immer, wenn er nur diesen verkrusteten Mund nicht mehr sehen musste, die eingesunkenen Augenhöhlen, diesen ausgemergelten, abgezehrten Kinderkörper, die lang andauernden Krämpfe. Herzlich willkommen in der Pädiatrie, Söhnchen. Vielleicht auch in der Zahnmedizin. Mama hatte immer gesagt – der Kluge sucht sich das wärmste Plätzchen.

Routiniert untersuchte der Bereitschaftsarzt Lidotschka, die ausgestreckt auf der Liege lag, schloss hintereinander Muskelstarre und das Lasègue-Symptom aus, lass mich mal in die Augen schauen, folge meinem Finger, genau so, jetzt streck die Zunge heraus, Zähne zeigen, gut, jetzt steh auf und streck die Arme aus. Rombergposition stabil. Gut gemacht. Aber sehr blass, das geht nicht nur ins Bläuliche, sondern schlimmer, und schlaff wie ein Kartoffeltrieb, als würde sie im Keller heranwachsen und nicht in einem reichen, satten Haus. Der Arzt blickte mit Abscheu auf Galina Petrowna, die kräftig, schön, mit übereinandergeschlagenen Beinen dasaß, die Lackstiefel schmiegten sich zärtlich an die runden Waden, dünne, hohe Absätze, im Winter läuft man sich in solchem Schuhwerk nicht die Füße wund, es sind doch nur fünf Schritte vom Auto bis zum Hauseingang. Eine feine Dame. Und das Kind steht da wie aus dem Konzentrationslager. Was für ein Scheusal. Allesamt Scheusale – denken nur an sich selbst.

Der Arzt erschrak für einen Augenblick, hatte er das auch nicht laut gesagt, aber nein, der Behandlungsraum, der ins Wanken geraten war, stand wieder still, voll von glänzendem Nickel und Glas. Ein Kaffee wäre jetzt schön – drei gehäufte Löffel in die Tasse. Und eine Zigarette.

»Also, was ist mit ihr, Doktor?«, fragte Galina Petrowna ungeduldig, die hysterische, peinliche Angst um Lidotschka war fast vergangen, und nun empfand sie nur ein Unbehagen, sie wollte dringend nach Hause, in die Wärme, ins Licht, weit weg von diesem dünnen Bürschchen mit den völlig irren Augen.

»Orthostatischer Kollaps«, sagte der Arzt nüchtern. »Zusätzlich mangelnde Beweglichkeit und emotionale Anspannung. Das Körpergewicht ist zu niedrig, geben Sie ihr wenigstens hie und da etwas zu essen? Oder lassen sie nach draußen?«

Er hatte es schließlich nicht mehr ausgehalten und war herausgeplatzt, da er fühlte, wie in seinen Ohren sein vor Müdigkeit und Zorn rasendes großes Herz heftig klopfte. Auf Galina Petrownas Wangen tauchten grelle, fast abstrakte Flecken auf, wie auf den Bildern von Joan Miró.

»Was erlauben Sie sich?«, fragte sie leise und stand auf. »Ich werde eine Beschwerde über Sie schreiben. Sie fliegen in null Komma nichts hier raus.«

»Schreiben Sie ruhig«, freute sich der Arzt plötzlich und fuhr ebenfalls hoch. »Seien Sie so liebenswürdig. Nur vergessen Sie nicht zu schreiben, dass Sie nicht auf eine einzige meiner Fragen antworten konnten. Welche Krankheiten das Kind hatte – wissen Sie nicht, wogegen und wann es geimpft wurde – ach, ich habe keine Ahnung, Kopfverletzungen – woher soll ich das wissen? Ihnen müsste man das Sorgerecht entziehen oder besser noch, Sie vor Gericht bringen! Scheusal!« Schließlich war ihm das Wort doch noch rausgerutscht und wirbelte im Behandlungsraum wie ein toller Kreisel herum. Der Bereitschaftsarzt spürte eine unmittelbare Erleichterung, als wäre ihm ein überschwerer Sack vom Rücken genommen worden, mit etwas Lebendigem, sich leicht Bewegendem, Übelriechendem darin.

Galina Petrowna, fassungslos über solch eine unerhörte Dreistigkeit, schaute ihn mit geweiteten Augen an und schwieg.

Die Krankenschwester blickte zur Tür herein.

»Wir brauchen Sie dringend im dritten Quarantäneraum, Nikolai Iwanowitsch«, sagte sie.

»Hat es begonnen?«, fragte der Arzt. Die Krankenschwester nickte. »Rufen Sie auf der Intensivstation an, ich komme sofort.«

Die Krankenschwester nickte noch einmal und verschwand, nur ihre Schuhsohlen klapperten hastig über den Gang – ein zuverlässiges Zeichen dafür, dass etwas Schreckliches passierte. In der Abteilung rannte man nur, wenn jemand starb. Lebende konnten auch warten. Der Arzt rieb sich kräftig das Gesicht, rückte den Kittel zurecht und streichelte Lidotschka über den Kopf, die die ganze Zeit über mit schlaff herabhängenden Armen und halb geöffnetem Mund neben der Liege gestanden hatte.

»Gehen Sie mit ihr für alle Fälle zum HNO-Arzt«, empfahl er ruhig, als wäre nichts gewesen. »Und geben Sie das Mädchen doch in irgendeine Sportgruppe. Sonst verlernt sie bei Ihnen noch das Gehen. Guten Tag.«

»Guten Tag«, wiederholte Galina Petrowna automatisch. Lidotschka verzog den Mund und begann plötzlich, untröstlich und lautlos zu weinen.

Merkwürdigerweise beschwerte sich Galina Petrowna über niemanden, sondern schluckte die Pille, die sich übrigens als sehr heilsam erwies: Galina Petrowna schämte sich – wie man es auch drehte und wendete, Lidotschka war nun einmal ihre Enkelin, wenn auch lästig, ihr kaum vertraut, unangenehm, aber doch mit ihr verwandt. Teile ihres Chromosomensatzes, Spuren ihres eigenen Blutes waren in diesen kleinen fremden Adern vorhanden. Natürlich konnte man seinem Herzen nicht befehlen – das wusste Galina Petrowna, aber man konnte sich daran gewöhnen, sich abfinden, sich darauf einstellen, das wusste sie auch, leider besser als die meisten anderen. Auf jeden Fall wäre es niederträchtig, dieses einsame sechsjährige Mädchen so demonstrativ aufzugeben. Galina Petrowna war zwar unberechenbar, verwöhnt, einsam, hartherzig, unglücklich, aber nicht niederträchtig, nein. Niederträchtig war sie nicht. Sie brachte Lidotschka zum HNO-Arzt, zum Neuropathologen, sogar zu einem privaten (über vielschichtige Beziehungen), zum halblegalen und schrecklich teuren Homöopathen, und alle Medikusse bestätigten im Chor die Diagnose und die Empfehlungen des wütenden Bereitschaftsarztes. Mehr Bewegung, dann kommt auch der Appetit, mehr Gespräche, dann vergeht auch die emotionale Anspannung. Und kein Dauerlesen mehr!

Galina Petrowna versperrte den Bücherschrank wieder, doch die Molochowetz presste Lidotschka mit so verzweifelter, ganz unkindlicher Geste an die Brust, dass Galina Petrowna abwinkte, schon gut, sollst es haben, aber nicht mehr als eine Stunde am Tag, das kontrolliere ich persönlich, wirst sehen. Lidotschka nickte, lächelte dankbar durch riesige Tränen, die gleich kullern wollten, und Galina Petrowna erkannte zum ersten Mal ihr eigenes Grübchen auf Lidotschkas Wange – als würde sie für einen Augenblick zurückblicken in ihre staubbedeckte und spinnwebenverhangene Kindheit vor langer, langer Zeit. »Möchtest du einmal mit mir in den Zirkus gehen?« Mit dieser Frage überraschte sie sich selbst und sie zog das Mädchen an sich, zum ersten Mal, wenn auch nicht zärtlich, so doch ohne Abneigung. Lidotschka sog den schweren Duft nach Jasmin und Tuberosen ein – ein riesiger Strauß, ein ganzer Korb voll, auf dessen Boden eine große schwarze Johannisbeere, frisch vom Strauch gepflückt und in feuchte Baumrinde eingewickelt, auf ihren geduldigen Entdecker wartete und komisch wie ein Mäuschen nieste. Das Parfüm BEAUTIFUL aus dem Jahr 1986 von Estée Lauder – Novitäten ließ Galina Petrowna niemals aus.

In den Zirkus gingen sie natürlich nicht. Doch von der Süße und Wärme des Versprechens zehrte Lidotschkas ausgehungertes Herz noch sehr lange.

Die Sportgruppen kamen von Anfang an nicht infrage – Galina Petrowna war strikt gegen Mädchen mit Rudern und jegliche andere hässliche Karyatiden. Ein Mädchen musste ein Mädchen sein. Zum Ausgleich der mangelnden Beweglichkeit wurde deshalb beschlossen, Lidotschka in eine Tanzgruppe zu geben – natürlich in die beste im Zentralen Pionierpalast: Galina Petrownas Snobismus duldete nicht einmal bei Kleinigkeiten eine Abweichung. Zum ersten Unterricht fuhr sie Lidotschka höchstpersönlich im Wolga – kein zu großes Opfer in Anbetracht dessen, dass der neue Pelz (frisch aus der Spezialkürschnerei) wirklich einmal ausgeführt werden musste. Freilich war sie an eine begriffsstutzige Schneiderin geraten, die immer wieder versucht hatte, protzige, vulgäre Fuchsschwänze am Saum anzubringen, doch Galina Petrowna hatte nicht nachgegeben, und das Ergebnis sprach für sich, eigentlich gar kein Pelz, sondern ein delikater leichter Mantel aus schillerndem schwarzem Persianer mit Moiréeffekt dort, wo sich bei den ungeborenen Lämmchen später dichtes Kraushaar entwickelt hätte. Als Futter war echte Seide in skandalösem kaiserlichem Farbton verwendet worden. Das zerreißt doch, wird schmutzig, wie unpraktisch!, redete die Schneiderin auf sie ein, die blöde Kuh, viermal hinterwäldlerische Kuh, dafür brauchte Galina Petrowna nur die Hände zu den Haaren zu heben oder den Mantel aufzuknöpfen, und schon offenbarte der undurchdringliche, mönchsstrenge Pelz der Welt plötzlich seine geheime, aufregende, flammende Kehrseite und wurde davon besonders schutzlos, verletzlich, unfassbar – fast lebendig.

Der enorme Silberfuchskragen, wie mit grauem Frost überzogen, die weiten Ärmel, die vielen kleinen Knöpfe auf der hohen, eng umspannten Brust – so stieg Galina Petrowna mit dem Knirschen eines frischen, sauberen Schneeballs aus dem Wagen. Es roch nach der nahen Dämmerung, dem bevorstehenden Tauwetter und ein ganz kleines bisschen – nach einer eben erst aufgeschnittenen Treibhausgurke. Die kleinen sowjetischen Muttis, die vor dem Pionierpalast auf ihren Nachwuchs warteten, pressten beim Anblick dieser auffälligen feinen Dame neidisch die Lippen aufeinander, und Galina Petrowna fühlte sich halb wie die Heldin eines auf einer Parkbank vergessenen Bibliotheksromans, halb wie ein zerfließendes, feuchtes, prächtiges Abziehbild – so vage, dass man sich unmöglich daran erinnern konnte, auf welcher Bahnstation des Gedächtnisses es zum ersten Mal vor dem Fenster aufgeblitzt war. Galina Petrowna verbarg die Lippen im kitzligen Pelz, atmete die milde, nur wenig frostige Luft ein und fühlte sich plötzlich sehr dumm, sehr jung und sehr glücklich.

»Gehen wir?«, schlug sie Lidotschka fröhlich vor, die folgsam neben ihr hertrippelte – unförmig, im karierten Steppmantel und mit einer Zipfelmütze, auf der ein gelber Pompon saß wie eine verrückte, borstige Zitrone. Ich muss ihr unbedingt eine Kapuzenmütze mit Bändern und einen Schafspelzmantel bestellen, dachte Galina Petrowna beiläufig, und Lidotschka, als würde sie diese Gedanken spüren, stockte verwirrt, ließ einen Handschuh fallen und plumpste hinterher – weich, mit dem ganzen Körper, wie nur kleine Kinder fallen können. Galina Petrowna blieb seufzend stehen – los, steh auf, alleine – und begriff in diesem Moment, was sie die ganze Zeit unmerklich gestört hatte – nicht das Schneegestöber, nicht der eisige Bürgersteig, in den sich die Absätze mit angenehmem Zuckerknirschen bohrten, sondern der große Kerl mit der laut knisternden, wasserdichten sowjetischen Jacke, der am Treppenaufgang des Pionierpalasts stand. Er hatte etwas Vertrautes und daher Alarmierendes an sich – die rötlichen frierenden Pranken ohne Handschuhe, der leicht gekrümmte Rücken, die struppigen hellen Haare, die idiotische Strickmütze, die verräterisch aus der Tasche hervorlugte –, ein Schnösel, der sicher auf ein Mädchen wartete. Da erschien sie auch schon, hüpfte auf den Treppenaufgang heraus – rotwangig, kichernd, im schwarzen Tanztrikot und kurzen Atlasröckchen, das kaum ihre runde, ganz und gar nicht pioniermäßige Hinterpartie bedeckte –, allem Anschein nach waren unter diesem Dach nicht nur wissbegierige Halbwüchsige willkommen. In der eisigen Kälte stieg sofort Dampf von dem Mädchen auf, wie von einem erhitzten, schaumbedeckten Pferd, und sie fiel ihrem unbeholfenen Romeo mit einem pferdeähnlichen goldenen Wiehern um den Hals, er drückte sie hastig an sich, öffnete die billige Jacke, versuchte, seinen Schatz ganz einzuhüllen, du erfrierst doch, Dummerchen, wie ich dich liebe, das kannst du dir gar nicht vorstellen! Das Mädchen lachte noch lauter, strampelte mit den stämmigen Beinen, wand sich aus der Jacke hervor und zog den verlegenen Burschen flink ins Foyer, doch auf dem Treppenaufgang blieb noch einige Sekunden lang ein solides, für alle wahrnehmbares Leuchten zurück – die lebendigen Spuren lebendiger menschlicher Liebe. Und erst als das Leuchten schließlich verlosch, begriff Galina Petrowna, dass der Bursche Nikolenka ähnlich gesehen hatte.

Er führt mich in den Weinkeller, und die Liebe ist sein Panier über mir, dachte sie in fremden, unwahrscheinlich fernen Worten, und sogleich kam aus der Ferne, aus der geflissentlich vergessenen Vergangenheit, eine kräftige Welle schrecklicher, fast ohnmächtiger Erschöpfung, die die Farben wegschwemmte, die Kraft aufsaugte, sodass der Pelz, die Freude, der Abend augenblicklich verschwanden, zurück blieb nur das gewöhnliche Leben, eingefahren, endlos und beinahe unerträglich.

Galina Petrowna spürte, dass sie jeden Moment losheulen oder das Bewusstsein verlieren würde. Es reicht, weiter gehst du allein. Zimmer achtundzwanzig, erster Stock, presste sie angestrengt hervor und schob Lidotschka, die bereits aufgestanden war und sich den Mantel abgeklopft hatte, zur Pforte dieser Stätte einer goldenen Kindheit. In einer Stunde holt dich das Kindermädchen ab. Warte hier und wag dich nicht auf die Straße. Lidotschka blickte erschrocken drein und kratzte sich an der Nase, riss sich jedoch zusammen und trottete zur großen – dreimal mannshohen – Tür. Wie sie die Füße schleifen lässt, großer Gott, was soll sie beim Tanzen, sie hat ja noch nicht einmal ein gutes Gehör, womit habe ich das verdient, lässt sich dieser verdammte Pelz nun zuknöpfen oder – plock! –, ein ungehorsamer Knopf sprang ab, prallte an die Windschutzscheibe und flog irgendwohin unter den Beifahrersitz.

Endgültig in den Griff bekam sie den Persianer, der zentnerschwer geworden war, erst im Lift – die Haushaltshilfe, die für das Tanzdebüt Piroggen geplant hatte, schlüpfte aus der Küche und rang die mehlbestäubten Hände gen Himmel.

»Ist sie nicht aufgenommen worden?«, hauchte sie erschüttert und suchte mit aufgerissenen Augen nach Lidotschka.

»Dort werden sogar Beinamputierte mit Downsyndrom genommen«, fuhr Galina Petrowna sie an und schmiss den Pelz verärgert auf den Boden – umgestülpt, abgezogen, nunmehr endgültig und unwiderruflich tot. »Sagen Sie Ljusja, dass sie Lidotschka um sechs dort abholen soll. Und brüllen Sie nicht so, um Gottes willen. Ich habe Migräne.«

Die Haushaltshilfe wollte etwas fragen, doch Galina Petrowna schüttelte bloß den Kopf – lassen Sie mich in Ruhe, habe ich gesagt! – und vor der Nase der Bediensteten wurde eine Zimmertür laut zugeschlagen, noch eine, die weiß Gott wievielte geschlossene Tür in dieser Familiengeschichte.

Galina Petrowna wusste nicht einmal selbst, warum sie in Lindts Arbeitszimmer gegangen war: der große Tisch, Ordner mit Unterlagen, das alte lederne Brillenetui, das er so geliebt hatte, die verhüllte Schreibmaschine, die er nicht hatte ausstehen können, alles am selben Platz wie früher – sie hatte selbst angeordnet, dass niemand etwas anrühren sollte, und so war ein kleines Museum entstanden, steril und niemandem zu irgendetwas nütze, denn, nachdem Lazar Lindt gestorben war – genau hier übrigens, auf dem Sofa dort, das sogar für den Todeskampf zu groß war –, betrat praktisch niemand mehr das Zimmer. Und er selbst schon gar nicht.

Galina Petrowna ging zum Tisch und fuhr mit dem Finger über ihr eigenes Gesicht im Holzrahmen, auf dem Foto war sie sechzehn, ein bildhübsches, albernes, lachendes Ding, Lindts Lieblingsfoto, vielleicht weil sie mit ihm nie so gelacht hatte, daneben im gleichen Rahmen eine grauhaarige alte Schachtel, eine Verwandte oder Bekannte, in den dreiundzwanzig Jahren ihres Zusammenlebens hatte Galina Petrowna sich nicht die Zeit genommen nachzufragen, wen das Bild eigentlich zeigte. Nun war es bereits zu spät. Gott sei Dank.

»Alles hätte anders sein müssen«, sagte sie leise. »Alles, absolut alles. War ich denn früher so?« Lindt schwieg, lag geschrumpft auf dem riesigen Sofa, die Knie zum faltigen leeren Mund gezogen – in derselben Position, in der er gestorben war, in derselben, die er vor der Geburt eingenommen hatte. »Du warst es, der mich ein Leben lang verkrüppelt hat. Mich ganz entstellt hat.«

Galina Petrowna spürte, wie aus weiter Ferne, fast aus ihrer Kindheit, grollend Tränen heranrollten, und Lindt lag nur da, ohne sich umzudrehen, und sie begriff plötzlich, dass er gar nicht schwieg, sondern kaum merklich, an der Wahrnehmungsgrenze des Hörnervs, einen Singsang vor sich hinmurmelte, etwas Unverständliches und Unzusammenhängendes, wie im Schlaf, wenn jedes einzelne Wort, vollkommen lebendig, rund wie eine Glasperle, sich an ein anderes reiht, das ebenso verständlich ist, doch sie alle zusammen sich zu einem verworrenen, komplizierten, sinnentleerten und deshalb besonders furchteinflößenden Knäuel verflechten.

»Jetzt dauert es nicht mehr lange, Galina Petrowna«, hatte der Arzt teilnahmsvoll gesagt und ihr, seinen Augen nach zu schließen, über die Schulter streichen wollen, es aber nicht gewagt. »Gehen Sie nur und schlafen Sie ein wenig. Die Krankenpflegerin löse ich morgen Früh ab.«

Galina Petrowna hatte gehorsam genickt, sich aber nicht von der Stelle bewegt, als könnte sie sich nicht losreißen von diesem langsamen, faszinierenden, fast feierlichen Todeskampf. Leise und deutlich klapperten die Plastikstricknadeln in den Händen der älteren, schweigsamen Krankenschwester, leise und deutlich tickte die alte Standuhr der Marke Lenzkirch, aus Eichenholz, mit Bronzeguss und vergoldeten Zeigern, und mit ihnen im Takt, kurz und schrecklich ausatmend, murmelte Lindt. *Amol is gewen a majsse. Di majsse is gor nit frejlech.* Und wieder: *Amol is gewen a majsse.*

»Was sagt er?«, fragte Galina Petrowna. »Was sagt er? Verstehen Sie es?«

»Nein«, sagte der Arzt. »Das hat gewiss keinen Sinn. Vom Gehirn ist wahrscheinlich mehr als die Hälfte abgestorben. Gehen Sie. Sie sollten das alles nicht sehen.«

Galina Petrowna stand auf und spürte erst jetzt, wie ihre Beine und der Rücken vom stundenlangen Sitzen schmerzhaft verspannt waren. Sie musste schlafen. Das stimmte. Oder sich wenigstens ein wenig hinlegen. Im Hinausgehen blieb sie plötzlich stehen und fragte in merkwürdigem Tonfall – wird er sicher nicht mehr gesund werden? Der Arzt breitete schuldbewusst die Arme aus. Galina Petrowna verließ den Raum und vom Gang waren erstickte, bellende Laute zu vernehmen.

»Die Ärmste«, sagte der Arzt gleichgültig wie eine Sphinx zur Krankenschwester. »Gut, dass sie zu weinen beginnt, ich dachte schon, wir müssen zu Relanium greifen.«

Galina Petrowna rieb sich die nassen Augen und atmete tief ein, um sich zu beruhigen, konnte aber nicht an sich halten und lachte wieder unaufhaltsam, beide Hände auf den Mund gepresst, lauthals los.

Es hatte im Jahr 1979 begonnen. Genauer gesagt, Galina Petrowna hatte es zum ersten Mal '79 bemerkt – weiß Gott, wie lange Lindt schon damit lebte, und nicht einmal Gott konnte wissen, wie viel Angst ihm das einjagte. Lindt ging bereits auf die achtzig zu, formell war er längst Pensionist – ehrenvoll, verdient, weiß der Teufel, was noch alles –, ging aber trotzdem in sein Institut, zugegeben, nicht mehr täglich, aber ein paar Mal pro Woche und an diesen Besuchen war ganz und gar nichts Formelles. Nach wie vor war er äußerst scharfsinnig und begriff alles mit paradoxer Geschwindigkeit, wie früher betreute er einen Haufen Projekte, päppelte unzählige Aspiranten und junge Wissenschaftler auf (eigentlich drangsalierte er sie eher auf sadistische Weise) und beendete eifrig die nächste Monografie.

Sie waren seit zwanzig Jahren verheiratet, doch Galina Petrowna vermied es immer noch, Lindt beim Vornamen zu rufen. Es war einfacher, ein paar Meter zu gehen, dabei zu fühlen, wie anmutig sich das neue Samtkleid an die Hüften schmiegte, eine Tür zu öffnen, die nächste, die dritte und vorwurfsvoll die Brauen zu heben. Lindt stand mitten im Schlafzimmer – klein, gebeugt –, hatte nur ein schneeweißes Hemd an, unter dem wie unter einem Nachthemd dürre, krumme Beine herausragten, so kurz wie die eines Kindes, jedoch mit ganz unkindlichen Flecken und violetten Adern. Vor ihm auf dem Bett lag mit einladend ausgebreiteten Armen der gebügelte, herrlich schwarzviolette Anzug mit der diskreten Reihe von Laureatsmedaillen auf der rechten Seite und der gewichtigen Ordensleiste links.

»Was ist los? Wir werden uns verspäten!«, sagte Galina Petrowna unzufrieden.

Lindt zuckte zusammen, blickte Galina Petrowna mit verständnislos geöffnetem Mund an – und starrte wieder auf seinen Anzug. Sein Kopf zitterte leicht, kaum merklich, als wäre er ein verschlissener Mechanismus, der angestrengt versuchte, von der Stelle zu kommen.

»Wir werden uns verspäten!«, wiederholte Galina Petrowna.

»Wohin?«, fragte Lindt zerstreut und Galina Petrowna hörte zum ersten Mal im Leben in seiner Stimme so etwas Ähnliches wie Angst. Plötzlich begriff sie mit leisem, deutlichem Entsetzen, dass ihr Mann anscheinend nichts begriff. Nicht das, was vor ihm lag, nicht den Grund ihrer Unzufriedenheit. Dieser herabhängende alte Kiefer, die gelblich-trüben, blinden Augen … Möglich, dass er auch sie nicht erkannte. Großer Gott, er war fast achtzig! Sie musste schleunigst die Nikitskis anrufen, Ljalja kannte doch einen Neuropathologen. Obwohl, was hatten die Nerven damit zu tun? Lindt hatte vielleicht längst seinen großen Verstand verloren und ihr war es noch nicht einmal aufgefallen.

»Was ist mit dir? Verstehst du mich nicht?«, fragte Galina Petrowna vorsichtig, als würde sie mit einem Verrückten sprechen, der jede Sekunde ein violett schimmerndes Rasiermesser zücken konnte. »Wir sind bei Andrikow eingeladen, er feiert sein Jubiläum. Der Wagen wartet schon seit einer halben Stunde unten. Oder fühlst du dich schlecht? Sollen wir vielleicht zu Hause bleiben?«

»Aber was sind denn das für Ideen?«, erwiderte Lindt plötzlich munter und sprang beherzt und vergnügt in seine Anzughose. »Wer wird denn zu Hause bleiben? Bei den Andrikows werden die Gäste ordentlich verpflegt – es wäre eine Sünde, sich nicht den Bauch vollzuschlagen, wenn das Essen schon einmal da ist.« Er lachte ganz abnormal, es klang eher wie ein Geheul, und Galina Petrowna erschrak für einen Moment bis ins Mark, sodass sie sich schwach fühlte und ihr der Schweiß ausbrach – als wäre sie ein kleines Mädchen, noch ein Kind, das der einzige ihr bekannte Erwachsene unbarmherzig, ja fröhlich allein im Wald zurücklässt.

»Na, na, Mama, du hast wohl zu viel Puder genommen, du bist ja so weiß wie ein Schneemann«, urteilte Lindt unzufrieden, während er versuchte, mit dem Hosenschlitz zurechtzukommen – und auch das war ganz unnormal, noch nie hatte er sie Mama genannt und noch nie hatte er sie kritisiert, nicht einmal in Gedanken, da war sich Galina Petrowna sicher, ob sie sich nun in Ruß wälzte oder in Federn oder sogar direkt im Dreck. Und mit dem Hosenschlitz hatte er auch noch nie Probleme gehabt. Gerade damit war bei Lindt immer alles ausgezeichnet gewesen.

Trotzdem verlief der Abend bei den Andrikows reibungslos – Lindt brillierte sogar noch mehr als sonst, riss paradoxe Witze und tanzte alle Damen müde – sodass Galina Petrowna sich mehr als einmal in Gedanken eine Psychopathin und Hysterikerin schimpfte. Viele Monate lang wurde alles wieder wie früher, wie gewohnt, wie immer, aber aus irgendeinem Grund konnte sie sich nicht beruhigen und beobachtete Lindt heimlich mit bangem, angespanntem Gefühl, als würde sie ein unbekanntes Insekt betrachten, das in einiger Entfernung fliegt, noch nicht gefährlich, aber nur Gott weiß, was ihm im nächsten Moment in den Sinn kommt – in diesen hässlichen, riesigen Kopf voller bräunlicher, alter »Buchweizenflecken«.

Aber alles war wie immer – nur dass Lindt häufiger aus der Haut fuhr und ungewöhnlich viel zu essen begann, allerdings mit Marotten und Eigenheiten, die es früher nie gegeben hatte. Oder doch? Galina Petrowna folgte mit den Augen einem Stück gedörrtem Belugastörrücken, den Lindt zuerst in Meerrettich und dann in Kornelkirschmarmelade eintauchte, während er über die richtige Aktivierung der Geschmacksrezeptoren nachsann. Oder hatte er schon immer so gegessen? Großer Gott, du Dummkopf, zwanzig Jahre hast du mit ihm Seite an Seite gelebt und nichts, überhaupt nichts bemerkt!

Doch die Marotten beim Essen, die anfangs kaum auffielen, wurden schlimmer – Lindt begann, Stückchen fallen zu lassen, und lachte selbst über seine Altersschwäche, schau, Fejgele, bald wirst du mich mit dem Löffel füttern müssen, dann verweigerte er das Messer, dem die ungehorsam gewordene Gabel folgte, und der Löffel stellte sich als gar nicht so lustig heraus, zugegeben, mit ihm kam Lindt noch bestens zurecht, schaufelte und rührte im tiefen Suppenteller alles gleichzeitig zusammen – die fleischhaltige Soljanka mit Oliven und Zitronen, die jungen Kartoffeln, das Kalbskotelett, das die Haushaltshilfe umsichtig in kleine Stücke geschnitten hatte ... Dieser ganze wenig appetitliche Fraß wurde, auf eine Temperatur von sechsunddreißig Komma sechs Grad erwärmt, schlürfend und schmatzend in den Mund befördert – laut Lindts neuester Theorie war das die wirksamste Art, aus der Nahrung alle enthaltenen nützlichen Stoffe zu gewinnen.

Der Tag, an dem Lindt ein Glas süßen Tee in den Teller goss – als Begleitung zu einem ungarischen Gulasch, gedünstetem Kohl und einer gedämpften Hühnerfrikadelle, brachte für Galina Petrowna endgültig Klarheit. Lindt rührte mit dem Löffel in der widerwärtigen Brühe, überlegte kurz und begann dann mit verschmitztem Grinsen, Berliner Kekse darüberzukrümeln. Die Haushaltshilfe bekreuzigte sich klammheimlich und verschwand in die Küche. Galina Petrowna schluckte einen Übelkeit hervorrufenden Kloß hinunter – nicht Ekel, nein. Angst.

Es gab keinen Zweifel mehr. Lazar Jossifowitsch Lindt, Mitglied der Akademie der Wissenschaften der UdSSR, Preisträger, Mitglied und honoris causa von allem nur Erdenklichen, war endgültig und unwiderruflich übergeschnappt.

Allerdings musste das noch bewiesen werden. Lindt, der Ärzte noch nie hatte ausstehen können, ließ sich nun zu überhaupt nichts mehr bewegen – von einer Untersuchung konnte keine Rede sein, sollte Galina Petrowna ihn etwa mit dem Krankenwagen einliefern lassen? Zum ersten Mal im Leben bedauerte sie zutiefst, dass sie vor vielen Jahren Nikolaitsch regelrecht aus dem Haus geekelt hatte, schließlich hätte Nikolaitsch seinen Vorgesetzten wenn schon nicht zwingen, aber doch eventuell überreden können. Aber zu spät – es war so viel Zeit vergangen, dass er nicht mehr aufzuspüren war, General Sedlow hatte bereits vor zehn Jahren beiläufig erwähnt, dass ihr ehemaliger Majordomus aus dem Dienst entlassen worden ist, es heißt, er saufe wie ein Loch, halte aber seine Zunge fest im Zaum. Das nennt man eine gute Schule. Nikolaitsch, der sich vor langer, langer Zeit am Höhepunkt einer Katerstimmung in seiner winzigen Einzimmerwohnung erhängt hatte, nickte zackig und war stolz, dass er seine alten Genossen nicht hängengelassen und sein Leben niederträchtig, aber ehrlich gelebt hatte. Als echter Tschekist.

In ihrer Verzweiflung lud Galina Petrowna einen Psychiater zu Besuch ein. Sie hatte über Bekannte einen echten Professor aufgetrieben, dick und rund wie ein lebensfrohes Osterei, der die Einladung gerne annahm. Er trank zwei Stunden lang Tee mit dem Akademiemitglied und versuchte, Lindt mit seinen Fragen in verschiedenste logische Sackgassen zu manövrieren, doch wie zum Hohn verhielt sich Lindt tadellos, manschte nicht mit seinem Löffel herum und parierte alle verbalen Pässe seines Gesprächspartners mit einer Leichtigkeit, die seiner selbst würdig war. Der Professor, der für den Krankenbesuch hundert Rubel verlangt hatte, küsste Galina Petrowna schmatzend die Hand und versicherte ihr zum Abschied, dass Lazar Jossifowitsch psychisch vollkommen gesund sei und dass ein wahres Genie im Übrigen das Recht auf einige Eigenheiten habe, dazu kommt noch das stolze Alter, aber für dieses Alter, da können Sie sich auf meine Erfahrung verlassen, ist alles mehr als in Ordnung. Galina Petrowna wischte sich demonstrativ die Hand am Rocksaum ab und händigte dem Professor fünfzig statt der versprochenen hundert Rubel aus. Damit er's nur weiß, der Scheißkerl.

Aber es vergingen noch ein paar Monate – und die lichten Momente, von denen der Psychiater einen erwischt hatte, wurden seltener. Lindt begann, schlecht zu schlafen, brach oft mitten im Wort ab und starrte mit ausdruckslosem, versteinertem Gesicht irgendwohin in nur ihm bekannte Zeiten und Orte. Einmal, als er gerade aus dem Fenster schaute, sagte er verwundert – was für eine Schlange, ach, du meine Güte! Er riss einen knarzenden Fensterflügel auf und rief vergnügt – he, Burschen, bemüht euch nicht, die Kartoffeln reichen sowieso nicht für alle! Galina Petrowna hob den feinen cremefarbenen Tüllvorhang an – der Hof war vollkommen leer, nur der alte Hausmeister scharrte mit seinem Besen draußen herum und eine lange, flauschige, feuerrote Katze streifte die Büsche entlang.

Es war wie ein langsames Untergehen, als würde Lindt in ein schwarzes, stehendes Gewässer gehen, allmählich, Schritt für Schritt das wenige Menschliche verlieren, das er in sich gehabt hatte, und niemand hielt ihn zurück, niemand weinte, niemand flehte ihn an zurückzukommen. Erstaunlicherweise arbeitete er immer noch unglaublich viel, verbrachte täglich mindestens vier Stunden hinter dem Schreibtisch und führte manchmal leise, manchmal hitzige Gespräche. Eines Tages, als das Akademiemitglied besonders leidenschaftlich mit irgendeinem Sergej Alexandrowitsch stritt, ihn mit schlimmen Lagerflüchen beschimpfte, hielt es Galina Petrowna nicht länger aus und warf einen Blick ins Arbeitszimmer. Lindt sprach mit der Uhr.

Jedes Mal, wenn sie dem nächsten Aspiranten einen Stapel Blätter übergab, vollgekritzelt mit den typischen Krakeln des Akademiemitglieds, die nun noch ungelenker und gröber waren, erwartete Galina Petrowna einen Anruf mit erschrockenen Rückfragen, woher sie diesen Unsinn hätte, und natürlich gab es Anrufe, aber ganz andere – ach, das ist einfach genial, verblüffende Berechnungen, richten Sie Lazar Jossifowitsch aus, dass vom »Physics of Plasmas« ein Dankestelegramm gekommen ist, sie sind begeistert von seinem letzten Artikel, und wissen Sie, ganz unter uns gesprochen, Galina Petrowna, das Ganze riecht nach Nobelpreis!

Galina Petrowna legte den Hörer auf und beobachtete den zukünftigen Nobelpreisträger, der durch den Gang trippelte, dürr, winzig, eingewickelt in einen schmierigen, bis zur Unkenntlichkeit bekleckerten Morgenrock. Ehe er in sein Arbeitszimmer einbog, hüpfte er in die Höhe, schlug mit eingebildeten Flügeln und krähte ein lautes Kikeriki. Wieder klingelte das Telefon. Galina Petrowna nahm den noch warmen Hörer ab und sagte abgespannt: »Leck mich am Arsch, du Trottel. Und ruf nicht mehr an – mir reicht's!«

Borik zuckte zusammen und sprang aus der Telefonzelle, als hätte er sich verbrüht. »Gehen wir«, sagte er zu seiner Frau, die einen Kinderwagen schaukelte, in dem die neugeborene Lidotschka schlief, fest eingewickelt wie eine knackige Bockwurst. »Es ist niemand daheim. Ich rufe später an. Ein andermal.« Aber ein andermal würde es natürlich nicht geben. Einige Wochen später erkrankte Lazar Lindt an einer schweren Grippe, die er sich wer weiß wo zugezogen hatte. Die Notärztin, die man aufgrund der vierzig Grad Fieber gerufen hatte, schlug vor, ihn einzuliefern, doch Galina Petrowna lehnte ab. Gut, sagte die flinke, geschulte Doktorin nachgiebig. Unter Berücksichtigung des Zustands und des Alters des Patienten, denke ich, können wir eine Rund-um-die-Uhr-Versorgung auch leicht hier im Haus organisieren.

In der Vierten Hauptverwaltung horchte man auf und schon zehn Tage später war Lindt auf dem Weg der Besserung. Genauer gesagt, ging die Grippe langsam wie ein Hochwasser zurück und hinterließ Scherben, Trümmer, aufgeblähte Haustierleichen und schaurige Gerüche nach Feuchtigkeit, Tod und Fäulnis. Der Internist, der den hochrangigen Patienten täglich besuchte (und natürlich von der höchsten Kategorie war), nahm Galina Petrowna zur Seite und fragte diskret, ob sie im Verhalten ihres Gatten nicht irgendwelche Seltsamkeiten bemerkt hätte.

»Aber er ist doch ein Genie«, sagte Galina Petrowna bissig. »Er hatte schon immer einen Vogel. Was wollen Sie von mir?«

»In erster Linie Tapferkeit«, sagte der Internist und bewunderte sich selbst für einen Sekundenbruchteil von außen. »Ich muss Ihnen leider sagen, dass Lazar Jossifowitsch Lindt allem Anschein nach an Alzheimer leidet.«

Lindt starb am 25. Dezember 1981, zwei Monate nach der Urteilsverkündung, und die letzten drei Wochen verbrachte er in Bewusstlosigkeit, voller unklarem, undeutlichem Gemurmel. Er war noch am Leben, als man in der Spezialabteilung des zentralen Bestattungsunternehmens »Ritual« schon alle riesigen stacheligen Kränze für ihn fertiggestellt, in speziellen Kühlkammern Tausende zarte gekräuselte Nelken eingelagert, Samtkissen für die Orden ausgelegt und sich dabei verzählt hatte, und auch der Sarg mit Bronzegriffen stand schon in einer Ecke bereit – hell, lackiert, fast fröhlich und zu groß für seine Bestimmung.

In Lindts Haus war es laut, voller Leute, sogar betriebsam – wie vor einer großen und lange erwarteten Feier. Die Haushaltshilfe lief sich beim Herumreichen der Kanapees und belegten Brötchen die Füße wund und Galina Petrowna, die noch dünner und hübscher geworden war, empfing würdevoll einen Besucher nach dem anderen. Der Direktor von Lindts Institut besprach mit ihr taktvoll und mit tausend Entschuldigungen das Drehbuch des Begräbnisses – schließlich war es eine Veranstaltung von staatlichem Maßstab, es wurde sogar eine eigene Regierungskommission gegründet, das verstehen Sie sicher! Galina Petrowna verstand und hatte weder Einwände gegen eine Verabschiedung im Zentralen Haus der sowjetischen Armee noch gegen den ersten Sekretär der Ensker Gebietskommission der KPdSU für die Ehrenwache. Endlos küsste man ihr die Hand, drückte man sein Beileid aus, wich man vor ihr zurück und rieb man sich mit einem Taschentuch die Augen. Aber Lindt starb noch immer nicht – er lag in Embryohaltung, murmelte sein leises Kauderwelsch, als hinge er zwischen den beiden Welten an unsichtbaren, aber immer noch stabilen Fäden, und das dauerte so lange an, dass schließlich alle das Warten satthatten. Alle – einschließlich seiner selbst.

Am 25. Dezember um vier Uhr nachmittags blickte Galina Petrowna zu Lindt ins Zimmer, so wie sie es stündlich tat, und entließ mit einem Nicken die Pflegerin, die in der Ecke diskret die Kekse von den Feierlichkeiten knabberte. Gehen Sie, essen Sie etwas Warmes, ich setze mich herein. Die Pflegerin schlüpfte mit dankbarem Gurren hinaus, und Galina Petrowna blieb in dem dunkelblauen, dämmrigen Zimmer Auge in Auge mit ihrem geschrumpften, fast verschwundenen Mann zurück. *Amol is gewen a mejlech*, murmelte er leise und pausenlos. *Der mejlech hot gehat a malke* … Galina Petrowna ging zum Fenster und schob die Brokatgardine etwas zur Seite – es fiel grobflockiger, lautloser, feierlicher Schnee, wie es ihn nur zu Weihnachten gibt, und der ganze Hof, die ganze Stadt, die ganze Welt waren voll von diesem Schnee und voller Licht, das es fahl, lebendig und echt nur einmal im Jahr gibt, zu Weihnachten. Das Murmeln verstummte plötzlich und Galina Petrowna blickte sich erschrocken um. Es war fast dunkel, es roch irgendwie muffig und drückend nach Medizin, Krankheit und dem alten, ausgemergelten Körper. Alle Gegenstände im Zimmer kniffen buchstäblich die Augen zusammen und drückten sich in die Ecken. Und nur vom Bett blickte sie Lazar Lindt wie früher mit lebendigen, erschöpften, ganz menschlichen Augen an.

»Fejgele«, sagte er zärtlich. »Du bist es. Und mir kommt es immer so vor, als würde meine Mama singen.«

Und er sang leise und sehr deutlich auf Jiddisch ein altüberliefertes Schlaflied, älter als er selbst: *»Lulinke, majn fejgele, lulinke, majn kind.«* Dasselbe, das er seit drei langen Wochen mit unsicherer, schwerer Zunge wiederholte.

Plötzlich kniete Galina Petrowna neben dem Sofa und wusste selbst nicht, wie sie dorthin gekommen war. »Du«, stammelte sie erschüttert, »du … bist du etwa …«

»Mein Kopf tut weh«, beklagte sich Lindt und legte die heiße Hand seiner Frau auf seine riesige Stirn. »Bin ich etwa hingefallen? Ich erinnere mich an nichts.«

Er ließ seinen Blick durchs Zimmer schweifen und versuchte sich aufzurichten, jedoch ohne Erfolg. Galina Petrowna überraschte sich selbst mit einem lauten bäuerlichen Aufschluchzen und biss sich auf die zitternde Unterlippe.

»Was ist mit mir?«, fragte Lindt beharrlich, da weiteten sich plötzlich seine Augen und erstarrten für einen Moment, als würden sie etwas erblicken, das weder für ihn noch für irgendeinen anderen Menschen bestimmt war.

Er begriff.

»So ist das also«, sagte er heiser. »Und ich dachte, ich wäre hingefallen.«

Erschrocken drückte er Galina Petrownas Finger, als wäre er noch klein, als könnte sie helfen, als könnte irgendjemand etwas tun, riss sich aber gleich wieder zusammen und ließ ihre Hand los.

»Schon gut«, murmelte er, »schon gut, Fejgele, keine Angst. Wenn ich es mir recht überlege, ist das lediglich ein Experiment und ein sehr interessantes noch dazu.«

Galina Petrowna wollte antworten, irgendetwas sagen, aber alle zurechtgelegten Worte wichen aus ihrem Kopf – dabei hatte sie so viele Jahre gewartet, sich vorbereitet, sich tausendmal vorgestellt, wie sie ihn vor dem Tod verfluchen, wie sie alles aussprechen würde, was ihr die langen dreiundzwanzig Jahre ihrer albtraumhaften Ehe als grauenhafter Kloß im Hals gesteckt hatte. Sie drückte ihre Stirn in den Sofarand und begann qualvoll, als würde sie sich übergeben, zu schluchzen.

Lindt hob mit Mühe die Hand und streichelte seiner Frau über das warme, lebendige Haar.

»Wein doch nicht, Fejgele«, bat er sie leise und ohne Hoffnung, erhört zu werden, so wie er sie sein ganzes Leben gebeten hatte – um Brot, um einen Blick, um Liebe, um Mitleid. »Ich bin dir für alles … dankbar.« Er verstummte, besann sich. »Es gab nichts Besseres als dich. Mein ganzes Leben lang.«

Galina Petrowna hob das nasse Gesicht mit dem Sofaabdruck auf der Stirn und Lindt lächelte ihr zu – dankbar, zärtlich, aus ganzer Kraft.

»Ich würde mich gerne … umdrehen, Liebling«, bat er, woraufhin Galina Petrowna aufsprang und sich mit hastigen, ungeschickten Händen daranmachte, ihren Mann bequemer zu betten. Da eilte auch schon die nun satte Pflegerin ins Zimmer – ach, was tun Sie denn da, Galina Petrowna, aber nicht doch, ich übernehme das schon. Beide Frauen rempelten sich gegenseitig an, als sie gemeinsam den bis zur Dunkelheit ausgetrockneten Körper des Akademiemitglieds umdrehten, Galina Petrowna ergriff seine rutschige, abgezehrte, pergamentartige Hand und für eine Sekunde erlangte alles eine biblische Kraft und Einfachheit.

Sie legte den grauen, riesigen Kopf ihres Mannes auf das Kissen, blickte ihm in die Augen und wich zurück.

Lazar Jossifowitsch Lindt gab es nicht mehr.

Als man das von Kopf bis Fuß verhüllte Bündel auf der Bahre weggebracht hatte, jagte Galina Petrowna alle fort – die Ärzte, die gekommen waren, um den Tod zu bescheinigen, die KGBler, die dem Toten die letzte Ehre erweisen wollten, die Pflegerinnen, die flennende Haushaltshilfe, und sie war zum ersten Mal seit vielen Monaten ganz allein. Sie ging durch die riesige Fünfzimmerwohnung, blickte aus irgendeinem Grund in alle Ecken, als würde sie hoffen, dort etwas zu finden oder zu verstehen, fand aber nichts und heulte plötzlich los, tief und schauerlich wie ein verendendes Tier, wie ein Hund, den ein gleichgültiges Rad überfahren hatte (alles unterhalb der zerquetschten Lende war bereits tot, doch die Seele riss sich einfach nicht los aus dem zerschmetterten Brustkorb in die ruhige Stille vor der Dämmerung). Sie heulte, wippte vor und zurück und wusste selbst nicht, was sie tat, bis die Nachbarn von unten, ein uraltes friedliches Generalsehepaar, schallend auf den gusseisernen Heizkörper klopften, sie heulte, bis ein Dutzend Fäuste auf die Eingangstür einhämmerte, bis ein paar Äxte sie einschlugen und zerstörten. Dann huschten wieder halbbekannte Leute herum, unter dem Fenster ertönte das abgehetzte Martinshorn des Rettungswagens, jagte mit seinem blinkenden Blaulicht die furchtsamen, dämmrigen Seelen der Verstorbenen auseinander, die herbeigeeilt waren, um den Neuen willkommen zu heißen. Man rüttelte Galina Petrowna an der Schulter, hielt ihr ein Glas mit scharf riechendem Baldrian unter die Nase, aber sie heulte und heulte immer weiter, bis die Ärztin sie mit einer glänzenden Spritze in den runden Unterarm pikste – als würde sie sie beißen. Sogleich drehte sich das Zimmer gemächlich um den grandiosen Kronleuchter mit dem geschliffenen böhmischen Kristallbehang und trug Galina Petrowna fort in eine einsame Ohnmacht, in der sie trotzdem jämmerlich, schauerlich, immer im selben Ton weiterheulte.

Nur hörte sie hier niemand mehr.

Zwei Stunden später wachte sie davon auf, dass der verstorbene Lindt ihr sanft ein junges, zärtliches Flüstern ins Ohr hauchte: »Fejgele.« Galina Petrowna lag eine ganze Minute lang da, kniff die Augen zusammen, feucht vor Entsetzen, mit vom Schlafmittel taubem, bitterem Mund, bis sie begriff, dass dies nur ein Traum war, ein einfacher Traum, nicht einmal ein Albtraum. Denn alle Albträume ihres Lebens waren bereits zu Ende, waren gemeinsam mit Lindt verschwunden, der wahrscheinlich schon irgendwo im Vorzimmer der himmlischen Amtsstube stand, seine graue, zottelige Löwenmähne frisierte, auf den Taschenkamm voller Schuppen blies, grinsend und voller Vorfreude auf die nun folgende spannende Auseinandersetzung – in dieser Frage, Verehrtester, fühle ich mich gezwungen, Sie bereits jetzt zu widerlegen. Galina Petrowna stellte sich sorgfältig den Metalltisch in der institutseigenen Leichenhalle vor, den winzigen, von Alter und Leidenschaft ausgetrockneten Körper ihres verstorbenen Mannes sowie den teilnahmslosen Pathologen – seltsamerweise mit der großen Küchenschere, mit der die Haushaltshilfe normalerweise das Mittagshuhn zerlegte, indem sie das blasse, blutleere Fleisch geschickt mit den gezackten Schneiden zerteilte.

Und erst dann entschloss sie sich endlich dazu, die Augen zu öffnen.

Sie lag im stillen, halbdunklen Wohnzimmer auf dem riesigen Ledersofa, das von der bisher unbekannten Aufmerksamkeit der Hausherrin so erschüttert war, dass es sich nicht zu rühren wagte. Einige Zeit betrachtete Galina Petrowna gedankenlos den Kronleuchter, der unbeweglich und dunkel seine Bronzefänge wie eine gigantische lauernde Spinne ausstreckte, bereit, sich jeden Moment auf die schreckensstarre Beute herunterzustürzen. Gleich morgen tausche ich dieses Unding aus, dachte sie, und das Wort »morgen« hallte in ihrem Kopf mit einem traurigen, undeutlichen Klang wider – als hätte jemand irgendwo weit weg, vielleicht in der Kindheit, ein Horn fallen lassen, klein und erschöpft von den Taten der Pioniere, teils wie ein geschundenes Spielzeug, dessen Mechanismus endlich abgelaufen war, teils wie ein frühreifer Engel.

Galina Petrowna versuchte ungelenk sich hinzusetzen – das Schlafmittel hatte die Welt weich und diffus gemacht, wie ein unfertiger Schal, der halb von der Nadel gerutscht war –, und bemerkte erst jetzt, dass sie nicht allein im Wohnzimmer war. Am Tisch mit der kleinen Lampe, deren Lichtschein kaum unter dem Schirm hervordrang, träumte, den ungehorsamen Kopf auf die großen Pranken herabgesenkt, ein Arzthelfer – vielmehr ein Arzthelferchen – von etwa zwanzig Jahren, der wohl hier postiert worden war, damit die ehrwürdige Witwe vor lauter Übermut nicht noch irgendwelche Sachen anstellte. Der Arzthelfer hatte Handgelenke, breit wie die eines reinrassigen Welpen, und oben, direkt neben dem Daumen, prangte ein süßer Fleck, wie der Nabel eines Neugeborenen. Ein manierlicher Bursche. Hatte sich die Schuhe ausgezogen. Er wagte nicht, den herrschaftlichen Parkettboden mit seinen dreckigen Stiefeln zu entweihen.

»He!«, sagte Galina Petrowna leise.

Der Arzthelfer zuckte, riss den Kopf hoch und – war es aus Überraschung, war es wegen seiner Jugend – lächelte dümmlich und erfreut, genau so, wie der halbwache Borik gelächelt hatte, als er klein war. Er ist ja jünger als Borik. Und seine Mutter ist wahrscheinlich jünger als ich. Der Arzthelfer rieb sich kräftig die Augen und fragte Galina Petrowna besorgt – alles in Ordnung?

»Alles bestens«, antwortete Galina Petrowna, öffnete den Morgenrock und erhellte sanft das Zimmer mit ihrem bläulichen nackten Körper. »Komm her.«

Der Arzthelfer schluckte und blickte sich verunsichert um, als könnte ihm jemand – älter und erfahrener als er – einsagen, was er tun solle.

»Komm nur, komm, keine Angst«, wiederholte Galina Petrowna spöttisch und fühlte, wie eine wilde, dumme Freude ihr Gesicht und ihre Brust überflutete, dass alles endlich geschehen, alles vorbei, die Warterei zu Ende war.

Fünf Minuten später, die Freude inbegriffen, war tatsächlich alles vorbei, und als Galina Petrowna hinter dem verwirrten, schrecklich verlegenen Burschen die Tür schloss, empfand sie nichts außer dem heftigen Wunsch sich zu waschen, so wie bei Lindt, nur tausendmal schlimmer.

Im ersten halben Jahr ihres Witwentums wechselte sie nicht weniger als ein Dutzend Liebhaber – junge und nicht ganz so junge, selbstbewusste und ruhige, die alles auf der Welt fürchteten –, aber mit keinem einzigen von ihnen passierte mehr als feuchte, widerwärtige körperliche Rangeleien, ohne die kleinsten Funken Liebe und Zärtlichkeit, die, wie sich herausstellte, jede Minute ihres Lebens mit Lindt erfüllt hatten. Mit ihm war alles anders gewesen. Absolut alles.

Und nun, am Ende des Märchens, das sie für so schrecklich gehalten hatte, entdeckte Galina Petrowna, dass aus dem verhätschelten, blutjungen, geliebten Mädchen nach dreiundzwanzig Jahren plötzlich ein Kürbis geworden war – eine gewöhnliche vierzigjährige Witwe, natürlich ohne materielle Sorgen, dafür mit einem sich abzeichnenden Doppelkinn. Männer, die mit ihr schlafen und sich vergnügen wollten, gab es zur Genüge, aber niemand sagte nachts im Halbschlaf: »Mein Sonnenschein«, niemand dachte daran, dass sie Äpfel hart und knackig liebte, Birnen hingegen überreif, und niemand fand es süß, wenn sie sich die mit Birnensaft verklebten Finger wie ein kleines Mädchen ableckte. Und für ein kleines Mädchen hielt sie nun auch niemand mehr.

Galina Petrowna verjagte die Liebhaber und zerstritt sich sogar mit den wenigen Freundinnen, die ihr Rumgezicke und ihre Brillanten hatten ertragen können. Mein Sohn, sagen Sie? Dieses Schwein hat es fertiggebracht, nicht einmal auf die Beerdigung seines eigenen Vaters zu kommen! Sie tauschte ihre Garderobe aus, ihre Schlafzimmermöbel, kaufte ein neues Auto und begriff, dass sie eigentlich keinen Grund hatte, das Haus zu verlassen.

Das war scheußlich. Aber das war eben die Freiheit.

Ins Zimmer Nummer achtundzwanzig im ersten Stock gelangte Lidotschka ohne Zwischenfälle. Durch die halb offene Tür war ein gewaltiger Saal mit Spiegelwand zu erkennen, die einen ebenso spiegelnden, abgescheuerten Parkettboden reflektierte, der wiederum auf seltsame Weise die Spiegelwand reflektierte. In jeder Richtung stieß die Reflexionskette auf eine gefährliche Unendlichkeit und im Zentrum jeder Unendlichkeit machte sich der Kronleuchter als gelber, unanständiger Fleck breit und ließ alles neben sich klein aussehen. Eine ganz einfache Aufgabe, meldete sich Lazar Lindt. Wenn man die Lichtgeschwindigkeit berücksichtigt und annimmt, dass die Entfernung zwischen den Spiegelflächen zwei Meter beträgt, dann kann man bei einer Versuchsdauer von einer Minute neun Milliarden Reflexionen des Kronleuchters sehen. Lidotschka begann mit halb offenem Mund zu zählen. Eine wichtige Voraussetzung ist, fuhr Lindt fort, und wieder war es unmöglich zu erkennen, ob er scherzte oder schon lange gestorben war, dass der Beobachter vollkommen durchsichtig sein muss, um sich nicht mit seinem Körper die Sicht auf die Reflexionsreihe zu versperren.

»Eine Neue?«, erklang es scharf hinter Lidotschkas Rücken,

sodass sie zusammenfuhr und sich verzählte. »Wie ist der Name?«

»Lindt. Lidia Lindt«, erwiderte Lidotschka, ohne sich umzudrehen. Sie versuchte, so deutlich wie möglich zu sprechen, wie es ihr Galina Petrowna beigebracht hatte – du hast einen Nachnamen, auf den du stolz sein kannst, gewöhn dir also an, alle Konsonanten deutlich auszusprechen: Li-di-a-Li-n-d-t.

»Die Enkelin von Lazar Jossifowitsch?« Die Stimme hinter dem Rücken wurde merklich wärmer. »Warum sprichst du eigentlich mit dem Rücken zu mir?«

Lidotschka holte Luft und drehte sich um – nichts Schlimmes, niemand Schlimmes, nur ein sehniges altes Fräulein mit abgenagten Hühnerknochen anstelle von Schlüsselbeinen und flaschenartigen, seltsam verzerrten Waden.

»Anna Nikolajewna, künstlerische Leiterin der Tanzgruppe ›Glöckchen‹«, stellte sich das Fräulein förmlich vor und fragte mit merklicher Besorgnis: »Tanzt du gerne?«

Lidotschka war verwirrt und wusste nicht, was sie sagen sollte – sie hatte überhaupt noch nie getanzt, außer einen kurzen Reigen mit Mamotschka um die Neujahrstanne, bis Papa zu lachen begann und sagte, hört auf, Mädchen, mir ist schon ganz schwindlig im Kopf, nehmen wir uns lieber die Torte vor! Bei Galina Petrowna hatte es gar keine Tanne gegeben und niemand führte einen Reigen auf, niemand sang oder tanzte. Bei ihr durfte man nicht einmal laut reden.

»Na schön«, erbarmte sich Anna Nikolajewna und nahm Lidotschka fest an die Hand. »Gleich werden wir alles sehen. Gehen wir.«

Und die riesige Tür des Zimmers Nummer achtundzwanzig wurde aufgestoßen.

Nach gut einem Jahr tanzte die siebenjährige Lidotschka bei den »Glöckchen« alles, was möglich war – die Mazurka, russische Tanzlieder und den ordentlich gepfefferten Csardas. Es zeigte sich, dass sie ein absolutes Gehör hatte (das wundert mich nicht, ich habe in meiner Kindheit ausgezeichnet gesungen, zuckte Galina Petrowna eifersüchtig die Achseln) und dazu eine seltene körperliche Begabung, jene glückliche Muskelfertigkeit, die es dem sterblichen menschlichen Körper erlaubt, sich nach den Gesetzen einer anderen Dimension zu bewegen, vielleicht sogar einer anderen Zeit. Anna Nikolajewna war hingerissen von diesem verständigen Mädchen, dem man, im Unterschied zu den anderen tollpatschigen Halbwüchsigen, nichts zweimal zeigen musste – Lidotschka kam niemals aus dem Takt, verwechselte nicht die Reihen und wiederholte jeden noch so schwierigen Pas mit so einer trügerischen Leichtigkeit, die große Fähigkeiten vermuten ließ, vielleicht sogar Talent.

Die Blässe und Ohnmachtsanfälle waren vergessen – Bewegungsaktivität hatte Lidotschka nun so viel, dass sie noch andere damit hätte überschütten können. Sie schoss in die Höhe und wurde noch dünner, aber nun war an ihrer Dünnheit nichts Kränkliches mehr, ganz im Gegenteil – rank und schlank mit vollem Haar und großen Augen versprach Lidotschka mit der Zeit eine echte Schönheit zu werden, und das Versprechen drohte sich bereits in einigen Jahren zu erfüllen. Sie begann Lindt noch ähnlicher zu sehen, jedoch in der weiblichen Hypostase, nur dass alles, was Galina Petrowna an ihrem verstorbenen Mann abstoßend gefunden hatte, bei Lidotschka merkwürdigerweise liebreizend ausfiel, und das verärgerte sie noch mehr, kaum auszuhalten. Sie sprachen fast gar nicht mehr miteinander – so wenig, wie es überhaupt möglich war, wenn man in einer Wohnung zusammenlebte. Im Übrigen erfüllte Galina Petrowna die allgemeinen Verpflichtungen einer Großmutter zuverlässig: Lidotschka aß (endlich mit Appetit) dasselbe wie sie selbst – also das Beste und Frischeste, war hervorragend, teuer und geschmackvoll ganz in Importware gekleidet, hatte ihr eigenes Zimmer und war, Gott sei Dank, vollkommen gesund. Alles andere hatte keine Bedeutung, zumindest für Galina Petrowna. Lidotschka fragte niemand um ihre Meinung, so wie auch niemand mehr fragte, ob sie gerne tanzte. Das tat sie nicht. Und trotzdem besuchte sie zuverlässig, ohne zu schwänzen, dreimal in der Woche ihre »Glöckchen«.

Nachdem sie nach nur wenigen Monaten von den hinteren Reihen, in denen die unerfahrenen Neulinge wie Zicklein herumsprangen, weitergerückt war, gelangte sie in die vordere Reihe, fast an die Frontlinie des Tanzes, von der weder die erwartungsvollen Zuschauer noch die kleinlichen Pädagogen die Augen abwandten. Anna Nikolajewna inszenierte sogar eigens ein Solo für Lidotschka – einen Zigeunertanz, und darin, wie sich das braune, bildhübsche kleine Mädchen träumerisch wand, wie es die mageren Schultern führte und die Wolke der gestärkten, farbenfrohen Röcke bis über den Kopf warf, war etwas zutiefst Abnormales, sogar Tragisches, nur dass das niemand bemerkte. Überhaupt niemand. »Lächle«, zischte Anna Nikolajewna hinter der Kulisse hervor, »ich flehe dich an – lächle«, doch Lidotschka senkte nur noch tiefer die zarten dunklen Brauen und warf einen schnellen, finsteren und ganz zigeunerartigen Blick ins einfältig applaudierende Publikum. Auch später in der Choreografieschule lächelte sie lange nicht, wenn sie tanzte, aber dort wurde man dafür geschlagen, natürlich nicht nur dafür. Noch ein Sprung, das abgewinkelte Füßchen berührte fast den Hinterkopf, es rasselte die zu schwere Halskette, es rasselte die zu laute, volltrunkene Musik. Aus. Endlich aus. »Verbeugen, Lida, und eine Zugabe, eine Zugabe, solange sie es wünschen.« Anna Nikolajewna, die mit Lidotschka all ihre unzähligen Komplexe einer erfolglosen Tänzerin ausmerzte, versuchte, das verschwitzte Mädchen zurück auf die Bühne zu schieben. »Ich verspäte mich«, widersetzte sich Lidotschka, doch wieder befand sie sich im Quadrat des hölzernen Lichts, wieder sprang sie, kreiste beschwörend die Hüften und Handgelenke, während sie den Takt zählte und finster in den Zuschauersaal blickte. Sie verspätete sich tatsächlich, der Kurs über Haushaltskunde begann um sechs, um halb sieben wurde sie abgeholt, jetzt war es fast viertel nach sechs, man hatte ihr bereits ganze fünfzehn Minuten genommen, die ohnehin schon gestohlen waren!

Schließlich war Lidotschka entlassen und ohne sich umzuziehen, lief sie mit geschürzten Röcken über die riesige Treppe, wie ein filmreifes Aschenputtel, nur dass man die Tanzschuhe mit dem starken Riemen nicht so einfach verlor, dass man nicht so einfach einen Prinzen fand oder sein Schicksal. Haushaltskunde wurde immer im Zimmer Nummer fünf abgehalten, wo das alte Türschloss schon seit langer, langer Zeit kaputt war und man das Loch mit einem gewöhnlichen, schmutzigen Lappen zugestopft hatte. Lidotschka setzte sich direkt auf den Boden und zog den Lappen leise heraus. »Die Böden sollte man mindestens ein- bis zweimal pro Woche wischen, ohne eine Ecke auszulassen«, drang die dicke, gemütliche Stimme von Tantchen Aljotschka an ihr Ohr, die den gelangweilten Jungfern das zukünftige Familienglück einimpfte. »Die nassen Böden trocknen am schnellsten bei geöffneter Lüftungsklappe.« Lidotschka schloss die Augen und lächelte, als sie sich die offene Lüftungsklappe vorstellte, die Sonne, die im Eimer schwamm, die feuchte Spur auf den gerade erst gewischten dunklen Dielen. Ein Haus! Ihr eigenes Haus! Endlich.

Noch fünf Minuten, dann musste sie aufstehen, zurück in den Umkleideraum, sich umziehen, zum Kindermädchen hinausgehen, das sich, Gott sei Dank, immer verspätete, doch diese fünf Minuten – die gehörten nur Lidotschka, sonst niemandem. Diese fünf Minuten lang war sie zu Hause. »Warum sitzt du auf dem Boden, Mädchen, du wirst dich erkälten!«, sagte missbilligend eine unbekannte Dame, eine von denen, die eindeutig alles etwas angeht. Lidotschka stand fügsam auf. Sie wuchs als gehorsames und lebenslustiges Kind heran – Eigenschaften, die bei Weitem öfter Hand in Hand gehen, als man denkt. »Es wird empfohlen, Nahrungs- und Lebensmittel verschlossen aufzubewahren und für Abfälle einen speziellen Eimer mit Deckel zu haben«, rief Tantchen Aljotschka ihr belehrend hinterher und ahnte nicht, dass ihre treueste Schülerin dreimal in der Woche vor der Tür saß und keine einzige der Unterrichtsstunden zu Ende hören konnte. Man konnte sagen, dass Lidotschka nur wegen Haushaltskunde zum Tanzen ging.

Sie hatte versucht anzumerken, dass es noch einen Kurs gab, aber Galina Petrowna ließ sie gar nicht ausreden. Und die Hausaufgaben soll dann wohl ich für dich machen? Lidotschka senkte schuldbewusst den Kopf – sie war schon acht Jahre alt und ging nun ein Jahr in die Schule, natürlich in die beste von Ensk, mit Schwerpunkten in allen Richtungen gleichzeitig, sowohl in Englisch als auch in Mathematik und in Musik, sie hatte lauter Dreien, nein, so was, die Enkelin des großen Lazar Jossifowitsch kann so eine einfache Aufgabe nicht lösen! In die Schule ging Lidotschka auch nicht gern. Vom allerersten 1. September ihres Lebens an, an dem alle mit ihren Eltern, Großeltern, Fotoapparaten und sogar Filmkameras gekommen waren. Nur Lidotschka, blass vor Aufregung, ausgestattet mit einem riesigen Strauß feuchter rosa Gladiolen, war vom Kindermädchen gebracht worden, das sie der Lehrerin übergab und sich gleich wieder aus dem Staub machte. Bist du denn ganz allein, etwa aus dem Kinderheim?, fragte Lidotschka ein pausbackiger Junge mit den sanften, frechen Augen eines zukünftigen Halunken und der Spitzname »Waisenkind Chasja«, kalt und klebrig wie eine Kugel zerkautes Papier, prägte sich für lange Zeit in Lidotschkas Leben ein, dem ohnehin schon die unverzichtbaren kindlichen Freuden fehlten. Sie ertrug es, solange sie nur konnte, doch eines Nachts hielt sie es einfach nicht mehr aus, stand auf und machte sich mit tapsenden nackten Sohlen auf die Suche nach Gerechtigkeit.

In der Küche fand sie Galina Petrowna. Barhäuptig und ungeschminkt saß sie am Tisch und füllte schnell-schnell irgendwelche Quittungen aus, zog von Zeit zu Zeit kräftig an einer Zigarette und legte sie wieder auf dem Rand eines überfüllten Aschenbechers ab.

»Warum schläfst du nicht, es ist schon spät«, sagte sie missbilligend, nachdem sie mit den Händen die Rauchschwaden verscheucht hatte, und Lidotschka erblickte staunend auf Galina Petrownas Nase eine Brille – ganz ältlich, menschlich, mit schwarzer Fassung. Wie bei einer richtigen Großmutter.

»Bin ich ein Waisenkind?«, fragte Lidotschka. Galina Petrowna schwieg. »Mama ist doch gestorben, nicht wahr?«, sprach Lidotschka an ihrer Stelle und Galina Petrowna bestätigte das. Ja. Sie ist gestorben.

»Und wo ist Papa?« Lidotschka gab nicht auf.

»Dein Papa ist fortgefahren. Das hast du schon hundertmal gefragt. Wie oft denn noch?«

»Hat er mich verlassen?« Lidotschka spürte, wie sich tief in ihrer Nase Tränen regten – kitzlig wie Kohlensäurebläschen.

»Komm her«, forderte sie Galina Petrowna auf. »Schau.« Sie schob die Quittungen zur Seite und zog darunter ein graues Pappbüchlein hervor. »Das ist dein Sparbuch. Siehst du? Hier steht – Lidia Borissowna Lindt. Jeden Monat überweist dein Papa hundert Rubel. Genau auf dieses Sparbuch. Und wenn du achtzehn Jahre alt bist, kannst du selbst über dieses Geld verfügen. Und du sagst, er hat dich verlassen.«

Lidotschka blickte das Sparbuch achtlos an. Hundert Rubel bedeuteten für sie nichts, weniger als das. Sie wollte das Wichtigste wissen.

»Und warum kommt er nie zu mir?«, fragte sie. »Liebt er mich denn nicht mehr?«

Galina Petrowna nahm die Brille ab und rieb sich den roten, wunden Abdruck auf der Nase. Ihre Augen waren plötzlich feucht und hilflos.

»Geh schlafen, ja? Morgen erzähle ich dir alles.«

Aber am nächsten Tag war Galina Petrowna geschminkt, unnahbar, mit hoher Frisur, so ganz anders als ihr nächtliches ruhiges Selbst mit Brille, dass Lidotschka es nicht wagte, weitere Fragen zu stellen, und alles war wie bisher, wie immer – Schule, Tanzgruppe, gestohlene Haushaltskunde, wieder Tanzen.

Lidotschka beendete die zweite Klasse, dann die dritte – übrigens nicht nur für sie ein wichtiger Meilenstein, sondern für das ganze Land, es war das Jahr 1989 und der riesige Staat begann immer schneller den Bach runterzugehen, sodass es die Klügsten und Empfindlichsten bereits durchschüttelte und es ihnen übel wurde vom drohenden Umschwung. Anna Nikolajewna inszenierte für Lidotschka noch einen Solotanz – eine unverständliche Komposition aus eigener Hand, bei deren Ausführung Lidotschka lange in abwegigen und unbequemen Posen ausharren musste, doch Anna Nikolajewna war sehr zufrieden, so zufrieden, dass sie sogar auf ein Treffen mit Galina Petrowna drängte und ihr lange und unzusammenhängend die hohe Berufung und die Welt des Tanzes erklärte.

»Was wollen Sie von mir?«, fragte Galina Petrowna gereizt.

»Das Mädchen muss einfach in die Choreografieschule gehen, sie hat Talent, großes Talent«, sagte Anna Nikolajewna aus tiefstem Herzen mit an die flache Brust gedrückten Händen, die ebenso platt und riesig waren wie die Flossen eines urzeitlichen Meerestieres.

»Talent, sagen Sie?«, erwiderte Galina Petrowna gedehnt und lächelte unfreundlich. »Das hat mir gerade noch gefehlt.«

Anna Nikolajewna blickte flehentlich drein wie ein Hund.

»Sie verstehen nicht«, sagte sie. »Sie verstehen nicht. Ballett – das ist ein ganzes Leben.«

»Ich hasse Ballett«, wiederholte Galina Petrowna eine Aussage, die sie bereits früher einmal gesagt hatte, und die Geschichte nahm, ganz nach Hegel, die nächste Wendung, überwand das

Stadium von Tragödie und Farce und hob sich letztendlich auf die Ebene der Ironie.

Die neunjährige Lidotschka, die gerade erst die dritte Klasse beendet hatte, bewältigte mit Leichtigkeit den schrecklichen – mit hundertfünfzig Menschen vor Ort – Wettbewerb und wurde an der landesweit berühmten Ensker Choreografieschule aufgenommen. Sie war ein Jahr jünger als üblich – beim Ballett wurde man erst mit zehn genommen, aber für das unglaublich vielversprechende Mädchen wurde eine Ausnahme gemacht – zum ersten Mal ohne Lindt und Beziehungen. Anna Nikolajewna war vor Freude so aus dem Häuschen, als hätte man sie selbst aufgenommen (eine vergebliche Freude, man hatte sie von der Schule verwiesen, vor langer, langer Zeit, das war ein ganzes trauriges Leben her), und zur Belohnung ging sie mit Lidotschka in deren allererste Ballettaufführung.

Es wurde *Giselle* gegeben, Lidotschka war schlecht vor Aufregung, von dem zu engen Kragen des neuen Kleides und dem essigsauren Atem von Anna Nikolajewna, deren Augen in der Dunkelheit wie irr glänzten und die sich tief zu Lidotschkas Ohr herabbeugte, um ihr etwas über die neue Aufgabe zuzuflüstern und darüber, dass nun alles in Lidotschkas Leben anders werden würde. Das war die reine Wahrheit. Die Pappkartontür auf der Bühne tat sich auf und aus der linken Kulisse trippelte die Ballerina heraus, ganz von Federsträngen umwickelt, mit einem starren Grinsen und dem angespannten Gesicht eines Menschen, der eine überwältigende, übermenschliche Last auf den Schultern tragen muss. Das Publikum klatschte müde in die Hände und die Ballerina sprang und hielt dabei das Tüllröckchen fest, warf die mageren, muskulösen Beine hoch und landete mit vernehmbarem, schauerlichem Poltern auf dem Holzboden. Aus der achten Reihe war deutlich zu sehen, wie stramm sich die Sehnen an ihrem Hals und an der Leiste spannten, wie ihre enormen, puppenhaften, aufgeklebten Wimpern vor Anstrengung flatterten.

Lidotschka sog scharf die Luft ein und biss sich auf die Lippen. Der Stundenplan, den ihr Anna Nikolajewna fein säuberlich herausgeschrieben hatte, ließ nicht die leiseste Hoffnung darauf, dass Lidotschka in den nächsten acht Jahren Zeit für Haushaltskunde finden würde, nicht einmal gestohlene Zeit, vor der geschlossenen Tür lauschend, die sich außerdem noch im entgegengesetzten Teil der Stadt befand. Ich wusste es, ich wusste, dass du alles verstehst, schluchzte Anna Nikolajewna und drückte Lidotschka weinend an ihr unangenehm knochiges Gestell. Beide beweinten ihre eigenen unerfüllten, unmöglichen Wünsche, und im Takt mit ihnen weinte lautlos die erschöpfte Giselle, sie war wieder beim Ballotté gestolpert, zum dreitausendeinundzwanzigsten Mal, hirnlose Kuh, unbegabt, völlig unbegabt, nichtsnutziger Trampel!

Von Galina Petrownas Haus bis zur Schule fuhr man fünfundvierzig Minuten, der Unterricht begann um acht und dauerte mitunter fast bis in die Nacht hinein. Das war verständlich, schließlich mussten die angehenden »Ballettkünstler« neben den allgemeinbildenden Fächern noch Klavier spielen und spezielle Disziplinen erlernen. Klassischer Tanz, klassischer Paartanz, Bühnenvolkstanz, historischer Volkstanz, moderne Choreografie, Schauspielkunst, Gymnastik, Maske. Galina Petrowna duldete ein paar Monate das unsinnige Aufstehen um sechs Uhr morgens und die Pflichtübungen an den Wochenenden zu Hause, ehe sie sich in die Sprechstunde der Direktorin der Choreografieschule begab. Sie verstand sich jedenfalls bestens darauf, einen Aufstand zu machen. Obwohl es keine freien Plätze im Schülerwohnheim gab und ein Wohnplatz und eine Aufenthaltsgenehmigung in Ensk vorhanden waren, wurde die Schülerin der ersten Klasse Lidia Borissowna Lindt bei voller Verpflegung in das Internat für externe Schüler aufgenommen, das fünfzig Meter vom Schulgebäude entfernt lag. Fünf Mahlzeiten am Tag, Aufsicht durch die Erzieher rund um die Uhr, Krankenstation mit Physiotherapieraum und Quarantänestation. Die volle Ausstattung des Physiotherapieraums mit neuen Geräten und eine Renovierung der Sanitärräume übernahm Galina Petrowna, die vor Kurzem mithilfe von General Sedlow einen zweiten Antiquitätensalon eröffnet hatte.

»Meiner Meinung nach«, sagte sie trocken, »ist das ein ehrliches Geschäft. Außerdem werde ich das Mädchen an den Wochenenden zu mir nehmen. Und dann können Sie ihren Schlafplatz nach Belieben nutzen.«

Lidotschka betrat das enge, sargähnliche Zimmer – zwei Betten, ein kleiner Teppich mit abgetretenen Teddybärmotiven, ein Fenster, alles voller Risse und Schichten von Ölfarbe. Wehmütig atmete sie die abgestandene Wohnheimluft ein – wieder kein Zuhause. Erneut. Beim Fenster quälte sich ein farbloses Mädchen, nicht einmal ein Mädchen – ein hässliches Entlein, die mausgrauen Haare zu einem dünnen Ballettdutt zusammengenommen, auf dem Gesichtchen eine Grimasse verschreckter Höflichkeit. Riesige Augen wie bei einem mageren Käuzchen. Buchenwald.

»Wie heißt du?«

»Lida.«

»Und ich bin Ljusja.«

Nach einem halben Jahr nannten sie in der Schule alle nur noch LjuLi. Da kommen LjuLi. Lida und Ljusja. Lindt und Schukowa. Die Tonangebende und ihr treues Anhängsel. Die Prinzessin und die Erbse. LjuLi, kann ich bei euch Russisch abschreiben? Lidotschka blickte Ljusja an und Ljusja Lidotschka. Dann nickten beide mit ihren runden, glatten Ballettköpfchen – schnurgerader Scheitel, die Haare auf Erwachsenenart in einem Knoten über den dünnen Kinderhälsen zusammengenommen, scharfkantige Schulterblätter, eine Schürze, Sehnen wie ein Pferd, hervorstehende, malträtierte Wirbelgelenke. Ja, kannst du! Ljusjas Heft wanderte auf die fremde Schulbank, Lidotschka hatte alles schon im Zimmer abgeschrieben – auf Russisch war sie nicht gut zu sprechen, auf Mathematik auch nicht. Dafür auf Ljusja Schukowa und Helene Molochowetz.

Wenn sie abends endlich unter sich waren, zu dritt, brauchten sie sonst niemanden mehr. Ljusja lag direkt auf dem Boden, die kleinen Oberschenkel auseinandergespreizt, ein Knie steckte unter dem gusseisernen Heizkörper, auf dem anderen stand Lidotschka leicht balancierend mit dem gewichtigen Molochowetz-Buch in den Händen. Die Übung nannte sich »Frosch«.

»Eine Kalbsleber in dünne Scheiben schneiden, ein Achtelpfund Speck und eine Zwiebel fein schneiden, in einen Kochtopf geben, englischen Pfeffer, ein Lorbeerblatt und Salz dazugeben, mit Deckel bei großer Hitze aufsetzen, aufpassen, dass es nicht anbrennt«, las Lidotschka skandierend vor und in den Pausen war zu vernehmen, wie Ljusjas Schutzengel leise schluckte, da ihm das Wasser im Mund zusammenlief. »Wenn die Leber fertig ist, wenn sie also braun wird, das Fett abgießen, sie auf den Tisch legen, klein hacken, alles im Mörser zerstampfen, einen Löffel geschmolzene Butter, ein Viertel eines eingeweichten und ausgedrückten französischen Brötchens dazugeben, alles noch einmal zerstampfen, durch ein Sieb schlagen, ein Schnapsglas Madeirawein dazugießen …«

»Noch lange?«, stöhnte Ljusja, ihre Haare waren an den Schläfen tränenverklebt, die gespannten Sehnen in der Leiste knirschten lautlos, Ljusja bemerkte nicht einmal, dass sie weinte, sie blickte vom Grund ihres Schmerzes an die Decke – sie erzielte keine guten Ergebnisse, sie musste an sich arbeiten, im Ballett ist alles schmerzhaft, was man auch hernimmt. Alles ein kompakter Schmerz.

»Unterbrich mich nicht!«, fuhr Lidotschka sie an. »Noch zehn Minuten. Ich sage es dir dann. Also, ein Schnapsglas Madeirawein dazugießen, einen Löffel guten Rum, mit Muskatnuss und Salz würzen, in gebackene Blätterteigpiroggen in Form von Füllhörnern füllen und für fünf Minuten in den Ofen schieben …«

Ljusja schloss entkräftet die Augen und versuchte, sich Piroggen in Form von Füllhörnern vorzustellen oder wenigstens Piroggen wie bei ihrer Oma – gebratene, fettige, voller goldbrauner Brandblasen. Mit Kraut. Oder mit Äpfeln. Oder – Ljusjas Lieblingspiroggen – mit Pilzen und grob gehackten harten Eiern. Oder auch nicht wie von Oma, es konnten auch gewöhnliche aus dem Speisesaal sein, gummiartige, aus einer Aludose mit der schwungvollen Aufschrift »Staatskost«. Wenn man in die pralle Flanke so einer Pirogge biss, traf den Gaumen ein warmer leerer Lufthauch – wieder haben sie in der Küche an der Füllung gespart, die Schmarotzer.

Dabei dauerten das Küchenpersonal der Choreografieschule nicht die Füllungen, sondern die Ballettschülerinnen, die mit abgewendeten Augen die halb leeren, fettigen Plastiktabletts vorbeizogen – weiter, Leser, immer weiter. Die üppigen Damen an der Essensausgabe tauchten ihre Schöpfkellen umsonst in die gigantischen Töpfe mit den verlockend dampfenden Eiweißen, Fetten und Kohlehydraten – ungeachtet der von Ernährungswissenschaftlern empfohlenen Ration und der höllischen Anstrengungen fürchteten sich die zukünftigen Ballerinen hysterisch, ja bis zur Hungerohnmacht davor, auch nur ein Gramm zuzunehmen und für immer die Gunst ihres allmächtigen Gottes zu verlieren.

Das Pflichtwiegen einmal pro Halbjahr war der Tag des Jüngsten Gerichts: wenn die Sonne, der Mond und die Lampen verloschen und von der schwankenden Decke fielen und die Decke selbst sich wie eine Spule zusammenrollte. Mit fahler Hautfarbe, fahler als das fahlste Pferd, ganz benommen von den Engeln und den ohrenbetäubenden Darmgeräuschen, drängten sich die Elevinnen auf dem Gang vor dem Untersuchungszimmer, drückten ihre bebenden Schulterblätter an die Wand und zogen mit letzter Kraft ihre nicht vorhandenen Bäuche ein. Die Norm minus hundertfünfzehn – das bedeutete, dass ein Mädchen mit einer Größe von hundertvierzig Zentimetern nicht mehr als siebenundzwanzig Kilogramm wiegen durfte. Besser fünfundzwanzig. Besonders gut waren dreiundzwanzig. In den höheren Klassen wandelten sich die minus hundertfünfzehn in ganze minus hundertzwanzig. Anderthalb Meter groß und fünfunddreißig Kilo? Ja, wer soll dich denn hochheben, fette Kuh? Geh lieber rauchen statt fressen!

Zu rauchen begann man mit dreizehn – und so rauchte man mit dem Segen und der Billigung der Pädagogen verzweifelt, selbstvergessen, begierig. Der rettende, sättigende Rauch wurde eingesogen – einen für Mama, einen für Papa, einen für Galina Sergejewna Ulanowa, man ließ die eifersüchtigen, neidischen Blicke über die Hüften und Rippen der Kolleginnen huschen – Tanka dort drüben hat so einen ungeheuren Arsch, sie wurde schon von der Mittelstange verbannt, auf direktem Weg zum Klavier, wenn man doch sie wegschickt, lieber Gott, aber, bitte, nur nicht mich! Tanka blickte, bedrückt von ihrer unabwendbar aufblühenden Weiblichkeit, mit vor Verzweiflung matten Augen auf das furchteinflößende Untersuchungszimmer. Sie wusste selbst, dass sie verdammt war, vergiss den Arsch – bei ihr, nicht auszudenken wie abscheulich, Herr, erbarme dich unser, entwickelte sich bereits ein Busen, eine sanfte Rundung, ein rührender Versuch der Natur, wenigstens eine kleine Menge belebendes Fett vom Ballett zurückzuerobern.

Vor dem Wiegen oder einem Examen setzten sich die gequälten Pubertierenden auf eine Buchweizengrütze- und Kefirdiät: In drei Monaten konnte man so bis zu fünfzehn Kilogramm abspecken und sich für immer von der Bauchspeicheldrüse verabschieden, der beste Freund der Ballettschülerinnen war Furosemid, die modernste Operation das Entfernen der Gallenblase, häufiger war nur ein Bänderriss, aber dafür war man ohne Gallenblase noch leichter, eine Sylphide, noch zarter und luftiger. Eine Woche vor dem Wiegen keinerlei Faserstoffe, die letzten zwei Tage heilsames Hungern, wenn man auf die dumme Idee kam, etwas zu essen, gleich zwei Finger in den widerstrebenden Hals gesteckt und die Kalorien und Hoffnungen strömten mit heiserem Brüllen und Spritzen in den Schlund der Toilette.

Ja, Mädchen, das Wichtigste ist es, nichts zu trinken, keinerlei Flüssigkeiten, mit trockenen Muskeln werfen wir Ballast ab, einen Einlauf am Morgen, einen am Abend, ein Ohnmachtsanfall, wieder aufs Klo. Am Morgen vor Golgota ein winziges Schokoladenstück, um nicht direkt vor den Füßen des ungerührten Doktors zusammenzubrechen. Alles in der Norm, aber die Größe taugt nichts, noch ein paar Zentimeter, mein Mäuschen, und du wirst ausgeschlossen. In den unkindlichen, ja fast unmenschlichen Augen des Mäuschens tanzten fanatische Funken, Widerschein des Scheiterhaufens, auf dem halb geopfert, halb hingerichtet wurde: Bis zum nächsten Wiegen war sie bereit, falls nötig, sich den halben oder auch den ganzen Kopf abzuschneiden – alles, was notwendig war, außer die schief und krumm gebogenen Füße, wir dehnen den Rist, wir dehnen den Rist, meine Watschelentchen, wir schonen uns nicht. Und das taten sie auch nicht.

Die ausgemusterte Tanka mit dem unballettförmigen Arsch wurde auf dem Gang von den glücklichen, schnatternden Kolleginnen getröstet, die ganz starr vor Erleichterung waren – nicht ich, nicht mich! Tanka weinte nicht einmal – sie wäre gestorben, hätte sie ihr Herz nur mit ihrer Willenskraft anhalten können, aber solche charakterlichen Ebenen erreichte man erst in den höheren Klassen, Tanka aber war früher aussortiert worden, viel früher, und deshalb biss sie nur in ihre kleinen Fäuste – mit voller Kraft, sodass weiße, ebenmäßige Zahnabdrücke zurückblieben, die sich langsam erst mit roter, dann mit violetter, satter, feierlicher Farbe füllten. Ihre Gallenblase war gerettet, ihr Leben beendet, doch noch zwanzig Jahre später, wenn sie im Fernseher sah, wie die vier Schwäne auf die Bühne herausschwammen und müde mit den gefiederten Köpfchen nickten, würde sie in sich das Tosen und Heulen des schwarzen Windes spüren, der den Anschlagzettel herabgerissen hatte, auf dem einfach ihr Name fehlte. Die Fernbedienung klickte, brach den weißen Akt der »Schwäne« mitten im Ton ab und Tanka verließ das Zimmer – gealtert, ergraut, hoffnungslos tot seit ihrem vierzehnten Lebensjahr. »Mama, wohin gehst du?«, rief der jüngere Sohn ihr hinterher (Gott sei Dank, zwei Söhne, eine Tochter hätte sie doch nur in die Choreografieschule gegeben, mit eigenen Händen hätte sie sie hingebracht und auf den Altar geworfen), aber Tanka antwortete nicht. Ihren Rücken hielt sie noch immer unwahrscheinlich gerade, die Schulterblätter von eisernen Muskeln stramm zusammengezogen, die sich nicht mehr entspannen konnten. So ein für immer gerade gehaltener Rücken nennt sich bei Balletttänzern Aplomb. Einen anderen Aplomb gibt es bei ihnen nicht.

Nebenbei bemerkt, die Choreografieschule in Ensk war sehr renommiert – dank des Krieges, der seinerzeit das Leningrader Ballett in seiner vollen Besetzung hierhergebracht hatte. Als Dreingabe zu den verfrorenen Ballerinen aus dem Kirow schickte man die beste Choreografieschule der UdSSR in die Evakuierung nach Ensk – jene, die heute den Namen von Agrippina Jakowlewna Waganowa trägt. Natürlich war die Waganowa damals, im Jahr '41, noch keine Gedenktafel, sondern eine lebendige, herrische Frau, doch alle über die Enzyklopädien verbreiteten Titel hatte sie bereits – herausragende russische Ballerina, Pädagogin, Ballettmeisterin, Bewahrerin der jahrhundertealten Traditionen des imperialen russischen Balletts, Volkskünstlerin der RSFSR und bla, bla, bla. Wichtig war etwas anderes – als die Tänzer aus der Evakuierung nach »Piter« zurückkehrten, ließen sie in Ensk nicht nur gute Erinnerungen zurück, sondern auch die Hälfte des pädagogischen Personals und sogar eine ganze Klasse von frisch aufgenommenen, mageren und ballettbegeisterten Kriegskindern – die Grundlage für das zukünftige Ensker Theater und die zukünftige Choreografieschule, die sich mit ihrem unbarmherzigen Drill und ihrer idealen Körperhaltung schnell in der ganzen Sowjetunion einen Namen machte. Man sieht gleich, das ist die Ensker Schule, seufzten die Ballettomanen, wenn sie sich an Ballerinen erfreuten, die über die Bühne flogen – glissade, glissade, préparation –, ach! Wie ein Ballon, bitte sehr! Wie ein Ballon!

Es gibt Dinge, über die man besser nicht nachdenkt. Vielleicht sogar besser nichts weiß.

Versuchen Sie einmal, von der Straße in eine Kaserne zu gelangen, in eine Lagerbaracke, in einen Folterkeller oder in die Versammlung einer totalitären Sekte. Man würde Sie einfach nicht durchlassen – so wie man keine neugierigen Spießer in eine Choreografieschule lässt, denn der einfache Sterbliche, der ein leichtes, oberflächliches, alltägliches Leben führt, wird niemals das feierliche Grauen begreifen, von dem das Wesen einer völlig geschlossenen Gesellschaft durchdrungen ist. Das ideale Parallelepiped einer Kaserne oder einer Baracke. Licht ein und dann Tanzunterricht. Komplizierte Rituale, wonniger Drill, die nur nötig sind, um endgültig den Verstand auszuschalten – niemals denken, sich um nichts sorgen, nichts entscheiden, sich der allgemeinen Bewegung unterordnen, sich auflösen, aufhören, man selbst zu sein, um auf höherer Ebene wiedergeboren zu werden – in glückseliger Vielzahl. Schmerz, Erniedrigung, brutale Schikane durch Ältere, Hunger, das Glück der absoluten Unterordnung. Wieder Schmerz.

Und nun denken Sie sich vor Eifer zu Zinn erstarrte Soldaten, die fanatisch in ihren Drill vernarrt sind. Häftlinge, die ihren gepeinigten Körper lange vor dem täglichen Verhör auf die Folter vorbereiten, sich freiwillig auf der Folterbank strecken und sich methodisch einmal dieses, einmal jenes Gelenk ausrenken. Hören Sie sich, auf Zehenspitzen stehend, einen Vortrag über die eigene Unfähigkeit an, lassen Sie sich sagen, dass Sie ein hoffnungsloser Fall sind, eine nichtsnutzige Missgeburt – wir hängen nicht an der Stange, nicht runtergehen, nicht runtergehen, die Ferse halten, halten, wozu rede ich denn? Fühlen Sie die Gerte auf der Wade, die Handfläche auf der Wange, bewegen Sie sich im Rhythmus, ziehen Sie gleichzeitig Bauch und Po ein, werden Sie sich all dessen bewusst, was die Kinder empfinden, die als anmutiger und lauter Schwarm über die Stufen der Schule laufen, erwägen Sie, was diese Kinder freiwillig aus ihrem Leben streichen – Kuchen, Märchen am Abend, Freundschaft, die erste Liebe, Bratkartoffeln mit hausgemachten Frikadellen, Vertrauen in Erwachsene, in Altersgenossen, in sich selbst. Legen Sie in die andere Waagschale allein die Möglichkeit, auf die Bühne hinauszulaufen, um vor dem Publikum eine gezierte und angespannte Verbeugung zu machen.

Treffen Sie Ihre Wahl.

Bereuen Sie sie nie.

Nun wissen Sie, worum es beim Ballett geht.

In der Choreografieschule arbeitete sich Lidotschka, die in der normalen Schule mittelmäßige Zensuren gewohnt war, fast von Anfang an zur anerkannten Königin hoch. Schon bei der Aufnahmeprüfung, bei der ersten Ausscheidungsrunde, hatte sie die abgebrühte Kommission mit praktisch idealen Voraussetzungen verblüfft. Offen gesagt, erinnerten die Auswahlkriterien am ehesten einer Beschreibung der Rassemerkmale auf Hunde- oder Pferdeschauen, und die Auslese war hart, sogar grausam. »Negative Merkmale sind: unverhältnismäßig großer Kopf, eckige Kopfform, prominenter Unterkiefer, großes Kinn, an den

Ecken hervorstehender Kiefer, fehlerhafte oder missgestaltete Nasen- oder Ohrenform, Fehlstellung der Vorderzähne, Fehlbiss. Die Aufnahme von Kindern mit kurzem oder breitem Hals ist unvertretbar. Kinder mit übermäßig langem Hals oder hervorstehendem Kehlkopf sind ebenfalls nicht bühnentauglich.« Und so ging es auf Dutzenden von trockenen Schreibmaschinenblättern weiter, die einem nach Eugenik verrückten Nazi große Freude gemacht hätten.

Aber Lidotschka erwies sich als vollkommen: Das Verhältnis der Stand- zur Sitzhöhe, die Länge des Halses, die Schlankheit der Fußknöchel und Handgelenke – alles an ihr war wie gemacht für das Ballett, das nicht einmal in den Details Unvollkommenheiten duldet. Lidotschka verbog sich herrlich in alle Richtungen, hob mit Leichtigkeit das Bein nach vorne, nach hinten und zur Seite, demonstrierte damit ihren herrlichen Schritt, spulte schwungvoll eine Polka ab, ohne zu patzen oder auch nur eine einzige leichte Note zu verhauen. Musikalität, tänzerische Begabung, Rhythmusgefühl, physische Gesundheit – alles tipptopp.

Das Einzige, was die Pädagogen leicht verunsicherte, war der Umstand, dass das magere braune Mädchen im strahlend weißen Höschen nicht einmal versuchte, ihnen zu gefallen. Alle anderen schmeichelten, krochen auf dem Bauch, bleckten ihre kleinen Schakalsschnäuzchen und zeigten ein zuckersüßes Lächeln. Sie blickten ihnen sklavisch in die Augen, im Voraus bereit, für das Ballett alles zu tun, was den Pädagogen beliebte. Doch Lidotschka wandte den Blick finster ab und freute sich offenbar nicht einmal besonders über ihren unbestreitbaren Erfolg. Anscheinend ein Dummkopf, entschied die Kommission, nachdem sie die mit choreografischen Lorbeeren gekrönten Köpfe zusammengesteckt und sich beraten hatten. Ein Dummkopf – das kam im Ballett sehr gelegen. Ein Dummkopf war gut.

Mit vierzehn Jahren hatte Lidotschka endgültig den Status der besten Schülerin erlangt und gelernt, mechanisch auf jeden, sogar den stärksten Schmerz mit einem Lächeln zu reagieren. Lächeln war Pflicht – eine Ballerina muss ihr Gesicht unter Kontrolle haben, es für das Publikum schön aussehen lassen, damit sogar der fehlsichtigste Provinzler vom dritten Rang aus das ganze wonnevolle und beglückende Ausmaß der Berührung mit dem Herrlichen erkennt. Ungefähr in diesem Alter wurde auch klar, dass Lidotschka außer der unbestrittenen und sogar erschreckenden körperlichen Begabung noch ein äußerst seltenes Talent besaß – sie war das ideale Opfer.

Über die Natur der Viktimität philosophieren sowohl Psychologen als auch Kriminologen ausgiebig und sinnlos, faseln, wie es so üblich ist, viel Unsinniges und Absurdes daher und werfen alles auf einen Haufen – die kurzen Röcke, die lockeren Sitten, die miserable Erziehung, die angeborene Charakterschwäche. All das traf überhaupt nicht auf Lidotschka zu, die willensstark und diszipliniert war wie ein prämierter Pudel, bei dem jeder Beliebige das Recht hat, den bis zur Wurzel kupierten Schwanz zu heben und die Analdrüsen abzutasten. Lidotschka hatte stählerne Muskeln und ebensolche Nerven, sie trug keine armseligen durchsichtigen oder kurzen Fetzen, die niedere Wünsche weckten, und wenn sie auf der Straße ging, verteilte sie auch nicht die einladenden Blicke einer Pubertierenden, ganz dumm im Kopf von den eigenen Hormonen. Sie hob kaum den Blick, betrachtete lieber den angespuckten Asphalt, der sich schnell und glatt unter ihren kleinen, bereits professionell auswärts gedrehten Füßen ausbreitete. Und dennoch, wenn sich in ihrem Umkreis auch nur ein abnormaler, betrunkener oder einfach gramgebeugter Mensch befand, zog ihn augenblicklich eine seltsame düstere Macht zu Lidotschka, der sich weder er selbst noch umso weniger Lidotschka widersetzen konnten. Bedrückt, bemitleidenswert, schmierig, stammelten sie ihre unerträglichen Geschichten, forderten aggressiv Aufmerksamkeit und Mitleid, bettelten – Geld hielt sich in Lidotschkas Portemonnaie nie lange, dabei hatte sie selbst keine Ahnung, dass sie nicht aus Barmherzigkeit gab, sondern aus Angst.

Zugegeben, zum Teil bestand Lidotschkas Viktimität aus der einzigartigen Kombination von äußerlicher Attraktivität und innerlicher Sanftheit, eine Art unbewusster Verweigerung der Evolution, wenn ein Lebewesen, anstatt fortzulaufen oder zu töten, freiwillig den eigenen Tod wählt. Aber auch das war nicht das Wichtigste – in Wirklichkeit verfügte die vierzehnjährige Enkelin von Lazar Lindt über die angeborene, seltene Fähigkeit, die Rückseite der Welt zu sehen, jene düstere Kehrseite des Lebens, die normalerweise nur Geistliche und Ärzte sehen, und auch sie erst nach vielen langen Arbeitsjahren. Natürlich waren Geistliche und Ärzte üblicherweise in der Lage, zumindest irgendetwas für die Unglücklichen zu tun, mit denen sie das Leben ständig zusammenführte, doch Lidotschka konnte einfach nur hinsehen. Einfach hinsehen. Sie nicht wegschieben, nicht die Augen bedecken, sich nicht wehren. Helfen konnte sie niemandem, aber sie SAH den fremden Schmerz, sah ihn, ohne das Gesicht zu verziehen, ohne die Augen zusammenzukneifen und sogar ohne den Versuch sich abzuwenden. Wie es sich für ein ideales Opfer gehörte, hielt es Lidotschka für ihre Pflicht, alles zu tun, was ihr selbst unangenehm und sogar widerwärtig war, doch notwendig für die Menschen um sie herum. Das hatte sie vom Ballett gelernt. Genau das war Ballett. Das Ballett von Lidotschka Lindt. Ihre persönliche Bestimmung.

Besonders schwer war es, Alte zu sehen, denen anscheinend niemand außer Lidotschka Beachtung schenkte – die Ensker Greise des Jahres 1996, verarmt, halb verrückt, einsam, die irgendwann einmal das große Land aufgebaut hatten und nun auf seinen Trümmern herumkrochen wie Hiob auf dem Misthaufen. Als Folge ihrer schmerzhaften Gabe bemerkte Lidotschka weder die strahlenden, bis zum Überfluss gefüllten Schaufenster von Ensk noch die rasanten importierten Autos noch die bunt gescheckten ausländischen Fummel, mit denen sich die Stadtbürger schmückten, die der junge russische Kapitalismus plötzlich mit einem Schlag in eine Horde von geschäftstüchtigen, trügerisch freundlichen und zu allem fähigen Dreckskerlen verwandelt hatte. Um Lidotschka herum blühte die Welt der Jungen, Gesunden und Frechen, doch sie, ebenfalls jung und gesund, über jeden Bedarf abgesichert durch Galina Petrowna, die unter jeder Staatsmacht reich war, bemerkte nur Falten und Lumpen. Der abgetragene, noch aus den Siebzigerjahren stammende Übergangsmantel einer Alten, die in der Mülltonne wühlte, der Greis mit den abstehenden Ordensleisten, der Münzen über die vertrocknete, zitternde Handfläche gleiten ließ, weil er auf etwas sparte – nein, es reicht nicht, ach … Hau schon ab, Opa, was lümmelst du auf der Straße herum? Lidotschka steckte einen Geldschein in die Tasche des Opas, der aber nichts ändern würde, und blickte machtlos dem gebeugten, mitleiderregenden, hilflosen Rücken hinterher. Die resigniert blickenden Augen, die in trübem Weiß schwammen, die Öffnung des zahnlosen Mundes, die mit ungeschickten Fingern gebundenen Schnürsenkel, schiefe, verschämte Flicken – die schreckliche Altersarmut, die das Schlimmste auf der Welt ist und die niemand braucht. Mein Gott, wie Lidotschka sich vor diesen Alten fürchtete, wie sie sich vor dem Alter selbst fürchtete – unabwendbar, entsetzlich, entsetzlicher als der Tod selbst, der in dieser erniedrigenden, gebrechlichen Schwachheit eine lang erwartete und erlösende Erleichterung zu sein schien! Das war eine merkwürdige und schwer erklärbare Angst – schließlich kannte Lidotschka nur Greise, die ihr vollkommen fremd waren, elend, von der Straße. Galina Petrowna, die Schulkameradinnen, die Pädagogen, sogar Mamotschka und Papa, sogar Mamotschkas Mama und Papa und auch Lazar Jossifowitsch Lindt auf dem Foto im Arbeitszimmer, kohlschwarz, phosphorweiß – alle um sie her waren jung, stark, unsterblich, alle, sogar die Verstorbenen, waren wie für die Ewigkeit gemacht. Aber die Angst ging davon nicht weg, im Gegenteil, sie wurde stärker, schärfer, die unerträgliche Angst vor dem Alter, vor der es wie vor dem Unterricht im klassischen Tanz keine Rettung gab.

Vielleicht, überlegte Lidotschka, vielleicht, wenn sie ein Haus hätte ... Ihr eigenes Haus voller Wärme und Kinder. Vielleicht würde es dann wenigstens etwas leichter sein? Sich vom Alter abgrenzen, es bewohnbar machen, Enkel hüten, ächzend den Müll raustragen, helfen, bis zur letzten Sekunde irgendjemandem nützlich sein. Irgendetwas tun. Irgendjemanden umarmen. Sie liebte es, in den Park nahe der Schule zu gehen, wo es einen Sandkasten und eine Holzschaukel gab – Heimstätte sorgloser Mutterschaft. Bedächtige Muttis, die ihre lärmenden Kinder ausführten, hektische Tauben; Lidotschka saß stundenlang auf der Bank, sättigte Augen und Ohren und versetzte sich mal selbst in eine Frau mit üppiger, behäbiger Schwangerschaft, mal stellte sie sich vor, auch einen so süßen Dreikäsehoch zu haben, übernahm dann in Gedanken von einer zerstreuten Mutti die Art, wie diese ihr Kind herbeirief, um ihm, ohne das Geschnatter mit einer anderen Mutti zu unterbrechen, schnell und gewandt die völlig trockene Nase abzuwischen oder das Jäckchen zurechtzuziehen – einfach nur, um allen und sich selbst zu zeigen, dass das ihres war, ihr eigenes, ihr leibliches, wenn auch entsetzlich nerviges Kind. Lidotschka wollte auch irgendetwas Eigenes haben. Das war die Rettung. Das wusste sie genau. Nein, sie glaubte es – das war viel stärker.

Sogar die Alten im Park waren weniger schrecklich – harmlose Opas und Omas, umgeben von rettender Liebe, doch alles endete, wie immer in Lidotschkas Leben, unwiderruflich, erbarmungslos, mit einem Schlag. Ein Opa, fremd, hässlich, nutzlos, setzte sich mühevoll in drei Anläufen zu ihr auf die Bank und nestelte etwas so lange und umständlich aus der Tasche, dass Lidotschka ihm schon helfen wollte, doch da schaffte er es selbst,

Gott sei Dank. Er zog ein Blatt Papier heraus, strich es mit knorrigen Fingern glatt, abgesplitterte Nägel, ein muffiger Geruch nach ungepflegtem, ungeliebtem altem Fleisch. Der Alte las das Schreiben durch – offenbar etwas Offizielles (violetter Stempel, eine gleichgültige, schwungvolle Unterschrift, ebenmäßige Computerbuchstaben, Korn für Korn) – und saß lange-lange da, aufgeplustert wie eine kranke Taube, nur strömten aus den geröteten, faltigen Lidern lautlos trübe Tränen. Dann seufzte er, wischte sich das Gesicht energisch ab und sagte verbittert wie zu sich selbst – das also tun einem die eigenen Kinder an. Der Alte war bereits weggegangen, doch Lidotschka sah ihm immer noch hinterher und rätselte, was die eigenen Kinder dem Ärmsten angetan haben könnten. Hatten sie ihm die Wohnung weggenommen? Ihn ins Altersheim gesteckt? Waren sie nach Amerika ausgewandert? Vielleicht waren sie einfach gestorben, gewissenlos, plötzlich, und hatten ihn ganz allein zurückgelassen.

Sie ging nicht mehr in den Park – sie hatte Angst, den Alten wiederzusehen, Angst, sich einzugestehen, dass Kinder und Enkel, von denen sie so verzweifelt und ausführlich träumte, sie in Wirklichkeit überhaupt nicht zurücklieben mussten. Die lustigen runden Kleinen, die auf dem Platz spielten, waren keine Versicherung gegen ein einsames Alter, den Tod. Sie waren kein Pensionsfonds, keine langfristige Anlage mit guten Zinsen. Es waren einfach nur Kinder, ohne bestimmten Zweck. Das war die Wahrheit, aber sich mit ihr abzufinden bedeutete, alles zu verlieren. Dazu war Lidotschka nicht bereit. Im Jahr 1997 musste sie ohnehin viel zu viel verlieren.

Ljusja Schukowa wurde Ende des Schuljahres ausgeschlossen – man ließ sie nicht einmal in die nächste, die letzte Klasse aufrücken, damit sie sich wenigstens kurz als angehende Absolventin fühlen konnte. Nein, man warf sie hinaus, wartete nicht einmal die Prüfungen ab, denn das geht nicht, Mäuschen, anderthalb Monate mit Lungenentzündung im Lazarett herumzuliegen, wenn du tanzen willst. Eine Ballerina wird nicht krank, und wenn sie doch krank wird, dann versäumt sie den Unterricht nicht, und wenn sie ihn versäumen muss, dann übt sie selbstständig, ach, die Ärzte haben jede Belastung verboten? Das ist Ihr Problem, meine Liebe. Wenn man in der Schule jemanden von der Liste der Lebenden strich, ging man immer zum »Sie« über. Ljusja, die vor Verzweiflung so weiß wie eine Made und ganz hässlich geworden war, hatte die Schwäche von der Lungenentzündung noch nicht überwunden und versuchte nicht einmal, sich zu widersetzen. Wozu? Niemanden interessierte es, dass sie sich die Pneumonie im eisigen, zugigen Klassenzimmer eingefangen hatte, während sie stundenlang den Grand pas de chat übte, den großen Katzensprung, der einfach nicht gelingen wollte. Die Beine werden mehr als neunzig Grad in die Höhe geworfen, die Arme öffnen sich aus der dritten Position, der Rumpf biegt sich nach hinten – bums. Wieder ein Mangelhaft.

Lidotschka, die mit ihrer besten Freundin redlich die Katzenpflicht abgeleistet und sie ehrlich im Lazarett besucht hatte – um die Molochowetz vorzulesen, einfach nur bei ihr auf der staatseigenen Flauschdecke zu sitzen und tröstend mit den Beinen zu baumeln, lief zu den Pädagogen, flehte und versprach, Ljusja an der Hand zu nehmen (ja sogar am Fuß!), doch alles war umsonst. Die Direktorin, bei der sich Lidotschka wie eine Erwachsene anmelden ließ, war ebenfalls unerbittlich – Talentlosigkeit brauchen wir nicht in der Schule. Und du, Lindt, statt deine Zeit mit solchem Ballast zu verschwenden, solltest lieber proben gehen. Oder weißt du nicht, welche Verantwortung du trägst? Lidotschka wusste es. Gleich nach dem Aufrücken in die Abschlussklasse sollte sie, die Siebzehnjährige, zum ersten Mal in ihrem Leben die Giselle im Ensker Theater tanzen, auf der echten, der Erwachsenenbühne – eine unerhörte, rare Chance, die nur zukünftigen Primaballerinen gewährt wurde. Giselle – das war eine Ehre. Geh und arbeite, beendete die Direktorin das Gespräch, und Lidotschka machte gehorsam und unerschütterlich wie ein Zinnsoldat kehrt und ging.

Ljusja wurde von ihrer Mutter abgeholt, einer dicken, bäuerlichen Frau von irgendwoher aus dem südlichen Ural, wo es für die Menschen von der Geburt bis zum Tod keine großen Freuden gab, außer sich bis zur Besinnungslosigkeit vollzustopfen. »Heul doch nicht. Du machst die normale Schule fertig und dann bringe ich dich in der Buchhaltung unter«, plapperte sie vor sich hin, während sie Ljusjas Sachen zusammenpackte und mit den Augen das Zimmer absuchte, um nichts Wichtiges, im Haushalt Brauchbares zu vergessen. »Wozu mit nackten Beinen herumhüpfen? Das ist doch eine Schande und kein Handwerk.« Ljusja saß kerzengerade auf der Stuhlkante und weinte nicht, sondern dehnte nur mechanisch aus Gewohnheit die nun völlig nutzlosen Füße. Lidotschka saß daneben, schmiegte ihre Nase an die magere Schulter der Freundin, wie sie es immer getan hatte, wenn sie sie liebkosen wollte – wie oft hatten sie gemeinsam geweint, wie oft einander lächerliche, kindische und daher besonders schreckliche Geheimnisse verraten, wie oft hatten sie nach dem Zapfenstreich verhalten gelacht, wie oft zusammen geträumt, wie oft hatten sie sich gegenseitig in einem Bett, mager, verfroren, klein, ein wenig Mitleid und Wärme gespendet. Ich werde dich in allen Ferien besuchen! Und schreiben werde ich – jeden Tag!, versprach Lidotschka leidenschaftlich und ernsthaft, wie bei einem Gelübde. Ljusja zuckte zusammen, als hätte man sie geweckt, und blickte Lidotschka mit trockenen, brennenden Augen an. »Steck dir deine Briefe in den Arsch, Idiotin!«, schrie sie plötzlich so laut, dass die Frau das Bündel dumpf tönend fallen ließ. »Ich hasse dich und habe dich schon immer gehasst! Idiotin! Ekel! Krummbeinige Missgeburt! Stinktier!« Die Frau bekreuzigte sich, spuckte aus und sagte finster – schone deine Nerven, Tochter. Das ist es nicht wert. Pfeif drauf, fahren wir heim.

Nach Ljusjas Abreise blieb Lidotschka vollkommen allein zurück. Als Andenken an ihre beste Freundin hatte sie nun das Einzelwohnrecht in ihrem Zimmer (ein Tribut an die Königin, dank der nächsten Finanzspritze von Galina Petrowna) und die neue Angewohnheit, sich bei jeder passenden Gelegenheit brühheiß, rauschend, lange zu duschen. Das Wort »Stinktier« haftete ebenso an ihr wie der unmerkliche, unsichtbare, nur für Lidotschka wahrnehmbare Schweißgeruch – im Ballett stinken alle. Absolut alle.

Die Sommerferien vor der letzten Klasse kamen Lidotschka besonders lang vor. Sie blieb im Wohnheim – mit schweigender Zustimmung von Galina Petrowna, die sie immer seltener sah und mit der sie sich merkwürdigerweise gerade deshalb fast gänzlich ausgesöhnt hatte. Lidotschka fuhr regelmäßig über das Wochenende in Lindts Wohnung auf Besuch und fand jedes Mal in ihrem Zimmer eine nette Kleinigkeit – ein flauschiges Strickjäckchen in einem raschelnden, eisglatten Päckchen, ein Walkman, der wie ein vom Meer abgeschliffener handlicher Kieselstein aussah, oder sogar äußerst schwer erhältliche, in New York bestellte Spitzenschuhe der Marke Grishko –, Ware-Geld-Beziehungen fielen Galina Petrowna immer am leichtesten. Einmal im Monat händigte sie Lidotschka ihr Taschengeld aus (Rechenschaft verlangte sie nie) und zeigte ihr einen säuberlichen Kontoauszug, der Lidotschkas einwandfreie Finanzen bezeugte. Die Bank war seit Kurzem Eigentum von Galina Petrowna und deshalb wurden die monatlichen hundert Rubel von Papa in Standardwährung umgerechnet – sie waren genauso standardisiert wie die väterlichen Glückwunschtelegramme, die ganz selten geworden waren, genauso selten wie ihre Fragen nach ihm.

Mit siebzehn Jahren hatte sich Lidotschka damit abgefunden, dass sie Vollwaise war.

Im Übrigen verstand sie es, sich dankbar zu zeigen: Galina Petrowna musste sich um Lidotschka nie Sorgen machen und eigentlich hätte sie sogar stolz auf sie sein können. Aber anscheinend wollte sie nicht – Galina Petrowna, die sich ebenso fieberhaft und leidenschaftlich für die Geschäftswelt begeisterte wie einst für Antiquitäten und antiquarische Bücher, kam nicht einmal zu den Abschlusskonzerten in die Schule, bei denen Lidotschka mit ihren Soloauftritten immer so ebenmäßig, gleichmütig und herrlich glänzte wie sonst nur echte Brillanten im Gegensatz zu einfachem geschliffenem Kristallglas.

Die endlosen Sommerwochen verbrachte Lidotschka mit endlosen Proben und endlosen Stadtbummeln: In diesen Ferien lernte sie zum ersten Mal Ensk in allen Einzelheiten kennen, dort drüben hinter der Ecke gibt es eine Bank, auf der man sich ausruhen kann, zwischen den abgeknickten, angepissten Blasenspiersträuchern leidet eine kleine Gipsbüste von Lenin in der Verbannung vor sich hin, von Jugendlichen bis zur Unkenntlichkeit beschmiert und verstümmelt und davon richtig menschlich und lebendig geworden. Anfangs schlenderte Lidotschka ziellos durch die Straßen, doch dann entdeckte sie am Stadtrand einen hübschen alten Zaun, der verwegen und ganz untypisch für den Norden zitronengelb gestrichen war, in Gedanken fügte sie einen gepflasterten Weg aus einem anderen Bezirk hinzu und einen riesigen purpurroten Ahorn, den sie auf einem Foto in einer Zeitschrift gesehen hatte.

Das Spiel stellte sich als erstaunlich interessant heraus – und Lidotschka begann, mit offenen Augen herumzuspazieren. Sie erdachte sich ihr ideales Haus.

Wichtig war absolut alles – die Farben, das Licht, die Art der Steine, die Dachform und sogar die Gerüche. Vor allem die Gerüche! Auf der Suche nach dem richtigen Aroma für den Flur (Bohnerwachs, Holz und etwas Vanille) geriet Lidotschka irgendwie in ein Dickicht von spätsowjetischen Neubauten, die wie abgebrochene Makkaroni aussahen, und sie blieb plötzlich mitten im Hof stehen. Jämmerlich und rostig knarrte das schiefe Kinderkarussell und die Birken machten, obwohl sie bereits hochgewachsen waren, eine Linkskurve, Mamotschka hatte immer Schnörkel gesagt. Lidotschka setzte sich auf eine Bank, nestelte an der Brust nach einem nicht vorhandenen Schlüssel an einem lange weggeworfenen Band und murmelte schnell, wie in der Kindheit, die Adresse, die sie, wie sich nun herausstellte, für immer auswendig wusste – Ussijewitscha 14, Wohnung 128. Das war ihr alter Hof. Das Haus, in dem sich die Wohnung von Mamotschka und Papa befand. Sie konnte es gar nicht glauben, dass sie nie daran gedacht hatte, hierherzukommen.

Lidotschka betrat den Hauseingang, der sich an ihre fünfjährigen, tapp-tapp, kleinen Füße erinnerte, der Lift war oft außer Betrieb, die Stufen erwiesen sich als endlos und unglaublich hoch, die unvergessenen Farbflecken auf dem Geländer, die unvergessenen, unvergesslichen Gerüche und das Licht. Immerhin fünfter Stock, das macht müde. Soll ich dich huckepack nehmen? Papa ging bereitwillig in die Hocke und wandte ihr den Rücken zu, doch Lidotschka ließ sich nicht verführen von der Möglichkeit, ihn mit den Ohren zu steuern (links rum! Und jetzt rechts!), und hastete stur selbst hinauf. Mamotschka sagte schließlich immer – du musst alles selbst machen. Als hätte sie es gerochen – das Schwarze Meer.

Lidotschka blieb vor der Tür stehen – früher hatte sie kaum zum Griff hinaufgereicht, jetzt aber, bitte sehr, da war er schon; und der Klingelknopf, zu dem Papa sie immer hinaufgehoben hatte, während sie gelacht und mit den Beinchen gestrampelt hatte, erwies sich nun auch als überhaupt nicht hoch. Lidotschka hob die Hand und wollte läuten, doch da polterte neben ihr der Aufzug mit seinen mechanischen Gebeinen, und Lidotschka stürzte schnell-schnell die Treppe hinab.

Am nächsten Tag kam sie zurück und wusste selbst nicht, warum, dann wieder am darauffolgenden Tag und am übernächsten ebenfalls. Sie saß lange mit angezogenen Knien im Treppenhaus auf dem Fensterbrett und dachte an nichts, sondern spürte einfach, wenn schon nicht die Eltern, so doch zumindest ihre Wohnung hier neben sich. Ein angenehmes, sogar heimeliges Gefühl, das Menschen häufig auf Friedhöfen verspüren, wenn sie sich längst mit dem Verlust abgefunden haben, wie unermesslich er auch gewesen sein mag – wahrscheinlich genau so, wie man sich mit einer Amputation oder mit Unfruchtbarkeit abfindet und im Fehlen eines Beins oder eines Kindes ein gewisses ruhiges, kaum jemandem verständliches Vergnügen empfindet. Doch Galina Petrowna ging selbst nicht auf den Friedhof und brachte auch Lidotschka nicht dorthin, deshalb war dieses Empfinden für Lidotschka neu und so seltsam, dass sie sich nicht einmal wunderte, als sich eines schönen Tages die Tür zur elterlichen Wohnung leise einen Spalt öffnete und mit einem vernehmlichen Knarren gleich wieder schloss. Das habe ich mir eingebildet, beruhigte sich Lidotschka, doch wenige Minuten später öffnete sich die von der gegenseitigen Erwartung gespannte Tür wieder und im Spalt tauchten anstelle der Geister der Vergangenheit zwei verdutzte Kindergesichtchen auf – ein Junge und ein Mädchen.

»Wer bist du, Tante?«, fragte der Junge, der der Stimme und der Nase nach nicht älter als zehn war. Lidotschka sprang vom Fensterbrett und wusste nicht, was sie sagen sollte.

»Ich … ich …«, stotterte sie verwirrt. »Ich wohne hier. Ich meine, ich habe hier gewohnt. Vor sehr langer Zeit.«

Der Junge und das Mädchen wechselten einen Blick und das Mädchen sagte selbstbewusst:

»Hier wohnen wir, Tante. Und du geh weg. Sonst rufen wir die Miliz.«

»Wie dumm du doch bist«, sagte der Junge verärgert und dem Geräusch hinter der Tür nach zu urteilen, schlug er dem Mädchen auf den Hinterkopf. »Zu Erwachsenen muss man ›Sie‹ sagen. Und wieso sagst du Tante? Unsere Tante ist Alja. Sie wohnt in Bijsk. Im Sommer fahren wir zu ihr.«

Der letzte Satz war offensichtlich eine Aufforderung zum Dialog und Lidotschka beschloss zuzugeben, dass sie Bijsk überhaupt nicht kannte und auch keine Tante hatte (weder eine Alja noch sonst eine). Der Junge, der, wie es sich für einen Mann gehört, seine Überlegenheit fühlte, war augenblicklich milde gestimmt und wurde nachsichtig. Er machte die Tür weiter auf, klirrte mit der Sicherheitskette und prahlte:

»Und außerdem ist unser Papa ein Kandidat der Wissenschaften! Und Mama bereitet sich auch darauf vor. Bitte sehr!«

»Meine Mama ist gestorben«, gestand Lidotschka überraschend und empfand merkwürdigerweise zum ersten Mal in ihrem Leben fast keinen Schmerz dabei. Das war einfach eine Tatsache. Eine Tatsache ihrer Biografie. Die Kinder wechselten wieder einen Blick.

»Und dein Papa?«, fragte das Mädchen ernsthaft.

»Mein Papa …«

Lidotschka überlegte einen Augenblick, begriff aber, dass sie die Geschichte mit den Ansichtskarten und Telegrammen nicht einmal sich selbst erklären konnte.

»Einen Papa habe ich auch nicht …«, sagte sie. »Schon sehr lange nicht. Ich kann mich an ihn und an Mama kaum noch erinnern.«

Der Junge warf die Tür so heftig zu, dass es für Lidotschka wie ein Schlag ins Gesicht war, und das hatte natürlich seine Richtigkeit. Da hast du genau das passende Thema für Kinder gefunden, Idiotin. Wie üblich nahm Lidotschka zum zigtausendsten Mal die ganze Schuld auf sich, klopfte ihre Jeans ab und trottete die Treppen hinab. Du warst zu Besuch in der Vergangenheit, aber jetzt ist Schluss. Es ist Zeit zu proben, zu lernen, die Muskeln anzustrengen, hundertmal ein und dieselbe Bewegung zu wiederholen. Es ist ein Paradox, dass man ein großer Wissenschaftler, ein überragender Komponist, ein bedeutender Schriftsteller werden kann. Aber eine große Ballerina kann man nicht werden. Man muss einfach eine sein, sich täglich mit denselben Übungen abquälen, die auch die ungeschicktesten und unbeholfensten Anfängerinnen machen. Nur dass Lidotschka weder eine Ballerina werden noch eine sein wollte. Weder eine große noch eine gewöhnliche. Sie wollte ein Haus haben. Ein Haus und Kinder. Und sonst nichts.

Der Junge holte sie erst im zweiten Stock ein. Er war dunkelhaarig, mager, mit den sehr geraden Schultern eines zukünftigen Offiziers.

»Hier«, keuchte er und reichte Lidotschka einen halben Laib Brot. »Nehmen Sie. Sie sind wahrscheinlich hungrig, weil Ihre Mama …« Er wollte sagen »gestorben ist«, konnte es aber nicht und fügte deshalb schuldbewusst hinzu: »Wir haben auch noch Kartoffeln, aber die sind roh.«

Lidotschka nahm das Brot und roch an der duftenden lockeren Krume.

»Danke«, sagte sie. »Wirklich vielen Dank. Sind die Kartoffeln rosa oder gelb?«

»Weiß ich nicht«, sagte der Junge verwundert. »Ist das nicht egal?«

»Das ist ein großer Unterschied«, erwiderte Lidotschka. »Wenn sie rosa sind, dann kann man sie mit saurer Sahne auf zwei Arten zubereiten. Und gelbe eignen sich gut für Klöße. Hast du schon einmal Kartoffelklöße gegessen?«

Die Kartoffeln stellten sich als weder rosa noch gelb heraus – sie waren von minderer Qualität, voller Augen und blasser Keimlinge, außerdem gab es im Haus weder saure Sahne noch Mehl, ja nicht einmal Eier, dafür fanden sich ein paar Möhren und reichlich abgelaufene Gewürze in altmodischen Papiertüten.

»Das wird wohl nichts, oder?«, fragte das Mädchen betrübt, das sich als sehr lebhaft und sehr hässlich entpuppt hatte. Doch natürlich wurde alles etwas.

Als die Zarews um sechs Uhr abends aus ihrem Forschungsinstitut heimkehrten, fanden sie zu Hause fast echte italienische Bruschettas mit Rosmarin vor, ausgezeichneten Tee, gekochte Kartoffeln von erstaunlich oranger Farbe, die geschmacklich an richtigen Kuchen erinnerten, und Lidotschka, die in den paar Stunden dem zehnjährigen Romka und der sechsjährigen Veronitschka unwiderruflich den Kopf verdreht hatte.

»Das schmeckt unglaublich gut!«, murmelte Zarew, steckte sich eine ganze Kartoffel auf einmal in den Mund und wedelte vor Begeisterung mit den Händen. »Wie haben Sie das gemacht, Lida?«

»Das ist ganz einfach«, antwortete Lidotschka verlegen, »man muss sie mit der Haut kochen, unbedingt eine Möhre, eine Zwiebel und ein paar aromatische Pfefferkörner ins Wasser geben und ...«

Frau Zarewa packte sie hastig an der Hand: Wie viele Pfefferkörner? Und wann salzen? Also ganz? Überhaupt? Nein, Serjoscha, nein, was ist los mit dir, wie ein kleines Kind! Lass den Kindern doch auch etwas übrig!

Am nächsten Tag nahm Lidotschka zu den Zarews zwei riesige Taschen voller Lebensmittel mit, um die sie selbst die Molochowetz beneidet hätte. Bis zum Ende der Ferien blieb im *Geschenk für die junge Hausfrau* fast kein Rezept übrig, das sie nicht ausprobiert hätte. Lidotschkas Hände erwiesen sich als ebenso talentiert wie ihre Füße – und die Köchin in ihr stellte die Ballerina immer selbstsicherer in den Schatten. Die Zarews, die schlampig und arm waren, wie es sich für Märtyrer der Wissenschaft gehörte, nahmen zu, ihr Teint wurde rosiger und glänzte sogar leicht fettig wie bei Hefepfannkuchen. Doch Lidotschka selbst, die insgeheim von einem rettenden Ausschluss aus der

Schule träumte, legte kein Gramm zu – sie hatte Lindts raschen Stoffwechsel, der ohne Weiteres hundert Pelmeni auf einmal im unersättlichen Zellofen verbrennen konnte. In den Pausen zwischen den kulinarischen Studien lernte sie mit Veronitschka und Romka eifrig Makrameeknüpfen und Sticken, wofür sie die nachlässigen, verworrenen Empfehlungen aus früheren Ausgaben des Frauenmagazins *Die Arbeiterin* hernahm. Die beiden älteren Zarews konnten sich gar nicht genug freuen – im Übrigen freuten sie sich, abgehärtet durch eine sowjetische Erziehung und als Optimisten von Natur aus, über alles, was sie nicht umbrachte. Diese freundlichen, lebensfrohen, anspruchslosen Menschen umzubringen war überhaupt nicht leicht, so wie bei Menschen, die ernsthaft, aufrichtig und aus ganzem Herzen glauben.

Die Zarews hatten ihr ganzes Leben lang an die Sowjetmacht geglaubt. Nicht an die echte, natürlich, sondern an die ideale, richtige Sowjetmacht aus den Büchern, die, nachdem sie prophylaktisch alle Fähigkeiten abgepumpt hat, prinzipiell jeden nach seiner Arbeit entlohnen sollte. Die Zarews hatten ihren Teil des Vertrags ehrlich erfüllt, weder ihre Hände noch ihr Gehirn geschont, deshalb ließen ihnen die erniedrigenden Schlangen und der Mangel an allem, von Kinderstrümpfen bis zu einer Dostojewskiausgabe zur Subskription, die Galle hochsteigen. Die echte, alltägliche, tatsächliche Sowjetmacht verachteten sie – wie man eine Mutter verachtet, die säuft und auf jugendlich macht, unmöglich, erbärmlich, aber doch die eigene Mutter. Eine weitere Variante von Liebe.

Den Zarews kam es so vor, als müsste das sowjetische Volk nur einige zusätzliche Anstrengungen unternehmen – Lenin begraben, Stalin vergessen oder Solschenizyn zurück ins Land lassen –, dann würde sich alles auf magische Weise verändern, dann würde alles im Kristallglanz des allgemeinen Glücks erstrahlen. Sie wollten verbessern, aber nicht zerstören, gutes Altes belassen und es mit besserem Neuem ergänzen. Sie glaubten daran, dass die Sowjetmacht problemlos vereinbar sei mit der Demokratie, die Vielzahl von Panzern mit einem Überfluss an Klopapier, und was die Redefreiheit betraf – entschuldigen Sie, die steht sogar in unserer Verfassung! Die Zarews verschlangen aufrichtig alle Dissidentenmanuskripte und verbotenen Bücher, deren sie habhaft werden konnten, und wunderten sich noch aufrichtiger, dass diese Bücher verboten waren, sie hörten hüstelnde und heisere Stimmen aus Amerika, Stockholm, London, kritisierten bei einem Gläschen Wodka flüsternd Partei und Regierung, blieben dabei jedoch im Grunde vollkommen sowjetisch.

Sie waren wunderbare Menschen, diese Zarews, ehrlich, fleißig, gut und vollkommen normal. Solche Zarews gab es zu Millionen und sie waren das Beste, was die Sowjetmacht in all diesen Jahren ihrer Existenz hervorgebracht hatte, alles andere, einschließlich der Raketen, der Werkbänke und des Balletts, war kaputtgegangen, moralisch überholt, in die Einzelteile zerfallen, hatte nicht die Erwartungen erfüllt, doch die Menschen waren dieselben geblieben – einfach Menschen. Als schließlich die Perestroika hereingebrochen war, hatten sich die Zarews wie alle gefreut, wie Kinder, die vor der Tür herumspringen, hinter der sich das Fest und die Tanne befinden, wie Junkies an der Nadel hingen sie an Korotitschs reformistischer Zeitschrift *Ogonjok*, trieben sich bei Kundgebungen und Barrikaden herum, beteten Jelzin an, applaudierten Sacharow und diskutierten sogar abends, wenn sie schlafen gingen und sich aneinanderschmiegten, darüber, dass morgen, schon bald …

Doch bald stellte sich heraus, dass die Sowjetmacht, die die Zarews so furios hatten verändern wollen, die einzige wirklich glückliche und stabile Sache in ihrem Leben gewesen war. Die sorglose Kindheit und kostenlose Bildung, die bläuliche Höhensonne in der neuen Poliklinik und der Kinofilm über Tschapajew in der Morgenvorstellung. Die Bauarbeiterlieder, Kuchen um zweiundzwanzig Kopeken und Portwein um zwei zwanzig (die leere Flasche konnte man für siebzehn Kopeken zurückgeben!), Vorschuss und Zahltag, dreizehntes Gehalt, Glaube an Gleichheit und Brüderlichkeit, das glückliche Leben, das sich vor einem als seidiger Teppich ausrollte, voller deutlicher Meilensteine und gewohnter Rituale, ohne die es schließlich kein menschliches Glück geben kann. Aufmärsche am 1. Mai, vor denen sich alle drückten, doch nach denen es sich als Gast bei irgendjemandem so rauschend und himmlisch essen und trinken ließ, die Prozession zum Ewigen Feuer am 9. Mai, die Siegesparade, am Abend sang Kobson im Fernsehen und das Konzert harmonierte wunderbar mit den Beatles und den Stones, die im Kassettenrekorder wohnten, Solschenizyns *Krebsstation* aus dem Untergrund und der zerfledderte Druon, die man mit vereinten Kräften ergattert und mit vereintem Vergnügen gelesen hatte. Eine starke Armee, eine gute Miliz, kalte Hände, heiße Herzen, ein vernünftiger Kopf. Schade, dass all das gescheitert ist. Schade, dass wir nie, nie wieder jung sein werden.

Letztendlich hatte die Sowjetmacht die Zarews einander gegeben – sie hatten sich noch im Institut kennengelernt und bereits Ende des ersten Studienjahres geheiratet, junge Ingenieure, junge Streitereien, junger, tollpatschiger Sex, das Studentenwohnheim, Hochzeit, Aspirantur, jeden Sommer eine Kanutour, Mücken, köstlicher Tee aus einer Schmorfleischdose voller Tannennadeln und goldener Fettaugen, zwei Kinder. Sie waren vollkommen glücklich zusammen, diese Zarews – Jelenotschka Romanowna, rundlich, knackig, lachlustig, und Sergej Wladimirowitsch, dünn, fröhlich, behaart wie ein Yeti, doch mit frühen, tiefen Geheimratsecken über einer agilen, faltigen Stirn. Nur nachlässigen und liederlichen Müttern sind so gelungene Kinder beschieden. Und die Sowjetmacht war nachlässig gewesen. Sogar als sie die Zarews im Stich ließ, gewissenlos, ohne sich umzudrehen, für immer, hörten sie nicht auf, gute Menschen zu sein. Und sie hörten nicht auf zu glauben, dass das richtig sei.

Lidotschka nahmen sie mit derselben Gutherzigkeit auf, mit der sie alles aufnahmen, was ihnen das Leben schickte oder die Kinder anschleppten – die Verwandtschaft aus der Provinz, verspätete Gäste, die Windpocken oder eine Taube mit gebrochener Kralle. Für den Anfang beschloss Lidotschka, ihre Besuche bei den Zarews für sich zu behalten – nicht aus Geheimniskrämerei, sondern einfach deshalb, weil der größte Teil ihres Lebens für Galina Petrowna offensichtlich uninteressant war. Es gab jedoch zu viele Entdeckungen und zu viele Fragen, sodass Lidotschka freiwillig einen Spaziergang mit Romka und Veronitschka sausen ließ, um der verwitweten Imperatorin einen ungeplanten Besuch abzustatten.

»Schwanger? Krank?«, fragte Galina Petrowna hastig, während sie vor dem Spiegel ihre Lippen schminkte. In der letzten Zeit hetzte sie sich immerzu ab, sie lebte in ständiger Eile, sie lebte interessant, die Geschäfte forderten schnelle Entscheidungen, schnelle Entscheidungen bedeuteten viel Geld, das eine zog das andere nach sich, wie beim Kinderspielzeug mit dem Holzmännchen und dem Holzbären, die abwechselnd mit ihren unechten Äxten auf einen kleinen Amboss einhauen.

Lidotschka erwies sich als gesund und nicht schwanger. Na, Gott sei Dank, wie man so schön sagt. Was ist es sonst? Brauchst du Geld? Nimm dir welches vom Tisch dort drüben.

»Ich wollte dich wegen der Wohnung fragen«, sagte Lidotschka leise, da sie gewohnt war, bei Galina Petrowna nicht die Stimme zu erheben.

»Wegen welcher Wohnung?«

»Na, wegen der, in der ich mit Mama und Papa gewohnt habe. Als sie noch, als ich noch …« Lidotschka zögerte, da sie nicht wusste, wie sie die eigene Versehrtheit benennen sollte. Ehrlich geradeheraus oder so, dass es für andere erträglich war.

»Die ist noch ganz und befindet sich dort, wo sie immer war«, antwortete Galina Petrowna, während sie einen Ohrring mit gefährlichen nadelförmigen Brillanten von einer seltenen Kognakfarbe durch das runde, überhaupt nicht gealterte Ohrläppchen fädelte. »Warum fragst du?«

Lidotschka zögerte wieder – in Galina Petrownas Anwesenheit fühlte sie sich immer besonders dumm und unbeholfen, wie wenn Verliebtheit und Angst so eng zusammentreffen, dass man sie kaum voneinander unterscheiden kann.

»Ich bin dort gewesen, habe einfach auf einen Besuch vorbeigeschaut und …«

»Ah, du hast die Bewohner kennengelernt. Wie heißen die noch mal? Ich erinnere mich nicht. Komplette Idioten. Jedoch zahlen sie einwandfrei. Sind sie dir etwa blöd gekommen? Sag es ruhig. Dann suchen wir neue Mieter.«

Lidotschka schüttelte den Kopf.

»Nein, nichts dergleichen. Und wem gehört diese Wohnung?«

Galina Petrowna lachte:

»Bist du denn noch immer nicht gescheiter geworden? Sehr löblich. Dir gehört die Wohnung, dir. Keine Sorge. Sie ist privatisiert, läuft auf deinen Namen und das Geld von der Miete wird zur Gänze auf dein Konto überwiesen, sobald du achtzehn bist, hast du darauf Zugriff. Und gleichzeitig ziehst du dorthin um. Oder soll ich dich etwa ein ganzes Leben lang am Hals haben? Das brauche ich nun wirklich nicht.«

Lidotschka nickte – Galina Petrownas Hals, immer noch schön anzusehen und mit einer Kette erlesener tahitianischer Perlen geschmückt, kam ihr auch nicht gerade wie ein einladendes Plätzchen vor. Die Audienz war beendet und es hatte keinen Sinn, um eine finanzielle Erleichterung für die Zarews zu bitten. Aus Rache besuchte Lidotschka die Großmutter nicht einmal mehr an den Wochenenden – ein Umstand, der gar nicht bemerkt wurde. Galina Petrowna wusste bestens, dass sich schlechte Nachrichten am schnellsten verbreiten, sollte also etwas wirklich Unangenehmes passieren, würde man sie unverzüglich informieren, bis dahin brauchte man sich auch keine Sorgen zu machen. Wenn sie nicht will, soll sie eben nicht kommen. Und Lidotschka wollte nicht. Sie fühlte sich wohl bei den Zarews – und paradoxerweise gerade deshalb, weil diese, so unordentlich und fröhlich, wie sie waren, alle Geister aus dem Haus verdrängt hatten. In der alten Wohnung erinnerte Lidotschka niemand und nichts an ihre Eltern. Das war erstaunlich – und einfach.

Aber das Wichtigste war etwas anderes, das waren die Kinder. Romka und Veronitschka. Sie machten Dreck und zankten sich, stellten unmögliche Fragen und folgten nicht, verschütteten Mehl, beschmutzten ihre Kleidung, schlugen sich das Knie auf, hörten mit offenem Mund zu und fielen ins Wort. Es war nicht einfach mit ihnen, aber ohne sie ging gar nichts. Jedes Mal, wenn Lidotschka auf der Schwelle stand, leuchteten Veronitschkas unschönes Gesichtchen und das zarte, wie der Schwester zum Hohn unglaublich ebenmäßige Antlitz von Romka voller selbstloser, sprühender Freude auf und Lidotschka konnte gar nicht glauben, dass der Grund für diese Freude niemand anderer als sie selbst sein sollte.

Mit dem Beginn des neuen Schuljahrs wurde alles schlechter, einschließlich des Wetters, und komplizierter. Lidotschka war wieder von der Früh bis zum Umfallen beschäftigt und dazu kamen noch die Proben für *Giselle*, das leere Heimzimmer und der Ensker Herbst, frostig, feucht, voller langwieriger Kieferhöhlenentzündungen und verbitterter Passanten. Romka und Veronitschka wurden ebenfalls in die Schule geschickt – und das Leben wäre von Montag bis Freitag ohne jeglichen Sinn gewesen, hätte Lidotschka nicht den Traum vom Haus gehabt, der alle ihre gedanklichen und moralischen Kräfte voll beanspruchte. Die Wochenenden verbrachte sie wie zuvor bei den Zarews.

Und sie bemerkte gar nicht, dass ihr letzter Besuch bei Galina Petrowna mindestens zwei Monate zurücklag.

Lidotschka wartete vor dem Unterrricht im klassischen Tanz in der Schulkorridorhölle. Wenn man die Augen schloss, hörte man normalen Schullärm, unendlich kindisch, lautstark und fröhlich, doch Lidotschka, die starr beim Fensterbrett stand (hinter der Scheibe sah man einen trüben Himmel und einen verkrüppelten Ahorn, mitgenommen und durchnässt wie ein Stadtbettler; der September in Ensk war wie ein trostloser November in milderen Gefilden), Lidotschka, die sich eine warme Weste fürs Proben über die Schultern gezogen hatte, konnte man nicht täuschen. Sie wusste: Man brauchte sich nur umzudrehen und der Lärm würde verschwinden, sich im grausamen Ballettschweigen auflösen – dort vor der Wand saß eine Zweitklässlerin mit großen Ohren im Querspagat direkt auf dem Boden und dehnte eine kleine Sehne nach der anderen. Mit den Händen hielt sie ein Geometriebuch umklammert und bewegte lautlos die Lippen – ausgeschlossen konnte man nicht nur wegen eines schlechten Schritts werden.

Und dort drüben quälte sich die ungeschickte Ksjuscha mit der Auswärtsdrehung ihrer Beine, stelzbeinig, knochig, sie würde rausfliegen, bevor sich zeigte, dass sich die Hüftgelenkspfannen mit keinen Foltermethoden umformen ließen, und zwar würde sie einfach deshalb rausfliegen, weil sie zu einer untragbaren Größe hochschießen würde: Kein Tänzer würde mit so einer Bohnenstange auch nur die einfachste Hebung machen. Lidotschkas Hüftgelenkspfannen waren tadellos – ihre Hüftgelenke drehten sich nach außen, als hätte sie unter der Haut keine menschlichen Bänder, sondern das übergelenkige Innenleben einer Waldelfe. Nein, Lidotschka tat es genauso weh wie allen anderen Todeskandidaten des Balletts, aber ihr Schmerz hatte wenigstens ein sichtbares Ergebnis. Phänomenale physische

Anlagen, schüttelten die Lehrerinnen den Kopf, eine wertvolle Seltenheit, eine zukünftige Primaballerina, zweifellos! Lidotschka würde nie rausfliegen. Man würde sie nie freilassen.

Ihre Gottesgabe.

Sie hatte Gott im Leben nicht gebeten, ihr etwas zu geben.

Lidotschka schaute zu, wie der Wind den Ahorn hinter der Scheibe einmal grob am Arm riss, ihm dann wieder eine Kopfnuss verpasste – als würde er einem ungehorsamen Halbwüchsigen eine Moralpredigt halten und ihn zwischen unerbittlichen Knien festhalten. Antworte in ganzen Sätzen! Der Ahorn duckte sich unter dem nächsten Hieb, suchte gehetzt in allen Richtungen nach einem geeigneten Fluchtweg – du entkommst ihm nicht, flüsterte Lidotschka mitfühlend und spannte selbst automatisch erst den einen, dann den anderen Wadenmuskel unter den Wollstulpen an – sie wärmte sich vor der ersten Stunde klassischer Tanz auf. Wie viele solche Unterrichtsstunden standen ihr noch bevor?

Lidotschka versuchte aufrichtig mitzuzählen, aber gegen hundert verhaspelte sie sich, beschleunigte innerlich den Schritt und begann schließlich zu laufen, wobei sie mit einer Hand die Probenweste über der Brust zusammenzog und mit der anderen ihr Gesicht vor den steifen Zweigen der noch nicht angedachten, nicht zu Ende gedachten blassblättrigen Sträucher schützte.

Das Haus stand immer noch an seinem Platz auf dem Hügel und war dieses Mal ganz aus rotbraunen, knusprig gebackenen Ziegeln. Lidotschka wägte ab, biss sich besitzerhaft auf die Unterlippe und die Ziegel wurden gehorsam heller, um sich dann willig in grob geschnittenen Muschelkalk zu verwandeln, porös und heiter wie Würfelzucker. Lidotschka ging zur Tür – hell? dunkel? hell? –, na schön, soll sie aus dunklem Nussbaum sein, und zwei gebogene Laternen mit gusseisernen Mützchen gab es und eine Türklingel, die die Gäste mit ihrem freundlichen, dümmlichen Perlmuttknopf anglotzte.

Durch den Hausflur – noch war unklar, ob er groß oder klein sein würde – huschte Lidotschka mit zugekniffenen Augen (später, später, das nächste Mal werde ich bestimmt daran denken!) und öffnete ihre Augen erst in der Küche, die geliebte, riesige, praktisch eingerichtete Küche, die bis in die glänzenden, röhrenförmigen, kupfernen Einzelheiten liebevoll blitzsauber geputzt war. Lidotschka zählte hastig die Tontassen durch – das letzte Mal hatte sie einfach alle auf dem Tisch vergessen! –, drei, vier, sechs, daneben stand ein Krug aus Terrakotta, fast hässlich, ganz und gar wundervoll, mit den Fingerabdrücken des unbekannten Töpfers auf den unebenen Seiten. Milch bleibt in so einem Gefäß immer kühl, sogar bei unerträglicher Hitze.

Alles in der Küche war, Gott sei Dank, gleich geblieben. Die sonnengelben, seufzenden Gardinen. Der gewaltige Herd. Unter den Füßen ein sommersatter Holzboden, grob, ländlich – und aus dem Schlitz dort unter der Fußleiste würde nachts ein Mäuschen herauskriechen, leicht und gespenstisch wie ein Geist, und Lidotschka würde niemals vergessen, ihm neben dem Tischbein ein kleines, aber anständig angerichtetes Abendessen hinzustellen – ein paar Scheibchen Käse und Brotrinde auf einer weichen Papierserviette. Im Haus mussten unbedingt Mäuse leben, ohne ihr leises, trockenes Knuspern würden die Kinder schlecht schlafen, und natürlich Katzen – ein ganzes Rudel bunt gefleckter, eigenwilliger, lautloser Katzen, in dem sich vor langer Zeit alle Fäden vergessener Blutsverwandtschaft zu einem gemischtrassigen Knäuel verwirrt hatten.

Ein Hund musste auch unbedingt her – ein großer Hofhund, und nach dem Abendessen würden sich bei Regen oder Schneefall alle gegenseitig versichern, dass er es warm und gemütlich hatte in seiner mit Heu ausgestreuten geräumigen Hundehütte. Und wenn der Reihe nach in jedem Zimmer die Nachtlichter und Lampen verloschen waren, würde Lidotschka den letzten blitzblank abgetrockneten Teller in die Anrichte stellen und zur

Tür gehen, um klammheimlich den Hund ins Haus zu lassen. Und dann würde sie lächeln, wenn sie im Dunkeln das verwirrte, freudige Klopfen seines Schwanzes hörte – jemand hatte sich schon um ihn gekümmert, wenn es im Haus viele Tiere gibt, dann wächst das Herz der Kinder schneller als sie selbst, aber ach, Kinder, Kinder, wohin denn so eilig? Im Frühling musste man wieder allen neue Schuhe kaufen, wieder würde es einen fröhlichen Streit um die Kartonschachteln geben, empörtes Kreischen der Kleineren und das Rascheln des weichen, zerknitterten Papiers, das sich mit dem kräftigen Geruch nach ungetragenem Leder und schwarzen Gummiabsätzen vermischte. Lidotschka sah genau das Muster auf der Sohle, spürte die Wärme von allen Filzeinlagen, aber die Gesichter der Kinder waren getrübt, verschwommen, die Kinder waren dichte Vogelstimmen, ein naher, zärtlicher Adlerschrei, ihr Mann jedoch war überhaupt nicht zu sehen, und wie schnell Lidotschka auch durch die Zimmer eilte, erhaschte sie doch nur eine warme Bewegung der aufgewirbelten Luft. Als hätte jemand einen unsichtbaren Türvorhang beiseitegeschoben und über Lidotschkas Gesicht würde ein schwerer Luftstrom streichen, ein bestimmter Geruch, ein Geruch … Lidotschka stockte, da sie nicht wusste, wie ihr zukünftiger Mann roch und wie sie ihn anreden sollte. »Liebster?«, fragte sie ratlos auf der Schwelle des leeren Zimmers, das lose dahintrieb, und dahinter schaukelte noch eine ganze Flucht solch vager Räume – als hätte jemand eine Kette mit wogenden, schlingernden Perlen auf den Grund eines Baches fallen lassen. Das Haus, so fest und echt, begann zu zerfließen, seine konkrete Kontur zu verlieren, und Lidotschka kehrte mit schuldbewusst zusammengekniffenen Augen in die Küche zurück, von der sie am meisten und am häufigsten träumte – wie von Sinn und Licht ihres künftigen Lebens.

In der Küche holte sie Luft, deckte den Tisch für den Tee (die Teelöffel befanden sich in der rechten oberen Lade, die Schälchen für die Konfitüre in der Anrichte, linker Hand), versprach sich leise, nichts mehr zu überstürzen, keinen Gespenstern nachzujagen, sie nicht zu drängen, sich in Fleisch und Blut zu zeigen. Man durfte überhaupt nichts überstürzen, in der Hinwendung zu den Einzelheiten lag die Kraft, und das Leben – es bestand aus Kleinigkeiten. Und nur wenn man diese Kleinigkeiten zu einem schlüssigen Muster zusammenstellte, wenn man jedes Detail nahtlos an das andere fügte, konnte man darauf hoffen, dass das Haus – irgendwann – wirklich Gestalt annehmen würde.

Gerade deshalb war es so wichtig, bei den Details keine Fehler zu machen. Beispielsweise wusste Lidotschka ganz genau, dass sie zum Tee unbedingt hausgemachtes Kleingebäck reichen würde – Brandteigkrapfen, Mandelplätzchen oder notfalls einen masurischen Kuchen, jenen, den die Molochowetz einfach als »äußerst köstlich« bezeichnete. Lidotschka, die das heißgeliebte Buch längst auswendig kannte, betete schnell das Rezept herunter – ein halbes Pfund Butter weiß rühren, danach unter ständigem Rühren ein halbes Pfund Zucker, sechs Dotter, eine Vierteltasse süße und eine Vierteltasse bittere zerstoßene Mandeln, sechs Eiweiße und ein halbes Pfund Mehl dazugeben, in eine flache, gebutterte Papierform gießen und in den Backofen geben.

»Den Kuchen erst vom Papier nehmen, wenn er ausgekühlt ist«, mahnte Marusja Lidotschka streng und fügte gleich darauf in sanfterem Ton hinzu: »Die Oberfläche kann glasiert, nach Wunsch verziert oder mit Korinthen, Zucker bzw. Mandeln bestreut werden.« Lidotschka nickte fügsam – sie hatte keine Ahnung, inwiefern sich bittere von süßen Mandeln unterschieden, doch das war nicht wichtig, wichtig waren nur der warme Teigduft, der durch die Küche zog, und das Kindergerangel am Tisch – wild und fröhlich – um das Recht, als Erster ein Kuchenstück unter dem Geschirrtuch herausfischen zu dürfen. Die

Kinder waren wieder verschwommen, sie sahen einmal Romka ähnlich, ein andermal Veronitschka, dann wieder fremden Kindern – lieb, aber trotzdem fremd, und Lidotschka begriff seufzend, dass heute irgendetwas nicht klappte, also war es Zeit, sich auf den Weg zurück zu machen, ins reale Leben, das Lidotschka im Vergleich zu diesem Haus jeden Tag weniger echt vorkam.

»Du jedenfalls bist für mich echt«, sagte sie zum Hund, »verstehst du, Naida?« Und Naida klopfte noch einmal zustimmend mit ihrem dichten, wolligen Schwanz auf den Boden und lächelte verwirrt. Lidotschka beugte sich herab, um den Hund hinter den weichen, heißen Ohren zu kraulen, und bekam plötzlich einen so heftigen Stoß gegen die Rippen, dass sie aus ihrem Traum flog, ohne zum Abschluss Tee trinken, durch die Zimmer gehen oder überprüfen zu können, ob sich der große rosa Lampenschirm aus altmodischer Seide mit den rührenden, erstaunlich kleinbürgerlichen Fransen gut auf der verglasten Veranda machte.

Die Choreografieschule war unverändert da. Und es blieben sogar noch ein paar angespannt zitternde Minuten bis zum Läuten – um das zu wissen, brauchte Lidotschka, wie jeder Sklave einer alltäglichen Routine, schon lange keine Uhr mehr. Es gab also überhaupt keinen Grund zu laufen und zu drängeln. Trotzdem hatte eine magere, ungeschickte Erstklässlerin Lidotschka nicht nur mit voller Wucht in die Seite gestoßen, sie war ihr auch noch ordentlich auf den Fuß getreten – auf den Fuß! –, auf den kostbarsten Körperteil der besten Schülerin, auf den kleinen, festen, gepeinigten Fuß, wie bei der kleinen Meerjungfrau, die ein böser Taugenichts von einem Märchenerzähler gezwungen hatte, jahrelang auf scharfen Messern zu gehen. Ohne die geringste Liebe – nur zum eigenen jämmerlichen Vergnügen.

Balletttänzerinnen dürfen sich in den Pausen herumschubsen, wie die Böcklein herumspringen, das übliche kindische Abfangen spielen und sogar raufen, aber die Füße – die Füße sind heilig. Die Arbeitswerkzeuge, auf die höchstens eine vor Eifersucht rasende Rivalin einen Anschlag verüben kann, etwa durch mit etwas Rutschigem eingeriebene Böden (damit du Hexe dir den Hals brichst) oder Glasscherben in den Spitzenschuhen – kein Scherz, sondern eine ganz reale Glühbirne, die zu feinstem Staubpuder zerrieben wird. Ein Gang quer über die Bühne – und die Zehen verwandeln sich in blutige, nasse Kissen für unsichtbare Stecknadeln. Lidotschka reichte ein einziges Mal, um sich für immer anzugewöhnen, die Ballettschuhe innen zu überprüfen – mit einer flüchtigen, fast medizinischen, tastenden Bewegung. Genauso mechanisch und vorsichtig hatte sie begonnen, all ihre Schuhe zu kontrollieren: die Hauspantoffeln, die Halbschuhe mit den nur angedeuteten (um nicht die gequälten Beine zu belasten) Absätzen, die wie die tapsigen Welpen klobiger Pelzstiefel aussahen.

Lidotschka nahm die schuldige Erstklässlerin fest am heißen, durchscheinenden Ohr und zog leicht, doch spürbar daran. Allerdings war das völlig umsonst, denn die Erstklässlerin hatte nichts bemerkt – weder den gequetschten Prinzessinnenfuß noch die strafende Prinzessinnengeste. Sie stand da wie ein kleiner Zombie: weich, willenlos und ganz konzentriert auf einen, für die anderen nicht sichtbaren, doch heftig schmerzenden Punkt. Lidotschka folgte automatisch dem Blick der Erstklässlerin und eine eisige Nadel, die irgendwann das Schicksal von Galina Petrowna durchbohrt hatte, fuhr mit leichtem, holprigem Widerstand durch den Stoff von Lidotschkas Leben und vereinte dauerhaft zwei Stickereien, für die es keinen Bewunderer gab.

Durch den Korridor ging, eine Sporttasche schwingend, ein Gott. Er war ganz aus Honig, Gold und Milch. Aus dunklem Honig, warmem Gold und gedämpfter Milch. Wie eine Ulmer Torte, dachte Lidotschka aufgewühlt, die Erstklässlerin drückte ihre flammende Wange an Lidotschkas Seite und murmelte mit weinerlicher Stimme – schaut, schaut, das ist er …

»Wer ist das?«, fragte Lidotschka und spürte durch und durch, wie sich mit einer unwahrscheinlich sanften, runden Bewegung die gewohnte Welt herumdrehte, die sie zwar für verabscheuungswürdig, aber auch für unverwüstlich gehalten und die anscheinend die ganze Zeit quälend und unbequem auf dem Kopf gestanden hatte.

»Witkowski«, antwortete die Erstklässlerin. »Alexej Witkowski, er ist aus Moskau zu uns versetzt worden.«

Lidotschka nickte, als hätte sie verstanden, ließ das hingerissene Mädchen stehen und folgte dem Gott, der nun einen Namen hatte, ohne zu bemerken, wie um sie herum Trümmer lautlos und gemächlich herabfielen und irgendwelche unsichtbaren Verbindungen und Nähte aufplatzten. Sie machte einige Schritte, unauffällig, aber sehr bedeutend, da sie zum ersten Mal in diesen langen Schuljahren inmitten dieser Wände etwas nach ihrem eigenen Willen tat und nicht nach einem fremden. Doch da spannte sich plötzlich die Leine bis aufs Äußerste und Lidotschka blieb stehen. Keine Katastrophe der Welt – einschließlich der Apokalypse und der ersten Liebe – könnte rechtfertigen, dass sie sich zum Unterricht im klassischen Tanz verspätete.

Ermattet schüttelte sie wie eine Stute den Kopf und kehrte um.

Ninel Danilowna duldete keine Verspätungen, die Große Ninel, die vor einer Million Jahren eine legendäre Ensker Primaballerina gewesen war, eine göttliche Odette, eine teuflische Odile und nun eine schwerfällige, böse Alte mit unerbittlichen Fingern und ebenso unerbittlicher Zunge. Man musste gesehen haben, mit welch zarter, unwahrscheinlich jugendlicher und herrlicher Geste sie den hennaroten Haarknoten auf ihrem fetten, unebenen Nacken in Ordnung brachte, mit welch exaktem, feurigem Schlag sie schlampige Schulterblätter und Knie ihrer auf ewig erschrockenen Schülerinnen in die richtige Position brachte. Gerade Reihen verkrampft gereckter Hälse, weiß gewordene Finger, die sich an die Stange klammerten, runde Augen, die vor Anstrengung flatterten. In einer Ecke lag ein kläglicher Haufen abgetragener Wolljäckchen und dicker Beinstulpen mit Laufmaschen – Bettlerschick, Schulmode, die Probenkleidung muss verschlissen sein, das wird kaum bemerkt, ein Stückchen Freiheit, das niemanden interessiert, ein winziges Recht auf Selbstbestimmung. Zum selben Zweck schneiden sich Lagerhäftlinge mit geschärften Löffeln die Venen auf. Sie sollten besser Übungen an der Stange oder Aufwärmen am Boden probieren.

»Grand battement jeté«, brüllte die Ninel und die Marionetten warfen fügsam die unteren Gliedmaßen hoch. »Fünfte Position, rechter Fuß vor – zwei Jeté vor, Piqué, schließen. Zwei Jeté zur Seite, Piqué, hinten schließen. Zwei Jeté nach hinten, Piqué, schließen. Zwei Balançoire langsam und zwei schnell, hinten schließen und – en dedans. Lindt!«, schrie die Ninel plötzlich, sodass sogar die alles gewohnten Siebtklässler zusammenfuhren. »Heb deinen Arsch, wo ist er dir denn hingekommen?! Und was ist das für ein Rücken? Das ist kein Rücken, sondern ein Trog!«

Die Klavierbegleiterin, eine kleine, puppenhafte, runzlige Alte, die von allen als Maschine betrachtet wurde, hielt inne, ließ die Hände über den Klaviertasten schweben und starrte mit gleichgültigen, leeren Augen vor sich hin. Lidotschka zuckte unter dem kräftigen Schlag zusammen und streckte immer weiter lächelnd den ohnehin bis aufs Äußerste angespannten Rücken weiter durch. Zwischen den Schulterblättern leuchtete auf der nackten Haut der flammendrote Abdruck der Pädagoginnenhand. Die Mädchen wechselten verstohlen freudige Blicke – die Ninel hatte die beste Schülerin seit der vierten Klasse nicht mehr geschlagen und Lidotschkas schmachvolle Rückkehr in das Lager der Normalsterblichen verhieß viele wunderbare Pausen.

»Noch einmal – Grand battement jeté! Und ei-ei-eins! Mit dem Fuß werfen wir das Bein hoch, Idiotinnen, mit dem Fuß, nicht mit der Hüfte! Herrgott, an wen verschwende ich meine Nerven? Euch hätte man alle noch in den Windeln erschlagen müssen!«

Dieses Mal flog Lidotschkas Bein, wie es sich gehörte, höher als das aller anderen. Doch das war nicht wichtig. Nichts war mehr wichtig. Nach der Stunde rief die Ninel Lidotschka zu sich. Bist du gesund?, fragte sie und befühlte mit ungeschickter Hand, die keine Zärtlichkeit gewohnt war, Lidotschkas schweißglänzende Stirn. Lidotschka nickte – ja, ich bin gesund. Doch das stimmte nicht – die Welt schwankte und schaukelte unaufhörlich vor ihren Augen, erfüllte sich mit Gold und Honig, Honig und Milch.

Die arme Lidotschka, in einer Welt absolut frei von jeglicher Liebe aufgewachsen, glaubte zunächst wirklich, sie wäre krank. Diese fieberhafte Unruhe, diese wilde, wirbelnde Aufregung tief im Bauch, diese maßlose Geschwätzigkeit, die seltsame Rastlosigkeit, wenn man einfach nicht wusste, wohin mit den fahrigen Händen – war das etwa keine Krankheit? Die eiskalten, feuchten Handflächen, die heißen Wangen, die Schlaflosigkeit, das neurasthenische Gekicher, hinter dem deutlich das Glöckchen naher Tränen läutete – der Schularzt, rotwangig und dickbäuchig wie ein Puschkinkritiker, tastete jedes von Lidotschkas Gelenken ab – wie ein Zigeuner, der den Wert eines passenden Gauls herausfinden will. Er verschrieb Baldriantropfen. »Lidia Borissowna, Sie sind voll und ganz gesund. Nun, wenn man Ihr Ballettfieber überhaupt als gesund bezeichnen kann. Und sich so aufzuregen wegen so einem Auftritt – Sie tanzen die Giselle, sagen Sie? Gratulation, das ist eine große Ehre für eine Abschlussschülerin – also, sich aufzuregen wegen so einer, entschuldigen Sie, im Grunde wegen so einer Scheiße, hat Ihrer Gesundheit gerade noch gefehlt. Nehmen Sie die Tropfen vor dem Schlafengehen, dann hört alles auf.«

Lidotschka nahm die Tropfen, aber es hörte nicht auf.

Natürlich ließen die Tinktur aus Baldrianwurzeln und die langjährig erschöpften Muskeln sie abends ins Bett fallen, das so spartanisch und unbehaglich war, dass es sogar von den wenig zimperlichen Nachtfeen gemieden wurde, die zu Recht annahmen, für einen normalen Traum brauche es zumindest einen mikroskopisch kleinen Tropfen häuslicher Wärme. Doch nachdem sie einige Stunden mit dem Kopf auf dem Grund einer undurchdringlichen Ohnmacht gelegen hatte, fuhr Lidotschka in den frühen Morgenstunden hoch, als hätte sie eine erwachsene, unruhige Hand an der Schulter gerüttelt. Der billige Wecker mit dem quadratischen chinesischen Gesicht zeigte jedes Mal drei Uhr früh und ein paar unbedeutende Minuten – die Zeit der vollkommenen Ruhe auf der Welt, in der sich ausgehungerte Liebhaber aus ihrer Umarmung gelöst, Straßenmörder zur Ruhe begeben und sogar hoffnungslos Kranke den Todeskampf auf den Morgen verschoben haben.

Lidotschka setzte sich im Bett auf, zog die mit Stempeln markierte Decke über die Schultern und starrte bis zum Morgen vor sich hin, ohne etwas zu sehen, ohne die Kälte zu spüren, mit einem sanften, in der Dunkelheit schwach leuchtenden Lächeln auf den Lippen.

Alexej Witkowski.

Es verblüffte sie, wie der spröde, eisige Zarensohnname Alexej sich mit einer sanften Bewegung der vor Aufregung ganz trockenen Lippen in einen heldenhaften, weichen Aljoscha verwandelte. Aljoschenka. Als würde man den warmen, braungebrannten Rücken eines runden Rosinenbrötchens küssen.

A-ljo-schen-ka.

Er war so schön, dass Lidotschka ihn nicht länger als ein paar Sekunden anschauen konnte – wie die Sonne. Es begann ihr gleich schwindlig zu werden und sie sah die Welt mit dunklen, feurigen, sehr langsam abklingenden Flecken. Sie musste sich mit wenig zufriedengeben – die dunklen Haarlocken über dem braunen, jungen Hals, das Muttermal auf der Wange, die Art, leicht, wie erstaunt, die Brauen anzuheben. Die Brauen glänzten seidig wie ein Nerzfell, aber die Augen – waren sie blau oder braun? Lidotschka wusste es nicht. Sie wagte es nicht in Erfahrung zu bringen. Einmal schritt Witkowski im Korridor so dicht an ihr vorüber, dass sie seine Wärme spürte – so unmöglich und herbeigesehnt wie die Existenz Gottes. Lidotschka brachte nichts heraus, wollte schließlich doch noch irgendetwas sagen, ging aber wieder einmal, ohne die Wimpern zu heben, an ihm vorbei – mit hochmütigem Rücken, vorgerecktem Kinn und königinnenhafter Haltung, was nur diejenigen täuschen konnte, die nie in der Choreografieschule waren.

In Wirklichkeit war Lidotschka mit ihrem verschwindend geringen Selbstbewusstsein nun als Verliebte völlig verloren. Es gab niemanden, von dem sie einen Rat bekommen oder mit dem sie einfach nur reden hätte können – die aus dem Paradies vertriebene Ljusja Schukowa antwortete ohnehin auf keinen einzigen ihrer Briefe, die beiden älteren Zarews in ihrer fleißigen Existenzerhaltung zu stören wagte sie nicht, und die Kinder – sie waren einfach Kinder. Sie gaben etwas Kraft und nahmen dafür sehr viel Zeit. Es blieb noch Galina Petrowna, aber mit ihr über Liebe sprechen? Genauso gut hätte Lidotschka Anteilnahme bei der Büchse voll Harz suchen können, mit dem sich die Balletttänzerinnen die Spitzenschuhe einrieben, bevor sie auf die Bühne liefen, um auf keinen Fall in eine andere Dimension zu schlittern oder sich den Hals zu brechen.

Besonders schwer hielt Lidotschka den endlosen Tumult in den Klassen und Umkleideräumen aus – in den neuen Schönling hatten sich, wie es sich gehörte, gleich alle verliebt, von den Erstklässlerinnen bis zu den Absolventinnen. Ein begehrliches, dummes, hysterisches Anhimmeln, das in geschlossenen Gesellschaften immer floriert – in Gymnasien, in Kasernen, sogar in Gefangenenlagern. Die Hemden des herrlichen Prinzen (ach!

heute trägt er rosa!) zu erörtern und seine Herkunft (ich sage es euch, Mädchen, sein Vater ist Diplomat!) erschien Lidotschka wie eine erniedrigende Parodie auf ihre eigenen Gefühle. Das Recht, von Witkowski zu träumen und seinen Blick, sein Lächeln und sogar seine Gesten zu deuten, hatte nur sie – sonst niemand. Doch trotz aller Versuche, wenigstens den Anschein von Desinteresse zu wahren, ertappte sich Lidotschka hin und wieder selbst dabei, wie sie dieselben jämmerlichen Brösel vom gemeinsamen Tisch aufpickte wie alle anderen – wenn sie Bänder an die Spitzenschuhe nähte, sich das Haar hochsteckte, unter der Dusche zwischen den anderen Skeletten stand, die ebenso nass und nackt wie sie waren, dann saugte Lidotschka jedes Wort, jede idiotische Geschichte auf, wenn es nur um Alexej Witkowski ging.

Nur sehr naive Menschen können annehmen, dass im Ballett ausschließlich platonische Gefühle und hehre Emotionen vorkommen. Die moralische Freizügigkeit, die in den Choreografieschulen herrscht, ist nur damit zu entschuldigen, dass der Großteil der Schüler es einfach nicht anders kennt. Die engen Trikots, das gewohnte Umziehen vor allen anderen, die erhobenen nackten Beine und Arme, das gemeinsame Waschen, das endlose Kultivieren des Körpers statt des Geistes – all das lässt keinen Raum für Fantasie oder romantische Träume. Das Fleisch ist für jeden Balletttänzer einfach nur Fleisch, ein Arbeitsinstrument, das man ab und zu für einen freundschaftlichen Quickie nutzen kann, aber nicht mehr. Für mehr fehlt einfach die Kraft. In den höheren Klassen tratschten die Mädchen viel über Liebhaber, die sich die erwachsenen Ballerinen zugelegt hatten, doch sie betonten dabei eher die materielle Seite. Zum Beispiel, welche Glückliche von einem Kavalier gleich zwei Paar Lederstiefel geschenkt bekommen hatte – schwarze und lachsfarbene, das höchste der Gefühle in der Beziehung zwischen Mann und Frau. Andere Beziehungen zwischen

Männern und Frauen kannte keine von ihnen. Auch Lidotschka nicht.

Natürlich gab es noch Stempel und Staubgefäße, Bienen und Blumen, Liebespaare, die sich auf Bänken aneinanderschmiegten, Ritka Komowa, die die Schule wegen einer frühen, überraschenden Schwangerschaft aufgegeben hatte, eine aus einem Medizinbuch herausgerissene Seite, die unter den Schulbänken abzirkulierte, mit einer schwarz-weißen Abbildung und der abschreckenden Aufschrift »Penis im Querschnitt« … Schau es dir an und gib es weiter. Lidotschka schaute es sich an und gab es weiter. Damit war ihre Sexualerziehung abgeschlossen.

Zugegeben, als der Unterricht im Paartanz begann, wurde klar, dass man auch mit dem Partner eine Beziehung haben konnte. Zu zweit kämpfte man leichter um einen Platz im Spielplan, zu zweit war das Proben angenehmer, immerhin der eigene Partner, und man brauchte nicht lang und breit zu erklären, warum man sich keine Kinder zulegte und wie man einen beleidigten Muskel wieder weichknetete. Diejenigen, die wegen ihrer abstoßenden Hässlichkeit keine lachsfarbenen Stiefel erwarten konnten und die halsstarrigsten Fanatikerinnen suchten sich einen Partner. Doch Menschliches gab es auch bei diesen Paaren nicht oder fast nicht. Das waren Ehen aus gewerblicher Notwendigkeit. Nachdem zwei dünne, nassgeschwitzte Jugendliche einige Stunden hintereinander Hebefiguren auf den Händen des Partners oder das Werfen der Tänzerin in der Pose »Fisch« mit Drehung geübt hatten, erübrigten sich romantische Gefühle. Verletzungen, Stürze, Schweiß, Speichel, stoßweises Atmen, glitschige fremde Hände, die deinen Körper gleichgültig betatschen – danach miteinander ins Bett gehen konnte man nur nach einem großen Besäufnis. Oder aus großer Sehnsucht.

Lidotschka begriff dies, sobald sie ihren eigenen Partner bekommen hatte – Lenja Beljajew, ein blasser, dickköpfiger Junge, besessen vom Ballett und von seinem eigenen Hintern. Stundenlang quälte er sich mit Übungen ab, um eine besondere Gesäßwölbung zu erzielen, und sogar wenn er Lidotschka auf seinem gestreckten, vor Anspannung leicht zitternden Arm hochhob, schaffte er es immer, in der Spiegelwand nach dem eigenen Po zu schielen. Seine Berührungen, kalt und klebrig wie Grießbrei, riefen in Lidotschka nichts hervor – nicht einmal Ekel. Er ließ sie selten fallen – dafür war sie ihm dankbar.

Mit Witkowski war alles anders. Ihn spürte Lidotschka mit ihrem ganzen Körper sogar aus der Distanz – und das war ein wunderbares, intensives, nervöses Gefühl, am ehesten wie ein Verbrennungsschmerz.

Das war echt. Das war Liebe.

Bis zum Ende des Herbstes war Lidotschka so abgemagert, dass es sogar in der Choreografieschule auffiel, doch niemand dachte daran, sich Sorgen zu machen – alle schoben es auf die *Giselle*, deren Premiere schließlich für Ende Januar angesetzt worden war, sodass Lidotschka neben den normalen Unterrichtsstunden und Proben noch für zusätzliche Stunden in der Männerklasse eingeteilt wurde. Die Ulanowa ist wohl kein Dummkopf gewesen, als sie mit den Männern geprobt hat, deshalb – spring, Lindt, spring, ordnete die Große Ninel an. Ohne großen Ballonné keine große Ballerina. Lidotschka sprang gehorsam, bemerkte kaum die Gravitation und überflügelte dabei die sprungfreudigsten und langbeinigsten Burschen. Noch eine Stunde nach dem Unterricht. Noch eine. Ein leerer Saal, Jeté entrelacé, entrelacé, entrelacé! Hopp! Hopp! Hopp! Mit einem schrecklichen Klopfen der Spitzenschuhe sprang sie ein letztes Mal und hing dann kraftlos an der Stange, entspannte die abgearbeiteten Muskeln und fühlte, wie ihr der kühle Schweiß als Rinnsal zwischen den Schulterblättern herabströmte.

»Cool«, sagte jemand hinter ihr mit ungeheuchelter Bewunderung. »Ich habe noch nie im Leben gesehen, dass ein Mädchen so springen kann.«

Lidotschka wandte sich um.

In der Tür stand Witkowski, dunkelhaarig, leger, mit über der Brust offen stehendem Hemd – ein weißes Hemd, Mädchen. Heute trägt er ein weißes.

»Du heißt doch Lida, oder?«

Lidotschka nickte.

»Hör mal, trinkt man hier in eurem Ensk auch Kaffee?«

Lidotschka nickte noch einmal und Witkowski lächelte.

»Man hat mir gesagt, dass du stumm bist«, sagte er fröhlich, »aber ich habe es nicht geglaubt. Zeig mir doch mal ein anständiges Café, ja? Ich habe seit Moskau keinen Cappuccino mehr getrunken, das glaubst du nicht – ich habe schon Entzugserscheinungen. Also, zeigst du mir eins?«

Lidotschka nickte zum dritten Mal und nun lächelten sie beide, wie Kinder, die sich gegenseitig unaufhörlich überschwängliche Blicke zuwerfen.

Nach einer Woche wussten alle, dass Witkowski und Lindt sich trafen.

Lidotschka wurde nicht einmal beneidet – man fand sich einfach damit ab, dass die Zarin wieder einmal den Zaren abbekommen hatte. Als würde sie sich nicht gemeinsam mit allen abrackern, auf gleicher Ebene wie alle, mehr als sie alle. Als hätte es nicht diesen endlosen Herbst gegeben, der sie fast mit Haut und Haaren verschlang, gemeinsam mit ihrer Liebe, von niemandem bemerkt, unerwidert, stumm. Im Gegensatz zu den anderen konnte sich Lidotschka einfach nicht dazu entschließen, an das eigene Glück zu glauben, es war, als würde sie im Traum fliegen – fliegen! –, aber genau wissen, dass das nicht wahr sein konnte. Sie hatte kein Recht darauf.

Sie gingen viel spazieren – über dieselben Straßen und Kreuzungen, durch die irgendwann einmal die junge Galotschka Batalowa geschlendert war, Hand in Hand mit ihrem herrlichen

Märchenprinzen, und wenn man genau hinsah, konnte man immer noch da und dort die schwach leuchtenden Abdrücke ihrer undeutlichen Spuren entdecken, doch Lidotschka war vollkommen von Witkowski eingenommen und bemerkte nichts, gar nichts. Seine Augen stellten sich als blau heraus. Durch und durch blau, ein unwahrscheinlicher, fast unnatürlicher Farbton, der aussah wie das Wasser in einem Glas, in dem jemand gerade erst einen in Ultramarin getauchten Malpinsel ausgewaschen hatte. Die schneidende Ensker Kälte jagte Lidotschka und Witkowski von Zeit zu Zeit einmal in dieses Café, einmal in jenes, und im künstlichen Halbdunkel, das von der Glut einer gemeinsam gerauchten Zigarette beleuchtet wurde, sprachen sie lange miteinander, genauer gesagt, sprach Witkowski – zu Lidotschkas stiller Freude – über sich, nur über sich.

Sie labte sich an diesen Erzählungen, wie sich Kinder an einem zum ersten Mal gehörten Märchen laben, das noch ganz neu ist, ganz magisch, in dem hinter jeder Wendung der Handlung, hinter jeder Pause, die der Erzähler zum Luftholen macht, eine wunderbare, geheimnisvolle Welt aufersteht, die sich scheinbar direkt ins Herz einprägt. Es zeigte sich, dass die Gerüchte über den Diplomatenvater, wie es sich für Legenden gehörte, die herrlichen Tatsachen nicht so sehr ausgeschmückt als vielmehr verzerrt hatten.

Witkowski war tatsächlich direkt aus Moskau nach Ensk versetzt worden – ein Vorfall, der in der Choreografieschule zwar Aufsehen erregte, aber nicht einzigartig war. Die drei angesehensten Choreografieschulen des Landes – die Petersburger Waganowka, die Moskauer MGACh und Ensk – verfolgten eifersüchtig die Erfolge der anderen und tauschten von Zeit zu Zeit Skandale, Pädagogen oder auch Schüler aus. Aber Abschlussschüler wie Alexej Witkowski zog es doch eher nach Moskau und nicht weg davon – in die Nähe des Bolschoi-Theaters, diesem Mekka der Ballettwelt, berühmt für seine miserablen Gehälter, grausamen Methoden und sein klassisches Repertoire, in dem sich jahrzehntelang nichts veränderte – weder die Primaballerinen noch der Pas noch der Applaus und auch nicht die Schweinefressen der staatlichen Funktionäre in der Zarenloge.

Alexej Witkowski jedoch hatte all diese verlockenden Gewölbe und Aussichten hinter sich gelassen und war gekommen, um seine choreografische Ballettausbildung ausgerechnet in Ensk abzuschließen – in der Schule sagte man, dass er seinem Vater gefolgt war, einem wichtigen Funktionär, den die damalige Regierungspartei namens »Unser Haus Russland« von ihrem Busen an den äußersten Rand der Heimat verbannt hatte, um den Glauben der provinziellen Wählerschaft an die »Marktreformen und den gesunden Konservatismus« zu stärken. In Wirklichkeit war Witkowskis Vater, ein stark trinkender Choleriker und ehemaliger Sekretär aus einem der Moskauer Kreiskomitees, allen mit seinen Saufgelagen und Eskapaden dermaßen auf die Nerven gegangen, dass man ihn einfach aus den Augen und so weit weg wie möglich haben wollte.

Witkowski erzählte das alles ohne die geringste Verlegenheit mit der arglosen Direktheit eines verwöhnten Kindes, überzeugt davon, dass man ihm jeden garstigen Fehltritt verzeihen werde, sogar wenn er von den Eltern begangen worden und deshalb erst recht nicht mehr gutzumachen war.

Und deine Mama? Lidotschka warf ihm einen Blick aus ihren riesigen, vor Mitleid überfließenden Augen zu. Witkowski zuckte unbekümmert die kräftigen Schultern – an die Mutter erinnerte er sich nicht, entweder hatte sie sie verlassen oder sie war gestorben, die besoffenen Geschichten des Vaters waren immer anders, unverändert blieben nur das heisere, unnatürliche Heulen und die Pfützen von scharf riechendem Erbrochenem, die den Weg des Parteifunktionärs zum eigenen Schlafzimmer markierten. Er war übrigens kein schlechter Vater, und obwohl er das ganze Ballett hasste, zog er es freiwillig vor, nicht ins sonnige Krasnodar zu gehen, sondern dorthin, wo sein Sohn seine idiotische Ausbildung fortsetzen konnte.

»Du hast wahrscheinlich große Sehnsucht?«, fragte Lidotschka leise und meinte die auf geheimnisvolle Weise verschwundene Mutter des Geliebten, dessen Waisentum sie tausendmal stärker leiden ließ als ihr eigenes, das entfernt und gewohnt wie eine Zerrung war, und Witkowski stimmte ihr zu, meinte aber etwas anderes – ja, ohne Moskau ist es Scheiße. Hier bei euch, bitte entschuldige, ist man so am Arsch der Welt, dass man sich gleich aufhängen kann. Auf einen Zug trank er den Kaffeesud aus, der sich auf dem Boden der Tasse gesammelt hatte, und rief mit einem koketten Schnalzen den gelangweilten Kellner herbei.

»Hast du dich aufgewärmt?«, fragte er Lidotschka. »Möchtest du nichts mehr? Na, dann gehe ich noch aufs Klo und dann geht's weiter.«

Der Kellner war schließlich mit schlurfendem Schritt bei ihrem Tisch angelangt und beobachtete spöttisch grinsend, wie Lidotschka mit zärtlicher, begehrlicher Anbetung Witkowskis Rücken hinterherblickte und mit blinder, ungeschickter Hand in der Tasche nach der Geldbörse suchte. Sie bezahlte immer für sie beide in den Kaffeehäusern – und bemerkte dies nie, so wie sie auch nie den dreisten, ungenierten Ton bemerkte oder den Umstand, dass Witkowski sie im Grunde nie etwas fragte, was mit ihr selbst oder mit ihrer gemeinsamen Zukunft zu tun hatte, und er berührte sie auch nie, obwohl Lidotschka mit stockendem, blankem Herzen jeden Augenblick auf einen Kuss wartete.

Sie traten auf die schwarze, eisige Straße hinaus, die nur spärlich von einem ebenfalls eisigen und spröden, fast bonbonartigen Laternenlicht beleuchtet wurde.

»Na gut, Alte«, sagte Witkowski und stellte kinomäßig den Kragen an seinem ebenfalls kinomäßigen geknöpften Regenmantel mit dem farbig karierten Futter auf. »Zeit nach Hause zu gehen. Man sieht sich!«

»Bis morgen«, sagte Lidotschka leise, bewunderte die silbrigen, pudrigen Schneeflocken, die kaum sein dunkles Haar berührten, und dachte nicht daran, dass ihr jetzt ein einsamer Rückweg zum Wohnheim durch verwinkelte, ganz und gar vereiste nächtliche Straßen bevorstand – sie bemerkte tatsächlich nichts: weder die bezahlten Rechnungen noch den Umstand, dass sie Witkowski praktisch jeden Tag nach Hause begleitete, noch, dass er sie eigentlich nicht anredete – außer mit »Alte«, noch die anderen Tausenden schrecklichen, erbarmungslosen Kleinigkeiten, die ihr eindeutig das Herz zerreißen hätten müssen, wäre es nicht vorübergehend mit einer hohen und göttlichen Blindheit geschlagen gewesen, die man allgemein Liebe nennt.

Das neue Jahr 1998 beging Ensk mit noch nie dagewesenen Wetteranomalien. Ende Dezember setzte plötzlich ein waschechtes Tauwetter ein – mit wahrhaftig rauschenden Bächen, bedächtigem, sonnenbeschienenem Tröpfeln und dem vielstimmigen Gezwitscher der Spatzen, die vor Freude ganz außer sich waren. Doch bereits in den ersten Januartagen lagen dieselben Spatzen zu Dutzenden auf den vereisten Bürgersteigen herum – hartgefroren, zerbrechlich, erstarrt nach einem langsamen, nächtlichen, musikalischen Tod. Die Hausmeister, eingehüllt in gewaltige Pelzmäntel, sammelten die schwerelosen Körper auf und warfen sie in die Mülltonnen, und Lidotschka schien es, dass man, wenn man einen kleinen gefiederten Verblichenen sanft über dem Ohr schütteln würde, gewiss hören könnte, wie im Inneren die Splitter des gefrorenen Tschilpens klirrten.

Bis zur *Giselle* blieben noch wenige Wochen, und zwar genau zweieinhalb, die Premiere wurde vom 25. Januar auf den 1. Februar verlegt, und als Lidotschka das lang erwartete Datum hörte, japste sie nur, presste die Hände auf ihre glühenden Wangen und lief mitten im Takt aus der Probe. »Die Nerven«, urteilte die Große Ninel entschuldigend, während sie eine Haarnadel, die Lidotschka verloren hatte, vom Boden aufhob. Prinz Albrecht, ein schlaksiger erwachsener Tänzer vom Ensker Opern- und Balletttheater, dehnte die zitternden Beine und ging ungehalten zum Fenster.

»Alle zeigen sie Nerven«, meinte er zickig, »alle. Nur ich soll mich abrackern wie Papa Karlo. Mein Gehalt habe ich übrigens seit Oktober nicht erhalten!«

»Wenn du zu wenig Geld hast, geh zu den Möbelpackern«, erwiderte die Ninel, die den Prinz bereits als segelohrigen Schüler mit pickeliger Stirn und miserabler Auswärtsdrehung gekannt hatte. »An dich, du Trottel, wird man sich nur deshalb erinnern, weil du mit Lidotschka diese Premiere getanzt hast …« Sie wedelte mit ihrer dicken, altersfleckigen Hand und ging ächzend zur Tür, hinter der die klappernden Schritte der weglaufenden Giselle verhallten. »Und steh nicht wie eine Säule herum, übe lieber. Beschissener Möchtegern-Baryschnikow.«

Lidotschka befand sich in der Damentoilette im Erdgeschoss – in dieser beliebten Tränen-, Kummer- und Tratschoase vieler Generationen von Ballettschülerinnen. Als sie die Große Ninel sah, hob sie den Kopf, rieb sich hastig die Augen und erhellte das vergammelte, stinkende Klo mit so einem unglaublich strahlenden, schüchternen Lächeln, dass die Ninel das Lächeln überrascht erwiderte.

»Was bist du doch für ein Nervenbündel«, sagte sie gedehnt und kramte ein zerknittertes Päckchen billiger Zigaretten aus ihrer Tasche hervor. »Hier, rauch eine und beruhige dich.«

Lidotschka zog die zarten Wangen ein, während sie sich über die blasse Streichholzflamme beugte, und hustete dankbar in Anerkennung der großen Ehre, die ihr zuteil wurde – mit der Ninel ihre unmöglichen »Watra« zu rauchen, ebenbürtig, zwei Erwachsene unter sich, von Ballerina zu Ballerina.

»Warum bist du weggelaufen, hast du Angst?«, fragte die Ninel und ließ zwei riesige stinkende Rauchstoßzähne aus ihren Nasenlöchern herausströmen.

Lidotschka nickte wieder – diesmal schuldbewusst, ohne überhaupt eine Erklärung zu versuchen. Der 1. Februar war nicht nur der Tag der Premiere, es war Witkowskis Geburtstag. Sein Tag. Lidotschka hatte schon lange beschlossen, am 1. Februar Witkowski ihre Liebe zu gestehen, aber nun, nun erlangte dieses Geständnis einen besonderen Sinn. Das konnte kein Zufall sein. Das war Schicksal. Das Schicksal, das zum ersten Mal Lidotschka seine sonnige, fröhliche Paradeseite zuwandte.

»Ich bin bereit, Ninel Danilowna«, sagte sie fest, nahm noch einmal einen kräftigen Zug und warf den zischenden Zigarettenstummel in die Kloschüssel.

»Sehr gut«, brummte die Ninel, »dann geh in die Klasse, ich komme nach.« Sie begleitete Lidotschka mit ihrem Blick, warf ihre Zigarette ebenfalls ins Klo, überlegte und raffte dann die ganz altweiberhaften Röcke hoch. Der Urinstrahl traf das alte sowjetische Steingut und erzeugte ordentlich gelben Schaum. »Ich wäre nicht ich, wenn ich das Mädchen nicht nach Moskau schicken würde«, murmelte sie. »Vielleicht komme ich wenigstens so in die Enzyklopädien.«

Die Ninel richtete sich auf, zog den Saum zurecht, riss entschlossen an der Klokette und spülte die ungezählten Sorgen und Sünden fort, die sich in dem langen, ungnädigen, im Grunde vollkommen unglücklichen Leben angesammelt hatten.

Nachdem sich Lidotschka hastig im leeren, hallenden Umkleideraum umgezogen hatte (die Schüler waren in die Ferien entlassen worden, mit der strengen Ermahnung, an die täglichen Übungen zu denken, als könnte jemand sie vergessen), lief sie auf den Treppenaufgang hinaus und suchte mit den Blicken nach der vertrauten großen Figur im Regenmantel mit eng geschnürter Taille, besann sich jedoch gleich – Witkowski war in den Ferien nach Moskau gefahren (ohne Verabschiedung! ohne Verabschiedung!). Es würde also kein Treffen geben. Aber das machte nichts, bis zum 1. Februar war es gar nicht lange. Lidotschka wickelte sich fester in ihren Pelz, spürte mit Vergnügen das laute, wie gestärkte Knirschen der Eiskruste unter ihren Füßen und eilte ins Wohnheim. Ich krieche unter die Decke, versprach sie sich selbst, und werde schlafen, schlafen, schlafen, und wenn ich wieder aufwache, ist Aljoscha wieder da! Freundlich zupfte sie die vertraute dicke Tanne an der verschneiten Tatze und lachte, als sie die Fäustlinge unter das kleine, feine, von ihr selbst verursachte Schneegestöber hielt.

»Lidia Borissowna«, rief jemand hinter ihr. »Lida! Warten Sie einen Augenblick!«

Lidotschka drehte sich um, immer noch mit einem Lächeln im Gesicht, mit runden Grübchen auf den bräunlich-blassen Wangen und feuchten, verklebten Wimpern – wie damals, Herr im Himmel, genau wie damals, dachte Luschbin, als er aufgrund des erstaunten Ausdrucks in ihrem Lächeln begriff, dass sie ihn nicht erkannte, und da verlor er plötzlich das Gleichgewicht und plumpste höchst blamabel auf das glatte Eis des Bürgersteigs.

Silvester feierte Lidotschka mit den Zarews, nachdem sie zuvor Galina Petrowna höflich davon in Kenntnis gesetzt hatte, die jedoch überhaupt nicht gekränkt war. »Gibt's bei denen auch etwas zu fressen?«, fragte sie nur und Lidotschka, die plante, mehr als ein Dutzend Seiten aus ihrer geliebten Helene Molochowetz in die Tat umzusetzen, konnte die Frage aufrichtig bejahen. »Na dann, guten Rutsch«, wünschte Galina Petrowna gleichgültig und Lidotschka piepste kurz angebunden zurück – gleichfalls.

Das war das erste glückliche Silvester ihres Lebens – das erste seit jenem letzten mit ihren Eltern. Nachdem sie alle Delikatessen durchgekostet und alle Liedermacherstücke durchgesungen hatten, schliefen die Zarews und Lidotschka einige Stunden, kurz und genauso wirr und heiter wie die Neujahrsnacht, und als sie aufwachten, bot sich ihnen vor dem Fenster ein Morgen ganz nach Puschkin – sonnig, blendend, mit einem leichten, fröhlichen Frost überzogen.

»Wisst ihr, was wir jetzt machen?«, fragte Zarew, dem über Nacht fast räuberhafte, lustige, bläuliche Bartstoppeln gewachsen waren. »Wir fahren jetzt auf die Datscha!«

Dazu muss man sagen, dass das Wort Datscha nicht so ganz zutraf. In Wirklichkeit besaßen die Zarews einen lächerlichen Streifen eines ehemaligen Kolchosenackers, der bereits einen Fünfjahresplan vor Lidotschkas Geburt von den sozialistischen Landwirtschaftsmethoden hoffnungslos ausgelaugt worden war. Auf einer Seite wurde das sechs Ar messende Anwesen der Zarews von einem Kiefernwäldchen begrenzt, das bedächtig einen sanften Hügel erklomm, und auf der anderen – eigentlich gab es gar keine andere Seite, da der Acker ganz zerschnitten war zugunsten der begriffsstutzigen Forscher-Habenichtse, die weder das Geld für Zäune noch die unverschämte Streitsucht der Proletarier hatten. Daher erkannten die Zarews beispielsweise ihr Land am Schuppen, den Sergej Wladimirowitsch eigenhändig aus Munitionskisten zusammengezimmert und wie ein Getreidehändler umsichtig mit einem gigantischen, geradezu antiken Vorhängeschloss verriegelt hatte.

Der Schuppen war für landwirtschaftliche Geräte vorgesehen, auf Wunsch fand sich darin aber auch Platz für ein Klappbett, das gastfreundlich bereit war, einen müden Wanderer in seinen durchgelegenen, federnden Schoß aufzunehmen. Im Übrigen übernachteten die Zarews nicht auf der Datscha, da sie auf dem Klappbett meistens Pilze sortierten, die sie im Wäldchen nebenan gesammelt hatten – zuerst halbreife Butterpilze, dann Reizker, wobei die beiden älteren Zarews sich aus einer Gewohnheit heraus, die sie von ihren bäuerlichen Verwandten übernommen hatten, bemühten, ausschließlich ganz junge Pilze zu nehmen –

der Hut durfte nicht größer sein als ein halber Daumennagel, doch Romka und Veronitschka, in ihrem Eifer über die wilde Natur, rissen sogar gewaltige schwammige Täublinge aus der Erde, die von flinken durchsichtigen Würmern zerfressen und voller abgefallener Tannennadeln waren. Wegen der Täublinge kam es kurzzeitig zum Streit in der Familie, doch es siegten natürlich Erfahrung und Autorität – und für den Pilzkaviar und zum Einsalzen wurden nur die offensichtlich genießbaren Exemplare genommen.

Im Winter gab es auf der Datscha mangels Pilzen überhaupt nichts zu tun – außer vielleicht eine Tanne zu schmücken oder eine Schneeballschlacht zu machen. Und als die Zarews begriffen, dass sie bis zur nächsten Tanne einen halben Kilometer durch Brachland stapfen müssten, entschieden sie sich für die Schneeballschlacht. Zuerst bildeten sie Mannschaften, doch dann kamen sie auf den Geschmack und begannen jeder für sich zu kämpfen, wobei Lidotschka, die für den Datschabesuch eine alte pelzgefütterte Jacke von Romka mit Knöpfen verschiedenster Herkunft und einer durchgerissenen Tasche bekommen hatte, am lautesten von allen schrie und herumhüpfte. Der trainierte leichte Körper verursachte ihr zum ersten Mal im Leben keinen Schmerz, sondern Freude, und nachdem sie einen Gegner mit dem nächsten glitzernden Schneeball zielsicher getroffen hatte, schaffte sie es nicht nur, dem Gegengeschoss auszuweichen, sondern auch noch ein triumphierendes Indianergeheul auszustoßen, das ihr Veronitschka beigebracht hatte. Angesichts einer solchen Gefahr zitterten die Zarews zunächst, verbündeten sich dann aber hinterlistig und jagten als laute Familienkohorte die kreischende und zurückschlagende Lidotschka in eine riesige Schneewehe. Ach so, entrüstete sie sich keuchend vor Lachen und versuchte, sich herauszuhieven, ach, so ist das – alle gegen einen! Jetzt werde ich es euch zeigen! Und sie formte schnell einen ordentlichen Schneeball und schoss ihn mit aller Wucht auf den älteren Zarew, der gerade einen Siegestanz aufführte.

So hatte Luschbin sie das erste Mal gesehen – ein zartes, fast nicht vorhandenes Mädchen in einer kurzen Jungenjacke, das in einer Schneewehe kniete, zerzaust und lauthals lachend, mit vom Schnee nassem strahlendem Gesicht. Sie scharrte mit den Fäustlingen Schnee zusammen und hob dann plötzlich den Blick – ihre Augen waren so unwahrscheinlich dunkelgolden, durch und durch sonnig, mit lebhaften kaffeebraunen Funken ganz auf dem Grund des fröhlichen, halb kindlichen Blicks, und Luschbin fühlte plötzlich, wie er mit dem Gesicht mit voller Wucht gegen eine unsichtbare, unzerstörbare Wand prallte, und im stummen Standfoto um ihn herum holte das Mädchen aus und ein Schneeball, der immer noch die Form ihrer kleinen Hand bewahrte, flog los und während er flog, unendlich lange, glänzend und rund der Erde entgegenflog, begriff Luschbin auf einmal, wie glücklich er mit diesem Mädchen sein würde, unwiderruflich, unerhört, unvergleichlich, und er spürte den Geschmack ihrer Lippen, die Schwere ihres schwangeren Bauches, er durchlebte mit ihr ein ganzes Leben, lang, heiter, wie die ersten Sommerferien im Leben, und starb genau eine Woche nach ihrem Tod, damit sie nicht traurig und allein zurückbleiben musste, und als der Schneeball schließlich Zarew, der vor Lachen verging, an der Schulter traf, war alles beendet und entschieden.

Und Romka brüllte erfreut – hallo, hallo, Onkel Wanja!

Iwan Luschbin war ein Einheimischer, ein Ensker, Jahrgang '61. Er stammte aus einer einfachen sowjetischen Familie, die sich ihrer Anständigkeit und ihres Borschtschs rühmte, hatte eine nicht weiter bemerkenswerte Schule am Stadtrand mit soliden Zweien absolviert, gelassen seinen Militärdienst abgeleistet und war ohne die geringsten sichtbaren Anstrengungen am Ensker

Polytechnischen Institut aufgenommen worden, das er auch abschloss – ohne zur Schau getragene Glanzleistungen, aber dafür mit fünf Patenten an Dingen, die dem Vaterland überaus nützlich waren, sodass sich nach der Verteidigung der Diplomarbeit zwei Lehrstühle und die Hälfte der Ensker Konstruktionsbüros beinahe um ihn prügelten.

Im Übrigen war so ein Ansturm verständlich – es war das Jahr 1986 und der Begriff »Ingenieur« hatte sich seit Langem zu einem Synonym für einen dümmlichen Versager gewandelt, der seine billigen, zerdrückten Hosen in einem heruntergekommenen Forschungsinstitut durchsaß, das nach dem weiß Gott wievielten Fünfjahresplan versuchte, eine neue Kette für den Spülkasten der ewig leckenden legendären sowjetischen Klos zu erfinden. Die Hochschulen des ganzen Landes entließen scharenweise hirnlose Mädchen, die sehnsüchtig vom Heiraten träumten, und träge junge Männer, die sich von vornherein mit ihrer Bestimmung als mittellose Standardfigur in beliebten Witzen abgefunden hatten (so ein Zwischending zwischen dem erfolglosen Wassili Iwanowitsch und dem stockdummen Tschuktschen). Der ruhige, bedächtige und fast sogar ein wenig verträumte Luschbin jedoch gab allein mit seiner Existenz dem Wort »Ingenieur« seinen vergessenen und verdienten Ruf zurück.

Luschbin hatte einen klaren, zynischen Kopf, einen beharrlichen Charakter, die Neugier einer Katze und ganz unglaubliche Hände. Es gab kein Gerät, das er nicht nach einigem Grübeln wieder hätte zum Leben erwecken können, aber – und das war weitaus wichtiger – es gab auch kein physikalisches Gesetz, für dessen Demonstration er sich nicht ein summendes, knarrendes oder Funken sprühendes Ding hätte ausdenken und zusammenbauen können. Das war nicht einfach nur eine Seltenheit, sondern ein offensichtliches, wenn auch unspektakuläres Talent. Luschbin schrieb man eine gute Zukunft in der Wissenschaft zu, doch er wählte nach gründlichem Überlegen eines der Konstruktionsbüros, nicht das aussichtsreichste im Hinblick auf den beruflichen Aufstieg, dafür das zu jener Zeit großzügigste – eine eigene Wohnung spätestens in einem halben Jahr und ein anständiges Gehalt gleich jetzt. Das war wichtig – sehr wichtig. Zugegeben, nicht für ihn, sondern für Olga, doch wenn es für sie wichtig war, dann galt das auch für ihn. Olga war das Bedeutendste und Beste in Luschbins Leben. Sogar mehr – sie war die einzige und beste Frau auf der Welt. Andere Frauen gab es gar nicht. Zumindest für ihn.

Luschbin hatte sich im ersten Studienjahr in Olga verliebt, und ohne seine Gefühle zu offenbaren und mit erstaunlicher Ruhe hatte er ihre endlosen, wenn auch kurzlebigen Flausen und Liebschaften verfolgt und geduldig seinen Abschluss am Institut abgewartet – nicht weil er nicht selbstbewusst genug war, sondern weil er ihr wirklich das Beste bieten wollte. Und sobald sein Arbeitsbuch im heiligen Tresor des gewünschten Konstruktionsbüros lag, ging Luschbin zuerst ruhig zum Friseur, dann ins Blumengeschäft und schließlich zu Olga ins Studentenheim, wo er ihr mit seiner leisen, ausdruckslosen Stimme einen Antrag machte, den sie, davon war er überzeugt, nicht ablehnen konnte. Und sie lehnte nicht ab.

Die Hochzeit feierten sie laut und kostspielig – nach Olgas Verhältnissen und Ansprüchen, und als Luschbin den Schleier über dem aufgeregten, schönen Gesicht seiner Braut hochhob, bedauerte er keinen Moment die Schulden, in die er sich gestürzt hatte, um ihr diese Feier im zentralen Bankettsaal mit hundertfünfzig betrunkenen, vollgefressenen und ihm zum Großteil unbekannten Gästen auszurichten. Und dieses schneeweiße Spitzenkleid mit Schleppe, die ein fünfjähriger Junge trug, den Luschbin auch nicht kannte, der in einem extra für diesen Anlass angefertigten Samtanzug steckte und sich weniger um seine Pagenpflichten kümmerte als um den äußerst interessanten grünlichen, zähen Rotz, den er immer wieder aus der Nase laufen ließ, um ihn dann wieder aufzuziehen, und die falsch spielende Band, die für den Abend zweihundert Rubel verlangte, und den Störfisch in Aspik – all das war ein lächerlicher Preis im Vergleich zu dem Glück, das ihm und Olga bevorstand.

Nach einem halben Jahr erhielten sie die versprochene Wohnung, und drei weitere Monate später hatte Luschbin alle Schulden bis auf die letzte Kopeke zurückgezahlt. Olga hatte gar nicht erst erfahren, dass er dafür eine anderthalbfache Stelle plus eine halbe Stelle als Reinigungskraft angenommen hatte und abends geschickt und behände, wie alles, was er machte, bei sich im Konstruktionsbüro die Böden wischte, die Abfalleimer ausleerte und die Fensterbänke reinigte, wobei ständig ein Lächeln seine festen Mundwinkel umspielte. Und wozu sollte sie es auch wissen? Böden wischen – ich bitte Sie. Luschbin hätte für seine Frau alles getan, Ehrenwort. Alles. Er hätte gemordet, die Heimat verraten. In Gottes Namen. Sie war seine Heimat. Olga. Nur sie. Sie aber hätte er unter keinen Umständen verraten.

Im Jahr '91 ließ Olga ihn fallen, wie man eine klebrige, leere Eistüte in den Mülleimer wirft, und brannte mit einem auswärtigen Ulanen durch – teils um der flatterhaften Bestimmung ihres literarischen Namens zu folgen, teils erlag sie tatsächlich dem Charme des fremden Warägers, dieses großzügigen, wackeren Schönlings mit dem dichten Offiziersschnurrbart, der ständig mit rotem Pfeffer bestäubt war, genau wie in dem bei jeder Gelegenheit erzählten unanständigen Witz.

Während seine Frau die Koffer packte (der Ulan wartete diskret vor dem Hauseingang in einem undeutlich brummenden Taxi) und mit ihren hübschen, flinken Beinen schnell über Sachen hinwegschritt, die sich vor ihr zu retten versuchten, saß Luschbin schweigend in einer Ecke auf einem Hocker, der sich wer weiß woher zu ihnen verirrt hatte, und betrachtete bestürzt seine zitternden Hände. Der Schlag, den er hatte einstecken müssen, erwies sich als so betäubend, dass Luschbin nicht einmal einen Schmerz spürte – nur ein leises, an Wahnsinn grenzendes Befremden. Als würde der Korridor, durch den er selbstsicher schritt, um eine verdiente Auszeichnung auf einem roten Kissen im allgemeinen Stimmengewirr freudiger Zustimmung entgegenzunehmen, plötzlich auf einem stillen Platz enden, in dessen Mitte ein schwarzer, wie verkohlter Galgen emporragte, daneben ein unausgeschlafener, verkaterter, gelangweilter Henker im dreckigen, faden, schattengrauen Gewand.

Als das Ratschen des letzten Reißverschlusses der letzten Tasche verklungen war, versuchte Luschbin immer noch zu verstehen, was er sich hatte zuschulden kommen lassen, wo er einen verhängnisvollen Fehler begangen hatte, der seine Frau zwang, einfach so beiläufig die fünf Jahre ihrer glücklichen – sie war doch glücklich gewesen! –, absolut glücklichen Ehe aus ihrem Leben zu entfernen. Olga wollte die eigene Vergangenheit, die mit Mühen in drei verschieden großen Sporttaschen und einem unanständig ausgebeulten Koffer Platz gefunden hatte, von ihrem angestammten Platz zerren, schaffte es aber nicht und warf einen graugrün blitzenden Blick nach Luschbin – so hilf mir doch, du Tölpel! Er stand gehorsam auf, trug die Sachen aus der Wohnung und stellte sie ordentlich auf den Treppenabsatz. Dann wandte er sich um.

»Weiter schaffe ich es allein«, entließ ihn Olga gnädig, hüllte sich ein, knöpfte die Jacke zu und schlang sich einen knallroten langen Schal um den Hals – im April war es in Ensk kalt, sie hatte schon immer einen anfälligen Hals gehabt und sich im Frühling und im Herbst mit endlosen Anginen gequält, und der verschlafene Luschbin hatte ihr nachts grob gepressten Moosbeerensaft gebracht, sie hatte etwas mit heiserer, heißer Stimme geflüstert und war wieder eingeschlafen, mit ihrem ganzen Körper an ihn gepresst, ihrem feurig-heißen, feuchten, unglaublich begehrten Körper. Unglaublich.

»Olja«, sagte er und erschrak selbst, als er seine eigene Stimme hörte. »Warum, Olja?«

Sie dachte für einen Moment ehrlich nach – die rauchgrauen, grünlichen Augen, die unbarmherzig gebleichten Stirnfransen, auf den Wangen ein lebhafter rosa Widerschein vom Schal, von der Freude, vom Leben, von der Lebensfreude – und sie antwortete:

»Weil ich einen anderen Mann liebe.«

Luschbin nickte, als hätte er verstanden, als wäre das ein unwiderlegbares Argument, über das man nicht streiten konnte – ach, natürlich, einen anderen Mann, und er, Luschbin, war also nicht mehr ihr Mann. In diesem Moment ließ die Betäubung nach und über ihn brach der physische Schmerz mit so einer groben, unbezwingbaren Kraft herein, dass er blind die verzweifelt ächzende Tür hinter sich schloss, blind durch die verwaiste Wohnung irrte, mit vollem Schwung über die maunzende Katze stolperte (die sich während des ganzen Packens irgendwo versteckt und nicht einmal zum Verabschieden herauszukommen beliebt hatte) und sich am Hocker stieß, von dem er vor wenigen Minuten aufgestanden war, und erst da begann er schließlich zu weinen. Nicht weil es ihm die Rippen einzeln mit ordentlichem Knacken brach und sich der Schmerz langsam zum Herzen vorarbeitete. Sondern deshalb, weil ihm das Knie wehtat, das er sich vor zwei Wochen verletzt hatte, als er mit Olga zum Langlaufen auf dem letzten, schweren Schnee aufs Land hinausgefahren war und sie sich verirrt hatten, doch dann fanden sie den Weg wieder und küssten sich bis zum Umfallen in einem Wäldchen, hinter dem die halb leeren Züge donnerten und kreischten, und als er Olga mit dem Rücken an eine Kiefer presste und sich leidenschaftlich durch ihre Jacke und ihren Pullover wühlte, von ihren zarten, kühlen Wangenknochen die geschmolzenen Schneeflocken wegküsste, die schon ganz frühlingshaft schmeckten, schon ganz lebendig, stellte er sich dabei so hektisch und ungeschickt an wie ein kleiner Junge, dass er sich das Bein verrenkte und Olga den ganzen Rückweg über abwechselnd lachte und ächzte und sich bei den Zuggefährten, geschwätzigen, gemütlichen alten Frauen, darüber beklagte, dass ihr Mann nun ein Invalide sei, und wie soll man so einen verlassen? Das geht nicht. Die Leute würden es nicht verstehen.

Als die Katze ein Jahr später mit lautloser Pfote eine klirrende kleine Haarspange mit unechtem blauem Stein unter dem Sofa hervorfischte, hatte sich Luschbin bereits so weit erholt, dass er beinahe ruhig das komische Frauending zwischen den Fingern hin- und herdrehte, das aus irgendeinem Grund so am Haus hing (oder an Luschbin selbst) und so sehr hatte bleiben wollen, dass es sich in der hintersten und staubigsten Ecke verkroch und dort ganze zwölf Monate lag, ohne einen Schnaufer zu wagen oder auch nur zu funkeln. Luschbin fing mit der Haarspange zufällig einen Sonnenstrahl auf und ließ einen flinken Miniaturregenbogen über die Wand wandern. Zwölf Monate hatte er sich mit so verbissenem Ingrimm angestrengt, seine Frau zu vergessen, dass er gleichzeitig sein eigenes Leben zerstört, es unwiderruflich zu Staub, zu satter Asche gemacht hatte. Er fühlte keinen Schmerz mehr. Nichts konnte ihm mehr wehtun. Überhaupt nichts. Willst du damit spielen, Matrjona?, fragte er die Katze, doch die zuckte nur angewidert mit ihrem grauen Fell und zog sich majestätisch zurück. Recht hast du, murmelte Luschbin, ganz recht, tust dir nur die Pfote weh. Und er warf die Haarspange mit Schwung durch die frühlingshaft zwitschernde, offen stehende Lüftungsklappe.

Im Grunde war es genau diese Katze, die ihn davor bewahrt hatte, dem Suff zu verfallen, durchzudrehen oder in eine dumpfe, freudlose Lähmung zu versinken, die so leicht den Willen des stärksten Russen bricht, wenn eine Frau im Spiel ist. Die Katze musste man mit zuvor beschafftem und gekochtem Fisch füttern, ihr das Wasser in der Porzellantasse mit dem abgebrochenen Henkel auswechseln und auch das kleingeschnipselte Zeitungspapier in der alten Pfanne, die als Katzenklo diente. Außerdem musste man mit der Katze sprechen – das war notwendig, denn nachdem Olga weg war, hatte die Katze begonnen, erbarmungslos die Tapeten abzukratzen und die Sofas auseinanderzunehmen – mit einem Wort, sie hatte die besten Seiten ihres Charakters entfaltet, und all diese kleinen, unbedeutenden Bemühungen, die Sorge für ein unvernünftiges, ungezogenes und im Grunde verstandloses Wesen hatte sich wie Balsam auf Luschbins eingetrockneten menschlichen Kummer gelegt und unmerklich die schmerzenden Schrunden eingeschmiert und aufgeweicht. Im Laufe der Zeit waren diese Krusten einfach abgebröckelt und darunter war eine blasse, weiche, völlig glatte und lebendige Haut zum Vorschein gekommen.

Doch es verging noch ein Jahr, ehe Luschbin begriff, dass er überlebt hatte. Durchgekommen war. Das Schlimmste hatten er und die Katze überstanden. Sobald Luschbin das begriffen hatte, verließ er sein Konstruktionsbüro, ohne auf das Heulen und Zähneknirschen des Direktors zu hören, der den Verlust seines besten Mitarbeiters beweinte. Alle um ihn herum versuchten sich in der Geschäftswelt, manche sogar mit Erfolg, und Luschbin beschloss, es ebenfalls zu probieren – schließlich hatte er alles, was ihm lieb war, bereits verloren, also hatte er nichts zu befürchten. Nach einigen Überlegungen entschied er sich für Computer – anfangs für den Einkauf (wieder musste er Schulden machen) und später auch für den Zusammenbau. Dass seine Frau fort war, hatte sich überhaupt nicht auf Luschbins berufliches Können ausgewirkt, sodass seine Modelle nicht einfach nur billiger als die der Chinesen waren, sondern auch besser. Geld hatte er bald viel, dann sehr viel und nach ein paar Jahren stellte Luschbin erstaunt fest, dass er reich war – und das sogar nach den kapitalistischsten Maßstäben. Er dachte nach, ob er sich nicht von der Geschäftswelt lossagen sollte, doch der jämmerliche, bösartige Hunger in ihm ließ sich nicht stillen und Luschbin fand, es wäre nicht sehr weitsichtig, eine Sache hinzuwerfen, die sich gerade so gut machte. In Wirklichkeit wollte er immer noch Olga, die sich unwiederbringlich in einer unbekannten Zeit und an einem unbekannten Ort aufhielt, beweisen, dass er besser war. Er hatte vor Langem begriffen, warum sie ihn verlassen hatte. Doch er konnte es sich einfach nicht selbst eingestehen. Es ging um nichts anderes als um Geld. Geld, das er nicht hatte, doch der Ulan schon oder vielleicht auch nicht, zumindest nicht in der Menge, die Olga brauchte, aber Geld war Macht. Eine Macht, auf die Frauen wie Männer scharf waren. Und nun war auch Luschbin Teil dieser Macht.

Zugegeben, leichter wurde es davon nicht. Als die Katze starb, blieb Luschbin allein zurück. Weder das sich rasant entwickelnde Unternehmen noch der sichere Geldzustrom noch die spannenden Reibereien mit Banditen noch die ersten Bankkredite – nichts verschaffte ihm Erleichterung und nichts konnte die schreckliche innere Leere füllen. Luschbin wechselte das Büro und renovierte sogar die alte Wohnung – neumodisch, im Hightech-Stil, nachdem nicht nur die Nächte, sondern auch die Stunden tagsüber zu Hause unerträglich geworden waren. Luschbin quälte sich ein paar Wochen, verkaufte dann die Wohnung und übersiedelte ins Büro, in die Fünf-Quadratmeter-Rückzugskammer, die sich hinter seinem Direktorenzimmer verbarg. Ein Sofa, ein Sessel, Fernseher und Videorekorder, ein winziges Klo kombiniert mit einer Dusche und ein Dutzend Hemden auf einem Kleiderständer – mehr hatte er nicht. Wie sich herausstellte, brauchte er auch nicht mehr. Die Hemden gab die Sekretärin, die langsam, aber dafür hässlich und alt war, in die Wäscherei, und Pizza bestellen brachte sich Luschbin selbst bei.

Er litt sehr unter seiner Einsamkeit – ganz physisch, wie sich viele mit jahrelangen dumpfen Gelenkschmerzen abquälen, und gegen den Schmerz hilft nur Wärme – die Wärme einer Frau oder wenigstens einer Katze, doch Luschbin, der sich innerlich bereits abgeschrieben hatte, glaubte nicht mehr an Frauen oder Katzen. Wenn einen beide – die einzigen, die liebsten – verlassen hatten, lohnte es sich dann, Mitgefühl von anderen zu erwarten?

Die Freunde, die es aufgegeben hatten, Luschbin mit ihren Schwestern, den Schwestern der Schwestern und Freundinnen der Gattinnen bekannt zu machen (was kostet dich das schon, Wanja, komm doch einfach, sie ist ein fabelhaftes Mädchen), versuchten ihn wenigstens für Pornografie zu begeistern (sonst drehst du durch, Kumpel, bei Gott, du drehst einfach durch!) – zum Glück tauchte in Ensk eine ganze Flut von Verkaufsbuden auf oder auch einfach nur Kisten mit Videokassetten, und beim ersten verschmitzten Zwinkern holte der Verkäufer die bewusste Schachtel zwischen den Actionfilmen (die in jener Zeit noch mit deutlichem chinesischem Akzent sprachen) und Melodramen hervor, in denen das Hinken der unsinnigen Handlung mehr als genug durch die grandiose Idee und die Anzahl von Rüschen auf dem Kleid der weiblichen Hauptfigur wiedergutgemacht wurde. Pornos kosteten doppelt so viel wie gewöhnliche Spielfilme, stammten aber auch aus den Neunzigern – unsinnig, einfältig, mit bunt gescheckten Teppichen als Hintergrund und dem ewigen Schatten des unerschütterlichen Kameramannes, der im unpassendsten Moment auf die vom sexuellen Eifer schweißnasse Gesellschaft fiel und den erregten, ebenfalls verschwitzten Zuschauer für einen Moment vom nahen und vorhersagbaren Finale ablenkte.

Luschbin – was tat man nicht alles für seine Freunde – schaute sich ehrlich ein Dutzend der lustigen Kassetten mit den plumpen nackten Körpern auf der Hülle an, erlangte aber nicht die durchaus erwartete physiologische Erleichterung. Leider! Es stellte sich heraus, dass er die angeborene und seltene Gabe besaß, das Menschliche sogar in den unmenschlichsten Dingen zu sehen. Statt dem Rein-Raus-Ablauf der unkomplizierten Handlung zu folgen, bemerkte Luschbin einmal eine rührende, ganz automatische und sehr weibliche Geste, mit der sich die Pornodarstellerin, die hinter einer Palisade von aufgestellten Schwänzen kaum zu sehen war, das Haar richtete, ein andermal sah er, wie es einen erotischen Schönling mit vor Anstrengung nassem Rücken aus Gewohnheit, die ihm anscheinend nicht einmal eine so schmutzige Arbeit hatte austreiben können, zu den Lippen seiner Partnerin hinzog – vertrauensselig, fast zärtlich, doch sie wandte sich schroff ab und für eine ganze Sekunde blickten sie sich mit erschrockenen, ganz menschlichen Augen an, ohne dabei die viehische, absurde, mechanische Bewegung ihrer Körper zu unterbrechen.

Ein paar Mal schlief Luschbin stark angetrunken und besinnungslos mit irgendwelchen Tussen von der Straße, die vielleicht gar nicht so übel waren, eine rief sogar ein paar Wochen hintereinander immer wieder an und lockte mit Selbstgebackenem, Gratissex und häuslicher Wärme. Doch Luschbin stellte sich vor, was geschehen würde, wenn man mit dem Sex und den Süßigkeiten fertig war – man würde aufstehen müssen, über etwas sprechen, etwas machen, eine im Grunde fast unbekannte Person unterhalten und ihre Meinung gelten lassen, die niemanden (nicht einmal sie selbst) interessierte.

Nein, ersparen wir uns das.

Und für alle Fälle hörte er überhaupt auf zu trinken.

Im Jahr 1997, sechs Jahre nach Olgas Auszug, war er immer noch allein, hatte sich jedoch endgültig damit abgefunden. Zugegeben, das Kämmerchen musste er unter dem Druck seiner Freunde und Partner eintauschen, doch der Tausch erwies sich als vorteilhaft – rein zufällig hatte Luschbin ein großes Haus am Stadtrand von Ensk gekauft, ein verlassenes altes Gebäude, so offensichtlich pflegebedürftig wie ein Mensch, sodass Luschbin nicht widerstehen konnte und sich an Umbau, Neugestaltung und Renovierung machte – wie ein Vogel, der ein Nest zu bauen beginnt, lange bevor er einen Partner findet. Das Haus sprach darauf erstaunlich gut an, und während er sich mit ihm beschäftigte, begann Luschbin, ohne etwas davon zu bemerken, still und heimlich sein eigenes Herz zurückzuerlangen.

Neujahr 1998 feierte er bereits nicht mehr allein, sondern gemeinsam mit dem Haus, und das war ein tolles, warmes, lang vergessenes Gefühl. Zu Mitternacht schritt er alle Zimmer ab, stieß mit seinem Glas, in dem das Mineralwasser vor Aufregung laut prickelte, mit den Möbeln, Türrahmen und Fensterbänken an und legte sich dann schlafen. Zum ersten Mal seit langer Zeit fühlte er sich stark, gesund und verblüffend jung.

Und am nächsten Morgen sah er zum ersten Mal Lidotschka.

Das war der Beginn einer neuen Ära. Das wusste er genau. Einer neuen glücklichen Ära, die lange, lange dauern würde, ein ganzes Leben lang. Und Luschbin war überzeugt, dass er sich dieses Mal nicht irrte.

Sein zweites Treffen mit Lidotschka bereitete er besonnen vor, wie er kein einziges Geschäftstreffen je vorbereitet hatte. Er fuhr mit einer riesigen Torte zu den Zarews, die er schon ewig kannte, seit den Zeiten der studentischen Baubrigaden, und fragte sie so lange über Lidotschka aus, dass sie Blicke auszutauschen begannen.

»Das Mädchen ist siebzehn, Wanja«, sagte Jelenotschka mit kaum merklicher Färbung in der Stimme. »Hast du dich nicht zufällig in der Tür geirrt?«

Luschbin schwieg, wägte innerlich etwas ab und sagte dann fest, als spräche er nicht mit den Zarews, sondern mit Lidotschkas Eltern:

»Nein, ich habe mich nicht geirrt. Ich möchte, dass sie … Nein, nicht so. Sie wird meine Frau. Und wenn ich dafür ein Jahr warten muss, zehn Jahre, fünfundzwanzig – kein Problem.«

Die Zarews tauschten wieder einen Blick aus.

»Nun, wenn es um die zukünftige Frau geht«, sagte Zarew nachdenklich, »dann finde ich, müssen wir das begießen. Was meinst du, Wanja?«

Luschbin lächelte – heiter, verlegen, freudig, wie er seit vielen, vielen Jahren nicht mehr gelächelt hatte.

»Das ist ein hervorragender Einfall«, erwiderte er. »Eine ausgezeichnete Idee. Ich bin voll und ganz dafür!«

Lidotschka erkannte Luschbin, der ihr einige Stunden vor dem Wohnheim aufgelauert hatte, wirklich nicht. Wenn sie ehrlich war, hatte er schon beim ersten Treffen keinen bleibenden Eindruck bei ihr hinterlassen – es war eben irgendein Bekannter zu den Zarews gekommen und hatte sie bei ihrer Schneeballschlacht gestört, so ein langweiliger, grauer Typ mit ausdruckslosem Gesicht. Wie eine Pellkartoffel. Er war der siebzehnjährigen Lidotschka unendlich alt vorgekommen, allerdings schienen ihr alle Menschen über fünfundzwanzig jämmerlich und alt. Luschbin hatte sich mit den Zarews über irgendetwas unterhalten und ihr dabei immer wieder Blicke mit einem derart seltsamen Ausdruck in den Augen und auf den Lippen zugeworfen, dass sie verlegen wurde, wie immer beim Anblick Fremder. Als Luschbin gegangen war, auf knirschendem Schnee und mit den Fäusten in den Taschen des teuren strohgelben Pelzmantels, freute sich Lidotschka und verbannte ihn unverzüglich aus dem Kopf, und zwar so gründlich, dass ihr nun weder sein Vatersname noch sein Vorname einfiel.

»Äh-äh-äh«, stammelte sie, während sie Luschbin vom Bürgersteig aufhalf. »Haben Sie sich wehgetan?«

»Iwan Wassiljewitsch, oder einfach Iwan«, stellte sich Luschbin vor, als er ihre Verlegenheit begriffen hatte. Er erkannte plötzlich, dass er sie aus der Entfernung deutlich spürte – weniger als Mann, nein, eher wie eine Mutter ihr neugeborenes Kind.

»Das weiß ich doch«, log Lidotschka und ihre Augen baten für diesen Schwindel um Verzeihung. »Haben Sie sich bestimmt nicht wehgetan?«

»Nein«, sagte Luschbin. »Kein bisschen. Ein sehr erfreuliches Aufeinandertreffen, nicht wahr? Wohnen Sie hier?«

Lidotschka nickte. Auf ihren Augenbrauen und Wimpern glänzten die geschmolzenen Schneeflocken als winzige, lebendige Glasperlen. Luschbin raubte es den Atem.

»Serjoga, ähm, das heißt Sergej Wladimirowitsch, hat gesagt, dass Sie eine Ballerina sind, ja?«

Lidotschka lachte.

»Aber nein, nicht doch! Es ist äußerst schwierig, eine Ballerina zu werden, das gelingt nicht allen. Das ist eine Art Ehrentitel. Balletttänzer gibt es viele, aber Ballerinen nur vereinzelt. Ich besuche einfach nur die Choreografieschule.«

»Lieben Sie das Tanzen?«, fragte Luschbin, und über Lidotschkas Gesicht huschte ein langer dunkler Schatten, der augenblicklich den Glanz der Augen und das Lächeln erlöschen ließ.

»Ja, sehr«, log sie wieder, doch dieses Mal nicht aus Höflichkeit, sondern um ihn abzuwimmeln.

Gleich geht sie weg, begriff Luschbin und versuchte fieberhaft, einmal dieses, einmal jenes Fragment des Gesprächs, das ihm zügig entglitt, festzuhalten.

»Sie haben bald eine Premiere, nicht wahr? Ich kenne mich nicht so gut aus, um ehrlich zu sein, aber ich würde gerne, wenn es geht …«

Kläglich breitete er die Arme aus und rang um Worte. Lidotschkas Augen wurden eine Spur wärmer.

»Natürlich geht das«, sagte sie. »Die Aufführung ist am 1. Februar, ich glaube, es gibt noch Karten. Aber wenn Sie wollen, kann ich Ihnen eine Freikarte besorgen.«

»Ich kaufe eine«, beteuerte Luschbin. »Ganz bestimmt.«

Doch Lidotschka wollte einfach nicht lächeln.

»Auf Wiedersehen«, sagte sie, ging zum Eingang des Wohnheims und versuchte nicht zu bemerken, dass ihr Luschbin hinterhersah. Schlafen, schlafen. Sich in die Decke einwickeln – und schlafen. Und dann wache ich auf – und Aljoschenka ist wieder da!

In der Nacht vor der Premiere schlief Lidotschka nicht und den ganzen Tag, bis zum Abend hin, hörte eine bösartige Ader unter dem linken Lid nicht auf zu zucken – der erste Vorbote eines zukünftigen ernstzunehmenden Ticks, das macht nichts, gar nichts, Lidka, das Wichtigste ist, sich nicht aus dem Konzept bringen zu lassen, lamentierte die Große Ninel, während sie eigenhändig Lidotschkas Haare in der Garderobe frisierte. Lidotschka, abgemagert, käsig, als hätte sie gerade erst eine schwere Krankheit überstanden, nickte, ohne ein einziges Wort zu begreifen. Aus dem Spiegel blickte sie eine schreckliche Wachspuppe an, die kaum die riesigen schmetterlingshaften, aufgeklebten Wimpern heben konnte. Die Premiere regte sie nicht im Geringsten auf – am meisten fürchtete Lidotschka, dass sie Witkowski nicht sehen würde. Ich liebe dich, ich liebe dich, liebeliebeliebeliebedich, murmelte sie innerlich zur Probe.

Die Lampe »Auf die Bühne« blinkte und die Ninel richtete Lidotschkas Korsage. Fertig, los geht's, Mädchen. Geh mit Gott. Lidotschka stand auf. Lass dich nur nicht aus dem Konzept bringen, ja?, seufzte die Große Ninel noch einmal flehentlich und kramte in ihrer geräumigen Tasche nach einer Packung Validol. Nein, das werde ich nicht, versprach Lidotschka und ging geräuschvoll mit vernehmbar klappernden Spitzenschuhen zur linken Kulisse.

Den ersten Akt tanzte sie meisterhaft, sodass die Moskauer Gäste, die von der Großen Ninel eingeladen worden waren und auf den besten Plätzen der besten Reihe mit dem besten Überblick saßen, nur verzückt die Lippen spitzten, als würden sie zart berstende Kügelchen körnigen Kaviars am Gaumen zerdrücken. Der Saal war voll – das war im Ensker Theater schon seit einer schmerzlichen Ewigkeit nicht mehr vorgekommen, und Lidotschka tanzte ungewöhnlich ausdrucksvoll und ebenso ungewöhnlich technisch perfekt, zugegeben, nach der Wahnsinnsszene flog sie hinter die Kulisse und stöhnte: »Schüssel!« Doch die Große Ninel hatte alles im Griff und, weitaus wichtiger, sie hatte etwas griffbereit, sodass Lidotschka zweimal galligen Schaum in ein rechtzeitig hingehaltenes Gefäß erbrach, und das Publikum bekam seine sanft dahinschmelzende Tänzerin zurück, ein Glück, dass die Gerüche nach Schweiß und Erbrochenem nie auch nur das Parkett erreichen.

Vor dem zweiten Akt musste sie sich umziehen – schneeweißes, romantisches Tutu, glatte Frisur, das Landei sollte sich in eine Hexe verwandeln, doch Lidotschka dachte an etwas ganz anderes. Witkowski war einfach nirgends zu sehen! »Ninel Danilowna, haben Sie gesehen …«, begann sie, doch die Große Ninel wackelte nur wie ein aufgegangener Sauerteig. Aber ja doch, Lidka, hab ich gesehen, alle aus dem Bolschoi sind hier, alle, die für eine Entscheidung nötig sind. »Sei nicht stur, aber verkauf dich auch nicht zu billig. Du bist unbezahlbar, das haben sie bereits begriffen, jetzt musst du es nur noch selbst begreifen.« Die Ninel seufzte verkrampft. »Und wenn du wegfährst, vergiss mich alte Frau nicht! Versprichst du das?« Unvermutet presste die Große Ninel Lidotschkas rundes, glänzendes Köpfchen an ihre schlaffe Brust und vergoss sanfte Tränen, nicht einmal wie ein Kind, vielmehr wie ein Welpe. Lidotschka wand sich aus der gewaltigen, stickigen Umarmung und schlüpfte aus der Garderobe.

Sie lief nicht nur, sie sauste dahin, wie der Wind Zigarettenpapier dahinsausen lässt – die halbdurchsichtigen Schichten des Tutus flatterten, die schummrigen Lampen flogen ihr entgegen, die Schatten von Ballettgeistern rasten ihr hinterher, und wäre nicht das schreckliche Klopfen ihres Herzens und ihrer Spitzenschuhe gewesen, hätte Lidotschka geglaubt, sie habe sich wirklich in eine der Wilis verwandelt. Dem Stimmengewirr aus dem Zuschauersaal nach zu urteilen, blieb bis zum Beginn des zweiten Aktes nur wenig Zeit, Lidotschka bog um eine Ecke, um noch eine und erblickte endlich vor der verstaubten Treppe ein Glutlicht von eingeschmuggelten Zigaretten und hörte leise Stimmen, von denen sie eine sogar im Schlaf erkannt hätte, sogar im Tod. Sie blieb stehen, verlangsamte ihre Atmung und blickte suchend ins trügerische Halbdunkel. »Los, lauf schon, Alter, dein Auftritt beginnt gleich«, war Witkowskis Stimme zu hören und die Zigarettenglut erlosch. Lidotschka machte noch einen Schritt und hoffte, der Tänzer, den sie nicht sehen konnte, werde sie bemerken und verschwinden – und kniff im selben Moment die Augen zusammen vor unvorstellbarem, unerträglichem Entsetzen, das kein lebendiger Mensch aushalten kann. Ichliebedichichliebedich, hämmerte es in ihrem Kopf, ichliebedich, ichliebedich, ich...

Das kann nicht sein, beruhige dich. Das kann nicht sein.

Lidotschka öffnete die Augen. Prinz Albrecht und Witkowski küssten sich. Sie sah sie jetzt ganz deutlich, besonders Witkowskis geschlossene Augen, seine dunklen, mustergültig leicht gebogenen Wimpern und seine schöne, jungenhafte Hand mit den Knöchelchen auf dem breiten Handgelenk, mit der er den gewölbten Hintern von Lidotschkas Partner streichelte.

»Ich liebe dich«, schrie Lidotschka plötzlich so laut, dass sie selbst erschrak. Witkowski zuckte zusammen und öffnete seine verschleierten, wie mit gedämpfter Milch gefüllten Augen.

»Was machst du hier, Alte?«, fragte er verlegen und stieß den Prinz von sich. Der Prinz drehte sich um und maß Lidotschka mit empörtem Blick.

»Was ist das für ein Benehmen?«, presste er ungehalten zwischen den Zähnen hervor. »Warum bist du nicht auf der Bühne? Da nimmt man Rotznasen aus der Schule und ich muss mich mit ihnen abärgern.«

Er strich Witkowski über den Nacken und ging an Lidotschka vorbei, dabei blähte er die Nasenlöcher und hob die Oberlippe wie ein aufgebrachtes Pferd.

Lidotschka blieb einfach bei der Treppe stehen, ließ die dünnen Arme baumeln und im duftigen Tutu versinken. Ihr Mund stand unwillkürlich offen wie bei einer Schwachsinnigen.

»Was ist, Alte, was ist? Bist du ein Baby oder was?«, brummte Witkowski, rieb sich die Ellbogen und verzog das Gesicht, als würden seine Gelenke unerträglich schmerzen.

Lidotschka schwieg und wiederholte den Satz, der immer noch in ihrem Kopf nachhallte:

»Ich liebe dich.«

Auf Witkowskis hübschem Gesicht blitzte einen Moment lang Mitleid auf, für das Gott den Menschen wahrscheinlich viele Sünden verzeiht. Gott verzeiht den Menschen viele Sünden. Viele, aber nicht alle.

»Lida«, sagte er und nannte Lidotschka zum ersten Mal beim Namen. »Lid, hast du wirklich nicht Bescheid gewusst? Ich bin schwul, verstehst du? Mir haben Weiber noch nie gefallen, noch nie im Leben, glaubst du mir?«

»Aber wie … Aber warum hast du … mit mir …?«

»Du bist cool und du tanzt gut.« Witkowski lächelte schuldbewusst sein fast kindliches, ehrliches Lächeln. »Und außerdem bist du mir als einziges Mädchen nicht nachgelaufen!«

Lidotschka drehte sich mechanisch um und ging in Richtung Bühne.

»Sag es nur niemandem, okay?«, rief ihr Witkowski nach, seufzte und holte noch eine Zigarette aus der Packung. Sie wird trotzdem alles weitererzählen. Diese Weiber bringen nichts als Unglück.

Man sagt nicht umsonst, dass die beruflichen Fähigkeiten als Letztes erlöschen – den zweiten Akt tanzte Lidotschka genauso tadellos wie bereits den ersten und ihr erstarrtes, totes Gesicht – das Gesicht der dahinscheidenden Wili, die sich in eine Hexe verwandelt – bemerkten alle Kritiker in ihren Rezensionen als große schöpferische Entdeckung, ganz unerwartet im Arsenal einer so jungen und so vielversprechenden Ballerina. Schade, niemand achtete darauf, dass Lidotschka mit demselben toten Gesicht auch zu den Verbeugungen herauskam, sodass Prinz Albrecht, der ihre eisige, feuchte Hand festhielt, sie spürbar in die Rippen stieß. Lächle, du Dummkopf!, flüsterte er, während er seinen geschminkten Mund zu einem dankbaren Grinsen fletschte. Läch-le! Lidotschka hörte ihn nicht einmal – so wie sie auch die Ovationen und die »Bravo!«-Rufe nicht hörte. Sie war von einer seltsamen Taubstummenblindheit befallen, die ihr nicht erlaubte, im applaudierenden Saal die jubelnden Zarews zu sehen (Veronitschka versuchte sogar, auf den Stuhl zu klettern, wurde aber angezischt) oder Galina Petrowna und auch Luschbin nicht, der sich mit einem riesigen Korb weißer Rosen zur Bühne durchdrängelte, weswegen die Ballettomanen sich fast an dem von ihnen selbst versprühten Gift verschluckten – was für ein Banause, man stelle sich das vor! Was für ein Banause! Luschbin stellte Lidotschka den Korb direkt vor die Füße und versuchte, ihren Blick zu erhaschen, schaffte es aber nicht und bahnte sich wieder einen Weg durch das lärmende Publikum zurück.

Alle wollten mit Lidotschka sprechen, sie interviewen, ihr die Hand küssen, ihr Entzücken ausdrücken, doch kaum war der Vorhang gefallen, war sie schon verschwunden, als gäbe es sie gar nicht, also mussten sich alle mit der Großen Ninel zufriedengeben, die dank der durchlebten Aufregung und des heimlich getrunkenen Kognaks letztendlich selbst daran glaubte, dass sie es war, die mit ihren siebzehn Jahren so magisch, so besinnungslos, so berauschend zum ersten Mal im Leben die Giselle getanzt hatte.

Luschbin fuhr das Auto zum Hintereingang, stellte den Motor auf Leerlauf und stieg aus. Es war so schneidend und klirrend kalt, dass es einem vorkam, als wäre es der glockenhelle Klang des Frosts, der die Sterne hervorbrachte, die riesig, stachelig und ganz tief über dem nächtlichen Ensk hingen. Luschbin wusste und wartete darauf, dass Lidotschka herauskommen würde, als hätte sie es ihm vorher gesagt, verpasste jedoch trotzdem den Moment ihres Erscheinens, als wäre sie nicht aus der Tür gekommen, sondern aus den grauweißen Schwaden seines Atems hervorgegangen – dünn, mit nackten Armen und Beinen, im weißen, schwerelosen Kleid, das, wie ihm schien, in dieser schrecklichen Kälte sofort erstarrte und ebenfalls sanft und kläglich zu klingen begann – wie die Sterne, wie die Luft, wie sein eigenes Herz.

Luschbin sah Lidotschka einige Sekunden lang an, als könne er nicht glauben, dass sie echt war, doch dann stürzte er zum Hintereingang und riss sich unterwegs den Pelz vom Körper.

Lange fuhren sie mit dem Auto durch das nächtliche Ensk, ließen sich einfach treiben, und Luschbin freute sich zum ersten Mal im Leben bewusst darüber, dass er einen Haufen Geld verdiente, denn im neuen Volvo war es warm und es roch gut, die behaglichen, sanften Sitze liebkosten den Rücken und die behagliche, sanfte Musik füllte erfolgreich die Stille. Lidotschka wollte nicht sagen, was passiert war, sie sagte überhaupt nichts, weinte aber auch nicht, hörte schließlich auf zu zittern, und als es dämmerte, regte sie sich sogar ein wenig, machte es sich bequemer, und Luschbin begriff, dass die Krise – was es auch immer gewesen sein mochte – vorüber war und dass man etwas sagen konnte, man musste sich nur einfallen lassen, was genau. Und Luschbin sagte mit dem Scharfsinn eines verliebten und erwachsenen Mannes genau das Richtige. »Wollen Sie an den Stadtrand fahren, Lidia Borissowna? Ich habe ein wunderbares altes Haus. Kiefern, frische Luft. Schlafen Sie sich aus, erholen Sie sich und dann fahre ich Sie, wohin Sie wollen.«

Lidotschka warf ihm einen dankbaren Augenaufschlag zu und nickte ein paar Mal mit dem Kopf, den immer noch der schneeweiße schreckliche Kranz der Wili schmückte.

Die Kiefern konnte sie bereits mit geschlossenen Augen wahrnehmen – sie waren prächtig, dreist, streckten ihre festen, rosa Körper gerade in den niedrigen, zerzausten Ensker Himmel. Es roch nach Harz, baldigem starkem Schneefall und der bevorstehenden Dämmerung, diffus, leise, erfüllt von einem feierlichen, fast glockenhellen, vielstimmigen Hundegebell.

Lidotschka saß auf der Terrasse, bis zum Hals in eine karierte Decke gewickelt. Sie hatte fast den ganzen Tag verschlafen und beim Aufwachen festgestellt, dass ihr Tutu auf einem Kleiderbügel hing und am Fußende des Bettes eine sorgfältig gefaltete Männerjeans und ein Pullover lagen. »Die Ärmel muss man natürlich aufkrempeln«, murmelte Luschbin, der aufsprang, als sie das Wohnzimmer betrat und mit beiden Händen die rutschende Jeans festhielt, »und die Hose, das haben wir gleich …« Er holte von irgendwo einen Gürtel hervor, eine Ahle und eine riesige Schneiderschere und machte im Handumdrehen die nötigen Löcher in das Leder. Dann kniete er sich vor Lidotschka hin und schnitt mit genauem, vorsichtigem Ratschen die Jeansbeine so ab, dass sie nicht über den Boden schleiften. Seine Hände zitterten dabei schwach, aber merklich.

Er bewirtete Lidotschka mit einer kräftigen, brennend heißen Brühe und entschuldigte sich lang und breit dafür, dass er sie nur mit Suppenwürfeln gemacht hatte, aber dafür ist sie heiß, Lidia Borissowna, ich kann nicht gut kochen, verzeihen Sie, aber alles andere kann ich, keine Sorge. Darf ich Ihnen das Haus zeigen, ja? Vieles ist natürlich noch nicht fertig, aber im Großen und Ganzen … Lidotschka stellte die Tasse auf den riesigen Tisch und betrachtete die geräumige Küche. Zeigen Sie es mir, bitte.

Wie sich herausstellte, war es beinahe das Haus aus ihren

Träumen, vielleicht sogar noch schöner, aber das Wichtigste war, dass es hier ruhig war, so ruhig, dass Lidotschka plötzlich glaubte, die Ereignisse des vergangenen Abends, ja, überhaupt ihr ganzes vergangenes Leben wären nur ein Albtraum gewesen, eine üble Sinnestrübung, von der sie sich langsam zu erholen begann. Luschbin führte sie von Zimmer zu Zimmer, wedelte mit den Armen und geriet in Eifer, schleppte dann einen Schaukelstuhl auf die Terrasse hinaus, gab Lidotschka kleine Filzstiefel fast in Kindergröße (ich habe sie hier im Abstellraum gefunden und wollte sie nicht wegwerfen, schade drum) und wickelte Lidotschka eigenhändig in die Decke ein. Sitzen Sie eine Weile hier, genießen Sie die frische Luft und ich bringe Ihnen einen Tee. Tee kann ich gut kochen, keine Angst.

Lidotschka stemmte die Stiefel in die Terrassenbretter und schaukelte den Stuhl ein wenig. Das letzte Mal war sie mit fünf Jahren geliebt worden – von den Eltern, und sie hatte ganz vergessen, wie sich das anfühlte. Die Zarews zählten nicht: Von sowjetischer Moral durchdrungen, die von Samisdat-Büchern und ihrer natürlichen Gutmütigkeit etwas aufgeweicht war, liebten sie alle reihum – das Vaterland, die Meisen, Ensk, Solschenizyn, einander. Lidotschka verlor sich in diesem gezuckerten Wirbelwind wahlloser Anbetung – es war einfach so, als würde man sich in einem Haufen kaum bekannter, zappelnder Menschenleiber anwärmen. Sehr warm, etwas unangenehm und überhaupt nicht auf die eigene Person gerichtet. Und nun mochte Luschbin ausgerechnet sie, das war sogar daran zu erkennen, wie er ihr eine Tasse Tee brachte, wie er schaute, wenn sie trank, dabei unbewusst die Lippen spitzte, als versuchte er, ihr zu helfen oder fürchtete, dass sie sich verbrannte. Er sorgte sich um sie. Und dieses Gefühl war unglaublich – umsorgt zu werden. Es wärmte sie.

Wie von diesen Gedanken angezogen blickte Luschbin auf die Terrasse heraus.

»Brauchen Sie etwas?«, fragte er. »Sie haben sicher Hunger? Wir können irgendwohin zum Abendessen fahren.«

Und er zog sogar den Kopf leicht zwischen die Schultern aus Angst vor einer Absage.

»Iwan Wassiljewitsch, bringen Sie mich bitte ins Haus«, bat Lidotschka.

Luschbin sah sie mit einem fast tierischen Entsetzen an – wie ein Straßenköter (dürr, die Rippen zeichneten sich auf dem ausgemergelten Körper sichtbar ab), der es seit seiner Welpenzeit gewohnt war, nur beschimpft und getreten zu werden, und nun die streichelnde Menschenhand nicht erkennt.

»Ins Haus?«, fragte er heiser nach.

»Ja, bitte«, wiederholte Lidotschka und streckte ihm die Arme unter der Decke hervor.

Luschbin hob sie unbeholfen hoch und wie bei einer Hebefigur spannte Lidotschka automatisch die Muskeln an, um dem Partner das schwere, lyrische Los zu erleichtern. Sie war eine »angenehme« Ballerina und hing nie in den Händen der Tänzer als teilnahmslose Last, als willenlose Suppenzutat aus Sehnen, Knochen und knisterndem, elektrisierendem Perlon, die man auf ausgestreckten Armen in jubelnde Höhen heben musste – hin zur verstaubten Theaterdecke, zu den künstlichen Sternen und den schläfrigen Visagen der Beleuchter, die von der endlosen Flut an Herrlichem auf ewig baff waren. Doch Luschbin bemerkte Lidotschkas Muskelanstrengungen nicht, er war erstaunt über ihre elfenhafte Schwerelosigkeit – sogar mit Pelzstiefeln, sogar wie eine Puppe in eine dicke Decke gewickelt, wog sie kaum fünfundvierzig Kilogramm.

»So leicht … Wie eine Blume …«, murmelte Luschbin und drückte Lidotschka an sich wie ein krankes Kind, das geschwächt, glühend heiß und halb ohnmächtig vom nächtlichen entsetzlichen Fieber ist. Als würde man seine zehnjährige Tochter ins Krankenhaus bringen.

Drei Schritte bis zur Eingangstür. Vier holprige Treppenfluchten – vor einem der verdrossene Rücken eines erschöpften Arztes, nicht fallen lassen, nicht fallen lassen, nicht … Schsch, halt durch, mein Sonnenschein, gleich ist alles vorbei. Ein kraftloses Aufdrücken der Eingangstür und sie mit der Schulter aufhalten, damit sie nicht zuklappt und sie stößt. Das offen stehende Hinterteil des alten Rettungswagens, das eisige, vibrierende Innere. Wein doch nicht, mein Lämmchen, Papa ist ja hier. Er verlässt dich nie. Ich verlasse dich niemals. Hörst du? Niemals.

Als hätte Lidotschka diese Angst gespürt, umfing sie plötzlich Luschbins Hals, steckte ihre Nase zwischen sein Schlüsselbein und seine Schulter, sodass er ganz nah, fast auf seiner Haut, ihre zarten, kühlen Lippen fühlte.

»Lidia Bo…, Liduschka«, presste er hervor und drückte sie an sich.

Ein kleiner Filzstiefel rutschte noch auf der Terrasse herab, der zweite im Wohnzimmer, aber das bemerkten sie beide nicht, sie waren ganz berauscht davon, wie nah sie einander waren – vor ein paar Stunden waren sie einander noch vollkommen fremd gewesen.

Mit einem Mal hatte Luschbin scheinbar hundert Hände und alle hundert waren gleichzeitig überall, kämpften mit den Knöpfen, Ärmeln, irgendwelchen unerwarteten Trägern. Und dazu murmelte er die ganze Zeit – mein Mädchen, Mädchen, Mädchen, mein Mädchen, mit weichen, heißen, feuchten Lippen, und die Lippen waren ebenfalls überall, sodass es Lidotschka mit fest geschlossenen Augen für einen Moment vorkam, als würde Luschbin sie einfach verschlingen – sie mit einem leisen, schmatzenden Geräusch aufsaugen, wie eine Nudel voll fetter Käsesoße. Sie wollte ihm helfen, wusste aber ehrlich nicht, was man tun musste, und hob deshalb einfach, wie ein Kind, die Arme und bog die Knie, damit er ihr leichter die nicht enden wollenden Kleidungsstücke ausziehen konnte, und Luschbin murmelte immerzu – Mädchen, Mädchen – und da hatten die Kleidungsstücke endlich ein Ende und Lidotschka spürte mit ihrer ganzen Haut den fremden nackten Körper – heiß, schwer, stellenweise unangenehm piksend, wie aus kratziger Wolle gemacht.

Vor Angst und Überraschung öffnete sie die Augen und erblickte einen Millimeter vor sich Luschbins Gesicht, fast wahnsinnig vor einer ihr unverständlichen Anspannung, mit geschwollenen, aufgedunsenen Lippen. Lidotschka erhaschte einen Blick auf eine riesige Falte auf seiner feuchten Stirn, auf rötliche Bartstoppeln, ins Leere blickende Pupillen, eine Reihe kurzer farbloser Wimpern, Spucke am Rand seines murmelnden Mundes – und kniff die Augen gleich wieder zu und eine gräuliche Gänsehaut überzog augenblicklich ihren Körper.

»Ist dir kalt?«, flüsterte Luschbin erschrocken, als er die harten Pusteln unter seinen Händen fühlte, und hörte gleich auf, Lidotschka zu drücken und durchzukneten, als wäre sie ein Teig aus dem Eiskeller.

Ohne die Augen zu öffnen, schüttelte Lidotschka verneinend den Kopf – der Ballettdutt verlor seine letzten Haarnadeln, löste sich auf und Lidotschka war umgeben von warmen, lebendigen, glatten Haaren, die schwach nach Kiefernluft, frischen Gurken und lustigen, kitzelnden Tabakkrümeln rochen. Dieses Aroma verschlug Luschbin fast den Atem, ließ ihn aufstöhnen und er bewegte sich noch schneller, doch dieses Mal erkannte Lidotschka schließlich das Ziel seiner hektischen Bestrebungen, und ihr war gleich leichter zumute, als wäre in einer unordentlichen Ansammlung von wirren Bewegungen ein fassbares Bild aufgetaucht – hässlich, chaotisch, aber immerhin verständlich. Fast wie beim Tanzen.

Dafür bekomme ich das Haus, dachte Lidotschka beiläufig und spreizte gehorsam, wie im Unterricht beim Plié, die trainierten Knie.

Luschbin richtete sich verzerrt, verkniffen, furchteinflößend über ihr auf den ausgestreckten, verkrampften Armen auf und Lidotschka spürte das abstoßende, rohe, enge Gefühl von etwas Fremdem in ihr – plötzlich sah sie ganz deutlich Witkowskis Gesicht, fröhlich, vertraut, herrlich, mit dem kleinen Muttermal auf dem festen, heißen Wangenknochen – und sie hielt es einfach nicht mehr aus und fing an zu weinen. Im selben Moment verkrümmte sich Luschbins Körper noch mehr, spannte sich an, sodass Lidotschka Angst bekam, er würde sterben und sie müsste weiß Gott wie in die Stadt zurückgelangen – abends, im Winter, über die verschneiten, märchenhaften Berge und Täler, bläulich, violett, vollkommen lautlos. Sie versuchte sich zu befreien, doch Luschbin stöhnte mit kindlicher, fast weinerlicher Stimme auf – mein Gott, ich kann nicht meeehr! –, dann zuckte er, noch einmal und noch einmal. Und Lidotschka begriff, dass nun alles vorbei war.

Im dämmrigen Schlafzimmer roch es nach Schweiß und dazu nach etwas Erstarrendem, Unbekanntem, Seltsamem. Luschbin saß am Bettrand, ließ die Beine baumeln, die so rotbehaart waren, als trüge er kratzige Wollstrümpfe, und allein sein nackter gebeugter Rücken machte deutlich, dass etwas Schreckliches geschehen war. Lidotschka wusste wieder nicht, was sie tun sollte, blieb für alle Fälle auf dem Rücken liegen, wischte sich nur die Tränen aus den Augen und schloss die mageren Knie – wie ein Schmetterling, der seine zarten, braunen Flügel zusammenfaltet.

»Tut es dir weh?«, fragte Luschbin, ohne sich umzudrehen, und duzte Lidotschka zum ersten Mal, als hätten ihm der Schweiß und all ihre vermischten Körperflüssigkeiten das Recht auf eine besondere Nähe gegeben. Seine Stimme war zerknüllt wie ein nicht mehr frisches Taschentuch.

Lidotschka horchte aufrichtig in sich hinein – der verletzte Meniskus schmerzte ein wenig (sicher schneite es schon oder würde jede Minute anfangen) und da war ein merkwürdiges rundes Gefühl zwischen den Beinen, als hätte jemand mit der Faust mit voller Wucht dorthin geschlagen oder als wäre sie lange, eine ganze Ewigkeit, geritten. Bei einer Aufführung auf blutigen, bis aufs Fleisch aufgeriebenen Zehen zu tanzen, als ihr die Freundinnen Glasscherben in die Spitzenschuhe gegeben hatten – das waren Schmerzen gewesen. Lidotschka erinnerte sich an die elektrisierende, siedend heiße Welle, in die sie bei jedem Spitzensprung knöcheltief eingetaucht war, und sagte leise: Nein, es tut nicht weh.

»Verzeih mir, bitte«, bat Luschbin, als hätte er tatsächlich etwas Abscheuliches getan. »Alles hätte ganz anders sein müssen. Verstehst du, ganz anders!«

Lidotschka schwieg.

Da drehte sich Luschbin mit seinem ganzen Körper zu ihr um, sodass sie bei ihm zwischen den Beinen das erblickte, was sie zuvor weder zu sehen noch zu begreifen geschafft und auch nicht gewollt hatte, und sie wandte sich erschrocken ab. Er verstand sogleich, errötete tief und bedeckte sich mit einer Ecke der zerknitterten Decke.

»Heirate mich«, sagte er leise. »Ich flehe dich an. Heirate mich, bitte.«

Hochzeit wurde im Juni gefeiert, sobald Lidotschka achtzehn Jahre alt geworden war (Galina Petrownas Bedingung) und gleich nach den Abschlussprüfungen in der Choreografieschule (Luschbins Bedingung – er hatte Lidotschka gebeten, ihre Ausbildung nicht hinzuwerfen, die Sache zu Ende zu bringen, und danach »was du willst, was du willst, mein Liebes, Ehrenwort«). Lidotschka hatte keine Bedingungen – zumindest keine erfüllbaren. Natürlich hätte sie eine ruhige Zeremonie im Standesamt bevorzugt, doch die Geschäfte von Galina Petrowna und Luschbin erforderten die Einhaltung jeglicher kaufmännischer Politesse, sodass Lidotschka sowohl das aus Paris bestellte Kleid als auch die Limousinen mit den Babypuppen, das Ewige Feuer und das Bankett ertragen musste. Luschbin war ebenfalls nicht ganz wohl wegen der Erinnerung an die vorige Hochzeit, die zwar nicht ganz so wohlhabend, aber genauso unbeholfen gewesen war. Aber am meisten quälte ihn, dass Lidotschka ihn nicht liebte. Das spürte er. Er überstürzte alles, das wusste er, aber es ging nicht anders, das wusste er noch besser. Mit der Zeit kommt die Liebe, sagte irgendein resolutes Frauenzimmer im Standesamt, als sie sah, dass Lidotschka beim »Ja« kaum die bleichen Lippen bewegte. Unsinn, fuhr Galina Petrowna sie derart bösartig an, dass das Frauenzimmer zurückwich und erschrocken den fahrig geschminkten wulstigen Mund aufklappte. Galina Petrowna wartete kaum das Ende der Zeremonie ab, trat an Lidotschka heran, zog sie an der Hand, als wollte sie sie ausreißen, und zischte ihr wütend, innerlich fast kochend direkt ins Gesicht:

»Also, Mädchen, ich habe mich dir gegenüber schuldig gemacht, keine Frage, schuldig, und du weißt nicht einmal, wie sehr.« Galina Petrowna holte für einen Augenblick Luft und erinnerte sich an die schöne weise Frau, zu der sie gleich nach Boriks Geburt gegangen war, wie dumm von ihr, so dumm, und mit niemandem konnte man darüber reden! Die weise Frau hatte ganz ehrlich gesagt – was auch immer du von mir willst, wer wird dafür zahlen, meine Liebe? Und das Wichtigste – womit? Alles wird schließlich auf die Kinder übergehen, auf die Enkel. Galina Petrowna schloss die Augen und hörte ihrer eigenen Stimme zu – na, dann sollen sie eben zahlen, das ist mir doch egal. In Galina Petrownas Kopf lachte die weise Frau wieder mit ihren schrecklichen ebenmäßigen Zähnen und sagte – so ist es gut, das liebe ich!

Lidotschka schaute sie verständnislos an, ganz blass war sie, blasser als ihr Kleid, nur die Brillanten am Hals und in den Ohren brannten mit einem lebendigen, gierigen, märchenhaften Feuer. Galina Petrowna hatte weder gespart noch gegeizt und der Enkelin zur Hochzeit ihre besten Steine geschenkt. Aber es war ihr nicht leichter geworden.

»Wenn er unerträglich wird oder du einen Jüngeren willst, dann warte nicht, hörst du? Versündige dich nicht an dir selbst. Verlass deinen Mann und lebe, wie du möchtest.«

»Ich verstehe nicht«, gestand Lidotschka aufrichtig.

»Macht nichts, bald wirst du es verstehen«, versprach Galina Petrowna und lachte unvermittelt seltsam, beinahe wiehernd auf. Als wäre ihr Lidotschkas Hochzeit im Hals stecken geblieben und sie könnte sie einfach nicht heraushusten.

»Von mir bekommst du noch ein Geschenk, wart's ab«, sagte sie schließlich, drehte sich auf dem Absatz um und verließ das Standesamt.

Als die endlose Hochzeit endlich doch vorbei war, fuhren die Luschbins nach Hause, vor die Stadt, und beide fühlten sich erleichtert. Der Sommer erwies sich als unerwartet schön und warm – Lidotschka und Luschbin arbeiteten unermüdlich im Haushalt und am Haus selbst, näherten sich vorsichtig, sich kaum berührend, einander an, sodass Luschbin im August, als er hörte, wie seine Frau in der Küche leise sang, während sie das Abendessen zubereitete, sogar glauben konnte, Lidotschka werde ihn nicht erst irgendwann lieben, sondern schon sehr, sehr bald.

Als Galina Petrowna ihn telefonisch zu sich in die Bank beorderte, war er erstaunt. Mit Lindts Witwe hatte Luschbin keinerlei gemeinsame finanzielle Angelegenheiten, er plante prinzipiell nicht, welche zu haben, und nach seinem Befinden hätte sie sich auch am Telefon erkundigen können. Doch es wäre unvernünftig gewesen, sich mit der einzigen Verwandten seiner Frau zu streiten, und so ließ Luschbin alles liegen und stehen und fand sich zum gewünschten Zeitpunkt am gewünschten Ort ein. Galina Petrowna erwartete ihn in ihrem geräumigen Arbeitszimmer und Luschbin war wieder einmal verblüfft, wie schön sie war, außergewöhnlich schön und jung aussehend für ihr Alter. Direkt unangenehm. Neben ihr scharwenzelte irgendein durchtriebener Typ herum – er ähnelte einem Tampon, den ein Hund herumgezerrt und angesabbert hatte.

»Also«, sagte Galina Petrowna, ohne zu grüßen. »Hier ist ein Käufer für euer Haus. Er zahlt gutes Geld und möchte im Herbst einziehen, also sehr bald.«

»Was?« Luschbin traute seinen Ohren nicht. »Was für ein Käufer? Was für ein Haus?«

»Euer Haus«, wiederholte Galina Petrowna. »Was ist daran nicht zu verstehen?«

»Und wir?« Luschbin verstand immer noch nichts.

»Ihr geht nach Moskau.«

»Aber warum denn nach Moskau?« Luschbin konnte nicht einmal in Wut geraten, so absurd war das Ganze.

»In Moskau ist das Bolschoi-Theater, Idiot.« Galina Petrowna nahm einen Stoß Blätter vom Tisch und wedelte mit ihnen herum. »Hier, siehst du, Preisträger, Delegierte, noch irgendwelche Wichser und andere Kunsttätige. Alle schreiben sie Anträge, dass Lida tanzen muss, im Bolschoi beißen sie sich in den Arsch, weil sie nicht zu ihnen gekommen ist. Man sagt, sie hat großes Talent – eine zweite Pawlowa sei sie, bla, bla, bla.« Galina Petrowna wedelte wieder mit den Blättern und schüttelte sich angewidert. »Ich hasse Ballett. Es widert mich an. Aber da kann man nichts machen.«

Dann schwieg sie, alle schwiegen sie, nur der Tamponmann knackte nervös mit den Fingerknöcheln.

»Für die Wohnung wird es euch wohl reichen, wenn es zu wenig ist, dann zahle ich dazu. Beim Geschäft helfe ich auch. Das ist mein letztes Geschenk an Lida«, sagte Galina Petrowna endlich. »Ich hoffe, jetzt bin ich mit ihr quitt. Das ist alles, du kannst gehen, verpiss dich.«

Luschbin machte kehrt und trollte sich. Das Ballett liebte er ebenfalls nicht. Doch das Talent seiner Frau einfach zu übergehen hatte er auch nicht vor. Zuerst wollte er zurück ins Büro, überlegte es sich jedoch anders und fuhr gleich zur Stadt hinaus. Lidotschka war wie immer in der Küche, aus der lange Wellen aufregender Düfte herauszogen und sich miteinander vermischten.

»Liduscha!«, rief Luschbin von der Schwelle. »Ich bin's!«

Lidotschka blickte heraus – sie trug einen kurzen Trägerrock, ihre Wangen waren vom Herd gerötet, sie sah ganz wie ein kleines Mädchen aus, keine Spur von einer Achtzehnjährigen. Vierzehn, wenn's hochkommt.

»Was machst du so früh hier?«, fragte sie erschrocken. »Ist etwas passiert?«

»Nein«, sagte Luschbin. »Eigentlich ist doch etwas passiert, aber etwas Gutes. Galina Petrowna macht dir, wie versprochen, ein Geschenk.«

Lidotschkas Gesicht veränderte sich noch mehr und Luschbin spürte plötzlich, dass er etwas Schreckliches, Unwiderrufliches machte, vielleicht den größten Fehler seines Lebens.

»Und wonach riecht es hier so köstlich?«, fragte er. »Dieser Geruch verwirrt mir den Kopf.«

»Königssuppe und Wiener Würstchen«, sagte Lidotschka lustlos. »Was ist mit Galina Petrowna? Was für ein Geschenk?«

Luschbin atmete tief ein und gestand:

»Wir ziehen nach Moskau um. Du wirst im Bolschoi tanzen, man erwartet dich dort schon, es wird sogar ein Repertoire vorbereitet.«

Lidotschka schwieg und ihr Gesicht erstarb langsam, erstarrte wie ein Wachsabguss, verwandelte sich in die Grimasse einer toten Wili, in das Gesicht des Mädchens im Tutu, das auf der eisigen Eingangstreppe des nächtlichen Theaters zu Stein erstarrt war. Luschbin kam es sogar vor, als würde sie Kälte ausstrahlen – jene schreckliche Kälte, die von innen klirrt.

»Und das Haus?«, fragte Lidotschka.

»Das Haus verkaufen wir, eigentlich kannst du es schon als verkauft ansehen. Morgen unterschreiben wir die Dokumente und dann können wir packen.«

Lidotschka schwieg noch eine Minute und sagte mit ruhiger Stimme:

»Gut. Zieh dich aus, wasch dir die Hände und dann essen wir.«

Mitten in der Nacht wachte Lidotschka wie von einem Stoß auf und konnte sich lange nicht besinnen, wer da neben ihr lag – ein kurzgeschorener fahler Hinterkopf, eine tiefe Falte am Nacken, eine sich friedlich mit der Atmung hebende und senkende Decke. Das Haus erkannte sie hingegen sofort, noch bevor sie die Augen geöffnet hatte. Es war ganz genau wie in ihren Träumen, nur besser – vollkommen vertraut. Und es wollte Abschied nehmen.

Lidotschka setzte sich auf und suchte mit den Füßen nach den flauschigen Pantoffeln – sie waren noch zu neu, ungewohnt, wie auch der Pyjama mit dem lustigen Aufdruck, wie der Ehering, wie ihr ganzes jetziges Leben, auf dem so viele Hoffnungen lagen, dass sich natürlich keine einzige erfüllen konnte. Lidotschka wanderte leise durch die dunklen Zimmer, ohne einen Fehltritt, ohne Unsicherheit – sie hatte dieses Haus schon vorher ohne jegliches Licht in- und auswendig gekannt, hier dieser Harztropfen unter der streichelnden Hand, dieses angenehm knarrende Dielenbrett, dieser Geruch – der verschlafene und reine Atem ihrer Zukunft, und die Treppe in das Obergeschoß, die leise, aber klar sang, als wäre sie eine alte Gesangslehrerin, die sich die schwachen Stimmbänder im Laufe ihres Lebens verschlissen hat, doch nach wie vor die Musik liebt – unerwidert, schüchtern, nur für sich selbst.

Luschbin hatte natürlich vieles umgebaut – jedoch erstaunlich geschickt und gut, ohne das Wesen und den Kern des Hauses selbst zu zerstören. Lidotschka ließ drei neue, kürzlich angebaute Zimmer aus, freute sich im Stillen, wie tüchtig ihr Mann war und wie gelungen er alles eingerichtet hatte, besonders die zweite Terrasse hinter dem Haus, die direkt zum Wald hinausging, sodass man morgens die Stufen hinablaufen und frische Wildblumen für den Frühstückstisch abschneiden konnte, mit der Zeit vielleicht auch frische Pilze zum Braten – schließlich hatten sie vor, Reizker und Pfifferlinge in der Nähe des Eingangs anzusiedeln, das ist gar nicht mal so schwierig, Hauptsache, man bringt Geduld mit und lässt die Finger von Steinpilzen, sie sind empfindlich und sterben in so einer auferlegten Gefangenschaft sogar. Außerdem planten sie, Eichhörnchen zu zähmen, Luschbin sagte, der Wald sei voll von ihnen, und Lidotschka hatte schon Angst, dass die Eichhörnchen mit den Katzen Auseinandersetzungen haben könnten – möglicherweise sogar bewaffnete, aber dafür würden die Kinder viel Freude mit den Eichhörnchen haben. Luschbin hatte nur gelacht, denn bei ihnen konnte noch keine Rede von Kindern oder Katzen sein, ja, und die Eichhörnchen, Liduschka, zieht es auch noch nicht so recht zu uns, wie du selbst merkst. Aber mach dir keinen Kopf, sobald wir mit dem Umbau fertig sind, kommen sie gelaufen. In Scharen. Da wird's deinen zukünftigen Katzen das Fell sträuben! Lidotschka erwiderte sein Lachen, linkisch, immer noch ganz verlegen, und Luschbin drückte sie ungeschickt an sich und murmelte wie bei einem Zauberspruch – ichliebedichohmeingottwieichdichliebe. Er nannte sie scherzhaft Liduschka, und das klang fast so zärtlich und fröhlich wie das Barbariska der Eltern. Sie würde sich natürlich an alles gewöhnen. Ganz bestimmt würde sie das, Luschbin war ein guter Kerl, und Lidotschka konnte Gutes von Schlechtem unterscheiden. Aber sie hatte trotzdem nicht Luschbin geheiratet, sondern dieses Haus.

Lidotschka strich über das frisch gehobelte, glatte Terrassengeländer, das sich warm und menschlich anfühlte, und das Haus seufzte, genoss die Liebkosung, bereitete sich auf den Abschied vor und fand sich gleichzeitig mit ihm ab. Es war nicht dunkel, eher dämmrig, und wie Lidotschka im warmen, halbdurchsichtigen Sirup der diffusen nordischen Nacht so dastand, begann sie plötzlich zu weinen – so bewusst, wie sie seit langer, langer Zeit nicht geweint hatte. In der schrecklichen Ballettwelt, in der sie aufwuchs, waren Tränen die einfachste, alltäglichste, gewöhnlichste Sache der Welt und bedeuteten deshalb fast nichts. In der Choreografieschule hatten alle geweint – aus Schmerz, an den man sich einfach nicht gewöhnen konnte, aus Erniedrigung, denn ohne Erniedrigung gab es kein Ballett, aus Angst, dass man hinausgeworfen wurde, aus Kränkung, aus Wut und wieder aus Schmerz, und die Alltäglichkeit dieser Tränen beraubte sie jeglicher Bedeutung und jeglichen Sinns, verwandelte sie in eine normale physiologische Handlung, was automatisch sowohl Leid als auch Mitleid ausschloss. Die jetzigen Tränen waren ganz andere – schwer, langsam und so echt, dass sie sogar zu dampfen schienen.

Sie weinte lange, bis sie begriff, dass auch das vollkommen hoffnungslos war – alles war entschieden, deshalb musste sie sich waschen, sich schnäuzen, wieder ins Bett gehen, die Dämmerung abwarten und dann eigenhändig die Sachen packen, sich auf die Abreise nach Moskau vorbereiten, von dem alle träumten und das für Lidotschka nur ein flaches Bild in einem Kinderbuch war, für sie komplett bedeutungslos, leblos, plump. Sie würde weiterleben und weitertanzen müssen. Ach Gott – wieder tanzen!

Lidotschka ging ins Haus zurück, betrat, ohne eine einzige Diele knarren zu lassen, das Badezimmer, das ebenfalls von Luschbin angebaut und eingerichtet worden war – geräumig, mit Holzdielen, einem geflochtenen Wäschekorb und hochmoderner Sanitärtechnik, die sich geschickt altmodisch gab – allein die dickbauchige Badewanne auf den geschwungenen Füßen hatte ein Vermögen gekostet. Und dann gab es hier noch ein Fenster – ein echtes, großes Fenster, das Lidotschka gleich aufriss und einige alte, ganz verwilderte Apfelbäume und den Geist eines vergangenen, zukünftigen Gartens zu sich hereinließ, den sie gleich im kommenden Frühling hatte anlegen wollen – Apfelbäume, Birnbäume, unbedingt ein paar Pflaumenbäume und sogar Sauerkirschen, die beiden Arten Sandkirsche und Filzkirsche lassen sich sehr gut überwintern, geben eine köstliche Konfitüre ab, eignen sich für Kuchen und wenn erst die Enkel kommen … Lidotschka brach ab und ließ ihre Augen ratlos durchs Badezimmer schweifen.

Welche Enkel?

Bereits in einer Woche würden hier völlig fremde Menschen wohnen.

Aus irgendeinem Grund öffnete sie den Schrank, zählte mit den Augen die Dosen und Flakons durch – die meisten gehörten Luschbin, und ihr Blick blieb am Rasierzeug hängen, das alt war, noch aus der Sowjetzeit, mit schwerem Knochengriff und auswechselbarer Klinge. Papa hatte sich irgendwann so rasiert. Lidotschka musste über Luschbins Schwäche für alte Dinge lächeln, sie taten ihm leid, als wären sie lebendig – das war noch ein Berührungspunkt, eine schlafende Knospe, aus der mit der Zeit ein guter, kräftiger Ast wachsen könnte. Vielleicht sogar Liebe. Doch dafür war das Haus nötig. Dieses Haus. Ihr Haus.

Lidotschka warf die Schranktür zu und drehte heißes Wasser auf, das hart und dumpf auf dem Wannenboden aufprallte. Sie musste baden. Sie musste fahren. Sie musste tanzen. Musste. Musste. Musste. Sich zu weigern fiel ihr gar nicht erst ein. Einfach sagen: Nein, wir fahren nirgendwo hin. Ich fahre nicht. Ich will einfach nicht. Doch Lidotschka war von klein auf beim Ballett gewesen, wo ein Nein nur in Verbindung mit einem Imperativ verwendet wurde. Nein, du machst das jetzt! Nein, du springst! Nein, du kannst das! Das war ein ganz anderes Nein, aber Lidotschka kannte es nur so.

Sie schlüpfte aus dem Pyjama und betrachtete sich mit kaltem, abschätzendem Blick im riesigen, fast bis zur Decke reichenden Spiegel, als würde sie einen fremden, unsympathischen Menschen ansehen – verdrehte Füße, knochige Arme, grobe, vom Hunger und von der Anstrengung hervorstehende Hüftknochen, die drahtigen, kräftigen Muskeln eines Leichtathleten unter einer hässlichen, gelblichen Haut. Die Apparatur zur Erzeugung absurder Körperbewegungen. Ein Scheusal. Eine Idiotin. Eine jämmerliche, scheußliche Idiotin.

Sie sah wirklich nichts, was Luschbin den Kopf verdreht haben könnte und andere Männer zwang, sie mit vor Begeisterung geradezu erschrockenen Blicken zu verfolgen – nicht den kaum merklichen, aber so anmutigen Busen, nicht das Muttermal auf dem grazilen langen Hals, nicht das lockige hochgesteckte Haar, nicht die Schulterpartie – klar und ausdrucksstark, wie die späten Gedichte von Georgi Iwanow, bereits ohne Hoffnung, sterbend, verbittert. Schick Salzgurken und, wenn du einen auftreiben kannst, russischen Hering. Georgi bittet sehr darum. Ihm geht es schlechter.

Lidotschka stemmte sich automatisch gegen den Rand des Waschbeckens wie gegen eine Ballettstange, und ihr Körper, gedrillt, ganz fremd und verhasst, nahm sogleich eine vertraute Position ein, sodass Lidotschka selbst nicht begriff, wie sie sich noch stärker aufrichtete und mit mechanischer Geschicklichkeit wie vom Teufel besessen plötzlich außerordentlich anmutig und schnell einen Battement tendu von der ersten in die fünfte Position in alle Richtungen ausführte und dann einen herrlichen Grand battement zur Seite warf, um schließlich wieder mit einem wächsernen, freundlichen Gesicht vor dem Spiegel zu erstarren, wie in Erwartung eines Beifalls. Sie hatte das so schnell gemacht, dass sie selbst erschrak, als würde sie – zum ersten Mal im Leben – unmittelbar eine schreckliche äußerliche, dämonische Macht über sich spüren, die ihr jeden Augenblick den Boden unter den Füßen wegziehen konnte, und das im direkten, physischen Sinne des Wortes. Sogar ihr Körper, sklavisch und mit Hass erzogen, war gegen sie. Furchtbar. Wirklich furchtbar.

Lidotschka öffnete wieder den Schrank, schraubte mit bebenden Händen Luschbins Rasierer auf und klopfte die Rasierklinge heraus auf ihre Handfläche. Die Klinge schimmerte lila, trug die Aufschrift »Leningrad« und hatte winzige Rostflecken direkt auf der scharfen, fast nicht sichtbaren schmalen Kante. Die Fingerkuppen wurden gleich feucht und kalt. »So ist es richtig«, sagte Lidotschka laut aus Angst, es sich anders zu überlegen. »Das hätte ich schon längst tun sollen. Wir fahren nicht in irgendein Moskau. Wir fahren besser nach Leningrad. Leningrad, Leningrad, kauf dir dort ein flottes Rad! Ob rot! Ob gelb! Ob blau! Wähl eins aus, doch schau genau!« Sie kniff die Augen zusammen und zog sogar zischend die Luft ein, aber es tat überhaupt nicht weh. Das war's, beruhigte sie sich selbst, denn sonst gab es niemanden, der sie hätte beruhigen können. Das war's. Und ohne die Augen zu öffnen, legte sie sich eilig in die fast vollgelaufene Wanne.

Das warme Wasser plätscherte leise um ihren Hals herum – als würde es die Haut mit seinem nackten, glatten Zahnfleisch streicheln. An den Handgelenken und Fußknöcheln kitzelte es fast angenehm, aus dem offenen Fenster wehte in schwachen Wellen ein Lüftchen herein, kaum spürbar, zärtlich, sommerlich, und gemeinsam mit dem Lüftchen kam schubweise eine sanfte Müdigkeit angeflogen, wie nach einem langen, ganztägigen, glücklichen Waldspaziergang, wenn die Haare voll Sonnenschein und trockenen Tannennadeln sind und am Arm ein schwerer, leicht knirschender Korb mit Pilzen hängt, die man bis tief in die Nacht waschen und putzen muss, um am nächsten Tag einen ganzen Topf davon zu kochen – mit Muskatnuss,

Petersilie und saurer Sahne, doch die Augen fallen einem zu, die Wimpern sind so schwer, der schwere Duft schwirrt einem im Kopf herum – feuchtes Dickicht, Farne, sonnengewärmte Rinde, nein, nicht schlafen, nicht schlafen, nicht schlafen, geht denn eine gute Hausfrau ins Schlafzimmer, bevor in der Küche nicht alles erledigt ist?

Das Messer, das ihr aus den zitternden Fingern gerutscht war, klirrte auf den Boden des Waschbeckens – Lidotschka zuckte erschrocken zusammen und wachte auf.

Es war hell und irgendwie kalt. Hastig zog sie den Pyjama direkt über den nassen, widerspenstigen Körper, tastete nach der Tür und fand sich nicht im erwarteten Korridor wieder, der mit einem zart duftenden, goldfarbenen Paneel verkleidet war, sondern auf der Schwelle einer völlig unbekannten Wohnung – leer, weiß und irgendwie unbewohnt, wie gleich nach einer Renovierung. Vor ihr gab es nur eine Tür und Lidotschka, die eher verwundert als erschrocken war, eilte zu ihr hin und hinterließ auf dem leicht angestaubten Boden glatte, nackte, nasse Spuren. Genau wie nach einer Renovierung. Ach, diese Bauarbeiter! Nicht einmal ausgekehrt haben sie!

Wie schon die erste gab auch diese Tür leicht nach und Lidotschka machte einen Schritt und begriff, dass sich das nächste Zimmer nicht im Geringsten vom vorigen unterschied: dieselben mit Kalk bekleckerten Holzböcke in der Ecke, dieselben glatten Wände ohne auch nur ein einziges Fenster und sogar die Tür am anderen Ende war dieselbe. Eine neue, hochwertige Importtür. Eichenfurnier. Goldene Beschläge. Und hinter dieser Tür – noch eine und noch eine. Eine Zimmerflucht.

Lidotschka schritt schneller, doch die Zimmer veränderten sich nicht, zogen eines nach dem anderen vorbei und öffneten sich – hell, leer, gleich. Nicht furchteinflößend, nein. Nur seltsam – und daher unangenehm. Lidotschka versuchte, sie zu zählen, verhaspelte sich aber bald und ging einfach nur immer weiter, teilte mit ihren Schultern die Luft – die ebenso glatt, hell und unbewohnt war wie alles andere.

Als sie die nächste Tür öffnete, fühlte sie sich jäh müde werden und sogleich – als hätte sich diese Müdigkeit manifestiert – bemerkte sie, dass der Staub im Zimmer zunahm, dass die Böcke dunkler und schiefer zu werden schienen. Lidotschka blieb stehen und blickte sich um, als wollte sie jemanden fragen, ob man von der Route abweichen durfte. Doch hinter ihr war alles leer, und soweit das Auge reichte, klafften – immer kleiner und entfernter – offen stehende Türen. Lidotschka trat vorsichtig an die Holzböcke heran, berührte die knackenden, aus dem Leim gegangenen Bretter und sah erst jetzt, aus der Nähe, an den Wänden, die vorher weiß getüncht und glatt gewesen waren, ein kaum erkennbares Spinnennetz feinster Risse.

Lidotschka blickte sich noch einmal um und spürte, wie die aufkommende Angst mit leiser Pfote ihr Haar berührte. Sie wollte schreien, jemanden rufen, stellte sich aber vor, wie ihre Stimme leiser werdend durch die endlosen Zimmer hallte, und sie versuchte, sich schweigend zu beruhigen. Das sind nur Zimmer. Viele Zimmer. Ich schlafe nur. Ganz bestimmt schlafe ich. Doch sie schlief natürlich nicht.

Lidotschka fasste die Bauarbeiterböcke wieder an – und mit einem leisen Klirren fiel ein jämmerlich verbogener Nagel mit rostig-rotem Kopf herunter. Sie bückte sich, um ihn aufzuheben, und verschluckte sich sogleich, als sie ihre ausgestreckte Hand sah – die dünne, trockene, über den Knöcheln faltige Hand einer alten Frau.

Ihre eigene.

Sie lief durch mehrere Zimmer, mit fest geschlossenen Augen, tastend, ohne etwas zu hören außer dem Pfeifen in den eigenen Lungen. Hallend und schaurig schlugen die Türen zu, hallend und schaurig pochte in den Schläfen und im Hals ihr Herz, und Lidotschka schien es, als würde es mit jedem Schritt größer und größer, der Körper dagegen zöge sich zusammen, verschrumpelte, verwandelte sich in eine Mumie, in eine feste, harte Puppe, zerfiele zu Staub.

Schließlich ging Lidotschka die Puste aus, sodass sie stehen blieb und die Augen öffnete. Das Zimmer war immer noch dasselbe, nur noch verfallener. Der Staub lag in dicken, stummen Flocken in den Ecken, an den Holzböcken brach mit lautlosem Knirschen ein Bein ab und sie gingen mit leisem, ganz menschlichem Seufzen in die Knie. Lidotschka betastete fieberhaft ihr Gesicht, die Haare, begriff aber nichts und hob wieder die Hände vor die Augen – ja. Sie hatte es sich nicht eingebildet. Sie alterte. Mit jedem Zimmer. Mit jedem Schritt. Wurde sie älter. Nein, sie alterte gar nicht. Sie starb.

Lidotschka wurde sich dessen jäh bewusst, und die Angst, die sie so lange und hartnäckig verfolgt hatte, die Angst vor dem Altern, verschwand augenblicklich, als könnte das Alter selbst als Einziges diesen Albtraum verschlingen und als bliebe nichts mehr, wovor man sich fürchten musste, sobald es da war. Lidotschka hielt eine Weile inne, ohne zu wissen, was sie nun tun sollte, dann fasste sie sich ein Herz und ging weiter, vorwärts, setzte langsam einen schweren, unansehnlichen Fuß vor den anderen – die Füße einer professionellen Ballerina, die mit jedem Schritt weiter zerflossen, sich in die nackten, hässlichen Füße einer alten Frau verwandelten. Sie drehte sich nicht mehr um, denn hinter ihr *war* etwas, das fühlte Lidotschka genau, und dieses Etwas, nicht sichtbar, doch spürbar, bedrängte sie schwer und träge und jagte sie vor sich her. Das Gehen fiel ihr schwer, sie sah immer schlechter, immer mehr Altersflecken reiften wie Buchweizen auf ihren Händen heran, die ganz runzlig, jämmerlich, zittrig waren, es gab immer weniger Licht, immer mehr Staub, und als die Holzböcke in den Ecken sich endgültig in einen vergammelten Müllhaufen verwandelt hatten, wusste Lidotschka, dass die Tür vor ihr die letzte war.

Jetzt sterbe ich, dachte sie vollkommen ruhig und drückte mit letzter Kraft die mit der Zeit dunkel gewordene verwitterte Klinke hinunter.

Die Straße glänzte nass und schwarz wie ein abgeschleckter Lakritzlutscher.

In der dicken Säule des Laternenlichts zitterte ein leuchtendes Nieseln, es roch nach früherem Regen, heißem Schmalzgebäck und starkem Kaffee aus einem glühend heißen türkischen Kupferkännchen. Langsam bog ein Auto um eine Ecke, klapperte über das holprige, glänzende Straßenpflaster und seine gewölbten Seiten reflektierten kurze neonfarbige Lichtblitze, vorbeiziehende Fenster und die gebogenen rosa Röhren in der Form des Wortes »Kaffeehaus«. Über den Bürgersteig lief ein Rudel Jugendlicher in kurzen raschelnden Regenmänteln, das äußerste Mädchen streifte Lidotschka mit ihrer feuchten Schulter und lächelte nur, anstatt sich zu entschuldigen. Ihre Zähne blitzten ebenfalls feucht, rund und glatt wie die Kieselsteine vom Strand in der Kindheit. Am Schwarzen Meer.

Lidotschka erwiderte das Lächeln automatisch, doch das Mädchen war bereits, über ihre eigenen Beine in den durchnässten Strumpfhosen stolpernd, um die Ecke gebogen und hatte die Wolke von halbkindlichem, aufgeregtem Geplapper und fast körperlich spürbarem Glück mit sich genommen. Lidotschka blickte ihnen hinterher und stellte erst jetzt fest, dass sie auf einer völlig unbekannten Straße stand – lebendig, achtzigjährig, im gelben Pyjama mit einem dickbäuchigen Kater knapp über dem Herzen aufgenäht, und der Abend legte ihr vorsichtig einmal die eine, einmal die andere eiskalte, nasse Hand auf den Rücken. Herbst, dachte Lidotschka, ohne sich zu wundern. Frühherbst. Oder Spätfrühling. Und bei uns ist jetzt Sommer.

Noch ein Passant überholte sie, ein kräftiger grauhaariger Mann mit einem riesigen deutschen Schäferhund an der Leine.

Der Hund stupste Lidotschka im Vorübergehen mit seiner ledrigen, freundlichen Schnauze an. Schämst du dich denn nicht?, rügte der Mann den Schäferhund leise und beruhigte Lidotschka – keine Angst. Er beißt nicht. Ich habe keine Angst, antwortete Lidotschka und streckte die Hand aus, um dem Hund über den gewaltigen, kindskopfgroßen, warmen Schädel zu streicheln, doch der Schäferhund wandte sich vornehm ab und Lidotschkas Hand blieb in der Luft hängen – jung, zart, voller starkem, heißem Blut.

»Barbariska!«

Eine Stimme, klangvoll, etwas brüchig vor Aufregung, fast vergessen, doch trotzdem unglaublich, physisch vertraut, drang über die nasse Straße und prallte wie ein Ball vom Straßenpflaster ab, von den Laternenmasten, von den nassen, wie von Ameisen bedeckten Wänden.

»Barbariska!«

Lidotschka drehte fieberhaft den Kopf hin und her – und ja, über den Bürgersteig lief jemand auf sie zu, die Arme zu einer freudigen Umarmung geöffnet, eine kleine Person mit Locken, im dünnen, graublauen, zellophanartig knisternden Regenmantel, ganz genau so einem wie ... Lidotschka schritt ihr entgegen, die ungläubig zusammengepressten Hände an die Brust gedrückt, als versuchten sie, der aufgenähten Katze die Augen zuzuhalten.

»Ma«, erwiderte sie mit gedämpfter, heiserer Stimme. »Ma.«

Die Hauspantoffeln hatten die schwarze, nächtliche Feuchtigkeit aufgesaugt und schmatzten nun leise, aber vernehmlich.

»Mamotschka!«

»Barbariska!«

Sie umarmten sich so fest, dass sie fast umfielen, Lidotschka stieß sich ordentlich die Schulter und bemerkte es nicht einmal, vergrub sich wie eine Blinde, wie ein kleines Mädchen, in die vertraute, zärtliche, einzigartige Wärme, Mamas Wangen, Mamas Ohrläppchen, glühend, durchscheinend, mit einfachen Goldohrringen, die immer verloren zu gehen drohten, Mamas Lachen, Mamotschkas besonderer, vertrauter Geruch, der nicht vergehen wollte, der bereits aus dem Gedächtnis verschwunden war, aber noch lange, lange im Schrank weiterlebte, den längst die Zarews besetzt hatten, Lidotschka öffnete manchmal heimlich die Schranktüren und atmete mit geschlossenen Augen alles auf einmal ein – den Schmerz, die Sehnsucht, die fließenden Tränen, die letzten Moleküle ihrer Kindheit, aber sie tat es selten, sehr, sehr selten. Sie befürchtete, Mamas ganzen Geruch wegzuatmen und schließlich vollkommen, endgültig allein zurückzubleiben. Mamotschka, Mamotschka, mein Gott, Mamotschka, wie konnte ich nur ohne dich sein, wie konnte ich nur die ganze Zeit ohne dich sein!

Mamotschka küsste sie mit heißen, fröhlichen Lippen, wo sie sie nur erwischte, dann begann sie plötzlich, an ihr zu rütteln und sie abzutasten, als wäre Lidotschka aus einer schrecklichen Höhe heruntergefallen und nun müsste man sicherstellen, dass alles heil war – die Knochen, die Muskeln, die Bänder, nicht einmal die Strumpfhose war zerrissen. Glück gehabt, nur kletter ja nie mehr auf den Dachboden hinauf! Versprichst du das? Wie spindeldürr du geworden bist, flüsterte Mamotschka mit von nahen Tränen erstickter Stimme Lidotschka zu, die sich irgendwo beim Schlüsselbein verbarg. Ganz mager. Nichts als Haut und Knochen. Lidotschka wollte etwas sagen, konnte aber nicht – und beide begannen sie gleichzeitig zu weinen und zu lachen, wie es nur Frauen vermögen, und wieder umarmten und drückten sie einander, ohne auch nur daran zu denken, dass sie mitten auf der Straße standen, und sie wiederholten nur die ganze Zeit: Wie geht es dir? Wie? Mein Gott! Mamotschka! Barbariska! Wie geht es dir ohne mich? Und dir? Und dir? Wie?

Sie beruhigten sich genauso schlagartig – als hätten sie sich voneinander abgeschaltet, und Lidotschka fühlte gleich, dass sie fror. Sie zog die Schultern zusammen und Mamotschka umarmte sie gleich wieder, zog sie an sich – unter ihren Flügel, unter ihren Mantel, der innen, wie sich herausstellte, auch mit der unvergessenen, vertrauten, zärtlichen, etwas schwülen Wärme gefüttert war. »Pani Walewska«. Ein Flakon aus traumhaft blauem Glas, auf der Seite der weiße, lockige Kopf einer leichtsinnigen polnischen Schönheit. Lidotschka sog den einfachen Duft ein – nur zwei Noten –, kniff verzückt die Augen zusammen, schmiegte sich mit dem ganzen Körper an, so fest, dass man nicht unterscheiden konnte, wo ihr Herz klopfte und wo das von Mamotschka. Mein Töchterchen, sagte Mamotschka freudig und rieb ihre Wange an Lidotschkas Haar. Gehen wir schnell. Papa hat dich auch schrecklich vermisst.

»Papa?« Lidotschka wand sich aus dem Mantel hervor, tat einen Schritt zurück und blickte ungläubig drein – als wäre sie noch klein, wie von unten herauf, obwohl sie und Mamotschka nun gleich groß waren. Möglicherweise war Lidotschka sogar etwas größer. »Aber wie? Ist Papa etwa auch ...« Lidotschka wollte sagen »auch gestorben«, brachte es aber nicht über die Lippen. Daran konnte sie nicht glauben. Nicht einmal jetzt. Nicht einmal hier.

»Aber ja doch.« Mamotschka hob verwundert die Brauen, begriff dann plötzlich, seufzte schwer und presste die Hände auf den Mund – der bekannte Ehering funkelte, er war breit, gewölbt, mit einem gelblichen Brillanten in die Goldmasse gepresst. »Hat dir deine Großmutter etwa nichts davon gesagt?«

Lidotschka schüttelte den Kopf – nein, nichts. Das heißt, sie hat natürlich gesagt, dass Papa weggegangen ist. Zum Arbeiten. Stimmt das etwa nicht? Er hat mir doch zu allen Festtagen Ansichtskarten geschickt. Lidotschka erinnerte sich an die Schachtel, in die sie die mit Blumen, Bären und Luftballons bemalten Karten ordentlich abgelegt hatte. Bunte Briefmarken. Eine eilige, schwungvolle Handschrift. »Meine liebe Tochter! Herzlichen Glückwunsch! Lern fleißig und hör auf deine Großmutter. Dein Papa.« Die Tinte einmal blau, ein andermal schwarz. Ein unentzifferbarer Stempel. Kein Absender. Niemals.

Mamotschka seufzte wieder.

»Aber nein, welche Ansichtskarten? Er ist wirklich weggegangen, nur ... Also, eigentlich gleich nach meinem Begräbnis. Stell dir vor, er ist nach Adler zurückgekehrt, also dorthin, wo wir am Schwarzen Meer waren, erinnerst du dich? Natürlich war unser Zimmer schon besetzt, aber irgendwie hat er ... Also, man gestattete ihm, im Nachbarzimmer zu übernachten, und er, dieser Dummkopf ... Ach, wie ich mit ihm geschimpft habe, das kannst du dir nicht vorstellen! Dich ganz allein zurückzulassen! Aber was konnte man schon tun? Man fand ihn erst am nächsten Morgen. Da war es bereits zu spät, verstehst du?«

»Und was ist mit dem Geld?«, fragte Lidotschka, die es immer noch nicht glauben konnte. »Das Geld. Papa hat mir doch jeden Monat Geld überwiesen. Galina Petrowna hat es mir gezeigt. Auf das Sparbuch. Sie hat es dann auf ihre Bank transferiert, damit nichts verloren geht, keine Kopeke, nicht einmal in der Krise.«

»Es ist deshalb nichts verloren gegangen, weil es ihr Geld war«, erklärte Mamotschka. »Sie hat es dir selbst überwiesen. Es ist natürlich merkwürdig, dass sie dir nichts gesagt hat, aber ...« Mamotschka überlegte einen Augenblick und schüttelte dann fröhlich ihren Lockenkopf. »Vielleicht war es besser so. Wer weiß das schon? Nun gehen wir endlich, Herr im Himmel, sonst wirst du noch ganz durchnässt. Erzähl mir und Papa restlos alles.«

»So wie früher, als ich noch klein war?«, fragte Lidotschka. »In allen Einzelheiten?«

»In allen Einzelheiten«, lachte Mamotschka. »Wir wissen schließlich nichts über dich. Hier ist alles genauso wie bei euch. Die Zeitungen lügen, im Fernsehen werden ununterbrochen Serien gezeigt. Neuigkeiten erfährt man nur von Bekannten. Und man muss ewig auf sie warten, auf diese Bekannten! Und dann erzählen nicht alle die Wahrheit, weißt du, manche verbreiten nur Gerüchte! Einmal, zum Beispiel, als … Ach, was soll ich noch darüber reden? Gehen wir lieber heim.«

»Heim«, wiederholte Lidotschka ungläubig.

Heim. Endlich heim.

Mamotschka umfasste wieder ihre Schultern, zog sie an sich, und im selben Moment ruckte die nächtliche Straße und rutschte weg, verschwamm ganz und gar, quoll auf – gleich würde sie überlaufen und würdevoll wie eine Schnecke über die Wange kriechen. Mamotschkas Gesicht verzerrte sich ebenfalls für einen Augenblick, verschob sich an unsichtbaren Nähten, wurde abstoßend, fremd – für einen Moment sogar unmenschlich.

Lidotschka zuckte zusammen und wandte sich ab.

»Was ist mit dir, Barbariska?«, fragte Mamotschka zärtlich und Lidotschka zwinkerte schnell die Feuchtigkeit weg und versuchte zu lächeln. Sie wurde plötzlich von einem inneren, leichten, unaufhörlichen Zittern geschüttelt. Nur im Pyjama. Abends. An einem unbekannten Ort. Im Regen. Was ist das hier eigentlich? Wo? Was? Wie bin ich hierhergeraten?

Zur Mutter sah sie nicht mehr hin. Sie hatte Angst.

»Barbariska.«

Lidotschka schwieg und starrte vor sich hin. Im Kaffeehaus gegenüber wurde die Tür zugeschlagen. Über das Pflaster kam allmählich ein von innen leuchtender Autobus herangefahren, ganz lautlos, wie in einem Stummfilm mit gestikulierenden Menschen.

»Barbariska!«

In Mamotschkas Stimme schwang, ganz tief auf dem Grund, eine feine, stahlblaue Unzufriedenheit mit – wie immer, wenn Lidotschka nicht auf sie hörte.

»Denk nicht einmal daran, irgendwohin zu gehen«, sagte

Lazar Lindt ruhig, schüttelte einen Schirm voller lebendiger, quecksilbriger Tropfen und spannte ihn ab. Er sah seiner eigenen Fotografie so ähnlich, dass Lidotschka sich gar nicht erst wunderte. Mamotschka. Papa. Jetzt auch noch er. Sie fragte sich, ob man Lindt einfach Großvater nennen durfte oder ob man, wie bei Galina Petrowna, irgendwelche Förmlichkeiten beachten musste.

Lindt lachte, als hätte er ihre Gedanken gelesen, stellte sich auf die Zehenspitzen und küsste Lidotschka auf die Wange. Er roch köstlich nach Kaffee – echtem, starkem Kaffee mit Schaum und Zimtstange.

»Welche Förmlichkeiten denn?«, fragte er. »Überhaupt ist all das hier umsonst. Los, schnell heim mit dir.«

»Heim?«, echote Mamotschka und Lidotschka ging automatisch auf sie zu, die sie immer noch nicht anzublicken wagte, die aber doch ihre Mamotschka war. Lindt runzelte die Stirn und stellte sich ihr mit einer unerwartet jugendlichen, schnellen Bewegung in den Weg.

»Ich habe gesagt, du sollst zurückgehen. Husch! Und dass du dich hier nicht mehr blicken lässt.«

Hinter seinem Rücken blitzte es knisternd blau auf und Lindt verzog das Gesicht, breitete die Arme aus und hinderte Mamotschka am Weitergehen.

»Los, schneller«, drängte er Lidotschka. »Was ist, weißt du denn nicht, wo dein Haus ist?«

»Nein«, antwortete Lidotschka aufrichtig. »Ich weiß es nicht.«

»Dreh dich um«, befahl Lindt.

Und Lidotschka drehte sich um.

Hinter ihr war ein Fenster. Ein gewöhnliches Fenster im Erdgeschoss eines nicht gerade neuen Hauses – obwohl da natürlich eine Tür hätte sein müssen –, jene Tür, die letzte, auf die sie zugegangen und dabei gealtert war, durch die Zimmerflucht ihres Traums. Hinter der Scheibe auf dem Fensterbrett – auf der anderen Seite, auf der, Lidotschka erinnerte sich genau, nichts gewesen war außer einer Reihe leerer, verfallener Zimmer – saßen, festlich beleuchtet, wie im Theater, zwei Kinder. Ein Junge und ein Mädchen. Nicht mehr als ein Jahr Altersunterschied. Das Mädchen war sieben Jahre alt, sie hatte eine Stupsnase und hübsche Locken, in denen, wie eine Libelle auf einer Blume, eine große, getupfte Schleife saß – sehr leichtfertig und eindeutig von einer weiblichen, liebenden und verwöhnenden Hand gebunden. Das Mädchen sagte verärgert etwas zu dem Jungen, einem großen, dunklen Tollpatsch in einem engen, bunten Hemd, und daran, wie der Junge unaufmerksam und gekränkt zuhörte, war zu erkennen, dass er, trotz der kräftigen Wangen und trotzdem er sie überragte, doch hoffnungslos jünger war, vielleicht sogar um ein ganzes Jahr, doch nicht gewillt, sich damit abzufinden, nein, auf keinen Fall! Das Mädchen pufffte ihm unzufrieden mit der Faust in die runde Schulter und schaute dann, als würde sie Lidotschkas Blick spüren, in die Dunkelheit vor dem Fenster – angespannt, ernst, wie eine Erwachsene.

»Wer sind sie?«, fragte Lidotschka erschrocken.

Hinter ihr kicherte Lindt trocken.

»Also wirklich«, sagte er. »Denk einmal nach. Gebrauch deinen Verstand.«

Lidotschka sah genauer hin – und als hätte jemand an der Kartonröhre eines Kaleidoskops gedreht, zerfielen die Gesichter der Kinder plötzlich in einzelne bekannte Züge: Lindts pechschwarze Locken, Mamotschkas Lächeln, Luschbins quadratische Stirn, ihre eigenen Grübchen auf den Wangen des Jungen, die zuvor schon Galina Petrowna gehört hatten und noch vor ihr jemand anderem, dessen Namen niemand mehr kannte, der lange vergessen, aber doch verwandt war. Das aufgewühlte Blut, das hart in Lidotschkas Schläfen und in ihren Handgelenken pochte, hallte in der Brust des Jungen wider, erfüllte die Lippen und Augenlider des Mädchens mit rosigem hellem Glanz, pulsierte gleichzeitig in Millionen Venen – vergangenen, zukünftigen, gegenwärtigen.

Das sind meine Enkel, begriff Lidotschka plötzlich. Es ist nicht alles zu Ende. Ganz und gar nicht. Alles geht weiter. Aber wie denn? Aber warum denn? Sie schritt mit der Absicht zu klopfen zum Fenster, doch da schrie hinter ihr Mamotschka schaurig auf.

»Ich lasse sie nicht gehen! Nein, ich lasse sie nicht gehen! Barbariska!«

Lidotschka wandte sich um.

»Schneller«, sagte Lindt, »geh doch schneller.«

Etwas kämpfte mit aller Kraft in seinen Händen, versuchte sich loszureißen, etwas Schreckliches, nicht Mamotschka, nein, doch Lindt fletschte die Zähne und hielt es fest, sehr fest, sodass Lidotschka beinahe fühlen konnte, wie sich seine Muskeln unter der trockenen Haut anspannten, wie seine starken Männerhände zudrückten, und alles um sie herum erfüllte sich mit Licht, mit Sinn und einem feierlichen Plätschern. Wasser, schweres, warmes Wasser, strömte nicht nur durch, sondern aus ihr heraus, los, los, schneller, schrie Lindt, ich halte sie fest, geh zurück, los, geh zurück, und Lidotschka hieb mit beiden Händen mit voller Wucht auf die Fensterscheibe ein, sodass alles um sie herum wie für eine Sekunde erstarrte, doch dann zerbarst die Scheibe und zersprang in Millionen von klirrenden, glitzernden Scherben, und sie rannte hinter den lachenden Kindern her, durch die Zimmer zurück, die jetzt ganz lebendig, voll von herrlichen Menschen, freundlichen Hunden und alten, gutmütigen Möbeln waren. Es roch immer stärker nach Bohnerwachs, Apfelkuchen und Wacholderzweigen, und immer ungestümer näherte sich das Licht – blendend, dicht, milchig, so von Freude erfüllt, dass Lidotschka ebenfalls lachte, und das Licht kam immer näher, bis es ihr mit einer starken, heißen Hand ins Gesicht schlug, noch einmal. Und noch einmal. Und einmal noch.

»Komm schon!«, schrie Luschbin ganz nah, direkt über ihrem Ohr.

»Komm schon, Mädchen, los!«

Und Lidotschka kam zu sich.

Luschbin kniete vor ihr und sein Gesicht war nicht einfach nur blass, bläulich, es zitterte und ruckte: Die verkniffenen Lippen und das Kinn bebten, die Wange zuckte hässlich.

»Du«, sagte er, ohne zu begreifen, ohne zu glauben, dass Lidotschka zurückgekehrt war, dass sie überhaupt hatte versuchen können, ihn zu verlassen. Du …

Lidotschka wollte antworten, aber die Lippen gehorchten ihr nicht, sie brachten nur ein Raunen hervor, auch das Wasser mit ihrem Blut raunte, als es den Abfluss hinunterrann, und ihr Rücken tat ihr seltsamerweise sehr weh; noch nicht so stark, doch dafür unaufhörlich schmerzten ihre Fußknöchel und Handgelenke, die fest in ein zu Verbänden zerschnittenes Bettlaken eingebunden waren, was war er doch für ein kluger Kopf, ein guter Mann. Wanja. Er hat es geahnt. Mich gerettet … gerettet … Danke.

Luschbin beugte sich herab und versuchte, sie zu verstehen, und Lidotschka strengte mit aller Kraft ihre Stimme an und flüsterte – ich … ich … will …

»Was willst du, Liduschka?« Luschbin hob sie an den Schultern etwas hoch. »Trinken? Vielleicht Wasser? Gleich kommt der Rettungswagen, halt durch, Liebes. Gleich ist er da. Gleich.«

Lidotschka schüttelte stur den Kopf und brachte den Satz schließlich heraus.

»Ich will hierbleiben«, sagte sie bestimmt und wunderte sich selbst, warum sie das bisher noch nie in ihrem Leben gesagt und noch nie in ihrem Leben etwas für sich selbst gewollt, sich nicht getraut hatte, und nun stellte sich heraus, dass es so einfach war, man musste nur tief Luft holen und es sagen. Es einfach sagen.

»Ich will hierbleiben«, wiederholte Lidotschka und Luschbin begriff gleich, was sie meinte – das Haus, ihn selbst, das ganze Leben, das mit dieser Sekunde endlich ihr gemeinsames geworden war, eines für sie beide, so wie er es immer gewollt hatte, und nun wollte sie, Lidotschka, es auch. Sie hatte ihre Wahl getroffen, zum ersten Mal hatte ihn jemand erwählt, einfach so, bewusst, echt, und Luschbin blieb vor Dankbarkeit die Luft weg, er begann zu weinen, presste sein Gesicht in Lidotschkas hohlen, fast kindlichen Bauch, der allerdings in seiner goldglänzenden Dunkelheit bereits das nächste Kapitel barg, das noch niemand gelesen hatte und von dem noch niemand wusste.

Der Rettungswagen bog schrill quietschend und vom frühen Anruf ungehalten um die Kurve, und der Arzt, ganz grau vor frühmorgendlicher Müdigkeit, versuchte eine bis zum Kartonfilter heruntergerauchte, eingespeichelte Kippe im überfüllten Aschenbecher auszudrücken, verfehlte ihn aber. Mein Gott, schau doch, was für ein Schloss, Wasja, woran fehlt's ihnen denn, diesen Spießern, ich hasse diese Selbstmörder, der vierte Vorfall in einer Woche, und alles nur Hysteriker, die müsste man allesamt in die Klapsmühle stecken, ehrlich wahr, ohne Recht auf Briefverkehr, und wenn sich nur ein Dreckskerl die Venen richtig aufschneiden würde – nicht quer, sondern längs, längs, längs, dann müsste man sie nicht für so eine Bezahlung retten, diese Dreckskerle, na schön, los, brems, so, rückwärts, rückwärts, stopp, sonst kriegen wir die Trage nicht durch.

Der Arzt sprang aus dem Rettungswagen, der die Goldbälle, die noch von Marusja gepflanzt worden waren, mit dem Reifen plattgefahren hatte, und ging ins Haus – über denselben Weg, den irgendwann einmal die junge Galina Petrowna zu ihrer Hexe gegangen war, und alles war richtig, alles entwirrte sich schließlich, löste sich auf und fügte sich wieder zusammen – dieses Mal für immer: die Liebe, die so lange durch diese Geschichte geirrt war, so lange nicht den richtigen Moment hatte finden können, und dieses Haus und die kalte, köstliche Luft und die runde, rosa Sonne, die langsam hinter den ebenfalls rosa Kiefern aufstieg und so riesig war, dass irgendwo weit, weit weg Lazar Lindt vor Freude lachte.

Er lachte und küsste Marusjas kleine, warme, unsterbliche Hand.